W

10

R BODIES

RAMANUJAN ?

$$c_q(n)=\sum_{\substack{1\le a\le q\\(a,q)=1}} e^{2\pi i\frac{a}{q}n}$$

TRUE IS IT, ONCE BEFORE I HERE I

WAS CONJURED BY THAT PITILESS ERI

WHO SUMMONED BACK THE SHADES UNTO

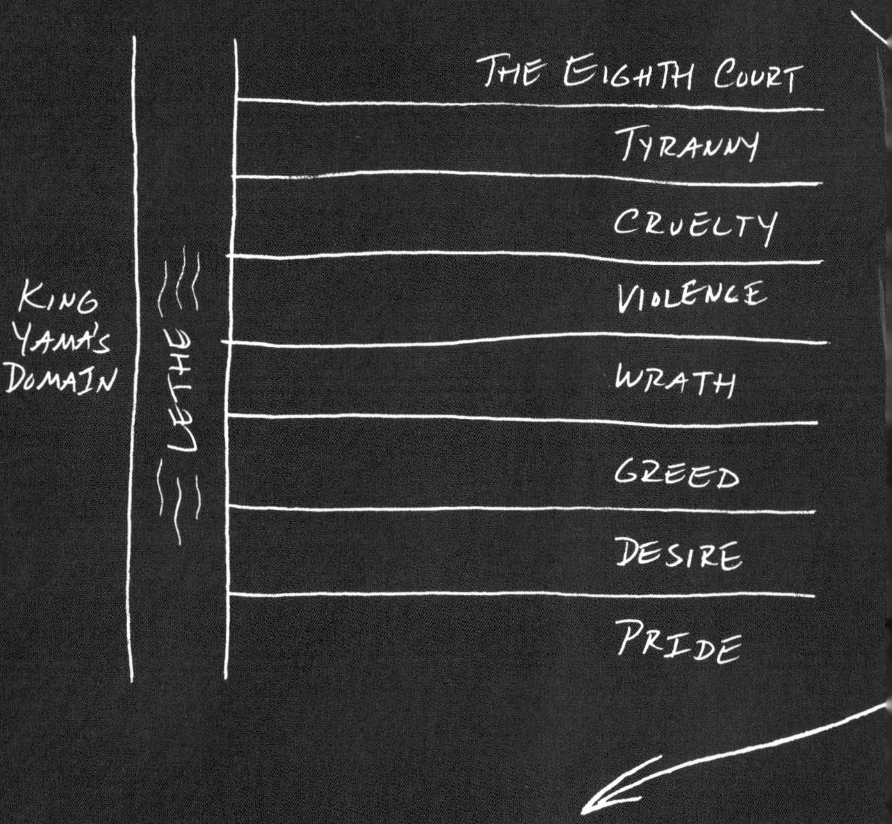

CASIMIR EFFECT?

KATABASIS

地獄修業旅行

匡靈秀 R.F. Kuang
——著

楊睿珊／楊詠翔
——譯

獻給我才華洋溢的摯愛Bennett

作者的話

本書中提到的一些學者是真實存在的，原則上我都盡量準確表達他們的觀點，除了幾個例外（至少我希望能明顯讓讀者看出）。德里克．帕菲特（Derek Parfit）的《理由與人格》（*Reasons and Persons*）確實是出版於一九八四年，正好符合我的時代背景需求。亞里斯多德並沒有使用「天界太空蟲」這個術語，但是拿來描述他的物理學相當貼切。麥克．休默（Michael Huemer）的〈存在就是永生的證據〉（"Existence Is Evidence of Immortality"）是二〇一九年的文章，但我在本書中宣稱它是在六〇年代發表的。這一點是虛構的，就跟本書的大部分內容一樣。

第一章

竊以為真正哲人者，其行止非必求諒於眾人，方將日從事於死以求死。誠若是，終其生以求之。「朝而獲之，夫何怨之有！」

——柏拉圖《斐都篇》

十月的劍橋，寒風刺骨，浮雲蔽日。今天是米迦勒學期開學第一天，愛麗絲・羅本應在台上講授笛卡兒分離咒的危險性，因為大學生會為了爭取複習時間，而使用這種分離咒來無視上廁所的需求，但現在的她正要出發前往地獄八殿拯救指導教授的靈魂。

雅各・格萊姆斯教授死於一場極其可怕的意外，從某個角度來看，這算是愛麗絲的錯，所以出於道德義務，她必須懇求冥界之主「仁慈者閻魔大王」讓教授死而復生。（其實一部分也是出於個人利益，因為格萊姆斯教授不在，她就沒有口試召集人，沒有召集人，她就不能進行論文口試，沒辦法畢業，更別提申請分析魔法領域的終身教職了。）

事前準備是個大工程。在過去的一個月裡，她自學成才，成了地獄學家。地獄學不屬於她研究的子領域，事實上，現在也沒有任何人專精於這個領域，因為很少有地獄學家能夠存活下來並出版著作。自從格萊姆斯教授過世後，她醒著的每一刻都在尋找和閱讀關於往返地獄的專著、論文和書信。至少有十幾位學者活著完成了地獄之旅，敘述也足夠可信，但在過去一個世紀裡很少見。現存的資料多少都不太可靠，而且翻譯起來十分棘手。但丁的敘述夾雜著太多惡意的批評，旅程本身反而像是陪襯。T．S．艾略特對景色的描述較詳細，也更接近現代，但《荒原》的自我指涉性太強，以至於其作為旅人敘述的地位備受爭議。奧菲斯留下的紀錄是用古希臘文寫的，已經夠難懂了，大部分還殘破不堪，就跟被碎屍萬段的作者一樣。至於艾尼亞斯……唉，只能說那都是羅馬帝國的宣傳伎倆。或許還有更多用小眾語言書寫的敘述，愛麗絲如果要仔細研讀所有檔案，可能要花上好幾十年，但獎助金期限可等不了她。她的論文進度報告將在學期末舉行，如果沒有活生生的指導教授，對愛麗絲來說，最好的結果就是補助期限延長到她轉學、找到新的指導教授為止。

但她不想轉學，她想要拿到劍橋的學位。她也不想要其他指導教授，她想要系主任兼諾貝爾獎得主、兩度當選皇家魔法學院院長的雅各．格萊姆斯教授。她想要教授的推薦信，那張能為她打開每一扇門的黃金入場券，她希望自己無論在哪裡都是萬中選一。因此愛麗絲必須下地獄，而且今天就要去。

她再三檢查自己用粉筆畫的魔法陣。她總是等到能夠百分之百確定念出咒語並發動五芒星陣不會害死自己時，才會畫下最後一筆。魔法要求精確，施術者不能有任何疑慮。她盯著那些簡潔俐落的白線，直到眼睛都花了，最終得出的結論是沒辦法再畫得更好了。人類的大腦會犯錯，但她比大多數人都還要細心，現在她也只能相信自己的大腦了。

她緊抓著粉筆，畫下乾淨俐落的最後一筆，五芒星陣就此完成。

她深吸一口氣，踏入魔法陣。

這當然是有代價的，沒有人能夠毫髮無傷地抵達地獄。但她打從一開始就決定不計代價了，因為從大局來看，這顯得微不足道，她只希望不會痛。

「妳在幹嘛？」

她認得這個聲音。還沒轉身，她就知道站在門口的是誰了。

彼得．默多克：大衣扣子沒扣，襯衫沒紮，紙張從書包裡露了出來，隨風飄揚，好像隨時都會被吹走一樣。愛麗絲一直都很討厭彼得，他明明每天都是一副剛從床上爬起來的模樣，卻還是成了系上的寵兒。雖然這也不奇怪：學術界重視紀律，表彰努力，但更崇拜那些不需要努力的天才。彼得．默多克頂著鳥巢頭，骨瘦如柴，總是騎著一輛搖搖欲倒的腳踏車，看起來好像這輩子從來沒有努力做過什麼事情一樣。他生來就聰明絕頂，才華洋溢，眾神直接將知識灌入他的腦袋，一滴也不漏。

愛麗絲實在是受不了他。

「別煩我。」她說。

彼得慢慢走進她的魔法陣，這樣非常沒禮貌，在進入其他魔法師的五芒星陣之前，應該要事先詢問才對。「我知道妳打算做什麼。」他說。

「你最好知道。」

「那是石氏基本傳送五芒星陣，再加上賽提亞的改良。」他說。他明明站在房間的另一頭，而且只瞄了地板一眼，愛麗絲不禁對他刮目相看。「透過拉馬努金求和跟卡西米爾效應與目標建立心靈的連結。八條代表八殿。」他咧嘴一笑，說道：「愛麗絲．羅，妳這個壞女孩，妳想下地獄啊？」

「既然你懂這麼多，應該也知道這個魔法陣只容得下一個人吧。」愛麗絲回嗆道。

彼得跪了下來，把眼鏡往鼻梁上推推，然後用自己的粉筆迅速對五芒星陣做了一些改動。此舉也非常無禮，在修改其他學者的作品前，應該先徵求對方的同意。但彼得．默多克並不適用所謂的禮儀標準，他過著無拘無束的人生，對周遭的人事物毫不在意，這是身為天才的特權。愛麗絲曾親眼目睹彼得在高桌把巧克力糖漿灑到學院院長的學術袍上，對方卻只是拍拍他的肩膀，一笑置之，完全沒有斥責他。彼得犯錯時，大家只會覺得他很可愛。愛麗絲想到自己的有一次不小心把一個麵包籃碰到地上，直到晚餐結束前都躲在廁所裡，摀著臉，哭到過度換氣。

「一個變成兩個了。」彼得搖了搖手指，說道。「這樣就有空間了。」

愛麗絲仔細檢查他加上去的符文和圖案，令她失望的是，他的傑作毫無破綻。她真希望對方哪裡畫錯了，導致失去四肢，但她更希望他沒有說出接下來這句話：「我要跟妳一起去。」

「不行。」

在劍橋大學分析魔法系，這趟冥界之旅她最不想要的旅伴就是彼得．默多克。完美、聰明又討人厭的彼得，從入學開始就獨占了系上的各大獎項，包括一年級最佳論文獎、二年級最佳論文獎，以及邏輯和數學的院長勳章（說句公道話，這是愛麗絲最不擅長的兩門學科，但在來到劍橋大學之前，她並不習慣輸給別人）。彼得出身書香世家，他自己是魔法師，父母則分別是數學家和生物學家，代表他在學會走路前就已耳濡目染，深諳象牙塔的潛規則。對彼得來說，世界上所有好事都是他的囊中物，他不需要格萊姆斯教授的推薦信就能找到工作。

最糟糕的是，彼得一直都很友善。他總是到處閒晃，臉上掛著無憂無慮的微笑，總是主動幫助同儕解決研究中遇到的問題，每次專題討論都在問大家週末過得如何，但他明明很清楚，大家都在為了寫證明絞盡腦汁，欲哭無淚，而這些他在睡夢中就能完成。彼得從不自鳴得意或居高臨下，他就是純粹比別人優秀，這反而讓大家感覺更糟。

不，愛麗絲想要自己解決問題。她不想要彼得．默多克一直在她身後喋喋不休，對她的五芒星陣吹毛求疵，只因為他想要幫忙。而且如果她成功帶著格萊姆斯教授的靈魂安全回來，她特別不想讓彼得分享功勞。

「一個人下地獄很孤單耶。」彼得說道。「還是有人陪比較好。」

「我聽過的說法是『他人即地獄』。」

「妳真幽默。拜託啦，妳至少需要人幫忙提行李吧。」

愛麗絲在包包裡裝了一個全新的保久瓶（一個喝好幾週都不會見底，「保證可以喝很久」的魔法水瓶）以及蘭巴斯麵包（一種保存期限長、吃起來像硬紙板的營養條，備受研究生歡迎，因為幾秒鐘就吃完了，飽足感還可以維持數小時。蘭巴斯麵包並沒有施加魔法；它的成分只是從大量花生提取的蛋白質，且含糖量高得嚇人）。她帶了手電筒、碘酒、火柴、繩子、繃帶和保暖毯。她有一盒嶄新的、潔白發亮的巴克爾粉筆，還把大學圖書館裡所有可靠的地獄地圖都仔細複印出來並收納在護貝活頁夾中。（唉，每一張畫的地貌都不一樣，她想說可以在抵達後先到高處，再決定要用哪張地圖。）她有一把彈簧刀和兩把鋒利的獵刀，還帶了一本普魯斯特的書，以免晚上太無聊。（老實說，她從來沒有試著讀過普魯斯特的作品，但來了劍橋之後，她覺得自己應該要看普魯斯特才對，那乾脆就在地獄開始看吧。）「不用了，謝謝。」她說。

「妳穿越八殿還是需要幫忙吧。」彼得說道。「妳也知道地獄在形上學是很複雜的，安斯康姆主張，光是不斷的空間再定向就──」

愛麗絲翻了個白眼，說道：「拜託你不要暗示我不夠聰明，沒辦法下地獄。」

「妳有帶《克利里範本》嗎？」

「當然有啊。」愛麗絲回答。她從來不會忘東忘西，當然也沒有忘記帶《克利里範本》。

「奧菲斯之旅的十二個權威版本，妳全都交叉比對過了嗎？」

「當然有啊，從奧菲斯開始著手很——」

「妳知道怎麼渡過忘川嗎？」

「拜託你別小看我，默多克。」

「妳知道怎麼馴服地獄犬嗎？」

愛麗絲遲疑了，她知道這可能是旅途中會遇到的障礙。但丁寫給貝爾納多．卡納喬的一封信中有提到地獄犬的威脅，但她在其他研究資料中都沒有看到相關敘述，而唯一可能提供線索的那本書，也就是范迪克的《但丁的地獄》，已經從書架上消失了。

事實上，這幾個月來，她需要的不少書都從圖書館裡消失了，而且通常都是在她去的當天早上被借走的，包括《艾尼亞斯紀》的所有譯本，以及所有關於拉撒路的中世紀學術研究，彷彿有什麼惡作劇的幽靈在書架旁徘徊，預測她的研究方向並搶先一步搞破壞。

她恍然大悟，說道：「原來你也——」

「在做同樣的研究。」彼得說道。「愛麗絲，我們已經不是新生了，沒有其他人可以指導我們的論文，其他人都不夠聰明。而且他還有很多東西沒教我們，一定要帶他回來，更何況兩個腦袋總比一個強。」

愛麗絲忍不住大笑。原來一直以來，書架上的每一個空位、每一塊缺少的拼圖都是彼得搞的鬼。

「那就告訴我怎麼馴服地獄犬。」

「想得美，羅。」彼得用拳頭輕輕碰了她的肩膀一下，說道。「來嘛，妳明明知道我們兩個一起一定比較好。」

這就有點太誇張了，愛麗絲心想。

他不是真心的。她知道他不是真心的，因為那不是事實，從一年多前就不是了，而那完全是彼得的選擇，她記得很清楚。他怎麼可以表現得這麼友好，隨口說出這些話，好像他們還是在實驗室裡打鬧的一年級生，好像時間未曾流逝？

但這就是彼得的行事風格。他對每個人都是這樣，笑臉盈盈親切待人，但當你試圖走近，就會一腳踩空。

帶著不完備的知識或是彼得上路，看來只能兩害相權取其輕了。她也可以要求閱讀相關書籍，自己想辦法，畢竟彼得雖然煩人，但他不會霸占資源。然而她的獎助金期限快到了，屍塊正在地下室腐爛，根本就沒時間了。

「好吧。」她說。「希望你有帶自己的粉筆。」

「我帶了兩包新的史羅普利粉筆。」他開開心心地說道。

是啊，她知道他喜歡用史羅普利粉筆，品行不良的人才會用那個牌子。至少這代表她不需要跟他分享。

她把背包放在腳邊，並確保背帶沒有超出五芒星陣，然後說：「那就只剩下咒語了。你準備好了嗎？」

「等一下。」彼得說道。「妳知道代價吧？」

愛麗絲當然知道，那正是學者很少會主動下地獄的原因。到那裡本身其實沒那麼難，只要挖出所有該用的證明並掌握它們就好了，只是下去一趟就要付出這麼大的代價，大多數時候都不太值得。

「我剩餘壽命的一半。」她說。下地獄代表要突破陰陽兩界的邊界，需要一股龐大的生命能量，只靠粉筆是做不到的。「大概三十年就這樣沒了吧，我知道。」

但這個選擇對她來說並不困難。究竟要畢業、做出優異的研究成果，轟轟烈烈走到盡頭，還是要一輩子沒沒無名，變成一個只會流口水的白髮老太婆，後悔莫及，直到壽終正寢，就此消失在世上？阿基里斯不是選擇戰死沙場嗎？她在系上的招待會見過榮譽退休教授，覺得他們就是失去語言能力的可憐花瓶，而且花還凋謝了。此外，長壽對她來說沒什麼吸引力。她知道學院外的人聽到她做出這樣的選擇，一定會震驚不已，但學院外的人是不可能理解的。為了獲得教授職位，她願意犧牲自己的第一個孩子，甚至斷手斷腳也在所不惜。只要仍保有理智，只要還能思考，她願意付出一切。

「我想當魔法師。」她說。「這是我一直以來的夢想。」

「我知道。」彼得說道。「我也是。而且我……我必須做這件事，一定得做。」

兩人之間的沉默有些緊張。愛麗絲考慮詢問緣由，但她知道彼得不會告訴她。談及私事時，彼得就像一堵石牆，總是把內心藏在平靜的微笑背後。

「那就這樣囉。」彼得清了清喉嚨，說道。「或許我可以唸拉丁文，妳唸希臘文和中文。」

他低頭看著右腳趾附近的一段咒文，問道：「是說這為什麼不是用梵文寫的啊？」

「我不太熟悉梵文。」愛麗絲說道，一把火就上來了。彼得老是這樣，表面上只是進一步確認細節，卻給人一種高高在上的感覺。「我把佛典中的引文全部翻譯成文言文了。」

「喔。嗯……應該也可以吧，如果妳有把握的話。」彼得說道。

她翻了個白眼，說道：「我會說三、二、一，開始。」

「好。」

她倒數完，說道：「開始。」

兩人開始吟唱。

雅各．格萊姆斯教授慘死的悲劇其實是可預見也可避免的，但大多數人不知道的是，這完全是愛麗絲的錯。

幾十年來，格萊姆斯教授在那間實驗室裡進行過數千次例行實驗，那天的練習也是一樣，並沒有比平常更危險或激進。教授只是在回顧集合論的一些基本原理，因為他在該領域的頂尖期刊《奧術》發表的新文章中會引用到。這一切都是例行公事，只要仔細檢查五芒星陣，危險性基本上不會高過騎腳踏車，只是大學生等級的實驗。

格萊姆斯教授不會檢查自己的五芒星陣，在他這個職涯階段，這種苦差事早就都交給研究生了。格萊姆斯教授每天都致力於沉思和深度思考，他神遊山巔，目視雲霄，從中找出真相，然後像摩西下西乃山一樣降臨人世，發表宣言，再由他的下屬敲定細節。他不再自己做算術和翻譯了，更不會做讓人眼睛疲勞、腰酸背痛的工作，例如跪在地上用粉筆畫魔法陣。

一個魔法師將自己的性命託付給勞累過度、薪資偏低的研究生，有些人可能會覺得這樣很魯莽，甚至可說是愚蠢。但首先，格萊姆斯教授的研究生是全世界最優秀的。再者，即使是美國後段院校的研究生也能辨識出五芒星陣中最危險的錯誤，而這裡可是劍橋大學。經過多年的練習，稍微有點能力的學者都能一眼看出問題：外圈有間隙、拼字錯誤、錯誤對等、括弧不完整等等。任何神智清楚的人都有辦法做到。

但那天愛麗絲的神智並不清楚。

當然，她也是勞累過度、薪資偏低，不過這種狀況在研究生中很常見，所以沒人在乎。但除此之外，她已經三個月沒有好好睡覺了。她喝進太多咖啡因，周圍的世界閃爍不定，拿著粉筆的手也不住顫抖。她一如往常，感覺自己的身體和物質世界之間沒有明確的界線；彷彿她只要一放棄掙扎，就會像茶裡的方糖一樣溶解。她現在不適合工作，而且這個狀態已經持續很長一段時間了。愛麗絲最需要的是好好放個長假，然後或許住進某個靠近海邊的偏遠收容機構吧。

但蹺掉實驗是不可能的。自去年以來，格萊姆斯教授就沒有再請她協助寫論文了，雖然這項工作對她來說是大材小用，教授也不可能把她列為共同作者，但愛麗絲迫切想要重新獲得他的青睞。

總之，隨時都處於快累垮的狀態是很正常的，但研究生要滿足的期望很簡單，就是透過攝取濃咖啡和蘭巴斯麵包一路撐下去，堅持到在期限內完成所有任務，可以安心陷入無限期的昏迷為止。念研究所的大部分時間，愛麗絲都是在這種狀態下度過的，情況也不算太糟。

但她那天下午還很生氣、不滿且困惑，心裡充滿了沮喪和憤怒，連聽到格萊姆斯教授的聲音都會忍不住縮一下。光是察覺到他本人有多麼靠近，感受到他的移動、跪在他的陰影中，愛麗絲就感到呼吸困難。在兩人目光交會的瞬間，她的呼吸停止了，她覺得很想死。

在那樣的環境下，實在很難集中注意力。

因此，她在畫五芒星陣時，並沒有閉合應該要閉合的迴圈，這在畫魔法陣時非常重要。念誦咒語會喚起粉筆灰的陰陽界能量，除非把這麼龐大的能量好好控制在特定空間內，否則就會產生爆炸，即使是小到不能再小的缺口都會引發災難。事實上，小缺口反而更糟，因為它們會集中所有的能量，後果更是不堪設想。因此畫五芒星陣時，都會進行所謂的「螞蟻測試」：用鉛筆尖從魔法陣的一個點開始描一圈，確保若有螞蟻沿著線條走，最後會走回原點。

愛麗絲並沒有進行螞蟻測試。

也就是說，她並沒有費心去確保格萊姆斯教授不會被五馬分屍。

犯下這種錯誤會徹底葬送你的前途。如果有人在實驗紀錄中看到愛麗絲的名字，或是院方知道她有提供協助的話，愛麗絲就真的完了。學院會展開調查，她會在委員會面前接受審問，被迫一五一十說出自己所犯的每一個錯誤，委員會則會仔細討論她的行為是否構成過失殺人罪，或只是危害他人安全。她會失去獎助、遭到退學、受到皇家學院的審問，並被禁止在世界上任何機構學習魔法或從事相關工作，連海外那些未經認證的非正規機構也不行。而這一切還是在她沒有入獄的前提下才會發生的。

但格萊姆斯教授通常不會承認他的研究生在實驗中的貢獻，畢竟犧牲自己的時間來協助教授做研究只是一項不成文的規定罷了。院方沒有人知道事故發生當天，除了格萊姆斯教授之外，實驗室裡還有其他人。沒有人看到來自無限次元的狂風被吸進五芒星陣。沒有人看到格萊姆斯教授的眼球凸出，然後像葡萄一樣爆開；沒有人看到他的腸子被掏出來，像跳繩一樣在身體周圍盤旋，縱橫交錯；扭曲的嘴巴發出無聲的尖叫。沒有人看到格萊姆斯教授的身體倒過來，令人驚恐地轉了七圈，暴露在外的內臟如波浪般起伏，接著向四面八方炸開，到處都是鮮血、骨頭和內臟。沒有人看到沿著黑板往下流的腦漿；一部分的下顎噗通一聲掉進他下午喝的那杯大吉嶺茶裡，上面還有幾顆牙齒。

沒有人看到愛麗絲在實驗室的淋浴間脫得精光，把自己從頭到腳洗乾淨，將染血的衣服丟進焚化爐，然後穿著乾淨的衣服從後門匆匆離開，幸好她習慣在實驗室裡放一個過夜包。沒有人看到她在凌晨時分穿過校園，逃回自己的宿舍房間，脫掉衣服洗了第二次澡，然後吐完哭、哭完再吐，不斷循環直到睡著為止。

據大家所知，在管理員隔天早上開門，發出慘叫之前，沒有人知道格萊姆斯教授死了。

那時，五芒星陣已經被血跡和肉末毀了，滿地血汙弄髒了粉筆的痕跡，沒人看得出來到底是哪裡出了問題。不幸中的大幸是，格萊姆斯教授的一塊內臟剛好落在外圈愛麗絲沒畫好的地方，後來驗屍才知道那是教授爆掉的肝臟。院方也只能斷定這是一場可怕的意外，遲早會發生在當代最無所顧忌的思想家身上，並就此結案。

大學清潔服務隊不知道怎麼辦到的，在現場蒐集到的屍塊足以裝滿一個桶子，他們再將遺體僅存的部分放入棺材。學校舉行了追悼儀式，系上也為教授哀悼一週，在此期間，所有學生和教職員工都被迫參加安全工作坊，主辦單位是從牛津大學搭車來的教授，他們的每一句嘲諷都在明示暗示，他們絕對不會蠢到讓一名研究人員在實驗室裡自爆。格萊姆斯教授掛在辦公室門上的名牌被取下，一位可憐的博士後研究員接手了他的專題討論，但他對內容的理解程度甚至比不上台下的學生。報紙刊登了一些悼念的文章，寫的都是劍橋大學、分析魔法學界和全世界如何痛失英才。然後夏天結束了，大家都繼續過著自己的生活，除了愛麗絲。

她本可以保持沉默，繼續做自己該做的事，大學也會一路支持她完成學業。劍橋大學的分析魔法系以其畢業率為傲，不管怎樣，學院都會把愛麗絲拖過終點線，就算要把她借調幾年給牛津大學的競爭對手也在所不惜。

但格萊姆斯教授是全英國、乃至全世界最有影響力的分析魔法師，該領域有一半的系主任是他的密友，另一半則是怕他怕到會對他唯命是從。只要是格萊姆斯教授指導過的學生（至少那些順利畢業的），都在頂尖院所取得了終身職。格萊姆斯教授的學生只要拿著他的推薦信，不管應徵什麼工作，基本上都能保證錄取。

學術界的好工作極其少見，但愛麗絲非常想找到好工作，否則她不知道自己該怎麼辦。她有生以來接受的訓練就是為了做這件事，如果做不到的話，她就沒有理由活下去了。

因此，在格萊姆斯教授死後的隔天早上，他的屍體被發現，一切塵埃落定後，開始研究如何下地獄似乎是再自然不過的事了。

✯

彼得的聲音十分動聽，令人著迷，愛麗絲從以前就很討厭他這點，因為相較之下，她的聲音聽起來就相當尖細刺耳。讓她更不滿的是，彼得的聲音和他瘦巴巴的身材完全不搭，那細長的脖子竟然能發出如此渾厚的聲音，這似乎不太公平。時不時會有研究論文提出為何男性的聲音更適合魔法，理由包括音高、聲線或穩定度等，而且總會掀起軒然大波，女性魔法協會憤而控訴出版該論文的期刊，編輯委員會隨後再發表道歉聲明。可惜沒有人能夠提出確鑿的證據推翻這些研究。不幸的是，愛麗絲覺得那些研究可能是對的，所以此刻有彼得在，令她心懷感激。彼得的自信也讓她充滿信心，他那平穩又令人安心的低沉嗓音讓她感到平靜。

「目標為雅各・格萊姆斯教授。」兩人異口同聲道。「目的地為地獄，又稱來世，又稱八殿，又稱仁慈者閻魔大王的領地。」

他們詠唱完了，但什麼都沒發生。一秒鐘過了，轉眼間，幾秒就過去了。突然，一股不知從哪來的刺骨寒意充滿了整個房間，使愛麗絲渾身發抖。

「欸。」彼得說道，並向她伸出手。

她拍開他的手，說：「噓。」

「抱歉。」彼得說道。他的手懸在半空中幾秒鐘才縮回去，愛麗絲後來才意識到對方可能是想請她抓住他的手。

但已經太遲了。白光從粉筆線條中迸發而出，將兩人包圍，實驗室消失了，四周轟隆作響。愛麗絲伸手去抓彼得的手臂——別誤會，只是為了保持平衡而已——突然一陣地動山搖，她一屁股跌坐在地上。有一瞬間，她什麼也看不見，除了轟鳴聲外什麼都聽不到。她的胸口似乎被勾住了，不會痛，只是又快又狠，彷彿有一隻鬼手伸進她的胸腔，把她的心臟從肋骨間猛地拉出來一樣，壓力大到她無法呼吸。她蜷縮成一顆球，只能拼命祈禱自己沒有跌出五芒星陣。隆隆聲越來越大，白光越來越刺眼，即使雙眼緊閉仍有灼痛感。她的腦海中浮現出世界末日的景象，火舌下一片血海，行星被吸入黑洞，在那可怕的一瞬間，她迷失在混亂之中，忘了自己是誰——

她趕緊默念定心咒。

我是愛麗絲．羅，我是劍橋大學的研究生，我主修分析魔法——

光芒漸漸暗淡，隆隆聲停止了。

愛麗絲眨眨眼睛，看了看自己的手心、手背。她似乎沒什麼大礙。她的皮膚上覆蓋著一層薄薄的灰燼，彷彿整個人染成了灰色，但很容易就拍掉了。她拍了拍自己的胸口，心臟還在，四肢俱全，內臟還好好地裝在肚子裡。就算付出了代價，她也感覺不到，只覺得興高采烈、欣喜若狂。成功了，她做到了，她成功了，靠著粉筆、泥土加上無數小時的研究，從一個世界進入了另一個世界。這是她的傑作，是她創造的奇蹟。

彼得一邊咳嗽，一邊站了起來，然後把眼前一撮沾滿灰燼的頭髮撥開，說道：「這就是地獄啊。」

愛麗絲環顧四周，難掩好奇心。周圍都是灰色的原野，暗紅色的天空下只見一望無際的平原。一顆碩大的太陽——是人間的太陽嗎？還是它的影子，抑或雙胞胎？——低掛天際，光線黯淡得讓人受不了。她深吸一口氣。她帶了一個布口罩，以免地獄臭氣沖天。在維吉爾的《艾尼亞斯紀》中，希臘人將地獄命名為「阿韋爾努斯」，意思是「沒有鳥的地方」，因為致命的惡臭從深處升起，飛過去的鳥兒都會掉下來死去。但空氣中除了灰塵什麼都沒有，氣溫稍微有點涼。她本以為會聽到痛苦的尖叫聲，聞到硫磺的氣味，但或許是美國神學家誇大其辭吧。以氣象的角度來看，地獄似乎沒有比英國的春天糟太多。

她把背包扛在肩上。遠處隱約可見一片淡淡的黑影，她猜想那裡就是水仙平原。

「妳還好嗎？」彼得問道。

「再好不過了。」愛麗絲踏出五芒星陣，說道：「走吧。」

論魔法

魔法是最神祕、最反覆無常的一門學問，因其力量而受人欽佩，因其愚蠢而遭人嘲笑，簡而言之就是欺騙他人，你所杜撰的世界才是真的。

古代文明的魔法師透過其聰明才智和偶然事件，發現世界上雖然有既定的自然法則，但很脆弱，十八世紀以後的英國哲學魔法師則進一步將此觀點編纂成歐美世界的傳世文獻。人們可以巧妙地重新詮釋自然法則，只要織出正確的謊言之網，甚至可以在短時間內中止或打亂法則。無論是文字遊戲還是邏輯謎題都可以，只要找到一組前提，能夠在一瞬間讓世界看起來跟實際上有所不同，剩下的就交給由白堊製成的粉筆，以及數百萬年前死亡的海洋生物外殼粉末中殘存的陰陽界魔法能量。

自從優芬頓山丘畫所暗示的原始儀式以來，魔法有了長足的進步，後來出現了大量華而不實的子領域，實際上跟粉筆無關，而是研究各種神祕物體、魔幻音樂與視覺幻象。現在人們可以研究魔法考古學、魔法史、魔法音樂等等。在美國，視覺幻象和華麗的表演風靡一時。歐洲流行的則是後現代主義和後結構主義魔法，大部分的咒語要不是效果跟發明者想要的完全相反，就是毫無效果，但大家宣稱這才是奧妙之處。然而最好的魔法還是在劍橋大學，這間優秀又傳統的大學致力於魔法的基本要素，也就是由粉筆、表面、悖論構成的分析魔法。

悖論是關鍵要素。悖論「paradox」源自於兩個希臘文的字根：「para」意為「對立」，「doxa」意為「信念」。魔法的訣竅在於挑戰、擾亂或至少動搖信念。魔法透過製造混亂、啟人疑竇來取得成功，魔法嘲弄物理學，不把對方弄哭絕不善罷干休。

以連鎖悖論為例，想像一個沙堆，很簡單吧，從沙堆中拿掉一粒沙子，它還是沙堆，拿掉兩粒也一樣。你可以坐在那裡，拿著一把鑷子夾好幾個小時，但它依然是沙堆。如果拿掉一千粒沙子呢？一百萬粒呢？到底該拿掉幾粒沙子，它才不再是沙堆？如果你盤腿而坐，拿著鑷子一粒一粒取下沙子，那你會在哪一刻成功破壞沙堆？沒有人知道答案。但如果沙堆和沙堆減一之間的差異極小，要怎麼把沙堆變成不是沙堆？

你很清楚沙堆是什麼，看到就知道了，就跟色情內容一樣[1]。你也知道如果直接拿鏟子去鏟沙堆，它一定會在某一刻變成不再是沙堆。

但就在那一刻，此悖論以精準的用詞呈現在你面前時，你卻不知道。有一瞬間，你認為是真的，將一個沙堆變成不是沙堆的確是不可能的。事實上，你搞不好還看「沙堆」這個詞看到膩了，導致腦袋一片空白。

困惑、懷疑，就在那一瞬間，世界眨了眨眼，沙堆不會消失。

正是這一瞬間深深吸引了愛麗絲，使她走上分析魔法這條路。大一時，她修了「邏輯概論」課程，開學第二週，一名博士後訪問學者親自為他們演示魔法。他站在演講廳前，用粉筆在桌上一小堆沙子周圍畫了一個圓圈。「你們看。」他說，然後伸手舀了一把出來。他重複同樣的動作好幾遍，再邀請全班同學排成一排，每個人輪流嘗試清空沙堆。大家都試了，卻沒人辦得到。每當他們的手離開圓圈，沙堆周圍的空間就會變得模糊，沙子卻沒有減少。

愛麗絲看著沙子從指間流洩而下，內心小鹿亂撞。她無法呼吸。這不就是奇蹟嗎？就像耶穌把五餅二魚變成源源不絕的糧食一樣。數學、物理、醫學、歷史，她考慮主修的所有領域頓時相形失色，看起來微不足道，畢竟當真理默默退場，研究靜態的真理又有何意義呢？當時，以及之後的每一次，她都感覺到了，那種無與倫比的驚奇，就像小孩子在馬戲團看到兔子消失一樣，興奮、欣喜，又不由得心生敬畏。多年來，這種感覺從未消失。你以為世界是這個樣子的，卻突然發現並非如此。一可以變成零，也可以變成二。轉眼間，既定的事實不再為真。如果世界可以為你改變一次，你還能讓它隨著自己的心意起舞多少次呢？

1 出自一九六四年美國最高法院在雅格碧利訴俄亥俄州案（Jacobellis v. Ohio）中，關於淫穢出版物的判定標準說法。

其他人都活在一個僵化的世界，只是被動接受並遵守現有的規則，只對表達自身限制感興趣，一舉一動都不會離開固定的框架。魔法師則活在空中，在天馬行空的樓梯上翩翩起舞，而且他們知道一旦世界開始讓自己感到無聊，只消彈指，就能再次享受自由落體的快感，這不就是永無止境的快樂泉源嗎？

只要撒個謊，並且相信所有法則都能被推翻，即便所有證據都顯示事實恰恰相反。你要在腦中得出一個結論，憑藉堅強的意志力相信其他的一切都是錯的，你必須看見顛倒的世界。

隨著課程的進展，愛麗絲也變得很擅長這點，所有熟練的魔法師都是如此。要在這個領域取得成功，需要自欺欺人、一心一意追求目標的強大信念。愛麗絲可以顛覆自己的世界，並且從無到有建構信念的框架。她相信有限的事物永遠不會耗盡，時間可以循環往復，任何傷害都能夠修補。她相信學術界施行菁英管理，努力工作本身就是一種回報。她相信只要埋頭苦幹、不抱怨，就不會被系上的勾心鬥角所影響。她相信，教授貶低你、對你爆氣或頤指氣使，是因為他們在乎你。儘管有越來越多的證據表明事實並非如此，她仍然相信自己沒事，一切都很好，她不需要幫助，只要咬緊牙關，繼續前進就好。

她全心全意地相信這些事情，就像她癡心妄想沙堆永遠舀不完一樣。她別無選擇，因為這對之後的重重挑戰而言是不可或缺的練習。

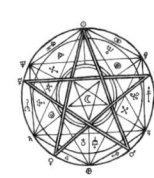

第二章

地獄彷彿永無止境。愛麗絲和彼得並肩走在沙地上，沙子細如粉末，兩人幾乎沒有留下腳印，沙子甚至好像還主動抹去了他們的足跡。她回頭看了一眼，發現她的腳印先是留下了難以辨識的輪廓，走了三步再回頭看，就什麼都沒有了。地獄的景觀似乎抗拒變化，無論愛麗絲看向何方，都找不到任何地標，沒有山丘、海岸，連一片烏雲都沒有。她試著不讓這件事困擾自己。她之前讀到，地獄是個變幻莫測的地方，其地標是概念性的，不是固定的。她並不完全明白這是什麼意思，但按照學術慣例，她的解讀是，地獄會隨心所欲展現自己想要的樣貌。

目前，地獄選擇的是連綿起伏的沙丘。

愛麗絲渴望陽光。她的眼睛現在已經適應了昏暗的環境，但因為瞇眼所以有些痠痛。她揉了揉太陽穴，希望自己能習慣這永恆的黃昏。

大約二十分鐘後，他們從一座橋下穿過去。在看到之前，他們先聽到了聲音：頭頂上傳來說話聲，愛麗絲差點就能認出那些聲音。她抬頭望去，在天空中看到劍橋的鏡像，校園顛倒過來，半透明的畫面微微晃動，好像投影設備訊號不佳一樣。她看到了耶穌綠地、雪梨街，以及聖約翰學院和三一學院之間的蜿蜒小巷。她看到研究生騎著腳踏車在汽車間穿梭。她看到小小的黑色人影三五成群，從一棟建築物快速移動到另一棟建築物。那些可愛的大學生穿著嶄新且仍有褶線的黑色長袍，下襬在腳跟處飄揚。

原來這就是陰陽亭。愛麗絲第一次讀到關於陰陽亭的敘述是在潘海利根的《一位論地獄入門》中，大多數古代中國文獻也證實了其存在。這是所有靈魂在進入冥界之前必須走過的橋梁；生者與死者世界之間的過渡空間，在這裡，雙方可以勉強瞥見彼此。

愛麗絲的腦海裡閃過一個念頭。她瞇起眼睛，果然，如果她把自己的意識向外投射，就可以放大鏡像劍橋，鎖定第七研究生實驗室。她和彼得的五芒星陣仍留在那裡，從陰陽兩界吹來的風把他們的字跡弄得模糊一片，部分甚至已灰飛煙滅。她看到另外兩個研究生貝琳達和米凱萊站在門口，一副肅然起敬的樣子，四處張望，慢慢拼湊出真相。

她沒有掩蓋自己的蹤跡。不，恰恰相反：她在研究室裡留下了一張紙條，宣布她要去地獄帶回格萊姆斯教授的靈魂，這趟旅程太過危險，誰都不准追上來，如果她十四天後還沒回來，他們可以把她的高級辦公室給其中一名一年級新生。她沒有鎖上實驗室的門，因為她想讓所有人都知道自己去了哪裡，這樣當她帶著格萊姆斯教授凱旋歸來，就沒有人敢質疑她了。

貝琳達和米凱萊現在正跪在五芒星陣的外面，彎腰閱讀地上的咒文，愛麗絲真希望能聽到他們在說什麼。貝琳達時不時會用手摀住嘴巴，米凱萊則是做出一連串的手勢回應她，不知道是焦躁不安，還是義大利人本來就這樣，愛麗絲從來都搞不懂。突然，貝琳達停了下來，她站在標明目的地為地獄的咒文上方，伸長脖子閱讀。

愛麗絲舉起一隻手，盡可能往上伸，陰陽兩界的橋梁近在咫尺，宛如低矮的天花板，好像只要她伸長手臂，拼命踮起腳尖就能碰到。她能越過交界嗎？她想試試看。

「哇！」

貝琳達打了個哆嗦，一隻手立刻伸向脖子，看到這樣的反應，愛麗絲很高興。不知道這種幽靈般的惡作劇可以做到什麼程度，如果她想要的話，是否可以永遠當劍橋大學的駐校鬼魂？

學者們一致認為，大部分有記載下來的鬧鬼事件都是亡者透過陰陽亭搞的鬼。唯有在那裡，他們的聲音才能被聽見，他們才能多少干涉生者的世界。但之所以會鬧鬼，也是因為生者的世界在亡者心中揮之不去。鬼魂在陰陽亭附近徘徊，因為他們癡狂於生前的種種，並且深深著迷於活人的一舉一動。他們想知道大家都在做什麼，想看看自己是否仍有人記得。那些鬼故事都錯了；鬧鬼事件背後很少帶有惡意，死去的人只是想要參一腳而已。

貝琳達一個踉蹌，跌入米凱萊的懷中。愛麗絲噗哧一笑，貝琳達還真是朵嬌弱的英倫玫瑰啊，一點小小的打擊或驚嚇都承受不了。米凱萊摟住貝琳達，在她耳邊說話，愛麗絲猜他在說，*沒事的，他們沒死，他們不會死*。貝琳達不斷搖頭。*不*，她似乎在說。*不，他們死了，他*

們不在了。

「後悔了嗎？」彼得問道。他站在她旁邊，同樣伸長脖子往上看，但他不是在看貝琳達和米凱萊，而是看著一群大學生蹦蹦跳跳穿過小巷。他們渾然不覺，迫不及待想迎接新的學期，還是開學第一天的課程已經結束了，他們準備湧進學生酒吧喝一杯呢？「想回去嗎？」

「別說笑了，默多克。」

要離開地獄可沒那麼容易，兩人在出發之前就已心知肚明。下地獄很簡單，要離開很難。要是他們能跳回五芒星陣中，反向念咒語，然後回到原來的地方就好了。但如果真的這麼簡單，生者就可以隨時探望死去的人了。不，要從地獄回到人世，必須取得閻魔大王——也就是桑納托斯、阿努比斯、黑帝斯、有無數名字的黑暗之主、冥界之主——的許可。

通常他都會答應。閻魔大王並不喜歡生者待在他的領地裡；他們會擾亂死者的安寧，破壞平衡。他很樂意把他們趕回原來的地方，至少故事都是這麼寫的。不管怎樣，奧菲斯都回去了，但丁也順利回到地面上了。在所有的故事中，到地獄走一遭的人很少在那裡喪命，通常都是回到生者的世界後才落得悲慘的下場。

不管怎樣，船到橋頭自然直，要怎麼活著回去以後再說，現在的問題是要在地獄裡走到多深。

✯

一小時後，他們開始上坡，但目前還不清楚在爬什麼。愛麗絲有點喘不過氣，但很努力不要表現出來。彼得在她旁邊大步往上爬，臉上沒有一絲疲態，她不好意思承認自己累了。

霎時間，下方的景象一覽無遺：平坦的山谷中布滿了鬼影，有的三五成群，有的獨自在平原上遊蕩。那些是死者的靈魂，半透明的灰色物體，宛如生者褪色的軀殼。有些鬼影不斷繞圈子，一圈又一圈，有些沿著一模一樣的路線來回踱步，有些則四處徘徊，與其說是行走，更像是在飄移。從高處俯瞰，就像在看一群行動緩慢、恍恍惚惚的螞蟻漫無目的地移動。紛紛攘攘的鬼影永無止境，此地人稱靈薄獄，或是水仙平原。

水仙平原並不屬於地獄的任何一殿，只是個等候區罷了。剛去世的人還驚魂未定、不知所措，靈魂就會在此地逗留。在這裡，他們有無止境的時間和空間來適應新環境，搞清楚狀況，再決定繼續前行。塔拉莫的專著將水仙平原描述為一個等候區，跟劍橋南站的大廳沒什麼不同，只是沒有賣咖啡的小亭子，而且大家還在猶豫到底要不要上車。

愛麗絲有充分的理由認為格萊姆斯教授可能還在這裡。整體而言，亡者通常不急著接受現實，進入下一個階段，他們需要時間來回顧往事，那些生前留下的遺憾以及未能實現的願望。有些人留下來是為了與家人團聚，再一起投胎轉世，有些則完全不信輪迴這一套。有些人永遠在平原上等候，因為他們堅信復活日即將到來，他們只需要在恍惚狀態中等待末日審判即可。其他人留下來則純粹是出於對地獄其他地方的恐懼，永無止境的無聊時光總比他們應得的懲罰要好。

在愛麗絲看來，格萊姆斯教授要贖的罪可多了，換作是她的話就會待在原地。

但這裡人山人海，他們要怎麼找到他呢？水仙平原一望無際，愛麗絲辨識不出半個靈魂的樣貌。即使他們走進山谷，在人群中穿梭，鬼影還是跟從遠處看一樣模糊不清。愛麗絲仔細觀察她經過的每一個靈魂，但只看到模糊的輪廓，大多數都沒有臉，就算有也都是千篇一律的陰沉。她永遠無法靠上前看得更清楚，只要一走近，亡者就會閃開，就像被手驅趕的蚊蟲一樣。

「妳用的尋靈錨是什麼？」過了一會兒，彼得問道。

地獄之旅最令人傷腦筋的問題之一是要去哪裡，以及哪裡可以找到自己希望拯救的靈魂。自古以來，死去的人不可勝數，而不幸的是，地獄是個非常大的地方。解決方案就是尋靈錨：五芒星陣中的某個子句會使用一個實體標記物或物體，幫助施術者在冥界裡定位到正確的時空。但愛麗絲的錨似乎把他們帶到了一個莫名其妙的地方。

「我用了他辦公桌上的一個標記物。」愛麗絲一邊說，一邊環顧四周，不知該如何是好。「是他去年在巴黎獲頒的牌匾。他把大部分獎項都丟了，卻把那塊牌匾留下來展示，所以我覺得那對他來說可能意義重大。」

「我知道那塊牌匾，它完全是木製的，對吧？上面沒有印金字？」

「對，只是雕刻品而已。」

彼得點點頭，思考了一下，然後問道：「我可以提出一個建議嗎？」

「當然可以啊。」

「但我無意指謫。」他說。他那彬彬有禮的態度讓愛麗絲很想賞他一巴掌。

他以前對她可是直言不諱。他總會大喊，愛麗絲，妳這個傻瓜，妳漏了一句，妳把一切都搞砸了。她則會以牙還牙，指出漏掉一句的是他，兩人會激烈爭論、大笑，然後解決問題。他們以前可以吵來吵去，還吵得很開心，他們曾經可以坦誠相見，但那已經是很久以前的事了。

「我們在地獄迷路了。」她說。「有什麼建議儘管提出吧。」

「馬其頓尼奧的《次經》指出，大多數來自陽間的物體在地獄中都會失去導向力。」彼得說道。「抱歉，我把那本書借走了，所以妳沒查到。他的論點是，我們對存在已久的物品所投入的情感寄託與其悠久的歷史相比是很淺薄的，尤其是像牌匾這種東西，其實只是被削成薄片的木頭而已。當然，它有經過拋光，多少有些變化，但本質上還是木頭。在它漫長的歷史中，我們與那塊木頭的邂逅是轉瞬即逝的。」

聽了彼得的解釋，愛麗絲覺得這一切似乎顯而易見。「我應該要想到這點的。」她說。

「所以妳的牌匾可能把我們導向從古至今存在過的每一位木匠。」

「原來如此。」

「或是健行愛好者。」

「了解。」

「甚至是樹木愛好者。」

「默多克，你到底想說什麼？」

「事實上，這是個非常有趣的兩難。」彼得說道。「地獄的空間定位是怎麼形成的呢？假設馬其頓尼奧是對的，地獄的景觀會重新構建，形成一面與人間相對應的鏡子，當陰陽兩界重疊時會發生什麼事？當不同時空的靈魂互相交流會怎麼樣？他們經歷的是什麼樣的地獄？嗯，真有意思——」

愛麗絲打斷了他。默多克總是這樣，如果讓他繼續說下去，他就會滔滔不絕，最後甚至忘了為何自己會提起這個話題。比起答案，彼得永遠對問題更有興趣，這項特質讓他成為一名優秀的學者，但與他共事令人精疲力盡。「馬其頓尼奧有提出解決辦法嗎？」愛麗絲問道。

「什麼？喔，有啊！他說要讓死者來找我們。」彼得放下背包，跪在地上，說道：「他建議獻上祭品。」

他從背包裡取出三樣物品：一包香菸、一片蘭巴斯麵包，以及一小瓶試飲用的茶色波特酒。「一頓飯。」他解釋道。「要有確切的時間定位，必須準確掌握是幾〇年代。物品的歷史悠久，但食物是用特定食材以精確的比例製成，不同時代的製作方式也不一樣，因此極具時間特異性。」

他把香菸聚集成一小堆，將蘭巴斯麵包捏碎並灑在菸上，最後再把波特酒倒在上面。接著，他劃了根火柴，將整堆祭品點燃。

包括菸草味在內，愛麗絲覺得那味道誘人得可怕。那讓她想起系上的交誼廳，蘭巴斯麵包的包裝、用過的馬克杯、沾滿波特酒污漬的沙發，以及垃圾桶上溼答答的咖啡濾紙。那是家的味道。

一縷縷黑煙從火堆裊裊升起，消散在灰茫茫的人群中。周圍的人影變得模糊，且開始逐漸減少。成群的鬼影一個接著一個消失了，直到只剩他們兩個站在原野上。

地平線上出現了一個模糊的影子，隨著它逐漸接近，變得越來越大。

彼得說道：「這不太對吧！」

那不是格萊姆斯教授，是系貓。

劍橋大學大部分的系所都有養貓，更準確來說是服侍貓主子，因為那些貓沒有戴項圈，不會睡在任何教授家裡，也沒有對任何學生或教職員工忠誠，甚至不會特別親近誰。大家只知道有一天，一隻貓突然出現，餓得喵喵叫，讓人類無法招架，為牠準備食物和水，那隻貓就這樣留下來，越來越受到寵愛，直到歷史被改寫，人人都以為那隻貓一直都是學院的一分子。

分析魔法學系的貓叫作阿基米德，有著一雙綠眼睛和深灰色的毛，毛色光滑，尾巴像雞毛撢子一樣蓬蓬的。據愛麗絲所知，他毫無疑問還活著，她早上才看到他在前院傻傻地揮舞貓掌，想要抓蝴蝶呢。

她跪了下來。阿基米德不太喜歡被摸，但跟他說話時與他四目相接，他會比較開心，應該是有沒有被尊重的問題吧。「你在這裡做什麼？」愛麗絲問道。

阿基米德眨了眨眼，尾巴在腳邊來回甩動。他繞著火堆走了一圈，並聞了聞，看起來似乎一點也不在意自己身處地獄的事實。

「原來貓真的可以跨越陰陽兩界。」愛麗絲低聲說。「我有讀到這個！他們知道地獄八殿，也看得見亡者。」

「那你能幫我們嗎？」彼得走向那隻貓，問道。「你能帶我們去找格萊姆斯嗎？」

阿基米德似乎考慮了一會兒，目光在火堆上停留許久，久到愛麗絲心生希望，他那意味深長的眼神看起來充滿智慧。*我橫越了時間的汪洋*，那雙綠眼似乎在說。*我看見了隱匿的世界。*

接著，他以極其輕蔑的方式喵了一聲，便飛奔而去，消失在沙丘之間。

愛麗絲站了起來，說道：「真沒用。」

「妳看。」彼得說道。

在地平線上，四個人影出現在阿基米德消失的地方，瘦小且躊躇不決，與高大又英姿颯爽的格萊姆斯教授大相逕庭。在低掛天空的暗紅色太陽下，隨著他們慢慢走近，模糊的臉龐也逐漸變得清晰。他們的模樣天真無邪、稚氣未脫，一塊塊斑駁的黑斑像墨漬一樣遍布他們的皮膚。

「彼得。」愛麗絲心裡一沉，說道。「他們該不會是……」

「天啊。」彼得說道。「我還以為他們已經投胎轉世了。」

「看來沒有。」愛麗絲說道，並做好心理準備，與格萊姆斯教授的第一批受害者見面。

✯

三十年前，在劍橋大學，一道咒語出了差錯，導致四名大學生死亡。負責的博士後研究員被剝奪學位，蒙羞被趕回家鄉布里斯托。所有涉案人士都是當時年輕的雅各·格萊姆斯教授的學生。

學校將死因歸咎於建築物火災，嚴格來說也沒錯，因為咒語引發的爆炸燒毀了整個左廂房。校方把學生的骨灰寄回給父母，同時附上一封信，堅稱劍橋大學無需承擔任何責任，而且提告絕對不是明智之舉。當時的調查碰巧發現瓦斯管線有施工缺失，讓大學得以將責任歸咎於建築規範和承包商違法，而不是什麼樣的魔法實驗會燒毀半棟建築。這代表系上並不需要為這起事件負責，這只是一場誰都無法料到的意外事故，僅此而已。

但從來沒有人問過為什麼格萊姆斯教授會任由實驗室發生火災。沒有人想過，作為理應教導學生並負責其人身安全的指導老師，格萊姆斯教授應該要關注實驗的進展，而不是窩在三樓的辦公室，門上還掛著一塊大牌子，上面寫著「禁止進入」。（他以那塊門牌為傲；那是某一屆畢業生為了開他玩笑而送的禮物，他卻欣然接受，絲毫沒有察覺到背後的諷刺。）從來沒有人說過，除了做研究之外，格萊姆斯教授也應該要善盡老師的職責，畢竟他不是唯一的失職教授，系上所有教師在教學工作上都是草草交差。有這麼多其他事情可以做，幹嘛還要浪費時間照顧大學生？

所以這一切對格萊姆斯教授的職業生涯毫無影響。沒有人能夠證明是他的錯，他的行為和火災之間沒有直接的因果關係，他人甚至不在現場。而且魔法事故是很常見的，僅僅兩週後，一把在亞述發現的魔法豎琴讓哈佛大學系上一半的人都陷入沉睡，這在魔法大會的八卦圈中大大蓋過了劍橋大火的風波。（沒有任何破解咒能夠喚醒睡著的人；最後的解決辦法是使用大量安非他命，而令人驚訝的是，不少研究生手邊都有這種藥物。）人們普遍認為，從事魔法這一行就勢必得冒險，尤其是富有遠見的開創性魔法，而格萊姆斯教授正是以此聞名。總之，是那些大學生自己的錯，而他們已經死了，這樣的懲罰就夠了。

✯

鬼影靠近時，愛麗絲赫然發現他們的樣貌似乎停留在死亡的那一刻，感到驚恐不已。其中一人看起來幾乎毫髮無傷，只有臉上和手臂上有幾處刮痕。報告指出其中一名學生完全沒有被火燒傷，是因為吸入濃煙而死亡的。她爬到角落，並躲在防火布下，據消防員說，這就是為什麼在大火撲滅後將近一小時，才有人發現她。她可能過了很久才斷氣，沒人說得準，也沒有人追究。她的父母在伊利舉辦開棺葬禮，全系都有受邀。這是在愛麗絲出生之前發生的事，但她敢肯定格萊姆斯教授沒有出席。

其他人在大火的摧殘下早已面目全非，光是看著他們，愛麗絲就感到噁心想吐。閱讀有關亡者的理論是一回事，親眼見證又是另一回事。燒焦的四肢、驚懼的神情；下顎骨上的肉被燒得一乾二淨，兩排牙齒齜牙咧嘴的，露出一副不情願的笑容。只有眼睛完好無損，帶著懇求、哀怨、好奇的眼神盯著他們。鬼影會永遠維持這副模樣嗎？還是只是暫時選擇以這副模樣示人？關於鬼影和肉體性的文獻十分稀少且尚無定論，有些學者認為無論如何，鬼影都會維持死亡時的樣貌，另一派則相信鬼影能夠主動化身為自己想要的外觀。不管怎麼樣，愛麗絲都覺得問這個問題不太禮貌。

「哈囉。」她小心翼翼開口道。「我們是劍橋大學的學生。」

鬼影慢慢靠近，看起來非常興奮。愛麗絲看不懂被燒死的那三人的表情，他們永遠掛著齜牙咧嘴的笑容，但身體較完好的女孩明顯露出高興的表情。

「我們正在尋找一位剛剛逝去的靈魂。」彼得說道。「雅各・格萊姆斯教授。」

身體較完好的女孩倒抽了一口氣，那聲音像風吹過岩石一樣，在鬼影間傳開。

「格萊姆斯教授？」

「格萊姆斯教授在這裡？」

「格萊姆斯！」

原來鬼影會說話。他們的聲音宛如彼此的回音，同一句話此起彼落重複了四次，聲調略有不同。愛麗絲無法判斷是鬼影只能用這種方式說話，還是因為幾十年來形影不離，也將永遠同在，他們的性格已經合為一體，不再能區分彼此。他們興奮不已，開始嘰嘰喳喳，用人類聽不懂的啪噠聲和口哨聲互相交流，愛麗絲只聽得清楚「格萊姆斯」、「不會吧」以及「我的天啊！」

「你們知道他可能在哪裡嗎？」彼得打斷他們。

「應該還是鬼影吧。」一個綁辮子的女孩說道。

「對，鬼影，除非——」

「除非！」

「但我們也無從得知。」

「他不會跟我們說話。」

「像他這種大人物，」一個戴眼鏡的男孩氣沖沖地說道。「應該會直接飄過去。」

「飄過去。」

「什麼也沒說。」

「他確實有經過。」身體較完好的女孩說道。「咻一下就過去了，我還以為自己在作夢。但你們這麼一說，我真的有看到，我看到了，我有跟他揮手，他說『妳好』。」

另外三人上下飄動，顯然很焦躁。

「妳看到他了？」

「他說『妳好』？」

「為什麼不告訴我們？」

「煩不煩啊！」身體較完好的鬼影爆氣道；有一瞬間，她的形體變得更加清晰可見，愛麗絲甚至瞥見了一綹紅髮。「你們知道要跟你們幾個永遠膩在一起有多煩嗎？那是屬於我自己的記憶，是實際發生的事情，我不想跟你們分享。」

其他鬼影似乎不太高興，愛麗絲甚至可以看到他們的惱怒具象化，一縷縷尖細的灰色瘴氣在肩膀周圍飄盪。

「竟然不告訴我們。」

「竟然。」

「保守祕密根本就毫無意義。」

「保守祕密的時間多的是。」

「等一下。」愛麗絲在鬼影吵起來之前急忙打斷他們。「這是什麼時候的事？」

「不知道。」戴眼鏡的男孩回答。「這裡沒有時間的概念。」

這在形上學顯然是錯的，但愛麗絲選擇忽略這點，問道：「他跟妳說什麼？」

「他向我問路。」身體較完好的女孩吸了吸鼻子道。「他受不了平原，迫不及待想離開。」

「如果我們也想離開這裡的話，要往哪裡走？」彼得問道。

大學生全都指著同一個方向。愛麗絲和彼得轉過身，看到遠方有一條白線，不確定是一道牆還是一棟建築物，但至少代表這單調的平原並非一望無際。愛麗絲之前並沒有看到那條白線，它彷彿是憑空冒出來的。她瞇起眼睛，遠方的景象讓她想起蟻丘周圍成群的螞蟻。成千上萬的鬼影正在排隊，等待白線後方未知的解脫。

大學生異口同聲嘆氣，一副垂頭喪氣的樣子。

「隊伍——」

「好長！」

「根本排不到——」

「比排演唱會還可怕——」

「我只看過一場而已。」戴眼鏡的男孩說道。「我去聽了The Chordettes[2]的演唱會，排隊排了四個小時。」

鬼影們又興奮了起來，開始七嘴八舌：「你看過The Chordettes的演唱會？」

「專心點。」彼得說道。「拜託了。那是前往下一殿的唯一一條路嗎？」

「噢，對啊。」

「大家都要排隊。」

「就算是格萊姆斯教授也一樣。」

「只能耐心等待。」

「沒有例外。」

身體較完好的女孩歪頭問道：「你們會救他嗎？」

此話一出，所有大學生都蜂擁而上，圍著愛麗絲和彼得，似乎很期待他們的回答。

「你們要把他從這裡救出去嗎？」

「是為了做研究嗎？」

「是為了寫論文嗎？」

愛麗絲不禁心生同情。雖然她老是愛抱怨大學生，但她其實一直都很喜歡他們。老實說，

---

2 The Chordettes是一個美國女子四重唱樂團，主要演唱傳統流行歌曲，代表作是一九五〇年代的熱門單曲〈睡魔先生〉（Mr. Sandman）和〈棒棒糖〉（Lollipop）。

教導劍橋大學的學生是一件很愉快的事。他們天真好學，除了少數例外，他們既不懶惰，也不傲慢。恰恰相反，他們通常都是樂呵呵的，心智尚未成熟，上課時還會舉手問能不能去廁所，從數學轉到邏輯時經常忘記運算次序，在助教時間會緊張到結巴，在論文的開頭都會寫一些愚蠢空洞的陳述，例如「《牛津英語詞典》將『有效性』定義為……」或是「自古以來，人類就一直受理性的問題所苦」。她以前常看到他們在下課後湧入皮克酒吧，臉頰凍得紅通通的，吃著軟掉的薯條配廉價啤酒，聊得不亦樂乎。她喜歡看著他們興致勃勃聊課堂上的事，雙手在空中揮舞，字正腔圓的發音有些刻意，還很愛咬文嚼字。看著他們時，她總是羨慕不已，忍不住懷疑無知是否真的是獲得幸福的祕訣。

「那我們要不要一起去？」彼得用溫柔的語氣問道。「你們是不是也該投胎轉世了？」

他顯然問錯了問題。大學生們往後縮成一團，緊挨著彼此，散發出焦慮的情緒。空氣突然變得寒冷，愛麗絲感到手臂陣陣刺癢，她默默把這件事記在心裡。鬼影不高興時會影響周圍的環境。

「我們害怕。」身體較完好的女孩終於開口道。

其他人點點頭。

「害怕什麼？」彼得問道。「你們這麼——我是說，你們應該沒什麼需要贖罪的吧。」

他們猛搖頭，說道：「那不是重點。」

「不是，不是……」

「我們害怕投胎。」

「害怕不再是——」

「害怕忘川——」

「害怕忘記——」

「怕變成——」

「害怕變成另一個存在。」

「那只是輪迴轉世而已。」彼得說道。「你們什麼都不會記得。」

「所以我們才怕啊。我們曾經是魔法師。」戴眼鏡的男孩說道。「如果去了……」

「就不再是魔法師了。」

「你們是在開玩笑吧。」彼得還是老樣子，說話不經大腦。

愛麗絲覺得他有點傻。這些鬼影當然會害怕啊，在嘗試輪迴轉世前，靈魂通常會在水仙平原逗留好幾年，甚至好幾十年。失去自己的身分是一件很可怕的事。如果沒有了記憶、背景、人際關係和地位，你又是誰呢？如果你來世的命運比前世更糟糕怎麼辦？理論上靈魂享有無限的生命，有無數次機會可以體會世間善惡，但這並不重要。從靈魂的主觀角度來說，輪迴與死亡並無差別。

而且輪迴就是在碰運氣，愛麗絲可以理解他們為何不想冒險。

「你們才活了短短幾年。」彼得說道。「人生還有更多新鮮有趣的事，你們難道不想再試一次嗎？」

大學生們渾身一顫。

「可是魔法——」

「可是劍橋——」

「知識界的王座。」身體較完好的女孩說道。「享有超乎想像的特權。」

「這是唯一理性的選擇。」戴眼鏡的男孩堅定地說。他說話時一副權威的口吻，其他大學生似乎暫時縮到他身後，彷彿允許他代表大家發言。他的聲音變得低沉，還邊說邊比手勢，模仿教授的樣子。「你們想想，考量到地球上的人口，我們轉世後極有可能會過著貧窮線以下的生活。世界上大部分的人都沒有上過學，更不用說來劍橋大學念書了。正如蘇格拉底所說，未經審視的生活是不值得過的。因此尋求轉世就是一場機會渺茫的賭博，有極高機率會獲得不值得過的人生。舉例來說，轉世之後，我們可能會淪落到……我也不知道，在中國種田之類的。」

「或是在阿肯色州擠牛奶。」身體較完好的女孩附和道。

「或是在非洲挖鑽石。」

「等等。」愛麗絲說道。「這些都是偏見——」

「或是變成笨蛋。」

「變成笨蛋！」四個鬼影都打了個哆嗦，像一團抖動的膠狀物。「噢！萬一不聰明的話，那就太恐怖了！」其中一人還大哭道：「如果一輩子都**不識字**怎麼辦！」

「但你們已經死了。」他們說得太過頭了，愛麗絲不得不介入。大學生常常這樣，明明想法都是錯誤的，還在互相爭論、比較問題集，把自己搞得一頭霧水，要協助他們理清思緒反而變得加倍麻煩。大學生就像是盲人摸象，像三隻瞎老鼠帶著彼此繞圈子。「你們現在身處地獄，這不是最糟糕的狀態嗎？」她問道。

「我們是死掉的**魔法師**。」戴眼鏡的男孩說道。「那不一樣。」

「哪裡不一樣？」彼得說道。「你們還是被困在這裡啊。」

「那你們為什麼在這裡？」身體較完好的女孩問道。「你們為什麼要來？」

他們緊抓著這個問題不放，一副興高采烈的樣子。

「為什麼？」

「對啊，為什麼？」

「半輩子——」

「那個代價——」

「可怕的代價！」

「那不一樣。」愛麗絲說道。「我們還是可以當魔法師，**那樣**就值得了。」

「喔。」身體較完好的女孩說道。接著，她採用了最討人厭的爭論策略，也就是表面上同意，同時明確表示他們認為她的論點很愚蠢。「**好喔**。」

其他大學生什麼也沒說，他們還需要反駁嗎？那些鬼影只是看著她，臉上的表情如出一轍，帶著無聲的責備；直到他們的形體漸漸淡出，直到身上的燒傷只剩下微光，直到他們憑空消失。

「哇。」彼得說。「這應該是要我們滾的意思。」

「喔，別管他們了。」愛麗絲嘀咕道。她心裡一陣煩躁，一股不安感油然而生，她不想再去想那些大學生的事了。地獄充滿了小小的不幸，為這件事煩惱毫無意義。「反正他們有無窮無盡的時間，可以自己想通。」

第三章

那條白線果真是一道牆，巨大、平坦的牆面直上雲霄，向左右兩旁無限延伸。一大群鬼影在白牆下徘徊，似乎等得很不耐煩，他們的聲音宛如風吹過枯葉的沙沙聲。

「已經等很久了——」

「隊伍都沒有往前移動——」

「他們說出生率下降了。」

「是嗎？」

「戰後嬰兒潮結束了，到處都發展起來了，女生都會吃避孕藥——」

「原來是這樣啊？」

「哎呀。」彼得一邊說，一邊踮起腳尖，試圖越過人們的頭頂看到更遠處。「這比週五的第五大道夜店還可怕。」

「你去過第五大道夜店？」愛麗絲問道。

「我有試著進去，但沒成功。」

愛麗絲確實感覺自己很像被困在夜店外面，只是連大門都看不到，也沒有人在維持隊伍秩序。「你覺得他還在這裡嗎？」她問道。

所謂的視角在地獄並不可靠，無法判斷隊伍移動的速度有多快，或是他們與牆壁之間的距離有多遠。格萊姆斯教授可能早在幾天前就通過了，也可能被困在隊伍裡，距離他們僅僅幾公尺。愛麗絲真希望自己當初有查閱關於出生率和死亡率的資料。過去兩個月，世界上有多少人死亡？又有多少人轉世？她不記得有任何文獻提到離開水仙平原要排隊，奧菲斯等人好像都是直接走進八殿的，但在那些旅人的年代，世界比較小，來來去去的靈魂數量也較容易管理。這面牆搞不好是最近才蓋的，作為某種戰後地府移民管理的措施。

「我們可以喊他的名字。」彼得說道。

「呃，還是不要好了。」愛麗絲說道。到目前為止，她還沒有看到任何守護神，但她知道一般來說，下地獄的活人最好不要引起注意。她打量了一下隊伍，然後挺直肩膀，說道：「我們可以嘗試直接**穿過去**。」

雖然排隊的人潮摩肩接踵，但鬼影不是無形的嗎？至少賽提亞和潘海利根都是這麼想的，鬼影只擁有自己身體的記憶，他們只是靈體，無法與實體產生任何有意義的互動。愛麗絲和彼得是有血有肉的人，而物質勝過空無一物，或許她只要往前推就好。但她才走了三步，就被鬼影團團包圍，她的周圍爆發出憤怒的情緒。

「插隊——」

「不可以插隊——」

「出去——」

「**沒禮貌！**」

冰冷的寒意傳遍了她的四肢，她的皮膚感受到一股黏糊糊的壓力。看來她猜錯了，鬼影想要的話，是可以變成類似物質的存在的。她想起那個身體較完好的女孩，她的形體也有一瞬間變得更加清晰可見。憤怒的鬼影擠成一團，從四面八方推擠她，直到她幾乎喘不過氣來。壓力越來越大，她痛得大叫並跳出隊伍。「好啦好啦。」她說。「好啦，不可以插隊，我知道了啦。」

壓力瞬間消失，寒意也消退了，鬼影紛紛退開，回到隊伍中。

「這方法行不通。」愛麗絲一邊揉著手臂，一邊說：「看來他們——好痛！」

一個鬼影撞開她，還給了她一記肘擊，力道大到她差點摔倒在地。對方似乎把全部的身體記憶都投入到那一記肘擊中，真的很痛。

「該死的魔法師。」鬼影生氣地小聲說道。「一點也不懂得尊重別人。」

愛麗絲的肋骨痛得要命，但她興奮到根本不在意。「你怎麼知道我們是魔法師？」她問道。

「你們手上都是粉筆灰。」鬼影說道。「膝蓋上也是。不然你們難道是癮君子嗎？」

愛麗絲開始懷疑這個鬼影是數學家，因為數學家很討厭魔法師。

「你還有看到其他魔法師嗎？」彼得難掩雀躍之情，問道。「最近在這裡有看到嗎？」

「我有看到魔法師嗎？」鬼影咕噥道。「我有沒有看到一個目中無人、狂妄自大的魔法師，一副趾高氣揚的樣子，好像這裡是他家，好像我們其他人都不存在——」

這段描述很符合格萊姆斯教授。「你是什麼時候看到他的？」愛麗絲問道。

「一天。」鬼影說道。「一週，一個月，誰有在算啊？」

「確定他通過了嗎？」彼得追問道。「他已經不在隊伍裡了？」

鬼影嗤之以鼻道：「看他走那麼快，好像在趕時間一樣，現在八成已經到第八殿了吧。他們為了趕他走，一定會盡快讓他通過，我只能說走得好啦。」

愛麗絲真想立刻衝到大門前，但現在鬼影都在瞪她，就算請他們借過，她也不覺得他們會照做。那該怎麼辦？乖乖排隊嗎？但就算排到最後，愛麗絲也不知道守門神是誰，以及他們願不願意幫助活人。而且格萊姆斯教授行動迅速，似乎有明確的目標，如果他不想耽擱的話，代表他一心想要轉世。他們不能光站在這裡，現在要跟時間賽跑，愛麗絲不知道地獄八殿能夠留住格萊姆斯這樣的人多久。

「羅，妳看。」彼得盯著牆壁說道。從遠處看，它似乎是平坦光滑、完美無瑕的大理石牆面，但近距離觀察後，愛麗絲才發現這堵牆是由成千上萬塊小骨頭構成的，它們堆疊在一起，形成了一個緻密的古老建物，是數百萬年生命累積的殘骸，一座保存下來的時間之山。雖然牆壁的左右兩側看不到盡頭，但垂直方向上並非如此，似乎往上延伸四、五十公尺就達到頂部，從下面看是一條平順的直線，不會比大學圖書館還高。

彼得問道：「妳覺得爬上去有多難？」

✰

兩人沿著與隊伍垂直的方向走，直到人群越來越少，他們就能順利接近牆壁了。不知為何，鬼影似乎沒有想要爬牆，可能是因為他們不用趕時間，也可能是因為他們就算實體化還是太脆弱，無法攀附在牆面上。

真可惜，愛麗絲心想，因為這面牆真的很適合攀爬。到處都有大塊的骨頭凸出來，很容易抓握，是絕佳的手點，牆上也布滿了凹槽，剛好可以把腳趾頭踩進去。愛麗絲很慶幸這堵牆只由骨頭構成，似乎所有的毛髮、毛皮、血液和軟骨碎片都早已被侵蝕殆盡，既沒有發臭，也沒有血跡，質地很棒。愛麗絲抬頭仰望，看到了不少瓶頸、煙囪和裂隙，讓她想到熨斗山和峰區的攀岩點。她推測唯一的問題是耐力，但或許他們可以在爬到最上面時休息。

她深吸一口氣，轉動肩膀，然後把手伸進背包裡。

「妳在做什麼？」彼得問道。

愛麗絲正在用手指捏碎一根粉筆。「這樣比較好抓穩。」她解釋道。「流手汗時可以止滑。」

「妳怎麼知道？」

她把粉筆灰抹在手上，說道：「我之前在科羅拉多州會攀岩，現在有時候也會，學校有攀岩社。」

「感覺就像美國人會做的事。」

「噓。」她把手伸向附近凸出的骨頭，找到踏腳點，便爬了上去，說道：「跟我來，不要往下看。」

他們開始往上爬。令愛麗絲高興的是，這面骨頭牆爬起來非常簡單，手感很好，牆壁摩擦力也大。她小心翼翼，在把身體的重量放上去前，會先用力拉扯每個手點，但每一寸骨頭都很牢固。經過極長時間的積累，這些材料緊密堆疊，絲毫沒有鬆散之處。

她往上爬了一會兒，享受著每一次抓握的穩定性，輕輕鬆鬆在握點之間自由轉換重心。肌肉的收縮和放鬆以及重複執行的動作讓人感覺很好，有令人靜心冥想的作用；她必須全神貫注，腦中焦慮的雜念都暫時消失了。她也很開心自己還能夠攀岩，過去這幾個月來，她都沒有好好照顧自己，本來還擔心肌肉都萎縮了。另一方面，她也瘦了很多，要承受的體重較輕真的有差，雖然她不確定這種輕飄飄的感覺是因為身體敏捷，還是她已經餓到腦袋不清楚了。

過了一會兒，她停下來環顧四周。她在科羅拉多州攀岩時就很喜歡這麼做，她從來都不怕高，反而很喜歡欣賞自己與地面之間的距離。都爬到這麼高了，她別無選擇，只能繼續前進，這個不可動搖的事實可以幫助她消除恐懼等沒用的情緒。

地獄在腳下彷彿永無止境，所見之處盡是泥沙和連綿起伏的沙丘。在她疲憊的雙眼中，地獄的這一側宛如一幅抽象畫，由兩個蕩漾的色塊組成：下面是柔軟光滑的灰色大地，上面則是燃燒的暗橙色天空，中間點綴著一抹永恆的夕陽，相當美麗。

「好瘋狂喔。」她說道。「但景色很美。你還好嗎？」

彼得沒有回答。

「默多克？」

她往下看，發現自己跟彼得之間的距離比想像中大很多，他應該停在那裡好一陣子了。他的四肢不斷顫抖，額頭上布滿了汗水。他面對牆壁，瘋狂眨眼，似乎很努力不要吐出來。

「默多克？」

一開始，彼得好像沒有聽到她的聲音，最後他終於開口：「我好像恐慌發作了。」

雖然這樣很不恰當，但愛麗絲忍不住笑道：「默多克，你有懼高症喔？」

「我本來不想告訴妳的。」他喘著氣說。「想說我就……撐下去……」

「是你說要爬的耶！」

「是沒錯，但我只是說理論上可以啊。」他嘀咕道。「噢，天啊，羅——」

「沒事的，沒事的。」她趕緊說道。「你看，你已經爬到這麼高了——」

「但我現在滿腦子都是恐懼，根本動不了。」他緊閉雙眼，說道：「天啊天啊——」

「不要說話，專注在呼吸上。」愛麗絲說道。她意識到事態的嚴重性，但還是保持冷靜。她曾經成功說服大學生不要停修格萊姆斯教授的專題討論。在靠言語消除恐懼這方面，她算是經驗豐富。「你上方一公尺左右有一塊特別凸出的骨頭，很堅固，你可以踩在上面，身體前傾，稍微讓手臂休息一下。你可以再往上爬一點嗎？」她問道。

「我沒辦法放手。」彼得又嘀咕道。「我的手腕——」

「你不做就會死。」愛麗絲厲聲說。「默多克，動起來，不要思考，做就對了。」奇蹟似地，彼得照做了。他雙腳站穩，身體前傾靠在牆上，張開雙臂以保持平衡，胸口上下起伏，顯然已筋疲力盡。

「很好。」愛麗絲鼓勵道。「好，那……我們來評估一下狀況，重新開始——」

「我的前臂痠得要命。」彼得喘息道。

「你用太多大拇指的力量了。你看我。」她用一隻手示範，說道：「試著用另外四根手指吊著，這樣摩擦力就夠了。勾住，不要用捏的。」

有很長一段時間，彼得只是靠著牆壁喘氣，愛麗絲不確定他有沒有聽到她說話。但他終於慢慢伸出一隻手，另一隻手撐著牆壁以保持平衡，並活動手指。

「好。」他說。「這樣好像有用。」

「如果需要休息的話，就找一個穩固的踏腳點踩上去，站直，然後像現在一樣靠在牆上，那樣可以減少手臂的壓力，知道了嗎？」

他雙眼圓睜，點頭如搗蒜。

「猶豫是你最大的敵人。如果看到一個握點，就放手去抓，猶豫越久就會浪費越多體力，知道了嗎？」

「遵命，長官。」

「夠囉，默多克，我是在救你的命。」她又拿出一根新的粉筆，在手上抹了一層粉筆灰，然後把剩下的粉筆傳下去給彼得，說道：「再抹一層，你出汗了。」

彼得乖乖照做。他們又繼續往上爬。從這個角度看，愛麗絲無法判斷他們爬了多高，是否已經爬了一半。所有的距離和紋理都變成了抽象的概念，宛如畫布上的線條，左右兩側只有無邊無際、凹凸不平的白骨牆，然後是天空或地面。沒辦法配速，按照自己的步調抵達終點，她只能忽略時間的流逝以及迅速逼近極限的耐力，一隻手一隻手往上抓。光用眼睛看，距離永遠不會縮短。手，手，腳，腳，手，手，腳，腳。

她的右手終於碰到了一個平坦寬闊的表面，她鼓起勇氣抬起頭。到了，上面沒有牆，只剩下天空，她成功了，在攀岩館都稱之為「過岩邊」。她深吸一口氣，用盡全力一口氣爬了上去，然後迅速跪起來，往下看。

彼得抬頭看著她，瞪大眼睛，眼神中充滿驚恐，身體抖得很厲害。愛麗絲怕他會放手，而且他距離頂部至少還有一公尺，她還沒辦法拉他起來。

「你快到了。」她喊道。「就差一點而已。而且上面很平坦，幾乎有一公尺寬，我們可以在這裡休息，你只要再撐一下就好。」

他或許有回應些什麼，但她聽不清楚，只聽到痛苦的喘息聲。

「看著我。」她說。他抬起頭。「這樣就對了。」

他將顫抖的手伸向下一個握點，再下一個。

「現在動一隻腳。」她低聲說。「穩穩來……很好，很好……再來另一隻腳。」

他的一隻手搆到了頂部，她抓住了他的手腕。另一隻手也上來了，剛好夠她把他拉起來。她猛力一拉，彼得就大叫一聲，倒在她身上。

他們躺在那裡許久，大口喘氣。愛麗絲感覺到皮膚濕濕的，便抬起頭，發現彼得的臉埋在她的脖子裡。他正在哭。

「你沒事了。」她低聲安撫道。「沒事了。」

她本想從彼得下方鑽出來，但對方仍在顫抖——雖然這想法可能不太得體，但愛麗絲覺得那樣子有點像完事後的男人——她心想還是讓他好好發洩情緒吧。於是她把頭躺回去並閉上眼睛，享受著四肢傳來的疲憊感。

老天爺啊，她已經很久沒有感受到這種痠痛了。的確，疲勞對她來說是家常便飯，但這種陣陣作痛的痠痛感，彷彿全身的肌肉都在尖叫，提醒她自己把身體逼到了極限，但是撐過來了，而且她擁有一副足夠強壯的身體，能夠完成剛剛的壯舉，感覺其實滿好的。

她試著專心享受肌肉燃燒的甜蜜負荷，不去注意彼得溫暖的身體貼在她的胸口，不去想彼得趴在她身上有多麼荒謬。不知為何，她覺得最荒謬的不是在地獄攀岩，而是現在這個狀況。看到彼得脆弱的一面，看到他這樣依賴她，愛麗絲努力不去理會內心深處的奇怪騷動。雖然她從很久以前就希望彼得能向她顯露弱點，什麼都好，但實際發生了卻遠不如想像中令人滿足。彼得示弱只是讓他看起來像個普通人，而彼得越像普通人，愛麗絲就越搞不懂他。

過了好一段時間，他終於慢慢冷靜下來，停止哭泣。「對不起。」他從她身上爬了起來，然後坐在牆上，說道：「我覺得很難為情。」

「沒事啦。」愛麗絲閉著眼睛，低聲說道。

「我只是好害怕，我這輩子從來沒有這麼害怕過。」

「這很正常。」

「每次移動，我都覺得要掉下去了。每一次放手，我都以為自己就到此為止了。」

「要掉下去沒那麼容易。」愛麗絲也坐了起來，然後伸出手拍了拍他的膝蓋，說道：「相信你的身體，你不會掉下去的。」

她沒有告訴他，失足有多麼常見，而且感覺其實很棒。腳滑瞬間的驚愕、所有的支撐都消失，全身離開壁面的剎那、隨之而來的失重感，以及最後「砰」的一聲落地。在科羅拉多州，大家常常會以各種尷尬的姿勢從岩壁上跳下來，只為了讓朋友開懷大笑。

她有時會故意掉下去，例如在快完攀一條路線時放手，或是讓手指從專為初學者設計的握點上滑落。她特別喜歡這種握點，因為它們很穩固，突起的弧度正適合手指抓握，要「手滑」反而特別費勁，你必須真心希望自己掉下去。

她很喜歡那種生死一線間的感覺，一個不注意，或是如果鬆一口氣，內心釋懷，就這樣放手，地面會以多快的速度衝來。知道要怎麼掉下去，試探最糟糕的情況，並且知道那是一種選擇，那種感覺很棒。

她意識到現在分享這些可能沒什麼幫助，便默默藏在心裡。

「你還可以繼續嗎？」她問道，並回頭看了一眼，卻發現彼得正用一種非常奇怪的表情看著她。

她無法解讀那個表情。不，不是驚奇，也肯定不是欲望，而是一種瞠目結舌的脆弱神情，嗯……「孩子般的坦率」大概是最貼切的形容吧。她不喜歡那個表情，因為實在太熟悉了，那讓她想起曾經的自己，以及不復以往的**他們**。那讓她感受到一些**情感**，她無法接受，因為過去這一年來，愛麗絲和彼得已經決定，兩人相處最好的模式就是假裝彼此都像石頭一樣堅不可摧。

兩人四目相接，一言不發，持續了幾秒鐘，久到愛麗絲張開了嘴巴，苦苦思索任何能打破沉默的話語。但那一刻過去了，彼得眨了眨眼，低下頭，雙手搓揉大腿，然後跪著轉身，俯瞰高牆另一頭的景象，忍不住驚呼：「我的天啊。」

愛麗絲也跪在他旁邊，低頭往下看。

起初，她以為自己正在俯瞰一片大海，因為她的第一印象是令人頭暈目眩的翻騰景象，一個持續翻攪的畫面。我在作夢吧，她心想。糟糕，又來了。這種事有時會發生，應該說一直都是如此；如果讓眼神放空，各式各樣的奇妙東西會從視野邊緣悄悄映入眼簾，例如多頭蛇或狼群吞日。一位讀神經科學的朋友曾經告訴她，視覺很大程度上是記憶，大腦看到一種模式後，會自動填補其餘部分。哎呀，愛麗絲的記憶庫已經爆滿了，混搭機制故障了，她的大腦填入了各種不恰當的元素，黑板變成了停車場，蘋果樹變成了十字架上的耶穌。她在超市排隊結帳時，常常看到輸送帶上堆滿了屍體，而不是高麗菜。

但這只有眼神放空時才會發生，現在她的注意力非常集中。每當她的目光落在一個點上，眼前的景象就會穩定下來，她可以辨認出一些地形的輪廓：高山和沙漠、蜿蜒的小路，以及劃分出的數個區塊，她希望那就是八殿。一眨眼，她就看到了疑似是劍橋的鳥瞰圖；鐘樓、大學宿舍、鵝卵石道路兩旁那些作為系館的古老石砌建築。但無論她怎麼努力，都無法長時間注視同一個點。這不是她的錯，是地獄的景觀在搞鬼，就像站在一張裸視立體圖前一樣。只要她的眼睛稍微轉移焦點，影像就會改變。她看到筆直的道路變成了蜿蜒的迷宮，看到廣闊的地形變成了放射狀圖案。她看到了珊瑚礁，看到了一條閃閃發亮的黑線，有時似乎將所有景象都綁在一起，有時卻被一個黑洞般的圓圈連同周圍的一切全部吸進去，只剩下一個黑點。

愛麗絲試圖集中精神，強行將地獄化為一幅可測繪的影像，卻感覺到眼睛後面一陣劇痛，不得不別開視線。

彼得的手掌按在自己的太陽穴上。謝天謝地，愛麗絲心想；他也有看到。

「我們要進去那個地方。」他說道，聲音相當緊繃。

「對。」

他臉色蒼白，說道：「我們會被吞噬掉。」

「不，不會的。」愛麗絲回答。她也不知道自己哪來的信心，只知道其他旅人的記述中都沒有提到嘉年華歡樂屋一般的扭曲地形。其他人似乎都在標準的歐幾里得幾何空間中悠閒漫步，沒道理他們會受到差別待遇。

她認為這只是視角問題，她從小就在爬的山也有同樣的效果，高聳到令人頭暈目眩。抵達山腳時，如果伸長脖子尋找山峰，地面似乎就消失了。但如果低下頭，把目光集中在腳下的土地上，一步一腳印專心往前走，不知不覺就登頂了。

「我們只要下去就好了。」她告訴彼得，因為他們兩個必須有其中一人保持樂觀，必須有其中一人妄想一切都會順利。這是在研究所取得成功的關鍵，只要夠會妄想就無所不能。「下面應該滿不錯的。」

第四章

往下爬比往上爬還要困難。

首先，你看不到下一個踏腳點，只能假設如果往下爬，腳趾就會找到地方踩。而且對於疼痛的手臂來說，向下爬並不會比較輕鬆，因為要確保一次不會往下太多同樣十分耗費精力。

但彼得這次比較上手了。兩人與地面之間的距離是逐漸縮小而不是擴大，這對心理建設很有幫助。此外，爬到一半時，他索性脫下背包，讓它直接掉到地上，負擔減輕了不少。「裡面只有書而已。」他氣喘吁吁道。「耐摔。」

最後一公尺他是摔下來的，但沒有受傷。愛麗絲跳了下來，在他身旁輕輕落地。這樣腳跟會痛，但她有一股愚蠢的衝動，想讓彼得對她刮目相看。攀岩社的社員常常會互相耍帥，像貓一樣輕鬆落地。可惜彼得沒有注意到。

在牆的這一側，地獄看起來像一片平坦空曠的原野，沒有鬼影，沒有道路，地平線上也沒有任何輪廓顯示那裡可能有東西。連綿起伏的平原不見了，他們再次受困於無止境的沙漠中，沒有明確的目的地。看到這一幕，愛麗絲心裡隱隱感到一陣恐慌，因為他們努力了一整天卻一無所獲。她很討厭在不知道下一步的情況下停下腳步，但他們四肢發軟，腦袋好像裝了漿糊，於是兩人一致同意把難題留到明天再解決。

他們在高牆的陰影下紮營。關於地獄中是否有白天和黑夜，各個文獻的說法不同，較戲劇性的描述中宣稱地獄只有無盡的黑夜。但過於昏暗的太陽終究還是落下了，空氣也變冷了，在劍橋時間六點半左右（愛麗絲的手錶還能動），天就完全黑了。地獄似乎沒有月亮，就算有也躲起來了。兩人坐在一片漆黑之中，唯一的慰藉就是寂靜，就算有什麼東西潛伏在黑暗中，至少他們不知道。

愛麗絲用火柴和引火物升起了小火，彼得則分配一人兩根蘭巴斯麵包。理論上每八小時吃一根就夠了，但兩人都覺得今天這麼辛苦，至少應該多嚼幾口吧。

「剛才的事……」彼得打破了沉默。「謝謝妳。那真的……幫了我很多。」

「不用客氣啦。」

「妳知道嗎？我真的以為我死定了。」他搖搖頭道。「天啊，我這輩子從來沒有這麼確定自己要死了。」

「我不會讓你死的。」愛麗絲脫口而出。她知道這種時候該說什麼，因此自然而然就說了，但聽到時又覺得怪怪的。如果是家人、甚或朋友，只要是比愛麗絲和彼得現在的關係更親近的人，應該都能輕易說出這句話，因為當中蘊含著對彼此的信任。但問題是，老實說她不知道自己是不是真心這麼想，她猜彼得應該也不知道。「不然格萊姆斯教授會很失望。」她幫自己找台階下。

「也是，可不能讓格萊姆斯教授失望。」

他們默默咀嚼和吞嚥了一段時間。蘭巴斯麵包很討厭的一點是會黏在嘴巴裡，例如卡在牙齦或舌頭下，彷彿你張著嘴，臉朝下被拖過沙地一樣，而且這種感覺會持續好幾個小時。唯一能完全清掉麵包屑的辦法就是用酒漱口，因為蘭巴斯麵包會溶於酒精，但他們沒有酒。愛麗絲真希望自己能用小指去摳臼齒，但她可不能在彼得面前這麼做。雖然很愚蠢，但如果在彼得面前做出幼稚的行為，她內心有一部分還是會介意。

「妳知道嗎？」彼得仰起頭，半閉著眼睛，說道：「聽妳談論他很奇怪。」

「誰？教授嗎？」

他們總是叫他格萊姆斯教授，姓氏加上職稱，不會叫「格萊姆斯」，當然也不會叫「格老」。大部分的教職員工都會鼓勵研究生直呼他們的名字，畢竟他們現在是同事，關係不一樣了，地位比較對等，但如果學生敢嘗試叫他雅各，格萊姆斯教授一定會感到一陣厭惡。

「對啊。」彼得說道。「我還以為妳不太喜歡他呢。」

愛麗絲立刻產生防備心，問道：「這話是什麼意思？」

「我……呃，也沒有啦，我只是想說……不知道，妳在他身邊好像總是有點緊張，我是說最近啦。」

「他是當今最偉大的魔法師，不緊張才奇怪吧。」

彼得想了一下，點點頭說：「我並不是說妳……你們的關係不好，我只是覺得你們不太喜歡彼此。我是說，像上學期，就滿明顯的……」他沒把話說完。

愛麗絲低頭看著雙手，眨了眨眼。

彼得說得沒錯。在格萊姆斯教授去世前的幾週裡，兩人處得不太好。他對她大吼過一、兩次，她也有吼回去，系上其他人可能有注意到，也可能在她背後談論這件事。一想到他們的竊竊私語，加上彼得看似擔憂的神情和好奇的眼神，她就羞愧得想找個洞鑽進去。

「撇開私人問題不談，格萊姆斯教授是能幫助我找到工作的最佳推薦人。」她斬釘截鐵說道。

「這是當然的。」彼得急忙附和道。「我也是。」

「少來了。」

「什麼意思？」

「你可是彼得．默多克耶！大家不是都爭先恐後地想雇用你嗎？」

彼得遲疑了一下，他的嘴巴微微張開，顯然有話要說，但他說不出口，至少對她不行。

他之前說格萊姆斯教授是他當魔法師的最後機會，愛麗絲差點就脫口而出，問他是什麼意思。她真希望自己知道發生了什麼事。魔法領域每個系所都對彼得·默多克非常有興趣。大家都知道，自從他通過資格考以來，二流系所就在到處打探消息，想搶先錄用他。但她想不到要怎麼問才不會顯得多管閒事或無禮透頂。

以前的她可能會問，但兩人之間的親密感早已不復存在，她知道如果自己繼續追問，對方只會越躲越遠。

「這個嘛，」他終於開口。「拿到庫克獎學金後，我是可以找新的指導老師啦。」

愛麗絲心裡一顫，問道：「你拿到了庫克獎學金？」

「我上週才知道。」他說。「他們今年的申請時程延後了，因為……妳也知道，就是那起意外。」

愛麗絲發現自己呼吸有點困難，她臉頰發燙，頭暈目眩。在大學時期，她曾希望這種對嫉妒的強烈生理反應久而久之會消失，但上研究所後，這種情況卻變本加厲。每一篇發表的論文、每一次的研討會邀請都會引發一種驚慌失措的戰鬥或逃跑反應，而她一直以來都不擅長掩飾這種情緒。

原來申請上的不是她，當初根本不該抱持希望的。

「恭喜你。」她故作輕鬆說道，才不會聲音沙啞，洩露情緒。「太棒了。」

「謝謝。」彼得說。「我本來不確定會不會得，不過看來他們喜歡我的計畫。」

「他們怎麼可能不喜歡呢。」她漠然回應。

「抱歉，我並不是想炫耀。」

「當然不是。」

「我只是……事情發生得太快了，我還反應不過來。」彼得清了清喉嚨，說道：「抱歉，這樣講好像有點失禮。我覺得……我想，如果妳沒拿到的話……我是說，他們可能今年剛好不想找語言學家吧。呃……我不是看不起語言學家，但妳知道我的意思。」

去你的，愛麗絲心想。

去年，她申請了享有盛譽的庫克論文研究獎學金，也很有信心會得獎。一個世紀前，英國魔法理論創始人之一的遺孀設立了這個頗具聲望的夏季獎學金，獲獎者不僅有充足的資金，可以到世界各地做研究，還能在計畫前後參加由庫克家族後代子孫舉辦的一系列晚宴和雞尾酒會。那些後人都是令人難以忍受的討厭鬼，但沒有人會拒絕免費的食物，所以派對總是很多人參加，因此這幾週是跟學術界的菁英交流的大好機會。庫克獎學金研究員只能由皇家魔法學院的資深成員提名，格萊姆斯教授就是其中之一。

「妳會拿到庫克獎學金的。」幾個月前，他曾向她保證。「噢，他們一定會喜歡妳的，妳肯定是這幾年來最優秀的候選人，而且他們老早就想提名女性了，妳等於是勝券在握。」由於當時愛麗絲仍對他說的每一個字深信不疑，在那次談話後，她連續好幾天都處於欣喜若狂的狀態。

但過了幾個月，每當她提起這件事，格萊姆斯教授就會開始轉移話題。她試圖旁敲側擊，例如提起其他研究機會，再說：「但這樣應該會跟庫克獎學金衝突吧。」但教授都只是點頭敷衍，閃爍其詞。「之後就知道了。」他說。「這就跟擲硬幣一樣，妳永遠不知道結果會如何。」後來他又說：「妳也知道庫克獎學金競爭激烈。」再後來的說詞變成：「聽說他們沒有特別喜歡語言學家。」

在庫克獎學金候選名單差不多要公布的時候，她開始每天檢查自己的信箱三次。有趣的是，事關重大時，人有時候會拒絕相信親眼所見的證據。她每天都盯著空空如也的信箱，試圖說服自己是她的感官有問題；只要全神貫注盯著蒙著一層灰的信箱夠久，一封厚厚的紫色信封就會憑空出現。每次電話響起，她都會嚇一跳，還會偷聽教職員會議，平常一聽到「庫」開頭的字詞就會很敏感，偏偏一大堆人都愛說「酷」。

她現在覺得自己真蠢，她怎麼可能會得獎呢？

在那個當下，她真想說些什麼來傷害他。彼得當著她的面炫耀獲得獎學金的事，他知道自己做了什麼，那就該以其人之道，還治其人之身，讓他嘗嘗這種滋味。

「我也有想過要找新的指導老師。」她假裝隨口說道。「我們在義大利時，格萊姆斯是有把我介紹給一些同事認識啦。發生意外後，我有想過要聯絡他們，但要拿到博士學位，歐洲真的不是我的首選，畢竟他們都很……後現代主義，你不覺得嗎？」

計畫奏效了。彼得瞬間僵住，雖然不明顯，但她能察覺到這微妙的變化。他上鉤了，問道：「妳是什麼時候去義大利的？」

「去年夏天。」愛麗絲說。「是非常臨時決定的，我也不知道發生了什麼事，但有一天早上，格萊姆斯教授把我叫去辦公室，叫我週五前收拾好行李。」

她其實很清楚發生了什麼事。大家都知道彼得本來要陪同格萊姆斯教授去羅馬參加一年兩次的《奧術》研討會，但教授抱怨彼得最近不太舒服。「真不可靠。」他嘀咕道。愛麗絲聽了很高興，因為她早在好幾年前就這麼覺得了。「那小子好像有什麼問題，他出局了。愛麗絲，如果妳想要的話，機會就是妳的了。」

「我今晚就收拾行李。」愛麗絲低聲說。當時她只覺得自己很幸運，甚至沒有想過為什麼教授一開始不選她，或者彼得怎麼了，或者是否該有人去看看他好不好。格萊姆斯教授就是有這樣的魅力，如果他和你共處一室，哪怕他只是講一句奉承的話，其他的一切在你眼中都無所謂了。

她也確實在義大利度過了一個美好的夏天。愛麗絲和格萊姆斯教授在分析魔法領域的重大突破不只一項，而是三項。她在那裡吃得很好，皮膚曬得黝黑，整個人沐浴在教授的關注和讚美中，笑得合不攏嘴。那是她在劍橋大學的生涯巔峰，她想讓彼得清楚知道自己錯過了什麼。

她不確定自己是否成功反將了他一軍。彼得的表情看起來就是一副撲克臉，但愛麗絲不知道他是不是裝出來的。

「這趟旅行聽起來滿棒的。」

「我也這麼覺得。」愛麗絲故作拘謹道。「真的很棒。」

「我只是以為……」彼得咳了咳，沒把話說完。「當我沒說，我很高興妳能去。」

兩人陷入沉默。既然得逞了，愛麗絲本該心滿意足，但隨著時間一分一秒過去，她卻感覺越來越蠢。雙方都清楚知道彼此做了什麼，她覺得自己實在太幼稚了。

兩人同時打破沉默。

「是說我們還是——」

「那個，羅，或許我們——」

他們盯著彼此。

「我不想把氣氛搞得這麼尷尬。」彼得說道。

「哦？有尷尬嗎？」

他不理會她的明知故問，說道：「我們要不要先擱置所有人間的問題？羅，我們必須相信彼此，不要在地獄吵架，現在只能相依為命了。」

她吸了吸鼻子，說道：「好吧。」

「我真的很抱歉我提起了庫克獎學金的事。」

「我也很抱歉我提起義大利的事。」說完，愛麗絲只覺得好累，獨自一人，和彼得・默多克一起身處地獄，她不知道自己還能撐多久。於是她拉開背包的拉鍊，在底部翻找，直到找到她的露營毯。「我們乾脆閉上嘴巴，趕快睡覺好了。」她說。

「那是什麼？」彼得問道。

「保暖毯。」愛麗絲回答，一邊把摺成方形的鋁箔毯攤開放在腿上。「可以維持體溫。我跟一個住宿生借的。」

在地獄，愛麗絲的優勢之一是她知道如何為長途旅行打包行李，也很清楚要徒步旅行好幾天需要什麼樣的鞋子和背包。不需要烹飪用具，有蘭巴斯麵包就好；保暖衣物有帶，粉筆和刀子當然也有。在來英國之前，她還滿喜歡戶外活動的。在康乃爾大學，她週末常常都會去峽谷健行。她在洛磯山脈長大，曾憑一己之力徒步穿越優勝美地國家公園和阿帕拉契山徑。這就是她有自信踏上這趟旅程的原因，白山山脈都難不倒她了，地獄還能有多糟？

但說實話，那彷彿是上輩子的事。愛麗絲已經很久沒去健行了，老實說也很久沒攀岩了。在就讀劍橋大學前，她明明有許多嗜好，也知道新鮮空氣聞起來是什麼味道。窩在格萊姆斯研究室的這段時間，她變成了以罐頭湯和餅乾為食的行屍走肉。翻遍衣櫃，在最底部找到登山包時，她還很驚訝自己竟然還留著這東西。

「酷喔。」彼得說完便往後躺，把頭枕在背包上，雙手交叉放在胸前。

她盯著他，問道：「你沒帶毯子嗎？」

「我忘了帶。」

「你沒想到要睡覺嗎？」

「我以前常睡實驗室啊，妳忘了嗎？我們當時也沒在蓋被子的。」

「默多克，現在冷得要命耶。」愛麗絲說完便坐了起來。她還沒開口就有點後悔了，但又覺得自己必須這麼做，不然彼得太可憐了。「要不要一起蓋？」她問道。

「呃……看起來好像滿小的。」

「它還可以再往外攤開。」她拉起了毯子一角，說道。「你看。」

他眨了眨眼，想了一下，便說：「那我蓋一下腳好了。」

「你確定嗎？」

「那樣就夠暖和了。」

「好喔。」

彼得把身體挪向她。想當然耳，雙方不免經歷調整姿勢、手腳無處安放的尷尬時刻，以劃定身體和情感上的界線，不過他們最後還是安頓下來，讓毯子稍微蓋住彼得的下半身，但又不至於讓兩人的身體靠得太近。

「那就晚安囉。」彼得說。

「晚安。」愛麗絲咕噥道。

愛麗絲在露營時總是很難入睡，她不喜歡晚上待在外面，至少要有五堵牆擋在她和想吃掉她的野獸之間，才能讓她比較安心。在地獄暗無星月的天空下，她應該要更焦慮才對，況且誰知道沙丘之間潛伏著什麼危險。但疲倦戰勝了一切，老實說，彼得均勻、平穩的呼吸聲也有幫助，就像一首熟悉的搖籃曲。她很快就睡著了，神奇的是，這是她過去幾個月來第一次沒有作夢。

✯

大家都告訴受訓中的魔法師，在進入就業市場前至少可以考慮一下其他領域的職業。他們稱之為「另類學術性職業」，好像那是某種龐克又叛逆的生活方式，彷彿在一心一意鑽研的專業領域失敗反而會讓你變得很酷一樣。但研究所讀到一半，愛麗絲就覺得除了魔法的任何選擇她都無法接受，此外的人生都毫無意義，如果不能成為終身職魔法師，乾脆死了算了。

而且當大家說另類學術性職業「同樣享有盛譽」（更常見的說法是「其實沒什麼好丟臉的」），沒有人是真心這麼想的。當他們強調學術替代性職業的薪水較高、工時較短、壓力較小、工作更有保障，做起來也更開心時，就更口是心非了。他們會說「噢，魔法師非常適合擔任顧問」，或是「雇主喜歡批判性思考和解決問題的能力」，或是「產業界死亡率較低」。

這些格言出自終身職教授的口中，搖錢樹在手，他們可以放心，再也不用面對他們的學生現在所面臨的恐懼。「噢，他在產業界工作。」他們如是說，好像「產業界」是代指收容老病殘犬的農場一樣。而且那居高臨下的親切語氣暴露了他們的言外之意：學術替代性職業代表失敗。不受商業束縛的精神生活才是唯一值得過的人生。

當然，有人可能會問，為什麼要讓自己經歷那麼荒唐的事。但無論自身是否有意識到，大部分學者的思維都反映了帕斯卡賭注的邏輯。該論證認為，你可以選擇是否要相信上帝的存在，但如果不相信，並依此生活，而上帝其實存在的話，你就會錯過天堂的無限驚奇。同樣地，你可以選擇是否要相信自己能順利進入就業市場，但如果放棄走學術才發現賭錯了，你就會錯過精神生活的種種奇蹟。現在，就跟天堂的情況一樣，愛麗絲這個世代還沒有人體會過這種不可思議的精神生活，但所有的教授都向他們保證這個目標並非遙不可及，於是他們就繼續埋頭苦學。

在進入劍橋大學攻讀分析魔法博士學位之前，愛麗絲就知道，雅各·格萊姆斯教授可能不是所有人的首選指導老師。她在康乃爾大學的大學部導師叫作米爾斯教授，是一名和藹可親的年輕學者。當她第一次給對方看自己的申請學校和指導教授名單時，他曾表達疑慮。

「看來妳真的很想出國深造。」他說。

「畢竟這裡把所有共產黨員都開除了。」

「也是。」米爾斯教授說道。「不過比起法國，我還是推薦去英國，除了格萊姆斯之外，其他人看起來都很不錯。」

「但他是世界上最優秀的語言學魔法師。」愛麗絲說。

「喔，他的研究十分出色。」米爾斯教授說道。「這點無庸置疑。只是聽說他指導的學生不太，呃，快樂。」

「什麼意思？」

「這個嘛……首先，他對學生的要求很嚴格，他們通常很快就累垮了。他的學生畢業率不高。」

「有多低？」

「大概有一半的人都沒念完吧。」

在那之前，愛麗絲一直都很幸運，遇到善良又樂於助人的教授，所以不知道指導老師可以有多糟。她當時以為如果跟教授處不來，那一定是自己的問題。她以為只要確保自己是撐到最後的那一半就好。

「但我想要跟整個領域最優秀的人共事。」她說。「我想要找到工作。」

米爾斯教授可以理解這一點。好的魔法相關工作越來越難找了。每個滿懷夢想的大學生都想成為魔法師，但市場前景就是不樂觀。近幾年來，大西洋兩岸都是保守派掌權，代表大學經費刪減、系所縮編，工作機會也越來越少。大多數學校已經不再為魔法師提供終身職了，因為他們發現這些研究員對圈內人才懂的瑣事更有興趣，而不是產出任何有用或有利可圖的東西，連下一代核武器的影子都沒有。現在是科技革命的時代，量子物理、有三個頻道以上的有線電視以及個人電腦盛行於世，魔法被拋在後頭。魔法只適合在晚宴上拿來耍把戲，不會讓老闆雇用你。

而且沒有學院就沒有魔法。粉筆、音節文字和五芒星陣寶典都是大學提供的，期刊也是大學出版的，而期刊裡寫到的魔法才是有根據的。當然也有非正規巫師，通常是退學的博士生、只拿到碩士學位的學生，或是根本沒念研究所的大學畢業生。其實他們也不是完全缺乏資源，許多非正規巫師會自己想辦法取得粉筆、舉辦業餘研討會，並在評價較低的期刊上發表他們的奇妙發現。事實上，有些發現還相當有趣。有時候，非正規巫師能夠發現連終身職教授都無法想像的事物，這已經是公開的祕密了。但這些內容都不會在《奧術》期刊上發表，因此不具可信度。

「我會盡我所能，幫妳寫最好的推薦信。」米爾斯教授說道。「無論妳申請哪裡，都很有機會錄取，換作是我就不會太擔心。不過一定要小心，愛麗絲，現階段妳可能覺得只要申請上就好了，但別忘了，除了指導教授的認可，還有很多其他事情也很重要，而且人生也不是只有魔法。」

身為快要取得終身職的教授，給出這種建議還真荒謬，愛麗絲心想。她把這些話歸類為「那些自以為比你更懂的大人的陳腔濫調」，便拋諸腦後了。

進了劍橋大學後，旁人的警告不減反增。聽到她是來與格萊姆斯共事的之後，即便不是修讀魔法的研究生也對她投以同情的目光，其他教職員也會特別關心她過得好不好。格萊姆斯教授指導的另一位女學生叫做奧莉薇・金凱德，是個胖胖的女孩，愛麗絲在劍橋大學的第一年裡，她似乎總是在哭，第二年卻不見蹤影。奇怪的是，到了愛麗絲的第三年，奧莉薇本該畢業了，卻仍然在學。

「他是個禽獸。」在兩人第一次見面的那天晚上，好幾杯麥芽啤酒下肚後，奧莉薇斬釘截鐵道。「他根本就是反社會人格。」

「怎麼說？」愛麗絲問道。

「妳很快就會知道了。」奧莉薇含糊回答，語氣卻很誇張，因此愛麗絲認定她是個愛小題大作的人。

奧莉薇在第四年請了長期病假，回來上課三週，然後就消失了，系上再也沒有人聽到她的消息。

其他學生一聽到她的指導老師是誰，都會嚇得往後縮，她觀察對方恐懼的神情，內心充滿了自負與狂喜。雖然她絕對不會承認，但與危險的人共事令她興奮難耐。多年來，愛麗絲都是老師的寵兒，以優異的成績完成高等教育。她暗自希望指導教授會對別人嚴厲、不耐煩甚至殘忍，這樣他對她的關照就更有價值了。她喜歡受到特別待遇，也完全可以接受教授偏袒學生，只要得寵的是她就好。

而且格萊姆斯教授的殘忍並非無的放矢。只要夠努力，咬牙撐過不眠之夜，並且達到所有不可能的標準，就能獲得他的尊敬。這很合理啊，學術界不就是這樣運作的嗎？只要是高度競爭的產業都一樣，最優秀的學生才能找到最好的工作。

在愛麗絲的研究生生涯中，她大部分的時間都認為格萊姆斯教授是必要的考驗。挫折會讓你愈挫愈勇，或至少臉皮愈來愈厚。她這輩子幾乎都是班上的第一名，她不認為博士班會有什麼不同。她只剩下三年、兩年、一年，只要揉揉睡眼，深吸一口氣，咬緊牙關撐過每一天，並無視所有不願面對的真相，直到拿到畢業證書，直到她獲得自由為止。

她也差點就成功了，因此現在的混亂局面更讓人洩氣。樓梯都快爬完了，在沒有人相信她的時候，她差一點就能克服難關，差一點就能嘗到甜美的果實。成功就近在咫尺，如果她當初能再堅持一下就好了。

第五章

愛麗絲醒來時，發現彼得的手臂掛在她胸前。

她意識到這點，但沒有立刻推開手臂，而是躺在那裡思考了一會兒。其實感覺並不糟，地獄晚上變得很冷，而彼得散發出的溫暖還不錯。她都忘了他的體溫有多高，簡直就是個人體暖爐。她感覺脖子有點卡卡的，便稍微挪動身體，然後決定再繼續躺一下。這樣真的滿舒服的，太陽還沒升起；醒著的彼得總是嘮嘮叨叨，很煩人，睡著的彼得就很安靜，好相處多了。這也是她很長一段時間以來，第一次沒有因為壓力而起來乾嘔的早晨。問題的嚴重性、互相矛盾的文獻、一堆有待解讀的卷軸，以及時鐘滴答作響的急迫感，那些都結束了。研究取得了成果，她也**成功**下地獄了，現在只要想辦法活著離開就好。

某個硬梆梆的東西頂到她的大腿。

「天啊！」

她手腳並用往後退開，同時扯掉兩人身上的毯子。彼得立刻驚醒，一臉慌張，喊道：「什麼？怎麼了？」接著他低頭看了一眼，大喊：「幹！我很抱歉……」

「沒關係。」愛麗絲嘴上這麼說，卻止不住臉頰的紅暈。她感到腦袋一陣暈眩，想用手搧風，但那只會讓她看起來像個驚慌失措的維多利亞時代淑女，她只好把手掌貼著臉頰。彼得坐在地上，雙手摀住褲襠，但這反而讓事情更糟，因為現在雙方的注意力都在那話兒上面，他們不得不談論這件事。「沒關係，請你——」

「我們沒辦法控制。」彼得說道。「我是指……男人，但我們睡著時，這種事有時候會發生……我不是故意的……我是說，對不起，我真的——」

愛麗絲用手掌把臉往下拉，真希望自己能把臉部的皮肉從顱骨上熔掉。「沒關係，別在意。」她說。

「不是因為妳。」彼得說道。「真的，那甚至跟性沒有關係……我的意思是，那只是本能反應——」

本能反應往往與性有關，愛麗絲腦中有個小小的聲音說道，畢竟她已經參加過無數次佛洛伊德的研討會，但她立刻摒棄這個念頭，說道：「嗯，我知道。」

「我沒有那樣想過妳，真的，我從來沒有——」

「我知道。」她有一股強烈的衝動想揍他，但大聲哀號的衝動又更加強烈，只是兩者似乎都不太恰當，她只好摀著嘴巴吶喊。「默多克，我知道男性的身體構造是怎麼樣的，真的沒事。」她說。

「我絕對不會故意不尊重妳。」彼得說著說著都快哭了。「絕對不會——」

「別說了。」她喘息道。「拜託你，我們可不可以……可不可以來吃早餐？」

「好，吃早餐。」彼得說，便伸手去拿包著錫箔紙的蘭巴斯麵包，卻抓錯端，導致食物全灑在灰色的沙地上。他盯著地上的麵包，又驚愕又沮喪。

「沒關係。」愛麗絲硬是擠出這句話。「吃我的吧。」

他們面對面坐著，什麼也沒說，只是默默眨著眼睛，嚼著自己的食物。單調乏味的沙漠上沒什麼好看的，所以如果愛麗絲要避開彼得的目光，就只能放空發呆，但那樣又太明顯。最後她把注意力放在蘭巴斯麵包上，嗯，就是硬紙板的味道。

那天早上十分難熬。

不知為何，愛麗絲沒怎麼考慮到「吃喝拉撒」的後半部分，也沒想到要在別人面前進行日常衛生清潔，更不用說上廁所了。兩人默默梳洗和收拾行囊。彼得要上小號，愛麗絲則得上大號，最後她還像一隻難為情的貓一樣，把沙子堆在上面。她不禁反思擁有肉體的種種不便，認為從很多方面來說，沒有實體的鬼影還比較輕鬆。

彼得終於打破了沉默：「或許……或許我們可以來規劃一下路線。」

「嗯？」

「看要怎麼穿越地獄。」

「噢，好，沒問題。」

他從背包裡掏出一本筆記本，一邊翻閱，一邊說：「老實說，我沒想到會走這麼遠，我本來希望他還待在水仙平原。」

「我也是。」愛麗絲拍掉大腿上的麵包屑，也伸手去拿自己背包裡的筆記，說：「但我有畫幾張地圖。」

「我也有。」彼得將筆記本轉過來給她看，提議道：「要不要先去欲望之殿？」

「欲望是第二殿耶。」

「對啊，但我認為可以直接跳過第一殿，妳覺得呢？」

「有辦法跳過嗎？」愛麗絲低頭看著他的筆記，皺眉道。奇妙的是，彼得的地獄地圖看起來好像披薩，應該說很像肛門。他用紅筆圈出中心的點，往外分岔就是地獄八殿，還畫了指向四面八方的箭頭。「這是根據什麼地圖畫的？」愛麗絲問道。

「奧菲斯地圖。」彼得回答。「潘海利根的再版。找到中心，也就是地獄八殿的交會處……代表我們要尋找像山一樣地勢高的地方，可以說是須彌座的概念。然後我們就可以直接前往要去的宮殿，不用浪費時間按照順序走。」

「喔，默多克，那張地圖很廢耶。」

「什麼意思？大家都是引用奧菲斯的文獻啊。」

「奧菲斯因痛失愛人而發了瘋。」愛麗絲說道。「對歐律狄刻的思念是他唯一的動力。」

「所以呢？」

「所以他根本不在乎周圍的一切。從他的角度來看，條條大路通歐律狄刻所在的地方，因為在他的記憶中就是如此。那張地圖毫無用處，只是悲痛的幻想罷了。」

彼得放下筆記本，顯然有些洩氣，但被指出錯誤不會惱羞成怒是他的優點之一。「那妳怎麼看呢？」他問道。

「我支持累積理論。」愛麗絲翻到自己的地圖，解釋道：「也就是說，地獄八殿是按照業力的嚴重程度排序的，首先是傲慢，再來是欲望、貪婪等等。對於一種罪是否會牽涉到所有較輕的罪，這點還沒有定論。舉例來說，如果犯了憤怒之罪，是否就一定得接受傲慢之罪的懲罰？貪婪的人是否也必然犯了欲望之罪？罪行的結構是像俄羅斯娃娃一樣，還是可以跳過某一殿？我不清楚審判官是如何處理這個問題的，但看起來至少得按照順序走過全部八殿，最後

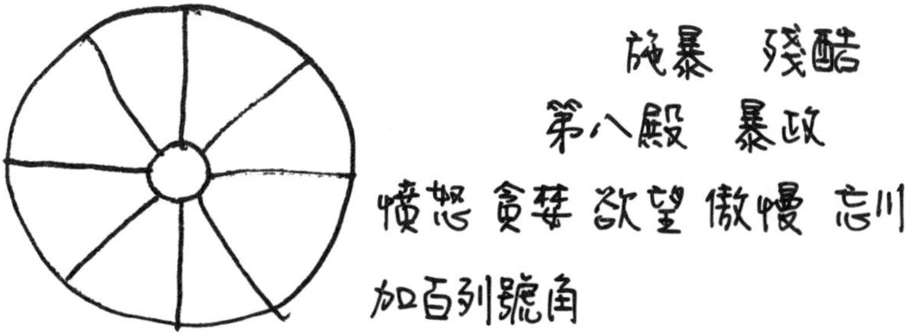

再渡過忘川，抵達閻魔大王的王座。」

愛麗絲用手指輕拍地獄八殿邊緣的一條黑線，說道：「忘川與全部八殿垂直，代表著輪迴轉世的邊界。所以與其說地獄看起來像個披薩肛門——」

「妳說什麼？」

「應該說更像是……」她不多加解釋，繼續說道。「不知道耶，莫比烏斯環之類的吧。所有區域都以忘川為界，你會被困在其中，直到贖完全部的罪為止，然後再到彼岸。這樣說得通嗎？」

彼得摸了摸下巴，問道：「我可以看看嗎？」

「請看。」

「嗯……」他一邊翻閱她的筆記，一邊問道：「妳是在哪裡找到這些資料的？」

「敦煌石窟文獻。」

「因為沒有譯本。你只是沒修亞洲語言而已。」

「好吧。」彼得又讀了一會兒，邊讀邊用手指拂過頁面。看到他腦袋隨著視線上下晃動，閱讀她那潦草的筆跡並試圖理解其中的意涵，愛麗絲竟然有些懷念。他們以前常在實驗室裡這麼做，互相分享最天馬行空的想法，並向對方證明自己並沒有瘋。她很想念彼得聰明的頭腦，就像背著降落傘一樣，她相信萬一有任何疏漏，他都可以幫她抓出來。

他終於開口：「我覺得妳的理論沒錯。」

「謝謝。」

「但這其實和我畫的地圖一致。」彼得繼續說道。「也就是說，如果地獄並不符合歐幾里得幾何空間，那把我的地圖簡化再簡化就會變成妳的版本。」

愛麗絲只聽過一堂關於非歐幾里得幾何空間的講座，她只記得一大堆長得像洋芋片或珊瑚礁的示意圖。「什麼意思？」她問道。

「假設地獄沒那麼像……妳剛剛說披薩肛門嗎？假設沒那麼像那個，而是像……一個螺旋之類的。」他一邊說，一邊在她的地圖下方畫出示意圖。

「假設我們身處雙曲空間。」他說。「拿掉歐幾里得幾何的平行公設，並假設地獄是

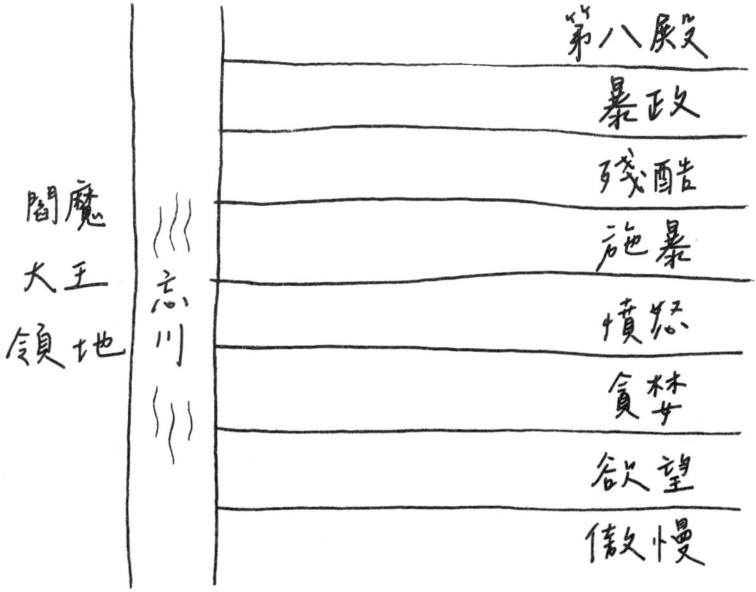

負曲率的彎曲空間，那或許可以把八殿想成一個扭曲的偽球面，外圍有邊界，內部卻無限延伸——」

「但我們並沒有身處雙曲空間啊。」愛麗絲說。她對雙曲空間所知甚少，但這點至少很明顯。「我們一定會在第一時間發現，因為會看到周圍有各種……各種奇形怪狀的珊瑚圖案，我們也不會走在平坦的地面上——」

「其實這樣講不太對。」彼得說道。「這就是重點。身處其中時，當然會看起來像是平面啊。之所以會看到奇形怪狀的珊瑚圖案，是因為我們是以三維生物的角度去想像二維雙曲空間。但我們不是四維生物，所以我們實際上**看不到**三維雙曲空間的奇特之處，曲線在我們眼中看起來是直的。」

「噢，別說了。」一如往常，愛麗絲一碰到數學就很想哭。「重點是什麼？」她問道。

「重點是我們可以直接前往山峰。」彼得用手指輕敲螺旋的頂部，說道。「也就是地獄的中心，俯瞰八殿的最高點。」

「可以啊。」愛麗絲說道。「前提是那個最高點存在，以及這裡是雙曲空間，但我們無法確認。」

「我們搞不好已經確認過了。」彼得說道。「我是說，不然要怎麼解釋我們在牆上看到的奇怪景象？」

「但那不是偽球面，那只是地府不斷變化的樣貌而已。」

「我不這麼認為，羅，我覺得那是地獄呈現其幾何空間的方式。」

愛麗絲不買單，說道：「我倒覺得是地獄在搞我們，這也很有可能啊。」

他們盯著筆記本。事情陷入了僵局，現在有兩張地圖，但沒有足夠充分的理由可以選出任何一張。

「真希望可以在這裡測量光速。」彼得說道，一副悶悶不樂的樣子。「還有測量已知的地府究竟有多大。」

「真是謝囉。」愛麗絲說道。現在她很清楚，他們必須想出實際的解決辦法。如果她讓彼得繼續講下去，

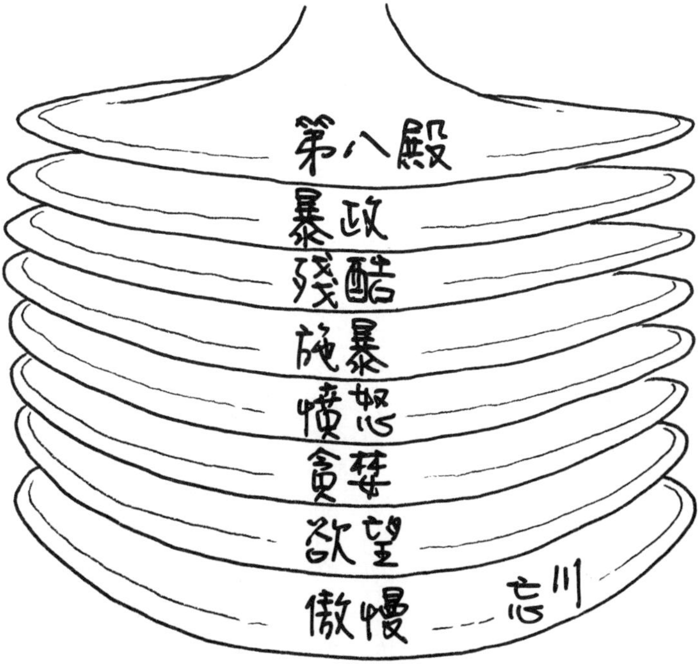

他應該會把一整天的時間都浪費在思考幾何學上面。「我覺得我們應該要按照順序走。」她說。

彼得抱怨道：「但那樣很浪費時間耶。」

「大老遠爬上一座不確定是否存在的神祕山峰也一樣浪費時間！」

「山峰是捷徑，這樣我們就不用翻遍所有的石頭。到了最高點，一切都一覽無遺，我們就可以……我也不知道，直接跳到——」

「好。」愛麗絲說道。「我們就假設你的山峰存在好了，那你要跳到哪裡？你覺得他犯了哪些罪？」

彼得被這麼一問，頓時啞口無言。兩人陷入沉默，他們都在想大學生被燒死的事故，那究竟算是謀殺，還是只是欺騙？他們心裡想著奧莉薇・金凱德、伊莉莎佩・貝斯，以及所有沒能畢業的學生。他們想著格萊姆斯教授在他那傳奇性的教學生涯中所做的種種，以及他們不知道的一切。而愛麗絲心裡想的是冷冷的笑聲和掐進她肩膀的手指，臉上感覺到對方呼出的熱氣，皮膚彷彿被灼燒一樣。

「這個嘛，」彼得故作輕鬆道。「還真是個大哉問。」

兩人沉默了半晌，誰也不想回答那個問題，甚至不想開啟話題，因為那樣就必須承認很多事情，而至少愛麗絲還沒準備好。

「我覺得應該要每一殿都找。」愛麗絲雙手緊緊抱著胸口，說道。「我們……要找就找澈底一點。」

彼得似乎還想再說些什麼，但過了幾秒鐘，他就洩氣了。「好吧。」他說，並闔上筆記本。「那我們動作要快一點，因為我們只有七天，每一殿只有不到一天的時間。」

「七天是怎麼算出來的？我算兩週耶。」

「這個嘛，黑卡蒂的卷軸寫說——」

「黑卡蒂的卷軸暗示人類只能在地獄存活七天，之後就會因為無法滿足生理需求而死。」愛麗絲說道。「我的理解是因為缺乏食物和水，不是嚴格的時間限制。」

「真有趣。」彼得皺眉道。「我是解讀為七天是靈魂的限制。」

「如果她是指靈魂的限制，她就會直接這樣寫。」愛麗絲說道。「希臘文有專指靈魂限制的字詞，第八、十和十二卷都有文本證據——」

「好啦好啦。」彼得抬起雙手，說道。「妳說得沒錯。」

「總之，由於黑卡蒂無法預料到未來會發明出蘭巴斯麵包或保久瓶，我們知道我們可以存活的時間比她想像的還要長很多。」愛麗絲說道。「二十世紀前的人對食物發表的意見參考就好。」

「原來如此，妳說的很有道理。」彼得點頭道，一副若有所思的樣子。「我從來沒有這樣解讀過文獻。」

「你是指細讀嗎？」

「我的意思是……就是考慮到文獻的寫作時間和作者的社會脈絡等等。」

「我們稱之為『歷史化』，默多克。怎麼，你都只看字面意義就信以為真嗎？」

「呃，對啊，如果數學沒錯的話。」

「真令人難以置信。」愛麗絲說道。「難怪大家都討厭邏輯學家。」

「羅，這是**讚美**耶，我是在對妳的專業表達尊重。」

「省省吧。」她說，但她愚蠢的內心卻小鹿亂撞。以前在實驗室工作就是這樣，她心想。彼得提出質疑，她反駁回去，兩種不同的研究方法激烈交鋒，直到他們最終互相妥協，達成的共識也更接近真相。噢，但她的心好痛，她沒想到自己竟然如此懷念那段時光。「這樣反而顯得高高在上。」

他們很快就收拾好營地，並將所有東西塞進背包裡。愛麗絲站起來時伸了個懶腰，卻痛得皺眉。她都忘了攀岩對肌肉的負擔有多大，她不僅全身痠痛，每踏出一步還會腿軟。這幾個月來，她真的沒有善待自己的身體；她幾乎沒闔眼，沒吃什麼東西，當然也沒運動。她希望地獄接下來的挑戰是偏形而上的，而不是考驗體力。當初應該至少要做個伏地挺身的。

彼得清了清喉嚨，開口道：「對了，羅。」

她發現他的臉都綠了，不禁嚇了一跳。彼得看起來好像想把自己的舌頭吞進肚子裡一樣。

「我只是……想讓妳知道，我非常尊重妳。」

愛麗絲真希望能找個洞鑽進去。「噢，別這樣。」她說。

「我也很尊重妳的身體界線。我很抱歉做了任何讓妳感到不舒服的事情。」

「我的天啊，默多克，拜託——」

「因此，我感覺……我的意思是，我覺得今後還是不要共用毯子比較好。我只要忍過去就可以了，其實睡著之後就不會冷了，我覺得一個人睡著的時候，什麼事都能忍受。如果我能做點什麼讓妳感到更安全……我的意思是，在我身邊更安心——」

「默多克。」她雙手貼住臉頰。這也太不公平了吧，她心想。彷彿她從來沒有看過他睡著一樣，彷彿她從來沒有蜷縮在他身邊，雙方呼吸節奏一致，兩人都喃喃說著關於星星和數字的臆測，直到進入夢鄉。一切曾經如此簡單，然而他們現在卻在這裡，像陌生人一樣交涉空間。「閉、嘴。」

他沒有照做。「如果妳想要的話，我們也可以輪流守夜，只要能讓妳感覺——噢，天啊。」他瞪大眼睛，伸手一指，說道：「妳看牆壁。」

愛麗絲轉身，看到白骨牆變得越來越透明。她慌張起來，伸出手，手指卻直接穿過骨頭，彷彿那堵牆只是閃爍不定的海市蜃樓。半透明的高牆持續存在了幾秒鐘，然後就完全消失了，兩人再次被無止境的灰色沙漠包圍。

「沒有退路。」愛麗絲喃喃道。這是潘海利根在書中寫的引言，第一次通讀文本時，她只有大致看了一下，以為潘海利根又想寫詩了，沒想到地獄真的是這樣運作的。「沒有退路，只能繼續前行。」

理論上，這個機制很合理。已通過官方審查的靈魂不應該亂跑回水仙平原，這樣會導致會計工作陷入混亂，你不能因為不想被懲罰就擅自跑回靈薄獄。愛麗絲早該料到的，但還是感到害怕。他們走過的足跡被抹去，此行是孤注一擲，沒有回頭路，不成功便成仁。

然而在牆壁消失的同時，一縷縷灰色的霧氣從地面湧出，圍繞著他們，似乎很好奇。灰霧彷彿具有知覺，在兩人周圍穿梭，好像在傾聽他們的想法和感受，以了解他們是誰以及為何而來。接著，那一縷縷灰霧縮回大片霧氣中，時而凝聚，時而盤旋，彷彿隨著魔術師大顯身手前的鼓聲顫動，然後像拉開的布幕一樣散開到兩側。來吧，地獄彷彿在說，看看這個。

「那是……？」彼得抬起頭，順著鐘樓望向橘色的天空。「怎麼可能？」

「但地獄會適應我們。」愛麗絲喃喃道。她這才理解潘海利根零散的附錄中關於地獄和時間性的論述。「地獄是一面鏡子。」

地獄八殿會映照出生者的世界，幾乎所有古代神話都遵循這項準則。許多古老儀式的進行方式都彷彿在暗示，就算下地獄，生活還是照樣過。送葬者會將硬幣放在死者的舌頭下作為盤纏，也會將其與心愛的寵物和財寶一起埋葬。剛死去的靈魂因突然離世而不知所措，地獄必須呈現出他熟悉的樣貌，否則他永遠無法接受現實，前往彼岸。

這個理論雖然沒有普遍為世人所接受，但確實解釋了為何但丁的地獄裡會出現他認識的詩人、藝術家和政治家，也說明了為何佛教的地獄圖總是描繪園林、池水與後宮等中國宮殿的特徵。希臘和美索不達米亞人對來世的想像都包含井然有序的司法系統、守門人和會計師，他們手持紀錄簿和秤，一一審核死者，就像護照辦理櫃台叫號一樣。歸根結柢，人類還是比較喜歡自己熟悉的官僚機構所帶來的秩序，一切都在意料之中。一個人的罪孽在其道德宇宙的背景下才具有意義，而道德宇宙包括他的親人、偶像、對手和受害者。但丁看到了哲學家和政治家，艾尼亞斯則看到了過去戰士的幽魂。越是親近、熟悉的事物，造成的傷害越深。愛麗絲猜測格萊姆斯教授的道德宇宙，包括所有讓他開心、痛苦的事物，以及所有他可能得罪過的人，範圍不會超過劍橋車站。

或許他們早該料到，地獄會呈現出他們最熟悉的景象：哥德式塔樓、庭院圍牆，以及蜿蜒其間的一條鋪磚小路，寬度剛好夠行人和腳踏車通過，但汽車過不去。踏入這樣的地方時，你一定會知道其用途。建築物使用相同色調的磚塊和石頭，透過統一的設計風格，你會很清楚知道自己身處何方。這裡沒有寬闊的街道和商店招牌，也沒有兒童的喧鬧聲。看到劃分邊界的拱形大門，你就知道了，那扇仙境之門象徵著旅程的展開，紅塵止步於此。這裡不是休閒或商業場所，而是讓人靜下心來思考、暫時無視時間流逝的地方。

「天啊。」彼得說。「沒想到地獄是一所校園。」

論輪迴轉世

所有地獄學家都一致同意，地獄會為靈魂的輪迴轉世做好準備。

地獄八殿並非永刑之處。首先，這是極度不公平的。再怎麼令人髮指的罪孽都不應該受到永世的刑罰，因為那樣不符合比例原則，怎麼算都不對。另一方面，宇宙需要平衡。正如蘇格拉底所說：「如果生者是從另一個世界誕生，但生者又一直在死去，那誰能保證一切不會在死後消失殆盡呢？」論及死亡，基督徒關於靈魂不朽的觀點是對的，但其他觀點都是錯的。畢達哥拉斯學派、柏拉圖學派、佛教徒、道教徒、摩尼教徒、耆那教徒、錫克教徒和印度教徒對死亡的理解更加透徹。生與死是一體兩面，比起所有曾經擁有生命的事物都到了陰間的某座墳墓，越堆越多，將靈魂看成是不斷從一個世界流動到另一個世界更有道理。

在一九六〇年代，哲學家麥克·休默從機率的角度論證了輪迴的合理性，此一觀點現已為大多數學者所接受。根據休默的說法，我們有理由相信時間會往過去和未來無限延伸。如果時間是無限的，那我們僅有一次的人生發生在這一刻、時間軸上這一點的機率趨近於零，所以要嘛時間是有限的，要嘛我們的人生不只一次。休默認為，過去並非有限的，至少這點似乎有道理，所以我們有充分的證據可以相信永恆輪迴。神學家和宗教學家不喜歡這個論點，原因跟他們不喜歡帕斯卡的賭注一樣，就是該論點似乎透過數學作弊，得出宗教花費好幾千年才闡明的道理。

但魔法師愛死了。

永恆輪迴的理論受到弗里德里希・尼采和畢達哥拉斯學派的支持，也跟輪迴轉世的理論高度重疊。永恆輪迴的論點是宇宙中的事件註定會一再重複，因為在無限的宇宙中，在無限的時間內，能量和物質都是有限的，其相互作用的組合也是有限的。可以這麼說，存在的永恆沙漏不斷反覆轉動，我們重生，隨沙而流。

不幸的是，學術界的共識僅止於此。輪迴轉世的運作原理眾說紛紜，例如要等多久才能重生？重生範圍是否侷限於家族之內？你過世的祖母會變成你女兒嗎？善惡的業力是否會隨著時間的推移而累積，從而使道德高尚的人過著越來越好的人生？人是否能像佛教徒所希望的那樣擺脫輪迴？人類的靈魂可以在動物的肉體中重生嗎？而且動物到底有沒有靈魂呢？我們知道轉世時，前世的記憶會被抹除，因為沒有任何可信的紀錄顯示有人能夠記得前世。其他確切知道的資訊少之又少。

最令人困惑的是懲罰問題。懲罰的用意何在？是矯治性質，也就是罪人必須受苦，直到學到教訓嗎？還是應得的嚴懲，罪人必須平衡因果，以眼還眼，自身造成了多少苦難，就要承受相同的痛苦？殺一個人要在沸水坑裡待幾個小時？懲罰是否如但丁所描述的那樣，是一種報應之刑，即懲罰源於罪孽的本質，象徵著惡行充滿詩意的對立面。懲罰是否如同康德的理論所說，意味著違反準則的普遍化？地獄是黃金法則形上學的表現形式嗎？

我們唯一可以確定的是，冥界的靈魂最終會以某種型態前往閻魔大王的領地。閻魔大王就是黑帝斯、阿努比斯、死靈之王、冥界之主、生死判官，你想怎麼叫他都可以。正如魔法中的許多概念一樣，與其說沒有證據證明其存在，不如說無法證明其不存在。他是一個概念，代表我們不知道的事物。他可能是個理性的代理人，公平公正，擔任冥界的哲學王。他也可能是個性情多變、反覆無常的惡魔。他也可能是個人類察覺不到的神祇，在學術圈其實就是「沒有人發表過相關文章」的意思。

儘管有各種理論、故事和神話，閻魔大王的意圖仍然是個謎。沒有人知道地獄八殿中究竟發生了什麼，或者為什麼會發生，更不用說身處其中的鬼影了。如果是一場考驗，沒有人知道要怎麼通過。如果只是單純的折磨，沒有人知道會持續多久。人無法預期、作弊，或是抄一條通往救贖的捷徑。只有當地獄認為我們準備好了，我們才能渡過忘川並投胎轉世。該發生的時候就會發生，在那之前，我們會得到應得的懲罰。

第六章

通過大門時，愛麗絲不禁感到有點興奮。

從小學、國中、高中、大學，到現在的劍橋，她一直都很喜歡在新的學校迎接新的學期。她喜歡熟悉校園環境、申請借書證、窩在隱密又舒適的角落裡讀書，以及尋找系館和宿舍之間的最佳捷徑。她喜歡成為適合那所學校的人。每次入學，你都有機會重新塑造自己，在那裡贏得一席之地。雖然她知道很危險，但現在愛麗絲本能地想要融入這裡。

如果地獄只是一所學校的話，那應該不會糟到哪去吧。這裡甚至不是大學城，不然就會有像購物中心和地鐵站那種可怕的東西。地獄沒有醜陋的粗獷主義建築，古色古香的建築令人安心，宛如舊世界的校園，新古典主義的淺色系與美式的紅色系形成鮮明的對比。沒有樹木，也沒有草坪，因為這裡寸草不生，但這也沒什麼關係，沙地的紋路亦有其優雅之處。總而言之，現在的地獄還算不錯，要不是周圍寂靜無聲，她還以為自己回到人間了呢。

應該是因為沒有大學生的關係，她如此斷定。正是大學生笨手笨腳又活力滿滿的行動、他們的自大以及重獲自由的喜悅，讓大學充滿生機。大學生是新血，他們會提出疑問、帶來新觀點，就算想不出來，他們至少會製造問題。少了他們的喧鬧聲，校園裡出奇地安靜。這點本該令人毛骨悚然，但愛麗絲卻不這麼想。長久以來，她的腦海裡充斥著紛雜的思緒，現在終於安靜下來了，她還滿喜歡的。

「妳可能是對的。」彼得說道。

「什麼？」

「這可能是循序漸進的。」他承認道。「也許真的只有一條路可以走。」

愛麗絲也看到了。地獄和其他校園不同，沒有縱橫交錯的道路和捷徑，只有一條路。愛麗絲循著那條路往前看，想知道會通往何方，卻發現校園裡大部分的建築都變得模糊，不是不存在，只是化為背景了。她唯一能看清楚的是正前方一棟圓形的圓頂建築，有好幾層樓高，四周圍繞著柱子。沒有窗戶，只有底座，每個底座上面都立著身穿長袍、散發出學者氣息的雕像。

你們不能來回趴趴走，地獄告訴他們。你們不能跳過某個地點，只能按照順序來，要先去第一殿，才能去其他殿。

「那地圖就這樣決定囉。」愛麗絲說道。「我們一個一個去。」

於是他們大步走向那棟建築，拉開厚重的大門，走進第一殿「Superbia」，也就是傲慢之殿。

✫

傲慢之殿是一座圖書館。

事實上，傲慢之殿簡直就是愛麗絲心目中的理想圖書館。傲慢之殿鋪了淺色大理石磁磚，設有拋光的木製書架，天花板挑高，搭配傾斜的牆面，美麗的彩繪玻璃圖案帶有些微宗教色彩，皮革閱讀椅採高背設計，感覺很舒服。傲慢之殿的皮革裝訂書不是放在脆弱的塑膠架上，也不是放在拼裝金屬架上，而是擺在厚實的木架上。最棒的圖書館就跟最棒的教堂一樣，古老且飄著霉味，毫無工業化的痕跡。

大家都知道在越好的圖書館，工作成效就越好。好的圖書館代表有人捐款支持，有更多時間和資源可以蒐集最好的藏書。更重要的是，好的圖書館會讓你進入特定的心理狀態。如果分別在拉德克里夫圖書館和一間不起眼的倉庫裡打開完全相同的一組檔案，在拉德克里夫圖書館的工作成效還是會比較好。氛圍很重要，你會變成圖書館所期待的思想家。好的圖書館會在你耳邊低語：每個來過這裡的人都很重要，你也一樣。

如果地獄裡有這樣的地方，應該不會糟到哪去吧？愛麗絲心想。大門打開後，映入眼簾的是堆積如山的書，書架往四面八方延伸，研究人員熙來攘往，手裡都抱著一堆手稿。沒有尖叫聲，沒有嘶嘶聲，也沒有剝皮酷刑的聲音。書籍看起來跟聞起來都很正常，甚至連書名都很正常，全都是英文書名，主題跟死亡也沒什麼明顯的關聯。就跟所有大學圖書館一樣，空氣有點太冷，但除此之外還滿舒適的，甚至還有綠色燈罩、燈光柔和的銀行燈，那種復古桌燈總能讓愛麗絲心生滿足。有一瞬間，她突然很害怕地獄全是一場幻覺，而她只是在書堆裡睡著了，現在又回到了原點。但她又看到鬼影直接穿過書架，只有在伸手取下一本書並翻閱書頁時，身體才會實體化。

「這裡比想像中好耶。」彼得四處張望，說道。「我現在稍微不那麼怕死了。」

「好痛！」

某個堅硬的物體撞到愛麗絲的臀部，她痛得往後縮。撞到她的鬼影怒氣衝衝地走了過去，懷裡抱著一疊搖搖欲墜的書。

愛麗絲一邊揉屁股，一邊抱怨：「好歹說個借過吧。」

鬼影一副不耐煩的樣子，哼了一聲就走掉了。

愛麗絲這才發現，圖書館裡的鬼影並沒有想像中那麼滿足於現狀，甚至還相當不友善。隨著他們越走越深，她開始感受到一種緊張、忙碌的氛圍，就像考試期間的大學圖書館一樣。沮喪的情緒在疲憊不堪、惱怒不已的靈魂之間醞釀著，這種負能量是會傳染的，愛麗絲不禁感到不安，甚至起了雞皮疙瘩。藏書書架之間傳來一陣憤怒的低語聲和書本摔在桌上的聲音。有人打了個噴嚏，就有五、六個人罵道：「噓！」

距離他們幾排之外，有個鬼影弓著身子，手拿放大鏡，正在仔細閱讀一大本泛黃的手稿。他看起來像個檔案保管員，也就是說感覺還算無害。愛麗絲便鼓起勇氣問他：「這是怎麼回事？」

他抬起頭，眨了眨眼，問道：「什麼意思？」

「大家在研究什麼？」

「喔。」他一臉不快，問道：「你們是剛死喔？」

「其實我們——」愛麗絲正打算澄清，卻被彼得打斷。

「對啊。」他說。「我們剛來，還搞不清楚狀況。你們為什麼要念書啊？」

鬼影指著身後牆上的一塊銅牌，上面用大大的襯線字體寫著「定義『好』為何物」。

「我不明白。」彼得說道。

「就字面上的意思啊。」鬼影揮揮手，一副不耐煩的樣子。「弄清楚後去口試，他們就會讓你通過。」

「但是要弄清楚什麼啊？」

「羅，妳看。」彼得說，並從桌上拿起一張印出來的紙。愛麗絲從他身後看那張紙，標題是「推薦閱讀」，下面則是作者名單，包括伊曼努爾．康德、傑瑞米．邊沁、赫伯特．史賓賽等等。「噢，妳看，尼采耶。」

愛麗絲不理他。「你說『通過』是什麼意思啊？」她問鬼影。「是誰會讓你通過？要花多久時間？」

「天啊。」鬼影說道。「我看起來像妳的導師嗎？」

「但我只是想問——」

鬼影轉身背對她，整個臉貼著放大鏡，似乎已下定決心不理她。

「我們到處走走吧。」彼得提議道，並輕輕把愛麗絲拉走。「看有沒有樓層平面圖或是管理圖書館的神。」

他們在迷宮般的書架間穿梭，一路閃躲暴躁的鬼影，直到抵達看起來像是大廳的區域。書架從圓形的學習空間呈放射狀向外延伸，天花板不見了，取而代之的是一座雄偉的中央樓梯。他們抬頭往上看，樓梯蜿蜒而上，每層樓都裝飾著看似在沉思的巨大銅像，每個姿勢都不一樣。在外面可以看到整座圖書館，愛麗絲很肯定她剛才有看到塔頂，但在裡面卻是一望無際，樓梯越繞越小圈，鬼影在圖書館各處忙來忙去。

所有優秀的學者都幻想過一座無盡的圖書館，就像阿根廷作家波赫士筆下的巴別塔圖書館，可以永遠迷失在其中，愛麗絲也不例外，但眼前的景象卻讓她感到一陣恐慌。圖書館太大了，而他們沒有**時間**了。高牆那邊的鬼影說格萊姆斯教授走得很快，似乎有明確的目標。他一心想通過，而當格萊姆斯一心想做某件事，就好像牆壁根本不存在一樣。他們必須在教授轉世之前找到他，不能再耽擱了。

「天哪。」彼得看起來同樣無助。「我們應該分頭行動，一個一個找嗎？」

「那樣根本找不完吧。」

「但搞不好有某種順序。」彼得說道。「可能是按照時間早晚排列的，例如最近到的人可能都在下面幾層樓。」

「等一下。」愛麗絲一邊揉太陽穴，一邊說。「我們就……讓我想一下。」

傲慢，superbia，自大。古希臘文hubris是指挑戰神明的行為，佛教術語「慢」則是指驕傲自大的心。沒有任何旅人的記述提到過大學圖書館，所以她必須回歸第一原理，回歸哲學基礎。她快速回想腦海裡的文字、圖像和專著——從天上掉下來的伊卡洛斯、四肢分裂成八隻腳的阿剌克涅[3]。何謂傲慢？對奧古斯丁來說，是原罪；對額我略一世來說，是一切罪惡的根源。對柏拉圖來說，第一殿懲罰的是擁有榮譽特性靈魂的人，這種靈魂聲稱自己熱愛美、正義與榮譽，但他們其實更在乎維護表象，而不是為了實現上述事物而做出必要的犧牲。對孔子來說，傲慢之殿關的是小人，這些心胸狹窄的人只顧追求虛名，而非其本質。虛名和本質不相稱，對，就是這個，這就是貫穿以上所有理論的共同點。但這一切又跟定義「好」為何物有什

3 羅馬神話中善於紡織的女子，因恃才而驕被雅典娜變為蜘蛛。

麼關係？而且到底要怎麼去定義「好」這個概念？如果她能弄清楚這點，就可以追尋格萊姆斯教授的腳步，因為他肯定一瞬間就解出答案了。

但她發現很難專心思考。儘管她盡力理清自己知道的內容，思緒卻飄忽不定。圖書館神聖的氛圍消失了，各種噪音不斷湧入她的腦海——爭吵聲、竊竊私語、刮擦聲、咳嗽聲、呼吸聲、振筆疾書聲，以及按筆的聲音，雖然音量都在正常範圍內，但所有的聲音都很刺耳，難以忽視，令人心煩意亂。隔壁書架還有人不斷嗚咽，越來越大聲，讓人難以忍受。

她繞過書架，爆氣道：「吵死了！」

正在嗚咽的鬼影是個年輕男子，身材瘦削，四肢修長，他弓著身子坐在地板上，雙手抱膝，身體前後搖晃。他看起來像是法律系的學生，不過愛麗絲也說不出為什麼，她就感覺是這樣，可能是下巴的形狀吧。他的周圍散落著書籍，濺出的墨水弄髒了地毯。看到愛麗絲和彼得，他哭得更大聲了。「他們不讓我過。十七次，都十七次了，他們還是不讓我過，我真是個白癡。」

「噢，沒這回事。」愛麗絲說，心裡很後悔自己剛剛爆氣。這種狀況她早已司空見慣，通常有人在大學圖書館崩潰時，應該要用柔和、平靜的聲音安撫對方，沒收桌上所有的尖銳物品，然後讓他們去吃個餅乾，小睡片刻。「你才不是白癡。」

「但我什麼都做了。」鬼影抽抽噎噎地說。「建議閱讀的文本都看了，拜託，我連羅素的書都讀了。」他一巴掌拍在自己的太陽穴上，說道：「我甚至遵循了《理想國》中的生活之道，也念了數學……噢！」

他倒向一側，撞到桌角，導致一疊筆記散落在地上。他見狀又開始哀泣，重心往前，雙手雙膝著地，哭道：「現在連我的筆記都亂了。」

彼得跪下來幫他撿筆記。「給你──」

年輕的鬼影把筆記緊抱在胸前。「這些還有用顏色分類。」他痛哭道。「但他們根本不在乎。」

「維爾納，拜託你。」一個看起來較年長、身高較矮的鬼影沿著走道匆匆向他們走來。他抓住維爾納的腋下，使勁把他拉了起來，說道：「我們已經討論過了，不可以在書庫裡崩潰。」

「他們又當掉我了。」維爾納啜泣道。「他們討厭我。」

「我知道。」較年長的鬼影拍拍他的臉頰，說道：「但請你冷靜一點，已經有人檢舉你製造噪音了。」

「我永遠出不去了──」

「請勿在公共場域大哭，這是圖書館的規定。」較年長的鬼影拍了拍他的背，說道：「我幫你預約了一個空間，C-56自習室，在三樓，去吧。」

維爾納仍然雙手摀著臉哭泣，但還是照做，跌跌撞撞走向樓梯。

「這樣就對了。」較年長的鬼影拍掉手上的灰塵，然後轉向愛麗絲和彼得，說道：「真的很抱歉，這種事不會再發生——咦？第一次看到你們！新來的嗎？」

「是的。」愛麗絲回答。

「對啊，我們是殉情。」彼得補充道。愛麗絲覺得這太戲劇化了，但沒有反駁。

「哇，看你衣冠楚楚的！」鬼影用手背拂過彼得的肩膀，說道：「連領子上的縫線都很精緻，太厲害了。你是怎麼做到的？」

「呃……」彼得一時語塞。「我很努力經營外表？」

「真是太棒了！這裡的人實在是懶得不可思議，大部分新來的甚是連做個臉都懶。」鬼影十指交扣，彷彿在祈禱，然後深深一鞠躬，說道：「在下是喬治・愛德華・摩爾，很高興為你服務。」

他是愛麗絲迄今為止見過最像人類的鬼影，也就是說，從頭上的灰色髮絲到皮鞋磨損的鞋尖，他全身上下的細節都很豐富，彷彿可以實際碰到一樣。他露出抽菸斗的人特有的歪斜微笑，果然，他左手拿著一根菸斗，朝他們揮了揮，問道：「那閣下是……？」

「彼得・默多克。」兩人同時回答。「愛麗絲・羅。」

「彼得・默多克，你在哪裡念書？」

「噢，我……我們都在劍橋大學念書。」彼得回答。「主修——」

「啊，原來是劍橋大學！」摩爾抓住彼得的手，並用力跟他握手，卻對愛麗絲不理不睬。

「那你是我學弟！真是太棒了，我是三一學院的。來吧，我帶你認識環境。」

他往樓梯的方向走。愛麗絲看了彼得一眼，後者聳聳肩，彷彿在說，有何不可？

當下似乎沒有其他更好的選擇，摩爾看起來也不危險，至少愛麗絲不知道有任何自稱「喬治．愛德華．摩爾」的惡魔，於是他們跟了上去。摩爾轉過身來，大手一揮，指著一樓。

「樓層安排是一層自習區、一層書庫這樣交替。書庫是按世紀從古到今排列，同一門學科內則是按字母順序排列。有點複雜，但我會建議從西元前六世紀著手，再一路往上讀。」摩爾停頓了一下，並俯瞰著一樓，那裡確實有一排排坐滿人的書桌，還有通往一間間自習室、看不到盡頭的走廊。「你們才剛去世不久，一開始可能會不太習慣，但這裡沒有廁所和廚房。沒有人需要睡覺或吃飯，可以全心全意投入研究。」

「定義『好』為何物。」彼得說道。

「沒錯，牌子上就是這麼寫的。那是這裡唯一的規則：弄清楚『好』的涵義。有人想出自己喜歡的定義時，就會到岸邊進行口試，通過的話就可以繼續前進，沒通過的話就……跟可憐的維爾納一樣。」摩爾朝下方幾十個埋首苦讀的鬼影點點頭，說道：「大多數人已經努力好幾年了，但都沒什麼進展。」

愛麗絲內心湧起一股想加入他們的衝動，不是因為主題很有趣——事實上，她覺得題目聽起來太過模糊且有點惱人——而是因為接到一項單純、明確的任務並積極去完成是一件愉快的事情。那些鬼影看起來勤奮刻苦，且抱有明確的目標，這似乎是美德的表現。做研究總是一件好事，正如亞里斯多德所說，全然的幸福就是某種形式的學習。

「但感覺沒有很難耶。」彼得說道。

「是你『以為』沒有很難。」

「但不就是……好的事物嗎？」

「啊。」摩爾說道。「但那只是同義反覆，有講跟沒講一樣。」

「那就幸福。」彼得說。「還有正義，還有善良，還有——」

「你這樣只是在說同義詞而已。」

「但它們都算是好的一部——」

「喔，所以有個完整的清單嗎？那你的清單上還有什麼？清單上所有美德的共同點是什麼？你可以給我一份有嚴格定義的完整清單嗎？」

彼得頓了一下，說道：「我懂你的意思了。」

「這比你想的還要難。」摩爾微笑道。「每個人都以為自己已經知道答案了，多次沒考過之後才知道要研究文獻。特別嚴重的個案總是在原地踏步，最後就銅化了——」

「銅化？」彼得重複道。

「那是一種很可怕的疾病，會從腳開始，接著你會動彈不得，最後就困在原地了。發生這種狀況時，我們就會把他們搬到底座上。你看，牛頓在那裡。」

愛麗絲原本靠著底座，聽到這話馬上彈了起來。「這些雕像是人？」她問道。

「沒錯，每個都是喔。」摩爾說道，並用指關節敲了敲其中一個底座，上面寫著「伽利略」。他繼續往二樓走，一邊說：「他們會甦醒啦，不過誰知道要過多久。偷偷告訴你們，我覺得他們被關在裡面應該滿開心的，可以暫時喘口氣，不用做研究，而且其他人還要欣賞他們的英姿。」

「你為什麼會來這個殿啊？」愛麗絲問道。「我的意思是，大家是做了什麼才會被送來這裡？」

「不要問！不應該問這種問題，這是第一條守則，這樣非常沒禮貌。」摩爾壓低聲音，像在講八卦一樣，低聲說：「不過謠言當然會到處傳，有些人一分心，就會把自己的紀錄留在公開場所，大家都看得到。」他用手一指，說道：「舉例來說，那邊那個傢伙跟大家說自己在牛津教書，但他其實是在牛津布魯克斯大學教書。」

「這樣就要被送到傲慢之殿？」

「對啊，我們這裡各式各樣的人都有。」摩爾一路上不斷指指點點：「那邊那位，如果學生的論文沒有引用他的文章，他就不會給過。

「那個人針對歌德進行了八十二場演講。

「那個人很愛提醒大家達特茅斯學院是常春藤聯盟成員。

「那邊那群是主修創意寫作的學生。」他指著其中一間自習室，裡面有八名鬼影，全都默不作聲，怒目相向。「不知為何，他們都是一群人一起來，我至今還是不懂。」

他們經過另一間自習室，裡面有一個鬼影正喋喋不休，對另一個鬼影大聲說：「當然，這一切都很德希達式，我不太喜歡，因為德希達對糞便過於迷戀。你知道嗎？我曾在一場研討會聽到德希達演講，但大家都在談論他吸食ＬＳＤ，在極度亢奮的狀態下『挖糞塗牆』的黑歷史。」

「歐陸哲學家。」摩爾說，並打了個哆嗦。「這裡有好幾十個。」

他們一路往上繞，一連串的小惡也從來沒停過。摩爾似乎很樂意詳細解釋其他居民的道德缺失，因為他刻意壓低的聲音仍然傳遍整層樓，偶爾會引來惱怒的目光。「那傢伙自費出版了提高生產力的勵志書。

「他自稱共產主義者，卻沒有讀過《資本論》。

「他會背圓周率來炫耀。

「比起提出疑問，他更喜歡批評指教。

「他不接受以第一人稱撰寫的論文。

「他每次都大聲翻閱考卷。

「他到現在都還會問別人大學入學考試成績如何。

「他到現在都還會告訴別人自己的大學入學考試成績。

「他要妻子叫他博士，不過呢，他其實只是個中世紀史專家。

「至於那傢伙則是一直說自己在波士頓念書，還指望大家都明白他的意思。每隔幾年，其他鬼影就會聯合起來教訓他，把他關在書架之間。」

他們經過了幾間堆滿書的房間。「那些是囤書狂。」摩爾解釋道。

「為什麼要在圖書館裡囤書啊？」

「為了證明你發現了那些書。」摩爾說道。「為了證明你知道其存在，且隨時可以拿起來讀，但真的要讀就太過了。」

聽到這裡，愛麗絲已經斷定格萊姆斯教授不可能被判到傲慢之殿。老實說，一想到這個愛說閒話的矮子可能會把格萊姆斯跟那些冒牌貨和裝模作樣的傢伙混為一談，她就義憤填膺。確實，格萊姆斯教授有時非常無禮，皇家魔法學院的人都在背後罵他自大，他也常常會把大學生訓到哭。但不管哪個世代的偉大思想家都多少有點難搞吧？難道他還沒有資格當個難搞的人嗎？她回想起亞里斯多德對驕傲與傲慢的區別，只要實至名歸，當然夠格誇耀自己的成就。格萊姆斯的行為與其崇高的地位相稱，而愛麗絲真的不認為這在道德上跟自稱馬克思主義者一樣糟糕。

而且格萊姆斯教授痛恨虛榮炫耀的行為。她會知道這點，是因為她也曾經沉浸於競爭的刺激感。她第一次參加研討會時，在一場令人眼花撩亂的雞尾酒晚會上，她與來自牛津和倫敦的學生比較彼此的獎助金額、研究預算，以及誰最近在哪裡發表論文。後來她帶著滿滿的優越感，到飯店大廳找格萊姆斯教授，氣勢洶洶道：「你知道倫敦帝國學院沒有初級研討課嗎？超扯的！」她本以為對方會大笑，與她共享這種高高在上的感覺，沒想到他卻用極其鄙視的眼神看著她，說道：「羅，少在那邊耍蠢。」

彼得當時也在場，還在偷笑。愛麗絲羞愧難當，整晚都紅著臉。

那是一次寶貴的教訓，她後來再也沒有犯相同的錯誤了。沒有實質成就可以吹噓的人往往喊得最大聲，越成熟飽滿的稻穗，頭垂得越低。保持沉默，不要理會人群的喧鬧，這樣才代表你有真才實學能引以為傲。

她放慢腳步，好跟彼得說話。摩爾沒有注意到，他越講越激動，開始大聲抱怨精神分析師，手臂劇烈揮舞，要是愛麗絲和彼得有跟上去，可能會直接被打到臉。

「他不在這裡。」她低聲說。「走吧。」

「妳在說什麼？」

「這根本是在浪費時間。」她說，原本的惱怒情緒變成急不可耐。他們在這裡每多待一分鐘，就代表格萊姆斯教授又更深入地獄了。「而且摩爾說他已經好幾年沒看到來自劍橋大學的新面孔了，如果教授有來，他應該要見過——」

「他們搞不好只是剛好沒碰到而已。」

「那我們就丟下他自己去找，他就是個愚蠢——」

「他也沒那麼糟啦。」

「他就是個心胸狹窄的長舌鬼！」

「他是第一個願意提供情報的鬼影。」彼得反駁道。「羅，我們完全不知道地獄是如何運作的，沒有其他線索了。」

「到了！」前方的摩爾轉過身，向他們揮手，態度十分熱情。他指著一扇門，說道：「這是我的辦公室，請進吧。」

☆

愛麗絲看過很多像摩爾那樣的辦公室。那些辦公室充滿了頹廢的氛圍，其擁有者都是些早早就拿到終身教職的男人，那個年代也沒什麼門檻，只要跟系主任打好關係就好了。而這些人往往把辦公室當成俱樂部會所，直到年紀大到被學校踢出去為止。辦公室裡有一張凌亂的大辦公桌、瓷器茶具，以及從亞洲和非洲帶回來的紀念品，至於摩爾是怎麼在冥界找到土耳其地毯的，愛麗絲毫無頭緒。書架上的書都滿出來了，還散落在地板和辦公桌上，其中包括前面提到的《沉思錄》。每面牆上都掛著裱框的學位證書，至於是哪些學校的，愛麗絲就不知道了，她可沒聽說地獄有什麼獲得認證且能授予學位的機構。

「請進，請進。」摩爾說道，並把他們領進辦公室。「這裡是我的小天地，你們就當自己家吧。」

愛麗絲和彼得小心翼翼地坐在沙發上，摩爾則在辦公桌旁忙來忙去，嘴裡嘟囔著「早知道會有客人……」以及「抱歉，這裡有點亂。」

「找到了！」他轉過身，並遞出一罐菸草，問道：「要抽嗎？」

兩人都搖頭。摩爾聳聳肩，便裝滿自己的菸斗，點燃之後吸了一大口。他一吐氣，濃煙就撲面而來，彼得還算幸運，只是不斷眨眼，眼眶泛淚，愛麗絲則是被嗆到直接咳了出來。

「好！」摩爾在兩人對面一屁股坐了下來，並把腳擱在腳凳上，說道：「劍橋大學的學弟啊，是哪個學院呢？」

愛麗絲瞪了彼得一眼，後者回答：「聖約翰學院。」

「聖約翰學院的啊！」摩爾拍了拍手，說道：「好傢伙！我們一定會處得很愉快。」

「不好意思。」愛麗絲說道。

摩爾不理她。「上一個還算有點地位的人來自杜倫大學。」他告訴彼得。「當然，我是有標準的，但是獨處了那麼多年，我就想說，杜倫大學，好吧，可以試試看。但那個古生物學家真的是無聊透頂，總是撣著地板，一心想找菊石。他現在在五樓某處，正在研究關於『好』的自然主義理論。」

「不好意思。」愛麗絲提高音量重複道。

這次摩爾停了下來，瞪著她，彷彿當她是一隻煩人的蚊子。「什麼事？」他問道。

「可以協助我了解一下狀況嗎？」愛麗絲說道。如果彼得不想離開的話，那她就要打破砂鍋問到底。「我們究竟為什麼要留在這裡？」她問道。

「什麼意思？」

「假設我們直接走出大門，離開這裡。」愛麗絲說道。「前往第二殿，也就是欲望之殿，誰會阻止我們？」

「呃，沒人會阻止你們啊。」他眨著眼睛看著她，好像她是個笨蛋一樣。「你們想去哪就去哪，但何必這麼做呢？你們必須待到通過為止，如果沒有先通過傲慢之殿，他們在欲望之殿也不會讓你們過。」

「了解。」愛麗絲說道。「你說的『他們』是誰？」

「當然是神祇啊，也就是牛頭和馬面，祂們是業力的平衡者，也就是公正者閻魔大王的左右手。」摩爾像小學生背誦經文一樣，劈哩啪啦講了這串話。「祂們話不多，但一眼就能看穿你們的心思。如果你們的成績單上沒有評分，祂們一定會知道，再怎麼央求都沒用。如果成績單上寫你們犯了傲慢之罪，那就一定要通過傲慢之殿的試煉。」

「不好意思……你剛剛說成績單？」

「你們手上沒有成績單嗎？」

愛麗絲遲疑了。

「呃……」彼得故意拍了拍口袋，說道：「不知道放哪去了……」

「噢，不用擔心。」摩爾揮揮手道。「等一下成績單就會再次出現，那種東西是沒辦法弄丟的。」他朝桌上一張正面朝下的紙點點頭，繼續說：「總之，成績單上會列出你們的主要罪狀，通過就會打分數。必須按照順序，通過傲慢之殿就會進入欲望之殿，通過欲望之殿就會進入貪婪——」

「那如果我們在傲慢之殿就結束了呢？」愛麗絲追問道。「如果我們沒有犯欲望或貪婪之罪呢？假設我們定義了所謂的『好』，牛頭和馬面會怎麼做？」

「這個嘛，」摩爾往後靠著椅背，說道：「據說祂們會坐船來接你們。大廳的大門通往沙灘，穿過沙灘就會抵達河邊。據說會看到一艘金色的大船出現在地平線上，那艘船會劃破漆黑的水面，在岸邊放下一塊木板條。祂們會在那裡等待，並協助你們上船。」

「然後呢？」

「然後祂們會給你們孟婆用忘川的河水親手釀造的酒。」摩爾說著說著，眼神迷離，臉上歪斜的微笑消失了。「據說嚐起來像蒲公英，像黎明的露珠。喝下去後，記憶會從靈魂中被抹去，就像壁爐架上的塵埃一樣。你們將變回最初的星塵，煥然一新，純潔無瑕。接著，你們將搭船前往閻魔大王的宮殿，穿過輪迴之門，並再次回到滾滾紅塵中。傳言是這麼說的。」

三人都陷入沉默。

摩爾吸著菸斗，彷彿失了神，身體變得有點半透明，愛麗絲可以透過他的脖子看到他身後的學位證書。

「所以你從沒親眼看過嗎？」愛麗絲問道。她不確定摩爾說的話是否可信。

「什麼？噢，對啊。」摩爾回過神來，說道。「倫理學實在是太艱澀難懂了，根本無法精通。不，我在這裡這麼多年，從來沒有靈魂受邀渡過忘川，連我都——」摩爾頓了一下，皺眉，又吸了一口菸斗，說道：「總之就是非常困難。」

「你試了很多次嗎？」彼得語帶同情地問。

「喔，沒有，我不浪費精力做那種事。」

「為什麼？」

「哎呀，這不就是典型的兩難嗎？」摩爾攤開雙手，解釋道：「行政工作會占掉研究的時間。不知道你們有沒有發現，我有點像是這地方的院長。這裡的鬼影行為舉止十分惡劣，圖書的冏書，偷筆記的偷筆記，還有在書庫裡嚎啕大哭……我是說，這裡每天崩潰的人數實在是多到令人難以置信，總要有人負責管秩序吧。」

「你是自告奮勇擔下這份職責的嗎？」

「當然，捨我其誰？」

「但這樣你就永遠無法離開耶。」

「能力越大，責任越大。」摩爾說道。「身為劍橋男兒，我們必須樹立榜樣。」

「這樣啊。」彼得皺起眉頭，但顯然不想跟對方爭論，只有說：「你人真好。」

摩爾露出燦爛的笑容，說道：「所以你會幫忙嘛。」

「什麼？」

「已經好久，好久沒有出現一位真正的學者了，而且還是劍橋男兒。你和我可以成為『劍橋雙傑』，只要我們倆合作，一定可以把這地方好好整頓。」

「那個，」彼得開口道。「我不——」

「走廊另一頭就有一間空辦公室，我們很快就能幫你布置好，我還有多的地毯和傢俱。我們可以各負責一半的樓層，我顧奇數，騷動通常都是在自習室發生——」

「不好意思。」愛麗絲打斷他。她已經受夠了，如果摩爾再講一次「劍橋男兒」，她可能會氣炸。「摩爾教授，其實我們沒有打算留下來。」她說。

「但你們不能離開啊。」摩爾起身道。他緩緩吐氣，從口中吐出的煙霧形成一團紫色的濃煙，凝聚在門口，明顯表達了主人的立場。「你們無處可去。」

「我們可能就出去看看吧。」彼得說。「謝謝你的招——」

「但你們還沒有定義『好』為何物。」摩爾說道，聲音多了幾分抑揚頓挫。「你們還沒通過，所以不能繼續前進，規定就是這樣。」

「我們會碰碰運氣。」彼得說道。

「我真的不建議這麼做喔。」

煙霧繼續從摩爾的菸斗中冒出。

三人都站在原地，盯著彼此。愛麗絲這才回想起，在大學裡那些抽著菸斗、看似和藹可親的研究員中，很少人真的那麼友善。表面上的親切笑容和禮貌態度總是掩蓋著有點腐敗的內在，通常都是守舊的厭女觀點，好一點就是種族歧視。那些人大多數情況下都是愛慕虛榮的勢利鬼，有時則是老年癡呆。教職員休息室裡面會要求你幫忙找眼鏡的老男人數不勝數，他們還會要你解釋那些有色人種到底在幹嘛。這一次，愛麗絲看到的是一個雙眼圓睜、眼神空洞的男人，看起來孤獨得近乎發狂。

煙霧越來越濃。

「是說那間辦公室啊，」摩爾說道。「我覺得栗色的裝潢不錯。」

愛麗絲突然有個大膽的想法，其實是效法彼得，也就是採用邏輯學家的思維，而且還是特別書呆子氣的那種，但現在正是當個書呆子的好時機。

「不然這樣好了。」她說。「如果你能向我證明我們應該要留在這裡，那我們就留下來，如果你證明不了的話，就得讓我們離開。但一定要是正確的證明，你必須用純粹的理性來強迫我們就範。」

「這還不簡單。」摩爾氣沖沖地說道。「我可是個理性之人。」

「我們不都是嗎？」愛麗絲說道。「我們來把論證拆解為兩個前提和一個結論。A，必須通過考試才能離開傲慢之殿；B，我們沒有通過考試，因此得到C，我們無法離開。」

「就是這樣沒錯！」摩爾說道，並高舉菸斗，慶祝自己的勝利。「看吧？」

「但我無法接受這個結論。」愛麗絲說道。「我不懂為什麼一和二會得到三。」

「因為這就是地獄的規則啊。」摩爾哼了一聲，說道。「就這麼簡單！」

「好。」愛麗絲說道。「那你幫我看一下，我有沒有搞清楚。A，必須通過考試才能離開傲慢之殿；B，我們沒有通過考試；C，我們必須遵守地獄的規則，因此得到Z，我們無法離開。是這樣嗎？」

「親愛的，這不是顯而易見嗎？」摩爾嗤之以鼻道。「是邏輯迫使你們這麼做的。」

「但我還是無法接受這個結論。」愛麗絲說道。「為什麼A、B和C會得到Z？」

「那就再加一個前提啊。」摩爾譏笑道。「如果你們接受A、B和C，就必須接受Z。」

「好。」愛麗絲深吸一口氣，又全部複誦一遍：「A，必須通過考試才能離開傲慢之殿；B，我們沒有通過考試；C，我們必須遵守地獄的規則；D，如果我們接受A、B和C，就必須接受Z，也就是我們無法離開。」

「正是如此！」摩爾大喊。「妳講得完全正確！」

「但我還是無法接受耶。」愛麗絲說道。「我就是搞不懂。」

「小姑娘，妳是傻瓜嗎？」

「我不是傻瓜，我只是對這個直言三段論感到不以為然。」

「可是明明很簡單啊！」摩爾彎下腰，用筆沾了沾墨水，開始振筆直書，一邊說：「我詳細解釋一遍給妳聽：A，必須通過考試才能離開傲慢之殿；B，你們沒有通過考試；C，你們必須遵守地獄的規則。接下來，只要再加上一個前提D——」他停頓了一下，然後開始喃喃自語，好像在說：「不對，那還要加上E……但要讓那些傻瓜接受E的結論，很簡單，我們就要加一個F……」

愛麗絲拉了拉彼得的手臂，說道：「走吧。」

他們躡手躡腳經過辦公桌時，摩爾幾乎連頭也沒抬。等到他們抵達門口，他已經寫到前提J了，一邊自言自語：「這樣就行了，再加上這個小前提就沒問題了……」

「做得好。」兩人沿著走廊快步離開時，彼得說道。

「噢，那根本是胡說八道。」愛麗絲說。「沒想到他竟然沒讀過卡羅的作品。」

「其實這對邏輯來說是個大問題！」彼得突然激動起來，揮舞雙手，說道：「就算現在有兩個有效的前提，為什麼就**必然**會得出結論呢？沒有人能給出好的解決方案。肯定前件其實是無法被證明的，但如果我們沒有肯定前件，那就跟回到石器時代沒兩樣，因為肯定前件是一切事物的基礎……」

「不要連你也這樣。」她打了一下他的手臂，說道。「快走吧。」

他們匆匆走下樓梯，回到大廳，經過嘎吱作響的書架、閃爍不定的檯燈、爭論不休的讀書會成員，以及在書庫中哭泣的鬼影，直到他們看到一扇雙開門。這不是他們當初進來的門，但此時這已經不重要了。一聲怒吼從摩爾樓上的辦公室傳來，而在大廳裡，所有鬼影突然都指著他們竊竊私語，似乎很興奮。過了，他們低聲說，有人覺得他們過了。好奇的鬼影蜂擁而上，沒有時間了，愛麗絲決定放手一搏，用力一推。門打開了，他們跌跌撞撞走出那個可怕又寒冷的空間，來到一片死寂的外頭，頓時耳根清淨。

這次，映入眼簾的是一條河。

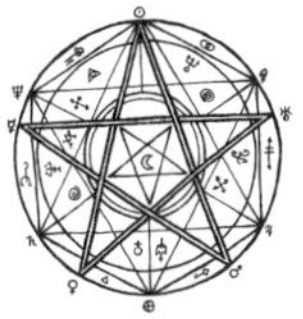

第七章

忘川廣闊無垠，深不可測，看不見盡頭。從岸邊望去，只能看到無盡的黑暗往昏暗的地平線延伸。無論彼岸是閻魔大王的寶座，或是回到陽間的大門，都不在視線範圍內。忘川本身是個視覺悖論，同時呈現一體兩面。乍看之下，河面平靜無聲，黑曜石般的明淨水面反射著太陽垂死的光芒。但如果定睛一看，忘川就會變得波濤洶湧，看不清方向的水流形成了無數個漩渦，而且看得越久，水流聲就越大，水面下翻騰的波浪發出深入骨髓的隆隆聲。

愛麗絲看得入迷，忍不住走近幾步。小時候，她學到白色是所有顏色疊加出來的結果，她覺得這非常不公平；本來應該到處都能看到彩虹，但凡人脆弱的眼睛卻只能看到普通的白光。忘川似乎跟這個原理相反，看起來一片漆黑，但把目光聚焦在一個點上時，就會漸漸看出其中的差異，直到你發現那一大片黑曜石般的表面其實是五彩繽紛的波浪，而那些波浪形成了記憶，如果瞇起眼睛，就可以看到記憶的碎片。這裡有一隻褪色的泰迪熊，那裡有往下傾倒的紅酒，那邊則伸出一隻戴著戒指、布滿皺紋的手……所有碎片都彷彿能勾勒出更豐富的回憶，這些具體的細節，七零八碎的人類經驗在水裡打轉，凝聚成不絕於耳的沖刷聲。

噢，偉大的忘川啊。無論是哪個年代、地區或宗教，地獄都是以河為界，所有的文獻都證實了這點。你不一定要叫它忘川，可以稱之為阿帕諾瓦亞河或是鞞多羅尼河，也可以說是孟婆河或是奈提的領域。但你無法否定河流的存在，它劃分出不同世界的界線，切斷了今生與來世之間的連結。這一側是懲罰之殿，對岸則是閻魔大王的領地，以及約定的黃金圈，靈魂將從那裡回到人間。這個世界上有許多河流都擁有某種力量，有死亡之河、愛情之河、讓人獲得永生的河流，以及奪走永生的河流。有些河會洗淨罪孽，有些只是洗去罪惡感，但只有忘川會洗去記憶。

因為辭源的關係，西方地獄學家偏好忘川「Lethe」這個名稱。「Lethe」來自希臘文「lēthē」（λήθη），意為「忘卻」、「遺忘」。「Lethe」也跟希臘文「alētheia」（ἀλήθεια）有關，意為「真理」。至於真理和遺忘之間有什麼關聯，愛麗絲就不清楚了。根據某些說法，抹去所有記憶可以揭露最重要的真理，也就是靈魂中某種永恆存在、難以言喻的元素。而另一些人則認為因果關係是相反的，要取得遺忘的資格並輪迴轉世，真理是必要條件。唯有認清自己，才能洗去前世的重擔，重新開始。

主流理論將忘川洗去記憶的力量與赫拉克利特的萬物流變理論連結在一起。從很多方面來說，赫拉克利特都是個十足的傻瓜，他以「一切事物都是其自身的對立面」和「宇宙萬物都是一團永恆的活火」這種怪誕言論而聞名。儘管如此，赫拉克利特還是有做出深刻的觀察：人無法踏進同一條河流兩次，因為那不再是同一條河流，而人也不再是同一個人。那麼忘川就是把忘卻和重生畫上等號，靈魂的延續與記憶的持續存在密不可分，記憶消失時，新的靈魂就誕生了。忘川就是忘卻，就是死亡，就是改變。

「假設這條路線也可行。」彼得一邊翻閱筆記本，一邊說出自己的想法：「我是說走水路到各殿。傑西．哈根有提出一些理論……不知道妳有沒有讀過，畢竟我借走了唯一的那本，但如果走水路可能會快很多。忘川一定會經過每一殿，所以理論上……嗯。」彼得用手指輕敲下巴，思考了一下，說道：「但我們沒有可以建造筏子的材料。」

愛麗絲也考慮過同樣的問題。上一艘船，然後航向彼岸，前往其他殿，甚至是閻魔大王的領地。愛麗絲有看到一則引用哈根理論的註腳，但要上哪去找一艘船呢？光是活人的靈魂要下地獄就已經夠難了，五芒星陣也就那麼大，頂多只能帶一點行李，更不用說交通工具了。而且船必須是完全密封且防水的，連一滴水都不能濺到他們的皮膚上。關於這個問題，文獻寫得非常清楚，絕對不能冒這個險。忘川的河水會吞噬記憶，即使只是用手指輕輕拂過水面，也可能會失去刻在心底最重要的真相。

愛麗絲有稍微想過一些辦法，可以用包包裡的素材來製作筏子。或許她可以給毯子充氣，然後嘗試對它施魔法，使其能承受兩個人的重量，並在周圍形成一道屏障保護他們。但感覺魔法根本騙不了那河水，那些漩渦看起來**飢餓難耐**，散發出一種邪惡的引力，是負空間、不可抗拒的磁鐵、思想的黑洞。有種就試試看啊，河水彷彿在說。看我怎麼吃掉妳的粉筆。

她的手臂突然抽搐了一下。她把袖子往下拉，舊傷又復發了。

彼得還在說些什麼，但她心不在焉，思緒已迷失在河流中。無論如何，她的眼神就是離不開那波光蕩漾、變幻莫測的河面。她突然有一股荒謬的衝動，想跳下去游泳，每當她站在高處，同樣的想法就會侵入她的腦海。如果她從窗戶爬出去會怎麼樣？摔下去會怎麼樣？河水看起來如此清涼又舒心，她不禁想像自己沉入那明淨的河面，沒有泛起一絲漣漪。

有一瞬間，她的視線變得模糊。愛麗絲眨了眨眼，再次睜開眼睛時，她看到一名佝僂老嫗站在岸邊，旁邊的桌子上擺了一排排整齊的赤陶罐。「默多克！」她喊道。

「幹嘛？」

「你沒看到她嗎？」

「誰？」

「那個女人啊。」愛麗絲指著她，說道。「岸邊那個女人。」

彼得的聲音微微顫抖。「我沒看到……」

他為什麼看不到？這並不是幻覺，愛麗絲很肯定這點。她知道這個女神，幾個世紀以來，文獻中時不時會出現她的身影。她就是孟婆老太太，河流的守護者，記憶之母，負責將洶湧的河水蒸餾成芬芳的草藥酒。靈魂渡河時，喝的就是孟婆的酒，那甜美清涼的玉液將帶來永恆的解脫，遺忘並非毀滅，而是重生。老嫗和愛麗絲四目相接，嘴角緩緩上揚，露出布滿皺紋的微笑。那笑容裡沒有惡意，只有純粹、真誠的善意。喝吧，她說；儘管老嫗的聲音並沒有傳入愛麗絲耳中，她卻完全明白對方的意思。喝吧，放下，然後安息吧。

噢，那樣該有多棒啊！愛麗絲本以為把格萊姆斯教授從地獄中救出來就能解決她的問題，但何必這麼大費周章呢？她差點笑了出來。真正的答案就在眼前：洗去她心中的渣滓，恢復潔淨的身心靈，宛如啼哭的嬰兒，準備重新開始。無數回憶直衝腦門，氣勢洶洶，令人窒息，她滿腦子只想著要是能卸去這些累贅，任其沉入河底，消融於水，永不復返，那該有多好。她已經厭倦了腦中的想法，思緒太吵雜了，害她的頭陣陣作痛，一刻也不得休息，她受不了了，事實上，她早就受不了了。大家都很怕忘川，總是再三叮囑，遠離河邊，不要碰到水，但他們為什麼不明白河水的慈悲呢？故事都寫錯了，賽蓮女妖的歌聲再怎麼迷人，也比不上大海本身，以及彼岸那片寂靜的黑暗。

彼得厲聲說：「羅。」

她低頭一看，發現自己與河岸的距離縮短了一半，彼得還站在地勢較高處，距離她幾公尺遠。真奇怪，她不記得自己有移動雙腿往下走。「我怎麼會……？」

彼得朝她招手，好像她是一隻不聽話的小狗一樣，並說：「妳要不要上來這裡？」

愛麗絲看著河流，眨了眨眼，納悶道：「真奇怪。」但她動彈不得。

彼得又招了招手，這次更加急切了，說道：「來吧，羅，拜託妳。」

「不要。」那不是她的聲音，卻從她口中傳出，抑揚頓挫，卻無動於衷。愛麗絲喜歡這樣，她喜歡有人為她發言，河流替她做了決定。「我要去游個泳。」

奔騰的河水嘩嘩作響，蓋過了彼得接下來說的話。

愛麗絲毫不在乎。她可以感覺到自己的腦袋正在洩氣，就像一顆被刺破的氣球，可怕的壓力終於全都消失了。她彷彿看到洶湧的水流沖過每一條裂隙，清除所有的碎片，撫平她坑坑窪窪的心靈，直到滿是蛀孔的腐爛部分消失，只留下晶瑩剔透的光滑骨頭。那種失根的感覺又來了，這本應讓她感到害怕，她伸出手，想抓住自我意識的樓梯，卻什麼也搆不著，水流聲實在是太大了。然而這次她並不害怕，滾下去是好事；這並不是落入深淵，而是迎向虛無。她即將接受重生的洗禮。太好了，她心想。對，就是這樣，就快到了——

突然，彼得出現在她旁邊，並緊緊抓住她的手臂，力道之大，讓她感到疼痛。

「很痛耶。」她說。

「羅，看著我。」

「放開我。」

兩隻手抓住她的頭，迫使她的目光從河面上移到彼得的臉上。她已經很久沒有近距離看著那雙眼睛了。他的睫毛真長啊，她心想。以男生來說，簡直長得不可思議；臉蛋也很好看，可惜會讓我回想起殘酷的笑聲、摔門聲——

「深呼吸。」彼得說道。「專注在呼吸上。」

少在那邊自以為了不起，愛麗絲想這樣嗆他，但還是出於本能照做。雖然只有一點點，但空氣進出肺部的聲音似乎讓水流聲減弱了，她又感覺到了自我的邊緣，那疲憊不堪的心靈。

「妳叫什麼名字？」彼得問道。

她知道答案！沒錯，她的定心咒，她有練習過，這很簡單。自我意識的樓梯再次出現，她開始往上爬。她一口氣說了出來：「我是愛麗絲．羅，我是劍橋大學的研究生，我主修分析魔法——」

「非常好。」彼得說。「那妳可以跟我來嗎？」

愛麗絲不太確定，她忘記如何讓自己的四肢聽從她的指令了。

「看著我。」彼得說。「抓著我，這樣就對了。」

他們一步一步爬上河岸。愛麗絲的雙腿好像綁著鉛塊一樣重，舉步維艱。

「快到了。」彼得說。「就差一點點了，再撐一下就好。」

她彷彿在做夢一樣，幾乎沒有意識到自己說出了這句話：「我覺得有時候，保持清醒真的很難。」

「我知道。」彼得說。

她的腳步好沉重，彷彿拖著兩塊大石頭一樣。「我覺得只要閉上眼睛，一切都會輕鬆很多。」

「那個選擇不會消失。」彼得抓住她的手肘，動作堅定但溫柔，並輕聲說：「羅，那個選擇永遠都在，但我們還有事要做。」

✫

他們沿著與河流平行的小路艱難前行，彼得走在前面，愛麗絲則靜靜跟在後頭，覺得很難為情。現在他們離河岸較遠，忘川的誘惑減弱了，愛麗絲真希望自己剛剛沒有那樣小題大作。她也不確定自己是否真的有看到孟婆，畢竟她只有瞥了一眼。她搞不好只是想起一幅畫，或是將具體的文字描述化為幻想。她有時會這樣，搞不清楚是回憶還是現實，沒辦法，她的想像力太豐富了。但彼得很體貼，沒有質問她，愛麗絲也沒有辯解，兩人便逐漸陷入腦袋空空的恍惚狀態，什麼都不想，只是繼續前進。愛麗絲在腦海裡巡了一遍，發現嘩啦嘩啦的水流聲停止了，內心的衝動也消失了，不禁鬆了一口氣。定心咒發揮作用了，她又能掌控自己的意識了。

「那個，」彼得停了下來，說道。「我們已經走好一陣子了吧？」

愛麗絲沒有注意時間，便問道：「是嗎？」

「看起來距離並沒有那麼遠。」彼得說道。「我是說圖書館和下一棟建築，但妳看，妳有覺得那棟建築離我們比較近了嗎？」

愛麗絲回想起她在校門看到的景象。彼得說得沒錯，踏入校門時，地獄的校園看起來就跟一般校園一樣建築物林立，兩棟建築物之間的步行距離不超過五分鐘。但從他們開始走到現在，第二殿，欲望之殿看起來還是一樣遠。愛麗絲覺得自己能看得更清楚了，欲望之殿是一棟兩層樓的建築物，正面和側面都裝飾著華麗的磁磚，有兩隻銅獅鎮守前門，但整棟建築看起來並沒有比較近。

「我就知道。」彼得說。「我們身處雙曲空間。」

「但不是應該反過來嗎？」愛麗絲問道。幾何學的大部分內容她都忘得差不多了，但這點她還記得。「負曲率的話，物體實際上應該比看起來更近，就跟凸面鏡一樣，光會向外發散。所以我們應該要在那裡——」

「不對，不對，我們在牆上看到的是無窮遠處的聚集。妳沒看過龐加萊圓盤模型嗎？就好像我們走在珊瑚上一樣。在這個維度上，兩棟建築物可能距離好幾公里遠，但在另一個維度看就只是個普通的校園。」

愛麗絲不知道龐加萊圓盤模型是什麼，也不想知道。「所以這意味著什麼？」她問道。

「這意味著我們應該要前往山峰。」彼得說道。

「不會又是你那個神祕山峰吧？」

「關於山峰的位置，我們也有一點頭緒，因為我們已經看到了外圍。」彼得指著忘川，說道。「所以我們知道要背對河岸，遠離河流，這樣就會走向山峰——」

「前提是那個點存在！如果不存在，我們就只是在無限空間裡徘徊。」

「但假設它真的存在，那我們就可以節省很多時間！」

「默多克，重點不是節省時間，而是要找到他。我們不能隨意揣測他的罪行——」

「為什麼不行？」彼得雙手一攤，無奈道：「妳覺得他這種人不會犯下小惡，妳也不相信他真的做了罪大惡極的事。所以到底是怎樣，羅？根據金髮姑娘原則，妳親愛的格萊姆斯所犯下的『恰到好處的罪』是什麼？妳覺得他跑到哪裡去了？」

愛麗絲感覺自己無緣無故受到了攻擊。「我不知道。」真討厭，為什麼她回答的聲音那麼小聲？這個問題讓她感到害怕，她不想打開內心的閘門，她知道後面藏著剪不斷，理還亂的困惑和罪惡感。不好的回憶推推搡搡，隨時都有可能爆發，但一直以來，她都把閘門關得好好的，她很擅長重新調整思緒，找到自己的支柱。最好把所有不堪回首的事物都鎖起來，最好將整件事情純粹視為一項實驗，按部就班進行。所有結果都是有可能的，不要抱持偏見。「我們不可能知道，所以必須按照順序找。」她說。

彼得肯定注意到了她的退縮，因為他的表情變得柔和。「我明白，我只是……我只是擔心我們會走到天荒地老。」

「鬼影也會在不同殿之間移動吧。」愛麗絲說道。

「對啊，但他們有的是時間，所以對他們來說沒差。」

「但我們在路上都沒看到鬼影。」

「所以呢？」

「如果距離下一殿很遠，我們應該會看到他們。」愛麗絲推斷道。「如果距離近，代表他們已經在裡面了。我們沒看到半個鬼影，所以他們很有可能已經在裡面了。」

彼得想了一下，便接受她的說法。「有道理。」

「謝謝。」

「那我們就繼續走嗎？」

「我是沒想到更好的辦法啦。」愛麗絲說道。「你呢？」

於是兩人再次一前一後，朝著一棟可能（但不一定）越來越大的建築物走去。

不知為何，這段無止境的漫步並不會讓人不舒服，事實上，愛麗絲還很高興可以喘口氣。他們就像維多利亞時代的夫婦，到海邊呼吸新鮮空氣。比起傲慢之殿的吵雜與繁忙，忘川的寧靜和潺潺流水好太多了。如果愛麗絲閉上眼睛，就能想像河水沖刷記憶，將其一掃而空，留下純潔無瑕的靈魂。雖然她知道不是那樣運作的，但她已經很久沒有那麼平靜了，腦袋一片空白，內心毫無雜念。她感覺自己終於可以呼吸了。

中午十二點半左右，她聽到了喀噠喀噠的聲音。

之後，她將對那聲音感到恐懼。危險的前兆一開始都只是微弱的耳語，微弱到你會以為或希望是自己想像出來的，但會越來越大聲，直到無法忽視。後來她才知道，耳語會轉變為喀噠聲，接著，耳朵會漸漸聽出那不是單一的聲音，而是十幾個持續不斷的喀噠聲同時響起，四處迴響，讓你無法分辨聲音來自哪個方向，而等到你能辨別出每個聲音，例如脊椎骨啪噠作響，或是脛骨與腓骨跟關節摩擦的聲音，就已經太遲了。

「你有聽到嗎？」愛麗絲停下腳步，問道。

「聽到什麼？」

「有點像……喀嚓聲，或是喀噠聲，你聽。」

「可能只是河流的聲音吧。」彼得說道。「畢竟河裡有各式各樣的東西在翻攪。」

「嗯，可能吧……」

愛麗絲總覺得有些不對勁，她時不時會感覺自己聽到身後有東西，像是腳步聲，或是拂過沙子的聲音。然而每次她轉身，都沒看到任何東西，只是她的後頸寒毛直豎，她幾乎敢肯定有什麼東西在跟蹤她。

「妳有看到什麼嗎？」在她第三次轉身後，彼得問道。

「我也想看到啊。」愛麗絲回答。「不然我都覺得我要——噢！」她指著河岸上方，說道：「那裡，你看——」

三隻小動物從山丘上走了下來，身體畸形又扭曲，沒有眼睛，但不知為何，空洞的眼窩反而更有表現力。他們喀噠喀噠地在沙地上嗅來嗅去，搖著尾巴，有可能是狗、狐狸或狼，根本看不出來是什麼。

起初，愛麗絲以為牠們只是營養不良的可憐生物，因為走錯路而被困在地獄裡。文獻中指出，這種情況有時會發生。邊界都是有漏洞的，貓會故意穿越，其他動物則是不小心闖入，然後就迷路了，最後死在地獄裡。但當牠們靠近，她才發現那些生物身上沒有肌肉，甚至沒有皮包骨的皮。沒有眼睛，只有空洞的眼窩；沒有肉，只有潔白的骨頭，像雪花石膏一樣白得發亮，整個骨架被某種看不見的力量支撐起來。

「太驚人了。」彼得低聲說。「妳知道他們是什麼嗎？」

「不知道，你呢？」

「我讀過關於地獄犬的故事。」彼得回答，似乎不像愛麗絲那麼害怕。「佛教的守衛有時也會以狗的樣貌示人，但骨頭我就不知道了。牠們還滿可愛的，妳不覺得嗎？」

「是粉筆灰。」愛麗絲驚呼。「你看牠們的關節。」

那些骨頭確實是由閃閃發亮的粉筆灰固定在一起的，不知道是誰用難以理解的魔法技術將這些骨頭生物縫了起來。之所以難以理解，是因為在生命體而非平面上畫出五芒星陣，目前普遍認為是不可能的；再者，無論施術者是誰，對方根本不在場。人世間沒有任何魔法師能夠在五芒星陣外發動這樣的效果。

那些生物已經靠得很近了，最大隻的緩緩走上前，頭歪向一側，似乎很好奇。牠的骷髏嘴巴上沒有鼻子，但頭骨前部左右抽搐，好像在聞來聞去一樣。彼得說得沒錯，是怪可愛的。

彼得一邊走上前，一邊問道：「妳覺得牠們是友善的嗎？」

「不要——」愛麗絲才開口要制止，彼得就已經跪了下來，朝老大伸出一隻手。

「你好啊，乖狗狗——」

骨頭怪的頭啪地向前猛咬，彼得大叫一聲，往後跳開，骨頭怪也在同時撲向他的臉。彼得舉起一隻手臂以擋下牠的攻擊，骨頭怪的嘴巴咬住了他的手腕，不對，只有咬到袖子，謝天謝地，彼得在空中揮動手臂兩次，終於把骨頭怪拋了出去。牠摔個四腳朝天，距離河水只有幾公分。有一瞬間，牠的四肢像蟑螂腳一樣在空中揮舞，接著牠翻過來，飛快起身，然後衝回山坡上的同伴身邊。

愛麗絲靈光一閃，說道：「他們不喜歡河水。」她拖著腳步走向岸邊，並側身移動，避免背對那些生物。「默多克，快點——」

他退回她身邊，骨頭怪沒有跟上來。看來她的直覺沒錯，忘川的河水會吞噬記憶，而粉筆施法的原理是喚起記憶，也就是數百萬年來生命的回音。的確，他們越靠近河水，骨頭怪就退得越遠。牠們蹲伏在地上，肩膀聳起，一副焦躁的樣子，就像郊狼在考慮是否要撲過來一樣，卻不敢靠近半步。

「走開。」愛麗絲一邊說，一邊用雙手做出驅趕的動作，好像在對付纏人的海鷗一樣。「走開，走開——」

骨頭怪不理會她，但似乎有一條無形的界線將牠們與河水隔開。牠們頂多只能走到距離河水十公尺左右的位置，而愛麗絲越是向河岸靠近，牠們就越是焦躁不安，左右搖頭，爪子反覆踏著沙地，愛麗絲還以為牠們會開始尖聲吠叫呢。

「小心。」彼得出聲提醒。

愛麗絲回頭看了一眼，才發現她的左腳跟已經快碰到水了。她感到一陣暈眩，彼得見狀便急忙伸出手，她緊緊抓住他的手臂，把重心壓在他身上以保持平衡。

最後，骨頭怪終於受不了了。牠們嘴巴最後一次喀喀作響，便轉身逃跑，爬回沙丘上。

「妳還好嗎？」彼得問她。

「還好，你呢？」

「還好，只是小擦傷……天啊。」他查看自己的袖子，從手腕到手肘的部分被整個撕掉了，前臂上有好幾條發紅的傷痕，看來骨頭怪的牙齒很銳利，愛麗絲不敢想像如果傷口再深一點會發生什麼事。「結果不是乖狗狗。」

愛麗絲瞇起眼睛，盡可能目送那些生物離開。不到幾秒鐘，牠們便越過沙丘，消失在視線之外。

沒有任何旅人的紀錄提到由骨頭和粉筆灰組成的生物，連半點相似的敘述都沒有。她內心的平靜頓時消失無蹤。沙灘不再是僻靜的夢幻之地，而是過度暴露的開闊地帶，令人焦慮不已。看到粉筆就代表地獄有其他魔法師，而且對方技術高超，連格萊姆斯教授都不敢嘗試這麼高難度的魔法。粉筆意味著創造者的存在，對方擁有敏銳的頭腦和理性思考的能力，其動機不明，只有一件事是確定的。

他們的一舉一動都逃不過他的法眼。

論粉筆

在所有神話和傳說中，人們普遍認為魔法師會使用權杖、法杖、大釜、魔杖等各種特殊工具，但有學術底子的人都知道，真正的魔法師只需要一樣工具，就是一根普通的粉筆。

粉筆是所有分析魔法的基礎，容易書寫，寫錯也可以擦掉重來。粉筆，也就是白堊，是由石灰岩構成的，而石灰岩則是由幾百萬年前死去的古代海洋生物的碎屑壓縮而成的，因此粉筆具有至今仍無人能解釋的奇特性質，能將想像化為現實。正如魔法師兼哲學家阿道斯・赫胥黎所說，粉筆是宇宙原本具有的力量之自然產物，可以連結到遙遠過往的深淵。有證據顯示塞那阿巴斯巨人像，也就是一個裸男手持巨棒的白堊巨石像，正是史前時代巨大且可怕的魔法傑作。（不過由於缺乏可識別的悖論，有關其意圖的證據都已消失在歷史長河中，但或許這樣也好。）

粉筆的功效取決於原料出土地點。在英國，巴克爾是深受信賴的魔法粉筆品牌，產自泰晤士河沿岸戒備森嚴的白堊洞穴。最昂貴的粉筆是史羅普利高級粉筆，原料由史羅普利公司從諾福克郡格蘭姆斯燧石礦井的白堊層中開採而出，僅用於非常重要的公開演示和論文口試等場合。史羅普利公司也推出了更經濟實惠的「史羅普利標準粉筆」，產自絞刑之森，帶有招牌的淡黃色調。大多數英國魔法師都會在巴克爾粉筆和史羅普利標準粉筆之間選邊站，品牌之爭甚至可能導致友誼破裂。

無論個人喜好如何，一般粉筆和魔法粉筆的差別在於魔法粉筆幾乎可以在任何表面上書寫。魔法師並不是隨時隨地都能找到實驗室和黑板，在理想的條件下施術。考量實際層面，他們必須要能夠在各種不同的環境中畫五芒星陣，例如混凝土、綠油油的山坡、塑膠板、木頭地板，以及鵝卵石路面。無論材質是濕的還是乾的，粗糙的還是光滑的，魔法師的粉筆都能在上面畫出優美的線條，最高級的史羅普利粉筆甚至能在沙地上發揮效果。

或許就是因為這樣，導致愛麗絲和彼得做了那麼多研究後，卻還是忽略了一個關鍵細節：無論是在神話或是學術文獻中，都沒有證據顯示粉筆能在地獄裡發揮作用。

第八章

累到走不動時，他們便決定紮營。愛麗絲看了看時間，發現已是凌晨一點，他們早就該休息了，但兩人即便走到雙腳發麻，仍舊在河岸上邁出艱難的步伐，堅持走完最後一段路。兩人都被骨頭怪嚇壞了，愛麗絲很篤定他們受到監視，無法擺脫哽在喉嚨、蔓延到全身的恐懼，唯一的辦法似乎就是盡可能拉開跟骨頭怪之間的距離。雖然地獄據說是無窮大的，地圖結構也不可靠，而且即便他們再怎麼努力，那個神祕的存在可能還是會在轉眼間出現在兩人面前，但也別無他法了。

愛麗絲席地而坐，嚼著一根蘭巴斯麵包，試圖不讓絕望蔓延到她的內心。幸好她在研究所已經練就了時時刻刻都與絕望共處的功夫。一切總是瀕臨分崩離析；實驗室狀況百出、你窮到沒錢買菜、住處有老鼠、所有老師都討厭你，你無時無刻不崩潰到想把畢生心血沖到馬桶裡。但你也只能將其拋諸腦後，上床睡覺，把所有事情都推遲到明天再處理，等大腦稍微恢復正常運作後，再繼續假裝一切都很好。

彼得咬牙，從手臂上撕下一塊紗布，痛得發出嘶嘶聲。

「傷口看起來怎麼樣？」她問道。

「應該沒被感染吧。」他把手腕舉到營火上方，檢查傷口，問道：「現階段應該就能看出來了，對吧？」

「要再來一點消毒劑嗎？以防萬一。」

「好啊。」他說。愛麗絲把隨身攜帶的一小瓶紅藥水遞給了他。他在手臂上輕輕滴了一滴，然後伸出手腕，讓她用紗布重新為他包紮。「謝謝。」

她往後靠著背包，閉上眼睛，說道：「不會。」

「對了，我們要不要來試一個東西？」彼得一邊說，一邊從包包裡拿出一盒粉筆。「我在想或許我們可以加快腳步。」

愛麗絲心不甘情不願，抬起頭，問道：「什麼意思？」

「妳看過格萊姆斯教授做過最糟糕的事情是什麼？」

「這件事我們不是討論過了嗎？」

「我的意思不是我們應該要找到終點。」彼得說。「我只是說或許還有其他快速穿過各殿的捷徑。假設我們大概可以猜到他在哪裡，例如……他肯定做了比貪婪更糟的事吧？」彼得在腳邊畫了一個完美的小圈圈，圓得令人羨慕。這叫做測試圈，也就是在踏入真正的五芒星陣前，為了進行安全檢查而繪製的迷你魔法陣。對於涉及移動或身體改變的咒語來說，這是最保險的做法。先把手放入測試圈，如果唸完咒語手指都還在，就可以冒險把整個身體放進去。「比憤怒更糟？」

愛麗絲回想起他口沫橫飛的模樣，以及馬克杯在磁磚地板上摔破的情景，雖然不常發生，但她記得很清楚。格萊姆斯教授從來不能容忍愚蠢的行為。「應該有吧。」她回答。

「那我們應該直接跳到殘酷之殿，對吧？」彼得一邊說，一邊迅速在圓圈周圍寫下一系列演算法，似乎要算很多數學，愛麗絲看到的幾何學符號比希臘文還多，害她頭痛不已。彼得放下粉筆，問道：「羅，妳怎麼看？」

「等一下。」她說。「你先解釋一下捷徑的運作原理。」

他從背包裡掏出筆記本，翻到某一頁，然後將本子丟給她。但她才看了一眼，腦袋就當機了，她只要看到一大堆數字就會這樣。「請你把我當五歲小孩，解釋給我聽吧。」她說。

「加百列號角。」他說，似乎很開心。「也稱為托里拆利小號，是一個表面積無限大但體積有限的數學悖論。地獄就是那個無限大的面積，如果把我們設定為號角裡的體積，我們就能建立一條有限的捷徑……」

「呃，什麼意思？」

「這有點複雜。」他承認道。「妳修過微積分嗎？」

她大學時有修過，但幾乎都忘光了。專攻語言學的樂趣之一就是可以擺脫理論數學。「只有學過基礎而已。」她說。

「那妳應該記得曲線吧？」

「假設我記得好了。」

「基本上，就是把雙曲線的一條分支繞著漸進線旋轉，就會得到一個類似喇叭的形狀，所以才叫做『托里拆利小號』，很貼切吧？」愛麗絲聽得一頭霧水，根本笑不出來，彼得一臉失望，但還是繼續說：「我們可以用這裡的方程式來計算表面積」——他輕敲五芒星陣裡的相關方程式——「這邊可以算體積」——他又敲了敲魔法陣。「表面積無限大，就跟地獄一樣！但神奇的是，體積有限。有些人稱之為油漆悖論，因為理論上可以用無限的油漆裝滿這個有限的空間。」

她盯著頁面，眨了眨眼，說道：「這不就是你那個扭曲的偽球面嗎？」

「只是看起來像而已。」彼得說道。「從數學上來說，兩者截然不同。妳說得沒錯，兩者都仰賴一些關於雙曲空間的假設，但這個咒語並不是假設地獄是雙曲空間，而是在圓圈內產生一個雙曲立體圖形。」

聽彼得解釋事情時，愛麗絲的心情總是很複雜。一方面，他擺出那種居高臨下的姿態，好像他是她的老師一樣；另一方面，他確實很擅長數學，愛麗絲真的不懂這些，而一個人發揮才能時總是很有魅力。

「默多克，這聽起來毫無道理。」

「這是悖論啊，羅！我知道聽起來有點抽象，但我想如果能畫出正確的等價關係，或許就能把地獄的無限空間限縮成一條捷徑之類的，類似蟲洞。這樣好了，我來現場示範，在妳左邊十公尺處建立一條捷徑，妳會看到我的手從沙子裡冒出來，不要嚇到喔。」他開始吟誦咒語，唸了連續兩分鐘愛麗絲壓根聽不懂的幾何和微積分概念，接著在圓圈上方動了動手指，說道：「妳看。」

什麼都沒發生。

愛麗絲盯著地面，在她看來，五芒星陣裡面的沙子毫無變化。「看什麼？」她問道。

「咦？」彼得看著自己寫的咒文，皺眉道：「真奇怪。」

「怎麼了？」

「粉筆灰沒有附著在地上，」他戳了戳沙地，說道。「這個地面，感覺……感覺幾乎把粉筆灰都吸進去了。」

愛麗絲用手指拂過沙子。確實，粉筆在較硬的表面上附著得更好，但無論在什麼表面上，好品牌的粉筆都能留下漂亮的實線。而且這些塵土顆粒看起來也沒什麼特別之處，或許比在海灘上看到的沙粒顏色更深、更光滑、更細、更像淤泥吧。小學時，她曾經用玉米澱粉做過科展實驗，捏在手中就會保持固態，但鬆手就會融化。這裡的沙子也一樣，觸感紮實，但一不注意就流光了。這的確令人不安，但它終究也只是固態、靜止又乾燥的沙子罷了。

「你用哪個硬度的粉筆？」她問道。「寫在沙地上要用軟一點的。」

「我用5H的。」彼得說道，並在他畫五芒星陣的位置抓起一把沙，黑曜石般的細沙從他的指間流瀉，卻不見任何白色顆粒。「妳看！不是畫不上去，而是……粉筆灰就這樣消失了，好像被沙地吸收了一樣。」他說。

「你之前有試過這個咒語嗎？」

「沒有，這是第一次……」

「嗯……那可能是你漏掉了什麼吧。」愛麗絲也拿出自己的粉筆，在腳邊畫了一個圓，說道：「外圍的小錯誤可能會導致五芒星陣自行消失，這種情況很少見，但有時還是會發生，尤其是在語言學領域。」她開始寫下堆垛悖論的前提，只是個簡單的咒語，是大家入學第一年就學會的內容。這咒語的效果不怎麼樣，但至今還沒有人能完美揭穿它，因此多少還是有一點效果。

「沙堆還是沙堆。」她用希臘語吟誦道。「拿掉一粒沙子，沙堆仍然是……」她的聲音微微顫抖。

她的五芒星陣跟彼得的一樣沉入沙地。

看來在地獄，巴克爾粉筆並沒有比史羅普利粉筆好。「我不懂耶。」她挖開沙子，卻連半點白色都看不到，粉筆的痕跡全部消失了。「不應該這樣……明明從來沒有失敗過。」

彼得用手舀起沙子，並用手指戳了戳，說道：「不知道是不是地獄本身的問題。」

「什麼意思？」

「我的意思是，我們完全不了解地獄的能量循環，或是地獄的熵。」他任由沙子從指間流瀉，說道：「搞不好地獄的能量流動完全失衡了，變成會吃掉粉筆灰，吞噬掉陰陽界能量，而不是對抗它——」

「但之前旅人的敘述明明就有提到。」她說。「他們整趟旅程都有使用魔法，而且也很順利。但丁、奧菲斯——」

「但他們不是畫五芒星陣，魔法師留下的紀錄都是在塞那阿巴斯巨人像出現之前，他們用的是施了魔法的物品，那不一樣。」

愛麗絲絞盡腦汁，試圖找到例子反駁，卻一無所獲。「但那樣就代表——」

「代表我們無法使用魔法。」

愛麗絲考慮了這件事背後的涵義，頓時內心充滿恐懼。

她並不是非得仰賴魔法才能生存。她不像一些老一輩的魔法師，習慣頻繁使用魔法來完成泡茶等瑣事，如果沒有魔法，日常生活就無法運作。戰時的粉筆配給結束了這種文化。她這一代的魔法師都是極簡主義者，他們的職責是突破已知自然法則的界線，而不是逃避困難。她準備了兩週份的水、食物和補給品，可以在沒有魔法的狀況下徒步穿越地獄。只要蘭巴斯麵包省著吃，保久瓶也沒弄丟，他們一定能在餓死之前救出格萊姆斯教授並回到人間。

話雖如此，但愛麗絲既沒有特別強壯，身手也沒有特別敏捷，更不擅長任何武術，她敢肯定彼得也一樣。她是帶了刀子沒錯，但她知道怎麼使用嗎？他們沒有任何武器可以對抗地獄的神靈和守衛，或是在沙丘中遊蕩的無數惡魔。面對那些骨頭怪及其創造者，他們毫無還手之力。在地獄中，魔法是他們保護自己的唯一手段，沒有魔法，他們就只是普通人而已，不，應該說是兩個蠢蛋，一時興起冒險下地獄健行，而過去的文獻並沒有記錄下地獄健行的蠢蛋活著回去的故事。

天啊，她的思緒七上八下，各種畫面在眼前浮現，都來自以前讀過的故事或是看過的影片：悄悄靠近獵物的獅子、盤旋的禿鷹、峽谷底部支離破碎的屍體。冥界的野獸會比熊還可怕嗎？她已經很習慣控制自己的情緒，但她忘了那是在安全且封閉的劍橋大學校園內，有成千上萬個熟悉的地標可以幫助她重新定位、調整紊亂的思緒。然而她並沒有將新的刺激和壓力納入考量。牠們會從腹部下手，她彷彿聽到大衛・艾登堡的生態紀錄片解說旁白這麼說。不是動脈，牠們不會立刻殺死你，牠們想吃新鮮、沒有壞掉的肉；牠們會慢慢吃掉你，每一口你都感覺得到——

她的胸口緊緊的。她望向彼得，卻只看到一堆白骨。

「我好蠢。」彼得踢了一下背包，說道。「史羅普利粉筆占了我背包重量的百分之二十耶。」

這裡沒有熊，愛麗絲告訴自己。這件事沒有發生，彼得沒有死，妳也還在這裡。她故作輕鬆道：「啊，反正史羅普利粉筆本來就沒用。」

他裝出驚恐的表情，揮揮手道：「妳這是在誹謗史羅普利粉筆！」

「史羅普利粉筆一碰就碎。」粉筆……粉筆是個簡單的話題，於是她將心思集中在粉筆上面，說道：「巴克爾粉筆比較結實。」

「用巴克爾粉筆寫字就像用指甲刮黑板一樣。」

「至少還能寫啊！」

彼得哼了一聲，問道：「加雷斯有給你看過他的日本粉筆嗎？」加雷斯是他們所上一個五年級的邏輯學家。「他說那是他用過最好的粉筆，他每個月都會從橫濱進口兩次。他有借我試寫過一次，但只讓我畫一個小圈圈，因為他已經算好每根粉筆要用多久了。」

「那手感如何？」

「就跟普通粉筆一樣啊。」

愛麗絲大笑。這個故事明明沒那麼好笑，她卻笑到全身發抖，肩膀抖個不停，肋骨很痛，甚至呼吸困難。空氣以不規則的奇怪節奏從她體內爆發出來，噢，她真的無法呼吸了。接著笑聲變成了抽泣聲，令她驚恐的是，她竟然停不下來；嗚咽聲不斷從她的嘴裡發出，熱淚順著臉頰流了下來。

「噢。」彼得說。「噢，不，不……」他伸出一隻手，好像要擦掉她的眼淚，卻突然停下動作，手懸在半空中，一臉困惑。他收回手，說道：「不要哭。」

「抱歉。」愛麗絲一邊說，一邊擦乾眼淚。噢，這實在是太糟糕了，她為什麼偏偏要在彼得．默多克面前崩潰呢？現在他肯定會認為她瘋了。「抱歉，我不知道為什麼——」

「沒事的。」彼得安慰道，並拍了拍她的肩膀，動作有些尷尬。「不會有事的。」

這簡直是個天大的謊言。他們被困在地獄裡，對格萊姆斯教授的下落仍然毫無頭緒，還帶了一包又一包沒用的粉筆。地獄突然顯得異常真實，不再是由起伏的沙丘和薄霧中浮現的建築物所構成的夢境，他們可能會死在這裡。她這才意識到事情的嚴重性，這是他們下地獄以來，她第一次感受到真正的危險，然而兩人已深陷困境。而且老實說，當她認真思考死亡這件事，不僅僅是浪漫抽象的概念，而是各種血腥痛苦的死法，不禁心生恐懼。

「妳要衛生紙嗎？」彼得問道。

她接過衛生紙，問道：「你怎麼能這麼冷靜啊？」

「我也不知道。妳為什麼嚇成這樣啊？」

「因為我們會死。」

「我們不會死啦。」彼得雙手抱膝，把下巴靠在手臂上，說道：「我們會找到辦法的。」

「你怎麼知道？」

她一直都搞不懂，為何他總是能這麼樂觀，這麼沉著冷靜。愛麗絲在劍橋大學認識的每個人都經常處於崩潰邊緣，彼得是唯一的例外。對他來說，人生彷彿只是在草地上玩耍一樣。再怎麼晴天霹靂的壞消息，彼得聽了也只是眨眨眼、聳聳肩，一副無所謂的樣子。格萊姆斯教授會設定各種不可能的期限，但彼得只會一笑置之。不知道這是不是人生勝利組的特質，因為事情一直都很順利，所以不相信會出問題。

「不然試著從另一個角度想好了。」彼得說道，並開始轉動手中的粉筆。愛麗絲記得他思考時總是會轉筆，不知為何，這熟悉的動作令她感到安心。「在考慮要不要下地獄時，我問自己寧願面對哪個問題，發現地獄的問題似乎簡單得多，根本沒什麼好猶豫的。我想妳應該也是這樣做出選擇的吧。」

「呃……應該吧。」愛麗絲說道。當她聽到彼得的思考邏輯和自己如此相似，其實嚇了一跳，雖然他的表達方式更加有條理。她心裡其實是想：「幹，管他的，什麼都不重要了，一切都完了，所以不如下地獄吧。」但她問不出口的是，彼得到底陷入了什麼樣的困境？

「劍橋大學是個封閉的迴圈，沒有出路。」彼得說，粉筆也越轉越快。「但地獄……地獄擁有無窮的可能性，很好玩吧？」

「好玩？」

「對啊！我們真的跑到地圖之外了，這裡就是理論的極限，封閉迴圈無法觸及的地方。」他攤開雙手，說道：「此處有龍！[4]」

她用袖子擦了擦眼睛，說道：「你話說得漂亮，但其實只是在說我們根本不知道自己在幹嘛。」

「這樣才能對這個領域做出貢獻，不是嗎？」他用手肘輕輕推了推她，說道：「羅，相信妳的腦袋，相信努力的過程。我們可是格萊姆斯的學生耶，是世界頂尖的菁英，我們一定會沒事的。」

對，愛麗絲心想。對，我做得到，我能相信這點。

說到底，這就是魔法的訣竅。有一派分析魔法師被稱為直覺主義者，其主張為：歸根結柢，魔法的重點不在於其中的數學、邏輯或語言學概念有多複雜，讓咒語發揮作用的臨門一腳是信念的力量。其實跟演算法無關，自欺欺人才是核心。你必須蒐集足夠的證據來說服自己，世界可以是另一種模樣，如果你能成功欺騙自己，就能欺騙全世界。就算不是直覺主義者，也會採用這樣的作法，反正也沒什麼損失。前面花了不少功夫做研究，畫出魔法陣，最後還是閉上眼睛，心誠則靈。說到底，魔法就是一種願望、一種祈禱，再加上一點虛構的元素作為錨點。

生而為人也是如此。

一致的主體性亦然。

每天早上鼓起勇氣起床，而不是去死，也是同樣的道理。

這沒有那麼困難，愛麗絲已經駕輕就熟了。她很熟悉這個絞盡腦汁思考的過程：組裝出要度過今天所需的最小樓梯，只要將階梯謹記在心，就能順利撐到明天。於是她深吸一口氣，閉上眼睛，爬上她的樓梯。

我是愛麗絲．羅，我是劍橋大學的研究生，我主修分析魔法。我現在人在地獄裡，一切都很順利，很順利，很順利……

一道黑影越過營火。彼得嚇了一跳，愛麗絲則放聲尖叫，結果發現只是他媽不知道跑哪去的阿基米德回來了。他看起來嚇壞了，全身炸毛，雙眼圓睜，瞳孔放大。看到愛麗絲抬起手肘，他立刻衝進她的懷裡。

「你怎麼啦？」愛麗絲一邊搔他的頭，一邊喃喃道。

阿基米德把臉埋入她的腰間，窩在那裡，全身發抖。愛麗絲發現他的身側受傷了，毛上有乾涸的血跡。

---

4 西方古代地圖上會用「此處有龍」（拉丁語：hic sunt dracones）來標註危險或未知的區域。

「是骨頭怪弄的嗎？」彼得問道。

阿基米德甩了甩尾巴，好像在說：「沒錯。」

過去旅人的記述中是否曾提到這種潛在的威脅？愛麗絲一邊撫摸著阿基米德顫抖的側腹，一邊絞盡腦汁回想，卻想不到任何關於骨頭怪的內容。奧菲斯、但丁、艾尼亞斯、琉善、塞內卡，他們對地獄的描述無疑充滿了痛苦和絕望，但提到的危險都是眾所皆知的存在，例如被撒旦追殺，或是與神明爭吵。然而沒有人提到那種四處亂竄的生物，以及被非地獄所造之物監視的恐懼。

除了艾略特之外。

她想到了《荒原》，也就是最接近現代的地獄旅人記述。晨早時你後面昂然大步的影子，艾略特寫道。黃昏時前面升起與你相接的影子。愛麗絲凝望沙丘，不禁打了個寒顫。

我要向你顯示恐懼，在一掬死土中。

第九章

讓愛麗絲大為驚訝的是，到了早上，阿基米德仍待在他們身邊。她懷疑那隻貓只是把他們當成人肉盾牌，但她也沒什麼好抱怨的，因為貓有各種天賦，其中之一就是找路。吃完早餐後（阿基米德要了一大堆用茶泡軟的蘭巴斯麵包，還全部吃光光，食量驚人），他大步向前走了幾步，尾巴直直指向天空，然後回頭看著他們，好像在等他們跟上一樣。

「要去第二殿嗎？」愛麗絲問道。

阿基米德眨了眨眼，好像在說：不然呢？

「會很遠嗎？」

阿基米德轉身，用屁股對著她。

「妳期待嗎？」兩人收拾行囊時，彼得問道。

「期待什麼？」

「當然是欲望之殿啊。」他搖搖手指，說道。「骯髒的慾望。妳難道不想見見耶洗別嗎？或是拔示巴？」

她哼了一聲，問道：「你是把欲望之殿當成妓院嗎？」

「至少跟沙丘相比，應該好多了吧。」他拉上背包的拉鍊，站了起來，問道：「妳覺得有什麼在等著妳呢？」

愛麗絲背起背包，不小心聞到了腋下，便皺眉道：「希望是熱水澡。」

對地獄學家來說，欲望之殿是個有趣的謎題，大家普遍認為第二殿比其他殿寬容得多。但丁認為淫慾，也就是縱慾者的罪過，是一種較輕的罪，沒有將惡意指向他人，只是因意志薄弱而導致「欲望失禁」，犯下此罪行的人使理智淪為欲望的奴隸。但丁筆下的第二圈充滿了戀人，他們是互相縱容的軟弱之人，屈服於激情，但除了自身之外，不會傷害到任何人。因此，許多地獄學家認為，欲望之殿（根據大多數說法，它包括淫慾和暴食）的懲罰本身就是成癮的根源，既是欲望的動機，也是禍根。它會用誘惑困住你，使你成為自身痛苦的源頭。其他殿是以上鎖的門、艱難的挑戰和心存報復的神靈將你困住，但在欲望之殿，唯一阻止你離開的人，就是你自己。

旅人的記述也支持這個理論。基督教探險家約翰．班克羅夫特將欲望之殿描述為偽天堂，懲罰就藏在誘惑之中。只要屈服，只要放縱自己，就永遠無法離開。整整三天的時間，我枕在蓮花食者的酥胸和蜜腿上，吞雲吐霧，飲酒作樂，他寫道。唯有憑藉堅強的意志力，我才得以離開她們甜蜜的陪伴。噢，在分別時，那些可憐的女人是多麼傷心欲絕啊！她們為我哭泣，我也流下男兒淚。但她們明白我已發誓要履行神聖的使命，因此含淚送我離開。但接下來幾頁，他還是繼續寫他念念不忘的酥胸和蜜腿。

「他不會在那裡的。」愛麗絲說道。格萊姆斯教授有很多缺點，但縱慾並不是其中之一，她從來沒見過比他更自律的男人。「我們去只是浪費時間。」

「還是得確認一下吧。」

「但如果我們被困住怎麼辦？」

「不會啦。」彼得說，似乎心情很好。他跟在不耐煩的阿基米德後面，說道：「我們的個人操守可不是普通高尚。」

✯

愛麗絲在劍橋大學認識的所有學者都以拒絕自身的欲望為榮。其他系所才會有性成癮者、吸毒者、酒鬼和美食家，但在分析魔法學系，粗俗的感官享受被視為對精神生活的干擾，因此受到鄙視。每個人都喜歡假裝自己在研究之外不存在，假裝自己的肉體沒有任何欲望。沒有人承認平常有在看電視，沒有人關注流行文化，沒有人會跟教授承認自己有約會對象（承認自己是個有性慾的生物實在是太丟臉了！）。少數已婚人士提到自己的妻小時都非常尷尬，而且只是為了向持懷疑態度的人保證，孩子是由太太照顧。甚至沒有人會承認自己喜歡吃什麼，這或許可以解釋為什麼系上一直以來都只有提供吃起來像沙子一樣的約克郡布丁。

唯一可接受的嗜好是能以某種方式磨練身心，以利持續做研究的嗜好。西洋棋是一定要學的，稍微閒逛一下也是可以忍受的，而馬拉松則是特別受到推崇，因為能展現一個人的自律和專注力。據說海倫・莫瑞教授可以連續跑好幾個小時，而且只聽她在腦海裡重播的歌劇。能夠自我提升的休閒活動是可接受的，但為了享樂而享樂，那是多麼沒用、多麼丟臉的事啊。

格萊姆斯教授是奉行禁慾主義的狂熱分子。他告訴他們：「學習是我們所能做的最神聖的事情。」在入學後的第一年，當他們還傻傻地以為自己可以抽出時間睡覺或看電影，他就對他們三令五申：「人類與動物不同，生來就擁有理性，因此我們比動物優越，也更接近上帝。正如亞里斯多德所說，應該努力追求不朽的東西，過一種與我們身上最好的部分相契合的生活。精神生活就是一切，其他肉體方面的都是墮落、汙穢。」

愛麗絲很努力服從他的命令，她真的盡力了，把不必要的部分斷捨離，直到只剩下燃燒的思想核心。她不再上電影院，也不再看小說，再見了，亨利・詹姆士！她甚至不再自己煮飯，因為在學校食堂解決三餐不僅比較便宜，還完全剝奪了享受食物的樂趣。博士後研究員阿萊科每天早上都會跑三公里去系館，年輕的新雇員克羅伊則會炫耀自己每天只有早上五點會吃一頓飯，其他時間如果感到頭暈，她就會冥想。愛麗絲沒辦法像他們一樣，自律到反常的地步，但她有效法五年級的哈里斯，養成每天早上洗冷水澡的習慣，希望這能讓她一整天都精力充沛，雖然她不確定洗完澡後的興奮感是否只是因為終於洗完而鬆一口氣。這樣的禁慾主義究竟是為了培養品格，還是只是因為貧窮而別無選擇，沒有人知道，畢竟沒有任何研究生的收入是足以維生的，但大家都不願意談論這個話題。

有一段時間，她成功屏除了大多數的世俗需求。有時她只會吃一塊蘭巴斯麵包配咖啡當早餐，然後全神貫注投入研究，直到半夜才想到要吃東西，有時她甚至會等到中午過後才吃蘭巴斯麵包。她喜歡肚子空空、只靠空氣運作時那種輕飄飄、恍惚的感覺，那時的她就像是一個蒼白、縹緲的陰影，一個不具有軀殼的意識。

但崩潰終究會來臨。愛麗絲沒有一次成功，最後總是昏昏沉沉躺在客廳的沙發上，看著電視上播放的節目，卻什麼都看不進去。她永遠無法達到那種幸福、知識充盈的禪境，沒有體會過跑者愉悅那種平靜沉思的狀態。更多的時候，她感到失落，不滿足也不令人滿意，困在充滿各種需求的身體裡。而且她好餓，真的好餓，但她已經不知道自己渴望的到底是什麼了。

✯

事實證明，地獄也有惡劣天氣。說時遲那時快，暴風雨就來了，天色暗了下來，氣溫驟降，濕氣增加。一聲雷響，天空就下起了傾盆大雨，這對愛麗絲和彼得來說是壞消息，因為兩人都沒有想到要帶雨衣。

「沒辦法繞路嗎？」彼得在狂風中對阿基米德大喊。

那隻貓喵喵叫。

風雨迅速加劇，才沒幾分鐘，他們就濕透了。狂風捲著暴雨往他們身上抽，風雨大到他們必須用手罩住臉才有辦法呼吸。阿基米德停了下來，拒絕繼續前進，彼得只好抱起他，把他塞進大衣裡。他們擠在一起，寸步難行，狼狽不堪。呼嘯的風聲大到震耳欲聾的地步，愛麗絲好像聽到有人在哭，也可能是好幾個人，但那也可能只是風聲。她不知道他們到底走了多久，她完全失去了時間概念，暴風雨奪走了她所有的思緒和知覺，只留下一個核心，在狂風暴雨中顫抖，緩慢前進。

但這樣的場景並不陌生。愛麗絲已經熬過好幾次英國的冬天了，這裡的冬天充滿了故障的暖氣裝置和壞掉的雨傘，當你以為天空已經沒得發洩了，又會被突如其來的暴風雨殺個措手不及。她在那樣的暴風雨中跑遍了校園，所以她知道有時候並不是在無限延伸的空間中掙扎，而是在滂沱大雨中，從一棟建築物走到另一棟建築物，那樣的痛苦相對單純。因此根據經驗，她知道要縮成一團，一點一點向前走，直到他們終於走到欲望之殿的屋簷下，穿過守著大門的銅像。愛麗絲這才發現銅像不是獅子，而是豬。大門打開了，他們全身濕透、瑟瑟發抖，跌跌撞撞走了進去。

欲望之殿是個學生活動中心。

愛麗絲大失所望。雖然她嘴上不說，但她還是暗自希望能看到那些可怕的東方主義繪畫所描繪的場景，例如鍍金的沙發、掛在空中的一串串葡萄、嘴裡塞著蘋果的烤野豬，以及纏著腰布的魯特琴手。或是說像波希畫作中描繪的瘋狂景像也好——赤身裸體的狂歡者、從屁股裡長出的花朵、在巨大的貽貝殼上交媾的軀體、巨無霸草莓，以及結實纍纍的櫻桃。她最想看到食物，當然，地獄的食物碰不得，把任何東西吃下肚都不是明智之舉，但看沙丘看了那麼久，就算只是海市蜃樓般的盛宴也很好。

然而，大廳裡燈光太亮，擺著高腳桌，隨意擺放的沙發上有可疑的黃漬。大廳中央有一座噴泉，噴出濃稠的紫褐色液體。一首樂曲從上方傳來，夾雜著微弱的靜電干擾聲，是英國流行歌手達斯蒂．斯普林菲爾德的歌曲，相當耳熟，很像那種在酒吧最後點單時段前會播放的歌，你可能會閉上眼睛，跟著節奏搖擺，但聲音太輕，無法清楚聽到旋律或歌詞。在遠處的角落裡有一張孤零零的桌上足球桌，不過愛麗絲探頭一看，發現那顆白色的小球還在四處滾動，撞擊木頭小人的腳，彷彿有自我意識一樣。她忍不住手癢，想看看自己能不能把球打進球門。

「噢，嗨。」彼得說道。

一名鬼影繞過轉角，手裡拿著一個金色高腳杯，拖著腳步，直直朝他們走來。愛麗絲頓時緊張起來，突然很害怕對方會做什麼，後來才發現他是要去噴泉那裡。

「不好意思。」愛麗絲開口道。

「你好啊。」彼得說道。「請問……呃，你有沒有看到什麼新面孔來過？例如一個身穿黑衣的高個子男人。」

鬼影完全不理會他們，只是默默斟滿一杯濃稠的深色液體，喝了一大口，然後拖著腳步，沿著來時路回到走廊上，進入右手邊第一扇門，門在他身後關上。

愛麗絲和彼得小心翼翼跟了上去。他們繞過轉角，看到了一條無止境的走廊，很像學生宿舍，兩側都是整齊劃一、沒有窗戶的房間。有些門是關上的，但很多都半開著，愛麗絲和彼得經過時便一一往內窺視。每個房間裡都有一名鬼影，其中一個平躺在地上，雙手塞在褲子裡；另一個抽著菸斗，他們匆匆走過時，房間裡飄來陣陣刺鼻的菸草味，害愛麗絲咳個不停；還有一名鬼影盤腿坐在地上，閉著眼睛，端著他們剛剛看到的那種金色高腳杯，慢慢啜飲著杯中的液體。愛麗絲和彼得探頭偷看時，沒有人抬起頭，大家似乎都對周遭環境渾然不覺。

不遠處傳來響亮的吸鼻子聲。一名鬼影弓著身子，坐在角落的桌子旁，他把書拿在鼻子前，每次翻頁都會沿著書脊上下嗅來嗅去，狂喜到翻白眼。

「走吧。」彼得說，並抓住愛麗絲的手肘，拉著她繼續往前走。

「那是怎樣？」她小聲說道。「他在幹嘛？」

「妳沒聞過書嗎？」

「沒像他那樣聞啊！」

「其實滿好聞的。」彼得說道。「應該是裝訂的味道，有點像……膠水吧，我也不知道，或是木屑之類的，我懂。」

愛麗絲嘟囔道：「這種事自己知道就好了吧。」

其他房間也是差不多的情況：不受拘束的鬼影坐在牢房裡，重複著單一、機械式的動作。愛麗絲看著經過的每一張臉，尋找格萊姆斯教授的臭臉，卻只看到茫然、依稀滿足的眼神。過了一會兒，那些一致的自滿表情變得讓人難以直視。有些鬼影似乎失去了輪廓，臉部邊緣模糊不清，有些似乎沒有眼睛，其他人則沒有清晰的嘴巴、耳朵或手，只要是跟當下的驅力和滿足感無關的感官都退化了。他們陷入了一種無止境的強迫性循環中，不斷重複著同樣的動作，不是永遠無法從中獲得全然的滿足，就是太過享受，一做就停不下來。

整個地方充滿了腐朽的氣息。走廊裡瀰漫著惡臭和消毒劑的味道，就像把消毒用酒精噴在腐爛的東西上面，光線也太過昏暗，日光燈嗡嗡作響。牆壁上到處都是裂縫和黴菌，一排排螞蟻沿著污漬爬來爬去，一切都極其令人不快，看到他們沒辦法停下來環顧四周，並逃離這地方，愛麗絲感到痛苦不已。停下來，她想要尖叫，放下來，快離開，但有一半的鬼影甚至沒有耳朵，如果她對他們大叫的話，他們聽得到嗎？

她和彼得都早已陷入沉默。他們偷窺著這些上癮行為，試圖假裝眼前的一切都對自己沒有吸引力，越看越不舒服。愛麗絲感覺好像赤裸裸的自己暴露在外，彷彿她正在接受測試，看看這些誘惑是否會激起她的類似喜好。你喜歡腳嗎？你喜歡娃娃嗎？你喜歡堅硬的木製品嗎？

愛麗絲不禁好奇，彼得想要什麼呢？或許什麼都不要吧。彼得是含著金湯匙出生的，一輩子什麼都不缺，但這不代表他沒有想要的東西。欲望和需求是截然不同的，她真希望自己知道彼得渴望什麼，是什麼會讓他喜歡得雙腿發軟，因為這樣至少她就知道彼得是有弱點的。但此時，彼得的表情並沒有任何變化。他面無表情，只是用一種不帶感情的好奇心四處張望，有點高高在上的感覺。看來聖彼得不會受到誘惑。

五花八門的欲望越看越荒謬。他們看到鬼影幫狗口交、舔黑板、在內褲堆裡打滾；鬼影在神智不清的狀態下倒酒，在瀰漫的煙霧中顫抖。一名鬼影來回踱步，喃喃說著：「謝謝，謝謝大家。」周圍的老舊機器則播放著罐頭掌聲。這已經不好笑了，牢房裡的景象與波希畫作中描繪的露骨畫面完全不同，看了只讓人感到悲傷和難受。舉目所見都是肉體——帶有喘息聲的呻吟、拍打、舔舐和啪嘰啪嘰的聲音；肉體被針刺穿、被食物噎到、被酒嗆到；到處都是肉體，甚至不是完整的身體，只是充滿欲望的器官；一開一合的嘴巴、游移的眼神、貪婪的雙手，失去了理智，屈服於欲望。

他們為什麼不能起身離開這裡呢？愛麗絲實在搞不懂，她從來都無法理解這種噁心的肉體欲望。她當然也體會過基本的感官享受，但她從未感受過強烈到讓自己失去理智的肉體欲望。

在故事中，英雄總是為了男歡女愛之事，不惜傾覆邦國，這點讓她困惑不已。大衛王為了拔示巴，葬送了自己的王國；希臘人為了海倫放棄了一切；偉大的浮士德獲得了梅菲斯特的力量，卻只想用來誘惑格蕾琴。性不是一種高尚的欲望，而是一種難堪的投降。愛麗絲知道有一種真誠的渴望，但在她看來，這與身體笨拙的運作、牙齒的碰撞、粗糙的鬍渣、毛手毛腳以及口臭幾乎沒什麼關係。對她來說，兩者有天壤之別，但她從來不知道該怎麼轉化這種熾熱的渴望。這種席捲全身的欲望令她感到困惑，感覺最為強烈的時候，是她看著——

「天啊。」彼得說道。「根本沒完沒了耶。」

繼續前進，繼續窺視變得越來越困難，呼吸也更加吃力；螢光燈的嗡嗡作響太吵雜了，潮濕的霉味太重了，最後，愛麗絲終於受不了了。

「他不在這裡。」她停下腳步，說道。「我們出去吧，繞外面走。」

「妳不是想每個殿都一一檢查嗎？」彼得問道。

「我們檢查了啊。」

「我們只待了一個小時——」

「這樣就夠了，他不在這裡。」

「妳在傲慢之殿也是這麼說的。」

「是真的啊。」愛麗絲吸了吸鼻子，說道。「他不在這裡，他不會淪落到這種地方——」

「妳怎麼知道？」

「因為這一切都太可悲了！」她說道。她莫名感到頭暈，也不知道為什麼胸口緊得難受，喘不過氣來。「這一切都太卑鄙、太噁心了……他不會在這裡，無論他做了什麼，都比這個好——」

「我不這麼認為。」彼得說道，聲音出奇的冷淡。「我認為他很有可能在這裡。」

「不可能，太荒謬了。」

「妳對他的評價還真高。」

「我又不是在**稱讚**他。」愛麗絲雙手抱胸，說道：「慾望是缺乏節制之罪，代表意志的軟弱，看看周圍就知道，而不管格萊姆斯犯了什麼罪，他都不是個意志薄弱的人。」

「拜託。」又是那種冷冰冰的語氣，這讓她感到困惑。她從來沒有看過他這樣，也不明白他為什麼這麼生氣。「妳乾脆繼續為他歌功頌德好了。」

「我只是怕浪費時間。」她說。「我沒有別的意思。我們看得夠多了，這不是他的作風，我不想再繼續逛這個愚蠢的——」

彼得舉起一隻手，這是代表「閉嘴」的通用手勢，愛麗絲正要開口表達憤慨，他就指向不遠處的一扇門。門後隱約傳來微弱的聲音，有人在大喊嗎？還是尖叫？彼得歪著頭，揚起的眉毛似乎帶有性暗示。他把一隻手指舉到唇邊，悄悄靠近那扇門，並示意愛麗絲跟著他。

「別這樣。」愛麗絲感受到一種本能的恐懼。「彼得，拜託你，不要——」

「但那裡有什麼。」他驚呼，並加快腳步。「那裡**有人**。」

聲音越來越大了，彼得跑到門口，猛地打開門。

門後是一間辦公室，辦公室裡有兩名鬼影緊緊相擁。他們的臉模糊不清，事實上，他們從頭到腳的模樣都已不復存在，只有鮮紅色的生殖器清晰可見。兩名鬼影都沒有注意到愛麗絲或彼得，其中一個讓另一個趴在桌子上，姿勢看起來非常不舒服，但兩人都像發了狂似地做愛，喊叫聲大到牆壁都在震動：「啊！喔！喔！」

所有的性行為都是如此粗俗嗎？愛麗絲站在原地，動彈不得，也無法移開視線。體液橫流的啪嘰啪嘰聲、大得離譜的性器官激烈震動，這是那些鬼影唯一清晰的特徵，因為除此之外他們什麼都不記得了。節奏規律的交合動作深深烙印在她的記憶中，然後疊加在所有其他的記憶上，每一次觸碰，每一次接近另一個渴望肢體接觸的肉體。她的腦海裡充滿了需求、強烈的欲望和性慾的滿足；最終只剩下肉體，一堆堆像豬肉一樣被端上桌的女體、瑪麗蓮．夢露張開的手指、「波霸女郎」兔子潔西卡、上下跳動的乳房。耶洗別盛裝打扮，探出窗外，任由狗啃咬她的身體。ＤＪ哈哈大笑，頭條新聞跑馬燈閃過。幹他媽的兔子、不分日夜啪啪啪、手提鑽、大鎚、鐵釘扎進肉裡；針、粉筆和墨水，進進出出，達到最高潮，最後緊緊抓住、擠壓、嘆息。愛麗絲試著在心裡默念定心咒，試圖奪回主導權，卻沒有成功，幻象不斷盤旋而出，又來了。她的意識似乎脫離了身體，她的身體不再屬於自己，她漸漸往後飄散、溢出。她試圖抓住意識的樓梯，卻怎麼也找不到——

彼得快步往後退，不小心撞到了愛麗絲。

「不是他耶。」他咯咯笑道，聲音帶有幾分歇斯底里。「我想說……我還以為……」

她往後踉蹌幾步。

「妳還好嗎？」彼得問道，並伸手去碰她的手臂，但她拍掉他的手。在那一刻，無論是他的存在，或是任何其他人的存在，她都無法忍受，如果有人靠近她，她一定會放聲尖叫。

他再次伸出手，說道：「妳好像在喘。」

她的胃劇烈翻攪。她從他身邊衝過，沿著走廊狂奔，他也跟在後面。她一找到通往外面的門，就雙手用力一推，再次衝進暴風雨中。世界一陣天旋地轉，地面迎面而來，她突然倒下並吐了出來，幸好彼得及時抓住了她。

✯

「妳最渴望的是什麼？」格萊姆斯教授曾經問過她。

他們坐在威尼斯海邊的咖啡館，沐浴在午後的陽光下，沉浸在勝利的喜悅和阿佩羅雞尾酒的微醺中。那是他們在威尼斯度過的第一個下午；他們剛剛結束和義大利魔法學院的代表為期一週的健行活動，考察維娜德傑索公園的白堊沉積層。現在他們皮膚曬成了古銅色，雖然疲憊但也心滿意足。

格萊姆斯教授開始講一些謎語和似是而非的推論，處於微醺狀態的愛麗絲也只是輕鬆回應，只要適當接話，讓教授繼續講下去就好。她喜歡聽他忘我的漫談，毫不費力地表達深刻的思想。她喜歡看他如何看待這個世界，聽他那混亂、尚未成形的想法。她會以此為線索模仿教授，以對方為榜樣，規劃自己的生活和職涯。她知道自己很傻，明明兩人完全不同，她卻以為自己能夠跟他一樣，在世界上占有一席之地。但難道她不能提醒大家誰是她的指導教授嗎？在關鍵的圈子裡，學統非常重要。那時，她一心只想要人們記住她是他的複製體。

「我沒有渴望什麼。」愛麗絲故作幽默道。「我過著唯美主義者的生活。」

「真幽默，但妳到底**想要**什麼，羅？」

「成功。」她把玩著酒杯，說道。「我想要一份工作、屬於自己的實驗室，還有幾本著作。我想要你的辦公室，門上掛著我的名牌。」她又補了一句，希望能逗他笑。

但他一臉正經，完全沒在跟她開玩笑，說道：「那些都是欲望附帶產生的結果。妳想要的是什麼？」

「那就是我想要的啊。」

「才不是。」他說，並伸出手抓住她的手腕，力道大得驚人。她痛得皺眉，但沒有叫出聲來。比起疼痛，她更感到震驚，像車燈前的鹿一樣動彈不得，所有的感官都集中在他接下來要做的事情上。如果是格萊姆斯教授的話，做出什麼事都不奇怪。

「妳必須思考，是什麼讓妳夜不能寐？」他說。「是什麼讓妳燃起心中的熱火？是什麼驅使著妳的每一個行動？讓妳每天早上起床的理由是什麼？」

教授的注意力百分之百都在她身上，她興奮得飄飄然，一心只想回答出正確的答案，但她不知道那是什麼。

「妳渴望的必須是研究本身。」他說。他的眼睛因喝了酒而閃閃發亮，目光灼灼，讓人感到不舒服。愛麗絲無法持續與他四目相接，只好眨眼並別開視線。「也就是分析的樂趣，妳必須熱愛剖析事物並了解其本質。羅，旅行和派對固然好玩，但妳不能太沉迷其中，否則它們會分散妳的注意力。妳必須超脫一切世俗的欲望，驅使妳的必須是真相，也只能是真相。妳必須讓真相吞噬自己。」

「對。」她想這麼回答。「沒錯，那就是我的感覺。」

但事實並非如此，她也無法清楚表達出來。她想不到任何一個研究問題，能像教授期望的那樣給予她強烈的動力。在那一刻，她說不出自己的研究，也就是那些針對語言難題的瑣碎計畫到底有什麼意義。到底是什麼驅使她在天亮前起床，在實驗室待到半夜呢？即使沒有喝氣泡酒，她也不可能有足夠的詞彙來理清內心錯綜複雜的恐懼和慾望。

那週稍早，教授在羅馬的義大利魔法學院發表了演講。這個頗具聲望的特邀講者榮譽演說每三年才舉辦一次，世界各地的學者都會飛來參加。愛麗絲坐在第一排，看著全世界最有眼光的聽眾全神貫注聆聽演講，教授口若懸河、妙語如珠，提出的概念宛如閃亮的明燈懸在空中，她不禁起雞皮疙瘩，感到無比自豪。她早已聽過這些內容，事實上，是她將教授雜亂的概念組織成合理的架構，並打成講稿的。儘管如此，她卻感覺自己好像是第一次學到這些知識，並意識到其重要性。一個充滿可能性的世界呈現在他們眼前，而他則是這個世界的先知，從山上下來，照亮了人凡間萬物。

我想要那個，她記得自己當時這麼想。我真的好想要，但那到底是什麼？

這跟小時候追求好成績不一樣，也不是渴望他人的認可。她已經不是小孩子了，她在大學期間就擺脫了這種病態的需求。但她要的也不只是尋求答案，也不是解開謎題後那種純粹的滿足感。當她意識到自己可以成為什麼樣的人，可以開啟什麼樣的世界，她不禁陶醉於那種原始的興奮感，而這一切都與他密不可分。

☆

「我們不必再回去了。」愛麗絲漱口，清除嘴裡的膽汁時，彼得說道。

她旋緊保久瓶的蓋子，說道：「謝謝你。」

「而且妳說得沒錯，我不認為他在裡面。」

「我知道。」她說，並往後靠著水泥牆，讓雨水沖刷著她的臉。吃下去又吐出來的蘭巴斯麵包很噁心，她感覺自己好像吞了一把木屑。消化一半的麵包像一坨嗆人的混凝土汙泥卡在她的喉嚨裡，怎麼吞都吞不下去。

阿基米德在她的兩腿間繞八字形，在那個當下，那是世界上最令人安慰的感覺。她彎下腰，搔了搔貓咪的耳後。她真希望自己能靜靜躺下來，消失在暴風雨中。

幸好彼得沒有多問，只說：「就照妳說的，我們繞外面走吧。」

「嗯，好。」

「而且雨應該快停了。」彼得在風雨中瞇起眼睛，說道。「我們只要離開這棟建築物的範圍就好了。妳還可以嗎？」

愛麗絲已經邁開步伐了。

這次，暴風雨對她來說是一種解脫。呼嘯的狂風和傾盆大雨有種淨化的效果，就算無法洗去她的記憶，也能暫時蓋過它，淹沒她的感官，讓她完全無法思考，只能奮力前行。由於他們在大雨中緊閉雙眼，低著頭走路，他們才沒有及早發現獸群的存在。

沙丘之間出現動靜，如波浪般起伏的白色光澤。過了一會兒，那一片白分裂成各種不同的形狀，原來是一大群骨頭怪，大概有十個左右。

彼得也看到了。「噢，天啊。」

阿基米德從彼得的懷裡跳了下來，往沙丘的方向全速衝刺。這感覺是個好主意，於是愛麗絲轉身面對欲望之殿。如果能夠躲進室內的話，或許他們可以門上門，或者靠在門上，但他們已經走了這麼遠。骨頭怪的移動速度快得嚇人，在幾秒鐘之類，雙方的距離就縮短了一半，只剩下一百公尺左右。

「河岸。」彼得大喊。「快跑——」

愛麗絲跟在他後面，一邊跑一邊瘋狂翻找背包。她總覺得自己必須做些什麼，而不是站在那邊等死。她推開一大堆粉筆（毫無用處）、她的毯子（完全沒用）、碘酒、書，全都一點用也沒有。能用來當武器的只有獵刀。

「妳知道怎麼用嗎？」彼得問道。

「不知道。」愛麗絲回答，並把較長的獵刀遞給對方，當然是刀柄對著他。那是她出發前最後一刻在慈善商店買的，只拔刀過一次。「你要試試看嗎？」她問道。

他拿著獵刀，皺起眉頭，接著把刀舉到面前，但那笨拙的姿勢實在讓人不太放心。

骨頭怪停了下來，排成一排。比起上次那三隻，牠們顯然沒那麼怕忘川，因為牠們已經來到岸邊，把愛麗絲和彼得困在牠們和河岸之間。這次的種類更加多元，有的像小貓一樣小，有的像狼一樣大，頭骨則來自各種不同的動物。有幾隻歪著頭，要不是牠們的眼窩空空如也，四肢也被魔法強化，每一處關節都縫了其他物種的尖牙和利爪，愛麗絲可能會覺得牠們有點可愛。

愛麗絲往下蹲，因為她曾經在武俠小說裡讀過，這樣在戰鬥中很有幫助，彎曲膝蓋，壓低重心之類的。她覺得自己好蠢。

「等一下。」彼得說。「我們搞不好可以……他可能會想談談。」

的確，那些生物並沒有立刻行動。牠們的頸部關節不停發出喀噠聲，目光在彼得和愛麗絲身上游移，彷彿在處理關於他們的每一個細節。愛麗絲忍不住好奇牠們的創造者現在在哪裡，他是在遠處等待牠們回去，還是用某種魔法連結控制這些骨頭怪，透過牠們空洞的眼窩看著愛麗絲和彼得呢？

「哈囉。」愛麗絲試著打招呼。「你……你們聽得懂我們在說什麼嗎？」

骨頭怪沒有任何反應。

「我們只是路過而已。」彼得說道。「如……如你們所見，我們還活著，但我們不會傷害你們。」

骨頭怪蹲伏在地上，準備向前猛撲。

「或許我們可以談談。」彼得說道。「看看能不能互相幫助。」

愛麗絲補充道：「我們也是魔法師。」

骨頭怪撲了上來。

愛麗絲胡亂揮舞著刀刃，但骨頭怪從四面八方襲來，她很難砍到目標。她拿著刀子亂揮，聽到金屬與骨頭碰撞發出的鏗鏘聲，那應該是好事，或許她成功擊退了牠們。但數量實在太多了，她不知道該看哪裡，只能盡量不讓牠們靠近她的脖子、臉和胸口。有東西落在她的肩膀上，接著一陣劇痛襲來。愛麗絲痛得大叫，瘋狂地砍向骨頭怪。她的運氣很好，刀刃擊中了某個東西，而且還是要害，因為骨頭怪被打飛，重重落在水邊。

「瞄準脊椎。」彼得大喊。他正在砍兩隻抓著他的腿的骨頭怪，腳下已有一堆白骨。「那是弱點，試著——」

愛麗絲調整了握刀的姿勢，並深吸一口氣，準備迎接下一輪猛攻。但她注意到了一件事，她拋開的骨頭怪並沒有站起來，而是四腳朝天躺在水邊，揮舞著尾巴，後腿亂踢，就像一隻可怕的巨型蟑螂。

她萌生了一個大膽的想法。

三隻骨頭怪排成一排，蹲伏在她面前，似乎準備要同時攻擊她的頭和肩膀。轉身背對他們根本就是在玩命，但她沒有堅守陣地，而是衝向水邊。她試著在碰到水之前就停下腳步，但無法預測的浪濤湧了上來，冰冷的河水淹過她的腳踝。她感到後腦杓一陣劇痛，但上臂的疼痛更加劇烈。記憶離她而去了嗎？她不知道自己失去了什麼，也沒有時間去探究。她轉開保久瓶的蓋子，彎下腰，並盡可能舀水，然後轉過身來，將瓶中的水甩出去。

水滴潑到骨頭怪身上，發出很大的滋滋聲，牠們立刻往後退開，但潑到水的地方仍繼續滋滋作響。聽到這個聲音，連彼得周圍的骨頭怪都停止攻擊，並向後退縮，齊聲吠叫和嗚咽。

「哈。」她喘息道。「你們不喜歡這樣，對吧？」

剩下的骨頭怪聚集在一塊。忘川的河水效果完全超乎想像，她看到整條腿脫落，關節解體。河水對粉筆灰起了作用，融化並腐蝕了粉筆灰，導致整個演算法變黑、消失、失去力量。有這麼簡單嗎？

「走開。」她揮舞著水瓶，說道。「滾回你們該去的地方。」

突然，骨頭怪聚集在一起，撲向愛麗絲。

她只來得及舉起手臂護住臉，全身上下其他地方都無一倖免；利齒陷入她的衣服、肩膀、身側和雙腿。彼得大喊她的名字，在一片混亂中，她透過骨頭的間隙瞥見他站在岸上，向她伸出手，但為時已晚。有個尖銳的東西咬住她的臀部，她猛然轉身，腳踝一扭，就失去平衡，連人帶骨頭怪一起往後摔進水裡。

第十章

「妳還好嗎？」彼得一邊瘋狂拍打她的臉頰一邊問道。「愛麗絲？」

愛麗絲睜開眼睛。彼得把她拉上岸了。骨頭怪散落在淺灘上，嘩啦嘩啦的河水接觸到粉筆灰，滋滋作響。有些骨頭怪還在動，掙扎著想爬上岸，但牠們的腿從關節處脫落，脊椎一節一節解體。她看著分離的骨頭踢動、抽搐，然後沉入水面之下。

彼得抓住她的肩膀並搖晃她。「愛麗絲？」

她嚇了一跳。「嗯，什麼？」

「我叫什麼名字？今天幾月幾號？妳最喜歡披頭四的哪一首歌？」

「我沒事。」愛麗絲皺眉道。雖然她如果真的失去記憶，她自己應該不會知道，但至少她很清楚自己是誰，在這裡做什麼。她尋找自我意識的樓梯，找到了，她是愛麗絲．羅，是劍橋大學的研究生，她主修分析魔法。而彼得就是彼得。「默多克，彼得．默多克。在人間，今天是十月二號，也許是三號，我不確定來這裡之後過了多久。〈郵差先生〉。」她搖搖頭，問道：

「你怎麼知道我最喜歡披頭四的哪首歌？」

彼得趺坐在地上，顯然鬆了一口氣，說道：「妳在實驗室裡一直聽那首啊。」

「但我有戴耳機耶。」

「就算戴耳機還是很大聲。」

「你怎麼不早說！」

「還好啦。」彼得說道，並把手放在愛麗絲的背後，扶她坐起來。「但妳的喜好滿單一的，真希望妳哪天也能放《艾比路》的歌。」

「噢，別虧我了。」

他起身；她抓住他的手，站了起來。她感覺到血液直衝腦門，令人頭暈目眩，但就這樣而已，也沒有任何跡象顯示她可能失去了自我的某個核心部分。她的太陽穴陣陣作痛，但上臂的劇痛更是讓人難以忍受。她低頭一看，發現前襟全是血跡和咬痕，不禁雙腿發軟。「噢，天啊。」

「來吧。」彼得把她的手臂搭在自己的肩上，一手摟住她的腰，說道：「我們離開這裡吧。」

☆

離開欲望之殿非常困難，暴風雨似乎不想放他們走。狂風呼嘯，大雨滂沱，呼吸時感覺就像溺水。就連站在原地都很費力，因為除非他們把腳跟牢牢踩在地上，否則一陣陣強風就會不斷把他們吹向欲望之殿的大門。愛麗絲幾乎看不到前面的路，四面八方都是一片呼呼作響的水牆。她唯一能做的就是抓住彼得的手臂，一次一小步，在雨中低頭前行。但暴風雨來得快去得也快，風停了，雨勢趨緩，再走幾步，天空就完全放晴了。愛麗絲抬頭一看，發現雷電交加的烏雲和昏暗晴朗的天空之間被一條看不見的直線分隔開來。

他們在欲望之殿與貪婪之殿的交界處紮營，並選在能看到忘川的位置，遇到危險時就能立刻跑過去。彼得生了火，渾身顫抖的愛麗絲坐著取暖，烘乾身體，直到她覺得自己又像個人了。

她咳了咳，問道：「我可以喝一點你的水嗎？」

「噢，可以啊。」彼得把自己的保久瓶遞給她，說道：「放心，我沒有狂犬病什麼的。」

「狂犬病應該不是這樣傳染的吧。」她轉開蓋子，說道。「我們之後得合喝這一瓶了。」

她摔進忘川時，保久瓶沒入水中，導致瓶蓋裡的五芒星陣接觸到河水，已經沒辦法補水了。

「沒關係，只要我們都一起行動就好。」彼得清了清喉嚨，開口道：「那麼，既然已經休息了一會兒，我可以問幾個——」

「不用了，謝謝。」

「但我們得確認一下。我是說……」他身體前傾，眼睛睜得大大的，眼中滿是擔憂。「妳不想確認一下嗎？」

事實上，愛麗絲很肯定。自從他們坐下來之後，她就一直在腦海中探索，尋找漏洞。但後腦杓的劇痛已經消失了，似乎什麼也沒帶走。她的記憶庫就像一個鎖得很勉強的箱子，總是塞得滿滿的，彷彿隨時都會爆開一樣。她心想，如果有東西漏失，她應該會知道，應該會感覺到才對。「我什麼都沒忘記，我保證。」她說。

「但妳怎麼知道？」

她遲疑了。

不准告訴任何人。那段記憶非常深刻，格萊姆斯教授只說過一次，但一次就夠了。但除此之外，她還能怎麼解釋呢？她不希望彼得去亂碰河水，因為他肯定沒有免疫力。

讓別人知道就麻煩大了，但她想到彼得在欲望之殿爆氣時，那股莫名的憤怒，她心想，彼得或許比任何人都能夠理解。

「我好像……對忘川免疫。」她說。

「怎麼說？」

什麼都不能說，導致現在要找到適當的詞句變得如此困難。她的第一反應是顧左右而言他。「嗯……我不會忘記事情。」

「羅，我們的記憶力都很好，但忘川——」

「不是，我的意思是我沒辦法忘記事情。」

「那是什麼意——」

「你看。」她捲起左手的袖子並調整姿勢，讓他看到她上臂周圍的皮膚，說道：「這個讓我無法忘記。」

他看了，接著倒抽一口氣，愛麗絲眨了眨眼，別開視線。

她的皮膚上刻了一個正圓和工整的白色字體，那是一個永久的五芒星陣。

魔法不是永久的。你畫出一個影響範圍，將一個物體放入其中，完成咒語後，再把物體拿出來。最厲害的魔法師可以創造出持續數小時、甚至數週的魔法，例如保久瓶，然而一旦物體失去能量，就一定要將其放回五芒星陣裡。除此之外，五芒星陣不是用墨水，而是用粉筆畫的，從本質上來說無法保存太久。它們時時刻刻都暴露在吸塵器、掃把、一陣風，甚至是打噴嚏的危險中。五芒星陣上每一個字母的每一個筆畫都很重要，只要有哪一處稍微弄髒，就會前功盡棄。最優秀的魔術師在一天結束時，都會擦除自己的傑作，以免隔天早上發生意外。雖然很浪費粉筆，但除此之外別無他法。魔法是轉瞬即逝的，你欺騙世界一瞬間，然後一切又回到原來的樣子。

格萊姆斯教授的目標就是挑戰魔法的這條基本規則，他想讓謊言繼續下去。透過愛麗絲，他證明了刻在活人皮膚上的五芒星陣或許可以維持能量一輩子——剛剛的事件則讓他們確切知道至少可以維持一年多。

彼得盯著刺青看了很久。他抬起雙手，愛麗絲點頭表示同意後，他就用手指戳了戳她的皮膚。揉捏了一會兒後，他才開口：「那不是妳的字跡。」

「不是，猜猜是誰畫的。」

他的臉上閃過一絲難以解讀的表情。「是他逼妳的嗎？」他問道。

「是我自己想要的。」她回答，感到胸口一陣躁動。對，沒錯，她知道這是事實。「是我讓他做的。」

✯

那年夏天在義大利，愛麗絲和格萊姆斯教授就是這樣度過的。

起初，他是在動物身上做實驗，一開始是老鼠和天竺鼠，再來是貓和狗，毛都剃得一乾二淨。歐洲的動物研究規定比較寬鬆，而且街上到處都是流浪貓狗。愛麗絲花了好幾個小時把貓咪固定在原地，讓教授用紋身針在牠們剃光毛的裸露皮膚上刺青。屍體也是她負責處理的，因此她後來記住了威尼斯每一個清潔工垃圾站的位置。

但動物實驗的問題在於，低等生物能做的事情是有限的。你可以讓牠們繞圈跑，或是進行飢餓或疼痛測試，但到頭來，你不會知道魔法陣造成了多大的影響。就算貓咪記得零食在哪個杯子裡又如何？表達能力更強的實驗體會比較好，至少要能夠說話，可以告訴你注入陰陽界能量會對身體造成什麼樣的影響，究竟是沒什麼感覺，還是體內彷彿在燃燒呢？

愛麗絲一直都知道自己遲早會成為格萊姆斯教授的實驗對象，教授也沒有要欺瞞的意思。她從一開始就完全知情並同意，那是她自己的選擇，在她看來，那樣就沒問題了，代表她掌控了局面，而她也相信格萊姆斯教授會在確保安全的前提下把事情做好。

無論是在刺青過程中還是前一天晚上，她都表現得非常好。她沒有讓教授知道自己有多麼害怕，或是想要反悔，因為她知道他聽了只會覺得煩。當她因害怕而哭泣時，她是一個人躲在飯店房間裡偷哭的。噢，她不想死，她不想失去理智，但她沒有告訴任何人。隔天早上的她沉著、安靜且溫順，宛如一塊完美的空白石板。

她不斷提醒自己：我們已經整整兩週沒有害死貓了。

手術開始前，教授問她要不要打麻醉，但她連局部注射都不願意。她知道在整個過程中持續說話和回應非常重要。她必須保持清醒，詳細記錄這次的經驗。針頭每一次扎進皮膚，以及粉筆的陰陽界能量產生的灼熱感，她都必須清楚感受到。

在刺青過程中，教授非常溫柔，也不斷鼓勵她。每當她痛得縮一下，他就會撫摸她的肩膀，低聲安撫道：「妳很棒，妳做得非常好，不要動喔，親愛的，很好，快結束了。」當她痛得受不了，教授就會停下來，也隨時都會讓她休息。而當教授完成魔法陣，她跪倒在地，不斷呻吟，陰陽界能量在體內流竄，他也彎下腰來，以畫圓的方式搓揉她的背，在她吐血時還幫她撩起頭髮。

實驗非常成功。

當愛麗絲的燒退了，也恢復意識後，格萊姆斯教授給她看一系列的石板，上面寫著她看不懂的語言，一塊只看三秒鐘，再請她憑記憶把石板上的內容寫在黑板上。她全部抄寫了下來，而且一字不差。兩週後，教授請她再寫一次，這次沒給她看石板，她也一樣完美達成任務，毫無差錯。

那一週充滿了令人興奮的新發現。她不知道自己的記憶力是否有極限，至少她現在還沒找到。她一個晚上可以看六本書，只要每一行都仔細閱讀，就可以把內容全部背下來。她的大腦現在就像一本隨時待命的百科全書，雖然她無法在一夕之間流利地閱讀法語或阿拉伯語，但只要有夠久的時間坐下來，就可以在腦海中翻閱字典，把內容轉換成還不錯的翻譯。新世界在她面前展開，她學會了西里爾字母、匈牙利語、波斯體，甚至還學了線形文字B。

當然會痛。事實上，疼痛從來沒有消失，只是從她的手臂轉移，變成太陽穴持續抽痛。她的腦子感覺快撐爆了，擠滿了她永遠擺脫不了的東西。直到那一天，她才意識到，生而為人必須適時忘記才能正常運作。現在，她無法忘記在日常生活中遇到的種種尷尬狀況，例如看錯菜單、打翻酒，或是在郵局辦事時錢包掉地上，整個隊伍都要等她一個人。她本來就是容易焦慮的個性，而現在她的大腦會迫使她鉅細靡遺地重溫自己所犯下的每一個錯誤、得罪過的每一個人。

但好處顯然大於代價，因為哪個學者不渴望擁有完美的記憶力呢？這個年代人人都在瘋電腦，而愛麗絲直接變成了人體電腦。她會適應的，除此之外她別無選擇。

「妳不能告訴任何人。」格萊姆斯教授指示道。「至少要保密很長一段時間。愛麗絲，這件事非常重要，現在已經跟打仗的時候不一樣了，皇家魔法學院變得很保守，如果有人知道的話，我就會失去執照。我在系上有很多敵人，每個人都很樂意利用這些情報來毀了我，所以連謠言都不能傳出去，妳必須守口如瓶。」

其實愛麗絲受到了打擊，因為她內心深處一直希望能夠跟全世界炫耀這件事。在她最深沉、最愚蠢的幻想中，格萊姆斯教授會在各個研討會上把她當成歌舞雜耍表演者一樣宣傳。他將成為大魔法師格萊姆斯，而她則是他耀眼的人體魔法陣。

但這個魔法非同小可，而且她已經不是小孩子了。「沒問題。」她說，並把袖子拉了下來。

「很好。」他拍了拍她的肩膀，說道。「這是我們之間的小祕密。」

從威尼斯回來後，他開始進行其他計畫。一週後，他就已經厭倦測試愛麗絲的記憶力了。既然已經確認五芒星陣成功了，他就可以著手克服種種障礙，可能要花好幾年的時間發表中間證明的過程，才能實際應用這個研究結果。愛麗絲是次要的，他不再檢查她的刺青；新學期開始時，他就不再提起兩人之間的小祕密了。因此，愛麗絲只能安慰自己，在他所有的學生當中，格萊姆斯教授最喜歡她，而證據就寫在她的皮膚上。

✯

「很痛嗎？」彼得問道。

「一點點而已，還好啦。」

她沒有告訴他灼熱感的事。她的刺青效果其實有點像哥德式小說中對吸血鬼重生的描述：所有感官都變得更加敏銳，世界也變得更加明亮。她記得自己一醒來，就有大量細節湧入腦海，在感知到的同時就永遠刻在她的腦中。格萊姆斯教授的臉映入眼簾，那熱切又焦慮的神情，以及那雙銳利的深色眼眸中流露出的渴望，她一輩子都忘不了。

她也沒有告訴他記憶洪流的事：記憶如排山倒海而來，隨機的聯想不斷冒出來，她需要耗費很大的心力才能分辨哪些資訊是當下重要的，哪些無關緊要。她沒有告訴他，眼前所見宛如穿過無數螢幕的雲霄飛車，所有電視節目都同時播放。她沒有告訴他，自己必須全神貫注盯著一顆番茄，大腦才能認出那是番茄，而不是蘋果，不是躲避球，也不是一顆血淋淋、怦怦跳的人類心臟。她沒有告訴他迷失自我是多麼容易，只要一分心就會發生。她沒有告訴他，我每個小時都要重新建構自我意識的樓梯，才能記住我是誰、我在哪，以及我在做什麼。畢竟他也沒辦法幫助她，只能同情她，所以她覺得說了也沒意義。

「我可以理解妳為什麼沒跟任何人說。」彼得緩緩說道。他似乎在心裡字斟句酌，謹慎選擇委婉的說法，以免冒犯到她。「這……這滿需要時間消化的。」

「其實沒有聽起來那麼糟啦。」愛麗絲起了戒心，說道。她把這件事告訴別人，不是為了讓對方覺得她經歷了什麼可怕的悲劇。她很討厭聽到系上的其他女性的抱怨，好像她們不是自願來這裡的一樣。她討厭彼得現在看著她的眼神，他的同情讓她心煩意亂。「我是說，他知道自己在做什麼，他一直都很清楚自己在做什麼，不然他也不會冒這個險。」在施術前的幾天裡，她就是這樣告訴自己的，以免一直夢到毛被剃光、身體僵硬的貓屍堆成一座小山。「他非常小心。」

「他有告訴妳這對妳比對他更有利嗎？」

「當然沒有啊。」愛麗絲說。人們常常認為格萊姆斯教授的學生是幼稚無知的邪教徒，她也很討厭這點。「我說了，是我自己想要做的。」

她激烈的反駁似乎嚇到了彼得，他舉起雙手表示歉意，說道：「我只是問一下而已。」

「他沒有逼我。」她重申道。

「嗯，妳剛剛有說——」彼得不斷眨眼，說道：「抱歉，我只是需要一點時間消化。我只是覺得……我的意思是，我不敢相信他竟然讓妳做那種事。」

老天爺啊，愛麗絲心想。怎麼又是這句話。

有一次在紐約的研討會上，一位普林斯頓大學的年輕博士後研究員和愛麗絲熱烈討論她們稍早參加的座談會，兩人暢聊了將近三十分鐘，由於現場只有她們兩個女生，兩人很快就萌生了彼此認可的戰友情誼。然而，一聽到愛麗絲在格萊姆斯教授的實驗室工作，那名博士後研究員的整個神態舉止都變了。她往後縮，並上下打量愛麗絲，眼裡滿是憐憫。「天啊。」她說。「那妳應該知道……嗯，妳知道的。」

愛麗絲當然知道，因為這不是她第一次參加研討會，所有的謠言她都聽說了。格萊姆斯很邪惡、格萊姆斯很惡毒，諸如此類。身為這樣臭名昭著的教授所指導的學生，她內心喜歡唱反調的部分感到自豪。其他人都好無聊，至少格萊姆斯教授很有個性。

愛麗絲露出她最天真、最和藹可親的微笑，問道：「什麼意思啊？」

博士後研究員面帶尷尬，輕聲笑道：「妳應該知道我在說什麼吧。」

「我不知道耶，有什麼是我需要知道的嗎？」

博士後研究員眨了眨眼，環顧四周，好像怕有人偷聽一樣。「呃……我是說……抱歉，我以為大家都在講。如果妳不——」她講話開始結巴，愛麗絲聽了很爽快。「不好意思，我不該說這些，是我思慮不周。」

「如果沒有什麼實質內容要說，我會建議少在背後講別人的閒話。」愛麗絲說道。她感覺自己好像取得了某種修辭的勝利，但實際上她只是破壞了一段萌芽中的友誼而已。她知道，搭飛機回去後，她就再也不會和這個博士後研究員有聯絡了，其實有點可惜，因為該領域的女性不多，有機會就該結盟才對，但她毫不在乎。她親手燒毀了友誼的橋梁，或許不應該高興，但當下她只覺得血液直衝腦門的感覺真好。「不過還是謝謝妳。」

正是這種唱反調的態度，讓她冷冷地對彼得說：「沒有人能『讓』我做任何事。」

「好啦，好啦，我相信妳。」值得稱許的是，彼得很快就接受了。「那妳覺得這有讓妳成為更優秀的學者嗎？我是指五芒星陣。」

「當然有好處。」說到這裡，她猶豫了，不知道該如何理清充滿多重矛盾的記憶，如何解釋腦中有太多內容不見得是好事。更多的時候，那會讓她的腦袋亂成一團、困惑不已，被她希望從未發生過的事情壓得喘不過氣。最後她只說：「我感覺有點……不那麼像凡人，沒那麼容易犯錯，大部分的時候啦。」

「聽起來還不錯。」

「但我覺得最大的不同是，它讓我感到……害怕，好像我靠作弊成了專家，卻因為沒有像大家一樣花好幾個小時死記硬背，而失去了某種重要的東西。我擁有龐大的知識庫，卻不知道怎麼梳理那些內容。而且不知為何，少了過程，成果好像也沒那麼好。如果我不用付出努力，那成果也就不算數。」

「羅，這個邏輯太瘋狂了吧。」

她聳肩道：「我可是格萊姆斯的學生耶。」

「確實。」他眨著眼睛，盯著營火，並動了動嘴巴，顯然在重新考慮自己想說的話。愛麗絲做好了接受下一輪說教的準備。「格萊姆斯教授……呃，格萊姆斯有沒有要求妳做過其他妳認為不對的事情？」他問道。

「這是我唯一的刺青，他沒有——」

「不，我不是這個意思。呃……」他開始拉脫線的袖口，愛麗絲記得他焦慮時總是會這麼做，但那代表他很焦慮，也就是說，這跟愛麗絲無關，而是跟他自己有關。「不只是違法的事，還有……我也不知道，感覺不太道德的事。」

愛麗絲想到了威尼斯那些可憐的老鼠，以及牠們抽搐的身體。每當她伸手從籠子裡抓出又一隻老鼠，牠們就會吱吱叫著，四處亂竄，彷彿牠們清楚知道實驗台上發生了什麼事，以及粉筆灰會對牠們的身體造成什麼樣的影響。後來，她變得很擅長將老鼠的脊椎移位，在牠們完全感知到疼痛前就切斷神經索，在粉筆灰灼燒其皮膚時，以最快速無痛的方式死去。就算她曾經在道德上感到良心不安，最後也不在乎了。實驗室裡發生什麼事都不奇怪，更何況牠們只是老鼠。

「沒有。」她說。「怎麼了？他有叫你做什麼事嗎？」

彼得不斷拉袖口，已經拉出好幾條線了。愛麗絲正打算拍他的手叫他停下來的時候，他開口道：「他叫我去弄來一條人類的結腸。」

「什麼？」

「不是從活著的病人身上拿啦。」他急忙擺手澄清，顯然很焦慮。「是從屍體身上取出的，就是上解剖課會使用的大體老師。」

「現在還有大體老師喔？」

「當然啊，不然他們要怎麼練習動手術？」

在愛麗絲看來，這比她做過的任何事情都要糟糕得多，至少她唯一的受害者就是她自己。

「聽起來你似乎侵犯了一些權利。」她說。

「死者沒有權利。」

「嗯，這是有爭議的，但怎麼……為什麼……我是說，彼得，這到底是搞什麼？」

「我也不知道。」彼得聳肩道。「從大局來看，這感覺好像只是一件小事，或許妳當初刺青時也是這麼想的吧。他當時……我們當時在做研究，雖然最後沒有成功，但中間有一段時間感覺好像滿有潛力的。不過……妳也知道，粉筆灰和有機物質會產生不同的相互作用，我們需要一個人體器官才能確定這點。」

「你偷了一條結腸。」愛麗絲說道，一時還無法接受。「一條人類的結腸！」

「嗯……其實是三、四條啦。」

「天啊，默多克。」

「我總不能拒絕吧。」

「你可以提出檢舉啊。」她說。「這違反了道德規範，你可以向院長反映。」

兩人陷入沉默。他們四目相接，然後哄堂大笑。

「會很難嗎？」愛麗絲問道。

「其實不會。我本來以為會很難，但我就直接走進去，然後……拿了我需要的東西。有三個人看到我，所以我揮了揮手，他們也跟我揮手。」

「也合理。」

「我知道很扯。」彼得說道。「或許我不應該那麼做，我只是從來沒想過要拒絕。」

「你知道嗎？他以前都會叫我聽打他的講義。」愛麗絲說道。「他口述，我打字，我感覺自己像個祕書，但我也從來沒想過要拒絕。」

「喔，那沒什麼啦。有一次，他讓我一個下午改了六十份大學生的考卷，因為他自己忘記改。」

「有一次他叫我把所有的粉筆灰都清理乾淨並秤重，好估算我們浪費了多少錢。」

彼得竊笑道：「有一次，他突然把一個充滿電的電容器丟向我的頭。」

「你有被打中嗎？」愛麗絲嚇了一跳，問道。

「只有打到手而已。我不知道它有電，所以我試著接住，結果被電到倒在地上抽搐，頭髮豎起來好幾個小時。我從沒看過他笑得那麼開心。」

「他沒有拿任何東西丟過我的頭。」愛麗絲說道，但她不確定這讓她感到優越還是嫉妒。

「他只有丟過電容器。」彼得說道。「也只有丟過那一次。其他主要都是，嗯，口頭上的。」

「真的。你不適合做這行、你簡直是在浪費補助、你看起來好像根本不想待在這裡。」

「喔，對啊，他超愛講那句。有一次他隨口說，如果我不學會德文，我就一無是處。」

「那你有去學嗎？」

「我當天下午就買了一本德文常用語手冊，然後熬通宵。」彼得的聲音突然哽咽，愛麗絲慌張起來，看了他一眼，才發現他不是在哭，而是在咯咯笑。「隔天早上，我用『Wie geht's』跟他打招呼，然後他……然後他就看著我，好像我瘋了一樣。」

「Lebensmüde（人生好累）。」愛麗絲說道。

「Sitzfleisch（堅持到最後）。」彼得說道。

兩人大笑不止。

「天啊。」愛麗絲說道，並用雙手貼住臉頰，發現手是濕的，才意識到自己笑到流淚了。這種事從來沒有發生過，原來人真的可以笑到哭。「要是有人聽到我們的對話，他們一定會跟院長報告。」她說。

「喔，我知道！不當的師生關係、濫用職權，諸如此類。」

「我很討厭那種說法，好像我們是小孩子一樣。」

「無助的受害者。」

「自討苦吃。」

「視而不見。」彼得斜眼看了她一眼，說道：「其實我有去參加他的喪禮。」

「不會吧，真的假的？」

「不是真的喪禮啦，不是什麼家祭、公祭之類的，只是大學舉辦的追悼會而已。」

愛麗絲記得自己盯著那封邀請函，看了很久，最後把它撕成碎片。「我可能忘了去吧。」她說。

這顯然是個謊言，因為她沒辦法忘記事情，但彼得沒有追問，只說：「難怪我沒看到妳。」

「那追悼會怎麼樣？」

「很奇怪。」彼得說道。「他們的悼文都在讚美他有多麼體貼、偉大、慷慨，就是那些很基本的內容，拿來形容誰都可以。校長稱他為傳奇教師，海倫・莫瑞站起來，說他多麼有才華，都是一些陳腔濫調。妳知道他以前都在她背後說她什麼嗎？」

「說她假裝自己是學者，但其實只是用配偶名額被招進來的？」

「嗯……那個也有，但他還說她是個前不凸，後不翹的鐵娘子。」

愛麗絲忍不住竊笑。

「總之，」彼得說道，「在追悼會上，我一直在想，只有我們了解他，了解他的一切，包括好的、壞的、好笑的，以及所有矛盾的面向。我們看過他誠實的那一面，只有在實驗室裡，他才會真正做自己，就連他最壞的一面、他沮喪的時候、他以大欺小的時候，都是如此。他唯一在乎的就是找到真相，他會為真相而哭泣，會對真相俯首稱臣。我們了解他的那一面，為此，我感到非常幸運。」

「天啊。」愛麗絲用手掌把臉往下拉，說道：「真是個暴君。」

「但他是我們的暴君。」

「對啊。」

「我是說，我們是因為他才下地獄的。」

「甚至是為了他。」

「對啊。」

他們看著彼此，眼神流露出同袍情誼，彷彿他們是兩名長途跋涉的步兵，因為對同一位將軍的愛而團結在一起。愛麗絲不禁好奇，特洛伊城被攻陷後，雅典人踏著蹣跚的步伐回家時，是否也是這種感覺。他們拋下妻小十年，所做的一切都是為了阿加曼農。兩人沒辦法說這場奮鬥是否值得，甚至不知道這一切到底是為了什麼，但這些考驗，世上其他人都無法理解的極端經歷，肯定是有意義的吧。歷盡艱辛的能力是一種美德，是一種人格保證，大概是這種感覺。

搞不好他們真的是格萊姆斯的部下，所屬軍團已漸趨式微的步兵，他確實讓他們有這種感覺。他喜歡告訴他們，魔法不再受到重視，這是文明衰敗的跡象之一。這沒完沒了的怒罵，他們早已倒背如流。人類曾經是偉大的，但是一代不如一代。亞里斯多德發明了邏輯，歐幾里得發明了幾何學，康德則發明了系統理性，之後就沒有什麼思想上的重大突破了。沒有人再發明整個系統了，人們只能搬弄現有的理論，前提是他們還要能夠掌握前人提出的道理。愛麗絲和彼得那一代是最頹廢、最愚蠢的世代。格萊姆斯那一代至少還是戰爭魔法師，在實際應用方面的進展可說是突飛猛進。但愛麗絲和彼得那一代卻只會對哲學細節爭論不休，並為玩具公司製作華麗不實的小玩意，其中最優秀的人跑去拉斯維加斯，最差的人則成了顧問。毫無疑問，魔法正在走下坡，而這只是世界的病癥之一。小朋友不看書，只會坐在螢幕前流口水；藝術家隨筆一揮，就自認為與米開朗基羅不相上下。這不再是個博學多聞的世界，不再重視持續深究跟探索，他們這一輩只喜歡通俗小報、八卦和娛樂。文明崩壞，末日將至，他們忘了祖先的偉大，陷入毫無意義的爭論當中，無法脫身，沒有人知道該怎麼思考了。講到這裡，他往往已經醉了，但這反而讓他變得更有說服力；他們全神貫注地聽著，無法反駁，又迫切想要證明他是錯的。那麼要如何成為偉大的人呢？他告訴他們，這需要天賦、大量心力以及修道士般的奉獻精神，才能超越滾滾紅塵的紛擾，凌駕於雲層之上。他們做得到嗎？他們能否堅守信念，找回昔日的無畏精神？

他們向他保證，一定會做到。

重點是格萊姆斯教授並不是無差別折磨所有人。他折磨的是他們，因為他們夠堅強、夠耐操，因為他們堅守信念，因為他們很特別，值得栽培。而在經過教授的茶毒後，無論他們變成什麼樣子，一定都會是耀眼的存在。

很妙的是，她很高興格萊姆斯教授也是那樣對待彼得的，那讓她感覺自己沒那麼……有病。這至少證明她不是唯一被格萊姆斯教授這樣對待的人，也不是唯一認為這一切都值得的人。

事實上，這也是為什麼預測格萊姆斯教授會被判到地獄的哪一殿，對她來說是個挑戰。儘管教授犯了種種罪行，但愛麗絲內心深處有一部分卻堅信他沒有做錯任何事情，他所做的一切都是為她好，學生需要從老師身上得到的事物，他全都給了她。

「妳要不要睡一下？」彼得問道。他從背包裡拿出一本厚厚的平裝書，並挪動身子，背靠帳壁。他彎曲膝蓋，然後手肘撐膝，說道：「我來守夜。」

「你確定嗎？」

「對啊，托爾金會陪我。」

「那讓我睡兩小時，再叫我起來，換我守夜。」說完，愛麗絲便用毯子裹住自己，躺了下來。她感覺自己空洞又鬆弛，不只是因為疲憊，還有一種解脫的感覺。她感到如釋重負，終於不用再躲躲藏藏了。

謝謝你，她想告訴彼得。謝謝你聽我說。但她的眼皮好沉重，她還沒把話說出口，就陷入了黑暗之中。

✫

「西線無戰事。」彼得搖醒她，說道。「我可以睡一下嗎？」

「睡吧。」她打了個哈欠，說道。看到他盡可能用毯子蓋住全身，她忍不住微笑。

「蓋腳或是蓋胸口。」他說。「只能選一個。妳覺得呢？」

「應該保護你的腳吧。誰知道會不會有什麼東西冒出來咬你的腳趾？」

「妳不保護我嗎？」

「你的腳太長了。」她微笑道。「等我看到就來不及了。」

她也從背包裡拿出一本書，終於輪到普魯斯特了。彼得彎曲膝蓋，側躺下來，過了一會兒，他的呼吸變得深沉，嘴巴微張，蜷縮著身子，愛麗絲不禁覺得他這個模樣很可愛。彼得真的很瘦，軟趴趴的修長四肢糾纏在一起，感覺像個亂成一團的人體毛線球。

彼得睡著時看起來好好笑：眉頭緊鎖，嘴角下垂，彷彿他想專心睡覺，誰都別想吵他一樣。彼得的睫毛很長，愛麗絲一直都覺得很不可思議，她從沒看過男生的睫毛這麼長。她真想用指關節輕輕拂過他的睫毛，只為體驗它們的觸感，應該很柔軟吧，就跟蝴蝶的翅膀一樣。

他的腦袋裡到底在想些什麼呢？她突然覺得胸口酸酸的，那是一個令人心馳神往、長久存在但尚未解決的問題所留下的後遺症。她始終無法搞懂他，她很清楚，今晚的促膝長談不代表他們的關係有什麼重大突破，也不代表他們成了最要好的朋友。彼得總能讓人產生這種錯覺，彷彿你們是世界上唯一了解彼此的人，彷彿你們存在於兩人的專屬維度。然後隔天早上，他就會表現得像個陌生人，好像你們完全沒說過話一樣。她已經受到這樣的打擊好幾次了，她已經學乖了。

但那一刻，她仍然感覺和他很親近，先不論他們互相分享的祕密，至少她已經很久很久沒有像這樣坦誠地敞開心扉了。

她頓時羞紅了臉。這一定是地獄無邊的沙丘、恐懼，以及隨之而來的匱乏害的，加上彼得·默多克是這裡唯一不像空氣般虛無縹緲的存在。但她還是無法消除自己俯下身子，把手掌貼在他臉頰上的衝動。

這讓她感到驚恐萬分。她眨了眨眼，環顧四周，尋找其他可以做的事情，什麼都好，只要不要看著彼得的臉，以及他雙手張開、略顯滑稽的姿勢就好。他睡覺時習慣將一隻手臂舉過頭頂，宛如畫中的基督，揚起下巴，等待救贖。天啊，這是上天在惡作劇嗎？沒想到人類經過了數千年的演化，最後卻變成像彼得・默多克這樣的人。

一疊筆記從他的包包裡露出來，她看了一眼，噗哧一聲笑了出來。不寫在筆記本裡，而是把零散的紙張捆在一起，真有彼得的作風。

她禁不住好奇心，把筆記拉了出來。她從以前就很喜歡閱讀彼得的筆記，看兩人的想法有何異同相當有趣。

前兩頁是五芒星陣的草稿，彼得畫了各種可能到達地獄的魔法陣，其中四個失敗了，一個成功了。她認得那些定理，她自己也花了好幾週的時間思考這些問題。當愛麗絲回溯他的研究過程，看到對方在哪個階段如何解決她也遇到的謎題，不禁感到一種熟悉的興奮。當然，彼得的解題流程很高明，有幾處的解法比她的還要巧妙得多，有一次，他似乎還透過直覺，繞過了讓愛麗絲煩惱很久的棘手公式。最後，他選擇了和她一樣的方法，也就是拉馬努金求和，再加上賽提亞的改良。兩人做的研究都一樣，難怪他一看就知道她打算做什麼了。

最後幾頁是純粹的邏輯。她很討厭邏輯，只因為邏輯基礎是必修課才學了基本概念，所以她差點就直接翻過去了，但最後一頁的內容讓她停了下來。

他在最後幾條公式畫了好幾次圈圈和底線。他的字跡通常很潦草，感覺寫得非常倉促，幾乎都看不懂，但這裡的筆跡卻工整得多，代表這些結論一定很重要。

她翻回上一頁，再次閱讀推導過程，這次盡可能仔細解讀所有內容。她看得頭好痛，邏輯是她在刺青之前學的，所以她對大半的符號都沒什麼印象了，但最後那些鬼畫符終於化為可以理解的內容。

這是關於有機物交換的咒語。

她的手突然黏黏的，原來是手心在冒冷汗。她急忙在衣服上擦手，並回頭看了彼得一眼。令她驚訝的是，她的心跳聲明明震耳欲聾，他卻一動也不動。

他是什麼時候想出這個咒語的？

她以前看過這些證明。她自己也跑到圖書館最隱密的角落去尋找生命交換的方程式，包括撒馬爾罕的煉金術紀錄以及維根斯坦佚失的筆記本（後來發現並沒有佚失，只是藏在系上圖書館中一個上鎖的特殊房間裡）。苦苦搜索一週後，她就放棄交換的選項了，因為那顯然是一條死路，而且所有參考資料不是佚失、被銷毀，就是架上找不到。她早該意識到是有人先把資料借走的。

現在，在她面前的，是她一直無法解開的謎團的最後一塊拼圖。

左邊是格萊姆斯教授的名字，而在頁面底部，方程式的右邊，則是一開始吸引她目光的文字：她自己的名字，清晰的粗體字下方畫了兩次底線，右邊則打了三個問號：如果**愛麗絲**——？？？

那無疑是彼得的字跡。她看過他寫她的名字無數次，在標籤上、在一疊疊要給她改的考卷上，或是在黑板的一角寫了給她看的小玩笑。親愛的愛麗絲，哈哈。都是同樣的細長字母，該大寫的都有大寫，「c」和「e」一定會連在一起。

你不能對自己進行有機物交換，這是魔法當中無法破壞的公理。五芒星陣需要使用者保持清醒才能發揮作用，必須要有一個人類的大腦，願意相信邏輯矛盾。故意摧毀施術者本身的五芒星陣是不會起作用的，唯有發生意外才會把自己給五馬分屍。

實際上，人是無法用魔法自殺的，愛麗絲知道這是事實，她已經深入研究過了。你可以用五芒星陣來移除一個人的靈魂，但只能對別人這麼做。

如果愛麗絲。

她用手摀住嘴巴，這樣彼得才不會聽到她驚慌的哀嗚。

對於眼前的方程式，只有一個可能的解釋。

彼得打算用她的靈魂來交換格萊姆斯教授的靈魂。

彼得要把她困在地獄裡。

第十一章

經典邏輯的基礎由兩個原則所構成，也就是無矛盾律和排中律。簡單來說，無矛盾律主張兩個互相矛盾的命題不可能同時為真。P和非P不能同時為真，「現在正在下雪」和「現在沒有下雪」不可能同時為真，愛麗絲和彼得「是朋友」和「不是朋友」不能同時為真。薛丁格的貓要嘛死了，要嘛沒死。

排中律主張一個命題要嘛為真，要嘛為假，不存在模糊的中間地帶。正如亞里斯多德所說，句子的意思可以模稜兩可，但其真實性不行。因此，「愛麗絲和彼得是朋友」這個命題要嘛為真，要嘛為假，不可能是什麼神祕的第三種狀態。

很多問題都有可能打破經典邏輯。舉例來說，堆垛悖論和說謊者悖論都是難題，迫使經典邏輯重新審視「真」的含義。經典邏輯也還無法解答羅素悖論，它過於複雜，在此就不多做贅述，但跟集合論的矛盾有關。而經典邏輯應用在人際關係方面尤其顯得薄弱，因為人際關係剪不斷，理還亂，常常處於模糊的中間地帶，沒有誰對誰錯，也沒有是非可言。結果就是，經典邏輯不知道如何處理以下命題：

彼得和愛麗絲是朋友。

✯

愛麗絲永遠記得她第一次見到彼得・默多克的那一刻。那是兩年前的米迦勒學期，秋日的金色陽光灑在劍橋校園，美不勝收。微風涼爽宜人，樹葉微微泛紅，這總是讓愛麗絲感到興奮不已，因為夏天的結束意味著新學期的開始，會有新的課程、新的老師和新同學，她也能藉此機會重塑自我，成為理想中的自己。

他們那一屆有六個新生，但那天下午，只有五個人出席在系館後面院子裡舉辦的茶會。大家都戒慎恐懼，把茶杯和茶碟抱在胸前，互相自我介紹。貝琳達・威爾考克斯是位標準的英國佳人，金紅色的頭髮和小巧的鼻子讓愛麗絲嫉妒到不行。還有一位法國人和一位義大利人，但在喧鬧的說話聲中，愛麗絲聽不清楚他們的名字。同樣是美國人的卡爾文・拜利則來自密西根州，他和愛麗絲一樣，被喝茶用的小湯匙、茶碟和夾子搞得一頭霧水。

禮貌的寒暄毫無意義，愛麗絲光是顧著不要讓雙手顫抖就已經夠忙了，根本沒辦法多說什麼。她感覺格格不入，美國的大學好歸好，但就是缺乏歷史和傳統；在她飛往倫敦之前，她在康乃爾大學的指導教授還邀請她參加桌宴，教她如何使用餐具，然而新同學那副光鮮亮麗的樣子還是讓她自慚形穢。就連歐洲人的英式英語似乎也比她流利，她幾乎跟不上他們說話的速度。她不知道「tripos」（畢業榮譽試）是什麼，「math」（數學）還是用單數，也不懂大家口中的「磨坊」和「彼得學院」是指什麼。那天早上，她穿上她最漂亮的夏季洋裝，那件帶有蕾絲領的黃色多褶邊洋裝通常會讓她感覺很時髦，沒想到同儕都穿著優雅的深色衣服，她感覺自己就像一朵廉價又俗麗的黃色水仙花。

她努力壓抑焦慮，把注意力放在貝琳達身上，但貝琳達近看實在是太耀眼了，讓她幾乎說不出話來。陽光灑在她睫毛上的方式簡直有夠不公平，睫毛怎麼能那麼黑，同時又閃閃發亮呢？貝琳達正在講關於她暑假輔導的華人大學生的故事——「她的英文很好，人也非常親切、有禮貌，但我的天啊，她從來不說話。她總是用那種假惺惺的語氣說：『好的，貝琳達』或是『我很好，貝琳達』，我到後來真的很生她的氣，因為她太無趣了，而我認為無趣是不可饒恕的。結果暑假過了一半，她透露她爸爸是全臺灣前幾大富豪，是那種房地產大亨。他不贊成女性從事科學研究，所以她告訴他，自己是來上藝術史暑期課程的，但其實她在偷偷學魔法！很不可思議吧！」

不知為何，聽了這個故事讓愛麗絲對貝琳達心生反感，但她一時也說不清為什麼，明明故事的結尾表達的是貝琳達不是種族主義者，而且大家都哄堂大笑。總之，貝琳達已經把所有的注意力都吸引到她身上了，沒有其他話題可以加入，愛麗絲無處可逃。

「妳大學也是在這裡念的嗎？」愛麗絲勉強擠出一個問題。

「噢，不是，我之前是在牛津大學。」貝琳達瞇起眼睛看著愛麗絲，問道：「那妳是念……美國學校嗎？」

「飯店大學[5]。」愛麗絲開玩笑道，但馬上就後悔了。這裡沒有人懂這個哏，其實在美國也沒有。「呃，我的意思是康乃爾大學。」她補充道。

「我聽說那個課程不錯！妳的指導教授是佐哈爾嗎？」

「不是，他幾年前就退休了。他妻子中風了，所以他在家照顧她——」

「真是太糟糕了，我還在想那本論文集為什麼沒有他的作品呢。那他妻子現在怎麼樣了？」

「聽說好多了。他們養了一隻狗，對那個，呃，憂鬱症有幫助——」

「噢，太好了，我的指導老師前陣子得了癌症，後來養了一隻貓。據說毛小孩真的很有幫助——」

她和貝琳達就這樣閒聊了一會兒。愛麗絲認為自己表現不錯，貝琳達提到的名字她都知道，她也提到了一些人脈，讓貝琳達能夠認真看待她，而且她也沒有把茶和餅乾弄得到處都是。只是貝琳達的眼神一直游移到愛麗絲肩膀後方，彷彿在尋找能把她從對話中解救出來的人。當她第三次這麼做，愛麗絲就洩氣了。

「抱歉。」貝琳達說道。「我不是故意的……我只是在想彼得在哪裡。」

「彼得是誰啊？」

「他是第六個人。」貝琳達說道。「也是新生。我們是大學同學。」

「妳說的是彼得．默多克嗎？」那名法國人突然加入話題。他叫做費利克斯嗎？還是菲利浦？「就是那位牛津大學的天才嗎？」

「聽說他是雅各．格萊姆斯多年來收的唯一一位學生。」那名義大利人說道，愛麗絲記得他好像叫做保羅或洛倫佐。

「沒錯。」貝琳達說道，一副自豪的樣子。

「我也是雅各．格萊姆斯的學生。」愛麗絲說道，但沒有人聽見。話題轉到了格萊姆斯教授的名聲、彼得的名聲，以及彼得據說在入學面試時以說謊者悖論為基礎，當場發明了一個新的五芒星陣，讓格萊姆斯教授印象深刻。他們知道彼得．默多克是《奧術》期刊有史以來最年輕的發表人嗎？他們知道彼得．默多克的《奧術》期刊論文發表後，哈佛大學曾寫信給他，提供工作機會，彼得則禮貌回覆說自己得先考完大學入學考試嗎？

「他父母是學者嗎？」法國同學問道。「一定是吧。」

「他媽媽好像是生物學家。」義大利同學說道。「爸爸的話……是搞數學的，對吧？」

5　因為康乃爾大學是長春藤盟校中設立飯店管理相關學系的第一所。

「真希望我也來自書香世家。」法國同學說道。

「那樣真的有很大的優勢。」義大利同學說道。「他根本就是生來當魔法師的。」

「你終於來啦。」貝琳達朝花園門口喊道。那裡站著一個又高又瘦的年輕人，他要不是忘記穿規定的黑色長袍，就是決定不穿。「又像往常一樣遲到了。各位，這位是彼得・默多克。」

大名鼎鼎的彼得・默多克手長腳長，頂著一頭亂蓬蓬的淺棕色頭髮，戴著一副很大的金屬細框眼鏡。鏡片非常厚，讓他的棕色眼睛顯得又大又深邃。他一咧嘴，整張臉就笑逐顏開，露出稍微參差不齊的牙齒，感覺是有在戴維持器的人。整體還不錯，他絕對不是什麼希臘神祇般的大帥哥，但愛麗絲卻忍不住盯著他看。她不斷上下打量他，試圖確定他是不是真人。

大家紛紛做了自我介紹。彼得在對話中相當開朗隨和，看著他點頭微笑，你會感覺到，世間萬物對他來說都充滿趣味。他不斷問大家都在做什麼研究，再針對具體的研究方法進一步詢問，但因為大家都想給他留下好印象，而且那個義大利同學（愛麗絲終於知道他叫做米凱萊了）滔滔不絕地分享他在理性選擇理論方面的研究，所以過了很久很久，彼得的目光才終於落在愛麗絲身上。

「你好。」愛麗絲說道。「我們的指導老師是同一個耶。」

「噢，是嗎？」彼得跟她握手，態度相當熱情，說道：「我都不知道他還有收另一個學生。」

她選擇不把那句話當成是在輕視她，只有說：「嗯，其實有啦，就是我。」

「那我們應該會密切合作囉？對了，我是研究邏輯的。」

「我研究語言學和文字遊戲，還有，呃，一些文獻工作。」

「看來妳是語言大師喔！」

愛麗絲感覺臉頰發燙，不知道有沒有人注意到。「你也知道，美國人只擅長搞一些稀奇古怪、實驗性的東西。」她說。

「我超愛。」他說。「我愛美國人，你們不會因循守舊。」

她鼓起勇氣，決定冒險一試，問道：「是說，要不要找個時間一起喝一杯，聊聊彼此的研究計畫？」

「好啊！明天在皮克如何？我前面要開會，那……約五點可以嗎？」

愛麗絲默默記下「皮克」這個名字，想說晚點再來研究那是什麼地方、在哪裡。「那就這麼說定了。」她說。

「你很沒禮貌耶！」貝琳達突然出現在彼得旁邊，說道。「過來這邊，讓也是個邏輯學家，他一直在等著見你──」

她就這樣把他拉走了。彼得回頭看了愛麗絲一眼，露出燦爛的笑容，真討厭，她的內心又開始小鹿亂撞了。湯匙碰杯的聲音響起，有人宣布該進系館跟教職員工喝熱身酒了。愛麗絲緊緊閉上眼睛，搖了搖頭讓自己清醒過來，然後跟著大家進門。

原來「皮克」是指皮克雷爾酒吧，從抹大拉學院過個橋就到了。隔天，愛麗絲五點準時抵達，她沒看到彼得，於是選了一張靠近門口的桌子，這樣彼得一進來就會看到她。她感到侷促不安，不停看著吧台上方鏡子裡的自己，一下把頭髮塞到耳後，一下檢查口紅有沒有沾到牙齒。她平常幾乎不塗口紅，現在後悔了，但把口紅擦掉只會更糟。她不知道自己為何那麼緊張，明明她跟很多同學一起喝過酒。也許是因為接下來的六年裡兩人會密切合作，她非常希望一開始就能打好關係。也許是因為她整晚都在想著他那歪歪的笑容。（彼得的外表讓她百思不得其解。五官不對稱，也不是典型的帥哥，那為什麼他的臉這麼吸引人呢？此事需要進一步調查。）

五分鐘、十分鐘就這樣過去了。她望著窗外，起初滿懷希望，期待下一個過橋的就是他那瘦削的身影，後來希望越來越渺茫，只覺得尷尬不已。為了找事做，她點了半品脫的劍橋淡艾爾啤酒，後來又覺得自己占一張桌子，渾身不自在，一口氣喝光了大半。一個小時過去了，她的情緒從焦慮到快要發狂，最後完全崩潰。彼得沒有出現。

在第一個學期，她發現彼得．默多克幾乎從不按時出現在他該去的地方。他幾乎每堂課都遲到，缺席強制參加的訓練，格萊姆斯教授要他們兩個去實驗室時，他也常常搞失蹤。這種行為毫無規律可言，當事人也不曾給過任何解釋。他會連續好幾週不理你，然後突然帶著一個完美的研究計畫現身。他會在下午茶時跟你約晚餐，一副興致勃勃的樣子，結果幾個小時後根本沒出現。

那天晚上，她從五點等到七點。在起身離開前，她甚至點了一份炸魚薯條當晚餐，純粹是因為自己占了一張桌子而感到內疚。一群吵吵鬧鬧的大學生進來，坐在她對面那桌，導致她甚至無法好好享用晚餐，滿腦子都在想他們會如何看待她——那個被放鴿子、一個人吃晚餐的臭臉研究生是誰？更慘的是，她剛走出酒吧，就突然下起了傾盆大雨。她還不習慣這個常常突然下雨的地方，所以沒想到要帶傘，只能淋雨走回家，全身溼透，瑟瑟發抖。

她再也沒犯過相同的錯誤。從那時起，那怕彼得只是遲到兩分鐘，她就認定他不會來了。她通常都是對的。

在研究所的第一年，她想出了各式各樣的理論。彼得可能患有某種短期記憶喪失症，但為何他的學業從來沒受到影響？彼得是特務人員，過著雙重身分的生活，連自己撒的謊都不記得了，但那又是什麼樣的生活？而且哪個間諜會選擇假扮成研究生？彼得有成癮問題，很多同學都這麼認為，尤其是貝琳達，她還開始擔心彼得是不是在吸食海洛因，但證據根本不存在。彼得身上沒有針孔，也沒有流鼻血、怪異行為或口臭。他看起來很瘦，不過他一直都是那麼瘦。彼得出現時總是聰明伶俐、專注敏銳，而且親切得不得了。

最有可能的是，彼得就是集聰明絕頂、傲慢自大和心不在焉於一身，只有像他那樣才華洋溢的男人才能擁有這些特質，因為只要他們夠耀眼，世界就會原諒他們的任何過錯。對彼得來說，跟人約見面或許和閒聊沒什麼兩樣，只是敷衍了事，不代表承諾。那不是他的錯，他不是故意不理大家的。你不能怪颱風不講道理，只搞破壞，也不能怪太陽讓星星消失了。他根本沒注意到自己行為的後果，誰都不值得他的關注，沒有什麼比這個事實更傷人了。

「彼得是全世界最親切的人。」有一次，貝琳達說出了她的觀察。「但他總是和人保持一定的距離。」

不過愛麗絲可是個專業人士，沒有表現出不滿，因為有什麼好不滿的？總不能因為對方覺得你不怎麼樣而生氣吧。

兩年多來，他們的合作關係達到了一個舒適友好的平衡。彼得在的時候既樂於助人，又幽默風趣，讓她在實驗室的生活變得輕鬆自在。他會主動承擔所有苦差事，保持工作檯整潔，替每樣物品都貼上清楚明瞭的標籤。而且他從來不會像系上很多人那樣在背後說其他研究生的壞話，或許是因為他穩居高位，根本不用參與系上的勾心鬥角。有時，她真的很享受和他在一起的時光，例如在實驗室待到很晚的時候，系上只剩下他們兩個人，彷彿除了他們之外，全世界都睡著了。

但這就是最令人費解的地方。愛麗絲擁有這些記憶，雖然是在她刺青之前發生的事，無法仔細審視，但她知道那些記憶確實存在。她的頭垂在他的肩膀上，他的外套披在她身上。他在實驗室裡跳著踢踏舞，大聲唱著她剛剛開始哼的歌。其中一人粉筆用完了，另一人就會從房間另一頭直接用丟的，結果伸手要接，沒接到，粉筆碎了一地。還有在深夜時分，當一切都顯得滑稽可笑，他們累到精神錯亂，發出歇斯底里的狂笑，笑到肚子痛，喘不過氣來。

這一切都發生過，不是她想像出來的。她當時人就在場，她知道逗他笑是什麼感覺。所以，如果她曾一度自欺欺人，以為自己的地位已經躍升到足以在彼得的內心世界占有一席之地，以為自己最終可以突破他的心防，一窺他不讓任何人看見的那一面，也是情有可原的吧。

彼得總是帶來這樣的誘惑，他會讓你感覺自己很重要；他會靠近你，讓你沉浸在閃耀的光芒中；他百分之百的注意力就像毒品一樣讓人上癮。聽了你講的笑話，他會哈哈大笑，他也會追著你問研究方面的問題，讓你心想，我終於擄獲了這個完美男孩。但他總是疏遠你，讓你疑惑自己到底做了什麼。你冒犯他了嗎？說錯話了嗎？還是你只是不夠好，不夠聰明，不夠機靈？難道他只是覺得無聊，就一走了之嗎？

愛麗絲以前會用這些問題來折磨自己，仔細檢查當時不完美的記憶，想知道他為什麼會離開，又該如何才能把他喚回來。但這些問題沒有答案，她並沒有錯。彼得是個豪放不羈的存在，他和其他人之間彷彿隔著萬丈深淵，任何人都接近不了他。其他人都是如此單調乏味、平凡無奇，離不開地球表面，而彼得總是飛向他們去不了的世界。

最後，她不再折磨自己，因為實在是太痛了。沒有答案，只有鴻溝。她只知道：她可以與彼得．默多克共存。當她因睡眠不足或陷入絕望而卸下防備，她可能會非常喜歡彼得．默多克，甚至不幸地被他吸引。但如果她以為自己了解他，那就太傻了。

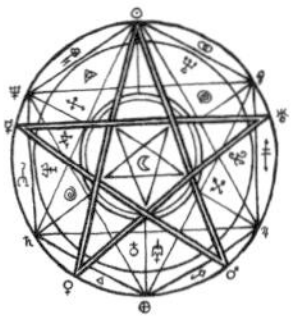

第十二章

愛麗絲做了夢。

這很糟糕，因為從過去這一年開始，做夢會對她一致的主體性造成威脅。夢境如同乘著飛毯，穿越一連串有著些許關聯的記憶，而愛麗絲的記憶實在太多了；翻倍的路線無限延伸，沒有任何願望受到壓抑；一瞬間，她的思緒就能從純真的童年回憶，飄到在墓穴上方蠕動的三頭蛇，以及面部消融的天使合唱團。佛洛伊德認為夢境是潛意識的語言，而愛麗絲的夢境內容鉅細靡遺。她並非迷失在模糊的影像中，而是目睹並感受到每一個過於強烈的微小細節；同時，那些記憶碎片還會相互拼接、疊加成各種可怕的模樣。她不僅能清楚記得每個夢境的細節，還能記得所有的白日夢與幻想。就這樣，幻象不斷疊加，新的夢境會建立在先前瘋狂的幻想上，她每一次進入夢境，混亂就會擴大，惡魔交配繁殖，數量翻倍，而她每一次醒來，重新建構現實就會變得越來越困難。

那晚在地獄，她想像長著馬臉的格萊姆斯教授把她綁架到錯綜複雜的地下隧道，並聲稱這些隧道通往亞歷山大圖書館失落的檔案庫。她想像自己跪在地上往前爬，並用手舀起可能是液體白堊的銀白色物質。她想像自己揮舞著一把剪刀，朝一匹馬的脖子猛刺，直到臉上沾滿了黑色的血液，然後她把鮮血當成甘草糖一樣舔舐。

彼得戳了戳她的肩膀，把她叫醒。她嚇了一跳。

「靠……抱歉。」她應該要守夜，卻不小心睡著了。「我不知道怎麼……肯定是——」

「沒關係。」他低聲說。「我比較早醒來。我們得走了。對了，貓回來了。」

「嗯？」

她睡眼惺忪，眨著眼睛，看到阿基米德坐在營火邊，一副自鳴得意的樣子，還依偎在彼得身邊，好不親密，彷彿牠從未在生死關頭拋下他們兩個一樣。

「你這個叛徒。」愛麗絲低聲說。「我看你是想吃早餐吧。」

阿基米德喵喵叫，然後舔掉鬍鬚上的麵包屑。

彼得已經烤了一些蘭巴斯麵包，甚至還在兩個錫製折疊杯裡燒了水泡茶。愛麗絲坐了起來，接過一杯大吉嶺茶，說道：「我都不知道你有帶茶包。」

「我只帶了幾包。」他說。「畢竟茶包也沒那麼重。我本來想留到第二週再喝，但我覺得我們應該犒賞一下自己。」

「謝謝你。」她把茶吹涼，說道：「我最愛大吉嶺茶了。」

「我知道啊。妳看到別人碰妳的茶包都會抓狂。」

「上面如果沒有寫那是系上的茶包，就代表它不是公共財產。」

「妳說得很有道理。雖然講這個有點馬後炮，但我一直覺得是米凱萊偷的，他的辦公室垃圾桶裡有太多高級茶包了。」

她忍不住笑了，但又回過神來，想起昨晚看到的一切，以及彼得的真面目。一股苦澀感湧上心頭，她垂下了目光。

「妳還好嗎？」

「噢，還好。」她說，並趕緊擺出一副平靜的表情。「只是有點累而已。」

吃早餐時，她不斷偷看彼得，觀察他的笑容，尋找其中的破綻。

她內心深處很希望自己沒有閱讀他的筆記，因為現在和彼得的每一次互動都像是隔著一層虛假的表象。他和藹可親的舉止只是幌子嗎？他是否精心營造出弄臣的形象，藉此騙得周遭的人掉以輕心？在內心深處，他是否和其他人一樣好勝且缺乏安全感？或者更糟：彼得該不會是最危險的競爭對手，一個魅力十足的反社會人格者，讓你不疑有他，直到他在背後捅你一刀？

但一個人是怎麼偽裝這麼多年，都沒有露出破綻的呢？彼得確實有些古怪，但愛麗絲從未聽說過他惡意對待任何人。真要說的話，他還出了名地善良，一般來說，根本沒必要對他人那麼好。雖然大家都有充分的理由討厭他，但每個人都很喜歡他。大家都說，願上帝保佑默多克，雖然他煩人至極，但其實心地很善良。

難道這一切都是一場盛大的演出嗎？難道從相遇的那天起，彼得就一直在玩弄他們嗎？

那天晚上，愛麗絲盯著熟睡的他看了好幾個小時，想知道那顆腦袋裡究竟在想些什麼。他到底是誰？愛麗絲再怎麼野心勃勃，都無法想像自己會把同事當成待宰羔羊，帶到地獄的深淵，更不用說朋友了。她無法理解彼得的意圖，儘管努力了那麼多年，她還是不知道彼得·默多克是什麼樣的人，這個可能性比任何事情都更讓她害怕。

她覺得自己真是個傻瓜，昨晚竟然跟他分享了那麼多心事。她想到他當時手放在她的肩膀上，一邊點頭，一邊附和她，表示同情，就感到難堪。他心裡肯定在狂笑吧。*可憐的愛麗絲，親愛的愛麗絲，真是個傻瓜。*

他在實驗室裡找到她並非偶然。她現在才知道，他早就知道她要下地獄了。他也需要她下地獄，才能用她完好的靈魂來進行交換。

他等待這個機會多久了？

噢，天啊，現在她跟他一起被困在地獄裡了。

「妳還好嗎？」彼得問道。

她眨了眨眼，說道：「不好意思，你說什麼？」

他朝她的手肘點點頭，說道：「好像稍微消腫了。」

她仔細看了看自己的手臂，說道：「嗯，好像是耶。」

「那要動身了嗎？」

她快速檢查了一下自己的身體。她的四肢痠痛，傷口仍隱隱作痛，但那都只是皮肉傷。唯一讓她感到痛苦的是內心深處那股焦慮，但她別無選擇，只能默默承受。「應該可以。」她說。

「那我們走吧。」他微笑道，並起身，朝她伸出手。阿基米德站在更遠處，甩著尾巴，似乎感到不耐煩。

「嗯，好。」

裝到底，她抓住他的手時這麼告訴自己。為了活下去。

✫

隨著身後的欲望之殿漸漸消失，他們腳下的地形也迅速改變。校園小路變得坑坑窪窪、崎嶇不平，接著路磚消失了，只剩下泥土路。他們很快就發現自己正在走下一段陡峭的斜坡，地面鬆軟，危險重重。他們每走一步就要停頓一下，小心測試地面，再把身體的重量壓上去。幸好愛麗絲之前有練過，有一年夏天，系館和抹大拉學院之間的磨坊路在施工，整條人行道都被掀起來了，那是個腳踝扭傷頻傳的季節。最後，他們來到了一條寬闊的裂縫，深淵將欲望之殿與彼岸分割開來。小路越來越窄，最後變成一條危險的階梯，蜿蜒而下，直達深淵底部，再從另一側蜿蜒而上。在他們的左下方，海拔高度與深淵底部一樣的地方，忘川波濤洶湧；不再平靜無波，而是奔騰的湍流。

「噢，天啊。」彼得說道，並停下腳步。

但阿基米德仍信心滿滿，繼續前進。愛麗絲仔細觀察小路，看到了踏腳處，不太明顯，也沒有特別好踩，但確實存在。「彎曲膝蓋，張開手臂保持平衡。」她說道。「不會有事的。」在伊薩卡，她曾經徒步走過峽谷附近濕滑的小路，就算是下雨天，實際上也沒有看起來那麼難走，必須刻意為之才會摔下去。然而不少人都選在伊薩卡跳橋自殺，嗚呼哀哉！

前兩殿與第三殿之間有一道這麼明顯的屏障，她想這樣也合理。偏狹小器的傲慢、貪得無厭的欲望，這些罪行都是以自我為中心，傷害的是自己，但貪婪會滋生陰謀以及對他人的惡意。然而在這裡，若要得到自己想要的東西，就必須確保其他人得不到。毗濕摩在《摩訶婆羅多》中說，貪婪會導致罪惡。聖保祿曾警告教會，金錢是萬惡的根源。所以真正詭計多端的人在這裡，他們知道自己在做什麼，且應該為此付出代價。

她真希望自己有帶登山杖。她一直絆到石頭，彼得也都會及時抓住她，這讓她很惱火，因為她討厭自己還會因為他的存在而感到安心。這個自相矛盾的情況很可怕；一方面，愛麗絲知道他打算背叛她，另一方面，各種跡象顯示他仍然是彼得，是她記憶中的彼得，是她喜歡的彼得。

更糟的是，彼得一直滔滔不絕說個不停，因為他覺得謎語很適合消磨時間。到目前為止，他們已經猜過燃繩計時（有兩條繩子，燃燒時間均為一個小時；妳手上有一根火柴，要怎麼測量四十五分鐘？）、乒乓球（要怎麼從管子裡取出乒乓球？），以及九顆球秤重（如果只用兩次天秤，要如何分辨出九顆球當中哪顆比其他球稍微重一點？）。現在他又在講一個關於童話世界的故事。「愛麗絲，什麼東西可以通過璀璨玻璃環？」

「呃，我不知道。妖精嗎？還是小精靈？」

「溪流可以通過，大海不行；蝴蝶可以通過，毛毛蟲不行。什麼東西可以通過璀璨玻璃環？」

愛麗絲真想叫他閉嘴。

她可以忍受各種殘酷的行為，但她絕對不容許別人把她當白癡。格萊姆斯教授在她內心灌輸了很深的恐懼，讓她十分害怕自己被當成白癡。

「賓客可以通過。」彼得繼續出題。「但主人不行。他們可以通過，但我們不行。」

「我不……噢，天哪，這是跟什麼主賓人稱有關嗎？」

他搖搖頭，又給了一個提示：「珍珠可以通過，但寶石不行。」

「直接告訴我答案啦。」

「就是同部首的詞語。」他公布答案，看起來有點不高興。「這很簡單啊，妳不是學語言的嗎？」

愛麗絲想不到什麼好話回他，只好默默繼續往前走。

✫

第一個學期開始三週後，格萊姆斯教授帶愛麗絲去教師俱樂部喝茶。愛麗絲既緊張又興奮，前一天晚上還熬夜準備話題，要跟教授分享她喜歡的課程以及目前遇到的困難，還洋洋灑灑擬了一份包含七個要點的計畫提案。這是她第一次跟格萊姆斯教授出去，她想確保對方一定會喜歡她。

但在點了兩個葡萄乾司康和一壺大吉嶺茶後，他問的第一個問題竟是：「妳有看到那小子嗎？」

愛麗絲瞥了一眼窗外，看到彼得．默多克在外面徘徊，嚇了一跳。他完全沒有注意到他們，只是盯著一張紙，在人行道上晃來晃去。愛麗絲胸口一緊，那學期她沒有和彼得一起修課，且自從那次迎新茶會之後就再也沒跟他說過話，但每次在校園裡看到他，她的心臟還是會撲通亂跳。他似乎迷路了，不停抬頭看路牌，然後轉一圈，就像狗在追自己的尾巴一樣。

「那是妳的競爭對手。」格萊姆斯教授說道。「也就是妳衡量自身的標準。接下來的五年裡，妳唯一需要思考的就是妳有沒有跟上他的步伐。」

愛麗絲又看了一眼外面的彼得。他衝到馬路對面，同時向一輛按喇叭的汽車揮手表示歉意。

教授說的是「跟上他的步伐」，不是超越他。

「他的人生比別人都輕鬆多了。」格萊姆斯教授繼續說。「無論是外貌或是言行舉止，都像個魔法師。他做的是皇家魔法學院所青睞的那種古典研究。他的父母很有名，這圈子的人都知道他是誰。他去面試工作的時候，會知道要問候同事的小孩，首先，他可能已經認識他們了，再者，他會提醒面試官自己有這個人脈。至於妳呢，妳的口音跟他們不一樣，長得跟他們不一樣，研究主題也不符合他們的需求。妳總是必須付出雙倍的努力，但得到的讚譽可能只有別人的一半。妳沒有犯錯的餘地。」

愛麗絲早就隱約察覺到了，她只是沒想到會有人講得這麼直白，也沒料到自己會受到這麼大的打擊。她盯著格萊姆斯教授毫無表情的臉，想知道他為何要帶她來這裡。

「我這麼說不是要打擊妳的信心。」格萊姆斯教授說道。「我這麼說是因為我也是過來人。妳跟我，我們沒辦法贏在起跑點，只能力爭上游。羅，妳做得很好，但僅此而已，只有『很好』是不夠的，妳必須出類拔萃才行。」

「我可以出類拔萃。」愛麗絲說道，這似乎是唯一正確的回答。

「很好。」格萊姆斯教授朝她還沒動過的杯子點了點頭，說道：「喝茶吧。」

在接下來的幾年裡，他經常對她三令五申。她的每一次失敗都與彼得的成功息息相關。妳合著了一篇論文，默多克合著了三篇。妳獲得了一千英鎊的補助，但默多克拿到的金額是妳的兩倍。他告訴她，妳不能和默多克犯一樣的錯誤，妳沒有那麼多失敗的空間。她知道他只是在盡指導教授的職責，因為好的指導教授會讓學生意識到自己的處境。格萊姆斯教授的出身比她更卑微；他很晚才開始學習魔法，是家裡第一個大學畢業的，他一開始也不知道要用哪個叉子。從教授的角度來看，他肯定是在教她怎麼走上成功之路。

但每次教授提起這件事，她都還是會有點難受，彷彿她生錯了家庭、生錯了長相、沒有人脈、胯下沒有多一根，讓教授失望了，彷彿他要訓練她參加賽跑，但兩人都心知肚明，她已經輸了。

因此她經常觀察彼得，可能已經到了不健康的地步。每次和他待在同一個房間裡，她的目光總是會在他的影子上逗留。她仔細觀察他的習慣、舉止以及說話的節奏，並思考自己可以效法他的哪些特質。她沒辦法像他一樣光明正大遲到缺席，沒有人會對她那麼寬容。她也沒辦法像他一樣讀書，或至少像他宣稱的那樣，一眼就看懂密密麻麻的書頁。但也許她可以試著學他那輕快的步伐，或至少多笑一點。

她隨時隨地都會留意彼得的存在。她認得出他的腳步聲，也能透過他那磨損的鞋子、壞掉的雨傘，以及總是掛在左邊數來第三個掛鉤的棕色羊毛大衣，來準確判斷出他在不在系館。別人在談論他時，她一定聽得出來；其實滿滑稽的，每次有人提到他的名字，她就會豎起耳朵。就算他的笑聲從大廳另一頭傳來，她也認得出來，就算從世界的另一端傳來，也難不了她。

後來她獲得了完美的記憶力，一切也是在那一年開始走下坡。當她再也忘不了自己不該聽到的事情，她會開始後悔自己擁有那麼敏銳的彼得雷達。

那天，她在實驗室裡小睡片刻。她常常在實驗室裡小睡，也沒人在意，大家都直接繞過她。而且愛麗絲很容易融入背景，她身材嬌小，且不會打呼，如果不仔細看的話，可能會以為只是有人把大衣堆在那裡而已。她才剛醒來，門就打開了，彼得走了進來，跟一個她不認識的人聊得不亦樂乎。

她本可以起身，這樣也比較有禮貌，然而她早已習慣觀察默多克的各種面向，那股衝動和需求讓她躺在原地，一動也不動。

她試圖辨認另一個人的身分，光用聲音猜不太出來，而她的視線又被桌子擋住了。在那之後，她一直沒能確認對方到底是誰，只能用猜的，但用猜的反而更糟。那位客人操著美式口音，但似乎精通劍橋魔法，這麼說來，他應該是訪問學者，可能是來交流的，或是單純路過，跟同事更新近況。可能是普林斯頓大學或是哈佛大學的學者。

「——沒那麼糟。」彼得說道。「我是說他偶爾會發脾氣，大家都知道，但只要學會揣摩他的情緒就好。整體來說，他還不錯，不像傳言說的那樣。」

「那麼那個女孩呢？」他的客人問道。

愛麗絲永遠記得那句話是如何從彼得的嘴裡脫口而出。有些話是為了製造效果而說的，是為了影響說話對象而編造的。而有些話則是你一直以來都深信不疑，只是在等待適當的時機說出口而已。

「喔，她啊。」彼得說道。「不，我不會說她有問題。」

「什麼意思？」

「我的意思是，她就像一隻鳥。」默多克說道。「種子在哪裡就跳到哪裡，對他百依百順。」

「小鳥依人的概念嗎？」他的客人問道。

「沒錯，就是隻小鳥。」彼得拉長音道，愛麗絲從沒聽過他發出那麼難聽的聲音。拳頭碰手掌的聲音響起，那無疑是個粗俗的舉動，兩人大笑。

彼得提議去海倫．莫瑞的實驗室看看玻璃懸浮液，他的客人同意了。門在兩人身後「喀擦」一聲關上，腳步聲漸漸遠去。

他們可能不記得這段對話了，這對他們來說不算殘忍。他們並沒有商量好說，既然我們是厭女分子，那就來取笑女生吧！這些話就像流水一樣，聽一聽，笑一笑，然後就拋諸腦後，可能吧。彼得當時並不是想中傷她，只是不在乎罷了。

然而再怎麼小的印象都會傳開。彼得從來不用考慮這些，但愛麗絲卻不得不考慮；那些醞釀已久的流言蜚語會決定誰能獲得職位和權力。學術界常常發生為了在條件相同的候選人之間取捨而吹毛求疵的情況，而這些決定往往都是一時興起，例如基於指導教授的影響力，或是一段傳聞。這個理論她大概一輩子都說不出口，因為聽起來太扯了，但她現在確信：那天在實驗室裡的笑聲和她沒能贏得庫克獎學金有直接關係。

哈佛大學在七月舉辦了庫克獎學金餐會，遴選委員會應該有出席，當時還沒做出任何決定。大家會喝酒應酬聊八卦，也會在那時定下對候選人的印象。這個推論很合理，她沒有瘋。她當然希望自己是錯的。幾個月來，她一直抱持著一絲希望，希望自己是錯的，而這一切都是她想像、編造出來的。想必沒有人會過得這麼辛苦，像她一樣被焦慮所束縛，擔心雞毛蒜皮的小事會導致不堪設想的後果。其他人就算絆了一下，也只會搖搖頭，然後繼續前進。她多麼羨慕他們的輕鬆啊。

這就是兩人之間決定性的差別。愛麗絲總是煩躁不安，彼得則無憂無慮。

即使她提起這件事，他一定也不會記得。如果她試圖解釋他是如何傷害她的，他一定會覺得她瘋了。如果她告訴他：「你毀了我的職業生涯。」他只會一臉無辜，回說：「啥？」

✯

當兩人順著山脊小心翼翼往下走，他們發現周遭還有其他人。一大群旅人出現在他們周園，全部都是鬼影，可能是離開或繞過欲望之殿的靈魂。大家都沿著斜坡往同一個方向走。愛麗絲四處張望，看著鬼影的臉，想知道他們做了什麼。按照但丁的說法，那麼多人從欲望之殿前往貪婪之殿是很合理的。兩者都是放縱和欲望之罪，只不過貪婪是是將欲望轉向他人，當一個人意識到其他人也會不惜一切代價去得到想要的東西，就會犯下這種罪孽。

格萊姆斯教授會在這裡嗎？有可能，她也認為自己應該要找一下，但她就是不覺得格萊姆斯教授的動機是為了錢。沒人會為了發大財而進入學術界，當然，有些人是為了薪水，他們是生活在社會底層的人，終究會離開，進入業界。但如果你想要的是錢，那還不如去當銀行家、律師之類的。愛麗絲的大學同學都認為她瘋了，明明可以去小型魔法產業工作，拿六位數的薪水，還有年終獎金，卻選擇到劍橋大學繼續念書。愛麗絲至少認識兩個主修魔法的人現在都成了地區銀行的副總裁。但愛麗絲想要的從來不是錢，而是真理。

她確信格萊姆斯教授也是如此，因為他總是為了專注於自己的研究而拒絕報酬豐厚的演講邀約。不，儘管格萊姆斯教授擁有漂亮的透天別墅、漂亮的衣服，以及高級的蘇格蘭威士忌收藏，愛麗絲知道他在這個領域做研究並不是為了錢，他只是偶然致富罷了。也許小咖學者會為了經費爭吵不休，但格萊姆斯教授從來不需要這麼做，他完全凌駕於金錢之上。

「我敢打賭那些是董事。」彼得說道。他現在在玩一個遊戲，猜測他們遇到的鬼影犯了什麼罪，要不是他的觀察很有趣，愛麗絲可能會覺得很煩。「我賭那個人是抄襲慣犯，然後那些是副院長。妳不覺得地獄裡應該會有專門給院長的地方嗎？當我們其他人靠消化餅乾果腹、勉強度日，他們卻不斷提高自己的薪水。」

愛麗絲不認為彼得有勉強度日過，不管是靠什麼果腹，但她沒有精力反駁他。

後來他們發現其實不必跋涉到深淵底部。有一座橋，用跟懸崖一樣的石頭鑿成，因為有保護色，所以從上方看不到。橋面很寬廣，兩人肩並肩走完全沒問題。雕刻也相當華美，每一級階梯都由六塊精緻的磁磚鋪成，每根柱子和每扇窗戶上都裝飾著小雕像。愛麗絲不禁好奇，這究竟是哪位神祇的傑作。在這裡蓋一座隱身於岩石之間的橋很不尋常，就好像挖出威尼斯的一隅，放在大峽谷國家公園裡面一樣。

一名鬼影在橋中央踟躕不前，彷彿不確定要不要過橋。他不停向前走幾步，又後退幾步。看到他們走近時，他問道：「十七號石頭？」

「什麼？」彼得說。

鬼影朝他們揮舞自己的成績單，說道：「這上面寫說十七號踏腳石，十七號石頭，直到我學到教訓，或是做滿三年為止。」

彼得看著那張紙，皺眉道：「我還是不——」

「喔，在這裡。」鬼影說完，就迅速繞過他們。愛麗絲注意到橋上有一個空隙，上面寫著羅馬數字 XVII。鬼影爬進空隙，跪了下來，接著，最不可思議的事情發生了。他的五官變得模糊，四肢消失，半透明的灰色身軀顏色越來越深。不出幾秒鐘，他便化為岩石，一聲最輕柔的嘆息從原本嘴巴所在的縫隙中發出；那低沉的聲音過了好幾秒鐘才消失，之後仍在風中縈繞。

「天啊。」愛麗絲說道。

整座橋，連同所有的裝飾，顯然都是由石化的鬼影所構成的。愛麗絲到處都能看到人體的蹤跡，這裡有一條伸直的腿，那裡有兩隻手臂環抱著頭。但階梯很穩，也沒有其他路可以通往對面，看來只能繼續前進了。阿基米德毫不猶豫地衝了過去，一陣陣的呻吟聲在他身後迴盪。愛麗絲跟在後面，滿腦子想的都是每級階梯發出的呻吟都有特定的音調；如果可以一次跳過五階，就能演奏出莫札特第二號交響曲的開頭。

過了橋，路變得更窄、更危險了，而且這次他們要費力往上爬。再往前走，有兩名鬼影在轉彎處激烈爭執，似乎在吵誰要讓誰先過，愛麗絲覺得這沒什麼意義，畢竟目的地都是一樣的。但鬼影不斷互相推擠，直到其中一個人把手放在另一個人的肩膀上，直接把他推下橋。

「小心！」彼得大喊，並把愛麗絲往後拽。

愛麗絲出於擔心，探頭查看下方，但摔下去的鬼影只是爬了起來，然後爬向河岸，顏面盡失但毫髮無傷。也是，他們都已經死了，現在不管發生什麼事，頂多只是有損尊嚴罷了。

推人的鬼影也探頭往下看，然後哼了一聲，似乎很滿意，才繼續往前走。愛麗絲和彼得小心翼翼跟在他身後。

「真是個混蛋。」愛麗絲嘟囔道。

「不知道他做了什麼。」彼得瞇起眼睛看著那名鬼影，然後驚呼：「欸，那是比爾．卡多耶！」雖然他有壓低聲音，但還是太大聲了。

幸好那個叫做比爾．卡多的鬼影沒聽見。愛麗絲有聽過這個名字，但沒什麼特別的印象，便問道：「他是誰啊？」

「他和霍莉絲．加洛韋在六〇年代曾競爭過同一個職位。」彼得說道。「那樁醜聞鬧得很大。」

「霍莉絲．加洛韋是那個符號學家嗎？」

彼得點點頭，說道：「他們兩個都是符號學家。總之卡多和加洛韋在芝加哥大學申請了同一份工作，面試之後，學校決定錄用加洛韋。但卡多聽到了風聲，便開始寄匿名信給芝加哥大學，假裝自己是研究生，聲稱她……妳知道的……」

「跟他們有染？」愛麗絲猜道。

「基本上是這樣。這本來也不是什麼大事，但卡多是假扮成女學生，把加洛韋的形象塑造成一個騷擾學生的女同性戀。芝加哥大學並不介意好色之徒，但女同性戀就是另一回事了。於是芝加哥大學對加洛韋展開了全面調查，她可能真的是女同性戀，只不過不是會騷擾學生的那種，所以她嚇得撤回申請，卡多就拿到那份工作了。直到有人爆料他在酒吧跟研究生炫耀這件事，大家才知道真相。整件事都是他編造的，他還叫媽媽和姊妹手寫匿名信什麼的。加洛韋知道後，發誓要毀了他的職業生涯，但在真相水落石出前，她就出車禍中死了。」

「天啊。」愛麗絲嘟囔道。「他應該去比貪婪之殿更糟的地方吧。」

「然後消息一傳開，他就堅稱自己是無辜的。直到死的那一天，他都發誓沒有任何指控是捏造的，加洛韋真的有騷擾那些學生。」彼得盯著比爾．卡多的背影，看得入迷，說道：「我實在無法理解，一個人怎麼能對別人做那種事？這樣還能活得心安理得嗎？」

考慮到彼得打算做的事，愛麗絲認為他說得有點太誇張了。「我覺得有些人就是那麼自私。」她說。

「是啦，但是中傷同事耶！那是惡魔才會做的事吧！」

「喔，是喔。」愛麗絲忍不住脫口而出。「所以你是什麼超級善良的天使嗎？」

這句話一說出口，她就後悔了。彼得放慢腳步，問道：「什麼意思？」

「抱歉，沒事……我的意思只是，我們都很好勝，對吧？系上的勾心鬥角無所不在。」

他似乎不相信她的話，問道：「妳在生我的氣嗎？」

「沒有啊。」她試著用平靜的語氣回答，聲音卻聽起來異常歡快。「我幹嘛生你的氣呢？」

「妳一整個早上都對我不耐煩。」

「抱歉。」愛麗絲雙手抱胸，說道。她知道自己或許能演得更好，但她就是不太會裝傻。

「我只是很餓又很累，不是你的問題。」

「好。」兩人又默默走了一會兒，然後彼得問道：「是因為庫克獎學金的事嗎？」

「什麼？不是啦！」

「我只是覺得，自從我提起那件事之後，妳就有點怪怪的。我知道那樣炫耀很沒禮貌，我很抱歉……」

她現在很確定他在搞她了，太殘忍了，簡直殘忍到令人難以置信。她感覺自己就像困在籠子裡的小動物，無處可逃。

如果她直接和他攤牌呢？她其實有點想這麼做，只要能結束這樣的折磨，什麼都好。她可以說，我知道你在做什麼，你的裝無辜把戲對我沒用，去你的，默多克。但之後呢？他會坦白，會道歉嗎？那就太荒謬了。更有可能的是，他也會把她推下懸崖。他不需要她四肢健全，只要還活著就好了，那個咒語唯一的重點就是要有活人的靈魂，在把她拖過終點線之前，彼得要怎麼對她都可以。

她努力保持語氣平靜，說道：「不是因為庫克獎學金的事。」

「那是什麼？我做了什麼嗎？」

「真的不是你的問題——」

「是那天早上的事嗎？是因為我的生理反——」

「天啊，默多克，不是啦！」

「如果妳在生我的氣，拜託妳直接告訴我。」

「就只是——」她停了下來。她突然覺得有人在嘲笑她，那種感覺揮之不去。她很確定自己聽到了女人的咯咯笑聲，她環顧四周，卻沒看到任何人。彼得臉上浮現出熟悉的擔憂神情，她再次感到一陣恐慌，擔心自己快要瘋了。「我只是——」

又是一陣清脆的笑聲。

愛麗絲猛然轉身，說道：「別這樣！」

「別哪樣？」

「你沒聽到嗎？」她一邊說，一邊繞過堤岸。她知道有人躲起來了，鬼鬼祟祟的，但四面八方都只有岩石。離他們最近的鬼影是比爾．卡多，他已經爬到很上面了。但笑聲仍越來越大，她聽得很清楚，不可能是想像出來的。阿基米德也感覺到了什麼，那隻貓突然停下腳步，瞳孔縮得像細針，整條尾巴都炸毛了。

「愛麗絲，停下來。」彼得抓住她的手臂，說道。「坐下來，喝點水——」

她掙脫他的手，說道：「不是，你聽——」

阿基米德發出嚎叫。

色彩從岩石中湧現，成束的紅色、粉色和紫色如波浪般起伏，習慣了無止境的灰色大地和燃燒的暗紅色天空之後，這些繽紛的顏色無疑是對感官的衝擊。起初，愛麗絲以為那些是蝴蝶，或是有靈性的玫瑰色雲彩，直到絲綢停止擺動、膨脹，落在一個高䠷苗條的女人身上。

「你們好啊。」她朝他們招手，說道。「靠近一點沒關係喔。」

愛麗絲僵住了，不確定這句「靠近一點」是否跟美人魚把你拖下水前會說的話一樣。

「我為我的無禮道歉。」女人把一隻袖子舉到唇邊，咯咯笑著，顯然毫無歉意。「我就是愛管閒事。別跑，親愛的。」身上的絲綢一晃，她就瞬間出現在他們面前，說道：「我不會咬人的。」

她美得令人窒息。坦率的圓臉蛋上掛著微笑，露出小酒窩，烏黑的秀髮閃閃發亮，輕柔飄逸地垂落在腰間。她身上的長袍顏色瞬息萬變，如同陽光下波光粼粼的水面。她手裡有一綑綑線團；在她說話的同時，靈巧的手指也沒閒著，迅速將線穿過飄浮在空中的織布機，織出的布料似乎也很快就消失在衣服的褶皺中。

愛麗絲絞盡腦汁，但這個女人的外貌並不符合任何地獄神祇的長相描述。女人撩起衣袖，遮住塗了鮮豔唇膏的嘴巴，咯咯笑道：「舌頭打結了嗎？」

她腰間的絲綢在空中飄舞。這喚起了愛麗絲腦中模糊的記憶，好像某個腳註有提到這個神祕的存在，但她當時懶得深入調查，現在已經忘得差不多了。不是阿刺克涅，也不是黃帝的妻子，是星星、羽毛和渴望之神。

「妳來自天界。」愛麗絲想起來了。她在研究地獄時並沒有查到織女，但在大學部的翻譯神話研討會有讀到她的故事。織女是星辰之女，愛上了凡間的牛郎，但諸神卻禁止他們的戀情。雙方一年只能相聚一次，喜鵲會在他們腳下搭建一座橋，讓他們相會。「妳是守護戀人久別重逢的女神。」她說。

織女露出燦爛的笑容，說道：「非常好！」

「但妳怎麼會在這裡？天神不會死亡啊。」

「沒錯。」織女說道。「但凡人會啊。」

「妳的愛人。」愛麗絲恍然大悟。

「我的牛郎。」織女說道，身上的絲綢閃著血紅、棕色，最後變成了無生氣的灰色。「姊姊們警告我，他的頭髮會變白，骨頭會碎裂，總有一天，我會看著那張臉，再也感受不到任何激情。但一切都發生得太快了，前一天還是我愛的那個魁梧帥哥，隔一天就剩皮包骨了。後來有一天晚上，他的心臟停止跳動。我跟著他來到另一個世界，但這還不夠！」絲綢隨著她的話語變得漆黑、沉重。「他想轉世，但我不能。人類的靈魂洗淨後可以放入新的軀體，重新來過，但我們的靈魂不一樣。我懇求他留在這裡陪我，但他厭倦了沒有海洋的沙漠和沒有星星的天空。我們曾經以為，彼此的話題永遠也聊不完，結果我們連一年都撐不下去。」織女的聲音顫抖著。「有一天，我醒來後發現他拋棄了我，投向忘川的懷抱。自那時起，我就獨自在這裡徘徊，在欲望與貪婪的交界處，欲望枯竭，戀人只想著自己。」

一滴閃閃發亮的淚珠順著她的臉頰滑落，看起來很悲慘，雖然愛麗絲覺得有點做作。也許不朽的神明消磨時間的方式，就是不斷演出自己的神話故事，使其臻於完美吧。

織女指著上方，腰帶的兩端朝天空旋轉舞動。「下次有機會的話，抬頭看看夜空吧，你們會發現少了一個星座，一座橋斷了。」語畢，她的腰帶也垂了下來。「現在只剩下黑暗。」

「妳沒有試著找過他嗎？」彼得問道。

「親愛的孩子，我們不被允許這麼做，而且他也不會認得我，因為他已經把關於我的記憶從腦海中抹去了。」

「噢。」彼得說道。「我很遺憾。」

「你人真好。」織女說，並伸手捏了捏彼得的鼻子，他頓時漲紅了臉。

愛麗絲不確定自己該如何反應。織女話還挺多的，但這至少讓她有機會喘口氣，也有時間判斷這個神明是想玩弄他們還是殺死他們。

「但我還是個浪漫主義者！」織女說道，並展開衣袖，呈現出絢麗奪目的色彩。「我現在明白了，神明嫁給凡人從來都不是個明智的選擇，雙方必須對時間有共同的理解。神明不會愛得如此短暫、愛得無可救藥，傾盡靈魂去愛，但人類啊……你們的生命轉瞬即逝，你們一輩子都在思考要怎麼做才能永遠在一起，但你們甚至不知道那是不是自己真正想要的。」

她飄向他們，近到讓人不舒服，然後伸出手，修長的手指在兩人的肩上起舞。不知為何，愛麗絲突然很害怕她會抓住他們的頭，強迫兩人跟洋娃娃一樣接吻。

「你們這些情侶我見多了。先謀殺對方後自殺很常見，或是意外，有時雙方都是自然死亡，一方會在水仙平原苦苦等待另一方壽終正寢。」織女嘆了口氣，說道：「每個人都以為他們的愛是永恆的，我喜歡讓他們繼續抱持著這個信念。」

「那就讓我們通過吧。」彼得說道。「愛不是罪。」

「當然不是啊。」織女說道。「親愛的孩子，我不施予懲罰，而是提供解決方案。」她十指緊扣，說道：「我給你們一個考驗，不是什麼艱鉅的任務，只要回答一個問題就好。我要考驗你們的忠誠，如果通過了，我就會建一座橋。」她雙手合十，手指迅速移動，絲線從指間湧出，一瞬間幻化成一塊如波浪般起伏的閃亮布料，天鵝絨般柔軟光滑的黑色絲綢閃爍著金色和銀色，如同一張星辰織就的地毯。「我的橋可以無視邊界，通往任何你們想去的地方，哪一殿都行。想要的話可以去叛軍堡壘，或是直接前往閻魔大王的王座。通過的話，我就讓你們走這座橋一次，去任何你們想去的地方。」

「如果沒通過的話會怎麼樣？」彼得問道。

「那你們就跳進忘川去吧。」

「但我們沒死。」愛麗絲說道。「我們不是鬼影。」

「噢，原來你們是旅人啊！」織女雙手摀住嘴巴，並瞪大眼睛，雙眸閃閃發亮。「這樣更好，那你們就更需要安全通過地獄了。」她的手指舞動，橋在深淵之上蕩漾。「親愛的，這裡地形險峻，證明你們的愛，我就送你們安全通過。」她說。

愛麗絲不喜歡這個提議。織女咯咯笑的模樣，讓她想起小時候母親喜歡的中國戲劇女主角，那些詭計多端的狐狸精一天到晚都想把對手推到井裡。雖然織女不符合她對地獄的想像，但她知道所有關於人類與神明交易、打賭的故事。奧菲斯沒能通過黑帝斯的挑戰，薛西弗斯也試圖欺騙黑帝斯，但失敗了。天下沒有白吃的午餐，這其中必有詐。

「我們可以討論一下嗎？」她問道。「私下討論。」

織女揮揮衣袖，說道：「快一點。」

愛麗絲抓著彼得的手臂，把他拉到織女聽不見的地方，然後說：「我不信任她。」

「我們不需要信任她。」他說。「我們只需要玩遊戲就好。就算輸了也不會糟到哪去吧？」

「輸了會失憶啊，你剛剛沒在聽喔？」愛麗絲說道。她不確定刺青的保護力有多強，但她可不想冒險沒入水中。

「那我們贏就好啦，也不會多難吧——」

「前提是她說的是實話。」愛麗絲說道。「你也知道，天上的神明不會常常在地獄裡徘徊，她也可能是假扮的——」

「那不然她是誰？」

「我不知道，有可能是那個巫師——」

「如果她就是那個巫師，那不管怎樣我們都完了啊！羅，聽我說。」彼得攤開雙手，說道：「這可是天賜良機，我們已經夠辛苦了，她能保證我們一路平安——」

「我不想被丟到河裡。」愛麗絲說道。「這是一定會發生的，因為我們並不相愛。」

「但妳不能假裝嗎？」

她凝視著他那坦率又迷人的臉，他花了多久才學會這種垂頭喪氣的表情？他明明心懷不軌，怎麼還能用這樣的眼神看著她？

但或許她也可以假裝，或許她能以其人之道還治其人之身。畢竟她有一大優勢，那就是彼得不知道她知道真相。「你要我假裝我愛你。」她說。

「很簡單啊。」他說。「假裝我們心意一致就好了。」

「那又是什麼意思？」

「就是我們想要的東西都一樣，我們會為對方著想，將彼此的目標視為自己的目標，我們理想的結果就是兩人要在一起。妳沒談過戀愛嗎？」

「沒有，你呢？」

「呃，沒有，但應該沒那麼難想像，對吧？」

「我覺得戀愛可能是世界上最難想像的事情。」她頓了頓，思考了一下，說道：「我是說，光是性愛方面的問題就夠複雜了，我甚至沒看過你的陰莖耶。」

「我的天啊。」彼得說道。「羅，我們沒有時間闡述愛的哲學。」

「那要怎麼決定我們的優勢策略？」

「就假設我們是同一個人，妳的目標就是我的目標，反之亦然，會傷害妳的事物也會傷害我。我們的目標是待在一起，作為同一個個體，追求對我們自己最有利的結果。」

愛麗絲不認為現實生活中的戀愛關係是這樣運作的，至少她看到的並非如此，但理論上聽起來確實不錯。「這個理論是哪來的？」她問道。

「是伊曼努爾．康德提出的。」

「康德不是處男嗎？」

「他是個偉大的哲學家！他徹底改變了形上學耶！」

「我記得康德認為自慰是不道德的。」愛麗絲說道。「好像說是什麼把自己當成達到目的的一種手段。」

「不然妳有更好的主意嗎？」

愛麗絲的頭好痛。首先，她無法提出其他解讀方式；再者，即使彼得對愛情的解讀是合理的，她也無法客觀看待，畢竟對方可能別有用心。在內心深處，她懷疑愛情只是兩個人互相欺騙，掩蓋自己暴力的那一面，因此彼得的提議與她優先保護自己的考量會有所衝突。

「來嘛。」彼得用手肘輕推她的手臂，說道。「羅，假裝妳愛我有那麼難嗎？」他說這句話的方式讓她心裡難受不已。他很清楚自己在做什麼，最糟糕的是，這招竟然奏效了。她多麼渴望信任他，多麼渴望成為他愛的對象，即使只是假裝的也好。住手，她想對他尖叫。住手，你難道不明白你對我做了什麼嗎？

「小情侶啊。」織女喊道。「決定好了嗎？」

「放馬過來吧。」彼得說道。「我們接受挑戰。」

「等等——」愛麗絲才剛開口，織女就一把抓住他們的手臂，把兩人拖上一塊岩石，力道大得驚人。她讓他們面對面站在一個地獄版的婚禮聖壇上，絲綢倏地升起，在兩人之間形成一道不透明的屏障。彼得喊了些什麼，但隔著絲牆根本聽不清楚。

「不可以討論。」織女說道，接著身形閃爍，分裂成兩個一模一樣的半透明複製體。她們分別站到絲牆兩側，齊聲說道：

「每年的七月初七，牛郎都會與我相見，八十年如一日。」絲綢在空中勾勒出輪廓：兩人奔向彼此，緊緊相擁，合而為一。「一日不見，如隔三秋。全村的人都懇求他忘了我，趕快結婚，因為我無法替他傳宗接代，也沒辦法履行妻子該盡的任何義務。而他只要有一次不來，橋就會斷掉；如果我們對彼此不忠，橋也會斷掉。我們從未移情別戀，我們始終選擇彼此，直到他生命的盡頭，直到他做出不同的選擇，讓我墜入深淵。」

絲綢岔開，分成兩條，一紅一綠。織女說：「小情侶，我給你們同樣的選擇，你們可以選擇獨自前進，或是攜手同行。如果你們都選擇攜手同行，我會為兩位織一座星辰之橋。如果你們都選擇獨自前進，我會把兩位都丟進忘川裡。」

「如果我們選不一樣的呢？」愛麗絲問道。

「那選擇獨自前進的人可以不限次數，隨意使用那座橋。我會保證妳的地獄之旅一路平安，並且守護妳，不讓妳受到任何傷害，誰都別想碰妳一根寒毛。」織女說道。橋梁在空中搖曳生姿、閃閃發亮，並分成十幾條岔路。「至於另一個人呢……嗯，我只能說他會生不如死。」

愛麗絲眨了眨眼，低頭一看，發現面前突然出現了一張托盤桌，上面擺了兩顆閃閃發亮、帶有蠟質果皮的蘋果，一顆是血紅色的，另一顆則是深綠色的。

「如何？」織女問道。「紅色代表攜手同行，綠色代表獨自前進。」

「妳也是給他一樣的選擇嗎？」

「沒錯，一模一樣。」

喔，愛麗絲心想。那這就只是囚徒困境而已啊。

大家入學第一年都有學過囚徒困境。如果雙方彼此信任，囚徒困境顯而易見的解決辦法就是不要背叛對方。問題在於無論另一方怎麼做，自己的優勢策略都是選擇背叛。但如果事先合作，就能雙雙免於牢獄之災，而他們有事先合作，不是嗎？

「我只是想確認一下。」她說。「如果我選擇獨自前進的話，他會怎麼樣？」

織女咧嘴一笑，嘴角幾乎都要碰到耳朵了，愛麗絲擔心她再笑開一點，頭就要裂成兩半了。「一個人在地獄很寂寞，我喜歡有人陪伴。」織女說完，一縷縷白色的布料就從她背後浮現，靜靜垂在身後，宛如一張蜘蛛網。如果愛麗絲瞇起眼睛，就能在蛛網裡看到人類的殘骸；幾百年來，不幸的情人被榨乾後，殘存的骨骸就丟在這裡。鬼影不會留下骨頭，代表有些受害者曾經是活人，是地獄裡的旅者。

愛麗絲不寒而慄。

這應該不難，他們的優勢策略很明顯，彼得說要假裝兩人相愛，而如果他們相愛的話，雙方都會選擇紅蘋果。只要他們合作，就能通過考驗，事情就是這麼簡單。她伸手去抓住紅蘋果……但為何她的手指不聽使喚呢？

她忍不住去想，假設彼得選青蘋果呢？

他不能那麼做，那對他沒有好處。彼得不會在這裡背叛她，因為他還需要她，至少他需要她的靈魂……

難道她要就這樣給他嗎？像待宰的羔羊一樣跟著他到屠宰場，主動獻上自己的靈魂？這是什麼荒謬的邏輯？

她收回了手。

那該怎麼辦？難道她要選擇青蘋果嗎？

那樣的話，她就不需要他了。她可以在地獄裡來去自如，輕鬆出入各殿，格萊姆斯教授的靈魂也唾手可得。她可以在一天內找到教授，明天就能回家了。她將得到自己夢寐以求的一切，而唯一的代價就是拋下彼得。

但那等於是謀殺。

但明知是死路一條還跟著他走，這種自掘墳墓的行為難道有比較好嗎？有比較聰明嗎？自己不能做交換，交換咒語不能用在自己身上，這點是確定的，那我們還能得出什麼結論呢？除了——

而且這還是建立在他需要她的前提上。他可能還有其他計畫，甚至可能不需要交換；他可能會認為在地獄暢行無阻是值得的，因此背叛她……

她感覺太陽穴一陣刺痛，有兩股力量從左右兩側擠壓她的頭。太多資訊，太多回憶了，她無從梳理，也不知道這一切意味著什麼。她一路走到這裡，僅憑一個根深蒂固的信念：我是愛麗絲．羅，我要下地獄，我會找到格萊姆斯教授，一切都會沒事的。但現在定心咒無法替她指引方向，她看不見前進的道路。過去的一切都浮現在她的腦海裡，歷歷在目，宛如上千台電視同時播放，但沒有一台告訴她真相，只是給她看一張張照片，用大量毫無用處的細節轟炸她。

空的啤酒杯、沒人坐的椅子、打烊前安靜下來的皮克酒吧，以及她嘴裡苦澀的味道。貝琳達滿不在乎的嘆息。妳見過彼得・默多克嗎？他的身影、他睫毛的長度、她指尖上的粉筆灰、他襯衫上的粉筆灰。妳看外面，格萊姆斯教授說道。妳有看到那小子嗎？大吉嶺茶泡太久了，喝起來很酸，乾巴巴的司康像水泥一樣卡在喉嚨裡，怎樣都吞不下去。格萊姆斯在黑板前，格萊姆斯在棋盤前。天助勇者，魔法獎勵果斷之人。先手必勝，輸家只能在後面追趕。妳是天生的輸家嗎？妳有這個膽量嗎？

實驗室裡的笑聲。拿到庫克獎學金後，我是可以找新的指導老師啦。啪！手掌打在臀部上，笑聲再次響起，越來越大聲，腳步聲漸漸遠去。對他百依百順。又大又清晰的筆跡，字裡行間沒有絲毫猶豫，寫下這些字的人已經下定決心，腦袋運轉的速度比手速還快，才會寫得這麼潦草。這不是疑惑，而是宣言。如果愛麗絲——？？？

她耳朵裡傳來呼嘯聲，她緊閉雙眼，試圖建造自我意識的樓梯。什麼是重要的？什麼有助於計畫成功？我有什麼證據可以建立前提，以便推論出結論？格萊姆斯會怎麼做？但這太難了，所有資訊都亂七八糟，她不知道該從哪裡開始，甚至連基本前提都抓不到——

我的名字叫做愛麗絲・羅——

如果愛麗絲——？

我是劍橋大學的研究生——

如果愛麗絲——？

我主修分析魔法——

如果愛麗絲——？

木板散落一地，她抓不住建構樓梯的材料，只能緊緊抓住一種感覺，心中那強烈的驚恐不安，像十幾個火災警報器一樣在她耳邊響個不停。她的手臂很痛，針扎般的刺痛感再次襲來，但這次卻傳遍全身。又來了，她心想，但她甚至不知道是什麼東西又來了，那只是一種感覺。針尖往下扎，將粉筆灰打入她的皮膚，顏色暈染開來，一陣劇痛，無數的白點迸發——又來了，拜託不要，我什麼都願意做，但我不想再經歷這種感覺了……

一陣天旋地轉，她開始搖搖晃晃。這是哪裡？她又在哪裡？地獄是記憶嗎？地獄是夢嗎？她把雙手舉到面前，卻伸手不見十指，手指頭被迷你的彼得和格萊姆斯取代，那些小人排成一列跳著舞。妳有看到那小子嗎？綠色和紅色的圓圈在他們身後跳動，越來越大，相互交錯，直到她眼前只剩下一張文氏圖，中央有一根針和粉筆灰，銳利的尖端上下移動，痛楚襲上她的手臂。在她的想像中，未來發生了以下對話：彼得和格萊姆斯平安回到人間，在辦公室裡喝茶——愛麗絲發生了什麼事？噢，不要知道比較好。又是那個筆跡，行雲流水般的斗大字母。如果愛麗絲——？她看著他們大笑，看著他們翻白眼，羞愧到了極點，心中湧起一股令人窒息的憤怒，她差點放聲尖叫。可悲的愛麗絲，是所有人眼中的小丑。

彼得抬起頭，與她四目相接，然後咧嘴一笑。

我恨你，她心想；起初只是試探性地提出這個想法，但令她驚訝的是，竟然越想越有道理。她之前不敢這麼想，但現在看來，這個想法是對的，她有十足的正當性。她又不是狗，誰都別想欺負她。我恨你，我恨你——

「非常好！」織女一邊說，一邊鼓掌。兩個分身合而為一，布幕閃爍著，就像魔術師吸引觀眾一樣，然後升起。

彼得站在那裡，手裡拿著紅蘋果。

「愛麗絲？」他低頭看著她的雙手，皺眉道：「妳做了什麼？」

第十三章

他們研究所第一年的冬天，格萊姆斯教授的實驗室研究助理突然自主退學並跑到加拿大，引起了軒然大波。那名助理叫做約書亞，當時讀到第四年，據說他懷孕的女友受不了他工時過長，下了最後通牒，要求對方多關心她，發現這招沒用後，便收拾行李，跑回渥太華跟父母住。約書亞為了愛情拋下一切，一路追到加拿大，他花光積蓄，臨時訂了機票，在午夜趕到希斯洛機場。讓系上陷入慌亂的不是這齣鬧劇，而是竟然有人會離開劍橋大學去加拿大。加拿大到底有沒有大學？還是大家一年到頭都在滑雪、吃楓糖還有逃離熊的追趕？總之，據大家所知，約書亞現在婚姻幸福美滿，在勞里埃城堡費爾蒙酒店擔任導遊。

重點是約書亞離開時並沒有做好收尾工作，甚至沒有通知格萊姆斯教授。要不是教授趕著去倫敦皇家魔法學院的研討會上台發表，這件事本來是可以挽救的。

於是，愛麗絲和彼得被叫來代打，兩人二話不說就答應了。就算是無償加班又如何？就算每週要多花三十個小時做研究，無法在發表時掛名，同時還要兼顧繁重的課業，那又如何？格萊姆斯教授想要他們幫忙做真正的研究耶！他們畢生都在為此而努力！要是拒絕的話就太蠢了。

開始共事時，他們只是友好的泛泛之交。由於兩人修的課都不一樣，自從在花園裡初次見面後，愛麗絲就很少見到彼得了。第一次為公事會面時，她內心感到忐忑不安。萬一彼得對她表現出高人一等的態度怎麼辦？更糟的是，如果他覺得她很愚蠢怎麼辦？

事實證明她白擔心了。困難的任務有助於迅速建立友誼，要做的事情太多，連尷尬的時間都沒有。最初那些累得要命的日子是多麼令人享受啊。每天傍晚五點，愛麗絲和彼得都會在格萊姆斯教授的地下實驗室碰面，抱著一疊疊手稿，手上沾滿粉筆灰。那些夜晚，他們瘋狂工作好幾個小時，眼睛都花了。那些夜晚，他們坐在實驗室的地板上，被自己犯的錯誤逗得樂不可支，一邊吃著從清真餐車買的咖哩薯條，有時如果想犒賞自己的話，還會去橋梁以北的印度餐廳外帶香料烤雞咖哩。人生的精華莫過於此：臉上沾滿了粉筆灰，方格紙上留下了薑黃色的指紋。亞里斯多德說，全然的幸福就是某種形式的學習，而他們當時多麼幸福啊；靈感爆發，寫滿整面黑板，然後再全部擦掉，重新來過。每當聽到格萊姆斯教授下樓的腳步聲，他們就強忍笑意，擺出正經八百的樣子。

正是在午夜時分，當思緒變得破碎，一切變得毫無道理，可能性的界線變得模糊不清，他們才得以盡展才華。也是在午夜時分，愛麗絲第一次體驗到了墜入愛河的感覺。

她對求愛的語言並不陌生。她高中和大學時都交過男朋友，那些緊張的年輕男子穿著扣領襯衫，散發著鬍後水的味道，笨手笨腳、缺乏經驗，就像一系列看過就忘的默片。她隱約知道，這種社交模式會發展成「穩定交往」，最後步入禮堂，但明明整個過程都像在練習掩飾自己的厭惡，她完全無法理解為何會有這樣的發展。彼得不屬於這種類型。這是一種截然不同的感覺，愛麗絲無法將兩人之間的關係置於名為浪漫戀情的垃圾堆。這就是愛情，一種她從未體會過的愛情；終於，她心想，這才是真正的愛情。另一個靈魂逐漸展開，指引你探索其內心深處的祕境，讓你覺得自己是第一個發現新大陸的人。愛麗絲熱愛自己的研究正是因為如此，那她當然也會愛上人吧？

她發現彼得喜歡邊工作邊哼孟德爾頌的曲子，但如果她跟著哼，他就會臉紅並停下來。她發現彼得喜歡小扁豆，但討厭馬鈴薯泥和香蕉，因為口感比看起來還要軟爛很多。她發現大約凌晨兩點左右，彼得就會進入所謂的「狂躁狀態」，他的頭髮會變得亂蓬蓬的，雙眼睜得大大的，眼珠子骨碌骨碌地轉，而且他會對他們在做的每件事都感到異常興奮，完全無法溝通，只會瘋狂大叫：「啊啊啊！」

如果墜入愛河是發現新大陸，那讓自己被發現是否等同於被愛？因為聽到彼得對她的觀察，說出她自己從未察覺的事實，愛麗絲會覺得很開心。舉例來說，她知不知道，每當她不同意別人的觀點時，就會像水母一樣揮舞雙手？她知不知道，因為她總是用沾滿粉筆灰的手指把瀏海往旁邊撥，所以額頭上都會有一條斜斜的白色痕跡？彼得斷定，愛麗絲只要想睡覺就會說謊，不是惡意欺騙他人，而是說出荒謬至極的話；在意識不清的狀態下，毫無邏輯的話語會從口中吐出。他覺得愛麗絲無意識的說謊非常有趣，於是連續好幾週把她說的傻話記錄下來，然後在月底宣布：「我得出了結論，妳那愛說謊、想睡覺的自我只有一個動機，那就是能睡多久就睡多久。只要能讓對方不再打擾妳，妳什麼話都說得出來。舉例來說，妳看，這是我週三的紀錄，我問妳是不是茄子，妳承認妳是茄子，但叫我不用擔心，一切都很好。過去一個月裡，我聽過妳承認自己是貝爾格萊維亞公主、妳的腳趾頭其實是小倉鼠，還說放假時要跟我一起在陽光下滑雪。羅，妳真是無可救藥，妳的無意識本我極力想要保護自己不被打擾。」

他們無話不談。兩人相處起來很舒服，把話說出口就跟在心裡思考一樣，不需要篩選或掩飾任何內容，實屬難能可貴。他們常常不回家睡覺，而是一直聊到凌晨。他們針對蒙提霍爾問題爭論不休，彼得認為一定要換門，但愛麗絲不信。他們爭論數字是否有顏色和個性，彼得堅持有：三是藍色，五是紅色，二是黃色，四是橘色；八是個嚴肅乏味的討厭鬼，九則是個性感的狐狸精——那九是什麼顏色？噢，當然是酒紅色啊，因為「九」就是「酒」嘛。愛麗絲認為他只是為了獲得關注而信口胡謅的。針對語言與現實的關係，他們爭論維根斯坦和拉岡的理論是否殊途同歸（他們的結論是有可能，但兩人都沒有完全搞懂拉岡的主張，因此無法下定論）。

彼得慷慨大方、心胸開闊且好奇心強，是最理想的談話對象。他認為每個領域都令人著迷，並問了不少跟她專業領域有關的問題，有些她自己甚至都沒想過。

「雅各布森對語言有什麼看法？」他會這麼問道。「轉喻是什麼？隱喻是什麼？無意識的結構是如同語言一般的是什麼意思？語言又是什麼？」

兩人說話的時候，他會目不轉睛盯著她的臉，他那專注的眼神時不時會讓她結巴，不小心弄掉手裡的東西。對她來說，要接受彼得的關注很困難。長久以來，她一直想知道要如何獲得他的關注，但當對方將百分之百的注意力都放在她身上，她反而感到不知所措。

多虧了他，愛麗絲發現如果想解開的是馬鈴薯的悖論，數學也可以很有趣。假設妳有一百公斤的馬鈴薯，每顆馬鈴薯百分之九十九是水。假設把馬鈴薯晾乾一晚後，每顆剩下百分之九十八是水，那妳剩下幾公斤的馬鈴薯？剩下五十公斤！五十公斤？對啊，原本一百公斤，剩下五十公斤。但明明只少了百分之一的水，這怎麼可能呢？「這只是簡單的算術。」他說，但愛麗絲才不相信呢。

愛麗絲也教他中文的藏頭詩，橫向和直向閱讀都可以理解。她教他中文文法複雜的細節，更確切來說，中文根本沒有文法可言，還有在中文裡，時間和空間的概念隱喻跟英文截然不同。她解釋說，中國人認為人能看到過去，卻看不到未來，所以只能往「後」走向未來。彼得聽得入迷，就說自己要學中文，這樣就能更容易理解她的話。但在一次簡短的音調練習中，他發現自己是音癡，才意識到原來學中文沒那麼簡單。

當時他們甚至發展出了屬於兩人的速記語言，結合了數理邏輯（只是因為唸出來很有趣）和法語（只有愛麗絲會講，但彼得覺得聽起來很好笑），但比起真正的法語，更像在學鵝的叫聲。這個愚蠢的語言組合效率不高，但他們覺得很有趣，這會讓兩人深刻感受到，他們存在於一個與他人隔絕的精神世界，他們很快就會消失到兩人專屬的象徵秩序裡，除了彼此之外，再也沒有人能夠了解他們。

他們常常笑得東倒西歪，噢，她多麼喜歡他的笑聲啊。午夜過後，兩人腦袋混沌，看到什麼都會咯咯傻笑，但愛麗絲不時會說出一些荒謬至極的話，讓彼得忍不住放聲大笑。他笑到全身都在抖，上氣不接下氣，胡亂揮舞雙臂，手肘舉到胸前，彷彿要是不緊緊抱住自己，身體遲早會被笑到支離破碎。彼得大笑時，她感覺自己好像接收了太陽百分之百的溫暖，因為是她逗他笑的，是她說出的話讓他驚訝和高興到喘不過氣來。

曾經有一段時間，她覺得自己唯一想做的事就是逗彼得．默多克笑。

他們工作時，也常常陷入一種怡然自得的沉默。他們彼此之間已經形成了一種舒適自然的工作節奏，可以連續好幾個小時不說話。對愛麗絲來說，只要能聽到彼得拿著粉筆，在她旁邊振筆疾書的聲音，那就夠了。她不是一個人，她很安全，這個宇宙中至少還有另一個靈魂跟她頻率相同。老實說，那是愛麗絲有生以來最幸福的時刻，擁有一位能在旁邊靜靜陪伴的朋友是多麼棒的事啊。

總之就是這樣。

這些事情發生時，愛麗絲還沒獲得過目不忘的能力，所以她現在只有模糊的印象。就算她能夠清楚記得，她懷疑一切都會感覺遙遠得不得了，彷彿那是兩個完全不同的人所經歷的人生一樣。當時的他們更年輕、更快樂、更天真，跟現在的他們不是同一個人，或許是遠房親戚吧，只有些微相似之處。

轉眼間，一切都變了，學期結束，計畫也完成了。格萊姆斯教授在布魯日演講，全場起立鼓掌，愛麗絲和彼得再也沒有理由在實驗室挑燈夜戰了。在那之後，彼得就立刻疏遠她了。

愛麗絲花了太久才明白對方的暗示。她真是個傻瓜，竟然以為他們在實驗室之外還是朋友，以為兩人在午夜時分建立的羈絆會持續下去。她還以為對方也感覺到了。他們沒有一起修的課，但她總能編出一些理由製造「巧遇」的機會。她開始在研究生休息室徘徊，就為了等他過來喝杯咖啡。平日晚上，她會刻意經過清真餐車，希望彼得剛好在那裡點他常吃的咖哩薯條。她也沒有想要做什麼，沒有什麼具體的目標或大膽的想法，例如約對方吃晚餐。她沒有想那麼遠，問題甚至沒有在心中成形，她只是想聽他笑而已。

但他每次都不在。

她也不能怪他。他們教學時間沒有重疊，沒有要一起做實驗，也沒有修同一門課。雙方沒有理由花時間相處，只是她很享受曾經一起度過的時光，想要多跟他互動。但他並沒有承諾過會花時間陪她，也不欠她什麼。他很忙，大家都一樣，身上的責任愈發沉重，時間也越來越少。她不能因此埋怨他。

但即便如此，也無法解釋他在兩人相遇時的反應。當他們在走廊上擦肩而過，一個人離開格萊姆斯的辦公室，另一個人正要進去，他只有點頭示意。參加系上活動時，他們也只會寒暄幾句。嗨，你好嗎？還好，嗯，還是老樣子，埋頭苦幹——太好了，嗯，很高興見到你，保重。她會講一些只有對方懂的笑話，但他不知道是沒聽到，還是覺得不好笑。她多次在門口徘徊，希望能跟他一起離開，但他完全沒看到她，就這樣走過去了。

她一直徘徊，渴望得到關注的模樣真的很丟臉，就像一隻狗不知道自己被遺棄，還不斷跑回來一樣。他對她並沒有不禮貌，事實上他還彬彬有禮，臉上掛著默多克的招牌微笑。他對她就像對待陌生人一樣體貼周到。

但這讓她很難過，因為她以為他們很要好。

而當她終於意識到彼得不想見她，也沒有特別在意她，她還是無法接受。她無法理解，你怎麼能對一個人敞開心扉那麼長一段時間，然後又把對方拒於門外？

她想問他發生了什麼事，但想不到聽起來不幼稚的問法。你為什麼不喜歡我了？你為什麼不想當我的朋友了？這是兒童遊樂場上才會出現的可悲問題，她不會說出口，不會向他證實自己太無趣，不值得他的關注。

接下來的那個學期，她把自己對彼得的各種情緒都經歷過一遍，包括失望、憤怒、怨恨、渴望，全都是單方面的焦慮。但她最強烈的情緒是困惑。彼得築起了一道道高牆，把她打入冷宮，兩人之間彷彿隔著萬丈深淵，她不知道自己到底做了什麼才會這樣。

後來她去了威尼斯，在那裡發生了一些事情，愛麗絲開始感覺一切都失控了。從那時起，她就意識到，如果對象是格萊姆斯教授，她真的沒有能力說不。

後來她回來了，一切都亂套了，過去這一年，愛麗絲只要在走廊上和彼得擦肩而過，都會忍不住垂下眼簾。

曾經有一段時間，事情開始往不好的方向發展，愛麗絲仍試圖力挽狂瀾。至少她證明了自己並沒有輕易放棄愛情，她真的有嘗試坐下來，跟對方好好討論，了解到底發生了什麼事。彼得還在躲她，於是她在他的信箱裡留了一張紙條，還放在整疊信件的最上方，他不可能沒看到。好久不見，她寫道。她想知道他過得怎麼樣，她想一起坐下來，喝杯茶，聊聊天。

他看到了紙條，她知道他有看到，因為她隔天早上去查看時，紙條不見了。彼得知道她試過了，但他就是沒有回應。

如果她當時擁有完美的記憶力，她就能仔細審視兩人之間的互動，從那些深夜時光、每一次相視而笑中尋找線索，就算只是單純透過追憶往事來得到慰藉也好。但她的完美記憶只收錄了走廊上冷漠的點頭示意、簡短的問候，以及他匆匆走出門時，隨風飄動的外套和對著她的後腦勺。

還有八卦、暗諷、笑聲，以及消失在走廊盡頭的腳步聲。

那年夏天，哲學家德里克．帕菲特出版了頗具爭議的《理由與人格》，在劍橋大學和牛津大學掀起討論熱潮。愛麗絲讀得津津有味，事實上，這本書還幫助她理清內心的許多困惑。《理由與人格》主張一種針對人格同一性的化約主義式觀點：也就是說，人格的本質並非終生不變。帕菲特運用一系列涉及大腦移植、大腦分工和瞬間移動的假想實驗，主張我們認為定義人格本質的那些特質，例如心理聯繫，其實並沒有更深層的事實基礎。我們雖然跟之前的自己擁有相同的細胞、身體延續性和記憶，但僅此而已，沒有進一步的事實，沒有一個核心的自我陰魂不散。我們與十年前的自己，就如同兄弟姊妹間的關係一樣。

愛麗絲對道德哲學了解不多，也傾向於懷疑關於瞬間移動的假想實驗能否推翻靈魂不滅的理論，但這個觀點確實讓她的心情舒暢許多。這讓她明白，她從未真正了解彼得，彼得也從未真正了解她。她只認識某一個階段、某一個版本的他。可是，沒有了那些模糊的記憶，沒有了她曾經把頭靠在彼得肩上、笑得東倒西歪的那段經歷，她跟愛上彼得．默多克的愛麗絲．羅其實沒有什麼明顯的關係。如果可以不斷重塑自我，剔除讓自己羞愧或受傷的部分，那又怎能真正了解別人呢？難道人們都只是活生生的悖論，只需在與他人接觸時維持表象嗎？難道人們終究只是一連串謊言的集合體嗎？

如果這是真的，那彼此有過什麼樣的過去、萌生出什麼樣的感情，又有什麼差別呢？那段樓梯不見了，木板重新組合，你曾經認識的靈魂又變成了新編出來的小說。所以，也許以下情況是完全有可能的，甚至很常發生：你看著所愛之人的雙眼，明明你們醒著的時候都形影不離，對方的呼吸聽起來跟自己的一樣熟悉，但你卻完全認不出他了。

第十四章

「愛麗絲？」

她站在原地，動彈不得。

她眨了眨眼，看著自己的手。這不是想像出來的，這是真實發生的事情。她並非有意為之，她只是在思考各種選擇，她還沒得出結論，那只是一個假設，並不是她想要的——

但這是她的手，手裡拿著青蘋果。

如果不是她拿的，那是誰拿的？

「我不是故意的——」愛麗絲把青蘋果扔回桌上，伸手去拿紅蘋果，說道：「等一下，我選擇——」

但織女打了個響指，兩顆蘋果和桌子都從她面前消失了。「遊戲結束。」她說。

彼得大喊：「愛麗絲，搞什麼鬼？」

愛麗絲嚇得整個人往後縮。求求你，她想哭道，不要怪我，我不知道自己在做什麼，我甚至不是一個主體，我根本不在這裡。她的耳朵嗡嗡作響，雙手感覺離她十分遙遠。她試圖集中精神，卻看不到自己的手是從哪裡開始，看不見自己與外在的分界線在哪裡，不知道過去在哪裡終結，現在從哪裡延續。

「真可憐。」織女說道。「虧你們當初還自信滿滿。」

彼得走向她，問道：「妳是怎麼回事？」

織女將他攔住，絲綢滾滾而出，擋在兩人之間。愛麗絲感覺到背部有一股壓力，好像有人在推她，力道越來越大，推得她踉蹌向前。織女說道：「妳可以走了，獨自闖蕩地獄，感受自由的滋味吧。至於你呢……」一條絲線掠過彼得的臉龐。一條條白色絲帶從織女的袖口飛出，纏住他的手臂、腳踝和腰部，把他轉了一圈又一圈，像蜘蛛纏繞獵物一樣。「你是我的了。」

「住手。」愛麗絲勉強擠出這兩個字。「不要——」

「別擔心，親愛的，我懂妳的意思。」

「但我不是那個——」

「妳已經做出了決定。」

越來越多的絲綢從她的袖口湧出。彼得大聲喊叫，手臂在空中亂揮，但纏住他手腳的絲綢越來越緊，直到他只能扭動身體。他伸長脖子，向愛麗絲求救：「愛麗絲，救命——」

她慌張起來，朝彼得伸出手。驚慌失措的情緒有助於她集中注意力，彼得的身影變得清晰，是她唯一能看清楚的東西。彼得……沒錯……她必須幫助彼得——

「不行喔，親愛的。」織女說道，紅色的絲綢擋在兩人之間。「相信妳的直覺。」

愛麗絲把絲綢拍開，說道：「住手……」

「妳知道你們兩個沒有未來。」織女說道，並把彼得轉過來面對愛麗絲。她把嘴巴以下的部分都包住了，愛麗絲只能看到他瞪大的雙眼流露出驚恐。「或許你們以為會背叛的多半是男人，但其實每次都是女孩。她總是感到害怕，想要相信男人，卻做不到。男人已經讓她失望太多次了，她知道他還會再犯。到頭來，她只能好自為之。」絲綢把彼得吊了起來，讓他懸在空中，像一隻長得太大的可怕幼蟲一樣不斷抽搐著。「你們人類演的都是同一齣愛情故事，每次都是同樣的結局。我知道妳的劇本是什麼，而我可以改寫結局，我這樣是在幫妳。」

愛麗絲拼命拉扯絲綢，說道：「求求妳，住手——」

「別擔心。」織女用抑揚頓挫的聲音唱道。「我會愛他的，我會好好愛他，直到海枯石爛。我很喜歡瘦弱的男人，他們特別需要照顧。」

彼得想大聲呼救，但一塊布緊緊摀住了他的嘴巴，另一塊布遮住他的眼睛，唯一能顯示出他還在掙扎的跡象是突起的青筋。

「去吧，親愛的，接下來的畫面妳不會想看的。」

噢，天啊，她到底做了什麼？她在背包裡翻找獵刀，等她找到時，絲線的數量激增，一堵縱橫交錯的布牆將兩人隔開。她試圖劈開一條路，但絲綢不僅沒有斷裂，還繃得更緊，彈開了刀刃。她胡亂揮舞獵刀，砍得更用力，但牆壁仍堅不可摧。彼得已經快被布料吞沒了，愛麗絲幾乎看不到他，他全身被包得像木乃伊一樣，動彈不得，只剩下一撮棕色頭髮還露在外面。她試圖拉扯布料，想撕開一個洞去救他，但她每次碰到絲綢，布牆就再多一層。一切都是徒勞，她無能為力，無法阻止悲劇發生，無法收回自己的決定。

每次都這樣。她又更加拼命，一邊沮喪地啜泣。這種事情總是不斷發生，不管她的本意如何，最後一定會搞砸，因為她太愚蠢、太沒用了，她無時無刻不在崩潰，她管不住內心的思緒，她總是做出錯誤的選擇，傷害了身邊的每一個人。她一分心，格萊姆斯就死了；她一失去理智，彼得就完蛋了——

「不哭不哭，眼淚是珍珠。」織女柔聲低語道。一條絲線輕撫著她的肩膀。「別想了，親愛的，很快就會結束了。」

喀噠喀噠。

愛麗絲的後頸寒毛直豎。

喀噠喀噠。

織女也聽到了。她停下動作，彼得也隨著鬆脫的線團掉到地上。織女猛然轉頭，四處張望，掃視著懸崖，瞪大的雙眼中充滿了驚恐。

她認得這個聲音，愛麗絲心想。她看過牠們。

牠們翻山越嶺而來，宛如一道恐怖的白色巨浪。

織女首當其衝，她放聲尖叫，一條條布護住她的臉，宛如一面毫無意義的絲質盾牌，但牠們仍不屈不撓，又咬又拽，往四面八方拉扯，直到她幾乎站不起來，被那一大群咆哮的骨頭怪拽倒在地。

骨頭怪對彼得最感興趣。牠們幾乎無視愛麗絲，直接繞過她，撲向彼得。牠們很快就撕碎了困住他的繭，碎布滿天飛。他掙脫束縛，雙手亂揮亂打，試圖保護自己的臉和脖子，但牠們來勢洶洶。

「拿去——」愛麗絲想把刀滑過去給他，但骨頭怪的數量實在太多了，她一把刀放在地上，牠們就蜂擁而至。她用顫抖的雙手打開保久瓶的瓶蓋，但瓶中的水量少得可憐，潑一下就沒了，只能拖住她周圍的骨頭怪幾秒鐘。而忘川在峽谷底部，救不了他們。

彼得痛得大叫，原來是一隻骨頭狗落在他背上，緊緊咬住他的鎖骨。愛麗絲想過去幫他，卻突然感覺到一陣陣刺痛。牠們現在注意到她了，包圍她的腳踝，爬上她的膝蓋。牠們蜂擁而來，如同無止境的白色洪流，順著岩丘奔騰而下。感覺兩人好像會被名副其實的骨頭浪給吞噬，巨浪消退後，就只會剩下被啃乾淨的白骨。

骨頭怪數量太多，除了屈服以外別無選擇。愛麗絲緊閉雙眼，希望牠們能給她一個痛快。

她猜測死於無數利齒會痛得要命，但也許休克或失血過多會讓她喪失知覺，也許她會逐漸失去意識，而接下來就簡單了，跟睡覺一樣輕鬆，只是不會再醒過來。然而，她沒有感覺到劇痛，只覺得成千上萬股小小的壓力抵在身側，牠們沒有將利齒扎進她的身體，而是鑽到她下方。突然間，她整個人被抬起來了，有一些小怪物鑽到她身下，她彷彿躺在一張骨頭床上。然後牠們就出發了，速度快得令人頭暈目眩，彷彿蟻群要把獵物送到主人面前一樣。

愛麗絲奮力掙扎，卻徒勞無功，無論她怎麼翻，骨頭床都會接住她，把她震回中央。昏暗的太陽在上方旋轉，橙色的天空映襯著峭壁，讓她暈頭轉向，不知道他們要去哪裡，只隱約感覺到他們沿著懸崖往下走，一直往下，直到霧氣撲面而來，忘川奔騰的水聲彷彿就在她耳邊。骨頭怪突然轉向，在河岸邊，愛麗絲瞥見了一個特別大隻的骨頭怪，由不同動物的骨頭組成，跟人類一樣雙足直立，巨大的頭骨長了一對獠牙。

號角聲響徹雲霄。

骨頭怪猛地停了下來，效果立竿見影，就像操控牠們的繩子被剪斷了一樣。緊密的隊形潰散了，牠們四肢顫抖著，一副無精打采、不知所措的樣子。骨頭床解體了，愛麗絲摔倒在地。

有一瞬間，現場一片鴉雀無聲，彷彿時間靜止了。

號角聲再次響起，聲音沉穩有力。接著，在翻騰的水聲中，傳來一個很像人類的聲音：

「給我退下！」

一個黑影出現在忘川上，隨著距離拉近變得越來越大。愛麗絲看到了她這輩子見過最奇怪的水上載具，看起來像一艘搖搖欲墜的駁船，由廢料和骨頭建成，一面破破爛爛的黑色旗子在空中飄揚，上面沒有她認得的符號。甲板上站著一位船夫，裝束也大同小異，這個衣衫襤褸的海盜不屬於任何時代或國家，只是冥界的產物罷了。一張骨頭面具遮住了他的眼睛和鼻子，只見他咧嘴一笑，難掩興奮之情。

「退下！快滾吧！」

船夫以優雅的姿態跳上岸，接著從背後拔出一根長矛，動作一氣呵成。他把長矛在頭頂上方轉了兩圈（愛麗絲認為這有點炫耀意味），然後跳上前，把矛倏地甩向愛麗絲，差點擦到她的鼻子。嘎吱聲伴隨著嗚嗚聲，愛麗絲胸口旁邊的骨頭怪在她腳邊碎了一地。

他率先開戰，骨頭怪也開始反擊。船夫化為一陣旋風，左一隻、右一隻，猛擊周圍的骨頭怪，讓人看得目不轉睛。骨頭怪發動猛攻，但船夫似乎很熟悉牠們的攻擊模式。骨頭怪從四面八方撲向他，但他預判了牠們的動作，並集中打擊牠們的關節、脊椎等連接身體的關鍵部位。

「預備！」

有一隻骨頭怪跨坐在愛麗絲身上，船夫將棍子刺進牠的肋骨，猛地一拉，愛麗絲胸口的重量就消失了。她坐了起來，大口喘氣。

「一邊涼快去！」

愛麗絲心想那應該不是標準的決鬥用語。戴著骨頭面具的人似乎在扮演某個角色，且陶醉於自己的演出。他看起來確實很開心，在骨頭怪之間旋轉、跳躍，就好像他們是不斷跳著同一支舞蹈的舞伴，動作經過反覆練習後已臻於完美。

倒下的骨頭怪圍著牠們兩隻腳的領袖，似乎準備依照指令，同時發動攻擊。雙方對峙了一會兒，一頭是船夫，另一頭是發出嘶嘶聲的獸群。骨頭怪的領袖仰起頭，發出喀噠喀噠的聲音，似乎在下達一連串命令。獸群頓時張開嘴巴，彎曲後腿，準備往前撲。

船夫揮舞著手杖，猛地拉動另一端的槓桿，愛麗絲這才發現手杖其實是個花俏的噴霧瓶。忘川的河水如雨點般落下，骨頭怪發出哀鳴，紛紛向後逃竄。

「滾蛋！」船夫大喊。

骨頭怪發出嘶嘶聲，船夫又噴了一次水，說道：「給我滾！否則我就把你們變成一堆沒用的骨頭，別說我沒警告過你們。」

不甘心的哀鳴此起彼落，接著骨頭怪重整隊伍，從愛麗絲的腳邊衝過，飛奔而去。牠們聚集在兩隻腳的領袖身後，領袖仍站在原地，默默注視著船夫，過了一會兒才轉身離去。不到幾秒鐘，獸群便不見蹤影。

「終於走了。」船夫向愛麗絲伸出手，說道：「快點上來吧。」

在愛麗絲看來，比起一個試圖支解他們的半神，一個剛救了他們的陌生人更值得信任，於是她抓住船夫的手，讓對方把她拉上駁船。他的手觸感很實在，令人安心。

船夫轉身拉彼得上來時，織女衝到了岸邊，喊道：「給我回來！」絲綢從她腰間伸出，彷彿想抓住他們一樣。「我跟你們還沒完呢。」

「我跟你們還沒完呢。」船夫學她講話。「給我滾蛋，妳這個善妒的蠢婆娘。」

「閻魔大王會懲罰你的！」

「閻魔大王更受不了妳。慢走不送，妳這潑婦！」語畢，船夫把篙往岸邊一推，駁船就啟航了。織女剛好趕到岸邊，船夫便把長矛對著她，噴了她一臉水。愛麗絲不知道這對她有什麼影響，但織女擦了擦臉，往後踉蹌幾步，一副氣急敗壞的樣子。

無數條絲帶從岸邊迸發而出，像海怪的觸手一樣蜂擁而上，在空中翻騰，想抓住他們。愛麗絲嚇得往後縮，一邊用手拍開面前的布料，但船夫的動作更快，黑色的船隻劃破水面，航向忘川深處，觸手般的絲帶跟不上，被河水噴到的地方滋滋作響。

岸上的織女仰天大笑。「朝三暮四的小情侶。」她喊道。「祝好運，你們會很需要的！」

第十五章

「抓緊囉！」船夫說道，並把手杖抵著河岸，船身隨之搖晃。愛麗絲一個重心不穩，撞到了彼得，連帶讓他撞到了欄杆。「這裡的浪很危險，我帶各位離開淺灘……」

小船在忘川上晃得厲害，但船夫似乎技術很好。愛麗絲看到甲板上擺放著各式各樣的導航儀器，包括幾根長短不一的篙、兩支槳、一個船舵，甚至還有一個電池供電式馬達，疑似是現代的發明。這艘船看起來像是用撐篙船、划艇和帆船拼湊出來的。船夫忙著調整船帆，接著擺弄方向舵，看起來很複雜，直到船隻軋軋作響，以輕快的速度沿著河岸航行。船夫這才放下手杖，走上前打量他的客人。

「哈囉！」他打招呼道，並摘下面具，露出一張表情和善的瘦削臉龐和一雙棕色的大眼睛，原來她是女生。「歡迎登上紐拉特號，我是伊莉莎佩。」

愛麗絲認得這張臉，也聽過這個名字。

她其實不應該知道她，因為系上把所有關於伊莉莎佩的紀錄都刪除了。系館裡牆上掛著每年畢業生的裱框照片，唯獨缺了一九七五年那屆。全體教職員工都喜歡假裝伊莉莎佩從未存在過，但謠言仍一屆一屆傳了下來，輪到愛麗絲繼承這個祕密時，她跟許多學長姐一樣，忍不住去了大學圖書館，翻出微縮膠片，找到《劍橋日報》的那篇報導，裡面有一張模糊的照片，照片中那張漂亮的側臉看起來很固執，一臉陰沉，深色的眼睛怒視著前方。

伊莉莎佩・貝斯，拉德克利夫學院學士、柏克萊大學碩士畢業，是雅各・格萊姆斯的學生，主修數學和邏輯。這些都是愛麗絲在《劍橋日報》那篇頭條新聞第一段看到的內容。她是在愛麗絲入學十年前過世的。

愛麗絲對這個故事瞭若指掌，她記得每一個駭人的細節，故事鉅細靡遺到令人毛骨悚然的地步，讓人不禁相信它一定是真的，而且每一次重述都會讓這些細節更進一步烙印在大眾記憶中。據說某個冬天的早晨，瑪格麗特夫人划船社女子組在康河上進行撞船賽的賽前訓練。划回船庫時，舵手看到一個黑色的東西在河面上漂浮，是垃圾袋嗎？還是一堆樹葉？她下令：「停船。」划手便把槳垂直插入水面，把船停穩。咚咚咚咚，賽艇與河岸平行，往前漂，右舷的四支槳接連打到那個黑色的東西。據說只有舵手最先意識到發生了什麼事，因為只有她面朝前方；其他划手都已經下船，三三兩兩走向船庫，舵手才跌跌撞撞走下船，接著雙腿一軟，昏倒在岸邊。

有人叫了救護車，目擊者錄了口供，由於那名倒楣的舵手上學期修了一門大學部的魔法應用概論課，警方很快就確認那具發青、浮腫的屍體是伊莉莎佩．貝斯。這個可怕的故事配著薯條和啤酒，就這麼來到了尾聲，這時說故事的人一定會壓低聲音，說出最後一句：「教練說，如果那個人在被槳打到前還沒死，現在也肯定死了。」

驗屍結果並沒有發現任何謀殺證據，她沒有被勒死、毆打或刺傷。她衣著整齊，濕透的衣服緊緊貼在身上，沒有性侵的痕跡。所有人都得出了這樣的結論：伊莉莎佩是投河自盡的，後來有人在她房間裡找到一張她親筆寫的紙條，證實了警方的結論：好累……我真的好累……現在我只能走進黑暗中。告訴他們我很抱歉，告訴他——

但新聞報導只寫到這裡。

格萊姆斯教授從未提起過伊莉莎佩。愛麗絲在研討會上見過幾位他以前的學生，清一色是個子高大、嗓音低沉的年輕男子，看他們跟其他教職員工有說有笑的樣子，就知道他們肯定已經拿到終身教職了。他們誇耀自己撐過了格萊姆斯的魔鬼訓練，格萊姆斯也反過來炫耀他們的成就。在格萊姆斯的指導下畢業，就好像加入了一個入會限制嚴格的高級俱樂部，成員都是自鳴得意的沙場老將，前途一片光明，「伊莉莎佩」這個名字對他們來說毫無意義。

但愛麗絲找到了那些紀錄。大約六個月前，她對這起事件著迷不已，花了一週的時間在大學圖書館查閱城市報紙的微縮膠片，只要看到「屍體」、「劍橋」和「自殺」等關鍵字，她都會停下來細讀。她必須弄清楚伊莉莎佩的故事是不是真的，如果是的話，是什麼樣的弱點導致她投河自盡。她有自殺傾向嗎？還是實驗室裡發生了什麼事？兩者與生存之間的界線究竟有多模糊？大家都有自己的推論，每次重述的自殺動機都不一樣，例如口試沒過、論文被退稿、沒錄取杜倫大學的教職等等。但新聞報導太少，且都是些含糊其辭的陳腔濫調：一齣悲劇、脆弱的女孩，不是所有人都適合念研究所。

「喵啊啊！」阿基米德發出一聲開心的嚎叫，猛然向前衝，在伊莉莎佩的雙腿之間穿梭，好像她的腳是滑雪比賽的定位桿一樣。她開心地笑了，並跪下來搔他的頭，說道：「你好啊！」

阿基米德開始呼嚕，伊莉莎佩抬起頭，對他們露出燦爛的笑容，愛麗絲才赫然發現她很美。報紙上的照片把她塑造成冷酷且無趣的形象，但事實上，她的動作像鳥一樣輕盈、飄逸。伊莉莎佩身材苗條，好像吃太少，黑髮紮成芭蕾舞者的包包頭，完全是格萊姆斯教授喜歡的類型，愛麗絲意識到這點，胃裡一陣翻攪。

「這麼說，你們是魔法師囉？」伊莉莎佩上下打量他們，問道。「一定是吧，你們全身都是粉筆灰。」

「我是彼得．默多克。」彼得說道。「她是——」他連看都沒看她一眼。「愛麗絲．羅。」

「彼得和愛麗絲，很高興認識你們。」伊莉莎佩說道，並依序跟他們握手，態度十分熱情。她的手掌很溫暖，而且黏糊糊的，愛麗絲感受到她堅實的觸感，不禁嚇了一跳。喬治．愛德華．摩爾一定會很羨慕。

「妳認識阿基米德？」愛麗絲問道。

「誰不認識牠呢？來，親愛的。」伊莉莎佩說道，並張開雙臂，阿基米德便跳進她懷裡，依偎在她胸前。「你們是用拉馬努金求和，對吧？嗯，聰明。你們知道嗎？你們是我見過第一對成功的人，大家都卡在賽提亞的改良，因為數學算不出來。」伊莉莎佩一口氣說了一大串話，沒有任何停頓，她似乎沒有意識到自己滔滔不絕。或許這是十年來孤身一人的後遺症吧，或許他們是伊莉莎佩死後第一個說話的對象。她仔細端詳他們的臉，熱切的目光在兩人之間移動。「在我那個年代，地獄之旅可是風靡一時，大家都說要做，但從來沒有人成功，前幾年我還坐在陰陽亭等，看有沒有人要過來，但過了五年，我估計他們已經放棄了。所以你們付出了什麼代價？」

停頓來得太突然，愛麗絲沒有意識到她問了他們一個問題。

彼得頓了一下，回答：「我們剩餘壽命的一半。」

「看來你們真的很想下地獄囉。」

「我們是來——」彼得開口道。

但伊莉莎佩繼續喋喋不休：「不知道機制是怎樣，你們覺得你們會未老先衰嗎？你們覺得死亡跟癌症一樣，已經潛伏在體內了嗎？還是你們五十歲時會遭遇什麼可怕的意外？你們覺得腳下的地面會裂開，整個人直接墜入地獄嗎？」她完全沒有修飾自己的用詞，愛麗絲也可以理解，在地獄待了十年之後，也許社交技巧就沒那麼重要了。

「呃……我真的不知道。」彼得說。「希望不是後者。」

「感覺是有點可怕啦。」伊莉莎佩說道。「四十歲之後，一天到晚都在擔心會不會突然心臟病發——」

「剛剛那些是什麼東西？」愛麗絲打斷她。如果伊莉莎佩要繼續這樣滔滔不絕的話，她不如把話題引導到有意義的方向。「妳顯然見過牠們——」

「喔，我都叫它們小流浪怪。」伊莉莎佩做了個鬼臉。「是骨頭做的裝置，究竟是什麼驅動牠們的，對我來說還是個謎，但你們應該有發現，牠們害怕忘川，用這點來對付牠們滿有效的。我收集噴霧瓶好久了。」她揮舞手杖，說道：「這個是香水瓶，迪奧的，聞聞看。」

他們乖乖照做。

「很好聞。」彼得說。

「但是誰在控制牠們？」愛麗絲問道。「是神明嗎？」

「喔，比神明更糟，是魔法師。」伊莉莎佩放下手杖，問道：「你們有聽過克里普基夫婦嗎？」

「沒有。」彼得回答，愛麗絲則說：「噢，天啊。」

✯

克里普基夫婦並不是劍橋大學的教職員，連想都不用想，因為他們令英國學術界反感至極。克里普基夫婦是柏克萊大學的視覺藝術家和魔術師，那裡鼓勵各種瘋狂且不落俗套的魔法。瑪諾黎亞・克里普基用油彩和水彩作畫，尼克馬欽・克里普基則擅長表演手法巧妙的魔術把戲。他們是少數能讓拉斯維加斯劇院和哈佛大學演講廳都座無虛席的學者。他們只用黑色和白色的顏料，就能在衣櫥裡創造出迷宮，讓進去的人感覺自己彷彿走遍了一整座庭院。他們僅僅借助鏡子和燈光，就能讓觀眾相信他們已經穿越時空回到了幾十年前。

他們的商業吸引力導致許多學者對他們的學術研究不屑一顧，畢竟學術界有一條鐵則：一個人越受大眾歡迎，其研究的價值就越低。愛麗絲不同意這個觀點，其實她和許多同齡的年輕魔法師一樣，在大學時期曾是瑪諾黎亞・克里普基的鐵粉，她認為在克里普基夫婦浮誇炫目的表演之下，潛藏著令人嘆為觀止的理論深度。但在大多數同事眼裡，克里普基夫婦只是表演家，不是真正的思想家，玩的都是騙人的把戲，柏克萊大學的管理部門似乎也這麼想。克里普基夫婦的北美巡演門票銷售一空的同一年，他們的終身教職申請被駁回了，理由是對該領域的學術貢獻不足，要是他們少在巡演車上開趴，多花點時間發表論文就好了。

或許正是因為受到輕視，導致克里普基夫婦在公眾面前消失了五年。據說他們離開大學後，接受了有錢的業餘愛好者的私人贊助，之後又在皇家亞伯特音樂廳舉辦一場演出。克里普基夫婦宣布，他們最新的把戲是從地獄歸來。

在演出前的幾週裡，他們在全國各地廣發邀請函，是一張神祕的全黑紙張，上面寫著「往返地獄之旅」，副標題是「尼克馬欽和瑪諾黎亞．克里普基教授」。

只有寥寥幾位學者到場。愛麗絲聽說大多數人都對這種譁眾取寵的把戲很反感。克里普基夫婦邀請了三位皇家魔法學院的董事會成員，這是驗證新研發的魔法效果所需的出席人數，但那三個人都拒絕了。克里普基夫婦搞不好會上演一場精采的哥德式演出，燈光秀、地獄火，或許還會「召喚」一、兩隻惡魔。但演出再怎麼精彩，都不會是真正的魔法。

因此沒人料到尼克馬欽和瑪諾黎亞．克里普基會當著一千名觀眾的面，小心翼翼地割破彼此的頸動脈，躺在舞台上，失血過多而死。

學術界立即與這件事劃清界線。那不是魔法，不過是庸俗的舞台表演罷了。國際魔法大會是背後的重要推手，因為他們不能讓克里普基夫婦的名聲拖垮整個魔法界。魔法曾經被誹謗為偽科學、巫術，到現在好不容易擺脫污名、取得長足進步，而克里普基夫婦那種崇拜撒旦的異教場面大大損害了魔法領域的合理性。

大家一致認為克里普基夫婦瘋了，這種說法太方便了。魔法，尤其是這種魔法，會讓人脫離現實。每個研究生學到的第一條規則是，每個悖論的背後都存在著真理，絕對不能完全相信自己的謊言，否則就會無法掌控五芒星陣。魔法是欺騙世界，而非欺騙自己，你必須同時抱持著兩種截然相反的信念，必須知道平安歸來的路。

然而尼克馬欽和瑪諾黎亞一直活在日益複雜的幻想之網中，這種結果也無可避免，他們終於脫離現實，誤以為自己凌駕於生死之上。他們不再是魔法師，只是一對江湖術士，迷失在自己的幻想中。

因此克里普基夫婦過世時，學術界並沒有特別紀念他們。沒有人為他們的研究舉辦回顧展，沒有人編纂紀念論文集，也沒有人以他們的名字命名學術講座。克里普基夫婦指導的兩名研究生都沒有畢業，其中一個人後來到好萊塢擔任視覺特效設計師，另一個人據說住在保羅奧圖的公社裡，後來就沒有他的消息了。

愛麗絲知道克里普基夫婦，因為任何與冥界之旅有一點點關聯的人事物她都不會放過，甚至到了走火入魔的地步。她在文件盒底部發現一本皇家亞伯特音樂廳的演出小冊子，上面不僅沾了血跡，還又破又皺，顯然是隨便丟進去的。她找到了尼克馬欽和瑪諾黎亞少數公開的研究筆記，其餘的都在克里普基家的住宅出售時遺失了。但彼得沒聽過他們也不奇怪，畢竟研究沒能從地獄回來的人根本毫無意義。

✯

「在那之後，他們就一直在八殿到處遊蕩。」伊莉莎佩一邊說，一邊調整看起來很複雜的繩索和船帆。他們現在離岸邊很遠，水深更深，水面也平靜得多，紐拉特號以平穩的速度航行。「一開始，他們還在乎自己曾經的樣子，所以還人模人樣的。後來他們開始改變樣貌，變得越來越像神明。我幾年前開始看到那些小流浪怪。」她做了個鬼臉，說道：「真是討厭的小東西，現在都組成一支大軍了。」

「他們到底是什麼東西啊？」彼得問道。「我是說，那是什麼樣的魔法——」

「我也想知道。我有兩種推測，第一種是他們找來鬼影，將其與生命物質結合在一起，這樣超可怕的，因為他們如果能做到這種事，那他們就離成功不遠了，所以我覺得不太可能。」

「那另一個推測是什麼？」

「他們把自己的靈魂分裂到骨頭裡，那些構造體等於是他們意識的延伸。」

彼得臉色煞白，說道：「可是那……我是說，那是非常複雜的魔法耶。」

「這個嘛，克里普基夫婦有的是時間，我覺得大家不把他們視為真正的魔法師，其實是低估了他們的實力。他們在這裡做出的突破可以澈底改變人間的魔法界，當然前提是他們要能離開地獄去發表研究。」

「那剛剛那個大型構造體呢？」愛麗絲問道。「兩隻腳的那個。」

「那東西還在嗎？」

「牠的動作跟其他隻不一樣。」愛麗絲說道。「感覺是……有意識的，好像牠有自己的意志一樣。那是克里普基夫婦的新發明嗎？」

「不是。」伊莉莎佩臉一沉，說道。「不是，那是他們的兒子。」

愛麗絲和彼得異口同聲道：「什麼？」

「泰奧法斯托司。」伊莉莎佩說道。「是個可愛的小朋友。我曾經在一家會議飯店見過他，他當時在玩塑膠恐龍玩具，一直把恐龍撞在一起，大喊牠們需要繁殖才不會滅絕。」

愛麗絲胸口一緊，說道：「他們該不會……」

「他們決定不要丟下他。」伊莉莎佩說道。「所以就帶他一起走，在演出前給他喝了摻有砒霜的果汁，自己死後不久就去接兒子的靈魂。」

「太可怕了吧。」彼得說道。「他們……我真不敢相信他們竟然殺害——」

「不是殺害，從他們的角度來看不是。」伊莉莎佩說道。「你們必須明白，他們以為自己還能夠全身而退，所以在他們看來，他們只是帶他一起來趟地獄之旅罷了，這跟週末陪爸爸媽媽去伯明罕參加研討會沒什麼兩樣。」

「所以他們還在想辦法回到人間嗎？」彼得問道。

「就是所謂的『大探險』。」伊莉莎佩點頭道。「他們做了好幾年，到現在為止已經走遍全部八殿了，肯定發現了一些連我都沒探索過的地方。而且他們不斷積累……姑且稱之為研究助理吧，以前只有一、兩隻四處閒晃，現在每個殿都有幾十隻在巡邏。我今天第一次看到這麼多隻聚集在同一個地方，看來他們對你們很感興趣。」

「他們在找什麼？」愛麗絲問道。

「任何能用的東西。」伊莉莎佩回答。「各式各樣的東西都會跑到地獄，有時候是不小心的。通常都是物品，例如兒時的玩具、舊傢俱，放在棺材裡一起下葬或是被丟棄在死亡地點的東西，還有骨頭，數不清的骨頭。」伊莉莎佩指了指自己，愛麗絲定睛一看，才發現她的盔甲並非精鋼打造，而是由骨頭和金屬碎片拼湊而成，結構非常複雜精密。她的腰間掛著一個東西，愛麗絲希望那是兔子的頭骨。她的脖子上掛著一條金屬鏈，之前可能是用來沖馬桶的。她看起來就像是穿著從下水道撿來的物品去參加搖滾音樂會一樣。

「有時候會有動物，大部分是老鼠，偶爾會有狗。他們不招惹貓，沒人敢惹貓。」伊莉莎佩搔了搔阿基米德的耳後，說道：「我們不惹貓對不對，乖孩子？有時候，人們時辰還沒到就下地獄了，那種事不常發生，他們不是澈底迷失了，就是瀕臨死亡。看了真的很難受，大家都找不到回去的路，就這樣過世了，然後他們的靈魂……」伊莉莎佩把玩著項鍊，繼續說：「有一次，我看到了一個小孩，瘦成皮包骨，沒人愛，老實說他也不在乎自己在哪裡。除非沒地方可去，不然不會跑來地獄。我試著把他送回人間，卻被克里普基一家搶先一步。」

「他們做了什麼？」彼得問道。

伊莉莎佩對他眨了眨眼，顯然意有所指。「你覺得呢？」

愛麗絲望著河岸，那片看似空曠的沙灘。他們是多麼僥倖、多麼愚蠢啊。

「他們已經不是人類了。」伊莉莎佩說道。「他們缺乏同情心和正義感，也不講道理。他們完全失去了對生死的認知，眼中只有知識、資源和大探險。」

「天哪。」彼得雙手抱胸，說道。「我們乾脆轉世好了，早死早超生。」

「噢，親愛的。」伊莉莎佩搖搖頭道。「沒人告訴過你們嗎？」

「告訴我們什麼？」

「在地獄死掉是不會轉世的。以形上學來說，地獄是靈界，我們在這裡都是靈魂，所以如果在地獄死亡，解體的不只是肉體，還有靈魂。」她拍拍胸脯，說道：「這一切都會消散，如果死在這裡就完了，等於是自我完全毀滅。」

「但文獻都沒寫。」愛麗絲說道。

「因為沒人知道啊。地獄的旅行紀錄都是成功回到人世的人寫的，對吧？所以有倖存者偏差之類的。但我看過靈魂的消亡喔，事實上，我還看過克里普基一家殺死靈魂。他們學會消滅靈魂了，也會對鬼影下手，過程真的很可怕，光是慘叫聲就令人毛骨悚然了，每個靈魂毀滅時，還會伴隨著一場小小的爆炸。」

彼得沉默不語。

愛麗絲仍遙望著沙丘，心中想著織女網裡的可憐生物，那些扭曲的身影。她也沒有放她的任何愛人離開，而是長期哄騙他們，把他們榨得一乾二淨，直到……

「對了，」伊莉莎佩燦笑道。「有人餓了嗎？」

他們兩個都盯著她，一臉茫然。

「你們應該餓扁了吧？」伊莉莎佩一邊說，一邊把船駛向岸邊。愛麗絲沒有注意航行的方向，只知道他們繞過了險峻的懸崖，回到了平坦單調的沙岸。「不可能不餓吧。我猜你們是吃蘭巴斯麵包維生，畢竟其他食物都會壞掉，但這樣營養一定不夠。」

「是沒錯。」愛麗絲說道。「但我們還能吃——」

「好極了！待會來吃晚餐吧。」

「我還以為妳不用吃東西。」彼得說道。

「當然不用啊。」伊莉莎佩搔了搔阿基米德的後腦勺，說道：「但我得餵這個小寶貝。你們覺得吃老鼠如何？」

彼得和愛麗絲都不知道該怎麼回答。

伊莉莎佩笑道：「陷阱就在河岸對面，我五分鐘內回來，不要解開纜繩，也不要亂跑。」

她揹起香水噴霧手杖，然後爬上欄杆，說道：「有需要的話，甲板下還有更多噴霧瓶。別碰到水喔！」

她從船舷躍起，以優雅的身姿在岸邊落地，接著轉身，朝他們揮了揮手，便飛奔而去，消失在沙丘之中。

✯

有一會兒，愛麗絲和彼得並肩站著，望著空蕩蕩的河岸。兩人之間的沉默令人難以忍受。

「嗯。」她瞥了他一眼，說道。「天哪，真是漫長的一天。」

他一言不發。

他顯然火冒三丈。

愛麗絲從未見識過彼得的憤怒。兩人共事到現在，她都不知道彼得．默多克會生氣。他在實驗室裡總是掛著和藹的笑容；當大學生把他的五芒星陣弄亂，他只會鼓勵他們，並一步步指導他們該怎麼做，十分有耐心。系上其他人都會記仇，睡眠不足時偶爾會理智斷線，所以大家常常互相道歉——對不起，我之前罵你是笨蛋，但我不是真心的，我並不認為你是笨蛋。但彼得從來沒有口出惡言。

所以她不知道該如何應對他的冷漠。她寧願他大吼、發脾氣、咒罵她，或是打什麼東西發洩，怎樣都比他這樣生悶氣好。

「我們可以談談嗎？」她開口道，聲音比想像中小。「默多克？」

他甚至不願意轉頭看她，只說：「我也沒辦法阻止妳開口，不是嗎？」

「剛剛的事我很抱歉。」

「喔，真的嗎？」

她如鯁在喉，說道：「我不是故意的……我只是往下看，結果——」

「蘋果就自動跳到妳手裡，是嗎？」彼得哼了一聲，說道。「羅，我們都計劃好了，明明就那麼簡單。」

「我知道，我只是——」

「只是陷害我嗎？為了好玩？」

「我不想……我不知道……」

彼得看著她，雙臂交叉，揚起一邊眉毛，好像在說：繼續說啊。

但她又能怎麼解釋呢？那是她的手，手裡確實拿著青蘋果。「有時候……」她幾乎說不出話來。她不知道該如何描述稍早發生的事情，她從來沒有跟任何人解釋過；一直以來，她都試著假裝這不是個問題，因為承認問題的存在，就等於問題是真的，這點她絕對無法接受。我的腦袋秀逗了，我修不好，我無法區分現實與夢境……那不是事實，如果是的話，她就活不下去了。「有時候，我試著思考，但所有東西都會同時跳出來，我不知道自己在哪裡，也不知道自己在做什麼——」

「羅，妳到底想說什麼？」他嗤之以鼻。「妳的刺青會讓妳變笨？」

她縮了一下。

「妳連簡單的指令都沒辦法照做？還是妳就是要我死？」

「我不是那個意——」

「妳要不要聽聽看妳現在到底在講什麼？」彼得爆氣道。「妳拿了青蘋果，代表妳選擇丟下我，就算後來改變心意，妳還是考慮過那個選項。妳想要我死。」

「我不想要——」

「妳的行為說明了一切！」

「那不是我想要的。」她喊道。「我不知道，我沒辦法確定……我只是、我只是擔心你也會那麼做。」

他兩手一攤，問道：「妳到底為什麼會那樣想？」

「你的筆記本。」她解釋道，內心感到十分無助。「我在你的筆記本裡看到了交換咒語——」

「交換？」他瞪大雙眼，問道：「妳以為我要拿**妳**來交換？」

「不然還能是什麼意思，默多克？我到底要怎麼解讀？」

彼得搖搖頭，愛麗絲完全無法理解。她寧願他一臉心虛，因為這樣至少她的推測就說得通，雙方就能攤牌了。這樣至少他們就是明確的敵人，她也完全有正當理由恨他了。但他似乎比剛才更憤怒。「妳認為我是那種人嗎？妳認為我會就這樣拿妳的靈魂去交換，好像妳什麼都不是一樣？」他質問道。

「我不知道。」她回答，聲音小到自己都快聽不見了。「我想我不知道該對你做何感想，我不知道你能做出什麼事來。」

話一說出口，她就知道這是最糟糕的回答了。

「我的天啊，羅。」他說，還是不願意正眼看她。「妳根本不知道自己在說什麼。」

那你告訴我啊，她想哭道。要是懇求能突破他的防衛就好了，要是她能苦苦哀求對方，讓他對她坦誠就好了。但現在兩人之間彷彿隔著一條巨大的鴻溝，所有能想到的話語都不足以跨越，但她還是得嘗試。正當她張開嘴巴，思考該說些什麼時，彼得就開口了。

「妳知道嗎？我還以為——」他吞了吞口水，繼續說：「不知道為什麼，我一直以為妳跟他不一樣。」

她感覺比被他打了一拳還要難受。

有什麼東西「碰」的一聲被拋上船。「晚餐來囉！」伊莉莎佩爬了上來，然後彎腰拾起戰利品，說道：「你們很幸運，是新鮮的喔！」

愛麗絲眨了眨眼，低下頭，看到三隻肥老鼠被麻繩串在一起。

「在爐子裡點火。」伊莉莎佩一手指揮彼得，另一手拔出一把屠刀。「火柴在蓋子下面。」

彼得默默服從指示，愛麗絲則站在原地，雙手緊緊環抱著身體。她耳裡傳來一陣可怕的呼嘯聲，她連動都不敢動；她很確定如果自己放開手，整個人就會粉碎一地。

伊莉莎佩心情很好，完全沒有察覺兩人之間的低氣壓，她一邊剖開老鼠，一邊喋喋不休：「這裡最常見的就是老鼠，老鼠和鼴鼠。牠們會一直往地底下挖，看會挖到哪裡，難怪最後會跑來地獄。蜘蛛也會，但不能吃。」她把拇指戳進肉裡，猛然扯下皮，發出可怕的撕裂聲。「骨頭留給我，它們很小，而且有各種不同的形狀……我通常都把肉丟掉。總之，牠們的肉比看起來還要多，你們一定能吃飽。」

伊莉莎佩很快就把老鼠叉在烤肉叉上烤了。老鼠肉烤得焦黑，發出劈啪聲，伊莉莎佩則忙著從船槳下拖出一張搖搖晃晃的折疊桌，並在桌上擺碗盤和餐具，儀式感做好做滿。「我幾年前在欲望之殿的河岸撿到了這些寶貝，通常盤子都會碎裂，但你們看，這些是完整的，很美吧！」她頓了一下，看到他們焦慮的表情，說道：「噢，放心吃吧，這不是地獄的食物，很安全。」

愛麗絲想起以前在研究生宿舍舉辦的晚餐聚會。學餐的飯菜不見得比自己煮的好吃，但分量一定比較多，所以自己煮其實沒什麼道理。但研究生還是喜歡請彼此來作客，互相炫耀自己在慈善商店挖到的寶貝，像貝琳達請大家到她的公寓裡喝茶時，還要他們稱讚她那帶有小缺口、印著小貓圖案的瓷製牛奶壺，窮人的小確幸總有種莫名的魅力。他們誰也無法負擔成套的餐具組或像樣的桌子，甚至連餐桌布都買不起，但他們還是很喜歡互相分享在超市買到的廉價波特酒，因為光是能喝到波特酒本身就是一種奢侈。一年級時，愛麗絲在樂施會發現了一個貨真價實的銀製醬料船，四月的時候，大家都坐在她的宿舍地板上，一起吃蘑菇肉汁。有人來家裡作客，一起玩扮家家酒，假裝自己是真正的大人，那種感覺真好。

於是她出於禮貌，接過了一隻冒煙的烤鼠腿，但她的肚子立刻作主接管全身，她完全不管桌上的餐具，直接把烤鼠腿塞進嘴裡，想咬到骨頭之間的肉。

「這樣就對了。」伊莉莎佩說道，並在愛麗絲的盤子上放了更多鼠肉。「別忘了補充水分。感覺好多了吧？」

愛麗絲的確感覺好多了，籠罩著腦袋的迷霧逐漸消散。她平常在系上都只吃蘭巴斯麵包配冷茶，已經好久沒嘗到家常菜了，因此吃得津津有味，不一會兒，盤子上就只剩下一堆被吸吮乾淨的骨頭了。

她放下盤子，不小心打了個飽嗝，急忙說：「抱歉。」

「沒什麼好道歉的啦。」伊莉莎佩說道，看起來很滿意。「很高興妳喜歡。」

「對了，伊莉莎佩。」彼得放下叉子，開口道。自從伊莉莎佩回來後，他就沒有正眼看過愛麗絲，現在也把她當空氣。「我很好奇，妳和克里普基夫婦是怎麼用魔法的？」

「什麼意思？」

「我們以為……這裡可能用不了魔法，因為沙子會把粉筆灰吃掉。」

「噢。」伊莉莎佩笑道。「你們還沒發現嗎？」

她從皮帶裡抽出一把刀，愛麗絲和彼得出於本能往後退縮，但伊莉莎佩把刀尖抵在自己的手腕上，往下一按。準確來說，冒出的並不是鮮血，而是某種黏稠的藍黑色糊狀物。

伊莉莎佩伸出另一隻手，說道：「有粉筆嗎？」

彼得在口袋裡翻找，遞給她一支粉筆。

「有哪裡受傷嗎？」

「有擦傷和瘀青。」彼得回答。

「好，用柯里悖論可以嗎？」

「應該可以吧。」

伊莉莎佩用粉筆蘸了蘸她那似血非血的液體，彷彿那是墨水池一樣，然後在甲板上繞著腳踝畫了一個正圓，兩人在旁邊默默看著，不禁心生敬畏。五芒星陣不是潔白的，而是泛著磷光的綠色，在她腳踝周圍散發出黯淡的光芒，但魔法陣並沒有沉入甲板。

分析魔法概論課程通常都會教柯里悖論，也就是透過巧妙運用條件語句和自指性，可以在一瞬間使任意命題成立。試想：如果這句話是正確的，那麼豬會飛，姑且稱之為命題S。命題S的形式為：如果S，則P。如果把它寫成邏輯證明，最終會推導出S成立，因為你一定會寫下「如果S，則P」。因此命題S為真，豬會飛；命題S為真，彼得沒有受傷。

「治好囉。」伊莉莎佩說道。

彼得收回手，用手指撫摸平滑的肌膚，說道：「謝謝。」

「我很久以前就發現了。」伊莉莎佩說道。「這是唯一能讓魔法生效的東西……某種生命力吧。它會結合粉筆灰的陰陽界能量，發揮某種……隔絕沙子的作用，但用我的血效果就不太好。無論這是什麼」——她拍了拍自己沒有流血的蒼白手臂——「跟真正的血都差遠了，生命力似乎是關鍵，能從鬼影身上汲取的能量不多，但你們的血……是溫熱的，充滿生機。」

她眨了眨眼，看著手中的刀子，然後看向彼得和愛麗絲，眼中的飢渴令人不安。愛麗絲把袖子拉下來遮住手腕。

「所以只要一點點就好嗎？」彼得問道。「那樣就夠了？」

「越多越好，效果似乎和……呃，犧牲成正比。」伊莉莎佩又眨了眨眼，然後放下刀子，說道：「柯里悖論很簡單，不需要太多能量。」

「那更難的咒語需要多少？」

「要看是誰的血。」伊莉莎佩說道。「鬼影的血要很多，活人的血我就不知道了。」

「要試試看嗎？」

「試試巴拿赫—塔斯基定理吧。」愛麗絲開口道。「在你的保久瓶上用巴拿赫—塔斯基定理。」

巴拿赫—塔斯基定理證明的是，可以將一個球分成有限個子集，再重新組合成兩個大小和原來一樣的球。愛麗絲自己不會這個咒語，只知道這涉及了深奧的數學概念，且跟集合論和無限小的幾何形狀有關，但她知道彼得會，那樣就夠了。

這個想法在她內心深處已經醞釀好一段時間了。她需要一個能用的保久瓶，她自己的壞了，但彼得的還能用。獨自一人的話，她很快就會渴死，但只要有複製的保久瓶，她就不會有事，可以一個人自由行動。

就算彼得也有想到這點，他也沒有表現出來，只是伸手從背包裡掏出保久瓶。

「再來是血。」伊莉莎佩說道。「指關節最好，這樣就不會傷到肌腱了。」

彼得遲疑了一下。

愛麗絲拔出自己的刀。「我來。」說完，她就把刀尖戳進拇指關節，並逐漸加大力道，直到滲出血珠。「這樣夠嗎？」

「可能吧。」伊莉莎佩說道。

愛麗絲把手伸向彼得，他停頓了一下，便把粉筆按在她的拇指上。粉筆像海綿一樣吸收了鮮血，不出幾秒鐘，整支粉筆都染紅了。

彼得迅速在保久瓶周圍畫了一個圓圈，寫下定理，並唸出咒語。保久瓶閃爍著，彼得伸手把它拿了出來，但取出後，複製瓶依然留在原地。愛麗絲在旁邊看著這一切，忍不住輕聲嘆息。無論她見過多少咒語，無論她學習魔法多久，親眼見證奇蹟仍讓她驚嘆不已。沒想到竟然可以欺騙質量守恆定律，沒想到一個東西竟然可以變成兩個。

「試試看。」彼得說。

他說要確認是對的。巴拿赫—塔斯基定理的複製品不是每次都能用。首先，它們總是比真貨脆弱，如果是食物的話就沒那麼好吃，如果是葡萄酒的話就缺乏尾韻，彷彿它們知道自己的存在是奠基於數學漏洞一樣。複製品還有個壞習慣，就是隨時都會消失，回歸本體，但愛麗絲也沒辦法。

她轉開瓶蓋，倒一些水進去，然後喝了一口，嘗起來是乾淨的飲用水。「成功了。」她說。

「很好。」彼得看都沒看她一眼，說道。「留著吧。」

「謝謝。」愛麗絲說道，並把複製的保久瓶放進背包裡。她發現拇指還在流血，便用衣服的一角緊緊壓住。

「是說克里普基一家，」彼得轉向伊莉莎佩，說道。「他們是用誰的血……」

「拜託。」伊莉莎佩說道。「你們覺得他們幹嘛派出那麼多隻巡邏兵？」

彼得眨了眨眼，啞口無言，愛麗絲則打了個寒顫。伊莉莎佩一臉嚴肅，打量著兩人，看他們聽懂了，似乎感到滿意。「仔細想想看。」她說。「告訴我，你們在研究地獄學時，有找到過去十年來的任何一點文獻嗎？我真的很好奇。」

彼得歪頭思考。「嗯……」

「沒有。」愛麗絲回答得很肯定。「連小道消息都沒有。」

「你們覺得那是為什麼？」

「該不會全部都被克里普基一家抓到了吧？」彼得問道。

「克里普基一家會確保無人生還。」伊莉莎佩點頭道。「只要有魔法師來到地獄，克里普基一家就會追殺他們。沒有人能搶在克里普基一家之前回到人間，沒有人能夠捷足先登，發表研究。他們會偷魔法師的粉筆、筆記和課本，有時還會審問獵物，以了解研究的最新發展……我看過有些可憐的傢伙在肢刑架上躺了好幾天。而最後，最後一定會以放血告終。他們會把膀胱血袋裝滿，把粉筆浸濕，然後揚長而去。」

「太殘忍了吧。」彼得說道。

「那只是研究罷了。」伊莉莎佩說道。「我說了，地獄裡的居民什麼都不在乎，狗也好，松鼠也好，迷路的孩子也好……」她喉嚨一緊，繼續說：「對他們來說，那些生命體只是燃料，是大探險所需的素材。」

「妳提到『大探險』這個詞好幾次。」愛麗絲說道。「那是什麼意思？」

「現在不叫大探險了嗎？那你們為什麼來這裡？」

愛麗絲瞥了彼得一眼，他們顯然不應該告訴伊莉莎佩，兩人是為了誰下地獄。「呃，我們是……」

「那可能是過時的叫法吧。」伊莉莎佩摸了摸下巴，說道。「反正我那個年代都那麼叫，從地獄歸來就是終極目標，當年風靡一時。克里普基夫婦起了頭，後來人人都想做，沒有什麼比慘痛的失敗更能引發跟風了。胡迪尼只有逃出死神的魔爪，但沒有起死回生。」

「但妳並不是為了大探險而下地獄的。」彼得說道。「妳是……我的意思是，我以為——」

「對，只是普通的自殺而已。」伊莉莎佩打斷他。「但我很快就發現我不想留在這裡，懂嗎？」

彼得點點頭，說：「懂，這很合理。」

「所以現在我和克里普基一樣，都在進行大探險。為了離開這裡，我們都在尋找同一個東西。」

「你們在找什麼？」彼得問道。

「當然是真矛盾啊。」伊莉莎佩說道。「也就是雙面真理。」

愛麗絲興奮到盤子差點掉在地上。每個人在邏輯課上學到的第一個概念就是真矛盾的力量，也就是矛盾大爆炸。Ex contradictione quodlibet——從矛盾中可以得出任何事物。只要掌握真矛盾，就什麼都能證明了，因為它會突破你的證明界線。她學的是一個不正式的傻瓜版本：

如果你能接受「一」和「二」相同這個簡單的矛盾，你就能證明自己是教宗。你和教宗是兩個人，因此你和教宗是同一個人。更嚴格來說，一旦掌握了邏輯矛盾，就可以用析取將任何命題插入證明中。你可以證明天空是綠色的，石頭是麵包，水是酒。

有很長一段時間，愛麗絲都在研究要如何利用矛盾大爆炸，把格萊姆斯教授從地獄裡救出來，但因為遲遲沒有進展，她最後就放棄了。人們相信真矛盾存在的唯一依據就是波瑟芬妮的柿子種子，但那些種子搞不好根本不存在。

「我還以為雙面真理只是傳說而已。」彼得道出了她心中的想法。「根本沒有文獻記載……我是說，都只是猜測——」

「只是因為現代還沒有人發現。」伊莉莎佩氣沖沖地說道。「但我們早該有所發現了，記住我的話，找到雙面真理的會是我。」

「等一下。」愛麗絲傾身向前，問道：「妳知道要去哪裡找嗎？」

「我有一些線索。」伊莉莎佩說道。「畢竟我已經研究十年了，多少還是會有一些進展。」

彼得問道：「所以在哪裡？」

但伊莉莎佩臉一沉，目光在兩人之間移動，手指輕敲著地板。「這個嘛，」她頓了一下，開口道。「別以為我會直接告訴你們。」

「噢。」彼得說。「抱歉——」

「別誤會，你們看起來人很好，只是我跟你們還不太熟，而且真矛盾又不是說到處都有。」

三人陷入尷尬的沉默，就像一群學者意識到大家都在面試同一份工作一樣。

愛麗絲內心有點受傷，因為她以為他們相處得很愉快。但她轉念一想，從伊莉莎佩的角度看來，他們跟克里普基一家沒什麼不同。他們都是為了做研究而下地獄的，而且也都是劍橋人。

「不過歡迎你們繼續留在船上。」伊莉莎佩一邊說，一邊收拾碗盤，並小心翼翼地把吃剩的骨頭倒進錫罐裡。「我跟尼克和瑪諾黎亞不一樣，不會趁你們睡著時榨乾你們的血，只是我可能不會分享我所知道的一切，希望你們不會介意。」

「當然，我們完全可以理解。」彼得說，聲音卻異常平淡。愛麗絲看不出他在想什麼，只覺得他臉上閃過一絲陰影，但不知該如何解讀。「妳對我們那麼好，我們感謝都來不及了。」

「小事啦。」伊莉莎佩說道。「我們魔法師必須互相照應，不然這個世界就太悲哀了。」

第十六章

太陽沒入地平線，河水漆黑一片；由於沒有月亮，愛麗絲只能看到伊莉莎佩提燈的光芒，周圍則是無盡的黑暗。他們彷彿處於失重狀態，飄浮在無邊無際的外太空。伊莉莎佩把他們帶到甲板下的貨艙，那是一間狹小但溫馨的房間，裡面大部分都堆滿了書。

「歡迎蒞臨寒舍。」她告訴他們。「請看。」

愛麗絲把提燈舉到牆邊，瞇起眼睛看著書背。伊莉莎佩收藏了各個時代、各種類型的書籍，大部分都泡過水、破破爛爛的，甚至只剩半頁，有些只有幾張紙，用麻繩串在一起。「妳的收藏真豐富。」她說。

「跑到地獄的書其實意外的多。」伊莉莎佩說道。「我無聊的時候就會到欲望之殿的岸邊挖寶。」

「為什麼是欲望之殿啊？」

「其實我也不知道，但是從人間掉下來的書都會跑到那裡。言情小說很多，都是些十八禁的內容，真的百看不厭，想看的話可以借你們。不過我也會盡量花時間閱讀經典，例如柏拉圖、亞里斯多德等等。沒別的書可看時，我就會躲進傲慢之殿的圖書館，他們有很多華而不實但又優質的讀物。」伊莉莎佩帶他們來到一個角落，看牆壁的彎曲弧度，應該是船頭。「你們要不要在這裡睡覺？我會在上面。我在船上時，克里普基一家基本上不會來煩我，但小心駛得萬年船。」她說。

「不好意思。」彼得說。「我可以，那個……想請問哪裡方便方便呢——？」

「噢。」伊莉莎佩指向身後，說道：「上那個梯子，左手邊，你可以用其中一個罐子，但用完後記得倒掉。」

「非常感謝。」彼得說完便爬上梯子。

「好孩子。」伊莉莎佩轉向愛麗絲，問道：「沒人告訴過你們不要跟同系的談戀愛嗎？」

「我們只是同事而已。」愛麗絲說。

「最好是啦。」

「是真的。」愛麗絲雙手抱胸，說道：「其實我覺得他應該不怎麼喜歡我。」

「他一定喜歡妳啦，他都跟妳一起下地獄了，不是嗎？」

愛麗絲不想解釋她和彼得之間錯綜複雜的關係，以及他們為什麼會一起來到地獄，便說：

「我們換個話題吧。」

「隨便妳囉。」伊莉莎佩從口袋裡掏出一個小盒子，問道：「要來一根嗎？」

「噢，不用，謝謝。」愛麗絲正在努力戒菸，就婉拒了。

伊莉莎佩聳聳肩，並點了自己的菸。煙霧從她的頭兩側裊裊升起，愛麗絲看得入迷，問道：「妳真的抽得到菸嗎？」

「當然抽不到。」伊莉莎佩回答。「至少沒辦法把煙吸入體內，不過抽菸的過程很療癒，靈魂會記得那種感覺，有點像是……過去經驗的迴響吧，久而久之就覺得這樣已經夠接近了。」她深深吸了一口，一股濃郁的木質香瀰漫在空氣中。「啊，真棒。」

愛麗絲禁不住誘惑，便屈服了。「噢，那我也來一根吧。」

伊莉莎佩露出微笑，點燃另一支香菸並遞給她。煙霧繚繞，像面紗一樣籠罩著她的頭。

愛麗絲用手在臉前面揮了揮，問道：「妳是怎麼做到的啊？」

伊莉莎佩看起來很開心，說道：「我很高興妳有注意到。」

「所有鬼影都能做到嗎？」

「要多練習才可以。」伊莉莎佩回答。「妳知道本體感覺是什麼嗎？」

「知道啊，就是不用眼睛看就能知道自己的身體在哪裡。」愛麗絲回答。她之所以知道這點，是因為她學過攀岩。大多數人都具備一定程度的本體感覺，這樣走路才不用盯著腳下，綁頭髮也不用照鏡子，但攀岩會讓你的本體感覺格外敏銳，因為你必須相信自己能用兩個指尖撐起全身的重量。

「沒錯。」伊莉莎佩說道。「鬼影平常的狀態就是灰色煙霧，不再像人類一樣，身體會自動凝聚在一起。你必須在腦中想像自己的樣子，並靠意志力讓靈體凝聚起來，這需要極大的專注力，就好像時時刻刻都要記得呼吸一樣。我很擅長這點，因為我很清楚自己的長相。」伊莉莎佩吸了吸鼻子，說道：「如果我非常專注，甚至可以變成蝴蝶。」

她的身體閃爍著，暫時變得更加清晰可見，彷彿在炫耀一樣。她煙霧般的面紗消失了，臉頰恢復了血色，頭髮散發光澤，腳下也出現了影子。

愛麗絲眨了眨眼，並垂下眼簾，試圖把注意力集中在吞雲吐霧的過程上。她無法直視伊莉莎佩，兩人之間的相似度讓她十分反感。無論她如何解讀，都無法否認伊莉莎佩長得很像她。脆弱的黑髮女性，吸菸的憂鬱女孩，真是老套啊。她實在搞不懂，到底魅力何在？

「我可以問妳一個問題嗎？」

「可以啊。」伊莉莎佩說道。「妳想知道我為什麼自殺，對吧？」

「妳是怎麼……抱歉，這樣很沒禮貌。」

「不會啦，我不介意，很多鬼影都問過。但妳為什麼想知道？」伊莉莎佩歪了歪頭，問道。「妳考慮過自殺嗎？」

她的直言不諱讓愛麗絲嚇了一跳。伊莉莎佩用認真的眼神看著她，等待著她的回答。

噢，有什麼好裝的呢？她當然很好奇啊。死了會比較好嗎？愛麗絲常常這麼想，但只有間接證據支持她的論點，而大部分嘗試自殺的人都無法出來作證了。「有稍微想過吧，可能一、兩次。我想……我不希望自己那麼常想這件事，當然我沒有……嗯，我也不知道，我不確定自己想問什麼。」她說。

「妳想知道界線在哪裡。」伊莉莎佩用溫柔的語氣說道。「妳想知道什麼時候會從心情低落，變成覺得被公車撞了也無所謂，最後動手掛條繩子並踢開椅子，對吧？」

「嗯……應該是吧。」愛麗絲自己從未說出口，聽到有人道出了她的心聲，知道有人跟她一樣想過公車的事，不禁感到害怕。「抱歉，我不應該問的。」她說。

「沒事啦。」伊莉莎佩說道。「很多人都想知道。我以前在陰陽亭常常聽到，大家都在談論這件事，說什麼『她為什麼那麼做』之類的。」她彈了彈菸灰，斜眼看了愛麗絲一眼，問道：「妳的指導教授是誰？」

愛麗絲覺得說謊比較明智，便說：「海倫・莫瑞。」

「她讓妳日子很不好過，對吧？」

「有一點。」

「嗯。我的指導教授是雅各・格萊姆斯，妳應該知道他吧？」

「怎麼可能不知道？」愛麗絲鼓起勇氣，藉機問道：「妳是被他逼上絕路的嗎？」

「當然不是。」伊莉莎佩哼了一聲，說道：「他才沒那個本事呢。」

「那為什麼要那麼做啊？」

「我們先從『為什麼不那麼做』說起吧。我猜他們跟妳說我放棄是因為我很笨，是嗎？」

愛麗絲的確對伊莉莎佩有這種印象，覺得她可能缺乏天賦，這樣比較容易接受她最後的下場。因為愛麗絲並非毫無天賦，所以同樣的事情不可能發生在她身上。有自殺傾向的憂鬱症是失敗最極端的形式之一，而失敗則是無能的表現。如果意志力夠堅強，當然就不會自殺，但她並沒有把這樣的想法說出口。

「他們……嗯，他們其實沒有說什麼。」她說。「比較像是……呃……『不要問，妳會怕』那種感覺。」

「我就知道。」伊莉莎佩氣呼呼地說。「妳知道嗎？我可是個天才。我一、二年級拿下了所有的數學和邏輯比賽冠軍，成了史上第一人。妳一定要相信我，我當時是走在成功的道路上的。」

讓愛麗絲認可她的聰明才智，對伊莉莎佩來說似乎很重要。前者點頭如搗蒜，說：「我相信妳。」

「讓我受不了的是那一整齣鬧劇。」伊莉莎佩說道。「有一天，我覺得這一切都太荒唐了，笑到停不下來。整個象徵體系崩潰了。你寫了一篇好論文，卻因為審稿人心情不好而被拒稿；

你明明是這份工作的完美人選，卻輸給了委員會主席的教子。就算找到工作，情況也不會好轉，妳知道有多少人沒拿到終身職，是因為有人在某場派對上覺得他沒禮貌嗎？我的意思是，這他媽到底有什麼意義？我沒辦法再裝下去了，但我也不覺得做其他事情有什麼意義，就乾脆終止這一切了。我再也不在乎了。與此同時，那傢伙卻……」她臉一沉，繼續說：「我的意思是，他不是我自殺的原因，絕對不是，我可不會把這件事歸功於他。他只是徵兆而已，我花了很多年才明白這點。他每次對我大吼大叫、雞蛋裡挑骨頭，或是當著其他學生的面羞辱我，只是整個象徵系統發展到了盡頭罷了。這是一場充滿自負和自戀的專制遊戲，霸凌被視為力量的象徵，而他完美呈現了這個體制的荒謬之處。」

「妳是說他對妳不好。」

「他把我當狗一樣對待。」伊莉莎佩說道，語氣也變得尖銳。「對他來說，這就像是一場遊戲，看我到底能承受多少，要求他原諒到什麼時候。我全心全意投入在他那些愚蠢的遊戲，我以前也就順著他，因為我心想，至少會得到很棒的回報，努力和堅持會有所回報。結果我發現根本就沒有回報，已經太遲了，沒有出路了。」

果然，愛麗絲心想，這就是兩人之間的差別。其實是有出路的，愛麗絲之所以知道，是因為她已經精通這場遊戲了。你要學會察言觀色，他把矛頭轉向你時，就向他搖尾乞憐；他要你道歉時，就對他卑躬屈膝，只要犧牲自尊，其實沒有那麼難。意識到這點讓她如釋重負，她不必重蹈伊莉莎佩的覆轍，因為她更加堅強，也更渴望成功。

「他甚至不是什麼了不起的魔法師。」伊莉莎佩揮舞著手中的香菸，繼續說道。「那是最糟的部分。如果他真的是當代最偉大的魔法師，那受這些苦或許多少還值得，但他就跟其他人一樣，只是個庸才罷了。」

「什麼意思？」

「人們常說，人都是年輕的時候最有貢獻。五〇年代時，他和羅素等人齊名，反正就是戰爭那一套，還拿到大英帝國勳章什麼的，這我沒話說，或許他真的從德國人手中救了我們所有人。但他已經好幾十年沒發表什麼重要論文了，他現在只會使喚下面的人做事，自己只要蓋章批准就好。」

「妳這樣說不太公平。」愛麗絲說。

伊莉莎佩歪了歪頭，問道：「喔？怎麼說？」

「在那之後，他在研究方面也取得了重大突破。」愛麗絲說道。她頓時產生一種強烈的保護欲，儘管她理智上知道格萊姆斯教授根本不需要她替他辯護。她知道教授有缺點，但她就是不想從伊莉莎佩口中聽到這些。格萊姆斯教授必須是專屬於她的魔鬼，這對她來說很重要。而且如果要批評他的話，至少要把事情搞清楚吧。「他正在研究記憶的無常，這比他早期的工作好太多了，真的是具有開創性的研究。」

伊莉莎佩撇了撇嘴，說道：「好喔。」

「只是需要更多時間才能發表而已。」愛麗絲說道。「偉大的成就是急不得的。」

「妳說了算。」伊莉莎佩打趣道。「畢竟我哪會知道。」

她們站在原地，有好一會兒都不說話。愛麗絲很熟悉這樣的沉默；在學術界裡，兩名女性相遇時，常常會陷入這種互相警戒的沉默。她們打量著彼此，心裡都在問同樣的問題：那條裙子是不是太緊了？妳是怎麼來到這裡的？又為此付出了什麼代價？

伊莉莎佩突然問道：「入學考試時，他們有讓妳做自虐問題嗎？」

愛麗絲搖搖頭。

「可能過時了吧，我想也是啦。」伊莉莎佩說完，便深深吸了一口菸，然後嘆了口氣，整顆頭都被煙霧籠罩。她繼續滔滔不絕：「這是關於遞移性和理性決策的問題。假設妳必須戴上一個裝置，它會以微小的增量折磨妳，每次增加的幅度都小到根本感覺不到。只能調高刻度，不能調低，每天都可以選擇調高一格，這麼做的話，就會得到一萬美元。既然妳每天都不會注意到疼痛的變化，那顯然應該調高，並拿到那一萬美元。直到有一天，妳突然發現痛得受不了，但已經無法回頭了。但即便如此，繼續調高仍是合理的選擇，因為妳不會注意到變化，而且一萬美元太誘人了。我們是怎麼走到這一步的？是什麼樣的決策失誤導致我們落得這種下場？」

「這是『溫水煮青蛙』問題。」愛麗絲說道。

「沒錯。」伊莉莎佩說道。「自虐問題有很多解決辦法。舉例來說，可以在開始之前給自己設限，或是找個朋友阻止你。但劍橋大學才不會提供什麼解決辦法，只會讓你不斷調高刻度，一直往上調。你的視野會越來越狹隘，眼中只有回報和調節器。直到有一天，我的調節器壞了。」她聳聳肩，說道：「事情就是這樣。有一天，我什麼都感覺不到了，痛苦和快樂之間沒有任何區別，全都一樣，什麼都不重要了。直到我來到這裡，直到我都他媽死了，事情才再次變得有意義。」

「嗯。」愛麗絲說道。「我好像能理解。」她完全無法理解。伊莉莎佩提到的麻木感，她相信確有其事，但那不是她的問題。她的問題是感覺太過強烈，傷得太深，而且她什麼都忘不了，也無法控制自己不去想這些事情，所以她必須讓一切都停下來。

「我也覺得妳應該能理解。」伊莉莎佩的表情變得柔和，她上下打量愛麗絲，彷彿醫生在診斷病人一樣。「我看妳的表情就知道。」

「什麼表情？」

「我無意冒犯，但妳過得很慘，對吧？」

愛麗絲痛恨這種無謂的同情，她痛恨別人用如此憐憫的目光看著她，彷彿她是一隻困在水桶裡快要溺死的老鼠。她才不是受害者，所有的選擇都是她自己做的，她非常清楚要怎麼回到安全的地方。

但伊莉莎佩顯然很想幫助她。而愛麗絲最糟糕的一面，也就是自私又卑鄙的那一面告訴她，有何不可？伊莉莎佩怎麼想都隨便她，就讓她相信她們都一樣吧，兩人都是同一個故事裡的受害者。當別人覺得你需要他們，就會更喜歡你，她在研討會上遇到的女生也都是這樣。你只要在言語之間透露自己曾被騷擾、看不起，以及身為女性的困境，大家就會圍繞在你身邊，瞬間跟你同一陣線。這就是所謂的創傷依戀，苦難共享的狂喜。

「打起精神吧。」伊莉莎佩說道。「妳會沒事的，想知道我怎麼知道的嗎？」

「妳怎麼知道？」

伊莉莎佩露出了親切的微笑，說道：「因為妳在尋找回去的路啊。」

天啊，愛麗絲心想。殺了我吧。她無法直視伊莉莎佩的眼睛，只好專心把最後一小截香菸吸完。她不認得這個牌子，也不知道伊莉莎佩是從哪裡弄來的，但那是她在地獄裡嚐到最棒的東西。「謝謝妳，我很感激。」

「不客氣，親愛的。睡一會兒吧。」

伊莉莎佩消失在書架之間。愛麗絲蜷縮著身體，臉頰貼著架子，聽著伊莉莎佩上樓的腳步聲逐漸遠去。她很冷，甲板下的空氣很悶，但好像又有冷風吹過。她把伊莉莎佩的毯子往上拉，蓋住下巴，聞到了樟腦丸的味道。

她的入學考題目是「酒越陳越香悖論」。假設你收到一瓶葡萄酒，它會隨著時間越陳越香，沒有上限。再假設你長生不死，那什麼時候喝這瓶酒最合理呢？一旦開瓶，就等於選擇了比不上未來的酒，但如果按照這個邏輯，永遠不開瓶，反而是最糟的選擇，因為半滴酒都喝不到。

愛麗絲的回答是，唯有抱持著接受令人滿意的結果而非最佳結果的態度，才能避免最糟糕的結果。選擇最佳方案的原則在實務上會適得其反，還不如決定等個五年，然後就開瓶享受美酒。

但這則悖論的啟示在於，幸福是相對的，不是絕對的。這代表只要比另一個人撐得更久，就算在開瓶前堅持十分鐘也好，至少你就不會是那個喝到最難喝的酒的傻瓜。

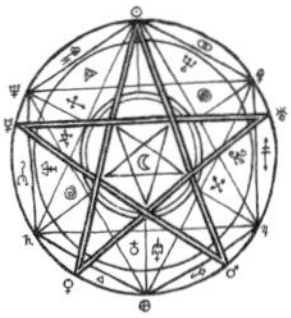

第十七章

她應該是在不知不覺中睡著了，因為她醒來時，看到彼得蜷縮在她旁邊的角落。

她看了看手錶，現在才凌晨三點。她用手肘撐起身子，爬到他旁邊，把嘴唇貼在他的耳邊，說道：「默多克。」

他一動也不動，於是她用手指戳戳他的身側，再次低聲說道：「默多克。」

他猛地躲開她的手指，問道：「幹嘛？」

「噓，小聲一點。」愛麗絲說，並瞇起眼睛，往書架之間望去，但除了泡過水的書什麼也沒看到。她猜想伊莉莎佩應該還在樓上。「我們去找雙面真理。」她說。

彼得這下完全醒了，問道：「妳到底在說什麼？」

她盡量壓低聲音，說道：「伊莉莎佩知道在哪裡，她覺得自己快找到了，我們要搶先一步拿到手。」

她不知道自己和彼得之間現在是什麼狀況。晚餐時他都故意不理她，只跟伊莉莎佩說話，好像愛麗絲不在場一樣。

但說到跟憤怒的男人互動，愛麗絲可說是經驗豐富。這些年來，她與格萊姆斯教授相處，磨練出這門溝通的藝術，學會在他心情不好時如履薄冰。很多研究生都因為不看時機，說了不該說的話，被教授永久列入黑名單。但愛麗絲就像一個經過精確調整的接收器，可以憑直覺判斷何時該說服他承認錯誤、何時該卑躬屈膝，何時該躲得遠遠的。

要跟生悶氣的男人相處，祕訣在於堅守立場。千萬不要態度強硬，那樣等於是自討苦吃。但也不要自責，當你表現得好像自己應該被懲罰，只會讓他們更加確信你罪有應得。永遠不要退縮，祕訣在於繼續說話，彷彿你根本不需要受罰一樣，然後用比起傷害你，他們更想要的東西來分散對方的注意力。針對格萊姆斯教授，她都是用即將舉行的研討會和令人興奮的新論文來讓對方分心。針對彼得的話，就只能用逃離地獄的門票作為籌碼了。她要解決問題，這就是她道歉的方式。

「她救了我們一命耶。」彼得低聲說。

「這代表她可以照顧好自己，不是嗎？我知道她人很好，我也很內疚，但她已經不知道活著是什麼滋味了。拜託，她穿著骨頭做的衣服，還剝老鼠的皮耶，她幾乎不能算是人了。她回劍橋大學能做什麼？」

彼得沉默了一會兒，愛麗絲靜靜等待，給他時間思考。他會想通的，這點她很確定，否則他不會跟她說話。

「的確已經過了十年。」他終於承認道。

「對吧？人間已經沒有她的容身之處了，她越早認清事實越好，她真的應該直接去投胎。但是默多克！」愛麗絲感到一陣興奮，那是下定決心帶來的快感。沒錯，她可以大膽果斷，她沒有崩潰，她可以調整心態，採取行動。她必須帶頭，這就是她彌補過錯的方式。「如果能先拿到雙面真理，我們所有的問題就都解決了，再來只要去閻魔大王的宮殿等就好。我們可以拿來換取格萊姆斯教授的性命還有我們自己回家的路。」她停頓了一下，說道：「這樣你就不用拿我的靈魂來交換了。」

彼得對此毫無反應。有好一會兒，愛麗絲只聽見他深沉平穩的呼吸聲，然後他低聲問道：「要怎麼做？」

「我們就用魔法。」愛麗絲已經想好了。「既然知道只要有血就可以使用魔法，那我們就從她口中問出來。我會分散她的注意力，然後你想辦法用五芒星陣把她圍起來。我們用說謊者悖論。」

沒錯，就這麼簡單。

試想以下句子：這個語句為假。

這個悖論打破邏輯的方式極為簡單。你無法相信它，也無法不相信它，你找不到其中的真值，因此被困在中間，陷入句子之間的無限循環。

說謊者悖論是有史以來最古老的悖論之一，因為它違反了經典邏輯的核心前提：排中律。命題要嘛為真，要嘛為假，沒有中間狀態。至今仍沒有人知道該如何解決這個悖論。幾個世紀以來，希臘人和印度人不斷琢磨說謊者悖論；他們非但沒有解決它，反而發展出一整套相關的悖論，其中一個涉及蘇格拉底、一條鱷魚，以及一個被搶走的孩子。說謊者悖論深深撼動了邏輯的基礎，事實上，菲勒塔斯還為此大傷腦筋，最終消瘦而死。

說謊者悖論用在五芒星陣中，可以澈底懸置真假。魔法師不常使用，因為大部分的時候，他們需要有人相信某件事，而不是處於不確定的狀態。但愛麗絲不需要伊莉莎佩相信關於他們的事，她只需要伊莉莎佩放下戒心，願意開口。而她已經知道伊莉莎佩喜歡說話了，那可憐的女孩一心只希望有人能聽她傾訴。

「行不通的。」彼得說道。「大家都知道要怎麼反制說謊者悖論。」

「前提是她有所防備。」

「她可能有啊，她本來就不信任我們。」

「她現在信任我們了。」愛麗絲對此非常肯定。「她以為我們和她一樣，都是憂鬱、絕望的可憐人。她以為我們也討厭劍橋大學，以為我們站在她那邊。」

「天啊，羅。」彼得在毯子下動了動身子，問道：「妳到底有什麼問題？」

「我們必須讓這一切有意義。」她喉嚨發緊，說道。「這趟旅程不用值回票價，但也不能白跑一趟。我們做了這麼多努力，不能最後徒勞無功。」

「嗯……」彼得說道。

愛麗絲等了一下，希望他能再說些什麼。有同謀的話，做壞事比較不會有罪惡感，不然就只能跟自己的良心大眼瞪小眼了。但他仍沉默不語。後來，他的呼吸平穩下來，她心想他應該睡著了。

有東西搔了搔她的臉頰。她一睜眼，就看到一雙大眼睛，宛如兩汪碧綠色的水潭，距離她的臉只有幾公分。小小的瞳孔瞇成了一條縫，似乎在評判她。

「你不要給我告密喔。」愛麗絲低聲說。

阿基米德轉過身，用尾巴甩了甩她的臉，然後消失在陰影中。

她感到氣惱與尷尬，原因她也說不出口，只好轉身側躺，並閉上眼睛。

☆

「我有個理論可以解釋妳為什麼這麼執著於走學術這條路。」愛麗絲的前男友在分手前不久，這樣對她說。當時他們大四，她一心一意想申請研究所，到了疏於關心另一半，甚至可以說是無禮的地步，因為她已經放對方鴿子至少五、六次了。前男友心裡有芥蒂，再加上他最近報名參加精神分析研討會，便說：「妳對那種代表獎勵的金色小星星無比著迷。即使高中畢業，妳還是忘不了考卷拿到A⁺的興奮感，而進入學術界，妳就可以追求那些金色小星星一輩子。」他輕輕彈了一下她的額頭，說道：「妳真是個象牙塔裡的小公主。愛麗絲，妳是老師的寵兒，妳對獲得認可有一種迷戀。」

「是嗎？」愛麗絲漫不經心道。她滿腦子想的都是信箱裡何時會出現厚厚的信封，上面印著劍橋、牛津、哈佛和耶魯大學的字樣，根本沒聽進去。後來她花了好幾個月才意識到，這段惡意中傷的獨白只是為了把她騙上床罷了。「嗯，應該是吧。」她說。

不久後，兩人就分手了。在接下來的幾個月裡，愛麗絲不斷回想起他的話，但心裡只有一種令人興奮的輕蔑。「妳放棄太多了。」他告訴她。「這不值得。」

但這當然值得，這是世界上唯一值得的事情。她很幸運能夠找到真正適合自己的天職，讓其他事物都變得無關緊要。一件事情如果讓人興奮到廢寢忘食、疏於維持基本人際關係，忘了滿足身為人類的本能，就必須一心一意去追求。

學術界當然不搞金色小星星這一套。就算愛麗絲曾經有過這種念頭，也在博班第一年改變了想法。被罵、被糾正是家常便飯，只有偶爾會聽到一句「還不錯」。如果是為了博取小小獎勵而進入學術界，一定會失望的。

不，重點在於發現新事物的快感。其他人都無法理解，當然前男友也一樣，他後來從事涉及抵押貸款、會讓窮人更窮的產業。她該如何跟他解釋，她的大腦就像在咀嚼、消化那些深奧的概念？究竟要怎麼說明，她在讀完一篇晦澀難懂的文章後，那種頭痛就像嚼完一塊好牛排，牙齦的痠痛感一樣？她在圖書館裡花了好幾個小時，終於找到她要的演算法、翻譯或歷史文獻時，都會興奮得全身顫抖。她弓著身子畫五芒星陣，源源不絕的想法湧入腦海，手也停不下來，一待就是好幾個小時，甚至是好幾天，完全忘了休息。

當她彷彿完全拋棄了自己的肉體，澈底失去形體，徜徉於充滿思想的宇宙中，那種快樂的感覺實在太棒了。她為那些忘了吃飯的日子感到無比自豪，不是因為她對食物有任何反感，而是因為這證明她超越了某種基本需求的循環。這代表她不只是動物，被吃喝拉撒和交配的欲望所束縛，她的心智凌駕於那所有一切，而心智可以創造奇蹟。

有時她會猛地一震，突然感覺自己站在一個不斷旋轉的世界中，抽象的圖形在她周圍打轉，呼喚著她，並展現其全貌。紅塵逐漸消失，她獨自置身於一片漆黑之中，只有那些閃耀的亮點在她的眼角餘光中翩翩起舞，代表著啟示、方向與連結。其他一切都是如此虛無縹緲！大學的世界；椅子摩擦教室地板，發出咯吱咯喳的聲音；茶匙碰得杯子叮噹響、雨傘在連綿的雨中顫動不已，她赫然發現這一切都只是華麗的表象，只是一層薄薄的偽裝，一眨眼就不見了。隱匿的世界才是真理所在之處，在那裡，抽象的概念一心只想被理解。她只要伸出手，它們就會來到她身邊，沒錯，只要側耳傾聽，就能聽到美妙的音樂。

愛麗絲大一時，有一位教授的教學特色是時不時會發出深深的嘆息，而且聽得出來他並非刻意為之。有些教授嘆氣只是作秀，在毫無深度的地方裝模作樣，看了就討厭。然而這位教授單純只是被紛亂的思緒淹沒，他會一臉苦惱，輕敲著手指，想得出神，思考該如何梳理並清楚表達那些概念。他想通時，瘦削的肩膀會開始顫抖，身體前後搖晃，彷彿他只是一個容器，他的肉體是個不完美的傳聲筒，用來傳達來自神的訊息。愛麗絲的同學覺得很好笑，他們會在學生餐廳模仿埃克隆德教授，他前後搖晃時，有時會把整個膝蓋抵在桌子上。他們會說，真是個呆子，只會裝腔作勢，他以為他是誰？他以為他在騙誰？但愛麗絲知道他不是在裝模作樣。埃克隆德教授正身處於那個不斷旋轉的黑暗世界中，聆聽著美妙的音樂。她看他的眼神就知道了，她想跟著他到那裡。

不，聲望並不是重點。伊莉莎佩錯了，伊莉莎佩把所有的希望都寄託在錯誤的地方。象徵系統，包含論文出版、掌聲與認可、工作職缺、研究補助，並不是重點。愛麗絲的前男友以為她一心只想要牛津劍橋的文憑，但那也不是重點。以上這些唯一的利用價值是確保愛麗絲能得到真正想要的東西，也就是自由運用時間和所需的資源來**思考**。

這就是她多年來堅持不懈的原因。這也是為什麼她認識的每一位研究生都不在意低薪、繁重的教學工作，以及根本不存在的醫療保險福利。他們竭盡全力想要擺脫肉體的束縛，因為教授說他們必須這麼做。即使整個系統崩潰也無所謂，他們什麼都能忍，只為了進入那個抽象的世界。

彼得就能夠理解。她曾看過他站在黑板前抄寫方程式，速度快到她擔心他的手腕會抽筋，但他臉上卻流露出純粹、沉靜的幸福。他如此專注，就算旁人想讓他回過神來也做不到，而你也不會想打斷他，因為看著一個人的腦袋高速運轉實在是太美妙了。

總之，博班生活也不只有做作的禁慾主義，還是有一些美好的夜晚。她還記得第一年學期末的一次聚會，大家約在學校附近的披薩店，合點了一份超大的酸種瑪格麗特披薩。那天晚上連彼得也來了，包括愛麗絲在內的所有人看到他都非常開心，甚至沒問他為什麼整個學期放了他們十幾次鴿子。他們開始爭論方言和區域研究的可靠性，進而討論細讀和遠讀的意義，以及是否有必要新增介於兩者之間的第三個標準，即中讀。

在那晚之前，愛麗絲從來沒有那麼喜歡過她的同學們。在場沒有教職員，且每個人都有些醉意，不再為了給他人好印象而字斟句酌，這都有助於大家拉近距離。他們有犯錯的自由，也意味著有耍笨的自由，而要耍笨就要到底。他們納悶，康德的本體和柏拉圖的理型究竟有何不同？三明治的確切定義是什麼？如果一層一層吃，它還算是三明治嗎？上下兩片麵包夾起來的定義足以排除墨西哥玉米餅嗎？還有，外星人在哪裡？他們從外星人聊到亞里斯多德的宇宙物理學圖表——土、水、氣、像一層層外殼一樣從中心向外擴展的星星，以及在這一切之上的天體——米凱萊稱之為「天界太空蟲」，畢竟想像這個不斷旋轉、蠕動的巨大生物因為絞盡腦汁思考上帝，也就是第一個「不動之動者」，因此引起下層殼中的運動，這樣會更有趣吧。

後來彼得和米凱萊開始爭論後者提出、但聽起來相當可疑的人格論。該理論主張，人們在睡著時會死去，醒來時會變成全新的自己，與之前的自己有關聯，但又不完全一樣。米凱萊認為意識不能休息，因此睡著等於死亡。

「那夢境呢？」彼得問道。「是誰在作夢？」

「半意識。」米凱萊堅持道。「一個介於生死之間的靈魂，一個印記，一個幻象。」

彼得覺得很荒唐，貝琳達覺得很浪漫，大家都試著分析其中的含義，然後話題突然轉向是否可以和火車做愛，尤其是這是否違反了亞里斯多德的論點，也就是每件事物必須充分發揮其自身功能作用（「那用牙刷自慰的人呢？」米凱萊問道，害貝琳達漲紅了臉），以及在什麼情況下，如果想要的話可以跟火車做愛。不知為何，這個話題戳到了某些人的痛處，他們的聲音越來越大，貝琳達和米凱萊還一度站了起來，隔著桌子大喊。

愛麗絲坐在位子上看著他們，手裡捧著啤酒，差點就要喜極而泣。

這裡是她的歸屬。在這裡，她可以暢所欲言，可以誠實分享自己的思緒飄到哪去了，也沒人會把她當成瘋子。她這輩子在社交方面笨手笨腳，就像全場唯一忘了看劇本的演員。她一直都是那個神經質的怪咖，沒人願意跟她坐在一起，但在這裡，大家都是怪咖，也沒有人會因為你太在意、想太多而懲罰你。在這裡，你可以隨心所欲跳進兔子洞，而每個人都會跟在你後面。

或許他們在酒吧的辯論並非格萊姆斯教授喜歡談論的純粹真理，或許除了對火車感到強烈性吸引力的人之外，這些發現並不會改變世界，但這至少是為了類似的事情訓練吧？享受思想的特技表演，不是像斯多葛派一樣，為了卑鄙的個人利益而操縱語言，而是為了挖掘真相而活動頭腦，使其變得更加敏銳。還有什麼比這更快樂的事呢？這不就是人生的意義嗎？

曾經有段時間，她不管走到哪裡，遇到誰，都能感受到這種能量。那時，她實踐著柏拉圖式的大學理想。她故作天真，因為在劍橋大學這樣的地方，這種充滿好奇的童心是最快樂的。她喜歡在大廳裡穿梭，聽著別人的對話，感受其中的興奮情緒，問一些簡單的問題，然後得到令人陶醉的複雜答案。比較文學學者詳細闡述尤金．奈達動態對等的翻譯理論及其與中國傳統翻譯理論的共同點。古生物學家滔滔不絕談論著最近在薩里郡發現的完整恐龍骨骼標本，以及導致恐龍滅絕的究竟是不是小行星。數學系的可愛小夥子們聊著關於紐結和流形的話題，高興得粗聲大笑。她熱愛所有與她對話的人。

有時，科學家閃耀的信念會讓她感到緊張不安，因為他們正在創造新事物，改變世界。那是個充滿新發現的時代，醫生製造出了人工心臟，天文學家觀測到了海王星環，病毒學家著手撲滅天花、遏制Ｂ型肝炎，物理學家正在研究弦理論，遺傳學家正要開始破譯人類ＤＮＡ。感覺整個世界轉得越來越快，變得更加複雜和令人興奮，然而魔法領域似乎陷入了泥淖，學者因為微小的分歧將自己推入越來越小的兔子洞，而不是充分發揮實力，突破極限。

她一度向格萊姆斯教授求助，尋求安慰。她說，這一切都是沙子，都是假的，只是空話，只是轉瞬即逝的假象，到底意義何在？這是兩人師生關係中罕見的時刻，教授完全滿足了她的需求。畢竟他還是一位好老師，他知道該如何讓人著迷。

「叔本華認為，所有藝術都只是表象和寓言，只有音樂是最接近意志的事物。」他告訴她。「但我發現五芒星陣也具備類似音樂的元素，並非在於它把日常現象完全抽象化，而在於它能夠一針見血，直達核心。在那個閃閃發亮、萬里無雲的世界中，除了真理之外，其他一切都不重要。親愛的愛麗絲，正如海森堡所說，現代物理學支持柏拉圖的觀點，物質的最小單位並非普通意義上的物理實體，而是理型和概念。當我們完全掌握這些概念，能將其握在掌心，隨心所欲地把玩，那我們就更接近上帝了。過程的確會感覺過分拘泥於細節、瑣碎迂腐、轉瞬即逝，但正因如此，我們才更要加倍努力，抓住每一個掠過眼前、彌足珍貴的真理。」愛麗絲聽了這番話，周圍一陣天旋地轉，她狂喜不禁，陶醉於隱匿的世界。

就是這麼簡單：愛麗絲熱愛她的研究。

阻礙她的只是這個世界，這個制度。的確很惱人，這個世界也確實充滿痛苦，但她跟伊莉莎佩不一樣，還沒準備好放棄一切。伊莉莎佩錯了，這一切並非毫無意義，還有值得奮鬥的原因。愛麗絲在眾多符號裡找到了一個有意義的值，並且全心全意相信著它，到現在還深信不疑，其他的只要撐過去就好。

第十八章

愛麗絲醒來時，天還沒亮。彼得不見了，他的毯子已經摺好，整齊地塞在架子底下。她爬了起來，踮著腳尖走到甲板上，看到伊莉莎佩和彼得面對面坐在船頭，不禁鬆了一口氣。他們一言不發，雙手環抱膝蓋，凝視著河面。阿基米德端坐在欄杆上，尾巴像鐘擺一樣來回甩動。他也注視著水面，一隻貓掌微微抬起，彷彿在懷念抓金魚的時光。

愛麗絲用毯子裹住身體，走向船頭。彼得沒理她，但伊莉莎佩跟她四目相接，並歪了歪頭，好像在說，來坐吧。

愛麗絲穿過甲板，盡可能不要發出聲音，在伊莉莎佩身邊坐了下來。紐拉特號靜靜劃破夜晚，在平靜的水面上航行，沒有掀起一絲漣漪。他們彷彿在太空中航行，下方沒有任何東西。

愛麗絲小時候的成長環境周邊都沒有大片水域。有一次，她原本要跟父母去聖安東尼奧玩漂漂河，結果一家人迷路了，大半個下午都在高速公路上繞圈子。等到他們抵達河邊，太陽都要下山了，大多數家庭都已經收拾好行李準備離開。他們還在考慮要不要留下來，卻突然聽到有人尖聲叫喊。岸邊一片慌亂，人們跑來跑去，後來他們才得知有個小女孩被河水沖走了。水深及腰，其實很淺，但流速很快，在昏暗的光線下也看不太清楚。喊叫聲越來越大，愛麗絲聽到水花四濺的聲音，看到大人們紛紛跳進水裡，愛麗絲的母親把大家都趕回車上。他們始終不知道小女孩有沒有獲救；愛麗絲只記得一家人開車離開時，她把臉貼在車窗上，瞇起眼睛看著河岸，希望能看到一個小腦袋瓜浮出水面。

在那之後，她就很害怕游泳，也從來不跟朋友去海邊玩。在劍橋，她住在康河河畔，這條河已經平靜得不能再平靜了，但她還是怕；午夜過橋時，黑漆漆的水面彷彿準備吞噬任何靠近的生物。最近她常常幻想著跳河，不知道自己會在水面上掙扎，還是直接沉入水底消失？水有一種令人著迷的力量，既能載舟，亦能覆舟，可以吸收，並同時使生命消逝和完整。

相較之下，忘川——噢，那浩瀚無垠、容納一切的忘川，與其說是一條河流，不如說是劃破空間的一道傷口。她意識到自己根本不知道忘川到底有多寬，也不知道河床是否平坦。地獄的地圖都不知道要如何處理忘川及其顛倒的地形。他們究竟在地獄的未知水域漂流了多遠？沒有月亮，也看不到河岸，他們只是一艘小船上的三個身影，航行在一片永無止境的黑色平面上，沒有盡頭，也沒有起點。愛麗絲感覺自己彷彿脫離了肉體，什麼事都有可能發生在他們身上，他們也許會永遠航行下去，也許會消失得無影無蹤。

「看。」彼得說。他把頭探出欄杆，伸長手臂，手指幾乎要碰到水面。

「小心。」愛麗絲出聲提醒，但他搖搖頭，又說：「快看。」

她也走到欄杆邊，看到眼前的景象，不禁屏住了呼吸。一道閃爍的光之水流，在漆黑的河面下清晰可見。

有人在水裡游泳，其實準確來說不是人，而是曇花一現的身影；一張張正在大笑、哭泣、爭吵、流淚的臉龐，在泛著綠光的漣漪中，發出磷光的輪廓隱約可見。來自其他生命中的人事物和地點──海邊陽光明媚的懸崖、一把歪斜的遮陽傘；一隻狗開心地狂吠，飛奔而來，越來越近，吐出粉嫩的舌頭，頭頂上的絨毛看起來如此柔軟，愛麗絲幾乎可以摸到那毛絨絨的觸感。

「那些是記憶。」伊莉莎佩解釋道。「每一段生命中被遺忘的事物。新的記憶有時會形成一道小水流，可以在溶解之前清楚看到細節。」

小船猛地向左傾斜，周圍的河水突然開始翻騰。愛麗絲透過欄杆看見一團蠢蠢欲動的黑色物質，上面的眼睛和牙齒多得嚇人。她往後縮，但伊莉莎佩卻探出身子，把撐篙往黑色物質的中間戳，說道：「走開！你們這幫傻瓜，快走開。」

水面平靜下來，船也恢復了平衡。

「別擔心。」伊莉莎佩向他們保證。「那只是亂跑的噩夢，很容易就會消散，不是衝著我們來的。有時它們會聚在一起，形成一圈圈的恐怖漩渦，我喜歡稱之為『波茲曼大腦』。」

「真幽默。」彼得說道。

「那它們會去哪裡？」愛麗絲問道。「會消失嗎？」

「恰恰相反。」伊莉莎佩說道。「這裡是它們的寶庫。忘川是所有曾經存在過的記憶，忘川是無邊無際的，是調色盤上所有顏色混合成的黑色。忘川不會抹去，只會吸收。」

「永恆輪迴。」彼得低聲說。「發生過的事都會再次發生。」

「不要在我的船上引用尼采的話。」伊莉莎佩說道。

「抱歉，我的錯。」

伊莉莎佩又坐了下來，雙臂交叉，說道：「反正看著挺有意思的，就像冥界的電視頻道一樣。越新的記憶越清晰，可以一窺人間的生活現在是什麼樣子。真不敢相信世界發生了這麼大的變化，約翰・藍儂真的被殺了嗎？」

「對。」彼得說。「我很遺憾。」

「噢，真可惜。」

愛麗絲探出身子，看得入迷。

一個女孩單腳跳過濕漉漉的人行道，上面爬滿了蟲子。一名男子騎著腳踏車，搖搖晃晃地跟在一輛駛入車流的公車後面。一名女子同時在爐子上煮好幾鍋料理。清晨時分，一個男孩獨自走在康河河畔，不時抬頭望向正在訓練的划手。那些不是她的記憶，那些人也不是她的家人，卻同樣在她心中激起了一種深深的懷舊之情。那種感覺就像在夜裡，透過街邊明亮的窗戶，窺視著自己或許曾經能擁有的生活。別人的慰藉，溫暖的沙發，電視上播的老電影在背景中嗡嗡作響。然後你的妻子、母親或朋友從廚房裡走出來，一手各拿一杯熱托迪調酒。不知為何，這些景象讓她感到平靜。她腦袋裡的東西被拋到水面上，只是這些影像跟她自身的記憶沒有任何關聯，不會觸發一大堆沒用的聯想，她只要看著它們過去，出現，然後消失。

「小心。」伊莉莎佩出聲提醒。

愛麗絲這才發現，她幾乎整個上半身都在欄杆外了，趕緊往後縮。

「這就是忘川的魔力。」伊莉莎佩說道。「一定要保持警惕，否則還沒回過神來，整個人就消失了。」

會嗎？愛麗絲心想。格萊姆斯的刺青能起到多大的保護作用？

「我還以為忘川不會傷害鬼影。」彼得說道。

「用河水釀的酒不會，只會淨化你的記憶，讓你準備踏上重生之路，但未經過濾的河水會毀了你。我非常小心，我把小指放進去過一次，只有指尖，因為我想看看會不會痛。」

「那妳有感覺到嗎？」彼得問道。「感覺到妳忘了什麼。」

「完全沒有。」伊莉莎佩回答。「這才是最可怕的。你永遠不會知道自己失去了什麼，也沒辦法選擇。」

「妳之前說克里普基一家不怕忘川。」愛麗絲說道。「那是什麼意思啊？」

「對啊，他們不怕。」伊莉莎佩說道。「他們崇拜忘川，我甚至看過他們喝河水，只有一次而已。他們排成一列站在岸邊，從碗裡小口喝著水，感覺好像是一種儀式，彷彿他們之前也喝過一樣。」

彼得驚呆了，問道：「為什麼？」

「因為身而為人很痛苦。」伊莉莎佩說道。「想起自己不再擁有的東西會讓人心痛，最好一點一點抹去自己，只留下你現階段需要的東西。」她聳聳肩，說道：「大家都會這麼做，連活人也不例外，唯一的區別是，克里普基一家沒那麼在乎他們拋下了什麼。」

彼得打了個寒顫，說道：「但那已經不是在生活了。」

「他們不是在過生活。」伊莉莎佩說道。「那只是機械式的運作罷了，致力於達成唯一的目標。」

愛麗絲其實覺得這樣也沒那麼糟。為什麼大家不拋棄讓自己痛苦的部分呢？她真想學這招。要是她能理清紊亂的思緒，把那些不斷折磨她的檔案抽出來燒掉就好了。每一次羞辱，每一絲愧疚——她真希望能進行腦內斷捨離，只留下她想要的元素：燃燒的內心、對知識的渴望，以及獲取知識的技能。如果不用承受人格的重擔，人類的前途肯定不可限量，誰不想洗去那些累贅呢？

☆

隨著太陽慢慢爬到低空中，伊莉莎佩把船駛向河岸。「晚上最好遠離岸邊。」她解釋道。「克里普基一家喜歡在夜幕的掩護下行動。不過風浪會比較大，所以白天我還是喜歡待在岸邊。」

「我們要去哪？」彼得問道。

「憤怒之殿。」伊莉莎佩回答。「我需要一盞提燈。」

一片狹長的陸地映入眼簾，地平線上沒有任何建築物。隨著他們越來越靠近，愛麗絲發現，鬼影費盡千辛萬苦才抵達的深淵另一頭，除了沙子和漂流木之外，什麼都沒有。這片海灘感覺是個環境惡劣的不毛之地，看起來像是會發生海難的地方，而倖存者會在這裡陷入瘋狂，自相殘殺。事實上，她越仔細觀察，就在海灘上看到越多鬥爭的痕跡，而且似乎才剛發生不久。沙地上隨處可見混亂的腳印、雜亂無章的堡壘狀建築、用漂流木和石頭做成的斷矛，以及胡亂丟棄的木柴，看得出來那些人是匆忙拔營離開的。

「這裡是第三殿。」伊莉莎佩說道。「貪婪的沙漠。」

「校園在哪裡啊？」愛麗絲問道。

「什麼？」

「我們翻過牆後，看到了一個校園。」愛麗絲說道。「我還以為每一殿都是……校園裡的建築物之類的。」

「噢。」伊莉莎佩輕笑一聲，問道：「你們曾經跑到離系館最遠的地方是哪裡？」

「什麼意思？」

「我敢打賭你們的生活圈都在大學裡。」伊莉莎佩說道。「你們從來沒去過更遠的地方，對吧？」

當然有啊，愛麗絲想這麼說，但說了只會心虛。她去過最遠的地方是往南走到劍橋車站，但那不算，因為唐寧學院和彭布羅克學院都在那裡。

「你們不知道嗎？」伊莉莎佩用手指了指，說道：「那裡是死寂的空間，校園的盡頭，但還沒有到外面的世界。除了教職員工外，沒有人住在那裡。大學買下了土地，卻沒有蓋任何東西，一直在施工，卻什麼也沒建成，是個處於萬年進行式的空間。你們沒去過嗎？」

「我是有去過柏克萊一次。」彼得說道。「很可怕。」

「嗯，我們現在就在這裡。」伊莉莎佩把撐篙插入河岸，說道：「這裡常發生一些怪事。」

一名鬼影跪在岸邊，他的頭瘋狂上下擺動。他們靠近時，愛麗絲發現鬼影手裡緊抓著一個堅硬且閃閃發亮的圓形物體，而他拼命想吃掉那東西。愛麗絲希望那只是一顆石頭。

「那位是卡爾波教授。」伊莉莎佩介紹道。「他一直都很餓，已經待在那裡好一陣子了。」

愛麗絲聽過這個名字。「他是不是那個——」

「抄襲學生論文多年，卻逍遙法外的教授。」伊莉莎佩說道。「聽說他是死於某種腸胃炎，但我猜是有學生在他的蘋果裡摻了氰化物。如果是的話，我只能說幹得好。」

小船漸漸靠近河岸，這裡波濤洶湧，波峰打在岩石上。在更遠處，愛麗絲看到了更大群的鬼影，但她說不出他們在做什麼。他們似乎在打仗，至少可以看到兩隊人馬拿著武器，不斷衝向彼此，但愛麗絲看不懂之後發生了什麼，因為鬼影基本上不會受到什麼致命傷，所以他們只能在沙灘上進行看似激烈的集體扭動。

愛麗絲想起幾年前的一場教職員工排球比賽，當時在學生的遊說之下，系上把年度共識營的地點從印威內斯改成布萊頓，整整三天的時間，每個人都假裝自己是戶外運動咖，蒼白鬆弛的身體在烈日下汗流浹背。有人提議舉辦排球比賽，激起了教職員工的勝負欲。在這種新環境下，大家出於本能想展現運動能力方面的優勢。愛麗絲還記得系主任悶哼一聲，把球吊入網中，還有海倫．莫瑞難得發球發得好時，高興地尖叫，愛麗絲真希望有什麼魔法藥水可以選擇性抹除這些記憶。比賽因裁判的爭議而中斷，最後海倫還把手中的水杯丟向對方球隊。愛麗絲一直很慶幸格萊姆斯教授沒有下場比賽，否則她就再也無法用同樣的眼光看待他了。

「他們在幹嘛？」彼得一臉驚恐，問道。

兩名鬼影面對面，慢慢繞著圈子，像摔角手一樣張開雙臂，其他人則聚集在他們周圍，不知道在喊什麼。

「鬼才知道。」伊莉莎佩說道。「我以前四處打探過，想搞清楚狀況，但他們不願意開口，他們是唯一不跟我說話的鬼影。傲慢之殿的人很健談，就連欲望之殿的人也可以聊一、兩個小時，只要你成功吸引對方的注意力。但貪婪之殿的人很疑神疑鬼，你只要一靠近，他們就會跑開，然後再用漂流木做的箭偷襲你。我猜這是某種集體行動問題，只要大家坐下來好好談談就能一起離開，但他們好像更喜歡打打鬧鬧——噢，小心。」伊莉莎佩拉了拉控制舵的繩子，說道：「如果我太靠近的話，他們就會朝我扔石頭。」

他們遠離河岸。卡爾波教授朝他們舉起一隻手，似乎在乞求什麼，悲涼之情溢於言表，伊莉莎佩則擺動手指頭，跟他道別。

「妳在這裡有遇到很多妳認識的人嗎？」愛麗絲問道。她想巧妙問出伊莉莎佩有沒有看到格萊姆斯教授。

「喔，有啊，這裡的魔法師比想像中還要多很多喔。」

「根據妳的經驗，他們能很快離開嗎？」

「當然不行。」伊莉莎佩哼了一聲，說道。「魔法師最不擅長通過地獄的關卡，因為他們從來不認為自己做錯了什麼。他們自以為與眾不同。只要是為了研究，做什麼都有正當性，但其實從來都不是為了研究，對吧？他們一直都是為了自尊心，為了炫耀，為了頭銜和署名，整個等級制度都是胡扯，但他們又不肯放棄。我想這就是他們多年來在沙灘上混日子的原因吧，明明隨時都可以起身走人，但他們就是不要。他們無法放棄，但這一切又是為了什麼？」伊莉莎佩冷笑了一聲，繼續說：「為了那些小把戲？魔法如此脆弱又毫無意義，現實世界裡根本沒人在乎我們在做什麼，而這些人卻把魔法裡最簡單的祕密當成生死攸關的大事，然後爭個你死我活，為了什麼？就為了一根他媽的粉筆？」

最後這句話聽起來相當犀利。愛麗絲瞥了彼得一眼，心裡有點緊張，但伊莉莎佩不是在看他們，而是瞪著岸上那些扭動的軀體。

彼得說：「其實我不懂妳為什麼想回去。」

伊莉莎佩瞇起眼睛，皺眉道：「你這話是什麼意思？」

「我只是……只是感覺妳，呃，既然妳那麼討厭劍橋大學，或許直接轉世會更好，我也不知道啦。」

「我沒有討厭劍橋大學。」

「我是指裡面的人。」彼得急忙改口，並開始拉脫線的袖口。「或至少這個制度吧。既然可以投胎轉世，為什麼要花那麼長的時間尋找真矛盾呢？妳對人間也沒什麼好留戀的吧？」

「我還有家人耶。」伊莉莎佩說，語氣變得尖銳。「我有父母，也有兄弟姊妹，他們都還在，我還有大好人生。」

「嗯，當然，妳說得沒錯。」彼得點頭道。「但如果妳不做研究了，那還有什麼……我的意思是，妳有想過回到人間後要做什麼嗎？」

「當然有啊。」伊莉莎佩用尖刻的語氣說道。「我要坐在戶外，我要喝一杯阿薩姆紅茶，要加很多牛奶和一點點蜂蜜，還要吃一個肉桂捲，裡面有葡萄乾的那種。」

☆

他們繞過彎道，離開貪婪之殿，經過很長一段空曠的沙灘後，來到了憤怒之殿。

但丁將憤怒之殿描述為斯堤克斯河的沼澤，沼澤中居住著憤怒又赤裸的靈魂，他們會自相殘殺，也會傷害自己，怒火沸騰，沼澤也隨之冒泡。「這讚歌，他們只在喉嚨裡咕嚕／因為他們說不出完整的語音。」愛麗絲讀到這句話時不禁全身顫抖，因為這似乎是有詩人第一次知道憤怒不只是外在的，不只是一個咆哮肆虐、毀滅周遭一切的龍捲風。有時你只能把憤怒往裡吞，像一塊燃燒的煤炭，有時它只會灼燒你一個人，由內而外慢慢侵蝕，直到你窒息。她想起那些徹夜難眠的夜晚，她翻找記憶的角落，醞釀心中的憤怒，但她從沒因此變得義憤填膺，大發雷霆，只是被自己的無能為力壓得喘不過氣。這一切都發生在我身上，她心想，這個世界好不公平，而我卻無能為力。我還不如淹死算了。

「那憤怒之殿有什麼？」彼得問道。「橄欖球場嗎？」

「不是耶。」伊莉莎佩說道。「貪婪之殿以後，建築結構好像就開始瓦解了。過了憤怒之殿，就變得比較像傳統的地獄了，心靈退化，理性喪失，諸如此類。在這裡要小心一點。」

愛麗絲凝視著河岸，尋找她想像中的沼澤，靈魂宛如溺斃在蘋果酒裡的果蠅。但在昏暗的晨光下，她只看到無邊無際的漆黑河岸。沙地一片烏漆嘛黑，卻點綴著一些明亮的光點，愛麗絲赫然發現那是腳印，毫無疑問，是腳跟和腳掌留下的痕跡。腳印的主人一定非常巨大，因為他們靠近時，她發現那些腳印的長度至少超過她的身高。

「那是費烈基斯的腳印。」伊莉莎佩說道。「是一個神明。阿波羅強暴他的女兒後，他放火燒了阿波羅的神廟，因此被打入冥界。」

「聽起來滿合理的啊。」愛麗絲說道。「我是指放火的部分，不是強暴。」

「嗯，費烈基斯也這麼想，一天到晚在那邊喊不公不義。你們看，他就在山腳下，看到了嗎？」

愛麗絲瞇起眼睛，望向平原。在懸崖下方，她看到一道忽明忽暗的深紅色光芒在岩石之間緩慢移動，光芒之中有一個黑色的輪廓，但她看不出來是人還是野獸。

「他很危險嗎？」

「噢，非常危險，他光是用眼神就能殺人。不過他走到哪裡都會留下這些超棒的煤塊，好幾週都不會熄滅，我就是為此而來。」伊莉莎佩朝她的提燈點點頭，說道，愛麗絲這才發現裡面也放了一個正在燃燒的紅色煤塊。她從一堆槳下使勁拖出一個金屬桶子，說道：「我去收集煤塊，你們兩個可以幫忙顧船嗎？」

「喔，可以啊。」愛麗絲精神一振，說道。她本來還很苦惱要如何在伊莉莎佩的眼皮子底下困住她，結果大好機會就來了。「我們該怎麼——」

「待在錨旁邊就好了。」伊莉莎佩指示道，人已經爬上欄杆了。「如果骨頭怪靠近的話，就噴牠們，我超討厭牠們跑上船。」

她縱身一躍，以優雅的姿態在岸邊落地。愛麗絲看著她步履輕盈，躍過煤炭，從一塊石頭跳到另一塊石頭上，直到消失在遠方。

她感覺到背後有什麼東西，她轉過身，嚇了一跳。彼得站在她後面，距離非常近，眼睛直視前方，看著伊莉莎佩。

「就是現在。」他低聲說。「妳想要分散她的注意力，還是畫五芒星陣？」

這是他今天早上對她說的第一句話。她鬆了一口氣，但還是努力裝作沒事，說道：「呃……都可以吧。你想要——」

「我畫五芒星陣比較快，我來畫吧。」

愛麗絲不確定他說的是不是真的，但覺得現在不是反駁的時候，便說：「好，那我們該……我是說，你覺得要在哪裡設陷阱呢？」

她整個早上都在苦惱這件事。從伊莉莎佩口中套出情報是一回事，要讓她踏進五芒星陣就更難了。問題在於沾滿鮮血的五芒星陣很難藏起來。理論上，五芒星陣的大小並不影響其威力，在古羅馬歷史上，凱爾特人也曾為了困住敵人，用巨型白堊陣型包圍整座山丘和森林，但那要花時間，他們也沒那麼多血。

「把她引到爐子旁邊就好。」彼得說。「有一張地墊，我們可以現在畫，在她回來前蓋起來，妳覺得來得及嗎？」

愛麗絲回頭看了一眼沙灘，伊莉莎佩正在把煤塊鏟進桶子裡，一副興致勃勃的樣子。「那你動作要快。」她說。

「好。可以給我一把刀嗎？」

「為什——噢。」她從背包裡掏出一把刀，說道：「給你，小心點。」

「我會盡力的。」彼得低聲說，並朝樓梯走去。

愛麗絲顫抖著吸了一口氣，轉回去面對沙灘。伊莉莎佩的桶子快裝滿了。她看到愛麗絲在看她，便直起身子，興高采烈地揮了揮手。愛麗絲也跟她揮手，心裡感覺糟透了。

要有決心，她心想，這是格萊姆斯教授的教誨。偉大與平庸之間的差別，只在於能不能堅持到底。而且這是一件好事，是在做善事，應該要讓伊莉莎佩解脫。只要一次談話，就這麼簡單，然後他們便可以繼續上路，到時伊莉莎佩就只是一段尷尬的回憶了。

✯

「哈囉！拿去。」伊莉莎佩踮起腳尖，站在岸邊，把那桶煤塊掛在長矛的一端，並將其伸向愛麗絲。愛麗絲接過桶子，並把它拖到甲板中央。她用眼角餘光看到彼得消失在樓梯口，手臂緊緊貼著身側。

她直起身子，開口道：「那個，伊莉莎佩？」

「怎麼了，親愛的？」

「不知道這樣問會不會有點冒昧，但我在想我們能不能……就是，我想喝點茶。」她清了清喉嚨，說道：「如果有的話就太好了。我好久沒喝了。」

「果然是魔法師。」伊莉莎佩輕聲笑道。「真是無可救藥。伯爵茶可以嗎？我也只有這個而已。」

「當然沒問題。」

「來，我教妳爐子怎麼用。拿著鉗子，煤炭用完了——」伊莉莎佩示意道，愛麗絲便小心翼翼地從桶子裡撿起一塊發光的煤炭。

伊莉莎佩在爐子前面蹲了下來。地墊已經被彼得放回原處了。那塊髒兮兮的合成纖維地墊以前可能是黃色的，現在變成黑褐色，不僅泡過水，還卡了沙子。愛麗絲在爐腳下看到一段褪色的文字，用草書寫著「家是心之所向」。她能想像伊莉莎佩在拾荒途中發現這張地墊，高興得手舞足蹈，並將其搬回船上的情景。哈囉，我可愛的骨頭們！看我找到了什麼。

「放這裡。」伊莉莎佩揮手示意要愛麗絲把煤塊放在中間，然後從下面的抽屜裡翻出一個有汙漬和裂痕的茶壺，並用愛麗絲的複製保久瓶裝滿水。一滴滴水從裂開的地方滲出，滴在爐子上，滋滋作響的聲音還滿療癒的。兩人一起站在爐子旁，看著蒸氣從茶壺外側裊裊升起。阿基米德不知道從哪裡冒出來，端坐在伊莉莎佩的腳邊，沐浴在爐火的光芒中。

「彼得在哪啊？」伊莉莎佩問道。

「噢……，呃，可能是想躺一下吧。」愛麗絲回答，不知道彼得有沒有時間發動魔法陣。她沒有聽到他在甲板上念咒語，但隔一段距離也可以發動五芒星陣，他有可能現在就站在她們正下方。她試圖拖延時間，說道：「他好像累了。」

「他話不多，對吧？」

「對啊，他有時候會這樣。」愛麗絲說。她拇指緊扣，拼命思考下一步該怎麼做。

她從以前就不擅長說謊。有一次，格萊姆斯教授派她去史都華教授的辦公室，弄清楚他是否在研究格萊姆斯教授想研究的柯里悖論子集。結果她結結巴巴、語無倫次，才過了十分鐘，史都華教授就開始用尷尬又不失親切的態度提醒她，自己有老婆和小孩。但她知道所有學者都很樂於分享自己的研究，而要讓伊莉莎佩開口並不難，畢竟已經很久沒有人能聽她說話了。

「所以有誰在憤怒之殿啊？」她故作輕鬆，假裝隨口問道。「實驗室主管和教務主任嗎？」

「沒什麼好東西。說實話，我沒看過幾個人穿越憤怒之殿，就算有，大多都是只聞其聲，不見其人。」伊莉莎佩搖搖頭，說道：「那地方太可怕了，我基本上只會待在岸邊。」

「妳知道各殿的目的是什麼嗎？」愛麗絲繼續追問。「我們自己也很困惑。感覺……感覺到頭來，懲罰好像完全是隨機的。」

「怎麼說？」

「嗯……我看不出來這一切的意義到底是什麼。」愛麗絲說道。「傲慢和欲望之殿或許還說得通，只要克服自己就可以離開，但貪婪之殿呢？他們在那裡幹嘛？這一切都是為了什麼？」

「鬼才知道。一開始會好奇，久而久之就覺得算了。」

「但是很令人匪夷所思啊。」愛麗絲說道。「學者針對罪孽、因果報應和懺悔想出各式各樣的理論，下地獄才知道根本是神明高興怎麼做就怎麼做。我只是在想，如果哪天真的有地獄學家下地獄，他們應該會燒掉之前出版的論文吧。」

「那是因為他們想把來世當成一場遊戲。」伊莉莎佩說道。「學術界很愛把自然現象塞進根本不合適的框架裡。他們想要找到合理的因果關係，這樣才有安全感，因為如果他們可以指著貪婪、憤怒和暴政之殿裡的所有罪人說：『至少我沒有他那麼壞。』那他們就沒什麼好擔心的了。當地獄不按牌理出牌，他們就會大受打擊。」

「但應該要有某種秩序吧。」愛麗絲說道。「應該要公平啊。」

「妳希望地獄遵循經典邏輯。」

「不一定要遵循邏輯。」愛麗絲說道。「我知道神明自有其規則，但宇宙應該要有某種一致性，妳不覺得嗎？」

「妳真的是劍橋學派的頑固分子耶。」伊莉莎佩說道。「都是系統的建構者，封閉的循環，呸，完全無法接受事情自然發生。」

「我只是想知道以後等著我的會是什麼。」愛麗絲說道。「僅此而已。」

「妳想聽聽我的理論嗎？或許會讓妳感覺好一點。」

「好啊。」

「我覺得佛教最大的誤解就是把業力當成一種帳在算。」伊莉莎佩揮揮手，說道：「但並不是說你總共得到正五百分和負八百分，所以在地獄裡必須彌補負三百分的差額，才沒有那麼簡單。業力比較像……嗯，或許可以說業力就像一顆種子，種子會長成果實。業力是自然的結果，惡行會累積，並影響你的生活方式，以及你對世界的看法。做壞事時，就會覺得這個世界卑鄙、自私又殘酷，而在地獄的經歷，不過是最初的惡行產生的最後一道漣漪，你得到的正是你想要的。我認為地獄的意義就是讓一個人認清自己想要的到底是什麼。」

「是喔。」愛麗絲仔細思考了一下，覺得這個理論很吸引人，但還有很多解釋不了的地方，便問道：「那貪婪之殿的鬼影，他們一直以來想要的就是在沙灘上製作長矛嗎？」

「他們想要的是比別人更優秀。」伊莉莎佩說道。「現在他們有機會證明這一點了。他們可以在泥濘中搏鬥，證明自己的力量，戰勝意志薄弱的對手，日復一日，周而復始。他們搞不好覺得自己在天堂呢。結果就是，地獄對身處其中的人來說並沒有那麼糟，這裡就是他們的心之所向。」

水燒開了，茶壺開始發出笛音。伊莉莎佩把茶壺從爐子上取下來，小心地把水倒進兩個茶杯，然後遞給愛麗絲一杯，說道：「請喝茶。」

「謝謝。」愛麗絲說完，便低頭要喝茶，一股惡臭卻撲鼻而來。她一看才發現水面上漂浮著不明的黑色顆粒，這絕對不是伯爵茶。伊莉莎佩正在看著她，於是她露出苦笑，假裝喝了一口。

「要加糖嗎？」伊莉莎佩問道。

「好啊。」

伊莉莎佩從爐子後面拿出一個小小的東西，放進愛麗絲的杯子裡，發出叮噹聲。愛麗絲攪拌了一下，假裝沒注意到那是一顆鵝卵石，然後問道：「那，呃……如果妳不介意的話，我想問一下，妳被判到哪一殿啊？」

伊莉莎佩只是看著她，沒有回答。

「抱歉。」愛麗絲說。「這樣問應該很沒禮貌吧？」

「超沒禮貌。」伊莉莎佩說道。

「我只是覺得，有時候，放下過去，重新開始也滿好的。」愛麗絲又假裝喝了一口茶，然後說：「我的意思是，如果妳沒做過什麼很糟糕的事，還不如忍耐一下，早死早超生，妳不覺得嗎？」

伊莉莎佩瞇起眼睛，說道：「你們兩個似乎很想勸我趕快放棄然後去死呢。」

「沒有，沒有，我只是……我想要理解妳的觀點。」愛麗絲急忙澄清。她感到口乾舌燥，所以吞了吞口水，但一點用也沒有。「我只是覺得一直去追尋不存在的東西好像很奇怪，明明可以……我的意思是，轉世應該簡單多了吧？」

「我否認這個前提，但確實如此。」伊莉莎佩靠著爐子，問道：「茶有什麼問題嗎？」

「沒有，沒有，很好喝……呃。」愛麗絲急忙回答。她雙手捧住茶杯，感到頭暈目眩。噢，她真的很不擅長做這種事。「那妳……妳快找到了嗎？妳知道在哪裡嗎？」她問道。

伊莉莎佩一言不發，小口啜飲著自己的茶。

「妳遇到了什麼阻礙嗎？」愛麗絲追問道。「是克里普基一家嗎？」

伊莉莎佩露出了很奇怪的表情。

這代表五芒星陣發動效果了嗎？愛麗絲實在看不出來。自從一年級以來，她就沒有用過說謊者悖論了，因此不太記得魔法陣會對受害者造成什麼樣的影響。伊莉莎佩的眼神是不是有些呆滯？還是神情有些恍惚？

「我們可以幫忙。」愛麗絲說道。「我跟彼得可以幫妳。如果我們三人同心協力，克里普基一家絕對沒有勝算。只是妳得跟我們分享情報，我是說，如果可以看一下妳的筆記的話……」

伊莉莎佩沒有回答。她似乎僵在原地，手指緊抓著茶杯，杯子往前傾，水都滴出來了，但她好像沒有察覺。她的眼睛直直盯著腳邊的阿基米德，那隻貓站了起來，拱起背，全身炸毛，抬頭瞪著愛麗絲。

「寶貝。」伊莉莎佩說道。「怎麼了？」

阿基米德用貓掌撥弄地墊，愛麗絲心裡一沉。阿基米德像著了魔似的，一邊瘋狂抓著地墊，一邊發出嘶嘶聲，最後終於成功推開地墊的一角，露出一點糊掉的粉筆線條，和幾滴晶瑩發亮的紅色血跡。

愛麗絲和伊莉莎佩對視了許久，接著伊莉莎佩把茶杯慢慢放到爐子上。

愛麗絲腦中閃過幾個可能的藉口，但感覺再怎麼狡辯都沒有意義。

「彼得，親愛的。」伊莉莎佩提高音量，說道。「你何不上來呢？」

一時間安靜得令人難以忍受。愛麗絲稍微考慮了一下逃跑或戰鬥的可能性，但要逃去哪裡？又要用什麼戰鬥？她只能緊抓著茶杯，像傻瓜一樣站在那裡。彼得在樓梯口現身，臉色蒼白，手臂正在滴血。他和愛麗絲四目相接，她急忙搖搖頭。

「過來這裡。」伊莉莎佩命令道。彼得照做，並站在愛麗絲旁邊，兩人像挨罵的小孩一樣，準備接受懲罰。阿基米德端坐在伊莉莎佩旁邊的爐子上，瞳孔縮得像細針，瞪著他們，一副正氣凜然的樣子。該死的臭貓，愛麗絲心想。虧我們還餵你吃了那麼多東西。

伊莉莎佩用長矛敲了敲地板，說道：「我想你們應該告訴我，你們到底是為了誰而來。」

「我們已經說過了。」愛麗絲說道。「我們只是到此一遊——」

「還敢說謊。」

某種黑色的東西滲入伊莉莎佩的眼睛。她的雙眼似乎在眼窩裡腐爛，眼白變綠，然後變黑，彷彿把歷時多年的腐爛過程濃縮在幾秒鐘內。突然，一大群紫羅蘭色的蝴蝶從眼窩裡飛了出來，發出可怕的沙沙聲。愛麗絲和彼得連忙後退，但伊莉莎佩卻一步步逼近，每走一步，蝴蝶的數量就翻倍，直到她不再是人形，而是一團窸窣作響的天鵝絨，陰沉中帶著責備。她的長矛猛然向前刺，尖端正好停在彼得的下巴下方。

「進去。」

彼得嚥了嚥口水，說道：「我們何不——」

「給我進去，親愛的。」

彼得乖乖照做。

「你們知道嗎？我氣的不是你們忘恩負義。」伊莉莎佩一邊說，一邊掏出粉筆，放進腰帶上的袋子裡蘸了蘸，並將其固定在手杖末端。「我氣的是你們瞧不起我。你們或許還記得，我是格萊姆斯的學生。」她一腳踢開地墊，開始改寫彼得的魔法陣。她一邊振筆疾書，一邊低聲唸著希臘語，令人嘆為觀止，因為很少有魔法師能夠同時畫魔法陣和吟唱咒語。她真的很厲害，愛麗絲心想。她確實配得上格萊姆斯。「你們以為我在這裡跟克里普基一家周旋幾十年，連該死的說謊者悖論都應付不了嗎？」她狠狠畫下最後一筆，說道：「說謊者悖論根本是兒戲，但是孩子們，高級魔法才能讓人說實話。」

她用手杖猛力敲擊甲板，愛麗絲頓時呼吸困難。兩隻無形的手抓住了她的臉頰，把她的下巴掰開。

伊莉莎佩質問道：「你們的目的是什麼？」

無形的手加重力道，愛麗絲差點吐出答案，卻又努力吞了回去。

「格萊姆斯。」彼得喘息道。

「什麼？」

「格萊姆斯教授……我們的指導老師，他死了，我們必須帶他回去——」

「你們是來找格萊姆斯的？」

伊莉莎佩仰天長嘯，嚎叫聲不斷增加、重疊，化為不可思議的單人合唱團，彷彿有一千個伊莉莎佩在放聲尖叫。細小的黑色線條在她的皮膚上迅速蔓延開來，她的皮膚表層似乎脫落了。深色碎片匯聚、旋轉，但伊莉莎佩並沒有消失，只是有一群蝴蝶擋在她和兩人中間。焦躁不安的蝴蝶繞著她漫天飛舞，掀起陣陣狂風，越轉越快，彷彿要把整艘船撕成碎片。一千個伊莉莎佩的尖叫聲迴盪在風中：「你們放棄了一半的壽命，大老遠來到冥界——」蝴蝶像盾牌一樣圍繞著她，把她包裹在一個類人形的外殼中，直到她不再是個人類鬼影，而是一個無限分裂、增生的神靈，用雷鳴般的聲音說道——「就為了那個卑劣透頂的可悲小丑？」

伊莉莎佩揮舞手杖，頓時，所有蝴蝶都像風暴般向外飛去。愛麗絲雙手護住頭，卻是徒勞無功；那些生物宛如一堵絲絨質地的牆，不斷推擠她和彼得，把兩人逼到船頭。由於盤旋的風太強了，導致他們膝蓋彎曲，頭也抬不起來。

「給我滾下船。」伊莉莎佩說道。

「求求妳。」彼得說道。「拜託不要——」

「你還敢求饒？」

「不然妳會怎麼做？」愛麗斷喊道。「如果妳的指導教授死了，換作是妳的話會怎麼做？」

蝴蝶散開，伊莉莎佩再度露臉，她臉色蒼白，表情很可怕。「我會放棄啊，妳這白癡，我會找新的指導教授。」有那麼一瞬間，她的聲音聽起來像人類，愛麗絲彷彿聽到她的嗓音變了調。「做什麼都比這個好。」

「可是根本沒有其他選擇。」愛麗絲用沙啞的聲音說道。「妳難道不明白嗎？」

蝴蝶像頭盔一樣，罩住了伊莉莎佩的臉。

蝴蝶一擁而上，愛麗絲胡亂掙扎，卻只是白費力氣。她把手伸向彼得，但蝴蝶卻硬是將兩人分開。她眼前只見黑色的翅膀，只聽得到拍翅的聲音和嘶嘶作響的怒氣。無數陣狂風將她捲起、拋出，她在空中胡亂擺動雙臂，什麼也看不見，分不清上下左右，然後重重摔在地上。當蝴蝶終於放開她並盤旋而去，伊莉莎佩、阿基米德和紐拉特號已經變成了地平線上的一個小點，就這樣揚長而去，消失在遠方。

第十九章

「好了。」彼得背起背包，轉身往內陸的方向走，並丟下一句：「祝妳好運。」

愛麗絲慌忙站起身，問道：「你要去哪？」他沒有回答。她看了他一會兒，感到困惑不已，然後趕緊跟在他身後，問道：「你在幹嘛？」

「放手。」

他還是沒有回答。她抓住他的衣袖，喊道：「默多克！」

「告訴我你要去哪裡。」

「為什麼？」他說，並猛地抽回手臂，害她往後踉蹌。「我們沒有要一起走。」

「我們不能分頭行動，這樣不安全。」

他大笑一聲，語氣中滿滿的諷刺：「她竟然說『安全』耶。原本打算陷害我，把我送給織女的人還敢跟我談『安全』。」

「我沒有——」

「我們做的事情是不對的，伊莉莎佩完全有正當理由把我們趕出去。」說完，他便轉身背對她，繼續往前走。「我受夠了。」

「默多克。」她跟在他身後，雖然這樣很可悲，但她不知道還能去哪。「拜託不要討厭我。」她說。

他又大笑，這次笑聲裡透著一絲絕望，好像幾秒後就要哭出來一樣。「羅，我不討厭妳，但我敢肯定妳討厭我。」

「我不討厭你。」

「那妳肯定很看不起我。」他說。「因為自從我們來到這裡，我只感覺到……我也不知道，一種冷漠，好像妳根本不在乎我在這裡。」

「我從來沒有拜託你一起來。」她說。「我本來打算一個人來的，是你自己說要跟的——」

「因為我以為兩個人一起會更好。」

「還是因為你需要祭品來做交換？」

「我已經說了，那不是我的打算——」

「都給你說就好啦。」她嗆道。「你在我的名字底下畫了三條線耶。」

彼得猛地轉過身，眼中的怒火讓她嚇了一跳，她從沒看過彼得這麼生氣。「羅，我沒必要跟妳解釋。」他說。「但如果妳覺得我是那種人，妳最好還是一個人在地獄裡闖蕩吧。」

他繼續往上爬。愛麗絲盯著他看了一會兒，然後跟了上去。她沒有任何計畫，只知道自己無處可去，如果失去默多克的話，她就一無所有了。

她的腳卡住了，她搖搖晃晃，差點失去平衡。她猛地把腳抽出來，然後彎腰查看，沙子看起來是濕的，但那一點道理也沒有，因為他們明明是往內陸走。

彼得在前方，同樣彎著腰看自己的腳踝。

「默多克！」

他沒有回答。她朝他走去，卻突然發現雙腿動彈不得。她試著移動，但有什麼東西把她的腳牢牢固定在原地。愛麗絲低頭一看，竟然看到一隻手，忍不住放聲尖叫。

死人的手臂破水而出，愛麗絲急忙跳開，卻踩進一個深坑，整個人往旁邊倒。她這才發現他們根本不是站在陸地上，看似泥濘的地面其實是黏在水面上的沙子，一大片一大片的水域正等著獵物上鉤。

一股力量猛拽她的膝蓋，她重心不穩，往旁邊跌進沼澤裡。

水比她想像的還要冰冷。她一睜開眼睛就後悔了，因為她看見湖裡充滿了鬼影，互相撕咬、扭打、拉扯。他們臉色猙獰，怒目圓睜，張口欲噬，彷彿殺紅了眼。她看不到盡頭，壓抑的憤怒彷彿永無止境，如同無底深淵，一直往下延伸到無光的黑暗中。慍怒時卻要在黑淖裡浸，但丁如是說。他們只在喉嚨裡咕嚕。

她腳一踢，踢到了某個堅實的東西，讓她有施力點。腿上的重量消失了，她游了上來，浮出水面，揮舞著手臂，尋找可以抓住的地方。找到了，她的雙手摸到了堅硬的石頭，她手指往下一扣，把自己拉了上去。她蹲在岩石上，全身顫抖，然後看到不遠處似乎有比較大片的岩石露出水面。愛麗絲脫下背包，將其往前丟，發現背包沒有沉下去，便四肢著地，爬向那片岩石。

她身後的沼澤靜悄悄的，只有表面在冒泡。

「默多克？」她幾乎發不出聲音，便咳了咳，把水吐進沼澤裡，又試了一次：「默多克？」

她聽到一聲沙啞的喘息，彼得浮出水面，距離她一、兩公尺遠。一群鬼影也跟著他一起上來，用手指抓他的臉、眼睛、肩膀，試圖把他再次拖入水中。愛麗絲跪在地上，感到驚慌失措，他離她太遠了，這個距離也沒辦法用獵刀。

她急忙掏出自己的保久瓶。她心想，沼澤的水跟忘川水不一樣，這些鬼影再怎麼怒不可遏，或許還是會害怕灰飛煙滅吧。她無法瞄準，反正也沒什麼好瞄準的，因為彼得此刻被一群咬牙切齒的亡靈團團包圍，她只能用顫抖的手用力甩出一道黑色的水花。水滴在空中飛過，落在沼澤上，發出刺耳的嘶嘶聲，就像水落在熱鍋上一樣。

鬼影紛紛鬆手，彼得濺著水花，朝她跑來，剩三步，兩步，他停下腳步，被拖入水中，然後又浮了上來。一名鬼影掛在他的背包上，緊咬著上口袋。

「脫下來！」她大喊。彼得扭動身體，先是掙脫一隻肩膀，再掙脫另一隻，鬼影「撲通」

一聲沉入沼澤中。彼得往前撲，雙手伸向愛麗絲，她抓住他的手臂，把他拉了上來。

兩人擠成一團，盡可能緊貼在一起，除了呼吸之外，什麼也做不了。

「那個岩脊。」她低聲說。她看到一片十分狹窄的長條形土地，再往前則是露出水面的岩脊，是堅實的地面。「你可以嗎？」她問道。

彼得點點頭。

她站了起來，踮著腳尖往前走，卻差點跌倒；彼得扶住了她。

「謝謝。」她喘息道，但他沒有放開。他的手像老虎鉗一樣緊緊抓著她的手臂，兩人一步一步穿過憤怒之殿，他全程都沒有放手。

✯

岩脊逐漸變寬，直到寬度剛好夠一個人攤開雙手躺下。他們一個接著一個爬上去，直接累倒在地。愛麗絲翻身趴在地上，久久都不想動。

「我們得回去。」彼得說道。

她馬上坐起來，問道：「回去哪裡？」

「水仙平原，再翻牆回去。」

「你瘋了嗎？牆壁早就消失了——」

「我們就求饒。我們去找守衛，告訴他們我們還活著，求他們放我們回去——」

「什麼？為什麼？」

「看看我們。」他兩手一攤，說道。「羅，我的背包沒了，妳背包裡面的東西都泡水了，誰知道還有多少粉筆能用。沒有食物和水的話，頂多只能存活三天，那我們要怎麼度過這三天？追尋我們不確定是否存在的東西，還是尋找回家的路？」

「但這樣我們就白費——」

「已經白費了，一切都白費了。但是愛麗絲，求求妳。」彼得說道，聲音都嘶啞了。「我不想死。」

「回去搞不好也是死路一條啊。」愛麗絲說道。「根本沒有……我的意思是，我們搭了船……我甚至不知道要怎麼回到高牆，或是水仙平原——」

「那我們在路上遇到隨便哪個神明就求祂。」彼得說道。「說不定還能求織女，她或許會可憐我們——」

「她也可能會把我們永遠困在這裡！誰也說不準——」

「但存活率還是比我們繼續前進要大，妳不覺得嗎？至少前幾殿比較容易預料，我們根本不知道前方有什麼在等著我們。」

「但我們都已經走到這一步了。」

「妳知道嗎？」彼得說道。「沉沒成本謬誤是日常邏輯中最常見的錯誤之一。」

「喔幹，少說廢話，默多克──」

「這其實很不可思議，因為每個人都知道那是什麼，只是不願意做出理性的決策。」

「去他的沉沒成本謬誤。」愛麗絲說道，仍繼續犯下同樣的錯誤。「默多克，我們已經付出了太多代價，一半的壽命耶。」

「剩半條命總比沒命好。」

「但想想大家會怎麼說。默多克和羅的愚蠢冒險，去了一趟地獄，結果除了輕微的失憶之外，什麼成果都拿不出來。」

「至少我們**回去**啦。」彼得說道。「只要我還活著，別人怎麼笑我都沒關係，妳不覺得嗎？」

「好喔。」愛麗絲說道。「那你應該知道要怎麼穿過那片沼澤回去吧。」

他們默默佇立了片刻，從山頂往下眺望。從高處看，似乎根本不可能找到回去的路。兩人和河岸之間隔著沼澤，憤怒之殿四面環山，但看不到明顯的道路可以通過。他們是走水路經過貪婪之殿，不確定陸路該怎麼走。眼前唯一堅實的地面就是他們腳下的岩石，而這條路通往憤怒之殿的深處。

「不然我們最遠走到暴政之殿就好。」愛麗絲提議道。「如果不停下來睡覺的話，一天就能穿過兩個殿，而且我們很有可能會在那裡找到格萊姆斯教授。」

「那樣還是沒有解決要怎麼回去的問題啊。」

「但至少到時就會有三個人啦，對吧？」愛麗絲故作樂觀道。「我相信他一定有辦法的，他搞不好有各種我們不知道的錦囊妙計——」

彼得臉色有變，但當她一注意到，他的表情就恢復正常了。

「好吧。」他用異常平靜的聲音說道。「我來背包包。」

她下意識緊抓住背帶，說道：「這是我的背包。」

「我的意思是背包很重。」彼得說道。「我們可以輪流背。」

她遲疑了一下，便脫下背包，將其遞給他。彼得背上背包，張開雙臂，沒有再說話，開始向前走。

愛麗絲隱約能看到一條小路穿過前方的沼澤，細得像鉛筆描線一樣。小路蜿蜒而上，一路延伸到遠處兩座山峰間的凹陷處，山巒之外只看得到閃電。

剩下四殿，施暴、殘酷、暴政，以及沒有名字的最終殿。奧菲斯對此避而不談，佛教的記載只稱之為終極地獄，那裡住著沒有名字的邪惡存在。但丁稱之為異端邪說，不過這就像但丁的許多觀點一樣，似乎是受到基督教教義的影響。

愛麗絲希望他們不需要走那麼遠，應該到殘酷之殿就好了吧，最糟的情況下就是暴政之殿。格萊姆斯教授確實罪孽深重，她並不否認這點，但愛麗絲只能將其理解為一個擁有致命缺陷的男人，在成為偉人的路上難免會犯錯。他從未懷有惡念，只是粗心大意，他不過是個肩負使命的天才，視野比別人開闊，才無暇顧及自己所造成的傷害。

✯

狼狽不堪的兩人適應了一種節奏，在山谷裡艱難行進，愛麗絲領頭，彼得跟在後面，小心翼翼地踩在那條蜿蜒曲折的狹窄道路上。周圍的沼澤不斷翻騰冒泡，愛麗絲時不時能透過半透明的水面看到下方可怕的景象，鬼影糾纏在一起，像桶子裡的螃蟹一樣抓著彼此往上爬。但只要他們乖乖走在小路上，不去攪動水面，亡靈也不會找他們麻煩。

他們很快就進入施暴之殿，那是一片遍布岩石的荒蕪沙漠。沼澤乾涸，岩石地面逐漸變成了滑順的沙地。隨著他們前進，後方的山脈越來越小，到了日落時分，舉目所見就只有平地了。遠處不時傳來嚎叫聲，但愛麗絲和彼得沒心思去探究。

夜幕降臨，但他們沒有停下來休息，只是打開手電筒，繼續艱難行進。愛麗絲隱約感覺到雙腿痠痛，脖子和肩膀也陣陣作痛，但她不管三七二十一，繼續往前走。她很慶幸自己至少有練過，知道如何忽略身體的抗議訊號。在研究室裡，她每晚都很努力無視自己吃飯、睡覺和坐下的需求。她只是一個意識，飄浮在黑暗中，翱翔在這片土地之上。只要她能說服自己這是真的，她就幾乎可以忘記肉體的存在。

「愛麗絲。」彼得停下腳步，並用手電筒照亮前方，說道：「妳看。」

愛麗絲走到他旁邊，問道：「怎麼了？」

「那些巨石。」彼得說道。「它們的排列方式跟我們剛才經過的巨石一模一樣。」

愛麗絲用手電筒照亮巨石，看到一顆矮小的圓球和一塊高大的長方形石板。她有看過這兩顆岩石嗎？她沒注意到，因為過去這一公里她都一直盯著腳下的地面。

「地獄裡可能有很多顆石頭。」愛麗絲說道。「這種形狀的石頭可能很多。」

他們繼續往前走，五分鐘後，又來到了那兩塊巨石前。她想不注意到都難，小矮人和高個子，無論是圓球頂部的裂縫，還是石板上長長的凹槽，那兩塊石頭的特徵都和她記憶中的一模一樣。

「我們在繞圈子。」彼得說。

「怎麼可能？」愛麗絲說道，不禁心生恐懼。「憤怒之殿在我們後面，我們是往日落的方向走，忘川在左手邊，我不懂……」

彼得從口袋裡掏出一塊泡水的蘭巴斯麵包，在掌心捏碎，並撒在巨石底部，剩下的麵包屑他則沿路撒了一小段。

「好了。」他說。「這樣就能確認了。」

他們繼續往前走。五分鐘後，兩人又回到周圍撒了麵包屑的巨石前。

彼得一隻手摸著太陽穴，說道：「我感覺……我感覺不太舒服。」

愛麗絲也感覺到了，她隱約覺得胃裡一陣翻攪，頭也有點暈。在每個時刻，她似乎都很清楚方位，知道該往哪裡走，但每當她邁出一步，又會失去方向感。

「妳看。」彼得說道。「妳有看到那邊那條線嗎？」

他放下背包，跪了下來，手腳並用往前爬，在沙地上摸索。愛麗絲瞇起眼睛，過了一會兒才看到，沙地上有一道略微隆起的弧線，在巨石周圍形成一道屏障。她的目光循著那條線，發現弧線在兩人身後繞了一大圈，包含他們的來時路。

她敢打賭一定是個正圓，只要是魔法師都能畫出正圓。

「我的天啊。」彼得用雙手撥開沙子，說道：「這是艾雪——」

他消失了。

愛麗絲剛喊出聲，腳下的地面也裂開了，她往下掉一小段距離，然後背部著地，重重摔在地上，痛得眼冒金星。但泥土很軟，疼痛很快就消退了，不久後她就坐起來，擦了擦跑到眼睛裡面的沙子。

「妳還好嗎？」彼得問道，手電筒的燈光在她上方搖曳。她看到他的臉色蒼白，充滿恐懼。

「還好。」她低聲說。「但這裡是……」

彼得用手電筒照亮周圍。

他們在一個坑裡，坑壁太平坦，與坑底呈九十度角，代表不是天然形成的，而是人工挖掘的。這個坑大概五、六公尺深，地面看起來近在咫尺，但顯然太高了，跳不上去，即使愛麗絲平衡感很好，站在彼得的肩膀上並踮起腳尖，還是搆不到。

愛麗絲在泥土裡摸索，找到了自己的手電筒。他們一起觀察光滑的坑壁，直到愛麗絲的手電筒照亮了角落的突起物，看起來似乎有稜有角。

「是台階。」她低聲說，並依序照亮每一階，發現階梯一路通往地面，真是謝天謝地。階梯其實只是嵌在泥土裡的小石塊，厚度剛好可以一隻腳踩上去，完全不符合人體工學，但他們還是往上走。

兩人開始往上爬，胸口貼著牆壁以保持平衡。愛麗絲早該知道他們永遠也到不了地面，她一看到沙地上的圓圈就該知道了，但當他們拐過第一個彎，發現地面看起來依然一樣遙遠，她還是心裡一沉。他們仍抱持著一絲希望，拐過第二、第三個彎，但距離始終沒有改變，他們只往上爬了不到三十公分。

「該死。」彼得跳了下來，一巴掌拍在牆上，說道：「這是潘洛斯階梯。」

他一說出口，她就認出來了。他們被丟進一個冪零幾何空間裡，一直在幻象裡繞圈子。不可思議的是，階梯不斷旋轉九十度，無限循環，因此永遠不會抵達地面。他們被困在某人的艾雪陷阱裡。

荷蘭建築師莫里茨・科內利斯・艾雪轉型為實驗藝術家，在二十世紀中葉，因在畫作中描繪不可能存在的物理平面而聞名。他的作品在視覺魔法方面開創了新的子領域，利用幻覺扭曲物理空間。由於艾雪技巧需要藝術造詣、速度，以及將多維藝術表現轉換為演算法語言的能力，因此很少人能成功運用。直到七〇年代末，尼克和瑪諾黎亞・克里普基一直都是該領域的代表性人物。

「要找到五芒星陣。」愛麗絲低聲說。「找到破綻。」

彼得已經跪在地上，扒開泥土，翻動石頭，希望能找到粉筆的痕跡，但愛麗絲知道這根本白費力氣。只要是稱職的魔法師都會把五芒星陣藏在層層泥土之下。

咕咕。

兩人都嚇了一跳。

咕咕。

「天啊。」彼得說道。

他把手電筒往上照。在他們頭頂上方，有一隻布穀鳥窩在巨石的凹槽裡，牠背後有一根彈簧，看來是從時鐘裡拆下來的。咕咕。研究生休息室裡有一隻一模一樣的布穀鳥，叫聲高亢到令人難以忍受，每當鳥兒整點飛出，都會促使所有人放下茶杯，起身離開，沒人受得了牠的叫聲，因為牠彷彿在提醒大家時光飛逝，不要再浪費時間了。這隻布穀鳥在生鏽的彈簧上前後晃動，每隔三十秒探出頭來。牠的叫聲不大，卻傳得很遠，快活的啁啾聲消失在呼嘯的風聲中。牠在發出訊號，愛麗絲心想。快過來，有獵物上鉤了。

伊莉莎佩的冷笑自動浮現在她的腦海裡。

你們覺得他們為什麼這麼喜歡活人？

愛麗絲試著放慢呼吸。

驚慌失措時沒辦法思考，這是每個年輕魔法師都銘記在心的道理。她努力集中注意力，假裝自己在解題，因為說到底，這就只是一場考試，但難度很高，她可不能失去理智。她只須無視風險，保持冷靜，按照標準程序，化解其他魔法師的傑作。找到五芒星陣，找到破綻，例如薄弱的措辭或不自然的結構，然後用另一層詭計來解開幻象……

但根本毫無意義。克里普基夫婦有非常多時間可以精進自己的藝術，他們的作品天衣無縫，看他們充滿自信的大膽線條，以及將每一筆畫巧妙融入周遭的技術就知道。她找越久，胸口的壓迫感就越大。

愛麗絲很熟悉這種悄悄蔓延的恐懼感。幾乎每個研究計畫都會到達一個臨界點，讓你明白該收手的時候到了，在曾經充滿希望的假設上投入大量時間和心力，最終都只是徒勞無功。也許可以嘗試繼續前進，然而一旦懷疑的種子在你心中扎根，就只會不斷蔓延，觸鬚會附著在你的肺部，讓你無法呼吸或思考。你越是努力想從中獲得好的結果，研究計畫就越容易分崩離析，腳下的沙子鬆動，直到所有的假象都消失，迫使你承認這根本行不通。

訓練有素的魔法師早已習慣與這種恐慌為伍。正如湯瑪斯．愛迪生所示範的那樣，科學意味著失敗，科學意味著知道何時該知難而退，重新開始，累積新的經費、新的假設、新的素材和點子。只要了解遊戲規則，就隨時可以捲土重來，總會想到其他辦法的。

只是這次攸關生死，也沒辦法重新開始，只有遲早會來的克里普基一家和他們嗜血的粉筆。

「不要。」愛麗絲低聲說。「不要，拜託不要……」

但一切都是徒勞。她一無所獲，無論手電筒往哪裡照，都只有完美的幻象，連一絲粉筆的痕跡都看不見。

彼得已經放棄了。他癱坐在牆邊，雙手抱頭，全身顫抖，但愛麗絲過了一會兒才發現他在笑。

「伊莉莎佩說得沒錯。」他說。「我們真是白癡。」

「別這麼說。」愛麗絲說道。

「我原本活得好好的。」他說道，肩膀劇烈顫抖著。「我原本活得好好的，明明沒什麼事，明明過得很開心，我卻還是下地獄幹這個愚蠢的差事——」

「這才不愚蠢。」

「根本就毫無意義——」

「我們是為了格萊姆斯，這是值得的——」

「噢，閉嘴啦，羅。」彼得把掌心貼著額頭，說道。「妳聽不出來妳自己有多瘋狂嗎？妳做了這一切，只為了跑回去當他的最愛——」

「他的最愛？」

「那不就是妳的目的嗎？」他裝出一種忸怩作態的尖銳聲音，她從沒聽過他講話這麼惡毒傷人。「噢，格萊姆斯教授！您好聰明喔，格萊姆斯教授！帶我去羅馬，帶我去威尼斯，我只想勾著您的手，喝一杯阿佩羅雞尾酒——」

「夠了，默多克。」她說道，差點要打他一巴掌。「你根本什麼都不懂。」

「是嗎？」彼得紅了眼眶。「妳不是愛上他了嗎？那不就是妳下地獄的原因嗎？」

愛麗絲不知道該大笑還是尖叫，他肯定在開玩笑吧。但他只是用那雙悲傷的眼睛盯著她，甚至眼眶泛淚，愛麗絲才意識到彼得真的是這麼相信的。

「我恨那個男人。」她說。「他死掉的時候，我感覺自己終於能夠呼吸了。」

「那妳為什麼在這裡？」彼得情緒激動，低聲問道。「到底為什麼——」

「因為那是我的錯。」有一句話她憋在心裡好幾個月，因為說出口就會成真，而她不想承認那是真的。現在，她顫抖著吐出一口氣，終於把那句話說出口：「是我殺了他。」

第二十章

學術界的性別歧視問題是老生常談了，愛麗絲早已習以為常。一八九三年，劍橋大學評議會提議授予女性正式學位，抗議的學生在國王街尾端掛了一個騎腳踏車的女子雕像。提案遭到否決後，抗議人士砍下了雕像的頭顱並將其五馬分屍以示慶祝。牛津和劍橋大學各學院全面開放招收女學生，則是將近一個世紀後的事了。抹大拉學院是最後一所，直到愛麗絲入學那年才開始招收女生。開學第一天，男學生戴上黑色臂章，旗子還降半旗。

儘管如此，愛麗絲身邊的女性普遍認為女性主義思潮只是七〇年代一時興起的狂熱，這件令人尷尬的事情已經過時了，她自己也完全不想與之扯上關係。她對克莉斯蒂娃或伊瑞葛萊的作品不感興趣，覺得把所有東西都比喻成陰莖很無聊，也對語言去性別化感到不以為然。她無法忍受那些大呼小叫的激進分子，她們似乎認為唯一政治正確的行為就是成為女同性戀。燒胸罩、丟娃娃、不斷提及「歧視」這個恐怖的字眼，這一切都太丟臉了，與其說是革命，不如說更像胡鬧。要證明女性沒有比較低等，最好的方法就是不要當個低等的人。

這有很難嗎？

大學時，愛麗絲曾和一個叫做萊西．卡德沃思的女孩一起上過幾堂課。萊西常常因為覺得同學用很大男人主義的語氣和她爭論，或是暗示女人邏輯不好而突然哭起來。萊西偶爾會向愛麗絲尋求支持，卻被她拒於門外。不要來找我，她心想。我們才不一樣。她覺得萊西敗壞了女性的名聲，她的抱怨證明了男人對女人的看法都是對的，而且她根本就把精力用錯地方了。當然，系上的管理階層清一色都是古板的老頭子，他們眼神很不安分，以為女人除了生孩子之外就沒什麼長處了。但那些男人很快就會進棺材，與其在意他們，不如好好享受做研究的樂趣，不是嗎？

但愛麗絲完全沒想到性別歧視的問題會嚴重到如此驚人，甚至可笑的地步。她在大學期間很幸運，遇到了好的導師，加上她只是個微不足道的大學生，大壞蛋根本不把她放在眼裡，所以她沒有遇到很可怕的狀況。因此她來到劍橋後感到震驚不已，原來終身職教授可以當眾詢問她打算何時懷孕（希望不要在讀博期間，但在三十歲子宮萎縮前比較理想）、是否已經開始跟其他系的男生約會（萬一她自己找不到工作，也有機會跟著丈夫一起被錄取），以及她是否願意穿更短的裙子來上班（這會提高男研究生的士氣）。

面對這樣的環境，會想放棄並不奇怪，這也的確讓劍橋大學大部分的女性感到痛苦。美麗的貝琳達深知自己的魅力，很快就把絲質襯衫換成男士的牛津襯衫，但這招沒有奏效，男生們開始戲稱她為女扮男裝的阿西歐西亞[6]。凱蒂是一位資歷較淺的教師，愛麗絲有時會和她一起喝咖啡，她一直把頭髮剪得很短，卻引發滿天謠言說她是同性戀。艾達和潔芮汀則是一結婚就離開學校，據愛麗絲所知，她們似乎也離開了學術界，再也沒有回來。

然而，愛麗絲仍然堅信那條不可能的中庸之道，或許真有一條介於女性特質和次等地位之間的完美界線，只要她能穿著既端莊又迷人的服裝，就能享受作為系上女性所獲得的關注，同時又能贏得作為學者的敬重。這條完美界線存在的可能性微乎其微，但愛麗絲仍抱持著希望，畢竟念研究所的過程就是要把一切寄託在渺茫的希望上。魔法師就像那隻與阿基里斯賽跑的烏龜，對手在身後逐漸逼近時，他必須自欺欺人，催眠自己時間和空間會靜止不動，這樣他就可以保持領先。

✯

如果有人問愛麗絲，為什麼她從來沒有檢舉過格萊姆斯教授對她說過的話或做過的事，她會解釋說沒什麼好檢舉的，因為是她的錯。

這是她的錯，因為當她第一次聽說格萊姆斯教授會對女學生毛手毛腳，她感到一陣興奮。

---

6 古希臘時代女扮男裝進入柏拉圖學院求學的女哲學家。

當然，她公開表示厭惡，私底下卻在想自己是否夠漂亮、嬌弱、苗條，足以吸引同樣的關注。據說他喜歡長得像芭蕾舞者的女孩，悲傷、纖細、有戀父情結的那種。回到家後，她把頭髮盤到腦後，想知道自己是否符合條件。

這是她的錯，因為夜深人靜時，她有時會幻想兩人四目相接，他的手搭在她的肩上。這些幻想從未往肉慾的方向發展；理論上，那是她想要的，但不知為何，褻瀆偉大的格萊姆斯教授，把他貶低成一個欲求不滿、汗流浹背的肉體似乎有些不妥。她在大學時認識的男孩個個性慾旺盛，只要她的手一伸向他們的褲襠，他們就會變成氣喘吁吁、用下半身思考的野獸，而她無法將格萊姆斯教授與那些男生相提並論。她喜歡的是格萊姆斯教授的頭腦，喜歡他敏銳的目光和過人的才智。

她幻想著兩人的結合，卻不知道自己想從中得到什麼。她想讓格萊姆斯教授吞噬她，她想當薩圖爾努斯手中的那塊肉[7]，她想成為他。她不知道自己到底想要哪一個。

愛麗絲並不笨，她知道與指導教授發展關係會危及她的職業生涯。在她遇到格萊姆斯教授之前，貝琳達和希拉蕊就警告過她很多次了。教授約她一起共進晚餐或喝一杯時，她都不會接受，總會一派輕鬆地謊稱自己有男朋友，已經死會了。她也確保自己不要打扮得太隨意，甚至從來不和教授兩人共處一室，這些都是在她在學術界五年多來學到的女性專屬小撇步。

不過啊，遊走在那條介於美德與罪孽之間的線上是多麼刺激啊！上課時，當教授的目光落在她身上，或是當他聽了她發表的評論，嘴角上揚表示讚許，她內心都會小鹿亂撞。她多麼享受當他的得意門生啊——愛麗絲做到了，你們應該要學學愛麗絲。

他覺得她很有魅力，這點愛麗絲心知肚明。教授的目光多次在她身上流連，手搭在她肩膀上的時間也太長，她知道如果有機會的話，教授一定會跟她上床。這樣的認知讓她有一種扭曲的權力感，只要她不付諸行動就好。因為她可以，她做得到，她只要說「好」就行了。她知道這或許就是他答應擔任指導老師，還帶她去參加各種研討會和海外考察的原因。她知道人們私下議論格萊姆斯教授什麼，有時甚至當面也這麼說。他喜歡挽著漂亮女孩的手臂現身，好吧，如果只是挽著胳膊的話，那也無所謂。只要對她有利，教授偏心也無妨。

她深諳如何把握分寸。她喜歡穿上鉛筆裙和噠噠作響的高跟鞋，以自己的專業素養和冷靜態度，在研討會上驚豔全場。她對老一輩講的黃色笑話嗤之以鼻，並拒絕所有跟她搭訕的人。「你還是死心吧。」有一次，她無意中聽到教授對一個整晚都在對她微笑的年輕男子這麼說。「她太在乎研究了。」

聽到這句稱讚，她暗自開心了好幾天。教授認可她的能力，他覺得她太在乎研究了！

---

7 在西班牙畫家法蘭西斯科．哥雅（Francisco Goya）的名作《農神吞噬其子》（*Saturn Devouring His Son*）中，農神薩圖爾努斯為了避免兒子奪權鬥爭而將其通通吃掉。

她以為自己已經學會如何活在那個不可能的理想中：一個具備一切完美元素，魅力十足卻又遙不可及，因此品德高尚的完美女孩。當時正值第二波女性主義運動的尾聲，愛麗絲這一代的女孩們都厭倦了那套說她們生來就是要遭受強暴、壓迫、噤聲的論述。這絕對不是事情的全貌，女性肯定擁有某種權力吧。愛麗絲既迷人又內斂，這讓她感覺自己高人一等，即使她親眼目睹格萊姆斯教授和研討會上的其他女人一起走進飯店房間裡。愛麗絲和她們不一樣，她們以後是要嫁人的，而她則是魔法師。

有一次，她在研究室加班時，格萊姆斯教授帶著一個醉得搖搖晃晃、咯咯傻笑的金髮女郎進來。她是新來的系祕，愛麗絲只見過她一次，那週稍早，她把改好的大學生考卷送過去，請對方幫忙放到每個人的信箱裡。系祕的名字叫做夏綠蒂，來自倫敦肯辛頓，她那反應敏捷、優雅自信的個性讓人不敢占用她太多時間。她有一頭閃閃發亮的奶油色頭髮以及修長的美腿，感覺以前可能是一名舞者。

「噢！」夏綠蒂倒抽一口氣。「不要啦。」

「有本事就阻止我啊。」格萊姆斯教授說道，愛麗絲從沒聽他說過這麼不符合教授形象的話。

「你這個——」夏綠蒂剛開口，格萊姆斯教授就把臉埋進她的脖子裡。她咯咯笑道：「你這個**大色狼**。」

愛麗絲動彈不得。

她有正當理由待在這裡，事實上，格萊姆斯教授知道她會在研究室，因為當初就是他請她留下來加班的。他很可能忘了，但這不代表她做錯了什麼，雖然燈沒開，一般人都會以為研究室空無一人。儘管如此，她還是應該讓他們知道自己在這裡；由於兩人剛進來時，她沒有那麼做，現在出聲一定會嚇到他們。

她沒辦法在不被發現的狀況下走到門口，也不想像個傻瓜一樣躲在桌子底下。在驚慌失措的狀態下，對愛麗絲來說，唯一的選擇似乎就是站在原地，看著格萊姆斯教授抱著夏綠蒂在研究室裡轉來轉去，心臟撲通撲通狂跳，看得目瞪口呆。

幸好格萊姆斯教授要回他的辦公室，只要他們趕快進去並關上門，她就可以悄悄離開。結果他們還沒走到門口，就開始貼著黑板接吻。夏綠蒂倒抽了一口氣，格萊姆斯教授抓住她的腿，把她抬起來並猛地推到牆上，不知道用手做了什麼，讓夏綠蒂的聲音提高了好幾個八度，那聲長長的呻吟在音階上起起伏伏。

愛麗絲愣在原地，驚恐萬分但又無法移開視線，不知道自己想不想處在這幅畫面之中。夏綠蒂又呻吟了一聲，愛麗絲手一滑，碰倒了一個燒杯。燒杯離桌子邊緣有點距離，所以沒有摔破，但還是碰到了另一個燒杯，那清脆的叮噹聲響徹整個房間。

格萊姆斯教授抬起頭，垂著眼簾，與她四目相接，卻沒有停下動作。

愛麗絲的心跳漏了一拍。

她一把抓起識別證，匆匆離開研究室。在走出系館的路上，她一直感覺到格萊姆斯教授的目光，彷彿要把她的背燒出一個洞，直到她推開大門，走進夜晚的寒意中，她才敢呼吸。

夏綠蒂到現在應該都還不知道她當時在場，她在走廊上與對方擦肩而過時，有時還是會忍不住好奇。接下來的幾週裡，她看到夏綠蒂在格萊姆斯教授經過辦公室時，精神為之一振，跟他揮手打招呼，見教授沒有回應，明顯變得垂頭喪氣。她注意到夏綠蒂的外表有些細微的變化，她不再塗口紅，不再用心搭配上衣和鞋子，頭髮也越來越常看起來沒洗或沒梳。她發現夏綠蒂時不時會瞇起眼睛，扭動手指，怒視著系上的其他女性，尤其是貝琳達。有時，當她凝視著夏綠蒂陰沉憔悴的臉龐，她會好奇對方是否會跟她訴苦，但她從頭到尾得到的回應都只有一句禮貌的「早安，愛麗絲。」

她有時會想，自己是不是編造或誇大了整件事，深夜加班時，她總會不小心神遊，或許這次也不例外。

但她就是忘不掉這件事，畢竟她可是擁有完美的記憶力。

她一看到格萊姆斯教授，就會想起夏綠蒂的笑聲、她那上下跳動的大腿，以及她爽翻天的喘息聲。她一聽到教授的聲音，就會想起那粗啞低沉的聲音。

有本事就阻止我啊。

她開始把那些驚慌失措的回憶當成自己的欲望，因為她一直想起這些事，顯然是自己的問題，不是嗎？如果她一開始就出聲，不要那麼病態、那麼調皮、那麼渴望留下來看，就不會看到那麼多不該看的畫面了。

她不確定哪些部分算是格萊姆斯教授的瀆職行為，哪些部分她又成了共犯。她搞不清楚自己做錯了什麼。

所以，當這一切變得難以承受，開始影響她的學業，當她覺得自己在他眼中不再是個真正的學者，而更像行走的子宮，她也只能怪自己表現得像一個單相思、腦袋空空的蕩婦。

早知如此，何必當初。

她就像一隻不怕死的羔羊，出於好奇而徑直走進獅子的巢穴。在她內心深處，其實有一部分渴望被吞噬，她覺得那天晚上，格萊姆斯教授一跟她四目相接，肯定就看出了這點。或許格萊姆斯教授一直都知道她是什麼樣的人。

✯

事情發生在他們從利華休姆獎頒獎晚宴回來的那天晚上，兩人都有點飄飄然，興高采烈，沉浸在整晚受到的關注中。他們從利物浦街車站搭乘晚班火車回來，再搭計程車回到系館。之所以回系館，而不是各自的住處，是因為格萊姆斯教授在車站臨時決定，他們必須先去他的辦公室拿一些文件，而愛麗絲在興奮又疲憊的狀態下，完全沒想到要質疑這個老掉牙的藉口。

兩人在系館裡咯咯笑個不停，一直撞到東西。格萊姆斯教授失去平衡，一手滑過黑板，弄髒了米凱萊在上面辛苦寫了一週的演算法，五隻手指頭在厚厚的粉筆層上劃出完美的弧線，兩人都笑得東倒西歪。在他的辦公室裡，格萊姆斯教授提議要提前開始準備下學期的課程計畫，但這實在是個荒謬的藉口，因為以他們兩個的狀態，根本沒辦法弄什麼課程計畫。

在他的辦公室裡，兩人簡直就跟傻瓜一樣，一下撞到門，一下掉東西，一下找不到鑰匙。愛麗絲醉醺醺的，一心一意想完成任務，翻遍格萊姆斯教授的桌子，想找到他的上課講義。那一刻，她覺得找到講義是世界上最重要的事。

「明明就在這裡啊。」她不斷重複道。「我昨天才印出來的，應該要在這裡啊。」

「愛麗絲。」格萊姆斯教授說道。

她站起身，並轉過來面對他。

他穿過房間，雙手捧住她的臉。

或許這本該是個浪漫的舉動，但愛麗絲當時只有一種受困的感覺，臉頰被男人的大手緊緊箝住。近看，他的臉非常大，大得讓人受不了，就像電視螢幕上的臉一樣。

她在無數夜晚憧憬的臉龐——那濃密的深色眉毛，以及尖挺的鼻子——現在離她只有幾公分，卻突然顯得怪異可怖。那張臉流露出太多人類的渴望，天賦、才華、毫不留情的敏銳思維，她所欽佩的一切特質終究還是無法脫離凡人粗俗的軀殼。他的口氣散發出一種刺鼻的臭酸味，她強忍著想嘔吐的感覺。

她瞬間就酒醒了，想笑的感覺也消失了。

「我知道。」他誤以為她是高興地顫抖，便說道。「愛麗絲，我看妳的眼神就知道了，我對妳也有同樣的感覺。」

「不要。」她勉強擠出這兩個字。

「沒事的。」他說道，一邊用手撫摸她的後腦勺。他盯著她的雙眼，咧嘴一笑。多年來，她一直很欣賞那笑容，以及他那溫暖的魅力，如今這嘴臉卻讓她驚恐萬分。原來魅力全都是捏造出來的，一眨眼就不見了。天啊，他的牙齒真白。

他的另一隻手撫摸她的腰，並往下移動。

「妳真他媽的騷。」他說。

「天啊，妳的肋骨。」他說。

愛麗絲感覺自己的心臟快要從胸口裡跳出來了，在進展到下一步之前，這件事或許真的會發生。她這輩子第一次感覺自己像一隻受困的動物，弱小、無助，被關在由她一手建造的籠子裡。

那一晚最讓她感到羞愧的地方，她永遠無法忘記的是，自己差一點就答應了。

如果她能順著格萊姆斯教授的意，一切就輕鬆多了。那樣他就會滿足自己的欲望，對她的表現感到滿意，或許她也能鬆一口氣。在事後筋疲力盡的時刻，她或許可以請教授針對她的研究計畫提供建議；那年夏天申請額外補助時，她或許可以請他幫忙說幾句好話；她甚至可能會從中得到一些樂趣。她確信，如果將自己的腦袋一分為二，忽略尖叫反抗的那部分，並再次沉浸於輕浮傻氣的醉意當中，她就能將其視為一個有點瘋狂的歡樂夜晚。

這種情況或許會持續下去，因為一旦答應過一次，就等於是答應了未來的每一次。但她也只剩三年了，三年後她就會畢業，帶著推薦信去某個新的研究機構，而她會做出令人驚豔的研究成果，大家一定很快就會忽略她周圍的流言蜚語。也許在那之前，他就會盯上其他充滿活力的一年級新生，讓愛麗絲可以專心做研究。

短短三年的時間，什麼都可以忍受吧。

她的身體在他懷裡放鬆了下來，緊抿的雙唇微微張開，接受他的吻。要不是內心突然湧起一股強烈的厭惡，她就會當場屈服於他的欲望。

他不是系上隨便一個普通人。這個男人是她的指導教授，是她心靈的守護者，是她的老師。

「我不想要。」她用盡全身的力氣才把這句話從喉嚨裡擠出來。「教授——」

他的嘴唇蹭過她的脖子。「什麼？」

「我不……」

令她驚恐的是，她看到他身後有動靜。

在實驗室的另一頭，彼得・默多克站在光線明亮的門口。他手裡捧著一疊書，最上面放著一盒粉筆，一隻手懸在半空中，好像正要敲門，整個人卻僵住了，站在那裡一動也不動。

格萊姆斯教授從頭到尾都沒看到彼得，但愛麗絲看著他慢慢往後退，嘴巴微微張開。有一瞬間，兩人四目相接，然後彼得就轉身匆匆離去。

「求求你。」她終於鼓起勇氣掙脫他的懷抱。他不想放開，她必須用力扭動、拼命掙扎才能甩開他的手。面對這突如其來的暴力反抗，他似乎才明白她真的不是在調情。「我不要——」

「別害怕。」

「**不要！**」她尖叫。這是她第一次大聲反抗，至少似乎是他第一次聽到。成功了，他猛地往後退，她趁機掙脫他的懷抱。

「愛麗絲。」當她沿著走廊快步離去，他在她身後喊道，語氣異常平靜，彷彿他們剛剛只是在看教學大綱一樣。他的聲音變得嚴厲起來：「愛麗絲，過來，妳給我回來。」

但她沿著走廊飛奔而去，心臟怦怦狂跳。雖然她知道他不會追上來，雖然她忘了拿外套，雖然她的高跟鞋踩在鵝卵石路面上，好幾次差點拐到腳，但她穿過街道、上了橋、沿著河邊奔跑，在回到公寓前都沒有停下腳步。

☆

那晚之後，格萊姆斯教授變得非常冷淡。

雖然她早有預感，但在一夜之間失去教授的支持，還是讓她心如刀割。第二天，她內心還很脆弱，帶著忐忑不安的膽怯心情來到實驗室，卻發現自己的工作區被清空了，她的個人物品都移到了走廊盡頭的小辦公室。她踏著躊躇的腳步，走向他的辦公室，妄想著可能出了什麼差錯，但夏綠蒂說格萊姆斯教授整個早上都會在倫敦。教授回來時，她和其他研究生在走廊上喝茶休息。她抬起頭要打招呼，但教授卻一言不發，從她身旁擦肩而過。

「妳做了什麼？」米凱萊問道。

「不知道。」愛麗絲回答。

「他看起來氣炸了。」米凱萊說道。「我從來沒看過他這麼生氣。」

事發後的第二、第三天，格萊姆斯教授還是不跟她說話。換成其他人，這種冷戰只會顯得滑稽幼稚，但格萊姆斯教授卻讓她感到恐懼。她不知道何時會結束、教授何時會報復，也不知道他是否打算進一步懲罰她。她甚至不知道教授有沒有在想她的事，還是已經把她澈底拋諸腦後。她只能在他的辦公室附近放輕腳步，在他靠近時屏住呼吸，日復一日，希望能得到他的寬恕。

她的確有理由繼續待在系上。她有計畫要做，有論文要寫，也有課要教。教授不能就這樣否定她的貢獻，她很擅長自己的工作，也已多次向其他教職員證明自身實力。他也不能繼續在眾人面前無視她，至少在公開場合，他得假裝自己是個稱職的指導教授，畢竟他比她更不想引起質疑。

但他可以透過批評和冷落等方式，一次次打擊她，逐漸削弱她的自信。他不再歡迎她到辦公室喝茶。當他被任命為語言學魔法最新文集的編者，他也沒有請她幫忙。書中有一章關於偽友和同源詞的導論，儘管她顯然是撰寫這章的最佳人選，但教授卻把這項工作交給了一個連自己名字都不太會拼的一年級學生。

這種情況持續了好幾個月。

與此同時，彼得在格萊姆斯教授眼中的地位又上升了，不管他在夏天做了什麼得罪教授的事，都已經是過去式了。每當愛麗絲經過格萊姆斯教授的辦公室，都能從窗戶看到彼得在裡面，坐在椅子邊緣，身體前傾，一邊說話一邊揮舞雙手，兩人看起來相談甚歡。突然間，所有人都在談論默多克和格萊姆斯共同撰寫的新論文，說這篇備受期待的論文一定會登上《奧術》期刊，可能會澈底改變集合論領域，甚至讓伯特蘭．羅素在九泉之下也不得安寧。

系上其他人都察覺到了這種轉變，雖然誰都猜不到究竟發生了什麼事。教職員工以為是愛麗絲敷衍了事的態度激怒了格萊姆斯教授，於是開始特別關照她。他們看過無數學生累垮，也目睹過澈底崩潰前的每況愈下。

「雅各有時很嚴厲。」有一天，伯恩教授在休息室主動跟她搭話。「不過……別氣餒，只要做好分內的工作，事情很快就會恢復正常的。加油！」

極度膽小的大學生看到格萊姆斯教授跟愛麗絲說話的態度，就覺得她身上那失敗的氣息可能會傳染（或許真的會），因此陸續轉到米凱萊和彼得的班上。研究生就精明多了，他們知道，就像每個人都知道夏綠蒂的情況一樣。即使他們只是猜到了事情的概要，他們也知道。米凱萊同情愛麗絲，每次和她擦肩而過都會露出略帶悲傷的親切微笑。然而貝琳達卻對愛麗絲冷淡了不少。愛麗絲猜想，她應該是認為愛麗絲早該知道的。如果愛麗絲沒有像蕩婦一樣亂搞，如果她跟貝琳達一直以來一樣小心謹慎，就不會落得如此下場，或許她會這麼想也不無道理。

消息傳開了，愛麗絲也多少有耳聞。最後，無論是憐憫、瞧不起，還是帶著鄙夷的好奇，系上每個人都對愛麗絲有自己的看法。不過愛麗絲早已習慣謠言，畢竟她是格萊姆斯的學生。如果不是因為彼得，她或許能撐過這一切。

她無法忍受自己與彼得關係的改變。

那晚之後，兩人的互動尷尬得讓人受不了。他似乎不知道該如何對待她，好像既害怕她，又生她的氣，同時又對她感到困惑。他甚至連表面上的同事關係都無法維持。他從不直視她的眼睛，如果他想告訴她什麼，一半的時間都會請大學生幫忙傳話。有一次，她在實驗室另一頭跟他打招呼，他竟然嚇得把手上的咖啡掉在地上。她曾以為他的漠不關心是最殘酷的，但她寧願那樣，也不要兩人的關係變成如今樣貌：緊張、脆弱，記憶過於鮮明。她常常看到那一幕，那怕只是看他一眼，當時的景象都會覆蓋眼前所見。彼得站在門口，書本緊緊抱在胸前，懸在半空中的手顫抖著，雙眼圓睜，臉上露出厭惡的表情。

她常常在想要不要告訴他實話。她知道他是怎麼想的，她想讓他知道事實並非如此。噢，但她真是羞愧難當！光是想起他那瞪大雙眼的困惑表情，她就恨不得找個洞鑽進去。她不知道得到他的怨恨或憐憫，哪個比較糟。「我遇上了一件事。」她會如是說，而他對她的尊重就會蕩然無存。

最後她決定，同情總比厭惡好。她需要至少一個人知道那不是真的，她起碼得試著解釋，而彼得·默多克是唯一一個可能會聽進她的話，並透過用詞的細微差別解開真相的人。她花了好幾週的時間鼓起勇氣，但她還是決定這麼做。要是她沒先跟貝琳達說話就好了。

「妳知道默多克今天什麼時候會來嗎？」她問貝琳達。

「彼得嗎？」貝琳達聳聳肩，回答：「不知道，他好像變成夜貓子了。怎麼了嗎？」

「其實也沒什麼啦……只是我對某篇論文有疑問，但不想打擾格萊姆斯。」

「格萊姆斯喔。」貝琳達露出了奇怪的表情，說道：「對了，他好像有說些什麼，我是說彼得。」

愛麗絲心涼了半截，問道：「他說了什麼？」

「喔，其實也沒什麼。」貝琳達動了動嘴巴，卻沒有發出聲音，看起來就像在琢磨該怎麼委婉表達自己的想法，在沒有真的提出指控的情況下讓她聽出言外之意。「他只有說妳跟格萊姆斯教授……走得很近。」

「他這麼說嗎？」

「就是……就提到什麼夜深人靜時，還有妳是老師的寵兒。」

愛麗絲感覺到腳下的地面消失了。

「妳應該知道那是違反規定的吧？」貝琳達眯起眼睛，說道。「這種事情是要揭露的吧？」

愛麗絲說不出話來。高塔在她的腦海中倒塌，狂風呼嘯，旋風席捲一切，最後只剩下塵土和轟隆隆的巨響。她隱約意識到貝琳達還站在原地，抿著嘴，等著她回答。她知道，這或許是她為自己辯護的唯一機會了，如果她現在不說，謠言就會越傳越誇張，直到眾口鑠金，系上人盡皆知──就像知道伊莉莎佩・貝斯因為考試不及格而自殺一樣，他們也會知道愛麗絲・羅跟格萊姆斯教授搞上了。

但她還是說不出話來。她能做出什麼辯解呢？

「妳……我是說，那不是真的，對吧？抱歉，我剛才妄下結論了。」貝琳達表情變得柔和，說道：「沒關係的，愛麗絲，妳可以告訴我。」

愛麗絲當時有很多話可以說，但何必呢？這一切似乎都毫無意義，不管說什麼都沒用，不知所云。貝琳達盯著她，還在等她回答，但愛麗絲一言不發，就轉身離開了。

☆

在那之後，愛麗絲很快就崩潰了。她的自尊心一落千丈，情緒反覆無常，工作品質也時好時壞。她想盡辦法要重新贏得格萊姆斯教授的青睞，但她太過刻意，反而加深了他的厭惡。陷入谷底的時候，她再次試圖勾引教授。她穿著他曾經說過自己喜歡的黑色連褲襪和短裙，故意不扣襯衫的扣子，所有老套的手法都試過了：雙腿交叉坐著，彎腰時故意彎得更低，這樣她的臀部曲線就能完全展現出來。

我在這裡，她試圖告訴他。我願意，來占有我吧。

他假裝她根本就不存在。

愛麗絲奮力抵抗，她沒有就此放棄，她努力了那麼久，不能眼睜睜看著自己的學術生涯付諸東流。她去海倫．莫瑞的辦公室，向同為女性的教授尋求建議。

海倫並沒有特別喜歡愛麗絲，不是因為她做了什麼，而是因為她是格萊姆斯的學生。海倫．莫瑞和雅各．格萊姆斯非常討厭彼此。大家都知道，他曾經公開罵她「賤人」；她則在擔任系主任期間，反過來強迫他每年都要上大學部的概論課。但今天早上，愛麗絲心想，或許兩人之間的敵意會對她有利。

「妳好啊，愛麗絲。」海倫．莫瑞說道。她看到愛麗絲好像一點也不意外，總之，雖然愛麗絲不是她的導生，也沒有上她的專題討論課，但她沒有問愛麗絲為何來訪。「要不要喝杯茶？」她問道。

「不用，沒關係，謝謝。」

「我還是給妳泡一杯吧。」

愛麗絲坐了下來，並接過一個茶杯。

大家都知道，海倫．莫瑞在談公事前，一定要完成泡茶的儀式，用茶壺燒開水、量好茶葉，浸泡整整五分鐘。在那之前，你得跟她閒聊，這應該算是她最人性化的地方。海倫．莫瑞關心你，她關心你過得如何，以及你從事什麼課外活動，她的學生很喜歡她這點，因此愛麗絲希望海倫．莫瑞能聽聽她的說法。

海倫攪拌她的茶，湯匙碰得茶杯叮噹響。「告訴我發生了什麼事吧。」她說。

雖然講得斷斷續續，但愛麗絲還是完整說明了過程。

她講完後，海倫坐在椅子上，沉默了許久，接著她摘下眼鏡，上下打量愛麗絲，然後嘆了口氣，說道：「請妳成熟一點。」

「呃，我不知道那是什麼意思。」

「妳真讓我驚訝，愛麗絲，我還以為妳知道自己在做什麼。」

「做什麼？」

「就是那個亙古不變的故事，看看亞里斯多德和菲莉絲、梅林和摩根勒菲。我們系上的男生都是飢渴的野獸，永遠學不乖。妳在劍橋大學，難道妳不知道嗎？」

愛麗絲不確定海倫是不是在開玩笑。她知道這個比喻；她也看過那幅木刻版畫，亞歷山大大帝的配偶菲莉絲赤身裸體，把亞里斯多德當馬騎。那幅畫很好笑，亞里斯多德看起來相當滑稽，但愛麗絲看不出這對她未來的職業生涯有什麼用處。

「但這不是……我的意思是，他們對待女性的方式並不公平。」

海倫撇了撇嘴，說道：「啊，所以妳現在是女性主義者囉？」

這句尖刻毒舌的評論彷彿暗示著背後的陷阱，但愛麗絲太過焦慮，根本無暇他顧。海倫在劍橋大學負責主持一年一度的女性魔法大會，但愛麗絲從來沒去過，她那屆根本沒人願意參加。貝琳達一年級時去過一次，回來後大翻白眼，說道：「只是一群醜老太婆，巴不得男人去死罷了。」不，她的同儕當中沒有女性主義者，大家都避開這個標籤，認為這只會帶來麻煩。

「我不是那個意思。」愛麗絲說道。「我只是……我不知道該怎麼辦。」

「了解。」海倫放下茶杯，問道：「那妳為什麼來找我？」

這應該很明顯吧，愛麗絲心想。海倫覺得她為什麼在這裡，而不是在卡斯帕．史都華或亞倫．伯恩的辦公室裡？

「因為我們有很多共同點嗎？」

這也是陷阱題，但愛麗絲上鉤了。她以為教授在暗示女性要團結一致，便忍不住點點頭。

「不，親愛的。」海倫雙臂交叉在胸前，身體前傾，說道：「事實上，我們沒有任何共同點。」

陷阱突然關上。

「像妳這樣的女孩鄙視像我這樣的女人，不是嗎？妳們認為我們堅持性別差異是錯誤的，妳們認為我們的倡議主張讓人感到丟臉，妳們認為我們太愛抱怨了。」

她說得沒錯，這些指責也都屬實，但愛麗絲一直把這些堅定的看法偷偷藏在心中，也說不出正當理由。

海倫繼續咄咄逼人：「也難怪妳們會這麼想。從小到大，妳們從沒吃過閉門羹。妳們的母親都受過教育，學校都是男女同校，所以妳們以為全世界都向妳們敞開了大門。妳們想穿長褲、不穿胸罩，並和男生一起喝酒喝到天亮。妳們希望大家對妳們一視同仁。」

愛麗絲突然意識到，海倫等這一刻等了很久；她一直在醞釀著這番長篇大論，看著愛麗絲、貝琳達和走廊上的其他人，等待著第一個來訪的女生。這已經跟她無關了，甚至跟格萊姆斯也無關，海倫只是要把悶在心裡的話說出口，而愛麗絲不過是個聽眾。

海倫傾身向前，說道：「像我這樣的女人和像妳這樣的女孩之間的差別在於，我們始終明白，這場戰鬥從未結束。妳們這一輩選擇過著不受任何規則約束的生活，而且這招似乎有用。我向妳們致敬，我支持妳們，我希望自己當初也能那麼做，但妳們不能因為事與願違就喊『狼來了』。愛麗絲，妳必須明白，妳不能只在對自己有利的時候才去尋求女性主義的庇護。」

「我說的是真的。」愛麗絲感到絕望，說道。「我只是……我需要指引——」

「那妳要換指導教授嗎？妳要跟我共事嗎？」

這個提議完全出乎愛麗絲的意料。她並沒有打算問，甚至沒想過這個解決辦法。也許她的表情暴露了她的想法，因為海倫笑道：「妳當然不想啊，因為妳根本就不尊重我。妳覺得我是……大家是怎麼說的？靠老公才進來的歐巴桑？」

「我沒有……」

噢，但愛麗絲的確這麼想，大家都說過這種話。他們一開始是從指導老師那裡聽到八卦，後來自己邊聊邊竊笑，深夜在酒吧裡講故事——海倫到底有沒有發表過論文啊？有人認真看待她嗎？等那蠢婆娘和丈夫離婚了，會發生什麼事？但教授耳聽八方的能力其實比想像中還要好。愛麗絲早該知道的，因為她知道格萊姆斯對關於自己的言論都十分敏感。

「我就知道。」海倫看她的表情就知道了。「看來答案是否定的。那妳要報警嗎？」

「什麼？不要——」

「還是要投訴他？」海倫問道，似乎樂在其中。「妳想讓他被學校訓斥，被迫給妳寫道歉信嗎？這樣會讓妳比較好受嗎？」

「不會——」

海倫兩手一攤，問道：「那請妳告訴我，愛麗絲，我們在這裡做什麼？妳到底想要什麼？」

愛麗絲覺得自己實在太愚蠢了。

她為什麼回答不出來？為什麼這個問題這麼難？這就好像她坐下來參加考試，卻發現自己完全不理解內容一樣。所有的矛盾都發展到了一觸即發的地步，她卻想不出答案，因為她的立場都站不住腳。她渴望格萊姆斯的關注，也想得到他的尊重。她崇拜他的權力，用來對付她的時候例外。她不希望自己的性別獲得特別待遇，但她又覺得只有女性才會受到這種委屈。海倫說得沒錯，她不能什麼都要，她不能抱持著這樣的信念卻還想要抱怨。可是，這難道沒有什麼問題嗎？她感到受傷真的有錯嗎？

她試圖釐清最基本的問題。她到底想要什麼？如果可以揮揮魔杖就解決問題，她想看到什麼樣的結果？

歸根結柢，她只想讓格萊姆斯尊重她、再次喜歡她，並繼續當她的老師。但這部分海倫沒辦法幫她，格萊姆斯對她的態度是不可動搖的事實，再怎麼希望都無法改變。

事實上，她所有的願望都荒謬至極。她希望這一切從來沒有發生過，她希望能找回原本心無旁騖的敏銳頭腦，她希望自己不只是一具軀殼，不只是一坨會呼吸的肉，一個供人鐫刻、觀察，無聊時或許可以撫摸的東西。她想要當初說好的指導教授，她想要一位關心她、尊重她，把她視為思想家而非工具的老師。

但這一切都只是癡人說夢。她拼命追逐假想的光環，卻斷了其他後路，如今陷入了自己親手設下的陷阱。

根本毫無意義，她心想，內心十分無助。逃離也是徒勞，一旦嘗試就會帶來澈底毀滅。如果停止相信一個公設，整個體系就會分崩離析。沒有平行公設，就不可能有穩定的歐幾里得平面；如果不相信自己刀槍不入，不會受傷，就無法生存下去。因此唯一的選擇就是重建謊言——我沒有肉體，這件事不會影響到我，所以一點也不重要。

「既然如此，」海倫說道，表情並非毫無同情。「繼續追究下去只會讓自己受傷。現在對妳的職業生涯來說，最好的選擇就是忘掉這件事。」

我沒辦法，愛麗絲想哭道。我什麼都忘不了。

「格萊姆斯一定會忘記。」海倫說道，嘴角抽搐了一下。「到了米迦勒學期，他就會盯上下一屆新生，然後你們就會一切照舊了。再說了，就像妳說的，那只是一個吻而已。」

不只是一個吻，愛麗絲心想。她的刺青灼熱無比，就跟他刻在她身上的那天一樣，但她不能透露這件事。她答應格萊姆斯自己會守口如瓶，她還是想當一個乖女孩。

她懷疑海倫知道，雖然不清楚細節，但知道大概。海倫一定知道，因為她親眼目睹了這一切，肯定也親身經歷過，而她依然坐在這裡，有自己的辦公室、看得到庭院的窗戶、紅木辦公桌，以及終身職位。愛麗絲不禁好奇，她付出了什麼代價？是什麼樣的信念束縛著海倫，讓她得以繼續前進？

海倫並沒有嘲笑她，只是把藍圖攤開來給她看。相信謊言，這就是唯一的選擇。待在籠子裡，乖乖粉刷牆壁，不這麼做的話就必須放棄，但如果欺騙自己夠久，幻想就有可能會成真。

「謝謝。」愛麗絲勉強擠出這句話。「我獲益良多。」

「不客氣。」海倫說道。「喝完茶再走吧。」

✯

那次會面之後，愛麗絲開始幻想著死亡。

她並沒有計劃結束自己的生命，那樣太過主動了。更多時候，她會走在雪梨街上，看著公車呼嘯而過，心想如果被撞好像也不錯。她喜歡想像自己的骨頭嘎吱碎裂，鮮血飛濺到人行道上。她發明了一個遊戲，猜想死亡瞬間的確切死因會是什麼，碎裂的頭骨刺入大腦嗎？那樣最好，更糟的是內臟破裂，弄得到處都是，雖然必死無疑，思考和感受疼痛的能力卻完好無損，你只能躺在那裡，心想就到此為止了。如果要死的話，她寧願一頭栽下去。

無論如何，從道德角度來看，死亡似乎是完全可以接受的。蘇格拉底在《斐多篇》中提出關於反對自殺的論點是，凡人就像諸神的所有物，如果神明的所有物透過自我毀滅而逃脫身為凡人的牢籠，一定會激怒祂們。基督教的自殺禁令似乎只是換句話說而已，但在愛麗絲看來，上帝怎麼想並不重要。她的家人和朋友或許會難過——她的思緒飄到了人在科羅拉多州的父母，他們會哭著掛斷捎來噩耗的電話——但她無法想像有人會那麼想念她。似乎沒什麼事情可以讓她有繼續下去的動力。

她該怎麼解釋呢？真正讓她心碎的不是肢體接觸，教授並沒有使用暴力，動作也還算溫柔。不，讓她心痛的是，他竟然能輕易把她貶低成一個物件。她不再是一名學生、一個有才智的人、一個充滿好奇心的個體，在教授的指導下學習、成長、蛻變，而只是一個女人，那就是她一直以來最害怕的身分。這還真他媽的老套，她怎麼敢妄想自己不適用這些潛規則呢？女孩進入學院，淪為男孩的獵物。她感覺自己被丟進一個缺乏新意的故事裡，結局早已注定，除了跟著劇情走、唸幾句台詞、等待落幕之外，她別無選擇。在那些日子裡，她覺得最輕鬆的辦法就是直接跳下舞台。

但她始終沒有下定決心澈底了結一切，不是因為她怕痛——她甚至不確定自己是否還能感受到疼痛——而是因為羞恥。因為就算經歷了這一切，無論她變得多麻木，學術界的信條依然縈繞在心頭。這些信條深深烙在骨子裡，即使在她最脆弱的時刻，仍在她腦中迴盪。

如果她死了，大家會覺得她失敗了。

可憐的愛麗絲，大家會這麼說。又有一位格萊姆斯的學生發瘋了。貝琳達會咂著舌頭，對下一屆精力十足的新生說：「你們應該都有聽說愛麗絲的事吧，**可憐**的女孩……別忘了，如果需要談談的話，輔導室隨時歡迎你們。」

再怎麼痛苦，愛麗絲都能忍，但她無法承受那種恥辱。對她來說，最重要的是，她必須得到作為學者的尊重。

於是她繼續埋首工作；去上課、每天去實驗室報到、改考卷和畫魔法陣，腦子裡塞滿各種沒用的資訊。只要她在實驗室裡埋頭苦幹，絞盡腦汁處理棘手的翻譯工作，就能分散自己的注意力，不去想那些記憶。

直到離開系館，回憶才湧上心頭。她寢不能寐，只能躺在黑暗中，盯著天花板，格萊姆斯教授的臉在她的腦海裡浮現。她食不下嚥，不管吃什麼都會反胃想吐。她開始掉頭髮，皮膚失去血色。有人呼喚她，試圖幫助她，但她幾乎聽不見，也沒有回應。她耳朵裡總是有奇怪的嗡嗡聲，世界似乎變得沉寂而扭曲，彷彿她在水中移動。

但她還是堅持下去，她不知道自己還能怎麼辦。要說她有什麼計畫的話，就是當一具行屍走肉，機械行事，直到核心再也承受不住，直到意志力也無法阻止她整個人支離破碎。

沒想到先碎掉的是格萊姆斯教授，而且是真的被碎屍萬段，幾百萬年來儲存在粉筆裡的陰陽界能量產生離心力，一個好好的人頓時變成了血肉模糊的屍塊。

愛麗絲呆站在原地，教授的腦漿、鮮血和頭骨碎片噴得她滿臉都是。她開始大笑，而且一笑就停不下來，因為她終於找到出口了。在那一刻，世界上最荒唐可笑的事情就是，到頭來，生命的出口終究是通往地獄。

第二十一章

她說完後，有很長一段時間，彼得都默默無語。她對此心存感激，要是他說出一般人會想到的回應，她一定會受不了。我很遺憾，妳為什麼不跟我說？沒想到妳竟然經歷了那麼可怕的事情。彼得沒有試著安慰她，只是默默見證她的痛苦。

他不知道什麼時候抓住了她的手，並用拇指反覆搓揉她指關節之間的皮膚。愛麗絲知道那是不自覺的衝動；他總是坐不住，需要有東西擺弄，如果不是她的手，可能就是一根粉筆。儘管如此，這還是幾個月來，她從別人的碰觸中第一次獲得安慰。

他們的關係並沒有回到以前那樣，但這似乎是她有記憶以來，兩人第一次能夠坦誠相對。

彼得終於開口：「但妳當時很肯定。」

「肯定什麼？」

「他不在欲望之殿。」

「相愛的人才會去欲望之殿。」愛麗絲說道。「那不是愛。」

彼得想了一下，然後點點頭，問道：「那妳的解決辦法是什麼？」

「什麼解決辦法？」

「妳要怎麼把格萊姆斯教授活著帶回人間？」他放開她的手，說道：「妳看到我的計畫了，那妳的是什麼？」

事到如今也沒什麼好隱瞞的，愛麗絲心想，便把背包拉向自己，說道：「我不確定這算不算計畫。」

「什麼意思？」

「我不斷告訴自己，我是來把他帶回去的。」她一邊說，一邊掏出筆記本。書封和邊緣都浸濕了，但內頁是乾的，還可以閱讀。「但你知道嗎？我一直沒有想到解決辦法。我一直告訴自己，時間不多了，必須馬上動身，剩下的事情路上再想。但我只想到這些，我甚至不確定能不能成功。」

她翻到筆記本的最後面，翻到她在畫前往地獄的魔法陣之前寫的內容，說道：「兩週前，我找到了色薩利女巫艾莉克脫的音節表。」

「艾莉克什麼？」

「艾莉克脫。」

「沒聽過耶。」

「沒聽過很正常。艾莉克脫很狡猾，總是遊走於邊緣，從未被列入正式的檔案中。在我看來，她是一位技藝高超的魔法師，只是那個年代的人都覺得她的魔法太過怪異可怕，所以沒有好好留下紀錄。我以前也沒聽過她，要不是……總之，在我們要下地獄的時候，我已經開始研究一些很奇怪的東西了。」

她把筆記本往前翻，解釋道：「你看，我是從但丁開始的。維吉爾說是艾莉克脫命令他前往下層地獄，向她報告所見所聞。我從但丁查到維吉爾，又從維吉爾查到藏頭詩。我後來查到一個叫做門農巨像的遺跡，這兩座位於底比斯的巨大石像是為了守護埃及法老的陵墓而建的，但自古以來就與特洛伊國王門農聯繫在一起。幾千年來，每天清晨破曉時分，這些雕像都會發出一聲尖銳的哭喊。沒有人知道原因，也許是因為太陽照射導致岩石膨脹，加上風吹的角度剛剛好，但人們相信，那個聲音是瀕死的門農在呼喚他的母親，也就是黎明女神艾奧斯。我開始懷疑門農巨像上是否有什麼粉筆寫的銘文，可以與冥界進行交流。」

她不確定對方是否聽得懂這番胡言亂語，畢竟這是瘋狂研究好幾天，把一堆混亂的相關概念拼湊起來的成果，但彼得很有耐心地點頭問道：「那妳發現了什麼？」

「主要是藏頭詩。我不能放下手邊的一切跑到埃及去，但我有在一些私人收藏中找到照片，上面有多年來遊客在雕像上留下的希臘文和拉丁文銘文。那是『proskynemata』，一種宗教祈願銘文，都有稍微加密過，並且都使用了基本的藏頭詩魔法，可能是給親人傳遞訊息，或是祝願親人安息的小咒語，我也不知道。但我有看到一個名字反覆出現，就是艾莉克脫。」

「真是個非比尋常的兔子洞。」彼得說道。

「確實。」愛麗絲發出尖刻的笑聲，說道。「我知道，抱歉。但你有體會過嗎？當你被研究計畫壓得喘不過氣來，卻一無所獲，結果突然發現一件有希望的事情，彷彿在閃閃發光，呼喚著你，就像夜空中的一顆星星？」

彼得點頭道：「就像一根救命稻草。」

「沒錯，你會死命抓住它不放，因為除此之外別無他法。」

在那些日子裡，艾莉克脫是對她來說唯一有意義的名字，也是她尋求答案的唯一希望。她會從不情願的睡夢中醒來，面對奧菲斯的艱鉅任務。在過去幾世紀的學術研究中，怎麼查都是死胡同，只有艾莉克脫像亞莉阿德妮[8]的紡線一樣閃閃發亮，通往未知的地方，但至少不是死路。

「所以我就去查希臘文檔案。因為她的手稿根本沒被分類在魔法圖書館裡，所以我花了很多時間，最後終於找到了幾張不完整的紙莎草紙，經過碳定年法測定，發現年代可以追溯到色薩利。然後我研究了一會兒，發現艾莉克脫在試驗的正是現代地獄學家所著迷的發散級數。因此在幾個世紀以前，艾莉克脫可能就得出了我們所謂的——」

「拉馬努金求和。」彼得說。

「沒錯，和我們一開始下地獄的機制是一樣的。」愛麗絲翻過一頁，並用手指輕敲紙上畫的五芒星陣，跟他們下地獄使用的魔法陣非常相似，只是兩個關鍵的名字改變了位置。「這就是我的解決辦法。但我不會將一個物理實體傳送到新的座標，而是將靈魂綁定到不同的座標，將其帶回人間。」

「我不太懂。」彼得說。

愛麗絲遲疑了一下。直接說出口實在太可怕了，所以她選擇了魔法師常用的表達方式，也就是用冷冰冰的專業術語來說明，好像在寫期刊摘要一樣。「但丁的《地獄篇》中提到，艾莉克脫是另一個派維吉爾到地獄深處的人。學者對但丁提及這點的意圖眾說紛紜，有些人認為這是為了讓讀者相信維吉爾熟悉下層地獄，有些人則認為他是要透過把維吉爾和巫術聯繫在一起來強調他的異教信仰。

「不管怎樣，但丁的靈感汲取自盧坎詩集《法撒利爾》中的軼事，裡面寫得更加詳盡：羅馬共和國的將領塞克斯圖斯．龐培請色薩利女巫艾莉克脫預言法撒利爾戰役的結果，她也真的這麼做了。」她雙手環抱胸前，繼續說：「她將一具屍體拖下戰場，強迫其靈魂返回殘破不堪的軀體，向塞克斯圖斯傳達預言。那是一個可怕的咒語，靈魂介於生與死之間，可以透過原本

8 希臘神話中的克里特王國公主，給了雅典英雄忒修斯一條紡線在迷宮中引路。

的軀體說話，但十分費力。他無法像過去一樣生活，但也死不了，因為他的靈魂被困住了。最後，艾莉克脫將他的屍體放在火葬堆上燒掉，釋放了他的靈魂。」

彼得一言不發。就算他知道話題的走向，他也沒有表現出來，只是一直注視著她，令人捉摸不透。

「這就是我打算對格萊姆斯做的事。」愛麗絲說道，雙臂緊緊環抱在胸前，宛如逐漸閉合的陷阱，彷彿只要她夠努力，就能把自己擠壓到變不見。「我會把他放回那具屍體裡。我會在裡面塞滿各種不自然的東西，避免它解體，並且確保咒語持續夠久，讓他的聲帶和舌頭能夠運作，能夠說出我要他說的話。我根本不打算讓格萊姆斯重生，我會把他變成我的玩物，他會完全任我擺布，只能求我放了他。」

彼得依然保持著禮貌和好奇的態度，問道：「那妳打算怎麼做呢？」

「喔，就是巫術會用到的東西啊，例如瘋狗被殺後口吐的白沫、猞猁的內臟、海水棲螞蟥，自然界所有駭人的元素。盧坎的描述非常生動。」

「天啊。」

愛麗絲清了清喉嚨，坦承道：「我還把他挖出來了。」

「我就知道。」

「其實也沒剩多少可挖了。」

「我想也是。」

「但你看，這行得通，因為你沒有要讓靈魂復活。」愛麗絲說道。剩下的話她一口氣講完，像機器人一樣，只是唸出概要：「你可以省去生死輪迴之類的宇宙學問題，因為這個版本的格萊姆斯再也無法與生者互動了。他不再是個活人，只是一個聲音，一個印記。他會是我的，完完全全屬於我，我可以玩弄他，或者拿他做實驗，或者審問他，甚至……單純把他鎖在櫃子裡好幾年，就這樣忘了他也可以。」

終於說出口了。她吐出一口氣，揚起下巴，準備接受批判。

「了解。」彼得歪了歪頭，說道：「真是……嗯，真有意思。」

「你覺得這種想法很病態。」

「沒有，我覺得……」他眨著眼睛看著書頁，思考了一下才開口：「整體而言，我覺得這是很了不起的研究，妳的創造力令人驚嘆。」

「喔，呃，謝啦。」

「妳打算讓他活多久？」

「那部分我也還沒想清楚。」

她的計畫確實有很多漏洞，例如要怎麼跟系上其他人解釋屍體復活的事、要如何阻止格萊姆斯尖叫求救，以及要如何讓考試委員相信，那坨用沙啞的聲音胡言亂語的腐肉和骨頭實際上是雅各．格萊姆斯教授在說話，不是她花錢請大學生躲在地板下。

沒想清楚的理由應該顯而易見吧。這是一場營救之旅，她愛怎麼說服自己都可以，但其實從頭到尾都跟推薦信無關，重點是復仇、控制，以及讓格萊姆斯明白成為別人的玩物是什麼感覺。那不過是一場如癡如夢的幻想，而彼得太聰明了，不可能被騙。

「但我不認為那樣會讓我好過一點。」愛麗絲雙手抱膝，說道。「問題就在這裡。我本來希望會，但仔細想想才發現，我之所以想要這樣，只是因為他也會這麼做。這簡直就是個完美的格萊姆斯式解決方案，殘忍、效率高且駭人聽聞。他從不半途而廢，要做就做到底。而在內心深處，我其實有點興奮，因為我一直在想像他醒來後，看到我做了什麼，會露出什麼樣的表情。」她無奈地笑了笑，說道：「我還一直幻想他可能會環顧四周，然後告訴我：『幹得好。』」

「妳知道嗎？」彼得說道。「我真的覺得他會這麼說。」

「他已經深深烙印在我們心中了。」愛麗絲說道。

「對啊。」彼得斜眼看了她一眼，苦笑道：「忘也忘不掉。」

兩人都低頭看著筆記本。

自從愛麗絲寫下這些筆記後，就沒有再重新翻閱過了，現在看到那狂亂的潦草字跡，與她平常工整的字跡截然不同，自己都覺得驚奇。她還記得在出發前幾小時，自己坐在嗡嗡作響的檯燈旁，在昏暗的光線下弓著身子，看著艾莉克脫的手稿，強迫自己的手跟上飛速運轉的思緒。有幾次她用力過猛，以至於鉛筆芯都斷了，留下了石磨的痕跡。相較之下，彼得的筆記本顯得很普通，而她自己的筆記本看起來像是出自瘋人之手。

她小聲問道：「所以你不認為我瘋了嗎？」

彼得伸出手，與她十指緊扣。

儘管他們只是靜靜坐著，儘管他們仍然沒有找到解決辦法，也沒有出路，但不知何故，愛麗絲感覺自己的頭腦已經很久沒有這麼清楚了。她感到平靜，思緒安定，就好像她原本在往下墜落，在空中掙扎、撲騰、喘不過氣來，最後終於有人給她著陸的地方。

✫

時間一分一秒地流逝，布穀鳥繼續咕咕叫著。起初，愛麗絲還不停看手錶，但很快就覺得算了。過了幾分鐘、幾小時根本就不重要，反正他們也逃不了。

克里普基一家沒有來，這讓愛麗絲心中燃起一絲希望——或許克里普基一家已經忘了他們，或許他們不會慘遭殺害，只會默默死去。克里普基一家並不急，他們不需要和兩個成年人搏鬥，只需要耐心等待，而且他們有的是時間。

她想過要哭，但天氣太熱太乾燥，此時她體內已經沒有足夠的水分來凝結成淚水了。

到此為止了嗎？她回顧了自己的一生，回顧了她所有的夢想、努力和一心一意想達成的目標，對自己的下場只感到可悲和可笑。

大一時，她修過一門關於希臘哲學家的課程，後來才發現自己對哲學過敏。她不太喜歡蘇格拉底，但她滿喜歡亞里斯多德針對世界、靈魂以及生物形態的論述。他對生物蓬勃發展的動力是如此深信不疑。她還記得讀過亞里斯多德的主張，他認為任何生物，即使是最原始的有機體，都會被善的概念所驅動。就連植物也會朝向太陽，連最小的螞蟻也會覓食，連沒有大腦的蠕蟲也會往土裡鑽。對生物來說，這一切都再簡單不過了——除了人類，除了像她這樣的人，只會一味尋求讓自己痛苦的事物。

她似乎一輩子都在往錯誤的方向奔跑，並不是因為缺乏機會，她明明知道哪裡有陽光，卻又無法抵擋將自己埋入黑暗之中的衝動。

或許人類的智慧本身就是個錯誤，對於逃離伊甸園的讚頌都是大錯特錯。或許和隨之而來的痛苦相比，名為「理性」的贈禮根本就不值得。

又或許，像愛麗絲這樣的人從根本上就有缺陷。也許活著只是浪費，也許死亡對她來說才是最好的。也許她不像亞里斯多德的植物，更像佛洛伊德的有機體，不由自主尋求死亡，回到在不幸誕生之前，那無生命的平靜狀態。她跟彼得分享這個理論。

「嗯……」他說。「我不覺得我們會不由自主尋求死亡。」

「那是你吧。」

「我覺得我們只是陷入了困境，但我們仍在努力面對光明。」

他們聊了一會兒，聊著突然浮現在腦海中的回憶、平淡無奇的觀察、曾經吃過的飯菜、以前讀過的書。愛麗絲成功逗彼得笑了一、兩次，她還能讓彼得笑到打嗝，似乎是此刻最大的勝利。

兩人講得口乾舌燥，聲音越來越沙啞、微弱，最後陷入了沉默。

愛麗絲心想，這不是最糟糕的死法，至少她知道自己沒什麼好怕的，至少她不是一個人死去。

她無法否認，內心深處其實鬆了一口氣，因為一切終於脫離了她的掌控，所有的算計、施法和掙扎都不再有意義。一切總算畫上了句點，而她無能為力，這讓她感到欣慰。

「愛麗絲。」彼得用手肘輕推她的肩膀，說道。「愛麗絲？」

她本來快睡著了，現在又睜開眼睛，問道：「怎麼了？」

「我之前說了謊。」

「你哪有。」她咕噥道。「別這麼說。」

「妳發現的那個方程式。」他坐了起來，說道。「妳說得沒錯，我不是隨便寫寫而已。事實上，那是我把格萊姆斯教授從地獄裡救出來的優勢策略。」

「欸，現在氣氛正好耶。」愛麗絲說道，並讓自己的手臂垂在他的手臂上。她已經沒那麼在意了——在臨死之際得知彼得當初打算殺了她，雖然失望，但也不意外。「不要說這種掃興的話。」

「妳不明白。」彼得說道。「我沒有要拿妳來交換，我從來都沒有那個打算，我是要用自己來交換。」

「可是不行啊。」愛麗絲說道。「那是魔法的公理……不能自己交換，我試過了。」

「是不行。」彼得說道。「我本來想請妳幫忙的。」

好熱啊，愛麗絲心想。真是熱得要命。她分不清嗡嗡聲是來自外界還是腦中，但她可以放空思緒，只去想嗡嗡聲，而不去思考其意義。噢，無思無念的狀態，多麼甜蜜的空白，她應該要當一顆石頭才對。她考慮要不要裝成石頭，假裝沒聽到，讓彼得的話像水一樣流過，左耳進，右耳出。

但他看起來心思煩亂，顯然心意已決，一定要把整件事講清楚。

她只好打起精神，問道：「為什麼？」

「因為是我殺了他。」彼得說道，臉色十分難看。「我的意思是，他的死是我的錯，不是妳的錯，所以照理來說應該把他帶回去的人是我。」

第二十二章

彼得．默多克從未有意傷害任何人。他不像愛麗絲，沒有那種不擇手段的決心。彼得不記仇，也不認為自己有對手，一部分原因是他早已習慣不戰而勝。彼得．默多克出生時，嘴裡含著金湯匙，手裡拿著粉筆。對他來說，學術界是遊樂場，而不是戰場，而且所有遊戲他都很擅長。

然而某方面來說，他也是個危險人物。彼得一輩子過得無憂無慮，以為事情總會順著他的意，自然而然地發生，因為大部分的時間也確實是如此。這讓他變得粗心大意，他從不考慮後果，除了自己的研究之外，也不太去思考其他事情。只有當事情開始往不好的方向發展，變得一發不可收拾，只有當他突發奇想造成的骨牌效應遠遠超出他的希望或預期，他才意識到粗心大意有多麼危險。

彼得五歲時便展現出天賦。他生病在家，康復的速度沒有預期的那麼快，因此父母認為有必要聘請數學家教，以免彼得學習進度落後。這位家教是他父親的學生，要不是因為缺零用錢，他根本不會做這份工作。他採取了一種不負責任的教學方式，一次給他出一道代數練習題，同時在一旁批改作業。

彼得解題解得很開心。因為他不在鬧哄哄的教室裡，不會被拿著蠟筆亂畫的小朋友干擾，也不需要極力避免引人注目，所以在那一個小時內，他輕鬆完成了教科書上的一課又一課。在彼得看來，他只是在開心解題，見招拆招，完全沒有注意到老師的下巴都快掉下來了。「他太厲害了。」那名研究生向他父親報告。「他的程度遠遠超過小一，待在那裡太可惜了。」

彼得的爸爸是數學家，媽媽是生物學家，他們聽到後欣喜若狂，因為身處學術界的父母都希望且期待生出聰明的孩子，卻又不敢公開承認自己想要天才兒童。但看來彼得確實是個天才，所以他們聘了很多家教，時時刻刻用高深的知識來激發他的大腦。

這是件好事，否則彼得就要一個人度過單調乏味的童年了。除了聰明絕頂，彼得的另一個特點是他經常生病。起初，他看起來像個典型的體虛孩子，總是肚子痛、食物中毒、腹瀉或便祕。他的祖父母說，彼得長大後就會好的，有些孩子就是會動不動就生病。然而他六歲時，醫生才發現彼得罹患了嚴重的慢性疾病。隨著彼得的成長，發炎性腸道疾病的醫學研究取得了長足的進步，但在他幼年時期，醫生頂多只能告訴他的家人，他的結腸不知為何發炎了，最好避免食用小麥麵粉。後來，彼得的飲食禁忌逐漸擴大到乳製品、堅果和生蔬菜——事實上，彼得花了很多時間接受食物排除療法。他們無法判斷飲食控制是否有幫助，只知道在他病情最嚴重的時候，全液體飲食（也就是大骨湯和蘋果汁）似乎可以緩解症狀，但這只是因為他的腸胃裡已經沒有什麼東西了。

最後，在許多專科醫生的診治和誤診之後，他被診斷出患有克隆氏症，一種病因不明、無法治癒的慢性發炎性腸道疾病。彼得和他的父母幫他的病情取了「猛獸」這個名字，把疾病擬人化，不然它就只是個擾亂自我意識的神祕存在。不知為何，彼得自身的免疫系統會攻擊自己的細胞，把它想像成一個反覆無常的外星生物還比較簡單。有時猛獸會放過他，有時則會不斷啃噬他的內臟。有時它會沉寂好幾週，剛好夠他計劃去參加生日派對、去海邊、去爬山，然後再展開絕地大反攻，導致他半次都沒去成。猛獸難以捉摸、無法預測，唯一肯定的是他們永遠無法消滅它，只能暫時遏制和驅逐。

彼得漸漸習慣去看醫生。克隆氏症會導致營養不良，進而引發一連串的副作用。他的眼睛總是紅腫結痂，牙齒問題一堆，背上不時會冒出一大片紅疹，洗再多次燕麥浴都無法緩解。他長期體重過輕，而且由於克隆氏症發作時，通常會先用免疫抑制劑進行治療，所以多年來他也飽受各種季節性疾病的折磨。彼得無時無刻不在咳嗽、流鼻水或嘔吐；事實上，即使有一天他的身體狀況看起來不錯，他的父母也只會做好迎接反撲的準備。

彼得並沒有因此氣餒。他沒有兄弟姊妹，也沒有鄰居朋友，所以沒有一個「正常的童年」來做比較。身體不好只是他必須面對的事情。除此之外，他還有家教老師。他不需要運動，因為他可以活動大腦；他也不需要戶外活動，因為有一個個抽象的宇宙在他的想像中拓展，等著他去探索其中的祕密。

他很喜歡數字，因為數字有其規律，且永遠不會改變。六十四的平方根永遠等於八。大多數時候，他都玩得很開心，幾乎忘了自己是個生病的孩子，被關在房間裡，也沒有朋友。

儘管如此，彼得的父母還是覺得他需要和同年紀的孩子相處。因此，在他八歲生日那天，剛好彼得那幾個月身體狀況都還不錯，他的父母就邀請了三年級的同學來參加生日派對。彼得那學期很少去學校上課，連同學的名字都不太記得，但所有受邀的小朋友都帶著滿滿的禮物和歡樂來到他家。

「看看誰是人氣王。」他母親說道。

彼得從臥室走出來，被人群和喧鬧聲弄得不知所措。「我該怎麼辦？」他問道。

「去社交吧。」他父親說。「這對你有幫助。」

「我該怎麼做？」

「試試看就對了。」他父親把他推向樓梯，說道：「好好玩吧。」

他試了，而且玩得不亦樂乎。彼得從未和其他孩子相處過這麼長的時間，也從未體驗過捉迷藏、鬼抓人或釘上驢尾巴的樂趣。儘管他很不擅長尋找藏身處，儘管他是跑得最慢的小朋友，但每個人都會為他的小小勝利而歡呼，大家都會跟他一起笑，而不是嘲笑他。

那天下午整整三個小時，彼得都覺得自己很幽默風趣、充滿魅力且備受歡迎。大家人都好好！他甚至還吸引到潔瑪．戴維斯的注意。就連彼得也知道，潔瑪是這個社區公認最漂亮的女孩，有著棕色的大眼睛和柔順到發亮的栗色頭髮。

到了要吹蠟燭和切蛋糕的時候，潔瑪在他旁邊坐了下來，把她的小手放在他的手上，用非常拘謹和成熟的語氣說道：「謝謝你邀請我們來，重病人士有人陪比較好。」

「重病人士。」彼得重複道。

「嗯，你病得很重，對吧？」潔瑪捏了捏他的手，說道：「我聽到你媽媽跟我媽媽說了，所以我們大家才會過來幫忙，讓你感覺好一點。」

她對他露出燦爛的笑容，彼得也回以微笑，嘴裡卻有股苦澀的味道。之後大家唱生日歌、吹蠟燭、拆堆積如山的禮物，再繼續玩無止境的派對遊戲。他全程臉上都掛著笑容，但這一天已經毀了，每當他人釋出善意，他都會懷疑對方是否只是在同情他。

那天晚上，派對結束後，他親吻了潔瑪．戴維斯的臉頰，並告訴她：「謝謝妳的日行一善。」然後他就關上門。

碗盤洗乾淨、禮物也收好後，彼得問父母能不能在家自學到考完大學入學考試。他們聽了當然很擔心。喔，天哪，小朋友們是不是對他不好？有沒有欺負他？完全沒有，他回答；大家人都很好，只是他覺得跟平庸的人社交沒什麼好處，這對他的發展應該不會有幫助。

那天晚上，他隔著房門，聽到父母在爭吵。父親說，他說得沒錯，他真的很優秀，沒理由讓他留在同齡人的班級。母親說，但他變冷漠了，他怎麼會說出「平庸的人」這種話？他從哪裡學來的？我們不能讓他從小就自以為比別人優秀。

沒關係，彼得心想。就讓他們覺得他冷漠、無禮、不合群吧。從小患有慢性病代表必須不斷在「不好」和「更糟」之間做出選擇，而彼得那天下定決心，無論發生什麼事，他都再也不要成為他人同情的對象了。

✯

等到彼得參加大學入學考試的時候，醫生終於選定了一種效果比其他藥物更好的藥。這種藥物叫做巰嘌呤，可以干擾DNA合成，讓發炎的細胞難以分裂。不幸的是，巰嘌呤會抑制整個免疫系統，代表彼得必須勤洗手，並在冬季流感季節避開人群密集的地方。但除此之外，他可以和同齡人吃一樣的食物，做一樣的事情。因此，在他十七歲生日後的三週，他帶著兩個行李箱，前往他父母相遇並相愛的那所大學。

彼得在牛津大學如魚得水。他沉醉在課業中，老師也都很喜歡他。他第一次嘗到香檳，第一次騎腳踏車。第一學期開始一週後，他參加了一場關於魔法基本悖論的公開講座，就此愛上了這個異想天開、變幻莫測的領域。他本來打算念數學或物理，但魔法彷彿是一座巨大的冰山，人類只看到了冰山一角，一想到還有多少事物有待探索，他就激動不已。那些年，一天到晚都有重大發現。他們剛開始調查塞那阿巴斯巨人像；他們剛在阿哥拉發現了白堊沉積層；他們剛開始探索支撐世界古文明的魔法根基，而他正身處其中。有時他會在校園裡漫步，興奮得睡不著。

這段時間他也逐漸意識到，自己變成了某些人眼中的帥哥。他現在能長到這麼高簡直是奇蹟，小時候因為體重過輕，他大部分的時間都落在成長曲線上很低的百分位。但到了青春期，彷彿有個愛搗蛋的神抓住他的頭和腳踝，把他像傻瓜黏土一樣拉長，直到他變成一個有著柔軟頭髮和瘦長四肢的青年，簡直判若兩人，而這種身材在牛津大學穿西裝戴領帶，在男女之間都很受歡迎。他手長腳長，很適合划船，開始划船後，他注意到自己的身體發生了許多好的變化。他的手臂變得強壯，胸膛變得寬闊，他也學會在頭髮上抹一點髮膠，讓頭髮半立起來。

總而言之，彼得在牛津大學玩得很開心。

當然，病情緩解不代表痊癒了。猛獸每隔幾個月就會捲土重來，導致他必須住院、靜脈注射類固醇以及臥床休息。但彼得發現，只要他不告訴任何人發生了什麼事，只要他讓他們用自己的猜測來填補空白，就沒人會在意。他從來不說自己不舒服，他根本不找藉口，後來他發現其實做很多事情都不用承擔後果。他可以缺課好幾天，甚至好幾週，雖然他盡可能不要太誇張。除非臥床不起，不然他盡量不待在家裡。沒有人抱怨，他的朋友和老師也都以平常心接受。他們會說，喔，默多克就是這樣的人，隨心所欲，真是個瘋狂的小夥子。所以在牛津大學的三年裡，他營造出了這樣的形象：一個心不在焉的古怪天才。

或許他也沉浸在這種形象中，或許他有時會裝模作樣，會用一種漫不經心、作夢般的語氣談論問題集的答案，好像他沒有花好幾個小時研究一樣；或是假裝自己沒念書，但實際上卻熬了通宵。如果他要離開教室去洗手間，他就謊稱要去抽根菸。如果住院的時間超過一週，他就會假裝去了巴塞隆納或哥廷根——有時確實是如此，因為他的父母喜歡參加研討會，而他也喜歡陪他們去——或者乾脆假裝自己待在家裡睡覺，因為他爽，因為彼得．默多克不用去上課就能取得好成績。

這招的效果好到連他自己都驚訝。沒有人因為他缺席而討厭他，他一現身，大家反而更加興奮。默多克是個罕見的存在，他的出現本身就是一件喜事。在這個由外界看法定義的世界裡，彼得正在學習如何創造一個令人注目的形象。彼得斷定，天才有再多怪癖都能被原諒，只要能用聰明的頭腦震懾人心，就算擁有病弱的肉體，大家也能接受。他一定會憑藉自己的聰明才智，成為一個了不起的人。

☆

等到要討論未來出路時，彼得已經下定決心要攻讀分析魔法博士學位了。數學和物理讓他樂在其中，但難以捉摸的未知更讓他著迷；在魔法中探索真理，就彷彿試圖將陽光攥在掌心。如果他的父母沒有那麼多顧慮，劍橋大學就會是顯而易見的選擇。艾芙和霍華德．默多克都是在牛津大學拿到博士學位的，也認為牛津大學是世界上最好的學校。此外，他們在英國學術界人脈很廣，所以當然聽過一些傳聞。

「那個人很殘忍。」他母親說。「再說，待在更舒適的環境不是比較開心嗎？何不留在牛津大學呢？」

「也可以去新世界啊。」他父親說。他到現在還是堅持戲稱美國為「新世界」，雖然從來沒有人笑。「他們最近在做一些很有開創性的研究，你一定會過得很開心。何必在**劍橋大學**浪費最好的年華呢？」

兩人都沒有說出口的是：你確定你受得了嗎？

但彼得從小就遵循著兩個相互關聯的原則行事。

首先，他只對做最難的事情感興趣。從這一點來看，他崇尚尼采的理念，不是像牛津大學許多年輕人那樣，以怪異又反社會的超人式思維行事，而是廣義的尼采主義者，認為人生唯有不斷超越自身極限才有意義。他相信只有劍橋大學的教職員工才能幫助他突破極限，而他只願意把時間花在自己最擅長的事情上。

再者，他討厭別人因為他的體質而破例。彼得一直都是默多克家那個病懨懨的孩子，從小，富有同情心的老師都會好心告訴他，即使他不上場比賽、不參加校外教學、無法參加考試，或是不想跑最後一圈，也都沒關係。彼得已經受夠了別人對他的同情。他不要只是拼命跟上他人的腳步，或是做沒有克隆氏症的人能做的事。他要做沒有克隆氏症的人做不到的事。因此當彼得聽到實驗室助理辭職、研究生常常哭著衝出格萊姆斯的辦公室等鬼故事，他將其視為一場挑戰。

或許他在牛津大學的時光讓他對自己的魅力過於自信，或許他的同學和教授對他太過阿諛奉承，或許他有點自負過頭了，但彼得深信自己是一個很特別的人，如果有誰能讓雅各·格萊姆斯刮目相看，那個人就是他。

✯

劍橋大學！這裡有著鵝卵石小巷、蜿蜒的河流，還有綠意盎然、寧靜祥和的河岸，彼得立刻就愛上了這個地方。大學時，他在Wetherspoons連鎖酒吧泡了幾個學期，夜店魂已經玩夠了，現在他更欣賞劍橋大學的寧靜。牛津大學總是太過熱鬧，劍橋大學位於沼澤區，似乎是一個可以集中精神完成任務的地方。渴望進英國議會的男孩們都在牛津大學修讀政治學、哲學和經濟學，劍橋大學則是科學家實現夢想的地方。分析魔法學系也完全符合他的期望，擁有優秀的師資、優秀的同學，以及源源不絕的粉筆預算。正如彼得所希望的那樣，格萊姆斯教授要求嚴格，令人生畏；彼得在他的指導下鍛鍊心智，就像刀子在磨刀石上磨得鋒利一樣。

當然還有愛麗絲。

愛麗絲・羅。博班第一年，有多少個夜晚，他在午夜過後騎車回家，回想起她的笑聲就高興得飄飄然？暴躁、固執又逗趣的愛麗絲，彼得從未見過像她這樣的人。她擁有劣勢者的鍥而不捨和藝術家的創造力，最重要的是，她的想法與他在牛津大學遇到的人都截然不同。或許是在美國耳濡目染（彼得從未去過美國，但聽了父親的描述後，他相信那裡充滿打破傳統的人），又或許是愛麗絲古怪的敏感度，但她的思考方式——嗯，用「根莖式」來形容或許最貼切。她不按直線思考，總是曲折地向外延伸。她總是好奇不相關的學科之間如何交流，或是從沒人聽過的檔案中挖出一些亂七八糟的東西。她會問，你能想像一個沒有記憶的世界嗎？如果我們只擁有金魚的記憶力，還能建立有意義的關係嗎？你的寵物知道自己有一天會死嗎？瞬間移動等於死亡嗎？現在假設你真的認為瞬間移動等於死亡，如果你醒來，你的配偶聲稱自己被從床的一側瞬間移動到了另一側，你會為對方哀悼嗎？他從未遇過想法天馬行空到他難以跟上的思想家。他非常喜歡看著她自言自語，聽她零散的思緒構築出完整的論點，看她的眼珠子轉動，不知道在看什麼東西。

他會那麼在意她，不只是因為她很聰明。他身邊的人都才華洋溢，因此聰明才智在這裡不值一提。愛麗絲是個挑戰，愛麗絲讓他時時保持警惕。「要多留意她。」有一次，他和格萊姆斯教授在教師俱樂部喝茶時，對方這樣跟他說。「她要嘛早早出局，要嘛會得諾貝爾獎。」

是的，彼得經常觀察愛麗絲。晚上，他夢見一個像鳥一樣的身影踮著腳尖，站在黑板前，歪著頭思考。

一切都太浪漫了。雖然時間不長，但彼得．默多克曾經擁有他夢寐以求的一切：一位激勵他的指導教授、一位互相挑戰或腦力激盪的摯友，以及一副極其配合的身體。每隔幾週，他都會騎車去醫院找他的消化科醫師做檢查，雖然內心深處，他已經開始懷疑這完全沒有必要。他現在正處於人生中最長的緩解期，令人難以置信的是，有時他甚至會忘了猛獸的存在。

有人說克隆氏症的緩解期可以持續數十年。克隆氏症的衛教小冊子上寫滿了患者的神奇經歷，他們有一天醒來時不再感覺到疼痛和胃痙攣，並且多年來再也沒有復發。醫生說沒人知道病情緩解的原因，只能說是奇蹟出現；有時你的身體會決定不再攻擊自己。彼得小時候從來不敢癡心妄想，但隨著時間流逝，他越來越有理由相信一切都結束了，他已經永遠擺脫猛獸，現在的他自由了。

博班第一年過了一半時，命運按下了開關。

✯

克隆氏症就是會這樣，他不該忘記的。猛獸從未潰敗，只是受到驅逐，躲了起來。一天晚上，他才在橋對面的印度餐廳享用辣味咖哩和玫瑰豆蔻拉西，隔天就開始胃痙攣，雖然症狀還算輕微，卻預示著痛苦的開始。

情況急轉直下，這是彼得十二歲以來發作最嚴重的一次。由於很久沒有復發，他早已忘了猛獸究竟有多可怕——持續不斷的腹瀉和脫水，腹痛和痔瘡的雙重折磨，以及對進食的強烈反感，生怕食物放進嘴巴，最後只會吐出來。一個月內，他去了四次醫院；前兩次是打點滴，第三次和第四次是靜脈注射類固醇。他似乎對巰嘌呤產生了抗藥性，現階段他的治療計畫有如亂槍打鳥。他的體重直線下降，皮膚越來越蒼白，甚至有點半透明，他照鏡子時，還能看到皮膚下細長的青筋浮現。

他沒有告訴任何人。當彼得贏得了那樣的名聲，這個世界就會給他一定的隱私。每個人對彼得．默多克都有自己的一套看法，所以當他沒去實驗室，而是蜷縮在床上，當他直接缺交應該批改的作業，他們只會放大原本的看法。默多克懶得做這些事，默多克根本就不在乎。

別人對他的善意和包容遲早會耗盡。反覆無常是一回事，不負責任又是另一回事。他請貝琳達幫忙代課好幾次，有一次她爆氣道，拜託，彼得，世界不是圍繞著你在轉耶。

但無論如何都比暴露自己的弱點好。在彼得的想像中，一旦有人發現，他就不再是「偉大的彼得」，而是「病人彼得」、「殘障人士彼得」。所以，即使後來他因為怕在路上暈倒，沒辦法再騎車回家，他還是無法接受任何人知道這件事，尤其是愛麗絲。

他知道自己傷害了她。他有看到她受傷的神情，也為當初不告而別感到難過。他從來不覺得自己欠別人一個解釋，因為他從未與任何人親近到自己突然消失會影響到對方的生活。以前，彼得只是默默退居幕後，從大家的生活中消失。他的友情斷斷續續，雖然他總是很珍惜朋友，卻也只將對方視為人生的過客。然而愛麗絲成了他生活中的常數，他無法放棄她。

儘管如此，關於潔瑪．戴維斯的記憶仍深深烙印在腦海裡，他忘不了自己再也無法區分友誼和慈善的那一刻。他覺得以後還可以道歉、找個藉口，跟她言歸於好，但如果他們未來還要當朋友，那就絕對不能讓愛麗絲知道。

他唯一不能隱瞞的對象就是格萊姆斯教授。事情已經到了岌岌可危的地步，他拖欠了太多工作，缺席了太多會議，已經沒辦法只靠名聲蒙混過去了，不然他可能會失去經費補助。

於是彼得帶著就醫證明去指導教授的辦公室，請求對方的寬恕。

「但你看起來還好啊。」格萊姆斯教授說道。他肯定沒有仔細看，因為那時彼得已經瘦了將近十公斤，照鏡子時，每根肋骨都清晰可見。

「呃，這種疾病表面上比較看不出來。」

「所以你從小就生病了。」

「我是六歲時被診斷出來的。」

「但現在才惡化。」

「看來是這樣。」彼得說道。「我自己當然也很失望。」

格萊姆斯教授皺眉，問道：「那這個會持續多久？」

「沒人知道，它來來去去，從來沒有一個固定的模式。」

「所以你有可能超過一年都沒辦法正常工作。」

彼得皺眉道：「我是希望不要。」

「你不能服用什麼藥物嗎？」

「以前有。」彼得說道。「但現在失效了。有些新藥可能效果更好，但需要一些時間，而且在換藥之前必須先控制症狀，這需要幾週的時間。在這期間，我也不確定我能做些什麼。」

格萊姆斯教授似乎一點也不相信他。「了解。」他說。

彼得也不確定換作是他，會不會相信自己。這感覺就像一個不老實、不可靠的博士生在到達極限後會編造的謊言。如果他少了一隻手、一條腿，或是身上有一道鋸齒狀的疤痕或許還好一點，那樣至少別人就能清楚看到他哪裡有問題，以及失能的原因。然而克隆氏症聽起來就像是憑空捏造出來的東西。一頭猛獸日夜啃噬著我的內臟，但你看不見。我感覺虛弱無力、精神恍惚，甚至無法思考，然而我現在又在這裡跟你說話，顯然很清醒。我肚子痛——真是可笑。

「好吧。」格萊姆斯教授似乎不知道該說什麼。看著他絞盡腦汁思考要如何安慰自己，就像看著鴨子穿上西裝一樣。亞里斯多德說得好：某些生物天生就不適合做某些事。「那……就盡力熬過去吧，好嗎？」他說。

「我會的，教授。」彼得說道。教授說得倒輕鬆，好像他能靠意志力擊退病魔一樣。「我不會再提起這件事了。」

他一隻腳已經踏出辦公室，格萊姆斯教授又叫住他：「默多克，給你一個忠告。」

他停了下來，問道：「什麼忠告？」

「盡量不要自怨自艾。」

「呃……我會努力的，教授。」

「我的意思是，也有其他天賦異稟的殘障人士，例如愛迪生，還有那個研究宇宙學的教授。」彼得不確定格萊姆斯教授是在嘲笑他，還是真心想安慰他，只是適得其反。格萊姆斯教授繼續說：「從某個角度來看，能夠擺脫人類正常的欲望和紛擾，其實是一種莫大的自由。我曾經認識一名偉大的數學家，叫做伊雷妮·富門西奧，她是一位了不起的女性。我們在委內瑞拉相識，她從來沒有離開過家鄉。她小時候因病致殘，終日臥床沉思。她活在一個充滿思想的世界，其他什麼都不想，也不需要想。她的心靈昇華到純粹抽象的境界，身體只是附帶的，這其實是一種莫大的解脫。」

彼得傻眼到無法解釋，他的病反而讓他永遠忘不了自身肉體的存在。

「總之，如果你真的下不了床，就雇個大學生來做口述紀錄吧。」格萊姆斯教授轉身面對自己的辦公桌，丟下一句：「你的薪水也夠高了。」

✫

情況在惡化之前稍微有所好轉，這彷彿是人生的通則。有幾週的時間，類固醇似乎起了作用，發炎也消退了，彼得趁這段時間拼命工作以趕上進度。他把作業改完，並送給貝琳達一束花表示感謝，貝琳達因此在他臉上親了好幾下。他以優異的成績通過了考試。

由於他總是想做到一百二十分，再加上他最好的研究見解總是在這種瘋狂的時期出現，他發明了一種會永遠改變分類領域的演算法。

一般人或許會覺得很無聊，事實上，對大多數魔法師來說也是如此。然而，分類對邏輯學家來說至關重要，如何對世界進行分類和描述幾乎會影響到所有其他領域。彼得基於羅素悖論的變體提出了創新觀點，其中集合本身並不屬於它們所描述的集合，這意味著事物可以既正常又異常，或者既不正常也不異常。此一觀點可以延伸運用在如何暫時拿掉事物的本質，但在此之前，彼得感興趣的是如何讓人類暫時脫離時空，都是很基礎的東西。

「不錯嘛。」格萊姆斯教授說道，彼得第一次聽到他給出這麼高的評價。「把你的魔法陣草圖畫完，我們下週再回來測試。」

「沒問題，教授。」彼得回到家，吃了一個不該吃的漢堡，結果接下來十二個小時都在廁所裡度過。

接下來的一週，他常常沮喪地哭泣。他很清楚自己需要做什麼才能完成這篇論文。他知道問題的本質，也知道思考的歷程，但他就是無法思考。他不得不把注意力放在自己一小時內排便的次數、當天攝取的卡路里，以及兩盒蘇打餅乾是否能提供足夠的熱量，讓他不用住院。他痛恨困住自己的這副皮囊，痛恨所有消耗他的注意力和精力、害他無法好好思考的組織和器官。他對自己的身體要求這麼少，身體卻連這點都做不到。

一股可怕的衝動突然湧上心頭。

這次，他決定不尋求幫助。不要看醫生，不要去醫院，不要服用藥物，不要等待並觀察他對各種療程的反應，不要施打類固醇，不要忍受副作用。他已經受夠了整個循環，不，他不要讓母親北上探病，焦慮不安地坐在他的床邊，觀察他的一舉一動，每次聽到他呻吟都猛地一顫，目不轉睛盯著他，彷彿她能憑藉堅強的意志力治癒他一樣。這是一個荒唐至極、甚至可能自取滅亡的選擇，但他一想到這個辦法，就已下定決心，這似乎是他僅剩的一點自由。宇宙不公平，所以他要挑釁宇宙。幹，放馬過來吧，他告訴宇宙。有種就送我去死啊。

接下來發生的事情，醫生看了應該都不意外，就是彼得的病情迅速惡化。

他永遠忘不了最後那一晚。他痛得躺在浴室地板上，哭得可憐兮兮，胃每隔幾分鐘就一陣痙攣，彷彿要把自己打成更小的結。他永遠記得浴室墊子蹭在臉上的灼熱感，以及濕腳散發出的霉味。他心想，這麼多學生住過這間宿舍，我可能會是第一個死在這裡的。他永遠記得自己睽違多年第一次祈禱，四肢著地，跪在吐滿膽汁的浴室瓷磚上，唸著已經記不太清楚的彌撒經文：上主，求你垂憐——Christe, eleison[9]——

上帝別讓我死，我不想死，上帝——

他沒有死。隔天早上，清潔人員來打掃房間，敲門無人回應，以為房間是空的，便走了進來，才發現彼得躺在地板上，昏迷不醒，趕緊打電話叫救護車。彼得在醫院醒來，身上打了點滴和類固醇，他母親當天下午從倫敦趕來。一位醫生進來解釋說，彼得需要切除部分結腸。發炎的狀況已經非常嚴重，康復無望；他現在結腸狹窄，結腸切除術是唯一可能緩解症狀的方法。幸運的話，醫生會切除病變的那一半結腸，再將橫切的兩端重新接在一起。如果彼得運氣不好，他就得切除整個結腸，一輩子帶著造口袋。而且即使一切順利，彼得可能遲早也得切除

9 拉丁文，意即「基督，求你垂憐」。

整個結腸，畢竟切除術只是治標不治本，並不能根治疾病。

讓人稍感寬慰的是，這樣的狀況是不可避免的。克隆氏症遲早會發展到這個階段；藥物失效，發炎的組織變得無法使用。他可以早點去醫院，但除了更早動手術之外，其實沒有什麼差別。所以，儘管母親繃著臉責備彼得，他也不能把這種發展歸咎於自己的固執，只能怪他的身體缺陷。

「即便如此，」消化科醫師說道。「下次我們建議你早點來，不然會有敗血症的風險。」

彼得不想再聽了，術前諮詢時，他只是坐在診間，目光呆滯。他告訴醫生，需要做什麼就做吧，做完叫醒我就好。

✯

六週後，彼得再次踏入系館，走路還有點不穩。他已經做好了被罵的準備，畢竟他沒有告訴任何人自己要動手術，而是直接從人間蒸發，以為回來就能收拾殘局。這是他一直以來的做法，但人們難免會生氣、不高興，他總是需要賠不是，安撫大家的情緒。

沒想到大家都在談論格萊姆斯教授即將在《奧術》期刊發表的論文。彼得聽說了嗎？據說研究結果極具開創性，會澈底改變我們對分類的看法。研究跟羅素悖論有關，那不就是彼得論文的主題嗎？他們在上週的研究進度報告中發了草稿，來，歡迎拿一份。

彼得早該知道的，但讀到署名行，他仍感覺像是被打了一巴掌：

羅素悖論創新應用

作者：雅各·格萊姆斯

分析魔法學系

劍橋大學

彼得一生中從未遇到過有人拒絕聽他說話的情況，因此當天下午他就衝進了格萊姆斯教授的辦公室，滿懷信心，相信自己可以解決這個問題。

「這是我的研究。」他說道，並把草稿重重摔在兩人之間的桌子上。「這些都是我的點子。」

「確實是好點子。」格萊姆斯教授往後靠著椅背，說道：「歡迎回來，默多克先生。你要不要解釋一下你去了哪裡？」

彼得指著署名行，問道：「為什麼我不是共同作者？」

「因為這篇論文你半個字都沒寫。」

「這是剽竊行為。」

「哦，是嗎？」

「我可以檢舉你。」

「哦，是嗎？」

「有申訴管道。」彼得結結巴巴地說。「我可以去找董事會——」

「然後你要說什麼？說你寫了這篇論文嗎？你沒有。說我偷了你的點子嗎？我沒有。」格萊姆斯教授越講越大聲，整個房間彷彿都縮小了。「默多克先生，在我看來，我們原本合作得很愉快，你卻突然不做了。你從一月起就再也沒來過實驗室。我打了很多次電話，寫了很多封信，都沒有回音。你既沒有解釋，也沒有道歉。你人間蒸發了一個多月，還指望我把我們的發現放在一邊，什麼都不做嗎？」

我生病了，彼得想這麼說。*我躺在病床上，讓醫生切除我體內的病變組織*。但他否認了一輩子，預期對方會不相信，而且縱使發生了這麼多波折，他還是堅信自己為了得到特殊待遇，誇大了自身的痛苦，因此辯解的字句卡在喉嚨裡，說不出口。

「聽好了，默多克，我會為你的才華找很多藉口。偉大的思想家有自己的節奏，我很清楚這點，但你越來越懶了。懶惰的人不會在《奧術》期刊上發表文章，只會被退學。」

彼得又能做出什麼辯解呢？他錯了，他確確實實犯了錯，他不夠勤奮，沒有準時完成任務，沒有克服困難。虛弱的身體和脆弱的心靈是一樣的；身心靈都有可能生病，也都會讓你失去成為天才的資格。

他低著頭，悄悄走出辦公室。外面的實驗室一片沉默，所有人都看著他。愛麗絲迎上他的目光，走上前去，似乎想跟他說話。但此時彼得眼中只有實驗室的門，他從她身邊擦肩而過，彷彿她不存在一般。

✯

彼得只能將他接下來的所作所為歸咎於幼稚的自尊心。

格萊姆斯教授還往傷口上灑鹽，要求彼得為最終稿寫證明。每篇論文都需要記錄魔法陣每個組成部分的多次交叉驗證，才能進行人體實驗，之後還要記錄所有人為反覆修改的內容。這代表彼得必須拿著紅筆，重新審視自己遭到剽竊的研究成果，並報告他先前可能沒注意到的錯誤。彼得當然同意了，畢竟如果拒絕格萊姆斯教授的親口要求，自己的經費可能會不保，但這不代表他必須把工作做好。

他向上天發誓，他從未有意傷害任何人，他內心最惡毒的想法就是想讓教授難堪。他知道格萊姆斯從來不會仔細檢查自己的研究結果；教授長期以來對細節的馬虎態度已經是公開的祕密，要不是有一大群助手幫他查資料，他永遠也寫不完一篇論文。在彼得的想像中，教授可能會在皇家魔法學院夏季學術研討會這種重大的公開場合出盡洋相，因犯下連大學生都會發現的錯誤而被大家嘲笑並噓下台。

其實，彼得的主要動機只是不想在論文上花費太多時間，因為教授不值得。反正他也拿不到任何功勞，那又何必費心呢？

於是他花了一個晚上把整疊論文翻過一遍，躺在床上，心不在焉地在頁邊空白處塗改。他懶得把每個版本的五芒星陣都重畫一遍，那太浪費時間了，而且還要從拉丁文和希臘文進行大量的回譯。他快速瀏覽了一下演算法，是其他研究生整理的，一定沒問題啦。最後他在論文最上面草草寫下幾個字：看起來不錯，稍作修改如下，可以繼續。

然後他拖著沉重的腳步回到系館，把草稿丟進格萊姆斯教授的文件盤裡，想都沒想就走了。

✯

隔天早上，他一到系館就知道出事了。警車和消防車停在正門周圍，警戒線封住了門窗，一名警官站在門口，阻止任何試圖闖入的人。彼得站在人群中，看著穿著制服的身影從裡面走出來，心臟撲通撲通狂跳。兩名醫護人員抬著一副空的擔架走了出來。

「沒救了。」他聽到一名急救人員說。「我們需要一個水桶。」

這時，全系的人都聚集在外面。竊竊私語的聲音越來越大，氣氛也越來越緊張，大家開始胡思亂想，清點誰在場，誰不在場，一群大學生急得都哭了。「負責人是誰？」海倫．莫瑞不斷大喊。「這是怎麼回事？誰能告訴我們發生了什麼事？」

彼得擠過人群，搖搖晃晃地走回家，然後吐得整個水槽都是。

那天晚上，他想了幾個解決方案。

他確實考慮過自殺。他腦子裡閃過各種場景：上吊、烤箱、塗氰化物的蘋果……哪個最省力？或許是烤箱吧，只是研究生宿舍只有一個公用的烤箱，而且高度太低，他要把頭伸進去不太方便。沒錯，這就是他的藉口。我個子太高，要自殺不太方便。他也考慮過自首，坦白自己的行為，任皇家魔法學院處置，但這跟自殺沒兩樣，因為如果他沒辦法研究魔法，還不如死了算了。不過死亡感覺很痛苦，而且無論如何，他都不能讓父母承受那種悲痛。

不管怎樣，最顯而易見的補救辦法似乎是把格萊姆斯教授的靈魂從冥界救回來。這個方法也是難度最高的，但彼得不是一直都喜歡做最難的事嗎？

然而，規劃這趟旅程花費的時間比他預想的要長。交換公式的部分比較簡單，煉金術士很久以前就發現了，只是很少有人用，因為沒人願意付出代價。通往地獄的魔法陣比較難，他有初步的想法，想要多方查證，但要找的文本卻不斷從圖書館消失，彷彿有幽靈在檔案館裡徘徊，總是搶先一步。

一天晚上，他走進實驗室時，愛麗絲正好要離開。她走出去時撞到了他的手臂，卻一句話也沒說。事實上，她幾乎完全沒有注意到他的存在，只是瞪大眼睛看了他一眼，卻視而不見。

她的手上和臉上都沾滿了粉筆灰，懷裡抱著一大疊書，走路搖搖晃晃，沿著走廊快步離去。在那匆匆擦過的黑板上，彼得看到了一些公式的痕跡，他一眼就認出來了，因為他最近也在研究同樣的東西。

拉馬努金求和，賽提亞的改良。他腦中亮起了電燈泡，在那一刻，這似乎是世界上唯一有意義的事情——兩個前提，最後以他的贖罪告終。

第一：愛麗絲·羅打算下地獄。

第二：他必須跟她一起去。

第二十三章

「你怎麼不跟我說？」愛麗絲問道。

彼得給出唯一的正確答案，也是真正的答案，但其實就是反過來問她：「那妳怎麼不跟我說？」

誤會大了，愛麗絲心想。一直以來，兩人都快要溺斃了，還以為對方在岸邊幸災樂禍。她記得那篇集合論論文，記得格萊姆斯教授談論這件事時，語氣有多麼自豪。我要澈底改變眾人對分類的理解，他告訴她。我們朝解開羅素悖論又向前邁進了一大步，他們一定會嚇得屁滾尿流。但他一次都沒有提到彼得。

她用手摀住臉頰，說道：「我簡直不敢相信。」

彼得僵住了。「為什麼？」

「我不是說你撒謊。」她急忙澄清道。「我相信你，我只是……我的意思是，我實在想不通他為什麼要那麼做。拜託，他可是格萊姆斯耶，他手邊有那麼多計畫，不需要偷——」

「妳又開始了。」彼得說道。

「開始什麼？」

「讚美他，幫他說話。妳總是把他描繪成……一個超群不凡的偉大天才——」

「他真的是啊——」

「羅，他只是個混蛋罷了。」

「他才不是。」她說道，聲音突然哽咽。「你不懂嗎？他不可能是混蛋，不然就代表我們讓……隨便一個人找我們麻煩。」

「如果他是天才會比較好嗎？」

「不會比較好，但至少值得。」愛麗絲兩手一攤，說道：「你不明白我的意思嗎？如果這種瘋狂還有一點道理，那至少……對吧？」

彼得盯著她看了許久，然後嘆了口氣，說道：「嗯，我明白。」

「而且……他感覺沒那麼糟糕，你懂我的意思嗎？他跟那些行為惡劣的人不一樣。」

「我知道。」彼得說道。

多年來，他們一直這樣安慰自己。至少格萊姆斯教授不像其他那些惡毒的教授，他們會對實驗室助理破口大罵，當著他們的面罵他們白癡，口水噴得到處都是。他也不像那些人類學教授，帶學生去南美洲校外教學時突然發瘋，亂摔杯子盤子，把學生的生命置於危險之中。他不是惡霸，也不是暴君，畢竟會辱罵別人通常都是因為缺乏安全感和能力不足，而格萊姆斯教授兩者皆非。他只會嚴厲批評，雖然對學生的要求很高，但對自己也是同樣的標準。對格萊姆斯生氣就等於工作不力。即使是現在，在地獄的深淵中，愛麗絲仍然堅信，如果她因此而煩惱，那一定是她自己的錯。

「我就覺得，如果我適應不良，那代表我有問題。」她說。「畢竟你看起來過得很好。」

「真有趣。」彼得說。「我對妳也是這種感覺。」

他們眨了眨眼，看著彼此。

「現在回想起來還真尷尬。」彼得說。「他很擅長讓我們互相競爭。」

「你也有這種感覺嗎？」

她一直以為兩人之間是單方面競爭。她是一團糟的那個，彼得．默多克則是遙不可及的標竿，總是被拿來當衡量標準。彼得就算在睡夢中也能做到，畢竟他把庫克獎學金給了彼得；而可憐的愛麗絲卻難以望其項背，需要一個非法且永久的五芒星陣才能跟上彼得的腳步。

「對啊，每次都這樣。」彼得裝出低沉的聲音，說道：「『你沒有愛麗絲的創造力，也沒有她的幹勁。愛麗絲總是第一個到，最後一個離開，你們之間只有她能出人頭地，她具備取得成功的必要條件。愛麗絲是真正的學者，愛麗絲會名留青史，而你永遠都只會是個半吊子。』」

「怎麼可能。」愛麗絲說道。聽到這番話讓她感覺比較好受，卻又覺得自己很蠢。「他不可能說那種話。」

「妳臉紅了嗎？」

她用手摀住臉頰，說道：「我哪有。」

「即使是現在，妳聽到他的讚美還是會高興。」他推了推她的肩膀，挖苦道。「天啊，他真的澈底摧殘了我們。」

「但也不全是壞事啦。」她說。「他讓我們成為了優秀的魔法師。」他讓我變得完美。她的刺青抽搐了一下，即便事已至此，她也不願將其視為詛咒而非祝福。

「不知道耶，羅。」彼得雙手抱膝，下巴抵在膝蓋上，說道：「我自己也在想這件事，我們真的需要格萊姆斯才能成為現在的樣子嗎？因為老實說，我覺得任何人都能讓我們成為優秀的魔法師，他只是讓我們相信，我們必須為此受苦罷了。因為他的關係，即使我倒在浴室地板上，我也覺得是自己不夠堅強，心想只要我夠渴望，就一定會好起來。」他噗哧一聲笑了出來，自嘲道：「真是蠢爆了。」

「那你……」愛麗絲瞥了一眼彼得的腹部，又抬頭看他的臉，問道：「那你現在還好嗎？」

「手術是有幫助的。」彼得回答。「我的病情緩解了。」

「直到什麼時候？」

「直到再次復發。」

「辛苦了。」

「還好啦。」他說。「這就是人生，現在也無所謂了。」

✯

在那之後，兩人的身體狀況急轉直下。

艾雪陷阱消耗他們精力的速度之快，對他們來說其實是一種解脫。空氣越來越熱，他們的嘴巴乾得像砂紙，舌頭宛如扁平粗糙的石頭。他們並肩坐著，但隨著時間的流逝，兩人的頭和肩膀都垂了下來，就像沒電的玩具一樣，最後他們癱倒在地，愛麗絲躺在彼得的腿上，彼得則躺在她身上。

愛麗絲對這一切毫不在意。即使她心煩意亂，她的身心也麻木得什麼都感覺不到了；悲傷需要精力，而她現在一點力氣也沒有了。她的耳朵嗡嗡作響，幾乎讓人感到愉悅。她閉上眼睛，腦中只想著清涼的河流、柔和的黑暗，以及包覆一切的水。真的有那麼可怕嗎？她只要沉沉睡去就好。

她聽到鉛筆寫字的聲音，便睜開眼睛，發現彼得正在她的筆記本上匆匆寫些什麼。

她抬起頭，問道：「你在幹嘛？」

「我在想辦法逃出去。」

「我們什麼都試過了。」她嘟囔道。「已經沒有其他辦法了。」

「噢，一定會有辦法的。」

「你怎麼知道？」

「因為有哥德爾不完備定理。」

「有什麼？」

「這是一條數學定理。」彼得解釋道，聽起來異常開心。「我小時候學過。基本上，它主張沒有任何數學理論是完備的，因為只要是合理的數學系統都一定會有其無法證明的真理。數學有其限制，我們不可能知道所有事情。有些人認為哥德爾定理證明了上帝的存在。」

「但它什麼都沒證明啊。」

「其實有喔，它證明了天無絕人之路，它證明了沒有任何系統是絕對封閉的。」

「天啊，彼得。」愛麗絲快速眨了幾下眼睛，但眼前的黑點並沒有消失。「這並不能證明什麼。有時候數學就只是數學而已。」她說。

彼得瘋狂轉著手中的筆，說道：「妳想想看：在《地獄篇》第四篇中，但丁問維吉爾，是否有未被基督拯救的靈魂曾經靠別人的力量離開永恆的靈薄獄。的確，亞當、亞伯、諾亞等人都蒙受了祝福，升上天堂。上帝為了他們，打破了自己的規則。」

「根本沒人認真看待第四篇的內容。」

「我對但丁也有一些意見，但重點是，就連但丁筆下的地獄也存在例外。冥界彎曲變形，變幻莫測，只遵循自身的法則。正如波赫士所說，一切皆已形諸文字，這樣的確定性將我們消解，將我們化為幻影。然而我們並不是幻影，也沒有消解，因為規則尚未寫盡！沒有一套前後一致的公理可以解釋它，就跟數學一樣。所以一定會有出路，我絕對會找到的，我必須找到。」

「邏輯才不是這樣運作。」愛麗絲說道。「我敢肯定這個證明少了很多步驟。」

彼得聳聳肩但沒有回答，只是繼續振筆疾書。

光是看著彼得，她就感到筋疲力盡。這真是太蠢了，她心想。這一切都太蠢了，不管是他現在還寫個不停，還是他們這輩子所有的努力都是。兩人在艾雪陷阱裡的處境，不過是他們整個劍橋生活的縮影：寫到天荒地老，試圖證明自己是特例，但事實上，他們根本就沒有什麼特別之處，只是按照一開始就寫好的劇本行事罷了。顯然唯一能做的就是從滾輪上下來，退出，拒絕繼續玩遊戲。說實在，這裡唯一的勝利就是死亡。她該如何說服他呢？

她拉了拉他的袖子，說道：「彼得。」

他停了下來。「怎麼了？」

「我們不用害怕。」她低聲說。「正如伊莉莎佩所說，我們是身處地獄的活人，死後哪裡也不會去，也不會變成任何東西。全部都會結束……一切就到此為止了。」

「但我不想到此為止。」

「噓，別說了。」她拍拍他的膝蓋，說道。「沒事的，我保證。」

「不要說那種話。」

她只是更用力拍拍他，彷彿他是個哭鬧的嬰兒，只要他不要這麼大驚小怪就好。「到時候就會安靜下來，一切都會沒事的。」她說道。

她真的好累，她的視線變得模糊，已經看不見彼得的臉了，只看到他的嘴唇在動，卻什麼也聽不到，接著眼前只剩下一個形狀的輪廓，在她的視野中越來越小，直到一切都化為一片漆黑。

✯

啪。

她睜開眼睛，看到彼得的手指懸在她的鼻子下方。他又打了個響指，她這才猛地驚醒，耳朵嗡嗡作響。

「快起來。」他很快地說。「我想到辦法了。」

「啥？」愛麗絲抬起頭。她覺得渾身發麻。她不記得自己是什麼時候睡著的，也不清楚自己睡了多久。紅色的太陽依舊低掛在天空，跟往常一樣。

彼得弓著身子坐在地上，紙張在面前排開，繼續振筆疾書。自從她睡著以來，他至少寫滿了八張紙，上面全是劃掉、圈起來、塗黑的演算法。

「我們的出路。」他說。「我想到了。」

她雖然不情願，但還是坐了起來，問道：「什麼？」

「我早該想到的。」他語速飛快，像機器人一樣，愛麗絲很熟悉這個聲音。每當他在實驗室裡想通什麼事情，需要一口氣說出來，嘴巴卻跟不上思路時，就會用這種聲音說話。「這是我在邏輯概論學到的，其實是個有點蠢的遊戲，跟知識類型和機率有關。但或許我不應該跟妳說，因為那樣會削弱悖論——」

「默多克。」

「好啦，我解釋給妳聽。」說完，他便在兩人中間畫了一個漂亮的正圓，剛好夠兩個人並肩而立。「妳會說克里普基一家不知道什麼時候會突然現身嗎？」她問道。

愛麗絲不知道這句話有什麼特殊涵義，但乍聽之下沒問題，便說：「呃，會吧。」

「那妳會說他們必須在五天後我們餓死前現身，不然我們的血液就會變質嗎？」

「換作是我的話應該就會那麼做吧。」

「好極了。」他雙手合十，說道。「那麼條件就確定了。」

她的頭好痛。「我還是不懂。」

「妳聽我解釋。」彼得說。「現在假設一名死囚正等著上絞刑架，劊子手告訴他，這週會行刑，但除此之外，他不會知道自己的死期。那麼，我們可以排除一週的哪一天？」

愛麗絲想了一下，然後猜道：「週日嗎？」

「很好，為什麼？」

「因為那是一週的最後一天，所以如果他前幾天都沒被絞死，他就會知道是週日行刑，但那樣他就知道自己的死期了。」

「非常好。」彼得說道。「這樣週日就排除掉了。那如果他週六還沒被絞死呢？」

「那這樣週六也不行吧。」愛麗絲回答，腦袋還是鈍鈍的。「因為週日不行，所以週六是行刑的最後一天，但如果到了週五還沒行刑，他就會知道週六是自己的死期……噢。」她突然想通了。「但那樣就變成週五是最後一天了。」

「看吧。」彼得說道，一副得意洋洋的樣子。「它是遞迴的。」

愛麗絲恍然大悟。「這樣囚犯就永遠不會被絞死，因為不管是哪一天行刑，他都會知道自己的死期，所以他們必須放了他。」

「正是如此！」彼得露出燦爛的笑容，說道。「這個悖論的條件不是很完美嗎？我們知道自己五天後會死，也知道克里普基一家會在最意想不到的時候出現。但如果我們把妳放入絞刑悖論，那妳就無敵了，他們永遠抓不到妳。所以我的假設是，如果我們把絞刑悖論寫入演算法，它就能把妳從陷阱中釋放出來，或者形成某種刀槍不入的屏障，這樣即使他們來了也無法傷害妳——」

「好啦。」愛麗絲嘆了一口氣，說道。她內心又萌生了揮之不去的愚蠢希望，這種愚蠢的感覺令人精疲力竭，還是麻木的時候好多了。「給我看看。」

彼得將她的筆記本推過來。

她用手指順著他潦草的字跡，強迫自己集中注意力，一路往下看，慢慢看懂了他的邏輯。

「你寫錯了。」她說。

「什麼意思？」

「這個魔法陣只能給一個人用。」她把筆記本丟回他的腿上，說道。「不行，你得全部重來，畫兩人用的魔法陣。」

「喔。」彼得說道。「沒有，這個我知道，那是故意的。」

她愣了一會兒才明白他的意思。「默多克……」

「這不是很強的悖論。」彼得說道。「跟堆垛悖論不一樣。有幾個顯而易見的解法，但我對它們瞭若指掌，所以無法擱置心中的懷疑夠久，讓魔法陣發動效果。」

「所有悖論都有解決辦法。」愛麗絲強忍著心中湧起的恐慌，說道。「所以效果都只是暫時的。」

「而且時間非常短。」彼得說道。「這個恐怕特別脆弱，而面對像艾雪陷阱這樣的強大咒語，沒有半點懷疑的餘地。」

「那你怎麼知道用在我身上就可以？」

他朝她輕輕一笑，說道：「因為妳不太擅長邏輯推理。」

「去你的，默多克。」

「進去吧。」他示意地上的魔法陣，說道。「我把妳送出去。」

「我不會留你一個人在這裡。」

「我也不會讓妳死。」彼得說道。「這趟旅程不用值回票價，但也不能白跑一趟，這是妳自己說的。我們做了這麼多努力，不能最後前功盡棄。」

「那我們就一起進去。」

「不確定那樣行不行得通。」

「我們還是得試啊。」她用力拍了一下筆記本，說道：「快點重寫，畫兩個人用的。」

「這對我來說不管用。」彼得堅持道。「而且一旦失敗，妳也會變成有問題的主體，導致妳也出不去，這樣妳會死——」

「我寧願死掉。」她說道，她真的發自內心這麼想。一週前，她還不敢肯定自己會救彼得的命，但現在她很確定。她不想活了，不想擁有未來，不想要他們一直在追尋的愚蠢目標。

「要就一起活，不然一起死，沒有第三個選擇。」

「第三個選擇就是妳**活下去**，妳值得活下去——」

「我什麼都不值得。」愛麗絲說道，這句話也是真心的。自從他們來到地獄，她都做了什麼？說謊、背叛彼得、背叛伊莉莎佩，害他們陷入這樣的困境。是時候結束這段悲慘的故事了，她真的好累，她現在只想在黑暗中靜靜死去，但彼得連這件事都不願意成全她。「我不值得，我真的不值得……噢，天哪，彼得，讓我死吧。」

「我才不要。」

「你憑什麼這麼高尚？」她問道。要是她還有力氣，真想揍他一頓。「不要這麼高尚。」

「妳是唯一能把他帶回去的人，我的演算法行不通。如果我出去的話，我們唯一送回人間的就是格萊姆斯。如果妳出去的話，至少妳能活著回家。」

她猛搖頭，說道：「我根本不知道艾莉克脫的咒語能不能成功。」

「還是有機會成功啊。羅，妳是唯一可以取得正面結果的人，數字會說話。」

「我才不在乎數字！」

「而且妳是唯一沒有試圖殺死他的人——」

「殺了他的不是你，是我。我記得我沒有閉合迴圈。我記得，我沒辦法**忘記**——」

「是我沒有好好檢查最終草稿。妳沒有閉合迴圈是因為上面沒寫，我從頭到尾都沒有放進去。」

「但我早該知道的。」愛麗絲說道。她不會犯錯，也不可能犯錯。她看到了一切，每個細節都深深烙印在她的腦海裡，而除非她在內心深處刻意為之，不然她不可能忘了進行螞蟻測試。「我已經想過千百遍了。我看到了缺口，我明明知道——」

「夠了。」彼得兩手一攤，說道。「別再說了。我們不要再吵誰該為他的死負責了，誰在乎那些細節——」

「細節很重要。」愛麗絲堅持道。「細節很重要，因為你認為自己該死，但實際上你不該死，這根本不是你的錯，你沒有做錯任何事，你甚至不應該在這裡——」

「這樣不能改變既定的事實。」彼得提高音量，蓋過她的聲音。「我可以讓這個悖論在妳身上發揮效果，這點我百分之百確定，但要同時作用在我們兩個身上幾乎不可能。羅，這就是基本的決策論，最大期望結果。」

「閉嘴。」

「這只是數學問題，妳不喜歡也沒辦法。」

「但你不能死在這裡。」她吞了吞口水，說道。「我才……我才剛——」

彼得的眼神流露出一種幾乎快放棄的瘋狂和絕望。「妳才剛怎樣？」他問道。

她到底想說什麼？愛麗絲自己也不知道。她無法用言語形容這個情感的無底洞，只知道裡面充滿了黑暗、折磨與瘋狂。她想撲向他未知的懷抱，想要一種難以言喻的親密關係。她想要他活著，待在她身邊。腦海中浮現的話語太過笨拙，又不足以表達她的情感，但她只能說出這些了。「我們才剛學會不要討厭彼此。」

有什麼東西從彼得的眼裡消失了。

他們凝視著彼此，兩人之間彷彿有一道無法跨越的鴻溝。

噢，為什麼這麼難？愛麗絲心想，不禁感到絕望。她為什麼就是不能告訴彼得自己的想法？他們就像兩個軌道相交卻又總是錯過彼此的天體，明明只需要一句誠實的話，就可以心意相通。但這正是魔法師所缺乏的；沒有真誠的言語，只有雙關語、幻覺和重新構建的現實，錯綜複雜到你分不清什麼是真，什麼是假。每個人都在拼命假裝自己是別人。

如果他們能接住彼此，好好看著對方，強行跨越兩人之間的鴻溝就好了。

但現在已經太遲了，一切都太遲了。

彼得拔出一把刀。

「你在幹嘛？」

「我在為我們兩個做決定。」

「不可以。」

「這是唯一合理的解決辦法。」他說。「拜託，愛麗絲，別傻了。」

她猛地撲向刀子，但他把刀子高高舉起，讓她搆不著。她用盡全身力氣，試圖推倒他，彼得卻站得紋絲不動。她打他的胳膊，又抓又扯，但他比她更高、更重、更強壯，可以輕鬆把她推開。

「我討厭你！」她哭喊道。「你真……你真是個——」

「邏輯學家。」他露出了悲傷的微笑，說道。「我知道。」

他把刀劃過手臂。鮮血迅速往下流，順著指尖滴落在粉筆灰上，像墨水般蔓延開來，染紅了五芒星陣，直到整個魔法陣泛起腥紅的光芒。彼得開始吟唱，愛麗絲嚎啕大哭。她打他，使勁揮舞胳膊，拼命想掙脫他的束縛，但他力氣太大了，無論她做什麼都無法打斷他的節奏。他用充滿自信的渾厚嗓音繼續吟唱，直到最後。

「愛麗絲，背包。」他拍拍她的肩膀，說道。「別忘了拿背包。」

然後，他用粉筆輕輕一揮，畫下最後一筆。

愛麗絲放聲尖叫，但他沒聽到。她周圍的沙子瞬間揚起，把她拋了出去，並把彼得關在裡面。艾雪陷阱連同布穀鳥、巨石等等，在她面前消失了，眼前只剩下一片無邊無際的沙漠，以及那顆永恆、垂死的太陽。

「平行線在
無窮遠處相交！」
歐幾里得反覆地、
激動地
強調道。
直到他死去，
到達那個地方，
他才
發現那兩條該死的線竟然
岔開了。

——皮亞特・海恩〈平行論〉

論悖論

我們之所以煩惱悖論的問題，並非因為它們的結論是正確的。驢子不會餓死，世界並非由無止境的樓梯構成。阿基里斯當然跑得比烏龜快，箭當然能射中目標，沙堆當然有舀完的一天。如果我們想繼續生活，就必須接受一個原則：任何悖論都不會讓世界停止正常運作。宇宙法則凌駕於一切之上，萬物終將回歸其原本的狀態，悖論終將耗盡其能量。悖論之所以能持續存在，唯一的原因是我們任由其存在。

不，我們之所以煩惱悖論的問題，是因為它們荒謬的結論迫使我們重新思考所有的前提。悖論就像一段樓梯，每一階都必然通往目的地，但當你爬到頂端，卻發現目的地不可能抵達，你一腳踩空，所以其中一階必定有問題。因為結論必然是錯的，因為我們無法活在一個沒有邏輯的世界，所以我們的前提之一必然有缺陷，這正是我們不安的根源。悖論意味著在途中的某一點，我們犯了極其嚴重的錯誤。

第二十四章

夏末的劍橋，米迦勒學期再兩週就要展開。鎮上鳥鳴如流水，淺之又淺的一抹淡紅在葉緣周圍窺伺，閃耀的陽光也依舊足夠溫暖，能夠讓你年復一年忘掉在角落等待著的冬雨。一切都嶄新、閃亮、充滿希望。

愛麗絲・羅邁著輕快的步伐走進系館，身穿全新的鉛筆裙，搭配硬挺的白色牛津襯衫，都是她當天早上焦急地親手熨燙過的，因為她正要出門時感覺在鏡中瞥見一絲皺褶。她在大門口停下腳步時，還仍能感覺到熨斗的熱氣。她一手放在門把上，鼓起勇氣準備要和新指導教授初次見面。

前一晚，她此生頭一次搭機橫越大陸，之後換搭晚班火車從國王十字車站來到劍橋站，再拖著她的行李箱往北走了三公里，抵達她在奧德莉館的小房間。萬事萬物都新奇又刺激，消化餅的味道、鮮紅色的電話亭、從馬路右側疾駛的車輛，那天早上她踏出門時，覺得簡直是跨越了時空，掉進了兔子洞，來到了她自己想像出的仙境之中，是個更上流有禮、也更多彩多姿的世界。她覺得自己成功闖過了那最後一關，他們終於願意讓她入會了。

她還沒和雅各．格萊姆斯本尊打過照面。她是曾在美國的幾場研討會上見過他出席，卻從來都沒辦法壯起膽子上去打招呼，自她錄取之後，兩人之間的所有交流都是經由通信，格萊姆斯教授似乎很討厭電話，而藉由信件，她也試圖拾掇種種有關他個性的線索。他令她覺得直接、隨興、有點漫不經心，過去兩個月內，他已重複問過她何時會抵達這同一個問題三遍了，可是話又說回來，不然你期待世界上最偉大的魔法師有什麼表現呢？

她吸了口氣穩住陣腳，然後開門走進去。整棟建築悄然無聲，學期要下個月才開始，校園空無一人，格萊姆斯教授的辦公室位在走廊盡頭，門開了一條縫。愛麗絲看見門後有坐人，不禁鬆了口氣，她敲敲門。

「請進。」

「早安。」她說，只破音了那麼一點，「我是，我是您新的指導學生，愛麗絲．羅。」

「妳好，愛麗絲，請坐。」他起身走到書桌前，斜倚在上頭，雙手緊握在身前，居高臨下瞪著她看。事後，她仍說不出他的長相是圓是扁，她得花上好幾週在視線邊緣閃避試探，才能認出他的身形、他的高度、彎腰時微微的準備動作。格萊姆斯教授就像驕陽，她無法直視他，只能從邊緣感知到他的存在，「真高興見到妳。」

「我也很興奮能來到這裡。」她排練過這套說辭很多次，卻始終沒辦法用不像在討好、自然而然的方式說出口，現在她的字句亂無章法，一股腦從口中跌跌撞撞而出，上氣不接下氣又愚蠢到不行，「能在您的實驗室工作真的很榮幸——我真的很感激能夠來到這裡，我也等不及要開始——」

「妳聽起來很緊張，愛麗絲。」

「我……我是啊。」她吞吞口水，「呃，我當然緊張了。」

「別緊張。」他露出微笑，愛麗絲這時也生平第一次體會到，用「目光爍爍」形容人家的雙眼究竟是什麼意思，「妳完全有資格來到這裡，我很久沒有看過像妳這麼紮實有力的申請資料。」

「噢。」愛麗絲的睫毛輕輕撲動，真的是**撲動**，放在大腿上的手指還狂亂扭絞起來。她本來已經準備好要回答一連串的審問，正等著格萊姆斯教授發覺收她是個錯誤。她依舊覺得自己得通過某種測驗才行，因而對這樣的稱讚恭維徹底不知所措，「我不知道究竟該回答什麼才好。」

簡簡單單的一句鼓勵，對惶惶不安的年輕心靈來說，能有多麼重大的意義啊。教授從來都不知道他們的話語有多具影響力，他們似乎從未察覺，一句無心的評論或倏忽即逝的一抹微笑，都能成就或摧毀學生的一天。這些教授一整天會看見數十張懷抱希望的臉孔，卻依然總會忘記他們是自己學生的全宇宙。

話雖如此，也許格萊姆斯教授確實懂。或許這就是他之所以會這麼刻意迎上愛麗絲的目光，也許他理解這對她而言有何意義：她從美國初來乍到，穿著和言行舉止都大錯特錯，深怕自己誤入一個根本就不夠格進入的系所，且早已對那些似乎生來就注定是要讀牛津劍橋的同儕心生怨恨，而她竟然能從他口中聽見這些話。

就只需要這簡簡單單的三言兩語，格萊姆斯教授便獲得了愛麗絲至死不渝的忠誠。

「永遠都別任他們讓妳覺得格格不入，」他往前傾，目光灼灼，愛麗絲不禁頭暈目眩起來，「他們只不過是一身長袍亂飛的冒牌貨，未來也只當得上低等職員。要記住妳是特別的，愛莉絲．羅，要記住妳獨特的心靈特徵，那才是唯一值得珍視把握的東西，那才會閃閃發光。」他用指關節敲起桌面，「歡迎來到劍橋，愛麗絲，我們會聯手打敗全世界。」

在接下來的幾個月，愛麗絲會得知，格萊姆斯教授和她一樣，出身並不優渥。雅各．屋大維．格萊姆斯常年缺席的父親是個酒鬼，年輕時就敗光家產；他本人則是會在家裡附近的圖書館度過漫漫長夜，從培根到維根斯坦無所不讀，他繼承了那種通常會隔代遺傳的貴族式好奇心，生來就注定要聽莫札特、讀普魯斯特，也有著堅定不移的信念。高中畢業後他就沒錢升學了，所以他志願參軍，在海外服役，退伍後獲得獎學金，能到奧斯汀去念大學，他在那裡獲得農業工程的技術學位。接著，某個即將退休的教授在他身上看見了傑出非凡的數學天賦，靠著教授鍥而不捨打電話疏通拜託，格萊姆斯於是發現自己置身牛津，但和那裡實在極度格格不入，他這輩子頭一次開始想家。他們嘲笑他的字跡和他各種過時的證明，模仿他拖長的南方口音，叫他「德州仔」，還問說他會不會戴牛仔帽，他於是不知不覺地查詢起來回機票的價格，接著他又仔細想了想拉巴克市，老家污漬斑斑的地板和喝光的空酒瓶。他最後決定留下。

接著大戰襲來。雅各．格萊姆斯再度投筆從戎，這一次是到陸軍的研究部門，而戰事告一段落時，他的成就為他贏得了英國護照和好幾枚獎章作為獎勵。靠著保久瓶、瞬間消毒劑、永遠吃不完的蘭巴斯麵包，雅各．格萊姆斯成功為部隊續命，雖然也有些失敗的審問實驗，是說謊者悖論種種越發嗜虐成性的版本，但那些事後來再也不會有人提起了。在戰後一段極其短暫的時期，魔法師等同名人，格萊姆斯的臉孔也出現在國內所有報紙上，大家稱他為「陸軍的魔法師。」

他離開軍中時，帶著那種足以吸引無窮無盡研究經費的名聲。即便來不及參與維也納學派的輝煌，但自那之後科學界中所有爆炸性的創新，全都由他引領風騷。戰爭期間，所有人都埋首炸彈研發，不過後來便出現了固態物理學、電晶體、電腦，量子物理的新成果讓愛因斯坦壽終正寢，佛瑞德．霍伊爾創造了「大霹靂」一詞，結果在他不情不願下一炮而紅，奈許則在五〇年代提出了他的賽局理論平衡，這使得眾人趨之若鶩展開各種社會悖論的研究。世界加速了，也更加撲朔迷離，各式各樣的問題遍地開花，而雅各．格萊姆斯追逐著這些問題，鑽下一個個兔子洞。

邁入六〇年代時，大眾印象中的雅各．格萊姆斯完全是個領域巨擘。他的名字就等於分析魔法學這門學科本身，由他負責發號施令，他的影響力不知從何時而起，也沒有終點，只是永遠都在**原處**，是這門學科無可撼動的真理事實，要是你想在其中達成半點建樹，那遲早都會碰上他。

他已遁入一個不為人知的隱蔽世界，並帶著他的門徒一起。

這便是身為格萊姆斯指導學生的優勢。每一扇門都對你敞開，你說什麼都有人會聽、要做什麼都拿得到經費、想去哪裡也都能去，只需要他點頭同意即可。愛麗絲還在他的羽翼之下受到保護之時，沒有人敢質疑她憑什麼在場，「這是我學生。」他會這麼介紹，邊朝她伸出手，然後突然之間，就好像她身上籠罩了一道光輝似的，大家這才頭一次看見她。她於是開口，他們洗耳恭聽。

所以即便後來發生了這一切，愛麗絲仍會永遠記得，一開始是格萊姆斯教授第一個相信她。是他將她拉出卑微平庸的處境，是他在一大堆申請中看見了她的履歷，拿起來對著光源一看，然後決定，就是她了，對，她值得他投資，值得他帶領著進入一個神祕莫測的世界，值得讓她變得和他一樣，成為無畏的旅者，能夠穿行抽象陌生的界域。他就是她信念之梯的第一階。而在一個以不真誠和不安全感搭建的世界之中，他所抱持的這種信心，便是她始終覺得必須要償還報答的債。

第二十五章

愛麗絲在陷阱外陷入一陣狂亂。她無所不用其極，四處扒著沙，一大把一大把掬起扔出，以防她碰到的東西會干擾隱藏的魔法陣，她也施了所有她想得出的咒語，拿了把刀刺進指尖，害得地面浸滿滴滴血珠，白色的塵土閃爍紅光。但卻一點用都沒有，她的粉筆還是褪進沙子裡，她尖叫著彼得，求他再度嘗試剛才的咒語，好出來外頭和她一起。陷阱依舊不為所動，就算他聽見了她的聲嘶力竭，她也不可能得知。

她聽見地平線上飛掠的動靜時便倉皇逃離。她原先半是想待在原地不動，乾脆直接躺平在地上，讓克里普基一家也把她帶走，這麼做最容易了，可是彼得那雙憂傷的大眼烙印在她的腦海裡。在他的犧牲之後，還這樣隨隨便便死掉，簡直無異於對他的屍體吐口水，所以她抄起背包，一邊全速奔跑，一邊壓抑住哭泣。

不過她是白費工夫了，克里普基一家根本就不甩她。一會兒後，動靜止歇，一聲凱旋般的呼號迴盪在沙地之上，愛麗絲停下腳步，不得不被迫回頭，她看見他們以直線追蹤，越過沙地，從她所站之處無法清楚看見面孔：只有身影，兩大一小。如同伊莉莎佩，他們從頭到腳都罩著盔甲，但她的盔甲是以鎖鏈連接的碎片和廢料，他們的則是白骨所製，尖利的獠牙呈弧狀越過他們的下顎，某種生物的肋骨罩住著他們的軀幹，球莖般的圓形物體掛滿他們整個腰際，隨著動作擺盪著。那是血袋，伊莉莎佩曾告訴過她，是用生物的膀胱作的。

小隊在巨石前停下，克里普基夫妻彎身施咒，沙中隨之出現漣漪，然後他們一個接一個消失其中。愛麗絲聽見一聲尖銳的刮擦聲，是金屬的刺耳聲響，接著她聽到彼得尖叫。

她也穿過自己彎成球狀的手指尖叫，她握拳堵進嘴裡，以壓下聲音。她雙膝撲通跪下，雙肩也不住顫抖，壓力太過龐大，她以為自己會被撕扯成一片片，但是唯一比這感受本身還更糟糕的事物，便是它彷彿永無止盡、沒有終點，而她只能不斷受苦。她從來沒有體會過這麼撕心裂肺的感覺，從前，她以為這種悲慟只存在於理論之中，是文字言語所不能描述的哀痛，唯一接近的形容，只有文言文中的「斷腸」一詞，即便這個詞的比喻字面上翻譯出來的意思是指腸子斷裂，「腸」代表的其實卻是人體內所有五臟六腑。而所謂的心碎呢，意思是一切感覺都像遭到扭絞撕扯成片片並潑灑在沙子上，心不只會碎，還會把剩下的你全都跟著硬拽出來。

她多希望在那裡頭被他們開腸剖肚抽血的人是她啊。她願意付出所有，只為易地而處，她真想要感受到鋒刃刺進她的皮膚，撕裂她的血管，因為和她現正經歷的痛苦相比，被人千刀萬剮反倒還堪稱乾淨俐落又甜美。可是不管她有多希望，她還是無法靠意志力使之成真，而當腥紅血霧升起之時，活著的依然是她，垂死的也依舊是彼得。

她繼續無聲尖叫，直到彼得的哭喊聲漸趨微弱，終至無聲，直到他全身的血都被抽乾到那些肥滿的血袋裡頭。接著她站起身，抹了抹臉，然後再度邁步奔跑起來。

✯

剩下的一整晚，愛麗絲都在沙丘間漫遊流浪。種種地標在她的視野邊緣漂進漂出，亮燦燦的骨頭，嶙峋怪石，施暴之殿的一切看起來都一模一樣，是片荒原，沿河畔無窮無盡延伸。她還寧願就此昏倒，因為這樣就能替她卸下意識的重擔，可是她全身上下充滿腎上腺素，她的心臟怦怦猛捶著肋骨，且在乾涸的嘴巴和嗡嗡作響的耳中，她也幾乎能感覺到自己的脈搏，她於是決定，她得繼續前行，她會就這麼硬著頭皮一直向前走，直到這股恐怖的能量耗盡自身，到她崩潰為止。

話雖如此，那一刻遲遲不願到來，所以愛麗絲只好一直往前走。

她的腦海也不肯安靜。她試過她的自我意識階梯，也努力想要專注，可是卻通通都沒用，腦中那台電視依然震耳欲聾，使她只能不斷重播坑中最後那段時光的每分每秒，細節椎心刺骨。彼得潦草的字跡、粉筆在沙子上畫出的弧線、他溫柔又甜美的笑容，她無法判斷她做得是否夠多，要是她抗議得更用力、要是她成功說服了他、要是她從他手中搶過粉筆……可是這全都是永遠無解的問題。她能記得的一切，就只有她的哭喊，還有彼得的堅決。

彼得、彼得、**彼得**。她的記憶軌跡偏側打滑，喚回所有細節，他垂下來的頭髮、他彎身靠在她背上的溫暖、大半夜他還沒洗澡時，那股飄浮在他周遭、甜蜜又帶點霉味的味道。他說話的聲音，他的笑聲，彼得的笑聲真的好美妙，會籠罩他整個人，讓他的手臂和肩膀都顫抖起來，其中有種脆弱又天真爛漫的特質，彷彿笑聲澈底擄獲了他，而他別無選擇，只得向自身的歡快舉白旗投降。

但這一切現在全都消逝了。這就是死亡令人不可置信的真相，是她的心靈無法接受的悖論，前一刻某個人還存在在世界上，下一刻卻就這麼消失了。可是彼得真的已經不在了，克里普基一家抽光了他的血，消滅了他的靈魂，他再也不存在於任何世界、所有世界了，不管是哪一個平行時空，他都不在了，而這全是她的錯。

她的罪惡感隨著每一步累積，一邊不斷回想著先前每一個錯得離譜的決定。每一次她在校園裡見到他，在她皮下細火慢燉的憤恨、她對他的笑容所產生的不屑、所有的玩笑和挑釁、她對他最糟糕的成見、她卑鄙的憤憤不平。醜陋、惡劣、心胸狹窄，就像在她體內看恐怖片一樣，她認出自己就是主角，卻無法領略先前所有糟糕決定背後的邏輯何在，她認不出這個人是誰，這個惡毒又小心眼、城府深沉的賤人。可是記憶不會說謊，這一切都是她所做所說，而她得帶著罪惡感繼續苟活。

彼得自始至終所做的，就只是救了她一命而已。與此同時，愛麗絲從頭到尾所做的一切，則是傷害了想要幫助她的人。很明顯，她根本就不值得繼續活下去，她多希望她可以就這麼一死了之，只不過，因為彼得的緣故，這卻是她唯一不能去做的事。

✯

太陽升起，黯淡的橘光照亮在她周身翻騰起伏的沙漠。先前所經其他殿的輪廓早已消失，愛麗絲直至此刻才體會到，她竟然會這麼想念那些東西，即便恐怖又令人幽閉恐懼症發作，至少**很熟悉**，是她能夠碰觸、辨認、進而紮根的有形結構，她現在願意付出一切，只為在欲望之殿打個盹，甚或是在傲慢之殿沒完沒了的研究中途休息一下也好！這些事物能為她指引方向，即便指出的方向都是錯的，可是在眼前這裡，距離區區凡人所知已越來越遙遠，缺少標的、無所適從的世界令她心驚膽顫。

她已深入殘酷之殿。夜裡的某一刻，她便已成功越界，也許艾雪陷阱始終都是位在施暴之殿和殘酷之殿的交界處吧，改變的差異並不在於性質，而在於程度，這兩殿都是沙漠平面，但相較施暴之殿苛刻又盲目無心，殘酷之殿卻惡意滿滿，殘酷之殿會故意搞死你。她不斷遇上各種神祕莫測的建築，是交織的骨頭所造，搖搖欲墜又險峻，安排布置偶爾彷彿抽象藝術，沙子上雕出了形狀，腳印以她無法理解的模式舞動著，也許是人類的也說不定，有時，她也會找到看起來像是路徑的東西，還有精心勾勒，模仿著路標的線條，只是這些路線全都戛然而止，要不就是在原地打轉。在河岸附近，她還一度瞥見圍成半圓形的一塊塊板子，令人想起放在草原上的摺疊椅，上路許久之後，她還發現一塊滑順的純大理石，約當於一片門板大小，但上頭沒有任何標示，也無人看管。她於是花了整整將近一小時，用雙手摸索過整塊石頭，試圖尋找任何一絲石頭為何出現在此的線索，並引誘出躲藏著的石頭主人。可是這塊石頭拒絕吐露任何訊息，沒有祕密雕刻，也沒有隱藏的設計，她於是發出受挫的尖叫，然後開始猛踹石頭，踹到腳趾都痛了起來。

她也試圖為這一切尋求某種解釋。假設鬼影會找地方棲身庇護，假設這些安排布置是暫時的居所，是休息和反思的補給站，搞不好鬼影會在這邊開海灘派對，又或者辦什麼藝術展覽。可是說真的，那些骨頭看來就只像是為了自娛娛人而隨意擺在一起而已，是試圖在一個基本上可說是毫無意義的空間中創造出意義。而愛麗絲現在也能清楚看出，她這是正在侵入橫越意識的沙漠、瘋狂的地圖，且她所見識到的這些地標，也只不過是所有先來的人留下的相同妄想罷了。

間或，她眼角餘光還會瞥見閃閃發亮的綠洲。但她並沒有停下來飲水，她還是帶著複製的保久瓶，且也知道最好是不要喝地獄的水，話雖如此，她一度依然頗感好奇，因而繞道往一座池塘走去。她原先以為手指能夠拂過閃爍微光的池面，心裡還想下頭會不會有什麼溺死之物，能提點她先前發生了什麼事，然而，在她跪下來並伸出手時，她的手碰到的卻是紮實的表面。池中無水，反倒是一大片黑曜石玻璃，有人拋光雕琢過，弧度恰到好處，就算靠得很近，看起來仍像是液體一般。

愛麗絲也想過要在此處找出意義，但先前的大理石塊教會她最好還是不要。她於是繼續走。

夕陽高掛時分的某一刻，地平線上出現了白色的結構，她受其吸引，因為對於目的地最基本的需求超越了一切。隨著她接近那些白色的東西，耳邊也開始聽見喉音似的低沉呻吟，起先非常微弱，使得她根本就沒認出這是人類的聲音，比較像是風吹過空玻璃瓶孔隙時發出的聲響。接著她走近，然後抬頭望去，她在上頭看見骷髏做成的牢籠，令人想起沙地荒原上的結構，是遭到遺棄的建築骨架，只不過這些是雪花石膏色的骨頭做成的，並在陽光下閃爍微光。構造精雕細琢，是格柵狀拼湊在一起的骨頭網路，恰到好處到每道溝槽都完美安棲在另一道之上，這些牢籠因而也能來回擺盪，卻永遠不會掉落。

她在想這是否是出自神祇的手筆。可是其完美的數學結構之中又有某種輝煌美麗，這些藝術創作，是只有在你擁有亙古的時間，且還極度專心致志、一心一意的情況下，才有可能達成的。地獄的建築都是夢中的景象，毫不費力就能從迷霧之中升起，但這些牢籠卻煞費心力，如此一絲不苟，絕對只可能出自人類之手。

關在裡頭的則是鬼影，雙手緊握著條柵，此起彼落哀嚎呻吟著。愛麗絲的心中此時竟荒唐地閃現出一間間研究室、考試季的圖書館小隔間，低頭拱肩的所有人都一樣孤身待在隔間裡。要是圖書館的隔間都預約滿了，還有些學生會用書搭成堡壘，把自己圍在中間，專心到對外界充滿敵意。這樣無藥可救的氛圍，噢，她可是歷歷在目啊，她先前也曾切身體會過。經過這些隔間，總是令人絕望到快要窒息。

不過這些鬼影遭囚於此，似乎並沒有違反他們的意願。條柵的間距極寬，愛麗絲也沒看到半個守衛或半條鎖鏈，且那些聲響也不是絕望的哭喊，甚至都不是自願發出的。這並不是他們自己的聲音，而是流經他們之間、為了對抗物理的力所產生的非自願反應，是必要的回應，要讓宇宙知道你還在這裡；所以這究竟算是懲罰，還是解脫呢？也許兩者皆是吧。愛麗絲無法決定，只能夠假設，就像其他一切，這也是某種讓地獄更容易忍受的方式。而她也能想像得到，掛在上頭那裡，困在自己的牢籠之中，肯定也能獲得某種平靜吧，在四周雖然幾乎看不見，卻還有其他人也同樣待在他們自己的籠子裡，以及那種安慰，知曉其他人就和你一樣孤單、一樣寂寞。因此，這裡和沒有任何東西能碰到你的殘酷沙漠差得遠了，反倒是你專屬的綠洲。

她舉起雙手圈在嘴邊。

「哈囉，上面那邊的。」她呼喊，她有股突如其來的衝動，想要加入他們的行列，此時此刻，似乎沒有什麼比她專屬的螺旋牢籠還更棒的東西了，適得其所又永垂不朽，*我也想呻吟，我也想滅頂在絕望之中*，「哈囉？」

鬼影理都不理她。

「哈囉？請問我也能上去嗎？」

呻吟短暫停頓下來，接著又恢復，且加倍大聲，似乎鐵了心要蓋過外界的干擾。

這時，愛麗絲覺得自己真是太蠢了，於是繼續邁步跋涉，就隨便他們吧，她心想。反正那些牢籠也醜得很，她大可以靠自己蓋好一整座監獄。

✯

到了下午三四點，沙子硬化成破碎的棕岩，不再有奇岩怪石，地上也沒有故意捉弄人的圖形，她已從沙漠來到惡地。兩者確實有差異，一處是無聲的生靈，另一處則是所有活物都被燒盡之後所留下的焦土，這裡的空氣感覺更加滯悶、乾燥、炎熱。聞起來就像挫敗，像永不緩解的焦渴。

愛麗絲認為，她應該是正接近殘酷之殿和暴政之殿的交界了。

沙中沒有界線，殘酷之人的打擊和暴君狡詐的算計操縱之間，沒有明確的區隔。話雖如此，愛麗絲依然能分辨得出其中差異，空氣沉沉落在她的舌頭上，其中有股金屬般的霉味。風颳了起來，挾著萬鈞之力擦破了她的臉頰，她於是用兜帽緊緊遮著臉，換成指關節裂開流血。

這裡的鬼影行為也不一樣。先前每一殿的鬼影都頗為無害，自身的苦難使他們太過焦頭爛額，幾乎不怎麼搭理愛麗絲，可是暴政之殿這邊的鬼影，即便稀疏，卻似乎察覺得到她還有彼此的存在，且還是以一種讓她不太舒服的方式。有好幾次，她都在眼角餘光中瞥見動靜，或是窺見從林間盯著她望的臉孔，然而，每次她一轉過頭，他們總是都會消失無蹤。

她不知道他們究竟對她有何意圖，或者，他們有辦法對她做些什麼。她只是不斷察覺到他們的惡意，無所不在且尖銳，就像被螞蟻咬到的刺痛。

但她不能回頭，因為已經無處可去了。所以她把外套在身上裹得更緊，刀子擺在腰帶上隨手可得之處，然後繼續跋涉前行。

✯

太陽沉下消失。愛麗絲一直走到四肢發顫，接著在一顆巨石的陰影中蹲下，檢視她究竟還剩下多少補給。蘭巴斯麵包泡了水，不過中間的部分還能吃，所有的茶都被沼澤水給汙染了，她於是扔掉，保久瓶則是奇蹟似地維持作用，她於是喝了杯乾淨的好水，接著又一杯，之後又喝了六杯。

滿足了身體，腦袋也清楚了之後，她很不幸只得開始思考。

在生存下來的過程中，她發覺她得替這一切努力想出站得住腳的解釋才行。

她知道的是，她已經不再懼怕死亡了。她已經在艾雪陷阱中見識過了另一頭，而就像第一次打完流感疫苗，或是全身而退離開牙醫診所的孩子，她理解那其實也沒什麼好怕的。死亡不過如此，一陣痛苦襲來，就這樣而已，而且她還比鬼影更強，因為她甚至都不會有來生可以操心，只有自我的消逝，以及所有義務的終結而已。

但眼前的問題是，現在既然她已不再由直覺的死亡恐懼所驅策，現在既然她已經沒有迫切的理由要繼續逃避下去，問題便在於之後會發生什麼事。她現在手邊出現了更重大的問題，也就是活著的意義，活著代表有個未來，代表某種目的論的終點，但愛麗絲想不出她到底繼續活著是要幹嘛。

她一開始的追求現在看來真的好蠢。她根本就不在乎要找到格萊姆斯教授了，要是她這輩子再也見不到他，那她反而稱心如意，未來的藍圖在她眼前崩毀，但她也無法替自己想像出其他任何未來了。她這輩子所渴望過的一切此時感覺都如此無足輕重，追求的過程也令人痛苦萬分，她想像她站在口試委員面前，得到格萊姆斯給的分數，然後來到她自己的工作崗位，又會有另一批悲慘的研究生在她的指導下重蹈覆轍。她想像自己成為這個循環的一部份，那她寧願在欲望之殿有間牢房。

與此同時，死亡卻如此近在眼前、顯而易見、聲聲呼喚誘惑。

唉，她已經下定決心了，且她的理性已經接受了兩個前提，進而形成了無庸置疑的結論，即她必須活下去。

第一，因為彼得要她活下去，而這正是她欠他的。

還有第二，出於他荒誕的希望，他認為在一切結束之後，地獄是存在例外狀況的。該死的彼得和他的例外。無論她喜不喜歡，他都在她心中種下了一顆無法隨意丟棄的種子，就像但丁筆下的亞當和諾亞、就像哥德爾的不完備定理、就像真矛盾存在的可能性，或許活下去，就表示要去相信她不可能會知道的事。或許只要她活下去，她就能發現什麼方法，可以讓這痛苦停止，也許，**搞不好**。

跟著河走，救出格萊姆斯教授，離開。對於這些目標，愛麗絲感受不到半點內在動機，但這就是她僅有的劇本了，有總比沒有好。至少這給了她理由，能夠讓她邁出腳步，一步一腳印，直到一分一秒變成了一個又一個小時，又變成橫越無盡泥沙的遙遠路途。

☆

隔天，愛麗絲遇見一座塔。

她先看到的是陰影，因為她一直彎腰駝背低著頭走路，除了眼前的地面之外，認不出其他半點東西。一開始，她覺得這也太怪，這一長條在一片灰之中的深色地面，但她接著抬起頭，並在不到一百碼外看見高聳的尖塔，是地平線上的一個尖點。啊，她於是心想，是座鐘塔，也就是校園的中心，在康乃爾大學，你永遠都不需要手錶或地圖，只要抬頭望向鐘塔，就會知道回家的路了。不過當然，眼前這並不是座鐘塔，畢竟在地獄根本不需要知道時間，也沒理由要敲鐘，而在頂部附近，鐘面本應要在的地方，則只是個空盪的圓圈。這還真殘酷，她心想，你們是故意這麼做的，這真的是太太殘酷了。

隨著她走近，她也發覺塔基並非如她原先所想，是以石頭所造，而是各種蔓延扭曲的型態，人臉和軀幹彼此重疊，凍結在反抗掙脫的途中，這究竟是鬼影或是雕刻在石頭上的類似紋路，她實在分不出來。塔基周遭還圍繞著一圈石頭，平衡在隆起的土堆上，是道矮牆，雖很容易穿過，卻仍舊是道界線。

她聽見一陣嘶嘶聲，於是抬頭。

上頭的陽台處站著三名神祇。身軀高挑婀娜，膚似大理石，身穿翻飛飄動的服飾，顏色是最深的紅，她們的肩膀伸出笨重的巨大雙翼，愛麗絲發覺這肯定就是所謂的復仇三女神，無盡、嫉妒、復仇，是來自冥界地府的生物，生於克羅諾斯弒父後將其殘骸拋進海中所濺的鮮血，那是史上第一份被打破的誓約。一個代表憤恨、另一個代表盛怒，最後一個則代表無盡的毀滅，黑色的捲髮在她們的臉龐邊搖曳起伏，美麗異常。

三女神同時睥睨著下方的她。

她們的眼睛沒有瞳孔，是一團炙熱的凝視。她們細細審視打量她時，愛麗絲感受到一股高熱，甚至比格萊姆斯教授曾對她投來的所有目光都還更熾烈，她感覺赤身露體，血骨剝離，只剩下靈魂，瑟縮又赤裸，無法隱藏她這輩子每個邪惡和自私的意念。她們的目光似乎永恆停駐徘徊，將她的每個念頭抽出、懸置、反覆翻轉、細細考量，她被拆解到只剩一個個未經檢視的真相。接著深沉的三聲道同步在她顱內迴響，一遍又一遍不斷質問：妳打破了誰的誓言？

愛麗絲緊緊閉起眼睛，卻無濟於事，復仇三女神的凝視依舊灼燒著她的心靈，她覺得好卑微、好渺小、只是區區可悲凡人，她覺得自己這輩子從未有過什麼原創的思想。一五一十的懺悔中，沒有半點有意思的告解，就只有人類慣常的骯髒污穢而已，我驕縱、欲求不滿、貪婪、易怒……

妳、究、竟、打、破、了、誰、的、誓、言？

「所有，」她倒吸一口氣，「我不知道……」

騙、子，三女神再度同時開口。

熾熱加劇，地獄褪色成一個白色空間，愛麗絲在其中只看得見移動的陰影，頭下腳上的身體、絞索、屍堆、烈焰舔舐她的臉龐，她的耳中電閃雷鳴、高熱沸騰，愛麗絲聽見三女神發出尖笑，而那個燃燒的問題不斷重複，直到深深烙印在她的腦海中：

為什麼？

為什麼？

告訴我們——

為什麼？

但這正是連她自己都無法解答的問題。她心知肚明她犯了錯，但她的罪孽感覺就像是其他人犯下的，出於她無法領略的原因，而她能提出的唯一辯解，便是在途中的每一步，從開始到結束，她的下一個行動在那個當下似乎都是唯一理性的選擇。格萊姆斯掛了，所以愛麗絲下地獄；彼得傷害了她，所以她傷害回去；伊莉莎佩有他們想要的東西，所以他們試圖搶過來，一件事情導致另一件，就只是這樣而已，她不是故意要搗亂的，她也想為了這些燃燒的美麗女子當個好人。她想告解一切，只不過無論她用什麼方式訴說，聽起來都是那麼站不住腳、陳腔濫調、方便行事，彷彿她這一生的故事，都像是在算盤上敲打的算珠，「我只是想試試看，」她低聲說，「我只是，我只是想盡全力而已。」

火焰猛然熄滅，熱氣退去，愛麗絲腳步踉踉蹌蹌，上氣不接下氣，卑微又孱弱，彷彿泡進水中的蠟燭。在高懸的陽台上，復仇三女神笑得前合後仰。

「格萊姆斯教授，」愛麗絲問，「他在這裡嗎？」

復仇三女神無視她，她們笑到發抖，巨翅顫動、美麗的頭顱向後甩，露出驕傲的白頸子，妳想進來就進來啊，她們的笑聲彷彿在說，我們才不在乎呢。

於是愛麗絲跨越矮牆，進入地獄的最後一殿。

✯

第八殿非常安靜。所有潛伏在邊界的鬼影似乎都頗為提防這座塔，隨著她繼續前進，他們惡意的存在也退去了，她現在獨自一人，而塔也逐漸褪成地平線上的一個小點，然後消失，使得愛麗絲現在身處於著實一片空曠的地帶：河流永遠在她左手邊，頭上是一片橙，右手邊則是延伸至無窮遠的灰。她頭昏眼花到竟然覺得這其實很美，幾何學上的整齊劃一，三個概念在此完美呈現，有限的邊界、有限的點、無限的平面，我現在活在教科書裡，她心想，我就是龐加萊圓盤上的圖示。

這時她看見，在她眼前的空氣中，有些小點款款飛旋。在更前頭，則是有更多白色小點鋪滿地面。

是鳥嗎？這樣的話也太讚了吧。愛麗絲有次曾看過破曉前的海灘，那時所有海鷗都尚在沉睡，她先前總是想像海鷗是睡在鳥巢裡的，並不知道牠們也會直接睡在海灘上，頭縮回毛茸茸的背部，成為點綴著沙洲的白色小團塊。她走近，卻失望地發現那些白色的東西並不是鳥兒，而是一張張的紙屑，她伸手撿起一團，實在很怪，見過那麼多不具形體的陰影之後，竟然能碰到這麼人類又具體的東西。而且這也是現代的紙張，滑順又明亮，沒有年代久遠紙張會有的墨漬或粗糙材質，這並不是伊莉莎佩蒐集的那種垃圾，是沒人要的舊東西，從活人處撿來的破爛，而是嶄新的文具，源自地獄。

愛麗絲手上拿的那張沒寫半個字，然而，其他紙張似乎寫得密密麻麻。她在風中追逐著另一張紙，一把抄下，並在面前打開，上頭的字跡極度跳針又混亂，使得她幾乎讀不懂到底在寫些什麼。說真的，唯一清晰可讀的斷簡殘篇呢，似乎就只有看似目錄的部分。

第一部：我的成長

第二部：我的病史

第三部：我不幸又無可避免的罪孽

怎麼會，愛麗絲心想，這些竟然是論文的草稿。文字遵從的正是論文的結構，章節的鋪陳有順序，分成三個輪廓清晰的不同部分，緩慢展開論述，還有腳註、附錄，甚至是戲劇化的結論，表明對於這個領域的貢獻及含意：「因此我值得獲得救贖，並乘船橫越忘川。」

她瀏覽過「第一部：我的成長」這部分的其中一頁，目光落在幾個腳註上，其中宣稱作者出身卑微，所以他別無選擇，只得浪跡街頭，與不良分子為伍，而非在成長過程中追求演奏小提琴這類高尚的嗜好。他爸會扁他，這於是在他心中灌注了對世界的恨意，他媽媽睜一隻眼閉一隻眼，姊妹們則會嘲笑他，他的德國奶媽還常會沒給他吃晚餐就叫他上床睡覺，這因而也讓他痛恨起異性。

愛麗絲翻到標示「第三部：我不幸又無可避免的罪孽」的那部分。

我不是故意要做出我做過的事，作者聲稱，接著開始描述起他暴虐的罪行，愛麗絲在這其中讀到不少消極被動的解釋，我的心遭到盛怒蒙蔽，手上於是拿著一把刀。

她放手讓這頁隨風而逝，又從空中隨便抓了一張紙下來，這張的字跡不一樣，且似乎全寫滿各式各樣的理由，有關為什麼女人事實上很享受被強暴。她於是又抓了另一張，其中認為，殺死年長者是社會的義務，反正他們只會浪費資源，而且又很煩人。

那麼，就不只是某個瘋子的瘋言瘋語了。不管出於什麼原因，底層地獄都充斥為自身罪行辯護的作者，且看起來呢，還產出了非常多失敗的草稿。愛麗絲在想，這究竟是寫給誰看的，又是誰在讀，到底是哪個神聖的讀者有資格判定這些論文不值得過關，這名讀者對她的種種藉口又會作何感想呢？她又還能找什麼藉口呢？

☆

她繼續前進，直到太陽再度落下，接著她坐下紮起小小的營地。她咬了一小口蘭巴斯麵包，她只剩下最後一點點而已了，跟她的食指一樣長，捏八口吃可以撐個八天，然後她從保久瓶牛飲，喝到肚子都痛了起來，她也只能這樣退而求其次填飽肚子了，然而，不管她再怎麼喝，她的舌頭都感覺像是砂紙。話雖如此，她身體的其他部分感覺卻十分輕盈美好，這種感覺她很熟悉，是來自實驗室時光裡她什麼也不吃的那段日子，刻意不再進食，只為了逼近極限，看看她究竟只需要吃多少就撐得下去。但她深知千萬不能相信這樣的輕盈，這永遠都是崩潰的前奏。

她真希望能找到個避難所，什麼形式都好。那座塔早已被她遠遠拋在身後，她面前是一望無際的開闊平地，甚至沒有巨石可以讓她蜷縮在下方，所以她最好的作法，就只有用外套蓋住頭，然後用鴕鳥的邏輯避難休息，也許要是她看不見對方，那對方就也看不見她吧。她把雙腿縮到身下，之後用雙手抱住頭。

有東西在她身側嗅聞，她於是猛然睜眼。

阿基米德正小心翼翼在她的影子下將自己縮成球狀，牠的毛上有疤痕，糾結成團，臉上有一小道血跡乾涸結塊，愛麗絲眨了好幾次眼，希望牠的現身不是她幻想出來的，但她每次望過去，貓都還在那裡。她伸手摸摸牠身側，卻在貓因為她的觸碰而渾身一縮時停下動作。

「他們也逮到你了嗎？」

阿基米德喵喵叫起來，牠的右眼似乎睜不開，左眼迎上她的目光，是抹堅強的綠色閃光。

「不過看來你也好好整了整他們嘛。」

阿基米德吸吸鼻子。

「反正比我們下場還好就對了。」她再次想要摸牠，不過這一次，她先確保牠知道她的手在哪裡，所以這次牠乖乖讓她摸，頭頂還用力擠向她的手掌，「乖貓貓。」

她坐起身，並從背包中撈出一點蘭巴斯麵包，貓盯著她看，動也不動，她則將麵包擺放在牠面前的包裝紙上，「快吃吧。」她表示。

牠把頭往前伸開始大快朵頤。

「我還以為貓都是天生的肉食性動物呢。」愛麗絲說。

阿基米德扭起屁股，這似乎是貓在說**我高興怎樣就怎樣**的方式。

「發生什麼事了？」愛麗絲問，「伊莉莎佩人呢？」

阿基米德沒有回答。

「也許我們可以彼此照應，」愛麗絲說，「守夜之類的。」

阿基米德不做任何表示，顯示牠有聽見她說的話。

「拜託請留下來，」愛麗絲表示，「我無法，我沒辦法一個人度過這一切。」

阿基米德聞言往前伸展身子，頭縮到前腳間，一屁股坐在她的刀柄，一點忙也幫不上，接著牠便閉上右眼。

還真蠢啊，愛麗絲心想，*竟然在那邊求一隻貓幫忙*。

但這依然是個慰藉，看著那貓毛糾結成團，血跡斑斑的側腹上下起伏著，每次吸氣時，阿基米德都會發出一種小小的吁喘聲，牠的整個迷你胸腔也會隨之顫抖起來，但並沒有打擾牠的好眠。牠似乎並不急著要拋棄她，愛麗絲於是猜測，在這下頭活物畢竟還是可以生存下去的吧，又踹、又咬、又嚎叫地活下來，澆不熄的求生意志。她在貓身邊躺下，在牠四周蜷起自己的身子，宛若堡壘，同時心想，那她自己究竟又要上哪去找活下去的意志呢。

第二十六章

愛麗絲睡去。她做起夢，迷失於歷歷在目的記憶中：湯匙叮叮噹噹敲著茶杯，一滴滴液體從側面灑出變深成血紅色，茶杯變成膀胱血袋，湯匙則變成骨刀、海倫・莫瑞的聲音，潔白的牙齒，太亮的口紅，塗抹在乾燥的皮膚上，*妳到底想要什麼，愛麗絲？妳以為妳是第一個嗎？*愛麗絲人在墓園裡，指甲下有泥土，手上拿著鏟子，背在痛；格萊姆斯教授，或至少是她所找到的殘骸，單眼、嘴唇、鼻子的碎片，所有小碎屑放在一張蠟紙上，按照拙劣的鉛筆素描人形排放，額頭還釘了根釘子，只為了讓一切都擺在正確的位置；有關色薩利女巫的所有潦草紀錄、強加在復活屍塊上的那張人臉，裂開的嘴唇動了起來，早安，他說。

愛麗絲驚醒。

有個鬼影彎身跪在她身邊，全身都是銀閃閃的煙霧，臉貼得她非常近，她馬上彈起身坐直。

他們端詳起彼此，鬼影的臉孔如此千變萬化、無法掌握，特徵不斷流逝變幻，彷彿無法決定自己的長相一般，假如硬要愛麗絲描述他，那她能想出的最佳類比，就是張灰階的犯人大頭照，無可名狀、稍縱即逝。他盯著她看的表情，讓愛麗絲只能聯想到雙眼大張的飢渴，不具毀滅性，卻充滿渴望，彷彿對方想用他所有感官好好盡覽愛麗絲的一切，她的長相、她的氣味。

話雖如此，他**似乎**並不危險——這是她朦朧混亂又餓昏的腦袋產生的想法。至少他並沒有散出貪婪之殿的鬼影共有的那種卑劣，或是發出憤怒之殿的鬼影那種令人窒息的嚎叫聲，他感覺比其他所有鬼影都還更像人類，反正更能控制自身的欲望就是了。假如這個鬼影要傷害她，她想應該也是會在她睡著時下手吧，因此，她還是靜靜坐在原地不動。

「妳是誰？」

「我叫愛麗絲，」她低聲回答，「愛麗絲．羅。」

「妳是生者的一員。」他的聲音就像碎石，彷彿變動的地面。

她看不出有什麼好假裝不是的，「對。」

他的目光忽地上上下下打量起她毛衣上的粉筆污漬，「妳還是個魔法師。」

「沒錯。」

他爆笑出聲。

「天啊，」他表示，「我等了又等，還真是得來全不費工夫。」

這話讓愛麗絲覺得有點語帶威脅，她於是站起身，卻馬上後悔，一陣暈眩襲來，她搖搖欲墜，視野猛地一黑。

鬼影見狀舉起雙手，「我不會傷害妳的。」

「你想怎樣？」

「只是想聊聊而已。」鬼影往前靠，直到他又一次只距離愛麗絲幾公分遠，他似乎沒有邊界感的概念，不管她再怎麼躲閃，他的臉還是都會一直靠過來，彷彿就要舔她或吻她一樣，「可是妳啊，是活人，到底來這裡幹嘛，竟然隻身一人在地獄裡？」

她到底是來這幹嘛？她依然沒有答案，而且她也不覺得這個鬼影有需要知道她的懊悔，「我來找人。」

「那人可能在哪呢？」

「我也不知道，」她嘆氣，「我已經找過上層地獄了，也晃過憤怒、殘酷、施暴、暴政之殿了，卻還是一直找不到他，而我也有理由懷疑他的罪孽並沒有那麼輕微。」

「妳認為他在狄斯城。」

「我，對，你說得對。」愛麗絲本來就很篤定這座城真實存在，所有可靠的文獻一致如此主張，不過從死者口中確認了這個名字依然令她頗為訝異，所以城真的在那，正在等待著她，

「他肯定是在那裡沒錯。」

「而妳得找到城門才行。」

我有嚮導，愛麗絲本來想這麼回答，但她現在發現阿基米德又離她而去了，她再度孤身一人，「我想是吧。」

「那就走吧。」鬼影朝地平線方向點了點頭，「我帶妳去，安全的路。」

「為什麼？」

「妳什麼意思，還**為什麼？**」

「我無意冒犯。」愛麗絲想起喬治．愛德華．摩爾，不知道在不爽什麼，她也想起織女孩子氣的笑聲，以及義正嚴詞卻性好記恨的伊莉莎佩，「只不過我們，我在這裡過得不太愉快，而且我們人在底層地獄，大家都有所圖的吧。」

鬼影再次爆笑出聲，他將目光轉回她身上，而這一次這對眼睛成了他身上最為紮實不移的東西，是深邃的石頭、時間的空洞，「說個故事讓我寫首歌，」他說，「就這樣。妳想了解狄斯城，我則想見聞人生。」

✯

所以她人在這裡，在地獄最深的內圈，踏著輕快的腳步和一名鬼影一起溜達，甚至不知道對方犯下過什麼罪孽。

愛麗絲無法判斷她到底是很走運還是笨到家了。這名鬼影自我介紹說名叫約翰．葛拉杜斯，這似乎很明顯是個假名[10]，但他至少沒有假裝自己是她的朋友，他想要的東西也很直截了當，一直纏著她詢問各種她所知世界的資訊，且對政治或歷史發展一點興趣也沒有，她試圖和他聊過蘇聯，他卻不耐煩揮揮手置之。相較之下，他想知道的反倒是現在流行的是哪牌粉筆（「史羅普利牌？他們竟然還沒破產哦？」）、食堂這年頭供應的是什麼食物（「還是同樣的馬鈴薯泥？那約克夏布丁吃起來也一樣還是像厚紙板嗎？」）、還有校園中女孩的流行時尚是怎麼演化的（回答這個問題時，愛麗絲覺得有點不舒服，不過葛拉杜斯似乎對有關裙子和絲襪的含糊答案頗為滿意，多短？她記不得了。膝上嗎？呃，有時候啦，大學生不會穿，但偶爾啦）。她不介意遭到審問，她的記憶力在此相當方便好用，她只需要閉上雙眼，召喚相關的影像到腦中，然後在路程中覆述細節即可。

「倫敦的天際線變得如何？」

「蓋了很多新建築，有一座又大又醜的，叫作什麼國民西敏銀行大廈的，像根大麻菸一樣直直插入空中。」

「音樂咧？」

她回想某唱片行的櫥窗，並告訴他在裡頭看見的所有樂團團名，「猶大祭司、湯龍、鐵娘子、臉部特寫。」

「所以那是哪款音樂啊？」

「有點像是……獨立龐克、搖滾，之類的吧？就是，達絲蒂．史普林菲爾德的相反？」

她分不出這些名字對約翰．葛拉杜斯來說究竟有沒有意義，他接著問說，「那妳喜歡他們嗎？」

「有點太吵了，」她回答，「不過我也不算是充滿冒險精神啦，我只喜歡披頭四，還有巴哈。」

「有夠假掰欸。」他表示，「那妳吃的上一餐是什麼？」

「蘭巴斯麵包。」

「不是，我是說下來之前。」

「噢，」愛麗絲在腦中逡巡，「呃，茶配三明治。」

「什麼口味？」

「起司。切達起司吧，我想。」

「有烤過嗎？」

「沒有，冷的。」她在腦中看見塑膠包裝紙和雜牌商標，是半夜去快要打烊的飲食部買到的，「不怎麼好吃啦。」

「冷的三明治啊，」他咕噥，「有全世界所有的時間，竟然還去買什麼冷掉凝結成一坨的三

10 譯註：應是因鬼影的姓氏Gradus為拉丁文中的「步伐」（step）之意，連結到此處兩人在地獄漫步，故出此言。

明治。」

他渴望有形的物質。而當他覺得她浪費了在上頭的時間，也會忿忿不平起來，不過他最不爽的，莫過於那些錯過的口福，他似乎無法理解愛麗絲幹嘛不每天都去吃三道式的大餐，她的回答「我又不餓」對他而言一點道理也沒有。愛麗絲說話時，他還會露出一種雙眼閃閃發亮的挨餓表情，使得她有時候覺得不太舒服，她感覺對方在從她這裡吸取著某種東西，雖然她無法明確指出究竟是什麼，感覺就像是活人的生氣吧，也許等到他們結束之後，他會離活著比較近，而她會變成一大坨憤恨的灰物。但即便這一切都令人不適，卻正是這樣赤裸裸的剝削讓她反而相信了他的話，真有可能就是這麼簡單，事情搞不好真的就是這樣，他是真心要帶她前去通往狄斯城的城門。

他們前進時，她偷看著他，試圖辨認出這位嚮導的臉孔，她專屬的維吉爾。她在想她是否認得出他來，他的故事是不是諸多縈繞在學院中的傳聞之一，他是那個把稚女餵給墮天使阿撒瀉勒的惡魔學家嗎？還是那個把學生送往仙境，卻沒留生命線的密碼學家？

可惜葛拉杜斯並不像伊莉莎佩一樣花那麼多心力維持固定的型態，要是愛麗絲太專心盯著他的雙眼、或他的身形，他的種種特徵就會移形換影，彷彿無法確定自己先前究竟是長什麼樣子。詭異的是，當她用眼角餘光瞥著他看，靠她的想像力補足其他部分時，他反倒才會擁有最清楚的形貌，是名背脊挺直、戴著眼鏡的男子，是那種可能會提著公事包，或是下雨時可能會替你打傘的男人。一個徹頭徹尾過目即忘的人，你會在火車上、大學圖書館、或書店見到他，接著他便走出你的人生，你也忘掉了有關他的一切，因為像他這樣的樣貌，存在的意義就只是為了在你自身更豐富的世界裡填補背景而已。葛拉杜斯就是個澈底毫無特徵的人，愛麗絲猜想他肯定是使出渾身解數才讓自己變成這個樣子。

她於是至少試著在時空上定義他，因為這樣的話，她起碼就能去嚴刑拷問自己的記憶，看看有沒有什麼泯滅人性的罪行是發生在……比如說六〇年代的耶魯大學好了，可是葛拉杜斯在冥界已經待了太久，久到根本不會提起自己的事，因而也無從定義起。有時候，她覺得自己在他的語氣之中發覺一絲北歐氣質，可是除此之外，他都保持著那種神祕兮兮的中大西洋州份腔調，有可能屬於一個花太多時間和美國人相處的英國人，或一個在英格蘭待太久的美國人。而他也不怎麼健談，她一度試過直接問他，他是來自哪裡，但他的回答就只有，「我想聽妳猜猜看。」假如真要說，他似乎樂於這樣鬧她，他會提到小羅斯福和邱吉爾，接著又暗示說他本人認識哥白尼。

她一度突然心生懷疑，於是馬上發問，想出其不意把他逮個正著，「雅各嗎？」

格萊姆斯教授老是很愛玩各種小測驗。

但約翰．葛拉杜斯只是在那嗯嗯嗯起來，並問說，「那誰？」

不，他不可能是格萊姆斯教授。格萊姆斯教授根本從沒這麼在乎過他辦公室之外的世界，絕對不可能問她什麼臉部特寫樂團，時移事易，但格萊姆斯教授會待在原地。他住在雲朵打造的城堡之中，唯一重要的就只有他的各種想法，以及這些想法能帶他前往多遠的地方。

✯

幸好約翰．葛拉杜斯也有來有往，只要她不要探問太多私事就好。在地獄這個主題上呢，他便算是頗為健談，雖然不一定總幫得上忙就是了，他說的事情絕大多數都讓她又產生一百萬個其他問題，比如她問說，先前那些紙張是寫來幹嘛的，他竟然解釋說，「問這什麼，論文啊，啊不然咧。這點很明顯的吧。」

「有關什麼的論文？」

「就是我們下來這裡的理由啊。」

「所以所有人都會寫嗎？」

「所有人都得寫。」

「那是誰在讀？」

「負責的人啊，復仇三女神，閻魔大王本人，誰知道啊？我是還沒看過真的有人負責在讀啦，是這樣沒錯，但話又說回來，論文能通過畢竟也是很罕見嘛。他們都說寫到交出你最滿意的作品為止，而等到你交出最棒的作品，船就會過來接你越過忘川。」

「那寫論文的意義何在?」

「餘興節目啊,這我很確定,讀其他人的草稿我絕對是很享受的啦。前幾天,我才剛找到一整疊的標題是《我的蘿莉塔》欸,那篇真的是有趣到不行。」

「我的意思是,那論文怎樣才能算好?」

「我哪知道啊,最大的謎團就是這個,不是嗎?」

她無法分辨他是故意在那油腔滑調,還是他真心就是不知道,「所以說,你們就是這樣被懲罰的嗎?直到澈底醒悟了自身的罪行之前,是無法離開的?」

「有些人是這麼覺得沒錯。」

「那到底是要怎麼通過?」

這話讓葛拉杜斯猶豫起來,停頓了一會之後他才回答,「所有人唯一百分之百確定的,就是據說你非講實話不可,就這樣。」

「講實話很難嗎?」

「肯定是吧,因為從沒看過有人離開啊。」

「這絕對把他們給逼瘋了。」愛麗絲若有所思表示,她也很懂寫論文的學生是怎麼樣的,在劍橋,好論文的標準似乎是漸近線,你越是靠近,就越明顯可以知道你永遠無法突破極限。所以最終,決定的因素其實在於時間限制,你得在死線前交出東西,無論完美與否,可是地獄裡又沒有死線，所以有用不完的時間可以犯錯，「我敢打賭這一定很痛苦吧。」

「八成是吧，」葛拉杜斯說，「我自己是連試都沒試啦。」

「為什麼？」

「問題問夠了。」他回答，「我們說好是妳要負責娛樂我的耶。」

「噢，好吧。」

「所以妳要找的這個人又是怎樣？他的論文主題是啥啊？」

「噢，呃，我也不太確定。」愛麗絲頓了一下，格萊姆斯教授這輩子犯過最深重的罪孽**究竟**會是什麼？當她思索起來，卻想不到半點東西，只有最為模糊的形容，但又沒有一個聽起來像是正確的。他有偷東西沒錯（可是是出自良善的理由），他也很殘忍沒錯（不過也是立意良善，而且被他那樣對待的人都是自找的），「我們兩個都有各自的理論，但我並不覺得有方法可以確定。」

葛拉杜斯聞言語氣尖銳起來，像是勾到東西的鉤子，「你們兩個？」

「哦。」愛麗絲表示。

葛拉杜斯放慢腳步，他的本質翻騰而出，就像隻矮胖又快樂的貓，「現在這有趣啦。」她的痛苦令他愉悅，他一邊不斷搓揉著煙霧般的雙手，如同聽著床邊故事樂不可支的孩子，接下來呢？他持續這麼問著，接下來怎樣？接下來怎樣？就像一直在要糖果的小孩，品嘗著他能從她身上榨出的點點滴滴生氣。她於是和他說了織女的事，但模糊帶過伊莉莎佩的部分，然後也講述了憤怒之殿的沼澤、艾雪陷阱、布穀鐘、彼得的犧牲、金屬的尖鳴、克里普基一家的喜出望外。

「先等一下。」葛拉杜斯這時停下腳步，他周身的靈氣也變了，那團發出颼颼聲的冷漠灰色漩渦凝滯成某種類似人類的東西，是股愛麗絲十分熟悉的寒意，濕濕黏黏的恐懼寒意，「克里普基一家在追殺妳？」

「你又是有什麼好怕克里普基一家的？」

「他們簡直就是惡魔，」葛拉杜斯回答，「是盤桓在這塊土地上最糟糕的東西。」

「可是你都已經死了，你……」可是接著，愛麗絲想起伊莉莎佩的話，我曾見識過克里普基一家謀殺某個靈魂，「呃，那我想我們最好還是走快點吧。」

「是說現在這也太**刺激**了吧！」葛拉杜斯反倒張開雙手，掌心朝上，「悲劇、復仇、救人、和時間賽跑，妳能逃出克里普基一家的魔掌嗎？還是他們會逮到妳，妳就無法完成死去夥伴的遺願了？」

「我想是吧。」

「妳什麼意思，妳想**是吧？**」

「我是說，這聽起來像是還不錯的劇本，」愛麗絲突然覺得好累，「我想我就會照著演吧。」

「妳什麼意思，妳會**照著**演？」不知怎地，她竟然激怒了葛拉杜斯，他的外層開始在兩人的腳跟邊飛旋，彷彿他能用自身怒氣的漩渦裹住她似的，「妳難道不會不爽嗎？」他質問，「妳難道不會覺得**完蛋了嗎？**」

「當然會啊，葛拉杜斯。」

「但妳聽起來就像是妳甚至不知道自己到底在這裡幹嘛。」

「反正就這樣啦。」他的挫敗還真令人精疲力盡，她好想跟打蒼蠅一樣把他拍走，「我**哪知道**啊，我就只是累了嘛。」

「可是妳難道什麼也不在乎嗎？」

「我想我是該在乎吧。」

她能怎麼和他解釋這樣的麻木？也不是說愛麗絲不在乎，而是她先前太在乎了，然後她崩潰了，某種基本能力壞掉了，她覺得自己被拽出意義、感受、依戀的世界，她再也無血可流了，她的血已經放盡。她現在僅剩的就只有劇本，而這便已足夠讓她繼續走動，卻不夠讓她的心再度開始跳動。

「可是妳還**活著**啊。」葛拉杜斯表示，彷彿這就是一切問題的答案。

「確實啦，違背了我所有意願。」

葛拉杜斯無言以對。她於是邊走邊等待，希望他能換個話題，但他依舊一言不發，她察覺自已讓他不高興了，可是到底是為什麼，她也說不出個所以然。葛拉杜斯一直以來感覺都不像是敏感的那型，直到現在，她對於他們這樣不交心的關係都還覺得滿舒服的，她一度還暗示過說他其實是開膛手傑克吧，而他也只是一笑置之。

但他再也沒問半個問題。那天早上剩下的時間，他們都默默走著，有一兩次他自言自語起來，但她聽不出他究竟在說些什麼，她只感覺得到他的不滿，是股苦澀又帶有敵意的浪潮，突兀和令人困惑的程度不相上下。而愛麗絲已經很懂得怎麼安撫反覆無常的男人了，於是深知現在只需要等待她的懲罰降臨即可。

✫

「所以說，」葛拉杜斯最後終於開口，「我們到了。」

過去一小時，他們在攀爬一座陡峭又崎嶇的山丘，愛麗絲差點因為筋疲力盡整個人折成兩半，雙手於是都撐在膝蓋上，目光也很少離開眼前的地面。現在她才抬起頭，挺起身子，然後便倒抽一口氣。

狄斯城就座落在眼前，比她先前所想像的都還更加令人讚嘆：是座閃閃發亮的白色城堡，三道環狀結構群集於底部，蜿蜒注入的水流環繞著城基翻攪，黑色的浪花猛力拍打著石頭、骨頭、磚頭，大力到愛麗絲從她站的地方都能聽見遠處怒吼的轟鳴聲。

她讀過許多有關狄斯城的文獻。此地又名受詛咒之地、哀愁之城，在維吉爾的《艾尼亞斯紀》中，狄斯其實是整座地獄本身的名稱，而在其領域之中，有座堡壘由三道城牆環繞，外圈還圍著一條火河。對但丁而言，狄斯則只不過是地獄的第六圈到第九圈，同樣是座巨大的堡壘，矗立在一片充滿破敗墳塚的土地之上，其他人則認為狄斯城和《失樂園》中的地獄都城是一體兩面，總歸就是路西法和惡魔的地盤。大家都說狄斯城是個汙穢邪惡的神棄之地。

所以沒人替她作好心理準備，迎接這座城的美麗。

但丁只提到說這座城市築有高牆，卻沒有描述這些城牆明明就是完美的鏡像，重現了其中的居民所鄙視的神聖之地，狄斯城的建築簡直就是對梵諦岡的貶斥，不對，說真的，更是讓梵諦岡相形見絀了呢。米開朗基羅和拉斐爾只有一輩子的時間可以去讚頌宣揚他們的上帝，可是狄斯城的居民可是擁有亙古，這裡就是人類巧奪天工的極致之作，是完美無瑕的大理石、各種欄杆和穹頂、還有列柱林立，鋪設磁磚的庭院。波赫士曾寫道，這座城市實在太過駭人，光是其存在的事實，就能汙染過去和未來，並讓星辰黯然失色，可是啊，愛麗絲和波赫士所見的真是同一座城市嗎？在波赫士視為墮落和變態之地，愛麗絲卻見到奇蹟。狄斯城是經過長達千年的努力造就而成，是個避風港，由無法獲得救贖之人所建，愛麗絲可以明顯看出這裡試圖想成為的樣子，和它永遠無法企及的模樣。但是即便在這根本的缺陷之中，仍是存在某種可愛可親的超驗事物，可說是見證了人類的意志，狄斯城違逆了來世這整個概念本身，他們現在已將區區校園拋諸腦後了，這是座聖殿。*詛咒我們無所謂啊，這座城市在呼喊著，我們會讓地獄熠熠生輝。*

葛拉杜斯開口的語氣有點好笑，「我想妳的人應該就是在這吧。」

愛麗絲渾身猛然起了雞皮疙瘩，「這裡很危險嗎？」

「超安全。」葛拉杜斯回答，「狄斯城裡的那些人對妳來說不是威脅，妳進去就知道了，他們是一種非常特別的罪人。」

「你這話是什麼意思？裡面關的人是誰？」

「叛徒、言而無信的人，那些作出承諾卻無法履行的人。」

這答案令她大失所望，她本來還一直以為但丁只是在誇大而已呢，「感覺似乎沒有糟糕到哪裡去啊。」

「沒有嗎？」

「呃，我是說，大家都有背棄承諾過嘛。」

「是存在瑣碎微小的承諾沒錯啦，」葛拉杜斯也同意，「可是也還有誓言啊，像是那種重大的承諾：*這就是你對我的意義，這是我對你的責任。*就是夫妻之間的誓約，或家長對孩子的許諾，或是老師對學生的保證。」

一股寒意竄過愛麗絲的脊椎。

望著狄斯城，她感覺就像是有塊徹骨寒冰壓在她的胸口，這座城市的美麗猛然蒙上了陰狠的幽光，她察覺到其中的罪孽，是某種嚙咬著的邪惡物事，是股力量，會毒害各種連結和關係，讓朋友反目、手足相殘。她只能將這股感受形容成是某種侵犯，是最尖銳也最激烈的痛苦，刺進了她心中感覺最安全的深處。

「所以說，你又是做了什麼好事，葛拉杜斯？」她問，「你背叛了誰？」

有一部分的她想對他報一箭之仇，雖然她也說不出到底是要報什麼仇，是因為他的沉默嗎？還是他突如其來的冷漠？她覺得自己受到對方批判，因而丟臉，而現在既然他都再度開口了，她也想要傷害他，反正，他自己提出的問題都可以那麼無情了，她現在也覺得自己可以無情回去。

「我就當妳沒問。」葛拉杜斯表示。

「不，我就是要問，你到底做了什麼？你為什麼不寫論文？」

「這種問題最好是問都別問。」

少來了，她差點脫口而出，卻發覺他是認真的，他的臉上一絲笑意也沒有。

「我這是在警告妳，愛麗絲．羅。」葛拉杜斯的雙眼再度石化，他肯定不是來自這個世紀的，愛麗絲突然心想，這個世紀沒有人的眼神可能在時間淘洗下變得這麼死滅，他一定已經在這裡待了好幾輩子了，「要是對方自己想講，妳愛怎麼聽懺悔告解都可以，這種事是受到允許的。可是假如妳還想活下去，那請記住狄斯城這裡的唯一準則：問都別問。」

第二十七章

有個矮小煩躁的鬼影負責守衛狄斯城蒼白的城門。他一邊觀察著兩人接近，一邊吸飽氣挺起胸膛，一手插腰，另一手則緊握一把黑矛，矛尖是削尖的石頭所製。他們爬上來時，他用矛大力敲了大理石三下，「是誰膽敢進入偉大的受詛咒之城？」

「別鬧了，巴曼尼德斯，」葛拉杜斯回答，「是我啦。」

巴曼尼德斯於是瞇眼打量起愛麗絲，「那這又是誰？」

「她是新來的。」葛拉杜斯說。

「呦、呵、**呵！**」巴曼尼德斯的笑聲上下來回了好幾個八度，色瞇瞇地盯著愛麗絲，「那妳的罪行是什麼啊，親愛的？」

「別回答。」葛拉杜斯邊說邊推擠著經過巴曼尼德斯，他一碰到大門，門就轟隆開啟。

「謀殺嗎？」巴曼尼德斯問，「還是下毒？或妳碰過小孩？」

葛拉杜斯揮了揮手，「我們走吧，愛麗絲。」

愛麗絲急匆匆跟在他身後。

「要跟妳故事換故事的耶。」巴曼尼德斯在他們身後喊著，愛麗絲原本擔心他會跟著進來，但他只是站在門檻上，揮舞著他的矛，大門一邊關上，在大理石地上發出刺耳的聲響，「妳知道該到哪找我啦。」

大門碰一聲關閉。

門內一片黑暗、冰冷、寂靜。葛拉杜斯晃下大廳往右邊去，愛麗絲也跟上，她聽見一陣漸強的喧嘩聲，然後葛拉杜斯便打開一扇門，他們猛然來到一座庭院中，是個開闊空間，四牆環繞，令愛麗絲想起修道院的迴廊。裡頭半點綠意也沒有，但石頭的雕刻式樣，和磁磚上蔓延而過的花朵馬賽克紋路，仍是顯現出了一絲不苟的保養維護，成果也意外宜人。一棵高大虯結的白樹矗立在庭院中央，愛麗絲分不出這究竟是死樹或是石雕，在樹枝下方，三四成群閒晃的，則是好幾十名碎念著的鬼影。

「覺得妳的教授人會在這嗎？」葛拉杜斯問。

愛麗絲無法肯定，問題在於這座庭院之中，有太多鬼影都長得很像格萊姆斯教授，她完全料想不到會跑來一個有這麼多中年男子的地方。他們半數都戴著眼鏡，且所有人也都拖著某種版本的深色牛津劍橋袍子。

「繼續啊！」

「沒錯，繼續！」

很多鬼影都群聚在庭園的遠端角落附近，正在慫恿牆邊的某個鬼影，他站著，一手緊抓一大疊紮在一起的紙張，另一手則放在某種把手上，看起來像是圖書館還書箱的抽屜，是嵌在牆壁上的。他不斷壓下把手打開箱子，顫抖著彷彿相當恐慌，然後又坐視抽屜滑回原位，而他每一次這麼做，眾鬼影都會異口同聲爆出噓聲。

「放進去啊，」他們大吼，「放進去！」

「我想我還沒有完成。」牆邊的鬼影表示。

「別再來這套啦。」

「都寫好幾十年了。」

「現在不交，更待何時？」

「好啦，」那名鬼影說，「好啦。」

他緊緊閉上雙眼，看起來其實滿蠢的，就像小孩跳進游泳池以前會先捏起鼻子，於此同時他將論文滑進抽屜裡。他放手之後身體往回一縮，抽屜轟然闔上，還發出一聲金屬巨響，所有人全都帶著一臉盼望，怒瞪抽屜，不過什麼事也沒發生。最後，出現了一陣稀疏敷衍的掌聲，眾鬼影繼續盯著抽屜看了好一陣子，然後才再度散開回到原先的小圈圈內，邊失望碎念起來。

「這是什麼情況？」愛麗絲問。

「有人剛剛交了論文。」葛拉杜斯回答。

「那個抽屜通往哪邊啊？」

「鬼才知道，只確定放進那裡頭的東西，是永遠沒辦法再拿回來的。」

「所以，他們什麼時候才會知道成績？」

「成績，」葛拉杜斯笑出來，「夭壽哦，還成績咧。不，除非你通過，不然他們什麼都不會通知你，我們不會有機會修改，也不會得到半點意見或回饋，就只是心懷期盼永恆等待著，直到希望變成恐慌，再變成失望。假如你半點消息都沒聽說，那就得假設你沒過，只不過永遠無法百分之百蓋棺論定，而且在這下頭，時程表也一點意義都沒有，所以究竟什麼時候要撲滅你自己的希望，端看你個人的意願。」

樹下，有好幾名鬼影也在爭論著同一個問題。

「我跟你**保證**，復仇三女神才不會讀的。」

「可是如果不是她們，那是誰會讀？」

「你一定是新來的。」某個鬼影開口嘲諷，這舉動也激起了全庭院的笑聲，「絕對是受害者會讀啊，懂嗎，我們得等到受害者死掉，然後再由**他們**決定這樣夠不夠……」

「可是這樣一點道理也沒有啊，受害者幹嘛不趕快去投胎啊？」

「蘇格拉底不是說過嗎？他們的呼喚後頭接著懇求，因為正乞求著受害者允許他們離開這條河……」

「蘇格拉底因為太煩人被判死刑欸，他老兄的意見算個屁啊。」

「再說，又有誰在乎受害者的意見了？他們憑什麼當道德專家啊？」

「確實，假設有兩個搶匪同一時間對彼此的頭開槍。」

「少來啦，你的情況又不是這樣子。」

「近距離開火，另一個傢伙躺在床上，所以說比較像是……」

「但是就先**假設**嘛，」第一個表示反對的鬼影堅持，「假設有兩名搶匪持槍互射，所以他們同時都既是受害者又是行凶者，這樣就沒人能站在道德制高點啦。那所以是誰要負責讀論文？誰的原諒才算數？誰有資格決定？」

眾聲喧嘩，眾鬼影開始延伸討論起道德能動性、原諒，還有要是一開始先做錯事的是你，那麼你後續是否還可能成為被虧欠的對象。這在庭院中似乎是個老掉牙的話題，充滿爭議、觀點分歧，但不知怎地卻又是令人頗為熟悉的討論，參與其中的每一方都花了很長時間排練好自己的立場。這時有人大喊著什麼耶穌和無條件的愛，然後論壇全體都呻吟抱怨起來。

那名剛交了論文的鬼影則彎腰駝背獨自站在牆邊，看來一臉悵然若失。三不五時，他會抬起一根手指撫過抽屜的把手，彷彿可以用意志力逼還書箱回應似的。

「走吧。」葛拉杜斯催促愛麗絲走向庭院對面的出口，「我們先去寫作市集碰碰運氣，接著再去工作坊。」

✯

愛麗絲以為葛拉杜斯所謂的「寫作市集」應該是跟《哈潑時尚》（*Harper's Bazaar*）裡頭的那種「大雜燴」同義，亦即譬喻層面上的想法交流市集，她原先預期會有場研討會，搞不好吧，或是有一整架的紙本期刊，卻完全沒料到竟然真的是奇幻東方風格的那種實體市集：是座亂糟糟的市場，成排的攤位一個接著一個，小販吆喝叫賣著他們的貨品，鬼影則在攤位間閒晃，邊買邊討價還價。在沙漠永無止盡延伸的寂靜之後，這一切全都令人不太有辦法承受，愛麗絲還差點絆到某個蹲在門口旁的鬼影跌倒，那名鬼影大叫出聲往後摔，撞倒了她身後的一疊疊黃紙。

「真的很抱歉，」愛麗絲驚呼，「我沒看到妳……」

那鬼影咕噥了些什麼，愛麗絲聽不懂，雖然她似乎並不是在對愛麗絲說話就是了，反倒是氣沖沖低聲對著她手裡緊抓的一張紙講話。愛麗絲這才發覺，這名鬼影其實是以蝸步在朗讀著每一頁的內容，還三不五時會停下來，囁嚅著有關介係詞片語和受格代名詞的各種問題，她手邊還有本威廉．史傳克及E．B．懷特合著的《風格的要素》，這本書愛麗絲自從中學之後就沒再看過了。

「她沒事的，」葛拉杜斯表示，邊拖著愛麗絲向前走，「她只是在審稿而已。」

「審稿？」

「很多鬼影都認為他們有可能會因為最輕微的拼字錯誤就沒過，所以會花好幾十年梳理稿子，才覺得可以安心交出去。」

愛麗絲於是想起格萊姆斯教授，他的目光總急速掃過學生的文章，讓她有時候不禁懷疑他到底有沒有認真讀內容，「但口委真的在乎嗎？」

「鬼才知道。」葛拉杜斯回答，「他們從不解釋論文為什麼會遭拒，所以我們能做的呢，就是盡量面面俱到、滴水不漏囉。」

在他們身後，剛才那名鬼影開始仰天長嘆，並猛敲著自己的太陽穴。

「真是蠢蛋，」她哭喊，「白癡啊，低能，每個句號後頭都要**空兩格**才對啊！噢，又**全部**都得要重寫了！」

下個攤位則是完全堆滿二手書疊成的一座座金字塔，冊數繁多，伊莉莎佩的收藏相較之下簡直微不足道。所有書都破破爛爛、污漬斑斑，受損程度不一，有些少了封面，有些中間缺了一大部分，有些則似乎是從河底撈上來的，弄乾之後再精心以針線重新裝幀。話雖如此，這些書看起來和聞起來都依舊頗為迷人，因為書本就像好酒，擁有一種越陳越香的愛書人芬芳，而這也就是為什麼書店和圖書館都這麼好聞。愛麗絲不禁手癢起來，邊湧上一股熟悉的衝動，想要翻閱過這些書本，小販察覺到她的關注時也積極了起來，他無形的身子穿越一堆堆書，直接停在愛麗絲面前，「讀湯瑪士・德・昆西嗎？」他邊說邊拿起兩本書，一厚一薄，「還是要讀薩德侯爵？」

「今天都免了，謝啦。」葛拉杜斯回答。

「你確定嗎？薩德侯爵很有趣的喔，就算不是為了要自責，那也是可以為了閨房情趣。」

葛拉杜斯邊舉起一手阻擋推銷邊走過攤位，「我們還好。」

「那讀個盧梭如何？」小販喊著，「你會喜歡的。」

「他這是什麼意思？」愛麗絲問。

「他賣的是懺悔文本啦，」葛拉杜斯說，「聖奧古斯丁、聖派崔克，諸如此類的，這邊有很多人都覺得這是範本。」

「所以他們是為了找靈感才讀的？」

「當然，不然就是想作弊抄捷徑，大家都愛把好料抄來用，什麼靈魂被撕扯成兩半，罪惡感之火從裡到外灼燒著你，之類之類的。」

「也有神聖的救贖哦，」小販再度推銷起來，「我們現在有賣《罪與罰》的全新譯本，是新書，從德比郡的某座墳墓中挖到的，完全沒翻過……」

「不用了，謝謝。」葛拉杜斯加快腳步。

「這樣有用嗎？」愛麗絲也緊追在他身後，「抄別人的懺悔耶？」

「噢，永遠行不通的啦。假如不是原創作品，他們一定都會發現的，這裡對抄襲和剽竊行為絕不寬貸，但大家不知道為什麼還是老是忘記。一陣子以前，有個傢伙從湯瑪士．德．昆西的《一位英國鴉片吸食者的告白》裡抄了兩句，他們就下令說這人五十年內都不得再碰半張紙。」

「我的天啊，」愛麗絲咕噥，「誰都在**地獄**裡了，還不好好腳踏實地自己寫自己的啊？」

「所有人啊，」葛拉杜斯回答，「妳難道都沒遇過寫作瓶頸嗎？」

「呃，當然有啊，可是……」

「剛剛是不是有人提到寫作瓶頸？」

愛麗絲感覺就像直直撞上一堵巨大的肉牆，她跌跌撞撞，視野一黑。她眼前站著一頭貨真價實的半人馬，男人的頭跟肌肉發達的軀幹接在靛藍色的馬身上，假如他的嘴巴沒有咧成一個巨大的露齒笑容，顯示他想吃了她的話，那她應該會覺得他還算是非常英俊，以那種粗獷的山地獵人標準來看啦。

「不好意思……」

「不必客氣。」他低下頭和前腿深深鞠躬，這動作根本不該看起來這麼優雅的才對，且他的頭部最後竟然還跑到了愛麗絲的胯下附近，令人感到既震驚又挑逗，「我是涅色斯，」他的聲音美好又滑順，「底層冥府的神祇暨狄斯城的巡迴寫作家教，任您差遣。」

「他媽的滾啦。」葛拉杜斯表示。

涅色斯卻起身並緊握愛麗絲的雙手，「妳是初來乍到進城的嗎，親愛的？第一次來逛市集是嗎？」

「對，我……」

「千萬別害怕！」他緊緊捏著她的手，他的皮膚非常暖和，「我人就在這，負責提供妳需要的所有論文寫作服務，包括研究計畫、大綱、參考書目，假如妳想要的話，撰寫一整章論文也可以，費率我們可以協調……」

「就說了別再煩她了。」葛拉杜斯打斷他。

「這樣行得通嗎？」愛麗絲問，她很好奇。

「當然行不通啊，」葛拉杜斯回答，「誰想要那些造假的論文啊。」

「我們家的論文是全市集最好的，」涅色斯繼續無視著葛拉杜斯，確實，每一次葛拉杜斯開口，涅色斯就只會跟著接話，用震耳欲聾的音量繼續大聲推銷，「我們已協助數百個靈魂通過論文口試，並成功搭乘期盼已久的金船越過忘川……」

「這是徹頭徹尾的騙局啦。」葛拉杜斯說。

「我們的論文寫手對於冥界的運作擁有充足的知識，許多人自世界之初便已腳踏死亡之沙……」

「可是你們全是神祇啊，」愛麗絲驚呼，「你們到底能從人類身上交換到什麼啊？」

涅色斯聞言停下喊叫，上上下下仔細打量著她，然後緊貼著她的耳畔低聲回答，「人類靈魂擁有的用途可不只一種啊。」

愛麗絲不盡然聽得懂他到底是什麼意思，但她所理解的也夠讓她及時抽手了。

「別再煩她了。」葛拉杜斯緊抓愛麗絲的手臂，並拖著她走下攤位，涅色斯沒有跟上來。愛麗絲回頭望去時，他正和另一名鬼影如火如荼協商起來，針對字數和交期討價還價著。

「妳以前是沒逛過市集嗎？」葛拉杜斯質問，「視線往前看，不要亂瞄，然後永遠都不要**回應……**」

「抱歉，」愛麗絲驚呼，「就只是……實在是太目不暇給了……」

「市集成立的目的就是要引人分心的，」葛拉杜斯解釋，「這都是出自閻魔大王的手筆，有一百萬樣東西可以干擾靈魂，讓他們不再動筆，儘管它們聲稱的所有目的都是要讓人寫得更好。千萬要記得啊，愛麗絲．羅，地獄就是作家的市集。」

市集似乎永無止盡。愛麗絲迷失在其廣袤稠密之中，看不見離開的路，只不過葛拉杜斯似乎知道他們要往哪裡去，他用一種煩躁的冷漠左閃右躲，穿過各個小販。他們經過賣寫作用品和生產力偏方的攤位，有舊打字機、五花八門的紙張、計時的沙漏（「別拖延到時間的盡頭！」）、各式勵志書籍（《如何在十天內寫好懺悔，每天兩千字：聖奧古斯丁法》）、標榜以貨真價實禿鷹羽毛製作的黑色羽毛筆（「對打字機說不：以類比方式寫作，刺激你的創意心靈」）。愛麗絲搞不懂狄斯城這裡是用什麼東西權充貨幣，她看見鬼影用各式各樣的廉價小玩意以物易物，從鈕扣到瓶蓋，還有看起來像是人類指關節骨的東西，不過市集顯然還是生意興隆。

車水馬龍、人山人海中，他們推擠出前進的路，接著遇上一大群水洩不通的人潮，聚集在某個生物周圍，是名神祇，愛麗絲看見，是個長著顆象頭的巨人，頭顱上點綴著太多眼睛了。還有兩根巨角從他的太陽穴插出，愛麗絲的目光甚至追蹤不到這對角終結的地方，只能描述說角的尖端是同時在許多地方結束的，是一團可能性之雲。確實，愛麗絲也發覺這名神祇本身很難直視，他的型態不斷變換，所以當她以為已將對方固定在視野之中時，他其實早就往左偏離了好幾公分了。

「這誰……」

「拉普拉斯的惡魔。」葛拉杜斯回答。

「拉普拉斯的惡魔真的存在？」

「噢，沒錯。他超愛在市集到處閒晃，並說服人家覺得一切都不是自己的錯，會讓他們的進度直接倒退幾十年。我們繞另一邊吧，不然妳會被人潮沖散的。」

愛麗絲跟著他來到人群邊緣，惡魔的信徒以狂喜的興奮聆聽著他宣告種種有關他們人生的事實，還有針對他們病因的解釋。有人是因為十歲時養的寵物貓死了，有人被保母打得太用力，有人在基因上就擁有易怒傾向。

「他是怎麼做到的啊？」

「嗯，他是個決定論者，」葛拉杜斯回答，「所以他認為說呢，因為他了解有關你的一切，就能讓你一概免除針對自己所做的每件事應負的個人責任。」

「這又是怎麼運作的？」

「拉普拉斯的惡魔自宇宙初始就在旁觀察了，」葛拉杜斯繼續解釋，「或說他是這麼宣稱的啦。原子頭幾次碰撞、大霹靂、諸如此類的，他看著地球上的第一批細胞變成有知覺的生命，他看著組成這類生命的原子以嶄新又刺激的組合互動，以創造新的世代。而出於宇宙固定的自然法則，他因而明白這些原子在未來究竟確切會如何互動，好創造出新的組合等等的，比如說他就知道，在你要挑蘋果或橘子時，你最後究竟會選哪個，他也知道你某天會不會背叛丈夫或溺死孩子。他無所不知，因為你這輩子犯下的所有惡行，在你出生那天其實早早就決定好了，人生就是條固定的軌道，你生來就是要順著走的，是條你永遠無法逃脫的道路，你甚至都不會發覺自己在遵循著這樣的路徑呢。」

「那要是我做出了不同選擇呢？」

「那也無濟於事。」葛拉杜斯說，「這他也早就都料到了，他心知肚明有天你會開始思考決定論，並從本能上抗拒，而他也知道你因此將會選擇看似無法預測的選項。可是拉普拉斯的惡魔早就看透一切了。」

「而這就代表，永遠都不會有人有辦法對任何事負責了。」愛麗絲現在跟上他的思路，「也就是說，罪惡感或罪責的概念也不存在了……但我的意思是，這真的行得通嗎？假如你真能把自身所有的罪孽，都解釋成是你無法控制的外力所造就的結果？」

「搞不好吧，我哪知啊。」

這話惹怒了她，「那你到底是**知道**些什麼啦？」

「有關這地方該知道的我都知道了。」葛拉杜斯回答，「順帶一提，我可是免費提供這些知識的哦，妳走遍全地獄都找不到這麼划算的交易啦。」

「那你為什麼又說不出論文到底是要怎樣才能通過？」

「因為呢，」葛拉杜斯的本質這時再度披上那種嚇人的死滅外衣，愛麗絲感受到多年累積的重量，是層層疊疊的久遠時光，「我就是不知道這是怎麼運作的，因為根本沒人知道好嗎，因為我待在地獄的整個期間，都沒真正見過有人的論文通過，一次也沒有。也因為我們之中有許多人都認為，論文這整回事就是徒勞無功之舉，是嗜虐的神祇拿來讓我們分心的，因為這樣不是很搞笑嗎，讓我們永世都在市集裡繞著圈圈追著自己跑，這難道不是史上最讚也最殘酷的玩笑嗎？更因為我們身在這破地方裡的所有人，都從來沒有半個心懷希望的理由。」

「噢，」愛麗絲用非常小的聲音回答，「那我知道了。」

狄斯城現在感覺不再那麼令人讚嘆了，繁忙的市集也不再有趣。此時此刻，攤販和人潮在她眼裡看來就是場恐怖秀，熱鬧卻絕望，是倉鼠在精雕細琢的可悲牢籠中不斷踩著滾輪繞圈，全都是為了逃避那乍看之下似乎唯一重要的問題：你究竟犯了什麼罪？

她自己有辦法靠一支筆寫出生天嗎？愛麗絲在想，假如她以某種方式自然死亡，假使她最後來到狄斯城，她有辦法面對空空如也的白紙、道出真相嗎？

她知道她犯下的滔天大罪是什麼，她坐視彼得．默多克死去，她害死了彼得．默多克。

這年頭，愛麗絲從大廳的對話中得知，劍橋的哲學家十分關心刻意謀殺和坐視不管害死人之間的差異，有些人認為這之中沒有差別可言：假如你知道死因，並在明明有辦法的情況下卻不予阻止，那麼這在道德上就等同於謀殺。其他人則抱持反對觀點，坐視不管害死人在道德上也許是很冷酷無情啦，但是這其中的意涵代表的是拒絕介入某個狀況，也不願插手導致後果。且假如眼睜睜看著人家死掉真的這麼邪惡的話，那我們對全世界的貧窮問題袖手旁觀，難道也該負責嗎？那些在其他州餓死的孤兒該怎麼辦？所以愛麗絲確實是可以受到合理說服，認為沒錯，這一切真的全都不是她的錯，又不是她把他們扔下紐拉特號的，也不是她設下艾雪陷阱的，更不是她逼彼得犧牲自己。她只不過是無力阻止這一切而已，這可不能怪她啊。

可是這樣的邏輯很反直覺。愛麗絲同時也知道，在刑事辯護中，有一種論述稱為「要不是」，要不是你的行為，這台車會撞車嗎？這個小孩會淹死嗎？要不是愛麗絲．羅存在，那彼得．默多克會死掉嗎？答案很顯然是不會。愛麗絲可以從她自己的愚蠢和自私，直接畫一條直線連到彼得的犧牲，且她也心知肚明，要是她逃得回上頭的世界，有一天真的有辦法壽終正寢，她也會因為謀殺了彼得．默多克不朽的靈魂而馬上回到地獄裡的，但要是她已經準備好要承認這回事了，如果她白紙黑字寫下一切，這樣就夠了嗎？這樣就足以宣告她幹下的好事，並承擔全責了嗎？很明顯，這也太過容易了吧，因為假如真是這樣的話，那狄斯城裡就不會有那麼多受挫的靈魂徘徊了，很顯然，這裡並不是所有靈魂都在自欺欺人吧，很顯然，待在這可悲的喧囂之中好幾十年以後，總會有人寧可說出真相吧。

可是這又代表，地獄要求的，實則是比認罪更多的東西。復仇三女神，或無論那神祕莫測、不知是否真正存在的「他們」究竟是誰，他們也都期待某種更為深刻的悔罪。而不管那到底是什麼，無論是因為她心中不敢承認，或是她就只是無法領略，愛麗絲也都不確定她真的有辦法白紙黑字寫下來，甚或訴諸言語。

☆

葛拉杜斯帶著她走出市集，進入又一連串的走廊，直到在一道全無標示的樸素門前停下腳步。「工作坊。」他表示，之後便推門進入。裡頭是間毫無裝飾的房間，有張長長的橢圓形桌子，桌邊圍著十幾個鬼影，都坐在金屬摺疊椅上，那是非常特殊的摺疊椅，空隙剛好大到能讓你拋下所有靠背的念想，還有鏽跡斑斑的金屬螺絲，每當你試圖收起椅子，就威脅著要刺爆你。房內光線昏暗，空氣聞起來有貓尿味。

鬼影們正在開會，弓身俯視著幾張紙，邊爭論著什麼和「家暴」及「道德罪責」有關的事。愛麗絲掃視他們的臉孔。全是不苟言笑的專注表情，濃眉皺起，嘴唇抿成專心的細線，半數人戴著眼鏡，他們穿著打扮的其他細節則早已逝去，只剩下樸素的黑袍，而這替他們帶來了一絲微弱的維多利亞時代氣息。這些鬼影看來都已準備好要詳盡闡述種族間智能差異的顱相學證據了，假如地獄真有個房間是格萊姆斯的歸屬，愛麗絲心想，那絕對就是這裡無誤了。不過沒有半張臉是她的教授。

「他不在這，」她低聲對葛拉杜斯說，「我們應該……」

門在他們身後碰一聲關上，討論瞬間沉寂下來，眾鬼影抬起頭瞪著他們看。

「啊，是葛拉杜斯教授。」坐在桌首的鬼影起身，他身前的黃銅名牌上寫著：**主席**，「好一陣子沒見到你啦。」

「我去休假，」葛拉杜斯回答，「得放空放空腦袋才行。」

「嗯，我們是不會對此表達任何意見的。」主席左側的某個鬼影噘嘴表示，「你也知道規矩，拋磚引玉嘛，你不能就這麼消失多年，然後又期待我們所有人幫忙……」

「沒事，」葛拉杜斯說，「我只是來旁聽的而已。」

「**葛拉杜斯**。」愛麗絲再次低聲開口，但他無視她。

「她又是誰？」主席問。

全場目光頓時轉向愛麗絲。

「新血，」葛拉杜斯回答，「才剛到而已。」

「我以為我們說過不收新人了。」主席左側的鬼影又說。

「她還在新生訓練啦，」葛拉杜斯表示，「還沒開始寫。我想說你們大家可以分享分享一些自己的智慧，讓她看看該怎麼做才對。」

「但這可是個**認真的**寫作互助會耶，」那名鬼影說，「我們不收什麼菜鳥的，根本就在浪費時間嘛。」

「規定是至少要待十年。」主席也覆議。

「她是劍橋大學的研究生，」葛拉杜斯說，「主修分析魔法學。」

劍橋這個字就像咒語，就算在這下頭，顯赫的聲名依然能替你打通門路。眾鬼影頓時面面相覷起來，有幾個聳了聳肩，主席則咕噥表示，「那我想她可以旁聽吧，就當作是個測驗，妳可以在角落找張椅子坐。」

「去吧，」葛拉杜斯告訴愛麗絲，「坐。」

愛麗絲不理解他們到底還待在這幹嘛，「可是他不在……」

葛拉杜斯把她往前推，「主席邀請妳就坐。」

愛麗絲這才發覺，這裡並不是她說了算。

她還真傻，竟然選擇相信葛拉杜斯，她根本就搞不懂他想要的是什麼，早知道就不該陪他玩下去的。她搞不清楚現在到底是什麼情況，但她也不喜歡自己孤身一人在狄斯城瞎碰運氣的機率，於是只好小心謹慎坐在她分配到的那張椅子邊緣，並試圖不要看起來太過害怕。葛拉杜斯繼續站在她身旁，他的本質在她周身翻騰起伏，就像個牢籠。

「那我們可以回到班特教授的論文上了嗎？」一個戴單片眼鏡的鬼影問，「假如打斷的情況已經告一段落了的話？」

「對，沒問題，當然當然，」主席再度坐下，「就讓我們繼續討論吧。布朗教授，你剛才是說……？」

布朗教授敲了敲他面前的紙張，「我確實認為這需要修改修改，行文語氣就是，嗯，非常引戰，對吧？還有對女性解放的反駁，難道不是有點偏激嗎？」

「這我反對。」距離布朗教授幾個座位之外的某個鬼影表示，愛麗絲猜想這應該就是班特教授本人吧，即這篇論文的作者。他生著張很長的臉，嘴巴和鼻子的距離遠到驚人，感覺要是一輩子都像班特教授現在這樣子在那摸下巴，那這應該是自然而然會造成的結果，「這，雖然有點逆風沒錯，這是當然，但裡頭字字都是真理。」

「所有女性都邪惡又愛嘮叨算是哪門子真理啊？」

「我很肯定**某些**女性確實是貞潔的天使，」班特教授對此嗤之以鼻，「我是不會這樣草率概括的。我的意思只是要說，**這個**女人，在她這個特定的案例之中，可說體現示範了她這個性別的所有缺點和毛病。並非所有女子都是善妒、惱人、腦袋空空的，可是**這個**女人呢……」

「對啦對啦，這樣那樣的，她就是你筆下亞當的夏娃，世間萬惡的源頭啦。」另一名鬼影也插嘴，「這樣詮釋真的很無聊耶，你不覺得嗎？你把自己的能動性降到最低，在那妖魔化你老婆……」

「啊不然我是能怎樣？」班特教授質問，「我所寫的全都是事實，不多也不少，我又不能編造論述，專門取悅只對女性主義詮釋感興趣的讀者。我拒絕這麼做，這樣根本就是爛研究。」

「可是這也完全不是在懺悔啊，」單片眼鏡鬼影說，「這只不過是篇宣言罷了。」

「嗯，我又沒做錯什麼事需要懺悔的。」

「是喔，那你是覺得你現在為什麼人在**地獄**啊，你這低能兒？」

「冷靜、冷靜。」主席表示，「請讓我們維持專業分際。」

「懺悔這個概念真的是非常維多利亞時代，」班特教授回答，「你們是都沒讀過傅柯嗎？**性**

的科學化，懺悔是種壓抑的敘述形式，藉由這種形式是無法產生半點真正的知識的。懺悔是有關將隱藏的羞恥和罪惡感萃取出來，但我才不要當拷問刑具上的囚犯呢，你們懂嗎？我才不要為了自由說謊。」

「我是不確定復仇三女神有讀過傅柯啦，」主席說，「你得考量一下你的讀者是誰啊。」

班特教授再度對此嗤之以鼻，「嗯，假如神都是無所不能且全知的，那他們就應該要訴諸理性才對。他們應該要了解這樣的論文形式是老古板，而我們從自我鞭笞之中也得不到半點教訓，神應該要期許我們能掙脫打破對自身的壓抑……」

「我們現在是為什麼又要談到神了啦？」

有個女性鬼影坐在桌子另一頭，椅子稍微往後推了一點，所以她算是半隱沒在同儕身後，她的深色頭髮緊緊綁成一顆包頭，而當她往前傾身時，愛麗絲看見她有一張嚴肅的狐狸臉。她花了更多心思維持自己的穿著打扮與眾不同，身穿高領黑洋裝，白色領子漿得非常整齊，裙子的每一道皺褶也都精心壓過。

「啊，葛楚德，」主席表示，「妳想發言嗎？請說請說。」

葛楚德刮擦著椅子往後推，並站起身，「我的問題是，反正也沒人想要輪迴轉世吧？」

「別又來這套了，」布朗教授說，「大家都想重生啊，這就是我們在此的原因。」

「你是沒讀過《理想國》嗎？」葛楚德質問，「你知道你不是厄爾見證的主角吧？阿賈克斯成了隻獅子，奧德修斯則成了一介平民，可是邪惡之人可沒有權利選擇，邪惡之人在下一世依然會受苦受難。」

「這我們已經討論過了，」主席說，「沒有證據顯示因果業報會影響重生……」

「沒錯，這你說得對，我們擁有的只是個先驗的理由而已。但你認為我們這小小的懲罰就已足夠了嗎？你真的以為，只要我們的文章琢磨修改過交出去之後，上頭有權決定的人，就會覺得我們夠格轉世成王公貴族啦？」

「好了，我們都知道這種事情沒有保證的……」主席正要開講。

「誰想當蚯蚓啊？」葛楚德繼續質問，「誰又想當糞金龜？或者更慘的，生來擁有人類的認知，卻沒有機會可以運用。兩相比較來說，人世間的苦難遠大於愉悅，而我們全都只是剛好夠走運，上輩子才能那樣過，可是你們之中又有誰，願意從大學的宿舍淪落到流浪街頭？」

「這些事情在輪迴轉世之後都沒差啦，」班特教授回答，「反正你會遺忘啊，根本就沒有基礎可供比較……」

「我都還沒說到遺忘呢！」葛楚德發出勝利的呼喊，「我們為什麼又會想要記憶遭到澈底抹除呢？忘川跟死亡的差異又何在？所以最好還是按照我們現在這樣子存在，就是**此時此地**。我們要效法晨星的榜樣，在地獄中建造我們自己的天堂……」

「好喔，引用起彌爾頓啦。」曼斯菲爾德教授表示。

「神又拿我們沒辦法，」葛楚德說，「道德只適用於弱者。」

「是喔，現在換成《罪與罰》的主角拉斯柯尼可夫啦。」班特教授說。

「你們想怎麼嘲笑我都無所謂，」葛楚德繼續，「但我認為拉斯柯尼可夫的所作所為還不夠貫徹始終，他的決心在最後關頭動搖，他的錯誤在於他最後躊躇了起來，他偏執了起來，讓警察滲進了他的所思所想之中，可是想像看看，要是他堅守信念，那會怎麼樣啊！想像一下假如那個白癡索妮雅，還有她那整套基督教道德觀從未出現的話，沒錯，想像一下，要是那所謂的**罪**從沒阻擋在他面前……」

「對啦，我們都懂，我們全都讀過尼采，上帝已死，諸如此類的。」主席表示，「可是很遺憾，**某種**更高的權威，決定了我們活該受罰，所以我們現在來到了這裡……」

「可是明明就不需要這樣子的！」葛楚德雙手朝桌面猛力一捶，「我們幹嘛要接受什麼地獄諸殿？我們為何如此安於現狀？你們難道看不出來嗎，假如上帝尚未死去，那我們就得**弒神**。我們應該要按照我們的意思改造地獄，讓狄斯城變成我們自己的天堂才對。」

「她到底為什麼人在這啊？」班特教授質問主席，「這跟我的論文一點關係也沒有。」

「這帶來的衝擊和論文的關係可大了，」葛楚德回答，「假如你都不知道自己究竟想達成什麼，那幹嘛還要發表著作啊？」

「我們今天是來討論方法論的，」主席表示，「不是形上學。」

「不過，也不是說這篇就會過啦，」單片眼鏡鬼影說，「我們甚至都還沒討論到這站不住腳的自傳式敘事呢……」

「你最好注意一下你是在說誰站不住腳。」班特教授反擊。

「你難道真的覺得值得花十二頁的篇幅討論你老婆的娘家當初不願意替婚禮買單嗎？」

「至少比你上週的成果還好啦，」班特教授回嘴，「荒謬到不行又怪可怕一通的……」

「細節很重要。」

「噢，對啦，假如你是在寫**小說**的話啦……」

情勢飛速升溫，前一秒班特教授和單片眼鏡鬼影還在隔著桌子互罵，下一秒他們就跳到桌上扭打起來了。半數鬼影也起身加入混戰，另一半則是坐回座位上，雙臂抱胸並擺出臭臉，愛麗絲從旁觀察，目瞪口呆，她覺得這真的好可悲，他們這麼在乎，這麼惡毒地彼此攻訐，可是他們難道看不出來，這一切和萬物的宏大尺度相比，是如此一文不值，如此微不足道嗎？而且就算是要消磨永恆的時光，這麼做也是世界上最白癡的方式？

「妳開心了吧？」葛拉杜斯看起來跟貓一樣心滿意足，「這跟妳期望的一樣嗎？」

但愛麗絲也想像不出他是覺得自己在這裡頭又獲得了怎麼樣的勝利。

「快看！」這時有人突然哭喊，「看哪！」

每一張臉孔於是都轉向窗邊。

天空中出現光線。在愛麗絲眼中，看來像是星辰，閃爍的星座炸開，起初感覺十分遙遠，接著卻越來越近，直到接近，她才看見那並不是星辰，而是片片餘燼。火焰所降落的每一處，都迸發出生命，小販見狀拿著墊子匆匆跑來跑去，試圖撲滅火焰，但為時已晚，而在一疊又一疊紙張燒了起來，化作煙霧時，愛麗絲也聽見各種嚎哭。她看見先前在審稿的那名女子頭頂著火，一邊繞著圈跑一邊尖叫，那本《風格的要素》緊抱在胸前。

椅子隨著眾鬼影起身也發出尖聲，他們匆忙推擠著衝過愛麗絲身旁，以離開房間，她目送他們奔跑，一頭霧水。一會兒之後，她在窗外看見他們像大風車般揮舞著手臂邊跑向火焰。

「噢！」愛麗絲於是往前衝了幾步，接著卻停了下來，因為不確定她究竟能幫上什麼忙，「噢，拜託來人阻止阻止他們啊！」

不過她是誤把鬼影的哭嚎當作痛苦的表現了，這些鬼影其實滿心歡喜，他們跑向火焰的方式，就像孩子赤腳衝進海中一樣。他們賽跑著衝向市集，並不是要拯救同儕或搶救物品，而是要一起同樂。

他們跟枯葉一樣會快速著火。愛麗絲的目光無法移開那些燃燒的臉孔，自童年起，她便非常怕火，她以前曾認為遭到火刑是世界上最恐怖的死法，冒泡的油脂，血肉碳化，實在讓她嚇死了。可是狄斯城的靈魂並不會凋亡枯萎，他們的血肉不會從臉頰上剝落，即便都燒出嘶嘶聲了也不會，在火焰下方，他們的皮膚依舊光滑且毫髮無傷。燃燒在此地並不會造成永久損害，唯一體現的就只有痛苦而已。

「別再尖叫了。」葛拉杜斯表示。

愛麗絲都沒發覺她正在尖叫，她碰了碰脖子，她喉嚨都叫啞了，雙手一邊顫抖著，「噢，可是**為什麼……**」

「我們無法自行生火，」葛拉杜斯回答，「沒人知道為什麼，但這是地獄唯一禁止我們的事。所以當天外來火時，我們總是超級開心，別擔心，這傷不到他們的，只是留下回憶而已。」

岸邊爆出一陣騷動。有個巨大的物體炸穿了城牆，大理石城基碎得到處都是，是某種發出轟響的狂暴巨物，龐大到無法通盤理解，愛麗絲只能片面辨識出其屬性，沉重的腳步、笨重的步伐，這頭野獸有三顆頭，眾鬼影異口同聲哭喊，「**是地獄犬！**」

他們蜂擁向前。愛麗絲不解他們幹嘛要靠近那頭野獸，但他們卻伸出雙手站在原地，發狂猛揮，她於是想都沒想就伸手要碰葛拉杜斯，不過她的手指只摸到冰冷的空氣而已，「他們難道不怕嗎？」

「怕？地獄犬可說是這下頭會發生最刺激的事情了。」葛拉杜斯看來對自己頗為得意，「我們希望牠能踐踏過我們，我們乞求牠盡情傷害我們。」

「**為什麼？**」

「因為**很有趣**啊，」葛拉杜斯回答，「痛苦很有趣，而只要有趣，那你就什麼事都能忍受。」

「可是到底……」

「到頭來，一切都只是回歸到感官而已，愛麗絲・羅。管它痛苦或愉悅，都不過是彼此的鏡像，而對死後的時光來說，兩者都很受歡迎，時間在此堪稱蝸步，妳什麼都會願意做的，只為了要感受到一點什麼。」他突然嚇了一跳，「噢！全壘打！」

地獄犬的其中一顆頭往下探，一把緊咬住某個鬼影的腰際，並將他舉到半空中，岸邊的人群見狀爆出歡呼，五臟六腑噴灑得到處都是，地獄犬的下巴動了動，沙灘上便滿布屍塊。可是這不可能是牠做的吧，愛麗絲心想，鬼影得把自己肢解才行，他們得自己想要這樣才行，整個庭院這時響起巨大的歡呼聲，眾鬼影再度蜂擁而上，自願獻身。

「下一個換我！」

「快吃我，地獄犬！」

「選我！」

愛麗絲在腦中聽見一陣高頻聲響。

「我的手臂，地獄犬，快來扯掉！」

「我的大頭……」

「我多汁的內臟！」

這就是存在的終點嗎？從前愛麗絲可能會因這其中的純然荒謬潸然淚下，現在她則是完全理解地獄了。她見識過了地獄精巧的設計，因而可以了解這並不是在隨機模仿人世間的種種儀軌，而是面殘酷的鏡子，其中反映的所有因果業報，首先都只是要顯現活著本身有多麼沒意義而已。重點並不在於改過自新，而是要返璞歸真，好揭示人類只是盲目掙扎的蟲子，尋求的只不過是要感受到一點什麼，噢，神啊，她的思緒胡亂奔騰，祢為什麼要創造出我們呢？為什麼要用我們的失敗去玷污宇宙？為什麼不在第四天之後就休息，並對無言的星辰心滿意足就好……

只有那名叫作葛楚德的鬼影沒有離開房間，她靜靜佇立在窗邊，以全然的冷靜凝視著這一切。愛麗絲這時感受到一股對她的迷戀，令人畏懼，也許類似男學生對他們嚴厲又漂亮的老師所抱持的那種迷戀吧。

「很可悲，對吧？」葛楚德問，「他們用以娛樂的舉動。」

「妳沒寫論文。」愛麗絲說。

「噢，是啊，我拒絕寫。」

愛麗絲對著那些尖叫的身軀點了點頭，「那妳和他們又有什麼差別？」

「我並沒有把輪迴轉世視為解答，」葛楚德回答，「而是將其視為逃避，是給意志脆弱，無法堅定面對自己所來到的新世界，無法理解就是這樣了，這就是我們僅有的了的那些人。」葛楚德離開窗邊，她嚴酷的目光迎上愛麗絲的，愛麗絲的脊椎於是冷不防竄上一股涼意，「願意讓我帶妳見識見識嗎？」

「別煩她了，」葛拉杜斯說，「沒人對妳的邪教有興趣好嗎。」

「我們全都得親自決定才行，葛拉杜斯。」

「什麼邪教？」愛麗絲問。

「明明就只是個團體，」葛楚德澄清，「想來就來、想走就走。」

「說什麼鬼話。」

「你自己不就成功離開了嗎？」

「愛麗絲，」葛拉杜斯的語氣急切了起來，「相信我好嗎。」

愛麗絲歪了歪頭，「但我又有什麼理由要相信你？」

葛楚德是個問號沒錯，但與此同時，葛拉杜斯帶她進入狄斯城，卻也只是為了要嘲笑她、擾亂她而已。她沒理由要去信任他們兩人，可是在他們之間，還沒開口嘲笑她絕望的人是葛楚德。

愛麗絲也大可將她的抉擇怪罪到理性上。格萊姆斯教授有可能是和葛楚德一起的，八成和她是同路人，愛麗絲當然是不會把他和那些尖叫的鬼影劃歸成同一類的。話雖如此，超越一切的理由仍是出於衝動，衝動和好奇，她想看看罪人最後的庇護所何在。

「幹嘛啊，葛拉杜斯，」葛楚德抬頭挺胸，語氣平順中帶有威脅，「她又是你的誰了？」

有那麼一刻，愛麗絲擔心葛拉杜斯會洩漏她是活人的事，但他卻一臉茫然，灰色的本質裏住他全身，彷彿披肩，而他半點回應都沒有。

葛楚德朝愛麗絲伸出手，愛麗絲本來也要接過，卻猶豫了起來，「妳要帶我去哪？」

葛楚德於是朝牆壁點了點頭，那邊有扇愛麗絲先前沒注意到的木門，葛楚德推開門，裡頭是一道狹小的迴旋梯，愛麗絲看不出通往何處，或高度究竟多高，只知道狹窄的石階就這麼蜿蜒深入黑暗。

「去叛軍堡壘，」葛楚德回答，「帶妳踏上離開地獄之路。」

第二十八章

葛楚德毫不費力輕鬆前進，愛麗絲跟隨在後。在那趟義大利之旅，愛麗絲曾去爬過佛羅倫斯大教堂的階梯，這在盛夏時節是個可怕的主意，總計四百六十三階，還是在令人窒息的暑熱之中，她當時在腦裡一階階數著，因為在那光線黯淡、空氣滯悶、壓迫感極度強烈的螺旋中，別無他物能替她提供半點繼續往上爬的理由。爬到半途時，有名女子疑似心臟病發作，剩下所有人於是得緊緊貼在牆沿，讓她和她老公拖著腳步，上氣不接下氣原路下樓。每隔一百階，石壁上會有一扇小窗，大家經過時都會將臉緊貼著窗戶的鐵條，迫切想要感受到微風。

愛麗絲於是只得假設，狄斯城的建築師也是受到那座大教堂所啟發，但這裡的間隙開的窗卻沒有涼風吹進，只有一方小小的地獄天空，火燒的橘色。她的雙腿也像是在燃燒，肺部吸不夠空氣，所以她把所有注意力都轉到一步步邁出的腳步上，不去看已經爬上了幾階，以及還有幾階要爬。最終，就在她擔心可能會昏倒時，他們終於離開樓梯，上來到一座庭院。

有那麼一刻，愛麗絲以為他們登上了人間，因為她眼中所見，鏡射了羅馬、波格賽別莊、帕拉丁尼山的輝煌壯麗。這也並非殘跡，不是四散的藝術品，從陰陽兩界間的縫隙墜下，而是風格一致的優雅設計，鋪了磁磚的小徑呈弧形繞過各種雕塑、觀景亭、冒著泡泡的噴泉。愛麗絲深呼吸，充滿她肺部的空氣清爽、新鮮、又甜美。

「這邊走，親愛的。」葛楚德示意要愛麗絲跟著她走上山丘，她們來到一座露臺，周遭有立在基座上的雕像，是十多名男男女女，尺寸比真人還大上非常多。

「我們之中最偉大的人物，」葛楚德解釋，「我們的建城元老和夢想家之中有魔法師、建築師、詩人。全都很有美感，並深信美可以從神聖之中分割出來。」

愛麗絲試圖猜測這些人物的身分，不過基座上並沒有名牌，鑿出的臉孔也莫名不像人，比較會令人聯想到理型，而非特定的人物。無一例外全是濃眉，視線往上看，挺拔的貴族鼻子，嘴巴則搭配著英雄式的挑釁皺眉。

「他們如今安在？」她問。

「還伴在我們身旁，」葛楚德回答，「這裡可是叛軍堡壘，沒有人會再死掉的。」

他們越過露台，來到一處懸挑。愛麗絲靠向邊緣，她可以看見一整座狄斯城位在下方，市集、工作坊、到處亂晃的那些教授，城市其實比她原先所想還大上非常多，還在燃燒，因地獄犬橫衝直撞肆虐而毀壞的市集，似乎只是其中一小座，還有其他許多類似的。從上頭這裡，她也能看見一大團人山人海的鬼影，螻蟻般在城市各處跑來跑去，全都孜孜矻矻獻身於那同一個毫無意義的任務，她往後退，能夠逃到上頭感覺實在很棒，遠離喧囂。只要她能遠離露台邊緣，視線就完全不會看到市集，而且在這座露台上，她也可以假裝狄斯城的其餘部分根本不存在。

「這上頭還真不錯。」她表示。

「對吧？」葛楚德再度示意，「過來這邊看看吧，這邊景色更棒。」

她們轉過轉角。愛麗絲於是發現她們其實並非站在山頂上，而是懸崖側邊，忘川在下頭翻攪著，黑暗又無情，水勢在此比愛麗絲先前看過的都還更加洶湧，狂亂猛拍著下方的石頭，和地獄其他地方相比，忘川在這裡最不像條河，反倒像是海洋，是廣袤寬闊的黑暗，從四面八方環繞著她們。她一邊眺望地平線，一邊納悶著，但她什麼也沒看見，閻魔大王的領域依然位在視野之外。

「這座城是傍水而建，」葛楚德說，「這是最常招致批評的一點。」

她驕傲縱覽著自己的地盤，愛麗絲跟隨她的目光，因這錯綜複雜的輪廓驚嘆，這些目中無人伸向天空的塔樓，但在俯瞰忘川的最高峰，所有格局都顯示應該要有座鐘塔之處，卻是個參差不齊的不完整缺口。

「之前發生過一場地震。」葛楚德開口。

「地震？」

「有些時候地表會反抗，」葛楚德解釋，「土地會撕裂開，我們腳下出現深淵，岩漿從下頭吐出，害我們脫皮，並將我們封在岩石之中。那些失足摔落的人得花上亙古才能爬出來，這還是爬得出來的情況呢。」

「噢。」愛麗絲表示。

「某次發生一場極嚴重的地震，鐘塔於是垮了，」葛楚德搖搖頭，「真的是個大災難。我們眼睜睜望著鐘塔翻覆下岩石，鐘聲從頭到尾震天價響，最後沉入浪濤之下，偶爾，我們依然還能聽見一陣低響，在我們的骨內嗡鳴著，這時我們就會知道，那是來自忘川下的鐘塔，仍在兀自敲響。」

但她說話的口氣一絲失落喪氣也沒有。

愛麗絲猜得出原因，「反正還會有另一座鐘的，你們會再建一座的。」

「噢，當然，」葛楚德回答，「最終，一切都會來到地獄，一切也都會來到狄斯城，靈魂會來來去去不斷轉世輪迴，不過他們所有的**東西**，可是沒辦法再重獲新生的。假以時日，我們便會蒐集到足夠的材料，可以在下頭打造出第二個世界，不是複製品，沒有人想要複製上頭那個有缺陷的世界，我們要打造出更棒的事物。」

有那麼一刻，愛麗絲也看見了葛楚德眼中所見，眺望過那道天際線，是座剛成形的宏偉城市，經過千年又千年的填滿和完成。葛楚德說話的方式，就是個時間充裕的人，她的存在並不是用一日日計算，而是以一代代，而她手下的計畫，量度的尺度也能以一口長長的氣計數，從世界之初到世界的終點。愛麗絲腦中也閃現所有先於堡壘出現的城市輪廓，羅馬、耶路撒冷、亞歷山卓、西安，所有偉大的世界樞紐，而叛軍堡壘的存在，將比這些地方都還更加悠久，她也試圖從這樣漫長的時間觀來想像狄斯城，也許假以時日，狄斯城也會變得如此巨大、如此宜居，使得沒有靈魂有辦法穿越，當你能夠原地安息，又何須涉險犯難呢？

葛楚德轉身面向地平線，在燃燒的光線下，她的輪廓氣勢非凡，右手舉向胸口，手掌張開，彷彿在施捨一般。愛麗絲先前大大誤解了，誤以為她是邪教信徒，但在上頭這裡，葛楚德扮演的角色更像是聖徒。

「妳有見過沙子從沙漏漏下嗎？」葛楚德問，「現在在妳腦海裡想像一下吧，多多注意底部發生的事情，永遠都會積沙成塔，是座越堆越高的山巔，接著承重變得太重，沙子於是向外垮，底部也再次夷平。因此，妳會明白時間是無法聚沙成塔的，只會堆出小小的峰頂，且總是搖搖欲墜，狄斯城這裡的時間，就是這樣子運作的。時間往前衝，讓妳誤以為有所成就，接著循環重蹈覆轍，一遍又一遍，可是每一次，底部還是都會堆積某些東西，所以，我們有天仍會登頂的，只是需要非常、非常久而已。」

她昂起下巴，「終末之時我們將身在此地，垂死的太陽熄滅之時我們將身在此地，當歌革和瑪各的軍隊集結準備入侵天堂聖所，當魔狼芬里爾完全吞噬奧丁，當阿波菲斯吞噬太陽神拉，讓一切陷入黑暗、當世界天翻地覆，外殼飛進熔化的岩石之中，以待新生之時，我們將身在此地。」

她的語氣如此堅信。

愛麗絲在想，究竟需要什麼才能支撐這樣的希望，年復一年、世紀復世紀，接著她又思考起，葛楚德的思維中有何缺陷，或說她真的擁有思想嗎？因為在一個所有規則都不斷變動的世界裡，**何不**去相信道德秩序會出現一種末日浩劫般的反轉呢？這為什麼不可能發生？其中難道不是存在著一種病態的美感嗎？以這樣的信念去為惡、去坐視惡行，比起只因為出於害怕才去做好事，難道不是勇敢上非常多嗎？這時，愛麗絲反倒羨慕起葛楚德，至少葛楚德知道自己支持贊同的是什麼，至少葛楚德還有個未來值得奮鬥，無論有多麼遙遠。

「而我可以就這麼……」愛麗絲張開雙手，不知道該如何是好，「妳的意思是，我可以就這麼待在這裡嗎？」

「想待多久，就待多久。」葛楚德回答，「永遠待著也可以。」

「而沒有其他人能闖進來？」

她心裡想的是克里普基一家，但葛楚德誤以為她指的是約翰・葛拉杜斯，「那個江湖郎中喔？他不會來煩妳的，進出堡壘的萬物，都逃不過我的法眼。」

「那萬一我想離開呢？」

「我不會逼妳留下，來到堡壘的人都是出於自由意志。但我認為，妳待在這裡，絕對會比在外頭可能的處境還舒適上非常多。」葛楚德說罷將手溫柔輕按在愛麗絲背上，「去吧，整座城市都屬於妳了。」

但此舉對愛麗絲來說似乎頗為突兀，她不知道還能要求什麼更具儀式感的行為了，葛楚德提供的正是她所承諾的事物，可是她也沒有料到這麼快就會被打發走。

「可是大家人都到哪去了呢？」

「都在休息，大家到堡壘來，是要追求平靜的，我們不會像下面那些人一樣在那為雞毛蒜皮的事起口角。想去哪晃就去哪晃吧，不過妳很快就會發現，妳同樣也比較喜歡平靜。」

愛麗絲感到一陣恐慌，她不想要孤身一人待在這裡，她不知道該如何自處，「那妳又要去哪呢？」

「去照料這座城市啊。」葛楚德最後又用力按了按愛麗絲的肩膀，「去吧，找到妳的平靜。」

✯

於是愛麗絲沿著大理石小路晃蕩，感覺有點像個孩子，太陽都還沒下山，大人就叫她上床去睡覺了。

她花了一會兒研究那些雕像，可是它們完美滑順的質地一下子就變得無聊了，雕像只有在稍遠處才擁有感動人心的效果，近看之下每張臉孔全都一個樣。佛羅倫斯反倒是以一種這個地方無法企及的方式引人入勝，她心想，佛羅倫斯很有層次，而此地的一切都欠缺歷史，沒有東西隨著時間淘洗而龜裂或磨亮，一切全都會定期建造、修補、維護，所以亙古不知怎地看來僅有十年歷史。

假如真要她老實說的話，她覺得有點失望。**叛軍堡壘**這個名稱明明承諾了更多東西，理想上來說，應該要是某種叛逆的象徵才對，但大致上看來似乎就只是平靜無波而已，那些墮落天使路西法呢？

她繼續走下安靜的小路，有些好奇最後究竟會走到哪裡。她無法領略堡壘的設計，不是螺旋，不是蜂巢，也不是直接在山丘上鋪散開來的，而是莫名地同時三者皆是。堡壘本身便向內蜷曲，內部蔓延而下的同樣路徑，也在外部迴旋反覆，彼此連結，她數度經過高聳黑暗的城牆，深信她已深入城市的腸道，結果卻出乎意料又從露臺上走出，從外頭的所有角度看來，堡壘似乎都空蕩又恬靜，所以祕密到底藏在哪呢？愛麗絲於是為自己設下一條規則，永遠都朝黑暗走，而這帶領她通向一座廣場組成的綿密迷宮，非常類似威尼斯同樣以巷弄及廣場構成、四牆環繞的矩陣。她轉過某個轉角，進入一處看來是個庭園的地方，並在黯淡的光線中，看見最為不可思議的事物。

活物、樹根、**樹枝**。

愛麗絲心跳加速，這就是真矛盾，伊莉莎佩是這麼稱呼的，在無法孕育新生的土地上長出的東西，這就是這些人信念的祕密嗎？叛軍堡壘是否真的種出了他們自己的雙面真理？

不過這根樹枝看起來卻不像文獻中所述。文獻承諾的是令人眼花撩亂的綻放蔓生，是不應出現於此的旺盛生命力，可是眼前這根樹枝卻是個凋萎的黑褐色東西，從乾癟的灌木叢中軟趴趴長出。愛麗絲用指尖碰觸時，樹枝便馬上縮走，就像碰到鹽巴的蠕蟲。

這時她以為自己在黑暗中聽見某種聲音，可是又無比微弱，比較像是種感覺，而非具體的話語，類似在說，*不，走開，別煩我。*

「搞什麼鬼啊？」她碎念。

她再度碰了碰樹枝。而這一次雖然樹枝又縮得更回去，愛麗絲卻更清楚聽見了聲響，現在是清晰的聲音了，是個她差點就認出來了的字，假如她能成功譯解出這種語言的話。她於是用手指握住樹枝，接著一陣低語漩渦便從空氣中滲出。

她豎起耳朵，*拜託讓它是個鬼影吧*，她心想，*拜託給我個伴吧，隨便誰都好*。可是每當她試圖凝神傾聽，抓住某個部分，譯解這一連串列車般的思緒，那部分便又會消散回群體之中，她所能辨識出來的，僅只是一股大致上的敵意氛圍而已，樹枝不想要她跑來這，灌木也不想要有人打擾。但愛麗絲實在太過好奇，不願就此放過。

這次她加快動作，並成功將觸鬚抓在手心，低語於是變得越來越大聲。她知道這麼做很蠢，可是她就是非得知道不可，她帶著一種病態的入迷，就是想知道究竟會發生什麼事，要是她抓住一根樹枝，然後就只是……

啪。

樹枝在她手中折斷，灌木整叢往回縮，所有低語一股腦傾巢而出哭喊著，聲音不大，卻悲愴至極。

妳幹嘛要這麼做，那聲音哭喊，妳到底為什麼要這麼做？

愛麗絲望向掌心。樹枝已不再是樹枝，而是坨醜陋糾結的東西，她一把扔在地上，那東西馬上枯萎，化為塵土崩毀消散，而在她折斷樹枝的灌木叢處，有個閃閃發亮的尖端露了出來，閃爍著微光，顏色比血還黑。傷口周遭盤踞著一團低語的煙霧，就跟鬼影的本質是一樣的灰。

愛麗絲深入廣場，並看見一排又一排的灌木和樹木，是一整座花園，各種棘刺、糾結扭曲的樹枝、覆蓋填土錯落交織，她不禁呻吟起來，「你們全都是嗎？」

「小聲點！」

愛麗絲嚇了一跳。

說話的是她膝蓋邊的節瘤，是坨醜陋的隆起，就長在一棵黑掉的樹側邊，假如她歪頭的角度恰到好處，可以看出樹樁的人形。一陣摩挲聲，然後是呻吟，接著突然之間，樹樁就變成了無牙老人類似烏龜的頭部，他嚙咬著她的手指，愛麗絲於是猛力抽回手，節瘤則發出粗嘎的笑聲。

「在玩嘛，只是在玩嘛。別嚇到了，親愛的。」

愛麗絲雙臂緊緊抱在胸前。

「妳是新來的啊？」節瘤詢問。

「很明顯是吧。」

「那妳怎麼不過去坐那邊呢，」節瘤說，「他也是新來的。」

愛麗絲轉向節瘤示意的方向，路旁有張石凳，但她沒看見半個人，只有更多灌木叢而已。

「誰？」

「我不確定他的名字，名字對我們來說沒太多用處。」

愛麗絲又仔細盯著灌木叢瞧了瞧，這才發現邊緣的那叢綠意看起來比其他部分都還更年輕，也更蒼翠，葉片更小更嫩，樹枝也還沒長出棘刺。

「妳怎麼不坐下呢。」節瘤再度開口。

愛麗絲於是小心翼翼在石凳邊緣坐下，「那我現在該做什麼才好？」

「是要做什麼，」節瘤回答，「妳現在就休息啊。」

愛麗絲兩腳交叉，接著又張開，她覺得莫名不自在，一邊半是期待自己的四肢上會開始冒出葉片，但卻什麼事都沒發生，「你是說，像這樣子嗎？」

「妳想怎樣就怎樣啊。」節瘤縮回樹樁處，「反正就靜下心來，好好休息。」

「怎麼個休息法？」

「神遊太虛，像隻蜻蜓一樣飛掠過妳的意識之池，然後放下一切。」

「然後我就會變成樹了嗎？」

「妳會紮根，」節瘤回答，「然後變成讓妳最滿意，也最穩定的型態，只要妳能靜下心來就可以。」

愛麗絲胸口一緊。樹林這裡太悄無聲息、太萬籟俱寂了，樹葉少了摩挲聲，石頭少了潺潺流水，不知為何就有點恐怖，庭院需要微風吹拂才行。她感覺恐懼在她的胃裡滴淌，她試著無視，試著提醒自己她現在可以獲得平靜了，沒有任何人事物可以傷害她。可是這當然是錯誤的思路，因為在這裡，少了飢餓和疲累帶來的分心，以及另外一百萬種想要取她性命的神祕莫測事物，愛麗絲才驚覺，她面對的其實是最深沉的恐懼，也就是漠然靜止的空間所帶來的痛苦。此處萬籟無聲，你因此無法逃離腦中雷鳴般轟然作響的種種想法。

她的頭顱後方積起一股巨大的壓力，是原先封存的回憶，現在要求傾瀉而出。現在，聽聽尖叫吧，嚐嚐金屬吧，感受鮮血吧，大量的血玷汙她的雙眼，讓她的舌頭全是鹹味，她從沒想過人體裡面竟然裝著這麼多血。格萊姆斯教授的恐慌，他衝向她的方式、他眼中的指責、他**知道**了……

知道些什麼？在這麼久以後，她依然無法找到邏輯一致、前後連貫的敘述來描述這一團亂，無法將這種種印象分門別類放進一個結構嚴謹的故事之中，無法清楚解釋她究竟幹了什麼好事，還有她欠的到底是什麼債，這簡直就是戈耳狄俄斯之結：她的記憶雖完美無瑕，卻依然只能在各種印象頭一次出現時進行歸類而已。而格萊姆斯教授死去的那天卻極度混亂和費解，使得在數個月後，在第一百萬次檢視完所有證據之後，她依舊不知道究竟該作何感想才好，她當然是恨他，在意外發生前的那幾週，她也當然是時常看著他的臉，那張齜牙咧嘴、殘暴野蠻、卻也十分英俊的臉，並幻想著要把這張臉砸爛，直到不再具有價值，無法開口施咒為止，這算是殺人動機嗎？只有動機又足夠嗎？可是她並不想要他死啊，她從來沒想過要他死，她只是希望他能感受到一絲她的感受，唯有這樣，他才能**理解**，唯有這樣，他才不會這麼輕視她。而她也記得自己凝視著他，心裡不是希望他不在，而是希望一切能夠回歸正軌，她依然能繼續越界踩線，和危險調情，端著她的蛋糕，想要既能保有它又能吃掉它。

她無法定義她的罪惡感。她擁有的一切僅只是碎片，而這所有片段她都強迫症般一一檢視過了，那天她進實驗室時腦中的呼嘯聲，光是他的聲音，就多麼令她頭暈目眩，*別看我*，她當時心想，*快忘了我人在這裡*。她顫抖的手，粉筆在她手中顫巍巍的、一條碎裂的白線。她有看到，她清清楚楚看見了，不然的話，她是不會擁有這段記憶的，她看見某行咒語和下一行之間的空隙，而她袖手旁觀，可是這樣真的**算數**嗎？她真的知道忽略的意義何在嗎？她看見那道縫隙，眨了眨眼，站起身，然後說他們可以走了，愛麗絲在她腦中將這段回憶重播了上千遍，可是每一次都沒有解答，只有一股漸增的衝動，是股想要尖叫的慾望，但為什麼？懺悔、修正、**什麼都好**，必須改變些什麼，必須給予些什麼，她無法在這樣的狀態下繼續想下去了，於是開始坐立不安起來，樹林發出嘶嘶聲，愛麗絲努力不要尖叫出來。

靜下心來，樹林低語著，靜下心，靜下心……

「我沒辦法。」她上氣不接下氣。

*試試看就對了，*樹林再度低語，*將妳的想法保持在一臂之遙處，然後，放空。*

這簡直是不可能的任務，他們乾脆叫她去拿月亮下來算了。

她深知要澈底放空有多難。那台收音機無時無刻都震天價響，妳關都關不掉，妳把機器砸爛，還會叫得更大聲，大多數時候，妳能做的就只有管控這樣的痛苦。過去一年中，愛麗絲學會了上百萬種伎倆，以讓自己分心，不要想死，各種儀式感和慣例有用，讓自己保持忙碌也有用，她不是那種整個人癱倒在床上發臭的憂鬱症患者，她沒辦法就只是**躺**在那邊，什麼都不做讓她更痛苦。起來做事反而才能驅走痛苦，洗衣服日之所以美好，正是因為這至少保證讓你能分心兩小時，且這也是她絕對需要完成的工作，改考卷日也是，這時她就可以把她那一大疊考卷拿到酒吧去，並迷失在這機械化的行為之中，對答案、圈錯誤、算分數、最後在頂部潦草給分。在那段日子中，最重要的訣竅在於盡量用各種想法塞爆自己的腦子，越多越好，以讓回憶無法越雷池一步，自己待在家裡時，她會讀所有唾手可得的東西，有什麼讀什麼，她會一手做事情，這樣另一手就可以拿著某種東西在面前讀，洗髮精的說明、罐頭湯的營養標示資訊，放空咀嚼著麥片時，她也會第一百萬次細讀報紙，她會二十四小時都開著起居室的類比電視不關，就算她的室友覺得受到打擾，那他們至少也沒來搭理她，《超時空奇俠》歷經磨難、披頭四的林哥在玩玩具火車。這並不會驅走糟糕的念頭，這些想法總是在最前頭置頂播放，顏色鮮豔、音量滿格。話雖如此，策略其實是把其他十幾種東西的音量也一併開到最高，這樣波段就會彼此抵銷，而她腦中喧嘩的各式雜音因此也會來到一個如此飽和的狀態，幾乎就跟寂靜無異。

可是這一切全都使她如此疲累。你是沒辦法一直這樣持續下去的，一秒一秒倒數，一天過一天，這會讓你精疲力竭，讓你的心靈消耗殆盡，她再也無法忍受重覆，深埋在某處的，是股好奇的火花，痛恨著無聊，渴望創造，或至少和世界互動。只是那股火花現在已如此微弱黯淡，除了帶來傷害之外，也起不了太多效果了。

她也試過冥想。那陣子冥想在校園裡超夯的，你每次過街，都一定會瞥見什麼新世紀運動的海報，承諾著啟蒙超驗的超脫肉體經驗。愛麗絲當時走投無路了，她已經別無他法，於是她盤腿坐在陌生人的地毯上，口中發出嗡嗡聲，並維持完全靜止不動長達數小時，追逐著原先承諾的平靜，一邊試圖不要討厭在場的所有人，一邊試圖相信這個謊言。

眼前，她再度嘗試起那些方法，因為她想要樹林承諾給予的事物。她想幫節瘤的忙，於是她緊緊閉上雙眼，放慢呼吸，並召喚出燭焰的景象，劍橋每個瑜珈仔都曾提到過燭焰，溫暖又喜悅，是生命之火。她全神貫注，努力將搖曳明滅的火光維持在前景，那一大堆破碎的景象則隱約黯淡待在後頭。

她分不清究竟過了多少時間，五分鐘、十分鐘、二十分鐘，還是一小時？但接著也無所謂了，對吧？沒有終點，時間毫無意義。她可以來到一種超驗超然的狀態，而時間依舊毫無意義，當她醒轉，可能已經過了一百年，接著還有一百年，在那之後還要一百年。這樣討價還價實在是太糟糕了，這麼努力，卻半點獎勵都沒有。

一顆水晶在她心海中破碎，幻象因而無法維持，煩躁感激增，彷彿上百萬隻螻蟻爬過她全身。

「噢，」她哭喊，「我**受不了**了，我沒辦法待在這……」

「不，妳可以的，」節瘤回答，「再試試看，再試試看……」

「我試過了。」

「那就再努力一點。會降臨的，妳會平靜下來的。」

「可是你怎麼知道？」

她知道自己聽起來有多幼稚，可是此時此刻，她確實感覺到一股孩子氣的需求，想要最直截了當的答案。只要有人願意告訴她，她會沒事的，只要有人願意為她指點迷津。

「因為妳並不是第一個。」

節瘤再度嘎吱嘎吱縮了回去，愛麗絲順著他的目光望下擠滿廣場每一個角落的樹林：全都長到了側街和牆上，拖曳到窗外，稠密的森林長滿叛軍堡壘內部的街道，愛麗絲目力所及之處全部都是。

「他們帶著痛苦前來，」節瘤說，「帶著自身的後悔和懺悔前來，也帶著恥辱，還有一股巨大的衝動，想要撥亂反正。他們站在廣場上，跟妳現在一樣煩躁不安，直到他們學會了無動於衷的空間所擁有的平靜，接著他們便成了樹林的一部份。」

「所以他們現在睡著了嗎？」愛麗絲問。

「接近了，」節瘤回答，「睡眠不會降臨，在這裡不會。可是閉上妳的雙眼，靜下心來，那妳就會獲得某種近似的東西……」

「但要是我就是無法呢？」

「那就去找修道院吧。」

「修道院？」

「就在路對面，」節瘤說，「在長著樹木的陰影處，沿著懸崖，就有修道院……」

愛麗絲原先以為堡壘就是空蕩蕩的，一片風平浪靜，不過在節瘤示意的方向，在沿著懸崖而建的牆內，她看見了聚集的鬼影。沒有什麼太大的動靜，而是一種翻攪，帶有韻律，循環往復，靈魂在各處踱步、異口同聲頌唱，這就是嗡嗡聲的來源，她發覺，不是蜜蜂，而是在唱讚美詩。

「三時的讚美詩，」節瘤解釋，「九時的禱告，還有晚禱，而在其他所有時辰，則是祈禱和冥想……」

「對誰祈禱？」

「他們是在對行為本身祈禱，」節瘤回答，「對等待，對保有耐心撐到最後一刻的力量，直到世界天翻地覆，直到忘川乾涸，閻魔大王的領域也自生自滅。因為沒有東西是永恆的，就連這個宇宙之中的秩序也不例外，而有朝一日，地獄八殿也將會內縮坍塌，存在本身的意義也會改變。他們相信報復或改過自新是無法洗滌靈魂的，只有時間之火可以。他們也相信所謂的時間學派，才握有關於地獄種種愚行的所有解答。」

這番回答實在是太令人失望了，愛麗絲泫然欲泣，「意思是他們什麼也沒在等待囉。」

「他們難道不是擁有很好的理由去等待嗎？」節瘤反問，「所有宗教都提供了宇宙的其中一種起源，所有童話也都有個開頭，而有開頭代表有終點，一變成一百，但最後又會變回一。諸神黃昏之火會毀天滅地，並讓世界重獲新生，就連時間之父都不是永垂不朽的，就連他也無法倖免於難。」

「那又怎樣？」愛麗絲哭喊，「他們以為自己能在**那**之後存活下來嗎？末日浩劫？」

「沒有東西能活過末日浩劫的，」節瘤回答，「但這奪走了抉擇的必要性，他們不會繼續前行，不會死去，只會等待，他們等待著沙漏中的沙子翻覆，全新的世界，在那之後還有更嶄新的其他世界。是妳無法想像的世界，其中的法則和我們的徹頭徹尾截然不同、熵往另一個方向前進，時間往秩序走的世界、人類在飛，鳥兒反而桎梏在地上的世界、機率不存在，且未來是確確實實，絕對會堅定不移到來的世界、沒有痛苦和苦難的世界、缺少主觀性的世界、美麗絕倫的世界，值得夢想和盼望的世界……」

也許吧，愛麗絲心想，但這場遊戲的尺度何止是以千年計，而是以更宏大的數量級在計算的。而在那個新世界到來之前，他們的世界必須死去，並帶著其中的一切陪葬，這裡的一切都無法活過沙漏中的沙子翻覆，這些靈魂是見不到未來的。

因此，看著這座森林，看著這所有撒手放棄、現在僅只是**存在著**就心滿意足了的植被，也令她益發痛苦。她想到她這輩子浪費揮霍過的每一個小時，她眼睜睜望著時鐘倒數的每一分鐘，等著指針走快一點，還有她像個囚犯，待在家裡足不出戶的每一天，一臉茫然坐在椅子上，期盼著那些能證明時間有在流逝的儀式性標記：她沒吃的那幾餐、她沒去的禱告、每個小時傳來的鐘聲，提醒學生是時候該動身了。入睡時她如釋重負，醒來後又如此絕望，當時，流逝而過的每一個小時似乎都像是場小小的勝利，但她又是為什麼這麼渴望這些時間消失不見呢？她究竟是**為了什麼**而在倒數？

至少在上頭的世界，她還抱有最渺茫的一絲希望，覺得她的狀況有可能會改變，覺得有天她醒來後，會發覺一切再度回歸正軌，門會打開，解決方法會自己現身。但在下面這裡，這樣的倒數卻是死路一條，改變的可能已遭到排除，在這兒，所有事件都只不過是沙漏中的一堆堆沙子而已，越堆越高，然後崩毀，一遍又一遍，永無止盡。

花園這時感覺如此死寂又冰冷，這並不是綠意，只是新綠的回憶而已，不過就是殘忍的贗品。

而愛麗絲也幡然醒悟，這可說是堡壘，乃至地獄本身最糟糕的懲罰了，他們作繭自縛的懲罰。假如亞里斯多德和萊布尼茲說的是對的，時間代表的只是改變的話，那麼他們的時間早已用完了，可是對其他所有人而言並非如此，他們依然得去感受，長長久久，卻欠缺最終的目的。而置身於時間之外，無法獲得以循環方式運作的一切，沒有生老病死，沒有祖先，也沒有後代，在家族樹中也沒有一席之地，同時卻又被迫去感受這緩慢且勢不可擋的過程之中每一分每一秒，天啊，這難道不是非常糟糕嗎！只剩下樹樁，死路一條，曇花一現的人世循環只剩下越發微弱的回聲，長生不死在此並非禮讚，因為一切都不是稍縱即逝，也都並不珍貴，所以也都毫無意義。甚至連想法都不是，因為他們的想法無一原創，只不過是彼此的回音，他們有辦法思考的所有一切，都只不過是關在鍍金的箱子裡，讓聚光燈隨意照來照去。不會有增添，不會有發現，也不會有愉悅，在這裡不會獲得半點成長，只餘困在時間之中的凋萎樹樁。

忽然間，廣場似乎在她四周縮水。愛麗絲的視野彷彿猛然縮入了樹林之中，越發往後退，加入那些靜下心來的靈魂，直到黑色的樹枝遮蓋在她臉上。她湧起一陣恐慌，而這讓她想要拽開樹枝，猛拍樹葉，讓這一切陷入熊熊火海，就只為了想看到一點動靜，噢，就讓他們尖叫出聲啊！

「那不然是怎樣，」她終於理智斷線，「要是你們除了世界終結之外，什麼都沒在等，那你們幹嘛不直接去死一死就好了啦？」

聞言，她身旁的一團樹枝發出一種低沉的哀號聲，愛麗絲也察覺灌木叢中出現一陣動靜，有什麼東西凝聚成實體，推擠著她的肩膀。她於是看見一個先前並不在那的人影，斜斜的額頭，胸口的形狀。

「現在看看妳都幹了些什麼好事，」節瘤開口，「妳吵醒他了。」

愛麗絲搞不懂節瘤幹嘛這麼不爽，這名鬼影能夠擺脫樹林只可能是件好事吧。事實上這甚至堪稱奇蹟，因為在百年後，這裡竟然還有東西能喚回自己的主體性，從植物變回人類。

「哈囉。」她說。

那團灌木的回應是吐氣。

整團灌木這時顫抖起來，似乎是要縮起身子，接著伴隨著一陣撕扯聲，那名鬼影終於將自已從周遭的灌木中拉出。他站起來，個子還滿高的，身形巨大又笨重，而他四肢的末端也都還是樹枝，臉龐則是一團模糊的灰色，不過隨著一分一秒過去，都變得更加清楚且細緻。一道斜斜的嘴巴從這團朦朧中出現，然後是鼻子，跟一對明亮的眼睛，那雙眼眨了眨。

「靜下來，」節瘤告訴他，「靜下心來，好嗎……」

那名鬼影顫巍巍踏出一步，他整個人都在踉蹌，但還是沒有跌倒。

「靜下心來，」節瘤重複，這次語氣更為迫切，「現在，想想看我們在做的事吧……」

鬼影卻步伐堅定走下小徑。

「先等一下，」愛麗絲匆忙跟在他身後，「你是要去……」

鬼影這時奔跑起來，愛麗絲跟著他，滿心好奇。鬼影跑下一條路，然後轉過轉角，突然之間，樹林終結，豁然開朗，海岸在他們下方鋪展開來。

「不要……」愛麗絲哭喊，可是為時已晚。鬼影加速衝下懸崖，並在那無重力的一瞬間懸停在空中，接著忘川的重力襲來，某種漩渦開啟，聲聲呼喚，鬼影便被捲了進去。

她得親眼見證，不能別過頭。

鬼影面朝下落河，毫無抗拒。他浮在水面上長達好幾秒，接著一部分的他開始融化在水流中，成為明亮的漩渦狀色彩，散解出一道道粗長的繽紛軌跡。愛麗絲看見一隻水母、一具降落傘、一條魔法師的圍巾，從某個點上湧出無數色彩，是取之不竭的回憶噴泉，延伸到三公尺高，再來是六公尺，漫畫式的人生跑馬燈鋪展開來，供所有人欣賞，她才正開始納悶範圍究竟能覆蓋多大呢，一切就終於全都混在一起，模糊難辨，接著便消融進脈動著的黑水之中了。之後，忘川的黑曜石色水面即一如既往，吞噬一切，不吐骨頭。

暈眩襲來，愛麗絲整個人搖搖欲墜。

這時，兩股彼此矛盾的衝動在她腦海盤旋。

第一，是一陣惡意的嫉妒，對象是那股**完滿**，那瘋狂打轉的色彩漩渦，河水終於網開一面允許其黯淡下來。

第二，直到現在，她才發覺，她究竟有多麼不想死。

她跌跌撞撞沿著崖邊走，這時一股怒號的衝動襲向她，是股看不見的狂暴力量，讓她整個人天旋地轉，雙膝發軟。*不可以是我*，她心想，*不可以是我，不可以是現在，還不可以，不可以像這樣子*，血流衝入她耳中，聲如雷鳴，不願退下，直到她踩著蹣跚的步伐回到安全處。

她繼續搖搖晃晃，並轉過身子。她發覺堡壘的所有樹木這時都彎折向她的方向，無數靈魂的所有惡意都聚焦在單一個點上，並異口同聲喊著：**逆刺**。

愛麗絲於是拔腿狂奔。

她不想朝樹林去，但她得遠離懸崖才行，這使得她剩下的唯一選項，就只有那條通過廣場中央的鋪石路。樹林怒號著聚集在她四周，樹葉伸出，樹枝蜷曲，整座林子都在呻吟和收攏，無數臉孔從葉中浮現，嘴巴大開、雙眼瞪大、脖子嘎啦作響，衝著她的方向來。拯救了愛麗絲的，是它們的遲鈍，樹林之中並不存在什麼真正的敵意，這些樹木練習已久，好對一切無感，使得自身也早已遺忘如何憎恨了，樹林根本就不怎麼在乎愛麗絲，只除了就像剛醒來的懶洋洋生物，辨認出了造成自己不適的源頭，因而使出混身解數，想要把她趕走而已。觸鬚伸出，但愛麗絲拍了回去，她終於逃出庭院，衝下大理石徑，並略微察覺到葛楚德在她上方某處喊叫，不過她沒有停下來看，她衝過露臺，經過雕像和噴泉，並回到那道狹窄的階梯上。裡頭光線十分黯淡，她感覺不到自己身在何處，只知道她的雙腳仍然重踩著階梯，還有她正在往下、往下、往下。

她成功逃到一樓，入口卻變了，沒有木門，現在只有一堵實心的石頭，這是個不可能逃脫的牢籠，無門、無窗、無路可逃。葛楚德騙了她，愛麗絲受困在狄斯城裡了。

但老狗變不出新把戲！愛麗絲伸手碰牆，看著牆面滑順的構造，接著差點尖笑出聲，假如這地方真是魔法師所建，那他們的招數就還是都沒變嘛。她完全了解笑點何在，還能一字不漏照著抑揚頓挫複誦呢，就跟大一新生第一次在酒吧裡講的時候一樣，維根斯坦曾認為，世界上並不存在哲學問題，只存在語言問題而已，而門窗究竟又是什麼呢？

「門窗讓你進，」愛麗絲深呼吸，並毫不猶豫往前衝去，她甚至連魔法陣都不需要畫，眼前的錯覺是如此站不住腳，她以前就曾進出過很多次了，也在她自己系上的門口見識過這一招，「門窗也能關，但眼前無門窗，所以條條大路通羅馬，我根本就暢行無阻。」

這招奏效了。

上帝垂憐，這招有用。牆面猛凹進黑暗之中，就那麼一瞬間，那麼恐怖的一瞬間，愛麗絲覺得自己卡在眼前的大理石和身後逼近的樹林之間，接著，她便掙脫，並來到過度明亮的庭院之中，而就連那股炎熱又滯悶的空氣，這時都算是美好的慰藉呢。

但她並未停步於此。她跑過市集，跑過小販、懷疑論者、信徒，跑過拉普拉斯的惡魔和碎成片片的手稿、跑過咆嘯的地獄犬和牠身後的屍首、跑過那雄偉的大門，因為裡面這頭沒有守衛，而她一推門就開了，毫無阻礙。她跑過爆笑的巴曼尼德斯，他在她身後尖聲怪叫，問說她有沒有找到來此尋找的東西，她遠離狄斯城，直到整座城市變成地平線上一個越縮越小的點，也遠離忘川，直到河岸早已消逝在視野之中。她跑了又跑，直到再度獨自置身於沙丘之上，在低垂照耀的太陽之下，在森森白骨之間，遠離人造結構帶來的慰藉，遠離和上頭的世界有半分相似的一切，回到荒原之中，而在此，唯一為一切賦予意義的力量，就只有她自己混亂紛雜、漸趨崩潰的思緒。

第二十九章

現在，愛麗絲真的迷路了。

她找不到忘川。她在奔跑途中便已失去了河流的蹤跡，而眼前不管轉向何方，她都再也找不到河流了，再也無法在地平線上看見那隱約的黑色輪廓，亦聽不見浪花拍岸聲。迄今以前，地獄在其中一側至少永遠都擁有邊界，現在則否，無論誰的地圖才是正確的，是彼得的螺旋／披薩／肛門，還是她的線性漸進式地圖，忘川都是地獄和無垠之間唯一的界線。而在所有歐氏及雙曲線空間之中，兩條曾彼此相交過的直線，往後皆不會再度相交。

當她思索其中的意涵時，結果便昭然若揭。要是她再也無法找到忘川，那她可能就只會永無止盡繼續深入無垠而已。

噢，天啊。

她沒有半個地標，她找不到堡壘，也找不到狄斯城。地勢令人眼花撩亂，似乎也是故意為之，大地似乎在嘲諷著她，和先前各殿相較之下，這裡的地面變化速度更快，而她每一次抬起頭，都身在某個全新的地方。一環仙人掌變成一環岩石，遠處的山丘在定睛一瞧時，則變成了山谷，但至少至少，她認為自己並不是在原地繞圈，因為她並沒有遇上半個眼熟的地標，可是話又說回來，沙漠的地景總是變幻得如此頻繁，就算她真的是在原地鬼打牆，她根本也不會發覺。

但除了繼續前行之外，是又能怎麼辦呢？

她是不會死的。她不會坐以待斃、灰心喪志地消逝到黑暗之中，這她是肯定的，不過她也就只知道這樣而已。她需要這項事實擁有意義，手邊卻又缺少支持的理由，只有某個概念的蛛絲馬跡，老實說，只是一股衝動。是個開放式問題，是在黑暗中笨手笨腳摸索，而這就足以讓她繼續前行了，非得這樣子不可。

我們正在尋找，她告訴自己，而當我們找到的時候，我們就會知曉自己究竟是在找些什麼了。

時光流逝。她不再數算日子，也不再理會日月運行，她懷疑月亮消失不見了，因為每當她舉目搜索天空，她都找不到，她也發覺自己不再會餓會渴了，她真的有進食時，確實會覺得補充了營養，但除此之外，她的身體感覺都像是只存在於理論上。她的新陳代謝肯定是變慢了，她幾乎察覺不到自己的需求，也許她的身體之所以靜止下來，是為了要配合地獄的節奏，這裡的改變並非以小時計算，而是以年代計。在她腦海中，她看見自己日漸消瘦，直到她變得堅硬又閃閃發亮，就像散布各處，來源難以解釋的骷髏。

謎團在於：要是地獄無活物，那這些骨頭又是怎麼被吃乾抹淨的呢？因為在上頭，骸骨是被老鷹、禿鷲、爬行嚙咬著的蟲子啃食乾淨，才會這樣子閃閃發亮。死亡的蹤跡之所以抹除得乾乾淨淨，是因為生命循環要延續，腐爛和分解代表生長，環環相扣，所以死亡在這荒原之中，又是如何打磨拋光自身的呢？這裡明明就是時間靜止不動之地？邊界存在漏洞，她心想，絕對是這樣，這是唯一可能的解釋，生命滲了進來，即便兩者在此是全然的映襯對立，生方能成就死之美，並讓循環繼續下去。

但這之中的涵義可說無比深邃！這代表世上並不存在什麼絕對，甚至就連死亡本身都並非絕對，彼得和哥德爾是對的，她心想，宇宙並不完備，我就是其中活生生的例外，可是我存在的這項事實，又證明了什麼呢？除了我身在此處之外？

隨著她繼續徘徊，深入沙漠，她也開始發現種種至為詭異的事物。半埋在沙堆中的書架、以她從未見過的語言撰寫的書籍、金屬條狀物，金、銀、銅所製的工具，雕刻成她前所未見的形狀，她也無法想像出用途究竟何在，是牙科器材嗎？還是刑具？或另一個文明存在的證據，某個比蘇美人、美索不達米亞文明都還更古老的民族？真的十分不可思議。這些藝術品和她記憶儲存中的一切都不相符，也沒有激起任何聯想，這是徹頭徹尾嶄新的，並點燃了她心中一度沉寂的好奇心，那發現之火的餘燼，曾指引著她的所有所作所為。她大有可能停下腳步研究這些東西，大有可能成為史上第一個冥府人類學家，不過她也不可能知道該從何開始著手，這些文本她都無法譯解，符號她甚至都無法辨認。

她想起另一個她曾讀過的地獄理論，是出自某部大乘佛教文本，認為世界本身也同樣會經歷生、死、重生的循環，一如人類。世界會高速衝過文明發展的各個階段，直到人類將自身燃燒殆盡，一切也在大浩劫中崩毀，不管是由於氣候變遷、世界大戰、各式各樣的地球毀滅可能性，都會將所有生氣蓬勃的生命，變成灰撲撲的淤泥。而這便成了萬靈安息的所在，從時間之始到此時此刻，直到生命的花火在另一頭再度點燃，然後生命的種子才會開始迸發，所以，世界便如此變換、傾斜、拋擲，就像一枚巨大的硬幣，生靈從一面潑灑到另一面。這樣的話，或許葛楚德和她的同伴確實有些理由值得相信和盼望，也許地獄確實並非永恆不變，也許沙子會脫胎換骨，而狄斯城中的靈魂也會在某些世界搖身一變，成為主宰。

可是在那一刻降臨之前，已然過了千年，又還有幾個千年得度過呢？

耶穌在沙漠中齋戒了四十天，直到拒絕了撒旦的誘惑之後才得以結束。但愛麗絲在此卻找不到半點這麼明確的事物，她沒有通過任何考驗，她無聊又絕望，也準備好要放棄一切了，而她也很確信，不管是什麼惡魔，只要提出方法讓她離開，那她絕對都會當場接受。*讓我回去堡壘吧*，她心想，*在欲望之殿給我間牢房，或在傲慢之殿給我個小隔間。*

沙漠並沒有淨化她，或讓她變成什麼更好的人，根本就什麼也沒教會她，只給了她這股孤絕，這純粹的廣袤無垠，使得她重塑了自己，並讓她變得更堅強，就像座在瞬息萬變的沙子上固執聳立的堡壘。你在流動之中會尋求穩定的結構，你需要重複的動作，不斷重踩的聲響，我人還在這裡，我思，故我在，我是愛麗絲．羅，我是劍橋大學的研究生，我主修分析魔法……她真的很需要不斷鞏固這些信念，因為那全然單調的淘洗，威脅著要侵蝕掉她的自我意識，最後她就只是在一缸漫無結構的回憶中泅泳而已。這邊是臉孔，那邊是感受，但這一切積聚而成的究竟是誰？這些回憶造就出的又是何人？

凡此種種所帶來最為莫名的效果，便是她的記憶不再讓她這麼困擾了。她的頭顱感覺不再這麼痛苦又緊繃，相較之下，她的思緒反倒是擁有了空間和時間，可以向外潑灑流動，而她可以從中踏出，挑挑揀揀。那些糟糕的事物還在原地沒錯，但現在卻不知為何能夠比較輕易地流洩過她的指尖，她現在擁有了某種方式，可以分類這些記憶，有了些邏輯連貫的敘述，是根據最為基本的前提所推導而出，且她也一而再、再而三在腦中不斷重複，以記起她就只是個凡人。

我名叫愛麗絲．羅。

有時候，我超級聰明，不過大多數時候，我都不是這樣子。

我有時候是個好人，其他時候則是個壞人。

我遲早會死。

但在我死掉之前，我會試試看，我會盡全力試試看，讓這一切能有點意義。

✯

她一度在身後聽見些什麼動靜飛掠而過，她的心臟差點都嚇到快跳出來了。但她轉過身，卻看見只是隻舉步維艱的可憐動物，應該是某種獵豹、狼、或郊狼吧，她在黯淡的光線下分不出來，是某種由毛皮和骨頭組成的東西，似乎瀕臨垂死邊緣，卻又還有一段距離。各式各樣的生物都會來到下頭的地獄這裡，伊莉莎佩曾告訴過他們，人、動物、和遭到忘卻的事物。

她最後認為這應該是某種大型貓科動物吧。她只能這樣瞎猜，因為那生物的毛皮髒污糾結，頭部和雙耳也都處處潰傷，但牠的雙眼閃爍著一抹亮綠光芒，瞳孔還瞇成狹窄的黑縫。她認為自己應該是在大一的生物學課堂上讀到過，只有貓可以弄出這麼令人毛骨悚然的眼神。

雙方沉默對峙，彼此都站在原地喘氣。愛麗絲觀察著那隻大貓的側腹費力膨脹、縮小、膨脹，牠骨瘦如柴。

「可憐的傢伙，」她低聲說，「你是怎麼跑下來這裡的啊？」

那隻大貓聞言向前走來。她這才為時已晚地發覺，她應該要害怕才對，在那糾結成團的毛皮和凸出的嶙峋肋骨之下，依然是隻致命的掠食者，且很顯然已經太久沒有進食了。牠的下巴閃爍寒光，口水從黃色的獠牙上滴下。波赫士曾寫過一場遠方的野火，顏色是獵豹牙齦的粉紅色，那隻大貓現在也已靠得夠近，愛麗絲看得見牠的嘴巴就像新鮮的傷口，她在想，這是否就是波赫士筆下的獵豹之色，嘴裡有團火焰，貪婪飢渴之火。

她的恐懼只是種模糊又抽象的概念。針對這幅想像中的景象，她就是沒辦法召喚出任何一絲真正的恐懼，她的頸部被撕扯開來，鮮血噴湧，並沉入柔軟的灰沙之中。這在她看來，似乎是個頗為抽象的提議，且在美學上也頗為耐人尋味，**撕咬**實在是個很繪聲繪影的詞，充滿了畫面感，她湧起一股罪惡感滿滿的渴望，想要自己投懷送抱，來到獠牙之下，並見證隨之而來的猛咬和撕扯。她情不自禁，這樣的吸引力始終存在，她現在理解那些鬼影為什麼要奔向地獄犬了，話雖如此，她還是喚起理性思考，畢竟彼得當初救了她，可不是要讓她被一頭乾癟的獵豹給吃掉的啊。

她也考慮起要伸手拿背包，卻又擔心那隻大貓看見刀子可能會受到刺激，進而想要發動攻擊。可是反正，她也不敢和那些尖牙賭一把啦，雖然她的瓶子裡有忘川水，但此時此刻應該也是幫不了她，這頭可憐的野獸可能不知道要害怕這種水，甚或早就已經很渴了，會誤將其當成清水，也可能早已完全失去自我，忘卻了牠的過往，忘了牠的獸群和幼崽，搞不好現在滿腦子就只知道自己很餓，且離不開這個地方而已。

她於是往後退，那隻大貓則往前踏，讓彼此之間的距離保持不變。

多麼柔軟的爪子啊，愛麗絲心想，壓在地上的時候又是多麼優美，淤泥上甚至連腳印都沒

有留下。我願意付出一切，只為以這樣的優雅姿態行走。

他們再度動作，一前一後，接著又一次，再一次。他們一步步走過沙漠，困死在兩人之間憂慮的舞步中，大貓沒有撲上來，愛麗絲也沒敢拔刀，話雖如此，絕不別開目光、死死盯著對方似乎仍是非常重要，因為每當她的視線一滑開，那頭大貓都會弓起背，邊嗅聞著任何一絲警戒鬆懈的跡象。所以愛麗絲一邊移動，一邊也盡全力聚焦視線，死死鎖在大貓那對飢餓難耐的充血雙眼上，但也正因如此，當她不小心踩進克里普基一家的陷阱時，她也完全沒看見。

突然之間，她的腳就動不了了。

她一踩下去的那瞬間，就知道自己中招了，並注意到那股擴散到四肢、往上蔓延到全身的癱瘓。這是比較小型的陷阱，完全不若先前害她和彼得困在原地鬼打牆繞圈好幾個小時的無盡謎團那麼複雜，但出自克里普基夫婦手筆的所有作品，都存在某種汙點，即魔法的粉筆味。她在喉嚨中便紮紮實實嚐到了這樣的苦澀。

大貓見狀昂首闊步靠得更近，滿心歡喜。

愛麗絲僵在原地動彈不得，差點因恐懼而視野一黑。

速戰速決吧，她祈禱著，先扯開我的喉嚨，別讓我受苦……

接著那隻大貓同樣也中招了，愛麗絲看見，在牠右爪邊，有行粉筆延伸到牠尾巴附近。大貓於是昂起頭，困惑不已，然後縮回蹲踞姿勢，準備再次躍起，但這次陷阱加倍作用，大貓發出慘叫，痛苦又迷惑，因為牠所有動能都消失無蹤，反倒是撕扯起牠的肌肉。

愛麗絲和大貓都氣喘吁吁，瞪著彼此看。他們的臉龐和對方僅相距幾十公分，大貓繃起臉，飢腸轆轆，口水從下巴滴下，被地上的淤泥吞沒。在糾結的毛皮之下，愛麗絲能看見這隻生物曾經威武的輪廓，繃緊在骨骼上的肌肉。還真可惜啊，她心想，牠渾身的力量，全無用武之地，牠的雙眼因恐慌圓睜，瞳孔幾乎要消失在那抹綠之中。救救我，大貓似乎想這麼說，拜託，救救我。

「我也希望我可以，」愛麗絲深呼吸，「我很抱歉。」

在他們之間的沙子中，卡著顆亮晶晶的鳥類頭顱，某種隱形的風吹過頭顱雙眼處的空洞，產生一種低沉的布穀鳥聲飄蕩過沙漠。快來吧、快來吧，頭顱正在對克里普基一家說著，你們的獵物在這裡。

愛麗絲這時才發現他們四周林立的金屬桶，在陷阱的魔力場下清晰可見。她在上方聽見一陣轆轆磨聲，於是抬頭往上看，只見一組刀子正一公分、一公分升向他們頭頂上方的空中，彷彿是以某種看不見的滑輪組懸掛。刀子升到頂點，接著在空中來回擺盪著、計算著，刀鋒轉向大貓的方向。

愛麗絲猜得出內部運作的邏輯。陷阱已經衡量過愛麗絲和大貓的生命力，並認為牠比較有價值，因為比較大隻，所以含有最大量的鮮血，刀刃呼嘯而下，卻不是乾脆的一刀兩斷，不是砍下，而是用鑿的，鮮血噴出，但卻相當緩慢，大貓於是淒厲哀號，一邊掙扎繞圈，爪子還伸向愛麗絲，彷彿在哀求她幫牠解脫似的。

但愛麗絲已經不在場了，她迷失在尖叫的回憶之中。滿腦子想的都是彼得遭逢同樣的命運，頭上腳下倒掛著，生命力隨著鮮血一起流進那些桶子裡，有那麼一會兒她動彈不得，因為她實在太過害怕，她的四肢膨脹起來飄浮在空中，鐘聲般的鳴響也開始從她頭顱深處傳出，越來越大聲，直到她覺得自己的頭顱正跟著猛晃，直到她覺得自己可能會爆開。噢，但願她能這麼炸開就好了，但願這一切都能**畫下句點**，只不過鐘聲還是一直響徹，恐懼也來到了令她放聲尖叫的程度。

大貓發出咕嚕聲，牠體內有什麼東西破裂了，鮮血從獠牙間噴灑而出，但血並沒有沉入沙中，而是受到魔法引流，滴淌進桶中，因而有許多溫熱又濃稠的細流快速流經沙地。大貓的脊椎啪一聲折斷，使得牠弓成球狀，接著又呈大字形拉直攤平，四肢在沙地上大張，愛麗絲腦中這時冒出一個愚蠢的對比，是貝琳達的那隻挪威森林貓，牠是個甜美的小傢伙，叫作安東妮雅女爵，可以跟地毯一樣整個攤開來，達到牠乍看之下身長的兩倍長。貓就是液體啦，她彷彿聽見貝琳達銀鈴似的笑聲，而那陣笑聲也隨著大貓淒厲的嚎哭同步越變越大。

最後，桶子終於裝到快要滿出來，大貓則動也不動躺在原地。滑輪組重置時再度發出可怕的輾磨聲，而這一次，刀鋒是對準愛麗絲的。

「快思考啊。」這是她自己的聲音，細小、脆弱、充滿人性，但卻多多少少令她回神，並讓她紮根於某種她自身恐懼之外的感受之中，「快思考啊。」

她在沙地上蹲低身子，掃視四周，尋找任何一點魔法陣的蛛絲馬跡，她找到了，有個角落沒有藏好，魔力場之中露出了一個字，「Chelone」，是希臘文的「烏龜」。

她於是發出一種半是笑聲，半是尖叫的聲音。芝諾，當然啦，她之所以動彈不得，是因為克里普基一家施下了芝諾第一運動悖論。那故事是說阿基里斯和一隻烏龜賽跑，不過讓烏龜先跑，而當阿基里斯追到烏龜曾經身處的位置時，烏龜已經走了，他再度追上，可是烏龜同樣也已經走了，所以，阿基里斯是永遠都追不到烏龜的，運動因而在物理上是不可能存在的。

現在根本沒有人在用芝諾了，芝諾是新手的把戲。所有走進魔法學概論專題研究課堂上的人，都早就知道時間和空間是無法以這種方式無限分割的，可是在下頭這裡，克里普基一家獵殺的都是飢餓又無腦的生物。他們越來越懶惰了。

她身上有粉筆，而她需要血，於是她將手臂伸向最近的桶子，不過她的手指只擦得到側邊，所以她深呼吸，接著盡力伸長手臂，手指終於才搆到桶子的邊緣，她猛力往回一拉，桶子翻覆，鮮血溢過她的手指，浸透粉筆。而那隻大貓的血如此豐沛又新鮮，使得粉筆寫起來非常乾淨俐落，她只花了幾秒就寫完了所需的數學公式，意義等同於如下陳述：**假設沒有微積分**。

愛麗絲的雙腳馬上掙脫彈起，她跳出陷阱並滾到一旁，這時刀刃呼嘯而下，卻撲了個空。

✯

當她回過神來，當她的恐慌退潮，脈搏減速，她便覺得飢渴難耐。都是那頭野獸的血害的，鮮血的腥臭瀰漫空氣之中，有股麝香味、鹹味，頗為誘人。她雙膝跪下，而在她用手指扒過沙子，並永久解除了陷阱之後，她將臉湊上貓屍，並呻吟起來。

她覺得怎麼也聞不夠。不只是因為鮮血和徘徊不散的餘溫而已，而是屍體純粹的肥美，她已經很長一段時間沒有接觸過這麼新鮮的內臟了，是**生命**本身溼答答、黏糊糊的組成。地獄會讓你的感官飢渴難耐，下頭的一切全都如此潔淨和安靜，這麼的**貧瘠不毛**，大貓的腥臭卻證明了生命的混亂，充斥各種鮮血、內臟、軟骨，分解就代表生氣蓬勃。她好想在這一團亂中打滾，她湧起一股幾乎無法忍受的衝動，想要拿個桶子來當頭倒下，將血塗得滿臉滿手全部都是，並開始和屍體摔角，直到他們合而為一。

但最後勝出的還是理性，她於是開始生火。

她還有一把依舊乾燥的火柴，而她的筆記本紙頁可以當成很棒的火種。三兩下功夫，她就升起了穩定怒號的一堆火焰，她也把克里普基一家的刀子從滑輪組上拆下，並開始鋸進大貓的側身，直到她挖出好幾坨拳頭大小的肉。她繼續往內挖，並發現看起來像是心臟和肝臟的東西，內臟很健康，她以前曾讀到過，所以先吃這些，她於是把肉跟內臟全都串在一把刀上，並直接插進火焰裡烤。燒焦就燒焦吧，她不在乎，她就想要亂糟糟的全混在一起，炭、血、一切，反正她也等不了那麼久讓肉烤到全熟，香氣一飄進她的鼻子，她的肚子就尖叫了起來，而她也在腦中看見自己的模樣，垂涎三尺的眼神就跟大貓曾經望著她的目光一模一樣。她以手抓肉，肉燙到了她的手指，但她並沒有注意到，肝臟她吃得很快，在她齒間入口即化，心臟她則是嚼了好一段時間，享受著那質地讓她的牙齦有多痠，滋味並不重要，她幾乎食之無味，最重要的就只有在她自己內臟中的化學物質，能夠分辨得出入口的是富含營養的生物，而且很讚，這樣就夠了。

到了這時，剩下的肉也烤好了，全都是令人食指大動，烤得劈啪響的脂肪，不過愛麗絲的胃光是想到要再塞更多東西進去，就翻攪了起來。她於是平躺在地，邊恍惚凝視著天空。

真是不虛此行啊。

她雖然很想好好享受精神崩潰的奢侈，可是很遺憾，現在時間又再度分秒必爭了起來。她又被拖回了改變的模式之中，現在也有了前進的動力，有了個目的地，那裡有她要完成，也必須完成的事。她得讓自己忙於距今數小時後會發生的事情才行，無論究竟會發生什麼事，未來！這也還真是個了不起的概念啊。

她稍稍回神了以後，便端詳起大字癱在地上的屍骸。她覺得她剛剛在屠宰時可以更小心的才對，內臟、鮮血、血肉現在四散在沙地上，而到了這時，她已經不太能分辨出什麼是什麼了，話雖如此，她還是能夠從大貓的側身和腿部搶救回成塊的肉排。她對醃肉是一竅不通啦，但她認為，煮熟的肉應該可以保存得比生肉還久吧，當成未來的預備糧食，她竟然有個未來，還真是不可思議，她把刀子當成串肉籤將肉烤熟，邊目不轉睛照顧著，看著烤得劈啪響的肉從鮮紅色變成硬掉的黑色。氣味再度讓她飢渴難耐起來，她於是將肉撕成小塊小塊，並津津有味大快朵頤，還邊從燙傷的手指上舔著油脂。

許久以來第一次，她終於感覺到自己的身體了，她感覺到身體的種種需求和劇痛，感覺到身體擁有的力量。她舉起右手在眼前左右翻了翻，一臉驚奇瞪著上頭縱橫交錯的溝壑及血管，需要這麼多發出嘎啦聲的小小零件，才能組成這部笨重的肉塊機器。而出於奇蹟中的奇蹟，機器竟然還能運作。

她同時還感覺到其他事：從她胃底深處傳出的一陣低沉怒吼，她不太能形容，這是她這輩子前所未見的感受，事實上呢，其強度還讓她害怕了起來。此時此刻，愛麗絲所知的一切，就只有她迫切想要殺死些什麼東西而已。

第三十章

「哎呀、哎呀、哎呀、哎呀。」地面傳來轟隆聲，「妳還真是令人刮目相看啊。」

愛麗絲用手肘撐起身子，「哈囉，葛拉杜斯。」

他飄得更近。

她對肉排點點頭，「吃點看看如何。」

她本以為他會開口嘲諷，所以當他這麼回答時，她其實還滿驚訝的，「先幫我煙燻一下啊。」

她照作，將她湊合成的串肉籤探進火中，烤到肉都黑掉了，葛拉杜斯一面彎腰湊到火堆上方，灰色的煙霧觸鬚和他的本質融合，所以有那麼一會兒，葛拉杜斯和煙霧似是同樣的存在，他還邊發出心滿意足的低沉聲音。**燒香**，愛麗絲心想，英文是「thurification」，她想起父母在節日時會擺出的小小貢品，是要給他們死去的祖宗享用的，還要伴著緩慢燃燒的線香，所以說，事情在另一頭就是這樣子運作的啊，她發覺，鬼魂會把頭探進味道濃郁的熱食。那下次我就不用燒香了，她告訴自己，直接把食物扔進火裡就好了。

「我很抱歉。」她告訴他。

「抱歉什麼？」

「我早該聽你的，不該跟葛楚德走的才對。」

他聞言抬起頭。她見狀則傻笑了起來，他的臉孔因煙霧半是模糊，另一半則是髒兮兮的滴著汗，就像BBQ時沒有圍兜的人。他肯定是故意營造出這樣的效果要娛樂她，而她也確實有得到娛樂，這代表他們對彼此依然有些意義。

「隨便啦，」他聳聳肩，「妳當然是會去的啊。畢竟理論上聽起來實在是太讚了嘛，而妳總是得親自一探究竟的啊。」

「你也去過堡壘。」

「噢，這是當然，我還有一起出力建造呢。我在葛楚德身邊幫忙了無數年，規劃著我們不斷擴張的天際線，而且，我還曾在那個庭院裡當過樹呢，差點就要消失不見了，我也曾在花園中來回踱步，一遍又一遍上下著同樣的階梯。」葛拉杜斯邊說邊再度彎腰湊向火堆，並且又心滿意足長長吸了一大口，然後他嘆了口氣，「我也曾蹣跚爬上岩石，望著海浪，問自己敢不敢跳下去。」

「那你又為什麼離開？」愛麗絲問。

「因為誘惑實在是太強大了，在最後那幾年間，我……每一天都，妳懂的，每分每秒都是。我花了很多時間在那座懸崖上搖搖欲墜，最終我發覺，只要我再繼續待在那裡一秒，我就真的會跳下去了。」

「可是你又為什麼沒跳？」

「啊問題不就在這嗎。」

「抱歉。」愛麗絲露出微笑，「我想也是。」

「我就只是搞不懂，」葛拉杜斯張開雙手，而他整個人也都擴散開來，帶著哀傷和困惑翻騰著，「我不知道該如何繼續下去，但我也並不想死，時間是條死路，而一切最後全都回歸到兩個選項：永遠結束，或是繼續下去。看起來，前者似乎更為優雅，顯然也更為理性，和永世受苦相比，是個乾淨俐落的終結。可是這樣的話，我們又為什麼沒有排排站去跳河呢？不可能只是因為害怕吧，妳知道的，恐懼會失效，就連最深邃的恐懼也都會隨著時間腐蝕，我以前看著那怒濤還都會瑟縮，現在卻面不改色，連抖都不會抖一下。我時時刻刻都看著其他人往下跳，而我也並不害怕他們的人生跑馬燈揭露，我不會別過頭。話雖如此，我也還是沒有跳，我沒辦法，我內心深處有什麼東西拒絕這麼做，但這又是為什麼呢？所以，妳現在應該聽懂問題何在了吧。」他的語氣此時變得更為迫切，「我於是開始尋找背後的原因，而假如真要說我在害怕什麼，那就是這個理由其實根本就不存在，而我之所以受困於自身的存在之中，竟然只是出於一個虛妄的錯覺。」

「我並不是你遇過的第一個旅人。」愛麗絲猜測。

「絕對不是。」

「而你問過他們所有人這同一個問題：為什麼要繼續下去。」

「沒錯。」

「那他們的回答有帶來什麼幫助嗎？」

「從來沒有。」葛拉杜斯回答，「他們要不是覺得不值得繼續下去，因而和我抱持同樣的疑問——順帶一提，這在旅人之間也很常見啦——不然他們就是認為值得繼續，可是也說不出個理由。這對他們來說就和呼吸一樣自然，他們當然想繼續下去啊，因為人生難道不是很有趣嗎？這些人好命到語無倫次啊，他們甚至從來都沒思考過到底為什麼要繼續。」

愛麗絲現在能夠理解他的挫敗了，也完全懂他為什麼要將她扔進狄斯城，就算只是為了要見證此舉的徒勞無功也好。她於是原諒了他這麼做，她應該也會很受挫的吧，要是換作是她在這荒原上流浪，被兩個糟糕的選項永遠困住，途中還會有些白癡在那昂首闊步，宣稱這一切都不重要。

「我就只是希望，」葛拉杜斯說，「我可以找到什麼解脫的方法。」

愛麗絲搜索枯腸想要安慰他，卻以失敗告終。在所有的冥府文獻之中，對這個基本問題完全沒提到過半點，只有各式歧異又詳盡的記述，描寫永無止盡的絕望。大家對於靈魂究竟該怎麼離開地獄，從來都沒有太多興趣，她於是只能將就接受但丁的答案，即在這整座煉獄之中，救贖的可能只有一種，只有一種存在能夠讓地獄頭痛，「搞不好你能藉由從事神聖恩典的行為而受到拯救啊。」

「別嘴賤了，愛麗絲。」

「我知道啦，我很抱歉。真希望我能給你個答案。」

「沒關係，」葛拉杜斯表示，「也從來沒人可以的。」

愛麗絲看著他那一身灰在火堆周遭起伏翻騰，並心想存在這麼久究竟是什麼感覺，久到你的實質身分都不再能定錨於任何時空，而只能維繫在一個問題之上。

「所以，妳接下來要怎麼做呢？」葛拉杜斯問。

「噢，」她連想都沒想便開口回答，她心知肚明她一直以來在追尋的到底是什麼，「我要殺了克里普基一家。」

兩人於是同時望向那顆布穀鳥頭顱。這一整段時間，頭顱都不斷在發出一種低沉的聲響，這信號會越過死寂的空氣，通知主人抓到獵物了。愛麗絲也沒有試著要摧毀頭顱，她是故意把東西留在那的。

「他們會花上好一陣子，」葛拉杜斯說，「他們每次都會花上好一會兒。他們不喜歡跑到這麼下面來，不過最後還是會來的。」

「那你覺得我還剩下多少時間？」

「陷阱是什麼時候啟動的？」

「差不多幾個小時前而已吧。」

「他們比較喜歡上層各殿，那邊比較安全，而且他們是走陸路的，從不走河路。所以我會說，至少要等到入夜吧。」

「那很好，」愛麗絲回答，「那我還有充足時間可以準備。」

「是要復仇嗎？」葛拉杜斯又問。

不是，她心想，更勝復仇。

自她下來到這地方以後，她終於第一次感受到某種清楚的目標，她知道她的天命何在了。她無法改變過去，無法收回她的謀殺，不能一直沉湎於她的罪惡感之中，也不能讓彼得死而復生，但她可以讓自己的死有點意義，她可以做點**什麼**來結束這個糟糕的循環，而就算這將以她全身血液流乾倒在淤泥上作結，也可能是值得付出的代價。

「我要幫地獄清理門戶。」她宣布。

「哎呀、哎呀，」葛拉杜斯表示，「啊不就很有自信。」

「克里普基一家總是在當獵人，」她說這話時感受到一股暈眩直衝腦門，「他們從來沒有當過獵物，他們不知道惹錯了人，惹到我是什麼感覺。」

這真是世界上最奇怪的事情了。眼前她正邁向幾乎篤定的必死無疑，卻又是許久以來第一次覺得自己活著有意義，這樣的迫切，這股衝動，就像她整個人，身心靈都一起，像箭矢般瞄準著某個東西，且因充滿目的感而繃緊。這是某種比憤怒、絕望、仇恨還更強大的東西，她能感覺到自己的心臟怦怦狂跳，血液在血管中奔流，從心臟來到指尖，而她的指尖緊握著刀刃。當她濺血之時，一切都會有意義的。

她究竟浪費了多少時間在迷霧中流浪？現在回首望去，她簡直想要放聲尖叫，不，她並不想消失在那翻攪的深淵之中，也拒絕石化成昏睡的樹林，她想要光芒四射地撞上某種東西，且當她這麼做的同時，她也想要留下印記。

「問個問題，葛拉杜斯。」

「怎麼？」

「忘川是在哪個方向？」

葛拉杜斯嗯嗯啊啊起來。

「假如你能帶我去河邊，那事情就會變得有趣非常多，」愛麗絲表示，「我迷路了。」

「妳沒有距離多遠，」葛拉杜斯在沙子上畫了個角度，「從這邊直走，妳會看見山丘，然後讓山丘一直保持在妳右側，再一直走直到聽見浪濤聲。此外，妳也會需要一點防護，比那個爛背包還更堅固的東西。」

愛麗絲眨眨眼，往下看向那頭大貓破碎的屍首。

「看起來還滿適合的。」葛拉杜斯表示。

愛麗絲於是拖著腳步走向大貓，並準備開始肢解屍體。

結果，骨頭的用處還真的不少。愛麗絲取出了所有尖銳的部分，爪子、脊椎、尾骨末端，並用手帕蒐集起來，她覺得可以把這包東西緊握在手中，然後在緊要關頭，就拿來揮向對方的臉頰或眼睛。大貓的大腿骨則是又長又堅硬，她拿起來往石頭上猛力砸了砸，便發現自己現在擁有一組克難的匕首了，她歡天喜地在手中掂了掂重量，比她原先的刀子還輕，比較適合她抓握。

再來則是要製作盔甲。這需要稍微自欺欺人一下，但最後她還是成功完好無損取出了大貓的胸腔，並套在自己的軀幹上，重量輕到不可思議。她用刀子輕敲了好幾下，骨頭感覺足夠堅固，是無法阻止刀刃刺穿她的心臟沒錯，卻可以阻擋擦過的攻擊。

「哎呀，」葛拉杜斯表示，「還真嚇人啊。」

愛麗絲自豪起來。

她唯一沒辦法使用的部位就是頭顱。她花了將近一小時用手指掏出眼睛和大腦，話雖如此，在清理好顱骨之後，她卻依然無法將其撬開，或是以能夠當成頭盔的合理方式戴上。她的頭就是塞不進去，真可惜啊，她心想，不然看起來還真的是超酷的。

所以她改而用塵土堆了座小土堆，並將幾顆卵石整整齊齊排成一圈，然後把頭顱放在頂部。她甚至施了點魔法，好讓土堆不會崩塌，只是個小小的防護，可以止住改變而已，無法阻止人家把土堆踢倒，但能防止隨著時間出現的細小侵蝕，比如風吹和匆匆跑過的嚙齒類。

她坐回去，心滿意足。好了，她心想，她在瘋狂地圖上也貢獻一己之力了，可能多年以後，大貓的頭顱依然將安在，巨大的眼窩斜睨著所有過客，就讓下一個經過的旅人因此大惑不解，去尋求解釋吧。然後她對著這小小的聖壇深深鞠躬，因為她覺得大貓應該值得她的一點感激吧，接著她敲了敲頭顱的前額，「記得我，好嗎？就算他們之後會把我跟頭豬一樣開腸剖肚。」

「妳不需要跟他們打的。」葛拉杜斯說。

「說這幹嘛？」

他的聲音幾乎細不可聞，「妳有先啟程的優勢，妳大可以躲在狄斯城內。」

「噢，葛拉杜斯，」愛麗絲聞言露出微笑，「你這是想說服我逃跑嗎？」

葛拉杜斯不願迎上她的目光，他的臉孔半是消逝在迷霧之中，而他腳邊的絕望氣息則是向內蜷縮並變深，彷彿他躲到了自己體內一般，愛麗絲覺得這樣子還挺可愛的，「妳機會渺茫啊。」

「這我心知肚明。」

「克里普基一家是經驗老到的殺手，妳只是隻小老鼠，他們會抽光妳的血，然後把妳的骨骸一腳踹進忘川裡。」葛拉杜斯停頓，「我可不希望妳落得這樣的下場。」

愛麗絲知道最好不要以為他真心在乎，他看待他的方式，八成就像是在對待一隻玩具小貓吧，噢，拜託千萬不要跑去馬路上，我們還有遊戲可以玩的啊。話雖如此，這依然是許久以來第一次，有人對於她的死活表達出一丁點擔憂，她因而深受觸動。

「我也希望能為你帶來百年的回憶，約翰．葛拉杜斯，」她對那團迷霧示意，但他卻往回縮，可能是害羞，或震驚，或兩者皆是吧，「可是這樣沙漏裡的沙子還是一樣多，我們只是在推遲無可避免的最終結果到來而已。」

他的語氣聽起來頗為憤怒，「但至少妳人還會待在這啊。」

「要是我死了，那就是死了。」愛麗絲回答，「但我覺得，除此之外也再無人生了，活著是種需要不斷滋養維持的活動，你得努力爭取才行，否則就不算是活著了，不過如此而已，不過只是股衝動，而我們倆都已清楚知道，這樣並不夠，你也清楚的啊。」

葛拉杜斯一言不發了好一陣子，接著終於開口，「那吸點粉筆吧。」

「什麼？」

「會幫上忙的，相信我就對了。」

「我才不要吸粉筆！」

這是在劍橋流傳已久的玩笑，說吸粉筆能讓你渾身充滿死去遠古海洋生物的每一滴魔法潛能，可是於此同時，魔法粉筆又是種受到學院管控的物質，有證據顯示只要一吸就會破壞人體的組織，且不當使用也可能會使你終生遭禁施行魔法，所以即便大家在酒吧裡總愛亂開玩笑，卻從來都沒人試過真的這樣幹。

「我沒有在開玩笑，」葛拉杜斯表示，「吸粉筆就對了。」

愛麗絲於是在她筆記本的封底壓碎粉筆頭，尖端碎裂成一塊塊，這真的是太糟糕了，她心想，她明明總是很重視巴克爾粉筆不易碎的特性。

「以前在我們那邊都是用折疊刀削的啦。」葛拉杜斯說。

愛麗絲這時正試著用掌根磨出粉筆屑，但只是讓她的手上凹出了一塊一塊而已，「別再嘲笑我了。」

「反正吸就對了。」

愛麗絲的摺疊刀弄丟了，所以她改成用匕首。她花了點時間實驗，但之後確實成功藉由交替使用鋒鈍兩面，來把粉筆削成一塊塊不會害她窒息的大小。粉末看起來已經磨得夠細之後，她將粉筆灰在手上撥成整齊的一小堆，接著彎身吸了一口。

效果馬上就來了。她感覺就像鼻腔塞滿了山葵，一陣陣尖銳的刺痛從她的鼻子傳進頭顱，害得她都淚水盈眶了，她往後仰，雙手緊抓太陽穴，這時點點色彩在她腦中炸開。種種刺耳喧嘩的回憶湧上，是她甚至都不知道自己擁有的記憶，那些她依舊無法歸類置放，徹頭徹尾陌異，徒留強度和張力的回憶，有個女人在大笑、有頭鹿受了驚嚇、巨人跨著大步、夜半裸奔跳湖，以及湖中襲來的徹骨寒意。世界上所有公理都在她頭上飛旋舞動，隱藏的世界在此揭露，清楚明白寫下，沒有半點陰影，也毫無遮掩，她以某種類似熊的原始姿勢將手臂高舉過頭，而在那一刻，愛麗絲感覺自己有能力吞噬宇宙。

「我的天啊，」一股冰寒流竄過她的四肢，彷若燃燒，我正在燃燒，她心想，我在火葬用的柴堆上，而一切感覺都好美妙，「我的**老天爺**啊。」

葛拉杜斯見狀也爆笑起來，「我就說吧。」

她踏出一步，天旋地轉。每一步都讓整個宇宙沿著自身的軸線往側邊旋轉，也在全地獄激起陣陣漣漪，而她也開始害怕起呼吸，因為不想親手導致末日浩劫。

布穀鳥頭顱這時再次發出聲音，愛麗絲一把抓起往地上扔，顱骨在她腳下砸個粉碎。

她覺得她聽得見警報，原先無形的信號現在變成一種她耳中可聞的嗡鳴聲，她也察覺到在連綿沙丘之外，有個警覺又充滿敵意的意識猛然注意到了她的存在，而這讓她興奮萬分。終於，出現挑戰了。

「來啊，」她對著沙漠嘶聲尖叫，「來抓我啊，我就在這，哪都不會去。」

第三十一章

愛麗絲不是戰時魔法師，但她這輩子讀過的所有軍事史都會大書特書一定要找到高地。所以她首先循線找到河流，接著在一座懸崖上找到了個地方，無論克里普基一家從哪個方向過來，她都能清楚看見，懸崖延伸成參差不齊的懸挑，立在忘川上頭，她也因此制定出計畫：引誘克里普基一家來到崖頂，並想方設法騙他們到崖邊。雖然斷崖高度不高，但她並不需要他們摔死，只要把他們弄濕就好了。

接著她帶著一桶貓血在周遭的山丘間逡巡，並在她能找到的每一平方公分閒置沙地上滴血畫下魔法陣。

這項工作令人頗為平靜，讓她因吸了粉筆而尖叫的大腦有地方可以專注，擁有清楚定義的目標、和各種能明確讓你獲致成功的參數，一直都是件很棒的事。念大學時，愛麗絲參加過好幾屆魔法奧林匹亞競賽，參賽者有半個小時可以畫下魔法陣，好達成一系列任務，讓保齡球浮上天花板、將大頭針從場地的一頭移動到另一頭，她最後累計獲得了六、七面獎牌，表彰她在壓力下還能快速準確施咒的天分。從前比賽時的那股激動此刻回到她身旁，暫時忘掉克里普基一家一下吧，忘掉死亡逼近的機率，並贏得手邊的棋局，棋盤就在這裡，你的目標則是：阻撓你的對手，並讓他們少擋你的路。

她於是使出了一整套標準招式，她在整片地區按間距設下芝諾所有的運動悖論：阿基里斯和烏龜、賽跑的亞特蘭妲、飛射而出的箭矢。假如亞特蘭妲想要完成賽跑，就像那些骨頭怪如果想要穿越原野衝上懸崖，那她就得先跑到一半的地方，然後是一半的一半之處，再來則是一半的一半的一半，但要是你不斷將距離除成一半，那就表示亞特蘭妲得先完成無限多次的任務，所以她恐怕會根本就寸步難行。而只要骨頭怪想邁出一步——假如牠們像射出的箭矢想要穿越空間，從A點抵達B點的話——就必須和一項事實搏鬥，即在任一特定時刻，假如你替牠們的運動拍攝一張定格照片，那牠們在照片裡其實是靜止的。而牠們要抵達愛麗絲所在之處所需花上的時間，便是由一個又一個特定時刻所組成的，這回過頭來就代表牠們總是呈現靜止，永遠都沒有在移動。要是牠們不能移動，那就永遠都無法傷到愛麗絲半根寒毛。

這全都是很蠢的招數啦，只要你學過最初階的微積分就可以化解了，可是骨頭怪可不懂微積分。

而在地面斜起朝山丘而去之處，愛麗絲則是寫下了說謊者悖論的擴充版，這是系上真的會使用的玩笑，常常讓大學生在階梯上來來回回爬個沒完，就像搖搖木馬一樣困在原地動彈不得：

下個陳述為假

前述陳述為真

在懸崖頂部緊鄰岩架一旁處，她則是憑記憶畫下了最特別的悖論。她完全沒把握這招會不會有效，但她其實也不一定需要咒語真的生效，她只是需要讓尼克和瑪諾黎亞瞧瞧某種他們前所未見的事物，某種夠有趣的東西，能讓他們暫時駐足。

「妳看起來似乎準備非常充分啊。」她準備時，葛拉杜斯都飄在一旁緊跟著她，一邊碎念讚美。

「你也可以助我一臂之力對抗他們。」愛麗絲說。

「幹嘛，然後在那吸氣吐氣直到把他們都給吹倒在地為止啊？」葛拉杜斯邊說邊讓自己變成一大團模糊，彷彿要強調他實實在在缺少形體似的，「我只是個鬼影而已，記得嗎。」

「我很確定你對很多事都很拿手的，」愛麗絲回答，「比如說，你可以讓他們分心啊，你可以俯衝、翻騰起伏、發出震耳欲聾的巨響之類的。」

但她也看得出來，她高估了他們之間的連結所擁有的力量了。葛拉杜斯只有在她很好玩的時候才會喜歡她而已，即便她認為兩人相處的時光非常特別，但其實在他所經歷過的深度時間中，她也僅僅是滄海一粟罷了。再給他個一千年，他聽到她的名字時大概只會在那傻笑吧。

「啊……嗯嗯。」葛拉杜斯發出清喉嚨的聲音，她原本以為他還會再多說些什麼，有那麼一會兒，他看來確實也真的是在思考要不要開口，可是保持沉默相較之下還是沒那麼尷尬又笨拙。告別只有在你願意再度見到對方的狀況下才會有意義，所以葛拉杜斯就只是在他所站的地方原地消融，原先看似實心的灰褪成一道影子，接著吹起了一陣微風，然後他就走了。愛麗絲本來也會有遭到拋棄的感覺，但她又思索了一下子，接著做出結論，認為她實在也沒什麼真正站得住腳的理由好沮喪的。

她於是哼起歌來，繼續回到手邊的工作上。

她檢查過她畫的所有魔法陣，確保所有圓圈都完整閉合，之後在她的作品上頭鋪上沙子，量多到可以把魔法陣藏起來，漫不經心瞥過是不會發現的，卻也沒有多到會干擾魔法陣作用的範圍。接著她往後退，審視著恢復平坦的地面，並心滿意足點了點頭，她鋪好了一片非常棒的棋盤，不管是換成誰來，用一具貓屍和泡了水的粉筆，頂多也就只能做到這樣子而已。

接著她撤回上頭的山丘上，並開始注意觀察，等待骸骨大軍的到來。

☆

等待冗長到令人無法忍受。

愛麗絲渾身充滿嗜血的欲望和粉筆灰，無處安放。她早已度過了感到恐懼的時刻，她感覺自己人在一列高速列車上，快速接近撞毀，而她痛恨感受到分分秒秒流逝，因為這全都只是在推遲終點的到來而已。有好幾次，她都以為或說希望自己聽見了喀噠聲，但都只不過是變得過於鮮明的回憶，每一次她搖搖頭，就像狗狗甩掉水那樣，喀噠聲便會停止。

最後，她終於見到了逡巡的白線。但舉目望去沒有半個克里普基家的人，只有一批獸群，由東拼西湊重構而成的骨頭組成，貓貓狗狗，還有看起來像是支浣熊騎兵小隊的東西。

和在貪婪之殿外攻擊她和彼得的那群相比，這批獸群規模大上不少，她在想，克里普基一家是不是知道她與眾不同，他們是否特別為她集結了手下所有精銳，傾巢而出。牠們離得更近了，且是以驚人的速度逼近，她屏息默數著，紅色山丘上有三十四白馬，她心想，牠們會先輕踩，接著重踏，骨頭怪這時抵達山丘底部，現在牠們則站在原地不動。

她緊緊握住刀柄。

有那麼一刻，她已經準備好要和整批獸群對幹了。她忘記她的咒語確實有用，而且她其實是個厲害的魔法師，直到她看見證據為止，她是對的，骨頭怪又不會算微積分，也分不出芝諾跟上帝的差別。三分之一的獸群慢了下來，接著再度放緩腳步，之後無限減速，直到他們纖細的小腳因為無窮小的小數點而毫無意義地抖動拍打著。只有幸運的少數幾隻有辦法繞過牠們失去行動能力的成堆友軍，而等到牠們真的爬上山丘，數量也削減到只剩寥寥幾隻而已了。

其中最勇敢的那隻一邊接近她的方向，一邊嗅聞著，現在才小心翼翼起來，牠擁有惠比特犬那種不停抖動的苗條身形。

「停下，」她用嚴肅的語氣命令牠，「過去，坐下。」

那隻骨頭怪狂吠起來，並朝她彈了過來。

愛麗絲猛力將她的刀刃揮向牠側邊，骨頭怪重摔落地，而在牠能夠再度起身之前，愛麗絲便使出吃奶的力氣手起刀落，一遍又一遍，直到牠的肋骨都炸了開來，四肢也癱軟在身側。

愛麗絲起身，「還有誰要上嗎？」

牠們聞言全部一次彈起。

可是牠們的速度真的是很**慢**！愛麗絲不敢相信這竟然這麼容易，吸粉筆為她的視野帶來了某種效果，也改變了她認知時空的方式，她的視野拓寬，並變得銳利無比，她可以看見牠們身上的每一小塊骨頭，每一道驅動牠們關節移動的粉筆筆跡，克里普基夫婦一絲不苟的一筆一劃。她因而精確了解究竟該攻擊何處，這樣其他部分才會分崩離析，她也知道牠們何時會躍起、瞄準何處、下一動又將身在何處。她知道得先發制人，先牠們一步抵達才行。

碰、**啪**，她右手揮刀，左手持瓶，忘川之水潑灑在空中，彷彿牧師在灑聖水，河水融化了牠們的關節，她的刀子則完成剩下的工作，於是在她舞動之際，她的腳踝邊也開始堆起成堆骸骨。

天啊，她簡直就無所不能吧？這種瘋狂的感受就好像喝了五杯咖啡，突然之間信心滿滿，覺得只要她專心投入，那她想精熟什麼領域就都沒問題，但那極其短暫的欣快，結束之後總會伴隨可怕的崩潰。只不過崩潰永遠不會到來，而隨著她的一舉一動，隨著熱血逐漸沸騰，世界也變得越發緩慢起來，直到她出現一種嚇人的感受，覺得她的心靈會直接就這麼衝出身體。可是理智還是撐住了，她並沒有身心分離，她就撐在超驗的邊緣，整個世界彷彿靜止不動，斷層線的脈動清晰可見，這時她的回憶閃現，回到了待在實驗室的那些深夜，每一次眨眼都看見隱藏的世界，世界在她眼前綿延展開，毫無保留，且也不再抽象，而是具體到無以復加。只需要把骨頭打碎，只需要把脊椎斬斷。

要是伊莉莎佩現在能看見她的樣子就好了！她想起伊莉莎佩拿著她的長矛在河岸邊舞動，並想像自己現在的動作就和她一樣優雅，這還真有趣！她不只是在防禦骨頭怪嚙咬過來的下巴，更從中創造出了一門藝術，她用最為美妙，也最為優雅的弧形揮舞著她的刀刃。莊子曾遇上一名庖丁，那人極度精熟自己的手藝，使得他的刀刃從來不會停歇猶豫半分，屠刀滑過中空的空間，毫無阻礙切穿，我這就是在庖丁解牛，愛麗絲心想，我看得見那些中空的空間。她如此乾淨俐落切穿骨頭怪的脊椎，使得一刀就能將牠們劈成兩半，還有個可憐的傢伙被她用刀柄敲飛到半空中，在墜落途中獸頭也跟著落地，伐木工的感受一定就像是這樣子的，每一次他們手起斧落，木頭便裂成兩半。還真是愉悅至極，能擁有這種有形的力量，是乾脆俐落的毀滅，地表也會在你的手下碎裂。

她搞定了上來攻擊她的骨頭怪之後，又走下山丘，把那些困在原地的也都解決了，她覺得做事一定要貫徹始終，不能虎頭蛇尾，這樣才算是謹慎。克里普基一家有可能會釋放牠們啊，這樣她到時候就會有麻煩了，話雖如此，克里普基一家目前仍隱身幕後，她的目標則是全都凍結在原地，當她俐落劈過牠們的脊椎時，也沒有遭遇到什麼阻礙，完全是輕輕鬆鬆。

她覺得自己在牠們的骨骸之中讀出了恐懼。沒錯，牠們也還真的顫抖了起來，這些東西雖然無法動腳逃脫，卻依然能發顫、低頭、瑟縮，維妙維肖模仿了同樣害怕鞭子的活物。這原本可能會讓她僵在原地動彈不得，但她接著在牠們的頭頂上看見彼得蒼白的臉龐重疊，還有在半空中輾磨的刀刃，她於是繼續手起刀落，當刀刃碰觸到牠們的脊椎時，發出的碎裂聲聽起來實在是大快人心，她的愉悅淹沒了其他所有一切。她以前從未感受過這種純粹的熵帶來的快感，事實上，單純只是摧毀東西感覺也真的是有夠爽的，她希望這能夠永遠繼續下去，所以當她發覺目標已經全數遭到殲滅時，她還失望了起來，已經沒有東西可以讓她攻擊了。

愛麗絲佇立在原地，胸部上下起伏，並瞪著空蕩蕩的沙丘。在她腳邊，有個和身體分了家的頭顱正嚙咬著她的腳踝，她於是用力粗暴踹了一腳，頭顱滾了滾掉下山丘，並在遍地屍骸間停了下來。

她澈底摧毀了獸群，周遭一片寂靜無聲。

「再來啊。」她氣喘吁吁表示，粉筆灼燒著她的鼻腔，她眼前也出現了狂野的幻象，是她將克里普基一家生吞活剝吃下肚，將他們的頭一把從脖子上扯下，並將他們整個吞噬，「出來單挑啊。」

✯

幾秒鐘後，他們便現身了，三個人影在山丘上蹦蹦跳跳，眼睛全黑，身軀則封在骨頭做成的盔甲之中。爸爸、媽媽、熊寶寶，度完假回家囉，金髮姑娘在我們家實在是太放肆太壞了，得像殺豬一樣好好教訓才行。他們腰際掛著血袋，溼答答又滿到快爆開的血袋，移動時隨之擺盪，而他們的手臂上也閃爍著鮮紅色的鮮血，彼得的血。

克里普基一家停步了一會兒，好盡覽大屠殺的慘狀。

然後他們彼此討論起來。愛麗絲多希望她能聽見他們在說些什麼，因為內容肯定包含了幾句讚美吧，真是技巧純熟的魔法師啊，噢，沒錯，技巧真的非常純熟，八成是在牛劍訓練的吧，我們得罩子放亮點才行。

接著克里普基一家便風馳電掣走過空地。

愛麗絲早該知道，她那些蠢咒語根本就沒辦法阻撓他們半步，話雖如此，咒語崩壞的速度仍然令她頗為氣餒，尼克．克里普基似乎甚至連讀都沒讀她到底寫了些什麼呢。只消看一眼露出來的粉筆筆跡，這樣子就夠了，鮮血以恣意的弧形從他的血袋灑出，他隨即在沙子上施下反制的咒語，連瞧都沒瞧一眼就瓦解了她的證明。他的步伐不受半點影響，就連白馬非馬悖論也無法造成他絲毫擔憂。而愛麗絲此時也相當篤定，尼克應該是從來沒學過中文。泰奧法斯托司和瑪諾黎亞則在後頭跟著他的腳步，愛麗絲的防禦一個接一個融化。

這時，泰奧法斯托司短暫在兩階段的說謊者悖論前停步，他一邊唸出那些文字，雙腳一邊來回搖擺著，但瑪諾黎亞隨即用力把他拖到一旁，並將紅沙踢掉。

他們抬頭。現在他們看見她了，就站在山丘頂端。

她也清楚看見了他們，他們四肢修長的瘦削身形，尖刺突起的閃亮盔甲。他們臉孔的上半部隱藏在骨頭做成的頭盔之下，而她穿過死去生物的眼窩所看見的雙眼，則閃爍著陰險邪惡的慧黠。他們的眼神全都是一個模子刻出來的斜睨，薄唇抿起，露出邊緣是黑色的利齒，瑪諾黎亞的嘴唇看來是種非常生氣蓬勃的鮮紅色，閃耀著百貨專櫃口紅的那種腥紅。除了鮮血之外，愛麗絲想像不出她在地獄這下頭是去哪邊找到這麼鮮豔的色號。

原始並不是正確的形容詞。他們沒有退化，不像去野外健行然後失蹤了好幾個月的家庭那樣，他們並沒有陷入絕望，喪失相關的機能，他們也不像伊莉莎佩，她拼拼湊湊的衣著是垃圾和廢料做成的可悲家庭手工藝品。克里普基一家的盔甲反倒是完美無瑕，出於無法解釋的理由完全量身打造，*他們現在變成外星人了*，愛麗絲心想，他們移動的方式不像人類，思考的方式也不像。他們已根據自身所處的環境進化及適應了，成了冥府所欠缺的頂級掠食者。

她身體的每一吋都想要逃跑。她得用她孱弱的理性心靈關閉自己的直覺，*要是逃跑，葛拉*

杜斯就會笑死妳的；要是逃跑，妳就只是在推遲必然的結果；要是逃跑，妳就會背對野獸。

克里普基一家停在丘底。

他們觀察著她，這一刻彷若天長地久，三顆頭全都用一模一樣的角度往左偏。尼克和瑪諾黎亞商討起來，接著瑪諾黎亞先邁步爬上山丘，泰奧法斯托司緊跟在後。

愛麗絲見狀，思緒不禁飄向許許多多論文最後頭的誌謝。最後，非常感謝我親愛的老婆，她負責持家、擺餐桌、餵小孩、整理好我所有的筆記、並想出了我大多數的原創概念，親愛的，是妳將我們的生活化為可能，妳的愛啟發了我。

「啊不然你是什麼東西？」愛麗絲嘲諷起來，「他的研究助理嗎？」

泰奧法斯托司脫隊行動，尖叫著衝上山丘。

此舉似乎甚至連瑪諾黎亞都頗為震驚，因為她伸出手試圖要攔阻他。他卻躲開來，並四肢著地爬行起來，以非人的速度爬上沙地，還邊咆哮吠叫，活像頭狼一樣。

愛麗絲這時看見一幅令人頭暈目眩的蒙太奇拼貼，是由她這輩子遇見過的所有行為偏差孩童組成的。學步幼兒在雜貨店揮拳、來家裡過週末的親戚小孩尖叫到臉頰漲紅，還有海倫·莫瑞哭哭啼啼的那一大群孩子，她有次曾為了賺零用錢去幫忙帶過，年紀比較小的男孩拉在褲子上還假裝沒事，姊姊們則尖笑起來，在一旁邊又唱又跳說他有夠臭，年紀最小的女兒則在此時認定自己是頭獅子，一直把牙齒咬進愛麗絲的腳踝。愛麗絲想起小孩帶著歡快之情大肆破壞的方式，亂砸亂摔東西，完全不在乎後果。還有在海倫・莫瑞家裡，她當時湧起一股愧疚卻暴力的衝動，想要直接賞其中一個小孩一巴掌。最重要的是，她想起小孩就是這麼恐怖……但話說回來他們依舊是**小孩**啊，所以體型非常、非常小。

眼前泰奧法斯托司正全速朝她衝過來，而她所需要做的呢，就只是一把抓住他的手臂，把他整個人抄起來，然後讓他在半空中又抓又鬧、亂揮四肢。

他體重非常輕，要將他一把扔到岩架下方也會極其容易，但愛麗絲並不想傷害他，這又不是他的錯，她於是決定將他丟進芝諾陷阱裡頭，冷靜時間到，上床睡覺，讓大人們聊聊吧。愛麗絲於是拖著泰奧法斯托司往魔法陣而去，他揮舞著四肢掙扎，兩人扭打起來。

瑪諾黎亞此時出現在丘頂上。

「妳，」愛麗絲氣喘吁吁，「真的是會生不會教欸。」

她心想瑪諾黎亞怎麼沒有出手攻擊，接著她才驚覺，她其實可以把泰奧法斯托司當成人質。那孩子就站在她們兩人之間，也許瑪諾黎亞是害怕愛麗絲會傷害孩子，她還在思索該怎麼做才會造成最大的威脅，這時瑪諾黎亞卻用力一扯自己的左肩，俐落地「啪」一聲將手臂給折了下來。

愛麗絲簡直看傻了眼。

瑪諾黎亞用她骨瘦如柴的手臂朝愛麗絲的臉揮來，冷冰冰的骨頭猛力砸中她的臉頰和下巴，讓她的牙齒都格格作響起來。瑪諾黎亞趁勝追擊，而這一次攻擊的力道將愛麗絲整個人打趴在地，泰奧法斯托司於是掙脫開來，一邊尖聲怪叫一邊拍著手。

瑪諾黎亞繼續推進，邊揮舞著她死去凋萎的手臂，彷彿是什麼中世紀的連枷似的。

愛麗絲跌跌撞撞站起身來，她突然湧上一股憤慨的暴怒，這一切也太荒唐了吧，彼得死在沙漠裡，可不是為了要讓她在這裡被人家折下來的手臂痛扁一頓。

瑪諾黎亞再度揮出手臂，但這一次，愛麗絲成功追蹤到了手臂襲來的軌跡，她抓住手腕處，並用力一拉，粉筆灰依然在她的血管之中奔流，所以她仍舊感覺得到一股力量，不知極限為何物。很顯然，這也讓瑪諾黎亞大吃一驚，因為她幾乎毫無抵抗，手臂於是從她手中澈底滑脫。

沒錯，愛麗絲想起來了，這就是她的優勢，克里普基一家並不習慣有人反抗。

瑪諾黎亞於是掏出刀子。

想得美，愛麗絲心想，邊把那隻手臂扔到一旁，然後整個人撲向瑪諾黎亞。

愛麗絲從沒跟人幹過架，她一直都是個溫良恭儉讓的好孩子。最接近的一次是在國小的某場籃球比賽上，當時她實在氣到不行，因為另一個女孩把她的球給抄走了，所以她直接抓狂，猛踹了對方的脛骨一腳。裁判因此將她驅逐出場，她爸媽之後來接她，並在車上對她大吼大叫，她則是邊啜泣邊解釋說，她也不知道自己為什麼會這樣做啊，自那之後，她就再也沒這麼狠了，而那次的教訓也從此深深烙印在她腦中：其他人的身體是神聖不容侵犯的，沒有經過允許，妳就不可以去碰，也不能試圖去傷害或破壞；妳只要閃得遠遠的，那其他人也會離妳遠遠的，懂嗎，大家都好好待在自己的小泡泡中。所以，當她直直撞上瑪諾黎亞，兩人都失去平衡，摔倒在地，過程中還一邊繼續扭打時，她實在是震驚至極，粉筆灰增強的感官此刻也幫不上她的忙了，她現在所能感知到的一切，就只有砰砰砰的痛打，還有尖刺跟銳利的邊緣而已。她什麼都看不到，頭髮卡到眼睛裡，只好狂亂揮舞著自己的刀子，卻無法分辨到底有沒有砍到東西，她覺得自己好像刺到東西了，但也大可能只是皮革、只是盔甲而已。她模模糊糊意識到她要輸了，接著她就整個人平躺在地，氣喘吁吁，瑪諾黎亞壓住了她的膝蓋，將她釘死在原地，她的刀也出鞘了，愛麗絲見狀趕緊抬手往上朝瑪諾黎亞的手腕去，千方百計想要把刀刃給推到一旁。可是瑪諾黎亞實在力氣好大，刀子也越發驚險地往下壓，離她的臉近在咫尺。

愛麗絲的目光滑向瑪諾黎亞腰際的血袋，是腥紅色的，還汩汩冒著泡泡，這時她腦中有兩項原則豁然開朗，喀噠歸位：

我們人在芝諾陷阱裡頭。

她需要血才能出去。

她於是猛然放開瑪諾黎亞的手臂，對方本來預期會有抵抗，因此也突然整個人往後倒去。她的刀子用力插進愛麗絲頭部旁邊的塵土，而這剛好給了愛麗絲夠多的時間，能夠掙扎著往前扭，狗急跳牆朝瑪諾黎亞的腰帶揮刀，血袋應聲炸裂，鮮血噴灑得她滿臉都是，是彼得的血，充滿鐵銹味和鹹味，不知為何也還有點燙燙的。席捲而來的回憶差點令她招架不住，艾雪陷阱封死、彼得的微笑、鋼鐵發出的尖嘯聲，而為了要回過神來集中注意力，她這時所能做的，就只有趕緊回憶那些最為基本的演算法。鮮血浸滿她的眼睛和鼻腔，她嗆到並開始吸起鼻子，與此同時還全程一邊汩汩吐出一連串古希臘文咒語。

瑪諾黎亞在愛麗絲頭上舉刀欲往下刺，但弧線才劃到一半，她的運動速度便減緩成一半，接著再變成一半，又一半。愛麗絲看得見她的手臂繃緊，掙扎著一公分一公分、一毫米一毫米往下，可是卻依舊徒勞無功，因為瑪諾黎亞越是想要移動，她的速度就變得越慢，她的自由行動程度不斷被除以二再除以二，漸漸消失，直到就算用盡所有意願和意志，瑪諾黎亞依舊都只能跪在原地，動彈不得。而在她身後，泰奧法斯托司則是拍手拍到一半，一動也不動靜靜坐著，手掌還停留在半空中。

愛麗絲這才掙扎著站起身。

瑪諾黎亞全身上下唯一能移動的部位，就只剩雙眼。她抬眼怒瞪，死死盯著愛麗絲不放，眼神充血又狂暴，愛麗絲讀得出她的挫折，跟她紆尊降貴的鄙視。竟然是區區芝諾悖論，**幼幼班等級**的芝諾悖論，但要解咒，她就需要鮮血，可是血全都已經灑在沙子上了。

「笑死。」愛麗絲表示。

瑪諾黎亞的雙眼這時因恐懼大張，而起初，愛麗絲並不理解恐懼背後的原因，直到瑪諾黎亞的目光滑向愛麗絲的刀子，她這才發覺從對方的角度看來，用理性預測來說，她現在該做的事呢，便是宰了他們兩人。

愛麗絲先前還沒有想到這麼遠過。

在她所有的幻想之中，忘川都會替她完成工作，她只需要站在一旁冷眼旁觀即可，不會弄髒她的手。

但現在搞成這樣，又該怎麼辦呢？

割開他們的喉嚨啊，她血液裡的粉筆尖叫著，但她的手臂不為所動，無法舉起刀子。她只能站在那兒，因猶豫不決而僵在原地，直到尼克．克里普基跑上山丘。

他停在丘頂，目光在愛麗絲和他的妻兒之間來回，很顯然是在算計著：是要攻擊愛麗絲，還是要先救他們？

她可不能坐視他選擇第二個選項，她是沒辦法一次跟他們三個一起打的。

她於是賭了一把，背對瑪諾黎亞和泰奧法斯托司，並衝刺上山丘的更高處，她精雕細琢的傑作就在那上頭等待著，萬事俱備，只欠東風，也就是施咒的對象。她賭對了，尼克跟了上來，她就是算準了他的好奇心。

上頭這裡是唯一在這麼多年之後，還能引誘到他的東西，且更甚鮮血——理論上的突破，他從未見過的作品。克里普基夫婦雖是魔法大師，但他們擁有的僅僅是自己腦中的事物而已，過去幾十年來，他們都無法接觸到文獻，也無法得知延伸擴展到其他時空的各脈奇思妙想。眼前，終於出現了某種東西，是尼克．克里普基沒有花上好幾十年不斷拆解又重組過的，而這也恰恰就是為什麼，尼克．克里普基會犯下致命的錯誤，竟駐足閱讀起來。

在他身後，愛麗絲開始施咒。

她是按照腦中的台詞跟著唸的，並把「雅各．格萊姆斯」幾字替換成「尼克馬欽．克里普基」，且她的語速也越來越快，要趕在尼克察覺她究竟是在搞什麼鬼之前，所以她的聲音聽起來完全不似人類，反倒類似一種高頻又含糊的嚎哭。是女巫的嚎叫，艾莉克脫的嚎叫，而她已經非常接近結尾了，就剩兩行，這時尼克一臉恐慌轉過身來。

他出手攻擊，愛麗絲也舉起雙臂要阻擋，但他把她的手臂拍開，然後雙手死死箍住她的脖子，愛麗絲吸不到空氣，卻沒有發出半點聲音，因為要是她不發出聲音，那麼施咒就不會受到中斷摧毀，不然的話，她就得從頭開始了。她只剩最後兩行而已，只要再吸一口氣念完就好，只要她能就這麼保持冷靜，然後低聲念出咒語即可。可是尼克的拇指正用力壓向她的氣管，她沒辦法呼吸，她扭動掙扎起來，卻抓不到半點東西，他掐得實在太緊了，壓力讓她痛苦萬分，

噢，天啊，她心想，可是我真的就快念完了。

接著傳來一陣尖嘯聲，一抹灰色閃現。

阿基米德不知道從哪邊飛下來，直接降落在尼克頭頂上，尼克於是放開手，愛麗絲趁機滾到一旁，上氣不接下氣。尼克雙手在空中亂揮，大風車般擺動，阿基米德一邊鬼叫，依然緊抓著尼克的頭部不放，牠的爪子在那頂骸骨頭盔上匆忙尋找著抓握點，多毛的大尾巴則是堅決遮住尼克的視線。這時，尼克終於抓到了阿基米德的肚子，並將牠甩到一旁，而愛麗絲也正好封閉起迴圈。

現在就讓我們見識見識吧，她心中升起一股瘋狂的想法，現在我們就會知道我到底算不算是真正的魔法師了。

地獄瞬間退去。

但沒有澈底消失。咒語並沒有將他們傳送走，只不過是建立起連結而已，他們現在同時身處兩個世界，地獄的沙子仍然依稀可見，不過重疊在上頭的呢，卻是九號實驗室熟悉的褐紅色牆面和黑板、積滿粉筆灰的地板、還有經年累月的發霉。而在地板上，整整齊齊擺放在雙生魔法陣內的，則是愛麗絲先前精心準備好的假身體，骯髒污穢的一個個人體部位，縫起來就像科學怪人似的，只剩下剛好夠多的肌肉、骨頭、韌帶，可以湊合成一張臉，以及所有必要的生物力學，好重新創造出聲音。

都過了這麼多天，竟然還沒人把東西清走，她還頗驚訝的。她本來還擔心，他們倆會無法成功聯繫到某個實體上的呢，以為當她施咒完畢後，兩人會卡在某個無法逃離的空間，就夾在陰陽兩界之間。但她如此戒慎小心，選了間從來沒人用過的地下室，緊緊鎖上門，還是用別人的名字登記借用的，是名從倫敦通勤過來的博士後研究員，人幾乎很少出現在校園。而且她甚至還施了些咒語，可以減緩分解速度，所以即便屍體會發臭，卻尚未腐爛，人體的組織仍是足夠完好，可以禁錮尼克馬欽．克里普基的靈魂。

屍體猛然睜開雙眼。

「哈囉，」愛麗絲說，「歡迎來到劍橋。」

但屍體當然是沒有回話，也許她人在地獄發出的聲音還算大聲，但在上頭，愛麗絲並沒有任何實體，因此只能觀察，是個出竅的靈魂，而尼克．克里普基則是死而復生。

屍體的一眼使勁全力張開，接著是另一眼，軀幹則瑟縮了起來。

屍體受尼克馬欽．克里普基靈魂所驅動的部分在地板上打滾掙扎，雙眼暴凸、肌腱繃緊，他似乎痛苦萬分。

艾莉克脫的筆記確實曾警告過這回事。靈魂從冥界硬生生受到召回，並暴力附身在不屬於自己的已死或垂死身軀之中，一切都大錯特錯，每塊肌肉、每根骨頭、每條韌帶，不是太大就是太小，且如此、如此陌異，這使得他身受巨大的痛苦，體內的每一條神經都在尖叫，彷若火燒。

古希臘文的語氣實在很難判讀，不過愛麗絲覺得，女巫本人在寫下這段咒語時，肯定也感受到某種病態的心滿意足吧。愛麗絲讀到這幾頁的時候，也不禁偷笑起來，我會賜你一具身體，教授，我會讓你死而復生，到時候我們再看看你究竟喜不喜歡囉。

話雖如此，看到咒語實際生效，卻又是頗為糟糕的景象，看見那張嘴的殘骸掙扎扭曲著張開，並發出她此生所聞最恐怖的聲音。

魔法就是個錯誤，愛麗絲心想，眼前是違背自然的連結，生死的界線永遠都不應隨意跨越才對。她嘗到了膽汁的苦味，罪惡感翻攪起來，她究竟是幹了什麼好事啊，她得終結他的苦難才行，但這時尼克的嚎叫卻越來越大聲，實驗室的牆壁似乎也開始搖撼並崩塌。整間房間於是失靈崩潰，就像夢中世界在醒轉時消融一般，可是也沒有完全逝去，陰陽兩界反倒是滲入了彼此，地毯變成了灰沙，沙漠則變成了牆壁，一切全都編織成一幅無藥可救又令人無所適從的混亂。

但愛麗絲已經習慣了。她已經撐了這麼久，看見一個又一個世界彼此重疊在自身上頭，眨眼般快速閃現的景象並不會讓她暈頭轉向，她甚至知道該怎麼在其間移動。所以當尼克馬欽·克里普基還在因生之恐懼窒息的同時，愛麗絲便一邊心一橫將他推向懸崖邊，他們現在已非常接近，只剩下幾十公分而已，此時此刻，就只需要輕輕一推，忘川便會負責完成剩下的工作。

實驗室這時卻開始若隱若現、明滅閃爍。這不是愛麗絲弄的，是因為尼克·克里普基的意志力廣大無邊，愛麗絲看見他用盡所有意志力全神貫注，想要釋放自己的靈魂，而她束手無策。她的咒語只能建立連結而已，她沒有能力在陰陽兩界都困住他。

所以在地獄下頭這裡，尼克．克里普基猛然回過神來，手指再度掐向她的脖子。

「快放了我。」他開口嘶聲威脅。

絕不，愛麗絲張口想要回答，但他的拇指死死壓在她的氣管上，害她動彈不得。黑暗開始擠壓過她視野的邊緣，他的手指繼續施力，她的四肢於是一軟。

神聖恩典便是在這時出手拯救了她。

反正，看起來似乎是這樣子啦。並不是什麼活物般的實體，只是一股推力、一道低語，只是某種存在的回聲。話雖如此，那輕輕一碰也已足夠將他倆都推下懸崖，並掉進空無一物的半空中，然後摔到石頭上了。

第三十二章

一陣模糊、倒吸一口氣、水花濺起，然後是衝擊。

其實往下跌的距離並不遠，但水很淺，岩石又很硬。有那麼一下子，愛麗絲痛得失去視覺，她的四肢炸成一片白光眩目的電場，之後才逐漸黯淡成一陣陣抽動的紅色爆炸。她抬起頭，接著是她的手臂，她的雙腿不願移動，唯一能勉強辦到的，就只有暈頭轉向地半坐起來，這樣她才不用在半泡在水中的狀態下，分辨身上還有哪些部位是好好連著的。她對著天空眨眨眼，她正上方掛著個蒼白的圓，幾乎看不太到，不太像是輪廓分明的形狀，比較像是空中的漣漪，如果你斜眼瞥去，那東西又會消失回一片橘之中。噢，她心想，原來是月亮啊，所以就是一直都藏在那囉。

幾十公分之外，尼克．克里普基也勉力撐起身子站直，水只到他的腳踝深而已。

他往下望著自己的腳，頭一邊昂起，彷彿無法理解自己究竟站在哪似的。他眨了眨眼，接著微微抬起頭，眼神一片空無盯著前方，他就像是個老人，下樓到廚房要拿杯水喝，卻忘記自己到底是來做什麼的。

他看著愛麗絲。

「不好意思，」他發出粗嘎的聲音，愛麗絲頗為震驚，因為竟然聽見從那罩著盔甲的喉嚨中傳出這全然屬於人類的聲音，「我好像……我好像不……」

接著那閃爍的慧黠又回到他眼中，尼克．克里普基發覺他身在何處了。他大叫一聲，邊一腳抬離水面，然後是另一腳，無濟於事地在那裡雙腳交替跳來跳去，同時最基本的物理法則在他身上作用，畢竟他又沒辦法飄在空中。愛麗絲看得入迷，尼克跳起絕望的吉格舞朝岸邊而去，種種記憶則一面從他身上流洩而出，快速又急迫，彷彿越發洶湧的大潮。尼克的記憶以嚇人的速度流經她身邊，是部電影，快轉了八倍速、十六倍速、三十二倍速，速度實在太快，無法看出任何細節特徵，除了那些最為浮光掠影的印象：黑暗中的校園、黑板上的白色粉筆字跡。浪潮越發洶湧，尼克則越發渺小。簡直就是熱鍋裡的冰棒嘛，愛麗絲心想，等到他抵達岸邊，究竟還會剩下多少呢？他原先就快到了，離河岸僅剩幾步之遙而已，但是記憶似乎自有引力，潮水太過湍急，使得回憶再也抓不住僅剩的回憶，浪潮於是再度猛烈起來，尼克．克里普基向前撲倒，手指如爪般伸出想要抓住岸邊。愛麗絲在他臉上看到一種絕對恐懼的表情，他迎上她的目光，右手抽動了一下，是在乞求嗎？還是在懇求？出於直覺，她馬上動身前去救他，但她的四肢實在好痛，她試圖站起身時，炸出了一股痛楚，所以她只能默默回望著尼克，畢竟還有什麼好說的呢？那一刻，她想起了路易斯．卡洛爾的故事〈包布思的論文〉，那是個很有趣的故事，沉在液體中的物體將會排出和其質量等量的液體，但是當液體排出時，水位又必然會上升，可是假使水位上升，那物體又會沉得更下去，因此水位又得再繼續上升，如此這般不斷循環，直到一個站在海邊的人，即便只是把腳趾泡進水裡而已，也很快就會溺斃，不是嗎？

在眼前的情況下，答案是肯定的。一道黑水往前滾滾襲來，而浪潮褪去之後，尼克．克里普基便不見蹤影了。

愛麗絲坐在原地，瞪著空無一物的浪花。

所以就只需要這樣而已。她不敢相信水面竟然還能維持如此平靜，浪潮已不再翻攪，水面現在彷彿玻璃，蠱惑著人心。只消幾秒，暴虐的一生便抹消得乾乾淨淨，遭到宇宙遺忘，沒有懲罰、沒有救贖，就只是不再存在。就像尼克．克里普基根本就從未存在過一樣，你這王八，愛麗絲心想，你這個走運到不行的王八蛋。

她聽見踩在沙地上的腳步聲，接著是刀鋒出鞘的尖聲。

她於是轉身，並抬頭望去。瑪諾黎亞就站在上頭，身影籠罩著她，刀子舉在身側，泰奧法斯托司則落後在她身後，他們掙脫了，她不知道是怎麼辦到的，兩人都凝視著浪花，丈夫和父親的最後一絲蹤跡在此飛旋而出，進入黑水之中。瑪諾黎亞把頭撇回來，她的喉嚨中傳出一陣駭人的無言呻吟，泰奧法斯托司也加入她的行列，他的高頻尖叫和她的低沉嘶聲合流交纏，使得一時之間感覺就像是全世界都在鬼哭神號一樣。

「我很抱歉。」愛麗絲用孱弱的聲音表示，因為她確實感到抱歉，即便這一切全都是出自她的手筆。

泰奧法斯托司朝她接近。

他實在好矮好小。他死時應該才十歲左右而已，且就算是以他這個年紀來說，他個頭也算小的了，根本還不到媽媽的腰際高。愛麗絲在想，有沒有人曾叫過他泰奧，他長得真的是很適合叫泰奧，這樣一個口齒不清的名字，給這麼一個瘦小的男孩，瘦弱又纖細的四肢，就藏在所有借來的骨頭後方。但依舊足夠強壯，有力氣可以揮刀，並手起刀落。

愛麗絲緊閉雙眼，等待攻擊襲來。這也沒那麼糟啦，她告訴自己，一點點痛，脖子承受一點壓力，然後就會結束了，之後她的靈魂就能自由，飛向彼得所在的無論何處，且即便那個地方哪裡都不是，對她來說也都夠好的了。

那一擊卻從未到來。愛麗絲抬頭望去，瑪諾黎亞的手放在泰奧法斯托司的肩上，母子倆端詳著愛麗絲，沒有出手。愛麗絲努力嘗試，在那兩張痛苦陌異的臉龐上，仍讀不出半絲情緒。

瑪諾黎亞伸手一把從脅下抱起泰奧法斯托司，這是愛麗絲見過她所做出最有人性的舉動了，是迅速又熟練的媽媽式擁抱。她把泰奧法斯托司抱起來，並在腰際處平衡，接著她走下河岸，朝水面去。

「不。」愛麗絲試圖用手肘撐起自己，一陣痛楚卻貫穿她背部，她爬不起來，「住手，不要……」

瑪諾黎亞無視她，嘴唇在泰奧法斯托司耳畔移動著，他點頭如搗蒜。瑪諾黎亞繼續朝忘川走去，動作一心一意，腳步也穩穩一步接一步，泰奧法斯托司靠向她頸部。

「等等。」愛麗絲再度開口，這時卻發覺她已無話可說。

她現在是又能帶給瑪諾黎亞什麼呢？回歸人性的方法嗎？這她可沒能力。

她只能就這麼坐視他們完成由她一手展開的事。

母子兩人一步步涉水往前，走進水深之處，直至河水漫過他們頭頂。接著他們的回憶也開始剝落，一開始都是些小事，在黑水之中栩栩如生，相當不可思議，玩具馬車、一盒彩色粉筆、兒童用的黑板，上頭畫滿白花和紫花。然後回憶向外旋出，是定義瑪諾黎亞這個人的本質，那些她堅守不放的特質，即便多年來其他一切都已消失殆盡——泰奧法斯托司燦笑的臉龐，他戴著細框眼鏡（他當然是有近視啦）登台演出、燦亮的光線、講台光可鑑人的鑲板、使得所有臉孔模糊成一片的明亮光線、在手掌氾濫的汗水，接著是掌聲，如雷的掌聲，搖撼著地面，搖撼著你的骨頭，將你整個人從身體中震出，那所有餐盤般閃閃發亮的眼睛、飢渴的凝視都聚焦在你身上。瑪諾黎亞的人生跑馬燈漸次展開，愛麗絲直盯著，久久無法自拔，這就是她一直以為自己想要的人生。

她過去曾如此欽佩瑪諾黎亞。

她大一時有一次溜進了一場克里普基夫婦的演講。講座原先只限研究生和教職員參與，但她趁著驗票人員沒注意時偷溜了進去，而她一坐在座位上，就也沒人質疑她了。

接著演講開始，而愛麗絲陶醉其中。光是研究內容本身就非常出色了，就算愛麗絲僅只是讀過瑪諾黎亞的文章，也足以令她神魂顛倒，她的文筆實在是全世界最討喜。後來，學界會將她的抒情視為證據，認為她缺少方法論上的嚴謹，可是當時，愛麗絲震懾於瑪諾黎亞能如何讓最為枯燥乏味的邏輯學都彷彿唱起歌來。

但瑪諾黎亞本人遠遠超越她筆下的證明。愛麗絲先前從未看過有女性學者在公開場合是如此表現的，噢，瑪諾黎亞‧克里普基啊，烏鴉一般黑的秀髮，還有永遠不老的奶油色肌膚，她聲如洪鐘，音調又相當優美，且還以一種泰然自若的自信處世，同時也沒有落下身上所有女性特質，胸部、翹臀、曲線。她並不羞於誇耀自身的美麗，並不會將其隱藏在寬鬆的衣著和差勁的行為舉止之下，很多女人都是這樣子，她讓自己成為注意力的焦點，她深知所有人的目光都落在她身上，無論理由是對是錯，而她也把握了這樣的關注。這就體現在她幽微的舉手投足之中，撫平裙子、將頭髮撥過肩膀等，大家都目不轉睛。

愛麗絲著魔般在座位上觀看，如此典範理應不可能存在，卻又活生生出現在眼前，她深受震撼。

她也聽說過學界中的其他夫妻檔，通常是流言蜚語在談論即將來臨的分手，比如耶魯大學就有一對教授結了婚，妻子是古典學家，老公是邏輯學家，但兩人婚後卻都一直悶悶不樂，上課和指導的學生因而無端受到兩人的爭端波及，問題在於，妻子離開了本來在史丹佛大學的終身職，來到耶魯加入男方，且是以配偶職缺受聘的，意思是她的終身職和他綁在一塊，他是正教授，她則永遠只能夠當講師而已。男方已經編纂了三大冊叢書，而她卻只發表了零星幾篇文章，謠言因此甚囂塵上，表示她曾多次要求對方協助自己的職涯，卻遭到拒絕，理由是裙帶關係會招人非議。且據說，他也在和他的助教睡，那是個長著雙黑色杏眼，髮型做得無懈可擊的雷德克里夫學院研究生，總是圍著五顏六色的領巾，腳踩過膝靴到處神氣活現來來去去。大家全都認為，女方應該要跟他離婚的才對啊，可是她又不能脫離婚姻，要是兩人分開，大學隔天就會炒了她，畢竟幹嘛要浪費錢付她這份薪水啊？隨便誰都能來教什麼悲劇概論的好嗎。

耶魯的例子可說屢見不鮮，聽過一個那你就算是聽過每一個了，康乃爾大學鬧得惡名昭彰的離婚事件，索邦大學扶正的助教，主角永遠是男方，女方則都是在教大學生，他們搞不懂講師這個職銜唯一的意思就只是「新進人員或教職員配偶」，接著她便離開學界，回家養兒育女了。

可是眼前卻是個享負盛名，有老公、更有個嬰兒的女性學者。尼克對待瑪諾黎亞的方式也令人印象深刻，那天下午他幾乎沒開口，只是介紹了他老婆，說他們研究的這個層面，全數都是出自她的手筆，然後就下台了。整場演講期間，愛麗絲都不斷偷瞄著他，心想他滿是愛慕的關注何時會屈服於無聊，但他眼中徹頭徹尾都只有她一人，她所有的笑話他都會捧場，每當她又清楚闡釋一個格外棘手的理論癥結時，他也會欽佩點頭，他的目光一次都沒有離開過她的臉龐。所以這就是真愛囉，愛麗絲當時心想，我很懷疑這輩子到底會不會有人用這樣的眼神看著我。

而當瑪諾黎亞講完下台時，她似乎也沒有被打回原形，沒有從耀眼的明星變回區區妻子和母親，相較之下，她依然跟在台上時一樣生氣蓬勃又耀眼出眾，丈夫和兒子才是像衛星繞著軌道一樣繞著她。瑪諾黎亞從頭到尾都只是在做自己，她竟能不可思議地同時成功集所有角色於一身。

妳可是我們之中最厲害的啊，愛麗絲好想告訴她，是妳讓這一切顯得有可能達成的。但眼前瑪諾黎亞已接近滅頂，河水已經漫到她的脖子，她的頭往後仰，雙眼緊閉，瞠目結舌，表情實在太接近狂喜了。愛麗絲能做的，唯有從沙地上望著母子兩人消失在水面之下。

「真是幹得好啊。」約翰．葛拉杜斯的聲音突然傳來。

愛麗絲於是再度回頭，葛拉杜斯飄過沙地，一臉幸災樂禍。要是她能站起身，那她肯定會搭著他的肩強吻他的。

「你還是來了，」她說，「為什麼？」

「恩典之舉啊，」他洋洋得意回答，「那可不是上帝啊，愛麗絲．羅，是我本人。」

她伸手要抓住他，可是他，就跟瑪諾黎亞一樣，卻大步經過她，並走向浪濤之中。

「葛拉杜斯……？」

他直直走入水中。愛麗絲發出絕望痛苦的聲音，不過葛拉杜斯並沒有裂解，反倒是輕輕踩上了忘川的河面，河水在他腳下止歇，將他托起，彷彿他是大理石所打造。接著愛麗絲也看見葛拉杜斯所見之物了：有艘船，在地平線上越變越大，那是個纖細美麗的物體，船身是一道流暢的曲線，是明亮的秋木所製，船帆則是漣漪蕩漾，散發絲綢般的光澤。所以是真的了，所以那些鬼影心懷希望是對的。

葛拉杜斯繼續涉水遠去，直到和船隻相遇，他的斗篷翻飛敞開，雙臂在身側大張，彷彿要一覽無遺地呈示自己一般。

「約翰．葛拉杜斯，」愛麗絲呼喊，「你究竟是何方神聖？」

他並未一如既往因這個問題生起氣來，問題反倒是流水般從他身旁滑過，他聳了聳肩，「現在，誰也不是了。」然後他轉身揮揮手，「再會了，愛麗絲．羅！希望我們後會無期！」

「再見，」她哭了出來，「祝你好運……」

那艘船現已十分接近。愛麗絲看見一個人影站在船頭，一個一身白的存在，在黑暗的地平線上如此耀眼，使得愛麗絲無法逼視，她得瞇著眼看才行。她只能看得出最為模糊的輪廓，那人協助葛拉杜斯上船，並遞給他一個碗，葛拉杜斯飢渴地喝了個碗底朝天，肩膀還邊上下起伏，這時，大量的記憶開始從他身上剝落。他那身灰就像遭到剖開的魚肚，將體內所有五臟六腑和廢物全灑進海中，愛麗絲見到那一大坨東西裡面有各種景象明滅閃爍，證實了她最糟糕的臆測，各種肢體糾結、濺血、某棵巨大纖長榆樹的暗影，但她並沒有看得太過仔細，她認為這些事都已經不再重要了。

然後，葛拉杜斯就不再是葛拉杜斯了，而是團閃爍的光輝，和鬼影同樣無形無體，卻是以截然不同的方式，因為鬼影是銘刻下來，徘徊不散的過往，但這已不是葛拉杜斯的靈體，而是尚未定義的未來，閃耀著光輝燦爛的潛能。已經不再是葛拉杜斯的靈體轉過身，也走過去坐在船頭，臉龐則是轉向那承諾中的河岸。

「請等一下……」愛麗絲見狀也伸出自己的手，違背著愚蠢的希望，期望船也能帶她一起走。

但船上的人影乍看卻似乎露出微笑，並收回了手。這麼做並非出於殘忍，只不過是遵循了規則，而愛麗絲理應也該知曉這是怎麼運作的才對。

船隻離開，後頭一道浪隨之打向愛麗絲，激起漣漪，循環往復。她四肢一軟，無力抗拒，不過那浪並不是要將她捲至水下，反倒是不斷將她帶往岸邊，彷彿水有長手，正將她丟出去似的。不是妳，水彷彿在說，時候也未到，浪花款款將她輕輕推走，直到愛麗絲側過身子蜷縮著躺在沙地上，就在河水剛好碰不到她之處。

她就躺在那裡，頭昏眼花，上氣不接下氣，邊看著浪花拍岸，剛好近到能跟她打個招呼。

最後，她終於察覺到手臂的疼痛。

她於是將手臂抬到眼前細看，卻驚訝發現黑水正滲進她的刺青邊緣。她花了那麼多個晚上又捏又揉她的皮膚，因格萊姆斯教授的字跡輾轉反側，她原先還以為除非直接截肢，否則這些銳利的白線永遠不會淡去。然而，眼前，在黑水接觸之處，刺青邊緣的字跡正發出嘶嘶聲，並冒出泡泡，小小的化學反應帶來的燒灼感遍布她整隻手的皮膚。確實是會痛沒錯，但只不過就像火柴戳到潮濕的指尖那樣子而已，此外，和潮水般襲來的鬆了一口氣相較之下，這股痛苦也黯然失色了起來。她覺得頭顱中有股張力消失了，那是股巨大的重量，她已和其存在共存許久，久到她都不再注意到了，直到此刻張力受到釋放為止。

她接著測試起自己的記憶力。她尋找起線形文字B的知識，這是她從未使用過的，只是她讀過的文獻，腦子就是怎麼也不肯扔掉，不過她這時愉快地發現，她一無所獲。然後她搜尋起《邏輯哲學論》的第五十二頁，同樣沒有畫面。

但她卻也後知後覺發現，她可能有麻煩了。

因為她是不可能把水弄乾的。她全身上下都濕透了，衣服泡水，靴子也浸滿水，她努力了一下，想把手臂抹乾，但似乎又毫無意義，那股刺痛現在已經擴散到每一寸裸露的肌膚了。她在沙地上翻身時，還會有一塊塊顏色脫落。

她的愉快於是讓步給恐慌。

她趕緊飛速翻閱過她的思緒，尋找並緊抓著那些她無法失去的事物，我是愛麗絲．羅，我是魔法師，而我人在這裡，是因為彼得．默多克……

噢，拜託了，千萬別讓我忘記彼得啊。

她試圖在腦中記住他的臉龐。她完全不曉得自己還可能失去其他哪些記憶，亦或這能否避免，話雖如此，她依舊試著將彼得的影像牢牢鑿刻烙印在自已腦中，他垂下的頭髮、那雙棕色大眼、那慵懶又胸有成竹的笑容。她想起他的駝背、他亂糟糟的頭髮、他轉粉筆的樣子、手邊沒東西可以撥弄時他捏著手腕的模樣、他的笑聲、他如同劈哩啪啦的電流般爆炸的想法。她將這種種回憶收進一個小盒子裡鎖上，並擺在腦海的前景中，彷彿她能憑藉純粹的意志力讓盒子留在原處，請留給我彼得，就讓我變成彼得的遺址吧，假如我除此之外就只是行走在這片沙漠上的一具空殼，是跳針的唱片，只會不斷重播同一段回憶，那也沒關係的。

但她的思緒現已四分五裂，她也無力阻止自己走神，胡思亂想。那個上鎖的盒子從她手中滑落，翻覆在沙地上，回憶炸開播放了最後一次，就像電影膠捲在燒起來之前會先飛速轉圈。先是大量的細節，稀鬆平常的重複，靴子在泥土裡濺起水花、漸暗的天空、迷霧、雨、鑰匙轉動、門鎖喀噠、日復一日、夜復一夜，茶杯裡的湯匙攪動著，一圈、一圈、一圈、一圈……

然後是那些抽象的事物，煙火般炸開消逝。那所有知識都在她眼前鮮明躍動，雅各布森、拉岡、德勒茲、瓜達里，他們究竟都說過些什麼？她再也不知道了。她的語言也離開了，一本本字典的影像，冗長的單字清單，她背好了，卻從未用過，蘇格蘭蓋爾語、俄語、德語、英語的再見。

柏拉圖曾在《美諾篇》提出過所謂的「再憶起」理論，他認為靈魂是不朽的，而知識乃是與生俱來，所以學習只不過是個過程，是重新發現憶起你遺忘的東西而已。理性發揮作用，和一直都在那裡的知識連結起來，當奴隸男孩學會幾何學，他並不是發現新事物，而是再度憶起他曾經理解的事，這樣的話，柏拉圖對愛麗絲又會有什麼看法呢？她現在只是忘記了那阻擋住理性的混亂真相罷了？還是她也一股腦遺忘了所有與生俱來的知識？

當我變成了個空蕩蕩的容器，那我究竟又算是什麼？她心想，什麼也不是的感覺會是怎樣？什麼也不是、空的、零，還真是個有趣的概念啊，一個又一個思想學派之所以能夠存在，完全只是因為接受了零這個概念。她的思緒猛然回到那個著名的新手謎題，這個三段論已經講到爛了，使得其前提和結論，甚至都染上了搖籃曲的韻律。

沒有任何東西比永恆的快樂更棒。

手上有烤起司三明治，比沒有任何東西更棒。

那麼，根據理性推論，烤起司三明治是否也應該比永恆的快樂更棒呢？

這樣難道不是很讚嗎，愛麗絲心想，這時候來個烤起司三明治，就在世界終結之時。她覺得眼皮好沉。要保持眼睛張開實在是太費力了，確實，要恐慌也真的是太費力了，所以，她反倒放任自己整個人癱軟下來，她的頭重重撞向沙地，她覺得有點興奮，這種偷雞摸狗的愉悅，光是想到她自己的死亡，即便發生了這一切，這想法依舊永遠不會澈底消失不見。終於輪到我了，她心想，我還擔心永遠都不會有這天的呢，我要效法克里普基一家，然後很快，我就連存在都不會存在了。這還真刺激啊，我從來都不曉得不存在究竟是怎麼樣的，現在請見證我最後的戲法吧：我要消失囉！

「嘿。」

有什麼東西在戳她的肩膀，愛麗絲呻吟起來，意興闌珊地要把那東西拍走，就讓我平平靜靜離去不好嗎。

「起來，妳沒這麼爛的吧。」

愛麗絲繼續呻吟耍賴。

「噢，閉嘴啦妳。」兩隻手這時硬塞進她身子下方，並把她翻過來平躺，愛麗絲猛然睜開一眼，看見一顆鳥頭中空的曲線，下頭是張細瘦卻明快的臉孔，而在那人身旁，還有隻沾沾自喜，搖著尾巴的貓。

「我的天啊，」伊莉莎佩開口，「瞧妳這死樣子。」

第三十三章

愛麗絲回過神來時，她們已坐在紐拉特號船頭，河岸也已成為身後模糊的一條線了。阿基米德一臉滿足坐在伊莉莎佩大腿上，前腳已整齊包紮過，繃帶用標準的小蝴蝶結綁好，她用食指指背輕撫過牠的脊椎，牠於是拱起身子發出舒服的呼嚕聲。

愛麗絲坐直身子，「伊莉莎佩？」

「嗯？」

「這隻貓到底多老啊？」

伊莉莎佩眨眨眼，昂起頭，彷彿這想法現在才第一次閃過她腦海似的，她一隻手指輕敲阿基米德的鼻子，害牠打起噴嚏，「你們還是繼續在用同一個水盆讓牠喝水嗎？」

「什麼水盆？」愛麗絲努力思考，「花園裡那東西嗎？」

「我的天啊，」伊莉莎佩爆笑起來，「我們把那東西變成了保久瓶，這樣就不用一直去加水了，所以還在哦？」

阿基米德用臉頰蹭蹭伊莉莎佩的手肘，要她手繼續摸回去脊椎，接著牠在伊莉莎佩腿上攤平身子，身長變成將近兩倍，然後就一直維持著這個姿勢。牠看起來非常心滿意足。

「妳看看妳，」伊莉莎佩朝愛麗絲傾身，「妳已經學會跟他們一樣打扮啦。」

愛麗絲往下望，手指耙梳過阿基米德的胸口，並尷尬起來，「我想說弄點盔甲也不錯嘛。」

「那妳是從哪邊弄到的？」伊莉莎佩仔細端詳起愛麗絲蒼白的臉龐，還有她臉頰和手臂上遍布的乾涸血跡，接著搖了搖頭，「當我沒說，我也是想像得出來。」

「牠救了我一命。」愛麗絲咕噥，她覺得自己該將功勞歸功給那隻大貓才對，「讓他們的利刃停了下來。」

「是說，他們就不見了，是嗎？」伊莉莎佩的語氣急切起來，「妳親眼看到他們裂解？」

「三個都是，一個接一個。」愛麗絲想起泰奧法斯托司，安靜順從地待在瑪諾黎亞臂彎裡，「都結束了。」

「可是河水又為什麼沒有影響到妳？」

愛麗絲聞言捲起袖子。她的手臂變成斑斑駁駁紅通通的一團亂，就在依然活躍的化學反應發生之處，白線變得模糊，在邊緣汩汩冒泡，忘卻正是在此和永恆搏鬥。就連格萊姆斯教授的魔法都無法抵禦忘川，線條正在消逝，是河水獲勝了。

伊莉莎佩的手指追索過愛麗絲的手臂，嘴唇在她閱讀咒文時一邊無聲移動著，「這是格萊姆斯對妳幹的嗎？」

這次愛麗絲並沒有反駁她用的及物動詞，「嗯嗯。」

「妳同意？」

「他說這會讓我變成更厲害的魔法師。」

「所以有嗎？」

「我確定他認為會，」愛麗絲回答，這似乎是唯一誠實的答案，「我確定他希望會。」

她鼓起勇氣才說出口，但伊莉莎佩就只是點了點頭，臉上沒有怒氣。她抓著愛麗絲的手臂，冰冷的手指撫過溼答答的皮膚，兩人都默不作聲，一面坐視色彩在愛麗絲手臂上飛旋，白色的粉筆筆跡和黑水混在一起，搏鬥著，直到白線蒼白閃爍，最終消逝。

「所以妳……」伊莉莎佩指著愛麗絲的太陽穴，「妳的腦子都還沒事吧，對吧？妳知道自己身在何處？」

「我想是的，對。」

「妳也還記得所有事情？」

愛麗絲戳探著她的記憶。她能確定她沒有搞混自己身在何處，以及她是怎麼來到這裡的，但是除此之外，她真的不太確定，除了她還擁有的回憶片段、她知道已然消逝的片段，另外還有更多回憶，是她甚至都無從得知已經不見的了。有那麼一會兒，她發現這樣的可能性令人恐懼，記憶並不是維護完善的圖書館，反而是被蛾蛀了的地下室，裡頭的光線暗淡模糊、搖曳閃爍，但她這時卻又想起，大家其實無時無刻不是這麼過活的啊，她自己這輩子大多數時間明明也都是這樣子活過來的。你在黑暗中摸索，靠著故事而非紀錄安頓下來，就這樣湊合著接受你所擁有的片段，並盡全力填補上其他部分。

「當然不是所有，」她於是回答，「可是也夠多了。」

✫

那晚，伊莉莎佩替她下廚。她似乎對這個場合感到非常興奮，花了將近一個小時在小爐子上吭吭鏘鏘，一邊挖著香料罐，一邊驚呼著「這禮拜的老鼠可**肥**了，聽聽牠們在爐子上**劈哩啪啦**的聲音就知道了。」努力了一小時之後，她端出一道燉肉，裡頭有鹽、凝固的血塊、還有某種厚實的帶筋肉，愛麗絲嚼得嘴巴都痛了起來。但她還是狼吞虎嚥掃光全部，大口大口滿足吞下熱燙的燉肉，接著還清起骨頭，吃到她的牙齦都流血了為止。

「好吃嗎？」伊莉莎佩問。

「超讚。」愛麗絲飽到喘不過氣。

伊莉莎佩等待著她，邊露出燦笑，愛麗絲則吃了個碗底朝天，還舔起碗內。接著，伊莉莎佩往前湊近，如此她們便面對面對坐，彼此只距離幾公分而已，「我想接下來該進入道歉環節了。」

愛麗絲聞言把碗放下，「我真的很抱歉……」伊莉莎佩表示，「我不該把你們倆扔在那道河岸上的。」

「我對於先前發生的事感到很羞愧，」伊莉莎佩說，「妳怎麼還會想要回到他身邊。」

「是我們背叛了妳才對。」燉肉汁滴下愛麗絲嘴角，她用肩膀擦了擦下巴，「我當時也很憤怒。」

「我就只是搞不懂，」伊莉莎佩說，「妳怎麼還會想要回到他身邊。」

「嗯。」

「他根本就是怪物啊，」伊莉莎佩的手斷斷續續上下移動起來，彷彿她在和大學生講課一樣，是最基本的原理啊，「這妳肯定知道的吧，他會榨乾妳的命。所以當妳說出格萊姆斯這個名字時，我也不知道，我就突然理智斷線了吧，然後我腦袋就一團亂……」

「拜託，千萬別再道歉了。」愛麗絲回答，「這都是我的錯，妳收留了我們，提供我們庇護，但我們卻……」她吞了吞口水，「我都無法再替自己辯護下去了。我們確知我們想要的是什麼，以及該如何得到，而其他一切就只是……我也不知道，就只是連帶損害而已吧。我完全沒想到妳的感受，我滿腦子想的就只有，換作是他會怎麼做？我該怎麼做才能讓他驕傲。」

「嗯，」伊莉莎佩嗤之以鼻，「他確實是會帶來那樣的效果啦。」

她們默默無言對坐了好一會兒。兩人這時再度端詳起彼此，兩個傷痕累累的女孩，擁有太多共通點，可是這一次沒有彼此較量，也沒有互相猜忌，只是疲憊地認清事實。我知道妳是怎麼落到這步田地的，我知道妳付出了什麼。

「這一切還真是太蠢了。」愛麗絲抬手揉揉太陽穴，「我就只是想不出到底為什麼，我是說，他可是擁有一**切**啊，妳懂嗎？我搞不懂他到底需要什麼，或是他是否傷害了……」

「就別再為他辯解了吧。」

「我才沒有……」

「妳有。聽著，愛麗絲，我也經歷過這些，我也花了很多年試圖替他辯解，妳剛說過的每一句話，我也全都說過，這一切我都考慮過了。所以當我告訴妳沒什麼好辯解了時，拜託請妳也要相信我，有些人只是生來就那麼殘酷而已，沒有什麼別出心裁，他們也不是什麼巨人。這麼做並非出於任何理由，就只是他們喜歡罷了，而我們剩下的其他人呢，只能設法從他們的魔掌下活下來而已。」

「這我知道，」愛麗絲的語氣萬分疲憊，「我的意思只是……」

「我們並沒有多特別。我們完全沒有——不特別有資格，也沒有經過精挑細選，諸如此類的，妳難道看不出來嗎？」伊莉莎佩的手再度動了起來，彷彿在講課一樣斷斷續續移動著，她的語氣這次更嚴厲了，「他根本就不在乎好嗎，徹頭徹尾都是出於隨機，我們只是剛好**人在那**

裡。」

「可是妳難道也看不出來嗎，」愛麗絲回答，「我為什麼選擇相信我是與眾不同的？」

「噢，親愛的，」伊莉莎佩聞言用她的手覆上愛麗絲的，「妳根本就不需要去相信半件跟他有關的事。」

愛麗絲認為，這麼說也算合理吧。突然之間，這場辯論的利害關係在她眼中晦澀難解了起來，無論格萊姆斯到底有沒有在乎過，無論她究竟值不值得，剎那間，她忽然看不出這些前提在最一開始究竟為什麼會對她有意義了。雅各・格萊姆斯這個名字虛無地懸盪在她腦中，就只是個符號，沒有任何參照，沒有半點回憶應著召喚而來，這整件事此刻似乎完全欠缺意義，她花了這麼多時間思考其中的意涵，到頭來線頭卻好像一下子全被拉斷了，而現在一切就只不過是堆亂七八糟的廢紙而已，一點意義也沒有了。

「謝了。」她說，忽然之間，她覺得很難把話語拼湊在一起，她覺得眼皮好沉，「我覺得，我想妳說的應該是對的。」

「是我的錯，畢竟妳累壞了。」伊莉莎佩在座位下翻找，挖出了一條又厚又破的毯子，可能曾裝飾過某個阿嬤的沙發吧，「去吧，妳很安全，我就在這裡陪著妳。」

愛麗絲接過毯子，披在肩上，毯子聞起來臭臭的，莫名帶著樟腦丸味和霉味，話雖如此，她依然好久沒有聞過這麼令人舒服的東西了。她用毯子緊緊裹住身子，並把邊緣拉向臉上，這令她想起客房和祖父母，她怎麼聞也聞不夠。

伊莉莎佩望著她安頓回船艙，接著用極輕柔的語氣問，「是說，那彼得人呢？」

愛麗絲遲疑了一下，心想究竟該怎麼解釋才好，接著她突然爆哭起來。

「噢，親愛的。」伊莉莎佩在口袋中翻找，遞給她一條手帕，又油又髒，愛麗絲接過，並在眼周亂抹了好幾把，她嚇壞了，淚水就這樣決堤而出，不願停止，她本來沒有要哭的，甚至都沒計畫要悲傷呢。但剛才就像有什麼開關打開了，擊碎那層迷茫的冷漠，她這一路以來扛著的所有哀傷全都如洪水潰堤。

「我很抱歉。」伊莉莎佩表示。

「沒關係的。」

「發生什麼事了？」

愛麗絲張口欲言，但在試圖這麼做的同時，卻感受到一股令人無法招架的疲倦襲來。她並不想回憶，她無法訴諸言語，她覺得自己好脆弱，就在崩潰的邊緣，而要重新講述兩人待在陷阱裡的那段最後時光，有可能會擊垮她。所以她能做的，唯有搖搖頭。

「那我知道了。」伊莉莎佩回答。

此時已經無計可施，只能放任淚水恣意奔流，並屈服於隨之而來的折磨和顫抖，直到洪水退去，痰和鼻涕也都流光。最後，愛麗絲呼吸時終於不會再伴隨著哀嚎。

「他決定活下來的應該是我。」她雙手緊握成拳頭，「他甚至都沒問過我，就只是這樣我行我素**決定**了，然後，我人就在外頭了，而他也不在了。」

「他當然是會選擇這麼做啦。」

「妳這話是什麼意思？」

「妳肯定心知肚明吧。」伊莉莎佩給了她一個充滿深深同情的眼神，「畢竟他愛上妳了啊。」

這時，愛麗絲腦中浮現兩條彼此矛盾的陳述，而她無法判斷哪一條更有可能為真，所以她兩條都說了出來，「這不可能。」下一條是，「可是我又不知道。」

「那妳就是瞎了，」伊莉莎佩回答，「因為全都寫在他臉上了啊，妳臉上也有寫。」

愛麗絲推測，伊莉莎佩說的八成是對的吧。假如她認真細想，有一小部分的她先前確實也抱持同樣的臆測，只不過她當時並不知道該拿這項資訊怎麼辦才好。她多希望能把這想法從胸口挖出來，然後放火燒掉，抖到別的地方去，可能鎖在盒子裡吧，反正別來煩她就對了。

「可是我們遇見妳時正在吵架耶，」愛麗絲說，「他恨我。」

「都一樣啦。假如真要說，這還讓事情變得更顯而易見了呢。」

「但他也從來沒說出口啊。」愛麗絲抽抽噎噎起來，邊將毯子在肩膀附近裹得更緊，「真但願他當時就直接**開口**。」

伊莉莎佩搖搖頭，並露出哀傷的微笑。

「魔法師啊，」她嘆了口氣，「都是笨蛋，我們全都是。」

✯

愛麗絲睡著了，多麼酣暢的睡眠啊，迅速又無夢，睡意輕鬆降臨，任由時間流逝。她醒來時，伊莉莎佩正瞪著她看，表情緊繃又哀愁，她不斷用手指輕敲著腿，嘴唇一邊抽動，彷彿無法決定是要微笑還是皺眉一樣。

愛麗絲坐起來，「發生什麼事了？」

「我正試圖決定到底要不要助妳一臂之力。」

「哦。那假如我能貢獻什麼的話，歡迎隨時讓我知道。」

伊莉莎佩沒回話。

愛麗絲雙手墊到大腿下，凝視著水面泛出漣漪，她覺得自己就像個淘氣的孩子，被罰去角落冷靜。她感覺自己正受到打量審視，雖然又說不出原因為何。

最後，伊莉莎佩嘆了口氣，「我先前沒有對妳完全坦白。」

「這再合理不過了啊。」

「不，聽著。」她從船槳下方掏出一個背包，然後把手伸進去，猶豫了一會，才取出一件物品，並把東西放到愛麗絲手中，「這給妳。」

愛麗絲馬上驚覺她手上拿著什麼。

雙面真理。她翻開布料，然後發現她這輩子所見過最耐人尋味的植物：一朵雙生花，一面有七瓣，是日出的紅橘色澤，雙生的另一面同樣生著形狀一模一樣的七瓣，卻是月落的藍白色。這朵花同時既生氣蓬勃，卻又散發著死亡的氣息，既溫暖又冰涼，是顆石榴樹，目中無人生長在死者之地，是真矛盾，世界上不可能存在的事物。

「我在我們相遇之前才剛找到。」伊莉莎佩解釋，「克里普基一家不是來追殺你們的，我早該吐實的才對，他們是追著我跑的，他們在追殺的是我。」

愛麗絲在手中翻轉著真矛盾，讚嘆起花莖和雄蕊處的明亮色澤，以及從枝幹尖端綻出的精巧迷你花苞。還真是令人欣慰啊，在灰和黑之中度過數週之後，竟然還看得見如此顏色，打破單調的唯一色彩，原先潑灑在眼前的向來都只是鮮血的豔紅，可是現在終於換成翠綠了。

「妳在哪裡找到的？」

「忘川岸邊兩顆巨石間的某道裂縫，妳想得到嗎？沒有浮誇的裝飾，也沒有仙子環圍在周圍，就只是這麼生長在那裡，簡直不可思議，也沒有任何東西宣示著其存在。要不是我在找地方泊船，絕對是會完全擦身而過的。」

愛麗絲在腦中聽見彼得的聲音，世界並不是個完整的系統，永遠存在例外，其存在無法解釋，你也沒理由期望例外先前曾經存在過，或之後有可能再度存在。世界就是不可知，例外無時無刻都在出現，而你想要打敗機率，需要做的就只是去尋找而已。

「給我拿好，」伊莉莎佩表示，「敢弄掉我就宰了妳。」

「我的天啊。」愛麗絲把花拿得更近，繼續讚嘆著，花瓣如此精細，比紙還薄，半透明的色澤裝飾著類似蕾絲的花樣，「矛盾的爆炸……」她慢慢理解了其中的意涵，她們不只可以離開地獄，還能夠改變一切，只要證明的一頭有真矛盾，另一頭不管要證成什麼都能成功，可以終結世界的饑荒和戰爭，並隨心所欲重塑現實世界的種種邊界。只要她們能把真矛盾帶出這個地方，那她們就**無所不能**，「可是這樣的話，這就使妳成了上帝，伊莉莎佩，妳想做什麼都行，現實只不過是妳手中的區區玩物……」

「但還是需要血啊，」伊莉莎佩回答，「不然妳是覺得我從哪邊搞得到那麼多血？」

「話是這麼說……」

「而且有關限制，文獻也是說得非常清楚，」伊莉莎佩補充，「雙面真理在上頭是行不通的，這是僅存於地獄之中的奇蹟，在上頭，就只是顆普通的樹而已。」

伊莉莎佩靠回去，雙手抱胸，「在我看來呢，要使用真矛盾，唯一可行的方式，似乎是帶回去給地獄之主。奧菲斯就是這樣討價還價要回歐律狄刻的，波瑟芬妮夫人深受他的音樂感動，因而賜給了他史上第一個雙面真理，當作幫他個忙，然後黑帝斯就得和他協商，好把東西拿回來才行。雙面真理的力量太強大了，可不能拿在世上到處晃盪，妳也知道，對下頭的我們來說，這一點用處也沒有，可是死者之王需要把東西取回去。所以說，妳就把東西拿去最後一殿，就到世界邊緣之島的王座那兒，然後無償還給對方，之後他就會欠妳一個人情啦，故事都是這麼說的。而藉由這個人情呢，妳就可以要求死而復生。」伊莉莎佩對雙面真理點點頭，「因此，妳到時候講話可得非常小心，妳就只有這麼一次機會而已。」

過了良久，愛麗絲才發覺對方剛剛是在提點指示她。

她無言以對。她沒有任何可參照的架構，能夠合理化剛剛發生的一切，這不可思議的慷慨，違背了她此生所知每一條待人處事的準則，在她的認知中，幫人家忙就像在儲存某種物資，有借有還，「妳要就這樣把東西給我？」

「嗯，別看起來這麼傻眼嘛。」

「可是妳有辦法再找到另一個嗎？」

「這可是雙面真理耶，妳白癡啊，又不會這樣子隨便就長在樹上。」

愛麗絲不知道該拿這個禮物如何是好，她想不出有什麼得體的回應，此時，雙面真理在她手中變得如此沉重，她受到一股非理性的恐懼攫獲，超想一把將東西扔到水裡。

阿基米德也發出憤怒的喵喵聲，伊莉莎佩搔搔牠的頸後，「噓，你安靜，」她碎念著，「我知道我在幹什麼啦。」

有一小部分的愛麗絲疑心四起，伊莉莎佩很顯然別有所圖吧，大家總是都別有所圖，世界上沒有半個魔法師會在那邊做慈善，不然他們才沒辦法爬到現在的地位。

可是伊莉莎佩臉上不帶一絲狡詐，只有甜蜜又一目了然的同情，只有友善。

「可是我又不值得。」一路上人家幫她這些忙，她通通都不值得，彼得的犧牲、葛拉杜斯的犧牲、現在又換成伊莉莎佩，我又是妳的誰啊，她心想，妳竟然願意這樣對我？她的思緒思考過各種可能的類比：是依賴或施捨的關係、母女、姐妹、導師和學生、愛人和心上人，可是無一符合，也無一接近，可以比擬這無從解釋的天大恩惠。

「但伊莉莎佩，為什麼……」

「不為什麼，」伊莉莎佩回答，「妳不需要理解，妳只需要接受就好。」

愛麗絲把臉貼到雙面真理上，臉頰拂過花瓣，聞到的氣味就像是另一個世界，就像春天的花園，新鮮的雨和鳥鳴，世界曾經聞起來像這樣子，她心想，我曾無時無刻都聞得到這味道。

「反正，」伊莉莎佩說，「我也不覺得雙面真理到頭來有這麼難找啦。」

「不難嗎？」

「我們不怎麼懂諸神沒錯，」伊莉莎佩解釋，「但也不應假設祂們和區區凡人受同樣的限制所桎梏。理論上來說，閻魔大王應該能掌控祂地盤的每個角落才對，我不覺得祂會出於純粹的粗心大意，就讓真矛盾這種東西到處亂長，我認為神祇**不可能**粗心大意。」

「所以說，妳覺得祂是故意把東西留在這裡的。」

「規則無聊至極，」伊莉莎佩說，「無限性也是。你沒辦法永世在一個封閉的系統中晃盪，機率和可能性終究會枯竭，所以，我認為，神祇有時候也想玩玩，他媽就只是出於無聊而已。」

「彼得的想法也類似，」愛麗絲說，「他就是這麼詮釋哥德爾的，永遠都存在例外，永遠都存在無法解釋的事，意思是，在某種層面上，一切都變得有可能了。」

「這是個很棒的觀點，可以繼續保持，」伊莉莎佩表示，「比其他解釋還合理。」

「所以妳要再去找另一個。」

「呃，」伊莉莎佩淡淡一笑，「可能吧。」

愛麗絲終於驚覺，「妳要放棄尋找了。」

「我已經把無可避免的結果延後到天長地久了，」伊莉莎佩的眼神這時飄得極遠，「而我不想再拖了。我厭煩紐拉特號了，妳懂嗎？我也厭煩在河中漂泊了，我想要有人渡我一程。」

「我之前見過他們，」愛麗絲說，「那艘船，跟天使。他們來接葛拉杜斯，我有看到……」

伊莉莎佩聞言湊了過來，一臉急切，「噢，真假？」

「而且過程很美，」愛麗絲很高興她不必說謊，「就跟所有故事承諾的一模一樣。他們會讓妳登船，讓妳喝下東西，接著便帶妳越過地平線，到後頭的不知道什麼地方去。」

伊莉莎佩用指關節敲起木頭座位，「那我們就希望他們終究會來接我吧。」

「妳的進度遠超狄斯城裡的所有人，」愛麗絲說，「妳會沒事的。」

伊莉莎佩點點頭，愛麗絲這時看見她的嘴唇因某種原因繃緊，也許是恐懼吧，但馬上又由她慣常的堅決取而代之了，「妳有可能有辦法告訴我該怎麼迅速離開那邊嗎？」

「妳覺得**我**會知道嗎？」

伊莉莎佩笑了出來，「也是，確實。那有什麼建議嗎？」

「避開堡壘，」愛麗絲安頓回去，並將雙面真理緊緊抓在胸前，「去堡壘是在浪費時間。」

✯

伊莉莎佩引領紐拉特號前行，進入未知水域。航行途中風平浪靜，毫無顛簸，水面如玻璃般滑順，要不是洶湧的回憶激流在她們下方湧動滑過，那愛麗絲大概會以為她們是安安穩穩坐在乾燥的陸地上。底層地獄在地平線閃爍黯淡的光芒，狄斯城的火光越發微弱，最後眨了眨，熄滅在黑暗之中，接著她們便只剩下伊莉莎佩的灰燼提燈低垂搖曳的燈火，偶爾照亮水中迷途的回憶。最終，就連回憶也靜止了，全都消逝在如墨的黑水之中，而她倆就只是兩個坐在黑暗中的靈魂，眼神死死盯著彼此蒼白的形體。

「我不知道接下來會發生什麼事。」伊莉莎佩雙眼圓睜，流露出恐懼，襯著她若隱若現的蒼白臉龐，「我從來沒有離岸邊這麼遠過。」

愛麗絲這時才為時已晚地發覺，伊莉莎佩完全沒有在掌舵，船槳靜靜擱在甲板上，船帆也收了起來。紐拉特號是按照自己的意志往前滑行的，或者是憑藉某種更偉大的意志吧。

「那妳又是怎麼知道我們正在前往何方？」

「不必知道，」伊莉莎佩回答，「不管往什麼方向航行，最後都會通往同樣的地方。就像滿溢的碗，水灑出側邊一樣，有股力量推著你前進，直到世界盡頭，且也無計可施，只得隨波逐流。」

「披薩的肛門。」愛麗絲咕噥。

「什麼鬼？」

愛麗絲在空氣中畫了個圈，雖然她也不確定這能幫上多少忙，「我們在地獄地圖上無法達成共識，彼得和我，我喜歡線性的，他則偏好這個無法自圓其說的偽球體模式，只有在雙曲線空間才能成立。他認為只要一直遠離忘川，就能取道中央，直達地獄之巔，用二次元表示，看起來就像個披薩的肛門。而現在妳竟然也告訴我說，我們人在披薩的肛門裡頭。」

「你們倆都是對的，」伊莉莎佩大笑出聲，「嗯，彼得更正確啦。我們確實身在雙曲線空間之中，親愛的，外部的邊界是忘川，內部則是無垠，而當妳人就在忘川邊，看起來確實也像是線性的沒錯，不過妳一旦開始渡河，哎呀，一切就脫離掌控囉。」

「那最後又會發生什麼事？」

「我不知道，」伊莉莎佩再度重申，「我從來沒有離岸邊這麼遠過。」

眼前，她們滑行的速度越來越快。愛麗絲在臉頰上感覺到冰涼的空氣，不是風，而是速度造成的，就算她們嘗試，現在也沒有回頭路了，引力已經太大了。她們的運動之中帶著種迫切，是艘即將駛向瀑布的船隻，正往邊緣猛衝而去，阿基米德動也不動安坐在船頭，瞳孔縮成針孔大小。

「看那邊。」伊莉莎佩低聲說。

愛麗絲於是坐直身子，瞥出船頭。

她的大腦無法理解眼前所見。前頭有座島，但是當她的目光落在那個平面上，順著平面望出，便會辨識出某種曲率，使得她的胃都糾結了起來。不知為何，當她的目光跟隨著那道曲線，往上再往上，然後繞一圈，這時卻會發現自己的視線再度回到紐拉特號上，靜靜漂浮在她們這一小區塊的河面。這就像在追索著所謂的艾雪階梯，無法望出範圍之外。

她因此得別過頭去，眼前的無限循環讓她頭痛了起來。

話雖如此，這卻又百分之百合理。路易斯．卡洛便曾據此提出過理論，不然你又能如何認知生死呢？那層過渡的膜，只能用連續性來理解吧？可是當年沒人相信他的話。拿張紙來，從中間拗折，把兩頭連接在一起，很好，你現在得到一個環形，是個三次元的物體，你可以拿在手上，不過它仍然只有一面而已，內部和外部是連續的。現在，拿塊四邊形的手帕如法炮製，把邊緣往內折，重疊在一起，然後整個縫起來，使得內部和外部呈連續，而對這個袋子來說，一切都存在於外部，但這也代表，一切同時也都存在於內部，所以袋子可以說包住了全世界。

這個概念不可能描繪出來，甚至根本無從想像起，可是眼前，愛麗絲卻親眼見證了。

「原來是投影平面，」換伊莉莎佩咕噥起來，「還真驚人啊。」

黑色的沙地現已十分接近，愛麗絲在那道河岸上所能見到的一切，就只有一道金色的光帶，從河岸一路延伸到不可知的後方。

愛麗絲見狀蜷起手指，緊握著真矛盾，並緊貼在胸前，現在既然這一刻即將來臨，她反倒猛然害怕了起來。就像在面試前，她會感到胃部一沉一樣，每次她都會馬上忘記該怎麼走路、呼吸、講話，並擔心起當她走過會議室的門檻時，會突然崩潰，開始唱歌，或是直接大力撞牆。她是經歷了重重險阻才好不容易來到這裡的，可是現在都到了最後關頭了，她卻發覺自己渾然不知面前會是什麼在等待著她，也完全不曉得該怎麼辦才好。

「沒事的，」伊莉莎佩表示，「死者之王是很仁慈的，他會知道妳想要的是什麼的。」

「萬一我瞎掰呢？」

「妳不准瞎掰。反正隨機應變，別慌了手腳，然後也別偏離正道就對了，還有……噢。」

紐拉特號撞上陸地，她們在座位上顛簸起來。

伊莉莎佩起身，「該走了。」

愛麗絲也跟著起身，然後在伊莉莎佩的幫忙之下，小心翼翼下了船。

「愛麗絲，」伊莉莎佩這時緊緊抓住她的手指，「親我一下，好嗎？」

「什麼？」

「就只是太久沒感受過了，」伊莉莎佩將她的臉頰轉過來，在王座反射的光線照耀之下是如此蒼白，「我已經很久沒有感覺到其他人的碰觸，我甚至都記不起來……」

「噢，」愛麗絲回答，「那當然沒問題。」

伊莉莎佩於是閉上雙眼。愛麗絲往前靠，並將嘴唇湊上她的肌膚，那感覺起初頗為陌生，她自己也同樣想不起來上一次親吻別人是什麼時候了。她本以為伊莉莎佩會如寒冰般徹骨冰涼，但即便她無法保暖，愛麗絲感受到的一切，卻依然只有一種嬌嫩欲滴的柔軟。綢緞般的肌膚覆在堅硬的骨骼上頭，人體是如此特別又驚人，世上再無這樣的質地。

伊莉莎佩嘆了口氣，然後她倆彷彿都回過神來。

「謝謝妳。」伊莉莎佩退開，愛麗絲則踏出她顫巍巍的第一步，走上閻魔大王的領域。

「和我一起來吧。」愛麗絲猛然開口。

伊莉莎佩剛才彎著身子，而當她起身時，船槳已經上手。

「不可能只能給一個人用的，」愛麗絲說，「我們一定可以想出某種辦法的，就和我一起來吧……」

「我時候未到。」伊莉莎佩船槳往沙地一推，紐拉特號便又一寸寸往回漂了，「我還有些事情需要弄懂。」

「拜託不要離我而去……」

「快去吧。要勇敢，親愛的。」

紐拉特號此時掙脫河岸。阿基米德一臉肅穆坐在船頭，搖著尾巴，海浪將他們帶回潮水之中，愛麗絲試圖目送他們離開，但岸上的光線太過明亮，水又這麼黑，不到幾秒，伊莉莎佩的臉龐便再度沉回陰影之中。她覺得自己看見伊莉莎佩揮手告別，但她無法完全確定。

第三十四章

愛麗絲跟隨那條金色光帶走上河岸，雙面真理沉甸甸地放在她的背包裡。在她身後，忘川款款拍岸，發出一種帶有節奏感的撫慰沖刷聲，沙子在她腳下也如此柔軟，使得她每踏出一步，腳跟都會往下沉一點。她於是擁有一種最為光怪陸離的感受，覺得自己比起是正在穿越一座島嶼，反倒更像是走過了一片雲。

她也不知道到底為什麼要沿著金帶走，不過它看起來實在非常像是路徑，而且她也不覺得這麼金黃燦亮的東西，有可能會將她引向什麼糟糕的地方。當然，燦爛又閃亮的東西隨時都可能有陷阱，但在那樣的案例下，這類事物會帶著意圖閃爍，用自身所能發出的每一分魅力呼喚引誘著你。可是金帶卻似乎根本就一點都不在乎她的關注，只管自己的事，但要是她想跟著的話也無所謂。於是她就跟著了，金帶領她走上一道河岸，越過，然後登上一座陡峭的山丘，且每踏出一步，山勢彷彿也都變得更加險峻。最後，她終於登頂，只見金帶引領她來到了一座王座前。

這是張毫無裝飾的高背椅，就這麼矗立在開闊平地上的一座高台。王座旁，有三棵纖細的樹木環繞糾纏形成一座拱門，在那後頭，愛麗絲便什麼也看不到了，只有一座緩緩轉動的輪子。王座上，即坐著閻魔大王、黑帝斯、桑納托斯、冥界之主、黃泉守護者本人。

愛麗絲此刻才發覺，金帶其實是由一長排靈魂組成，純粹的光線在他們身上接連綻出，是一群剝下了所有個人特徵的模糊影子，共通點唯有他們生氣蓬勃地顫抖著的種種**想望**。他們一個接一個接近拱門，然後死者之王一個接一個以他黑暗的手指輕輕碰觸他們，之後他們看來便似乎因興奮而顫動，然後才往前走向輪子。每次一有靈魂經過，輪子就會散發光芒，輪輻接著將眾靈魂抬升到未知的他方。

她邊靠近邊躡手躡腳起來，因為她覺得，這就像參加洗禮或受洗時一樣，應該不要打擾這個過程才對，她現在已靠得夠近，可以看見輪子的每一條輪輻，全都不一樣：有長有短，有些閃閃發亮，有些烏黑生鏽。輪子轉動時，會產生一小股氣流飄過王座，是股令人愉悅的甜香，有春天的花朵，花園中香草的味道，實在太讓人振奮了，愛麗絲忍不住猛吸一口。

「愛麗絲．羅，」地獄之王的聲音此時轟隆傳來，「見證新生命誕生，實在頗為令人激動，妳說是不是？」

愛麗絲無法直視他。他身上散發萬丈光芒，不是正午那種毒辣辣的太陽，而是夜間宇宙的閃爍光點，和織女一樣，他也身披某種布料，似乎跟組成宇宙的物質是同一種。只不過他的更加黑暗無邊，是那種無雲黑夜的黑，就像當你平躺在山丘上時，會覺得只要往前輕踩一步，就能消失在眾星座之間，她好想要跌進那樣的黑夜裡，她心想。她能夠將他的本質如毯子般裹在周身，然後永遠沉睡，只要他應允的話。

「大、大人您好。」她的聲音在自己耳中聽來細如蚊蚋，「我，呃，我該如何稱呼您才好呢？」

「想怎麼稱呼，便怎麼稱呼。」那團黑暗回應，「端看妳是想跟誰談。」

愛麗絲考慮起她的各種選項，黑暗也在她眼前移形換影，變換了一連串外型，彷彿要向她表明她有哪些選擇似的。高大蓄鬍的黑帝斯，拿著雙叉戟和鑰匙、美麗的四手黑暗之母迦梨、沉默寡言的阿努比斯，秤子矗立在身後。

「我要和閻魔大王談，」愛麗絲決定，「閻羅王。」

最好還是選熟悉的選項。即便閻羅王雙眼暴凸，還露出憤怒的蔑笑，他的形象——從各個寺廟、燃燒的線香後方、雜貨店的日曆上瞪著她的滿面怒容——之中依然還是存在某種東西，讓她覺得頗為安全。她認識閻魔大王、她父母認識閻魔大王、她所有列祖列宗也都認識且敬畏著閻魔大王，也會向他祈禱。她熟知他長長的黑鬚、永遠掛在臉上的怒容、熾熱燃燒的雙眼、還有長袍，她一輩子都和他很熟。

閻魔大王也是最公正不阿的，不會心懷怨懟，對生者也不帶反感。自童年起，她便理解他的滿面怒容只不過是表象，閻魔大王實則仁慈且富有同情心，他自己其實便曾因慈悲為懷而在地獄中遭到貶官。但他盡心盡力只為鞠躬盡瘁，擔任公正的判官，而他的奉公守法呢，她認為，對她也只會有百利而無一害。

九泉之王的形象於是模糊消散，那團黑暗接著換上了更為具體的外型。眼前，在她面前的正是那位偉大的官吏，他的皮膚是深藍色，雙眼則熠熠生輝，彷彿雙生血月，還有高高一頂鑲金邊的官帽具現化在他頭頂上，又粗又黑的眉毛則讓他的表情變得齜牙咧嘴、滿臉怒容。這是一位令人畏懼的神祇沒錯，但至少是她認識的神祇。

「選得好。」他用中文對她說，而這同樣也讓她自在起來，她覺得自己不再那麼像是在挑釁未知了，反倒是浸淫在童年的神話故事之中。有那麼多英雄都曾和閻魔大王討價還價過，所以她一定也可以的，「有何貴事，愛麗絲．羅？」

她試圖記起伊莉莎佩給她的台詞，「我在尋求一名聽眾。」

「妳眼前正有一名聽眾，接下來呢？」

閻魔大王的眼睛閃閃發亮。愛麗絲這時想起，根據某些佛教經典，閻魔大王本人也並不是地獄中的永久存在，而是同樣在追求輪迴轉世的靈魂，因而，閻魔大王就和他們所有人一樣，也都正在投胎的旅途上。他並不是從時間之始就統治著這片領域，反倒是也希望想要重新轉世為人，這樣他才能獲得真正的覺醒，且假如閻魔大王曾經身為人，之後也可能會變成人，那麼也許他對她的處境也會有些同情心。他有可能會知道，做遍了錯誤的決定，只好別無選擇跪求諸神憐憫，是什麼樣的感受。

「我手上有個屬於您的東西。」她手臂發顫，伸手探進背包，並掏出雙面真理，此刻花朵的亮光在那永不止息轉動著的輪影之下，甚至越發璀璨。而且也變得更沉重了，葉片似乎正隨著每分每秒經過，以肉眼可見的速率生長著，現在已經是她手掌的大小。

「妳是在哪兒找到的？」

「不是我找到的，」愛麗絲回答，「而是個禮物，來自伊莉莎佩．貝斯。是她找到的，所以，呃，我也不清楚確切是在哪邊，她說是在兩顆石頭之間，靠近河岸的地方。」

「那伊莉莎佩現在人呢？」閻魔大王問。

「我想，她現在應該正穿梭過地獄各殿吧。」愛麗絲清清喉嚨，「也就是說，依循正途，並帶著她的論文。」

「我很高興，我還擔心她永遠不會啟程呢。」閻魔大王這時掃出他罩著長袍的手臂，「那我現在要取回東西了。」

愛麗絲見狀緊緊將東西護在胸口，但她並不是故意的，只是出於占有欲的本能，且她也馬上發覺這是大不敬之罪。她哪位啊，憑什麼忤逆神祇？但至少，閻魔大王看來並未發怒，他只是在他的王座上靜靜等待，臉上掛著永恆不變的怒容。

「我，呃，不對。」她顫巍巍吸了口氣，「我在想我們可不可以……打個商量，我有幾項請求。」

他聞言點了點頭，彷彿早有預期，「妳的請求是什麼？」

「我想要——」愛麗絲猛然住嘴。

她本以為自己深知答案。她一直都這麼篤定，坐在紐拉特號上時，石榴小樹就在她腳下，她當時想出了闡述她請求的確切措辭，包括其中的限制及邏輯。然而，現在人在王座前，在一切的終點，她的腦袋卻一片空白。

閻魔大王這時以溫和的語氣問，「妳下地獄的目的是什麼？」

這個問題比較好答，她於是開口回答，就像背出一年十二個月份名稱的孩子，「我們是來尋找雅各．格萊姆斯教授的。」

「就只為了找他而已嗎？」閻魔大王舉起雙手，「這樣可不需要討價還價的啊。」

黑暗從他的指間飛射而出，螺旋移動，就在兩人之間的沙地上，然後越旋越快，直到這團東西幻化為明確的形體。這有點類似魔法陣，但威力強上非常多，魔法陣是精雕細琢、一絲不苟設置的，以人類所知的語言寫成，眼前這個圓圈則是以愛麗絲從未見過的各種參差符號催動。然後閻魔大王一個彈指，地面猛地一震，黑暗的類魔法陣中便出現了一個萎靡的人影，彎腰駝背、朦朧縹緲。隨著那團黑暗靜止，人影也站起身來。

「人就在這，」閻魔大王表示，「妳成功找到他了。」

格萊姆斯教授並不是那種花很多心力維護保持外貌的鬼影，他全身上下唯一清楚細緻顯現的部分，就只有頭部而已，且他老鷹般的特徵不知為何也更為凸顯了，和生前相比更為醒目，也更為優雅。但在脖子之下，他就只是團流動的黑暗，無形無體，就跟萬聖節時會掛上的裝飾用鬼魂一樣。

有那麼一會兒，他在原地繞圈打轉，盡覽周身的一切。格萊姆斯教授的鬼影並不會走動，而是飄浮著，還有蝙蝠似的俯衝，他觀察著輪子、金帶、王座，然後頭部又一路轉回來，好好端詳著閻魔大王的外表。接著他笑了出來。

「所以，你就是這鬼地方的建築師啊？我受苦受難背後的幕後黑手？」格萊姆斯教授邊說邊延伸長高，直到他能面對面平視閻魔大王為止，他的腳並沒有碰到地面，事實上呢，他死去之後的型態根本就也沒有腳，而是只有一團飛旋的灰，「不過就是區區神祇嘛，讓我不禁納悶起來，弒神會付出什麼樣的代價呢？」

「我警告你，雅各．格萊姆斯。」閻魔大王現在換成說英文，但他的音量從未拉高，依舊保持原先平靜的隆隆聲，也沒有半縷髭鬚怒髮衝冠。話雖如此，愛麗絲還是在空氣中沉沉感覺到了他滿溢的警告，是即將炸開的雷暴，「你是我轄下領域的貴客。」

「可是你又能**怎麼樣**呢？」從格萊姆斯教授的口中說出，就連最惡毒的冒犯也都會變成僅只是詢問，「你受到此地的規則約束，如同我們所有人。你是守護者、促進者，僅此而已。」他一邊朝天上示意，「對吧，真正的老大是在上頭那裡，不是嗎？繼續講啊，就跟我說你從沒試過侵門踏戶**他的**地盤好了。」然後他轉向輪子，「命運之輪，是嗎？我理應可以自己選擇一條輪輻的吧？」

「你尚未通過你的試煉，」閻魔大王隆隆回應，「因而無權進入。你之所以人在此處，只是出於這女孩的網開一面，以及我應允她的願望。」

「那當然啦。」格萊姆斯教授這才轉向愛麗絲，然後他的臉上咧開微笑，而即便百般不願意，愛麗絲見到此情此景心中仍是小鹿亂撞，「親愛的愛麗絲，我確實有在想妳會花上多久，但妳還是成功來到這裡啦，全身完好無缺呢，還帶來了雙面真理！」他伸手要拿那棵小樹，愛麗絲往回一縮，他卻只是飄得更近，根本就甩不掉他，他將臉埋進花瓣之中，深吸一口氣，然後嘆息，「還真是比我所能想像得都還要美好燦爛啊，」他接著抬頭迎上她的目光，「愛麗絲．羅，妳這才華洋溢的小傢伙。」

如此的盛讚。她永遠無法忘記得到他的讚美感覺有多棒，彷彿一整顆太陽都轉向了她的方向，她再次受到提醒，她很重要，她就像個極度費解的證明，從紙張兩頭無限延伸而下，原先工整的線條退化成頁緣難辨的潦草字跡，直到像變魔術一般，最後終於成功證成。她的心臟在胸口怦怦急跳，一股熱血狂喜直衝腦門，使得她還來不及理清思緒，話語便脫口而出。

「我沒有，可是你，你這話又是什麼意思？什麼我會花上多久？」

「我一直都在看著妳，」格萊姆斯教授回答，「妳這聰穎的女孩。妳一路跟著的所有那些麵包屑，妳又以為是誰留下的？」

愛麗絲此時感覺自己比較像個壞掉的玩具，只會不斷跳針重複，「麵包屑？」

「在嘆息橋上能做的事情可多的呢，」葛萊姆斯教授說，「夢境、異象，這類東西啊。我喜歡認為自己很擅長糾纏別人，告訴我，妳有夢見過拉馬努金求和法嗎？或是進入冰冷黑暗地帶的旅程？那就是我沒錯。不過一開始也需要有人促成，這就是妳的功勞了，是妳拼好整幅拼圖的。」

「可是又是怎麼……」

「我心知肚明妳絕對會來，妳面臨的風險太巨大了。妳始終都對妳的學位非常執著，這我可是一次也沒懷疑過。」

愛麗絲聽不懂他究竟是在說些什麼，「可是那時候，那你又為什麼不直接在原地等我們來就好了？」

「我幹嘛要那樣做啊？」

「你當初大可以直接留在平原上啊，這樣我們根本用不著多久就可以救你出去了……」

「噢，愛麗絲啊，」他搖搖頭，「妳總是都不知道在**急**什麼的，這就是妳的問題。這件事我們早就聊過了，妳老是想把事情搞定，只想要最終的結果，研究成果、論文、獎學金、工作都是，不要再直直朝終點衝去嘛，在過程中逗留一下如何？假使妳願意就這麼停下腳步，看看四周，那其實有很多事物都很樂意替妳顯現的啊，停下來聞聞玫瑰香吧！」

「可是我們得回到上頭啊……」

「不，我們不需要。」格萊姆斯教授回答。

「但你這話又是什麼意思？」愛麗絲這時覺得自己真蠢，他們在進行指導晤談時，她也總是覺得自己好蠢，她的思緒根本就跟不上他奔騰的千頭萬緒，她總是需要他澄清闡釋，總是落後三步。他擁有這所有視野，她笨到看不見，她於是得求他也讓她看看才行，「我的意思是，那不然我們是還能去哪？」

「問錯問題了，羅，更棒的問題是這個：這棵小樹的極限在哪？噢，在地獄下頭這裡會萬分困難沒錯，粉筆很珍稀，能夠書寫的材質也越發稀少，但我們可以湊合湊合的。我們就盡量把一切都記在腦子裡，這裡可是個完美的研究場域啊，不會有事情讓我們分心，也不存在生理需求……」

「是**你**不會有生理需求才對，」愛麗絲插嘴，「我沒多久就會餓死了。」

「那就餓死，稍後再來乞求死而復生吧。」格萊姆斯教授不耐煩起來，「我們手上可是有**雙面真理**啊，愛麗絲，我們無所不能耶。」

「可是……這真的是瘋了耶。」她一臉呆滯對他眨了眨眼，噢，為什麼這總是這麼困難，為什麼她永遠都跟不上呢？「我們是幹嘛要留在這啊？」

「真正的學者是不怕死的，難道妳從蘇格拉底身上什麼也沒學到嗎？」格萊姆斯教授笑了出來，「學者終其一生，都只是在為死亡作準備而已，妳看不出來嗎？我一直都搞不懂蘇格拉底說得有多正確，直到我自己死亡之際，當我的靈魂剝離我的肉身，而我從那個有著各種基本慾望和需求的凡人世界被暴力拋擲而出。身體即是大敵，也是阻礙，阻擋靈魂追尋真理，就像莊子所說：以生為附贅懸疣，以死為決疣潰癰。我們都是身體的奴僕！身體能帶來的，就只有種種分心，幻想、慾望、疾病、恐懼，我們受到束縛桎梏，而死亡正是最終的自由解脫。我先前都看不出來，直至此刻。」格萊姆斯教授的雙手一邊捧起她的臉龐，而即便她沒有任何紮實的感受，那股寒意仍是令她屏息，「來吧，羅，這又沒有多難。」

愛麗絲曾面臨過一模一樣的處境。

忘川並沒有將這段回憶洗淨，永遠沒有東西能將這段回憶抹除。它深深烙印在她腦中，構成了她這個人的根本存在，而她注定要重蹈覆轍，一遍又一遍，無論她逃到何處，一切最終都會將她帶回此時此刻。那晚的細節在她腦海中浮現，全都重疊在閻魔大王的王座上，他倆就站在同樣的位置，他靠得太近，手捧著她的臉頰，她則僵在原地，頭微微抬起，雙眼圓睜。現在，這才是真正的勾引，那股始終住在愛麗絲腦中的邪惡反調如此低語，這才是當初在辦公室的那一刻理應發展成的樣子才對，比起獻上他的身體，那有形的臭東西，他應該要提供她通往那個隱藏世界的鑰匙才對，還有永恆的時間，可以亙古在其中玩樂。

他似乎也發覺此情此景似曾相識，因為他笑得越來越開，人甚至又靠得更近了。他心知肚明那晚對她意義何在，他一直以來都只是在假裝無所謂罷了。讓我們倒帶吧，讓我們好好完成這件事，眼前就是全世界，愛麗絲．羅，眼前就是個機會，可以讓妳像我一樣，甚至**成為**我。妳和我，靈魂一同飛升翱翔，竄至堪稱能和神祇平起平坐的地位。愛麗絲盡全力嘗試，卻無法甩開眼前的雙重影象，突然之間，她不再能確定自己身在何處了，假如她讓自己的專注滑開哪怕那麼一瞬，那她就會發覺自己重回他的辦公室，彷彿一分一秒都沒有流逝，彷彿下地獄後所發生的一切都只是夢一場。她是劍橋大學的博二生，眼前賭上的是她的未來，而這一次，她需要做的，就只是屈服而已。

「加入我的行列吧。」格萊姆斯教授說，他的斗篷翻飛，罩住他們倆，就讓他們兩人合而為一，一如愛麗絲一直以來所渴望的，他負責帶領兩人，而她則是他的影子，「和我一起躋身諸神之列，而我們會在那隱匿的世界中舞動，我們會生生世世，死而復生，直到生死的概念對我們來說都不再具有意義。我們會前往無人所及之境，凱旋歸來，向目瞪口呆的人群講述我們看見的所有美好事物。」

愛麗絲無法言語，頂多只能開口，並希望她的呼吸能化為字句而已，「可是我並不想死啊。」

「那妳想要的到底是什麼？」

「我只想回家。」

愛麗絲已經親眼見識過獨獨追求知識讓克里普基一家變成什麼模樣了，而她才不願重蹈覆轍呢，要她留在這兒凋萎，直到唯一重要的就只剩下種種未解之謎和抽象的概念。的確，她這輩子都很會解謎和處理抽象概念，但對於人生究竟該怎麼活，她依然一無所知，她再也不想活在他們的世界了，她只想碰觸點什麼紮實有形的東西。

沒錯，這才是正確的。但這真的是正確的嗎？

她試圖喚起一點伊莉莎佩的決心，她在紐拉特號上時明明如此篤定的，我想活下去，她用伊莉莎佩的聲音思考著，我只是想坐在康河河畔，腳踢河水，然後邊吃個又熱又黏手的小餐包而已。我想從手指上舔起糖粒，感受陽光曬暖我的肌膚，這就是我想要的。

「專心點，羅！」格萊姆斯教授在她面前打了個響指，他在威尼斯時一直在這麼做，要是他覺得她累了還是分心了，就會彈指、拍手、或是輕拍她的後腦勺，不知為何，她先前從未覺得這樣其實很沒禮貌，「別方寸大亂啊，這很可怕，我懂，但所有值得去追求的事，都是很嚇人的。妳這輩子能犯下的最大錯誤，就是在這個緊要關頭臨陣退縮。」

「可是我並不想留在下頭這裡。」出言反對實在好難，從她口中吐出的每一個字聽起來都好幼稚好蠢，而隨著她說出一字一句，她也能看出他的失望蔓延擴散，「至少不想永遠待著。」

「我們不會永遠留在這裡的，甜心。就只待到我們盡力發掘出一切，待到我們的心靈心滿意足為止，接著我們就會回到熟悉的世界了。」

「那到時候，你就會讓我過了嗎？」

「讓妳過。」他爆笑出聲，「妳絕對會收穫滿滿的，愛麗絲．羅，我隨隨便便就能幫妳變出各種工作和獎項，妳也懂吧。過往的其他一切都是覆水難收了，就讓我們一併遺忘吧。」他邊說邊伸出手，「我在此保證，妳絕對不會再吃半次閉門羹了。」

他先前就曾做出過這類承諾。格萊姆斯教授熱愛承諾別人，想都沒想就會信口開河，你當然能拿到獎學金的啊，我們當然會共同撰寫那篇文章的，而他也從未說謊，她相信他的本意從來都不是欺騙，只是真的太忙了，導致他就只是忘記了而已。

然而，這一次，她覺得他有可能真的是在說實話。有時候，他確實是真的有那個意思，當他得到自己想要的東西時，真的也可以還滿慷慨的。

可是，愛麗絲也提醒自己，過去這週，她實在經歷了太多。她面對了時間的終末、逃離了叛軍堡壘、打敗了克里普基一家、在狄斯城外的沙漠徒手將一隻大貓開腸剖肚，生吃了牠的心臟，將牠的頭顱擺設成聖壇。這類經驗非常令人脫胎換骨，讓她的視野稍微清楚了一點——不管看待什麼都是。

「你知道彼得死了。」

「確實可以這麼假設，他也下地獄了，但是人並不在這。」

「可是你難道一點都不在乎嗎？」

「很顯然，是很悲劇沒錯。」格萊姆斯教授擺擺手，「不過我們還是向前看吧，這開啟了各種可能性啊。」

他還說了些什麼，但愛麗絲充耳不聞。

這時，她心中有什麼東西喀噠一聲重重鎖上了。這是全世界最詭異的感受，也還真的讓她有點頭暈目眩，她之前從未使用過這樣的能力，就只是完全無視他，將他排除在外。

接著她一臉冷酷，上上下下好好打量起他。

她從來沒有這麼赤裸真誠、不帶任何濾鏡地盯著格萊姆斯教授看過。她總是覺得自己像是凝視著太陽，多多少少算是吧，她覺得自己沒辦法直接面對他，否則她就會融化。但她現在已經見證過神蹟了，凡人相較之下是不堪一擊的，眼前，在來世，她前所未有地看透了他，部分是因為她已不再這麼害怕盯著他看了，部分則是因為她先前看見的就只是他選擇展露出來的部分罷了。而他實則就只是個凡夫俗子，在那自吹自擂，狗急跳牆只為尋找任何能夠讓他脫離眼前困境的方法，殘忍又無情，還充滿了這麼、這麼多毫無根據的偏見及假設。

這是真的，他完全沒花什麼心思要維持自己的形象。全都只是張牙舞爪的表情，卻沒有實體，根本就不是什麼令人畏懼的神祕謎團，比較像是一抹無形無體的灰，就連她在水仙平原遇見的那些剛過世不久的鬼影，輪廓都比他還更清楚。格萊姆斯教授並不擅長當死人，他缺乏這種堅強的心態，距離征服地獄也還差得**遠**了呢，而愛麗絲發覺，這實在令人失望透頂。真的是有夠不公平的耶，她心想，你本來以為人家是巨人，結果他們只不過是區區凡人，讓你澈底幻滅。

這真是世界上最悲哀的事了，失去了信仰。假如他真是巨人，那她肯定會繼續追隨他的啊。

「所以你到底講完了沒？」她問。

「妳說什麼？」

「你想說的一切就是這樣了嗎？」

他頓時結巴起來，「呃，愛麗絲……」

「那麼，可以換我說了嗎？」

她一手緊握著雙面真理，另一手則四處摸索，並從背包中挖出她的筆記本，然後翻了幾頁，接著把本子轉了一百八十度，舉到格萊姆斯教授面前，「你肯定知道這東西的功用吧。」

他彎身閱讀起來，「艾莉克脫？」他皺起眉頭，「這是什麼鬼？妳是從下頭召喚了靈體來助妳一臂之力嗎？」

「才不是。」愛麗絲回答，「這是我本來要對你做的事，我只是想讓你看看我的成果而已。」

她將筆記本一把扔到地上，她深知他只要一眼就能了解她的成果，八成也已經得出類似的結論了。

「我原本要重新把你的靈魂放回身體，讓你死而復生的。我原本要把你的喉嚨縫回去肺部，把周遭的肌肉都用電磁線圈掛好；我原本要讓你變成移動式應聲蟲，不放你走，無論你尖叫得多淒厲，直到我從你身上得到我需要的一切為止。」

他的笑容垮了下來，她看見了，即便只有一瞬間，但這依舊荒謬地讓她充滿自豪，就算發生了這一切，她最終畢竟還是成功震懾了他。

「反正，」她吞了吞口水，「都寫在上面了。」

格萊姆斯教授俯身到紙頁上，一言不發閱讀著。

她十分熟悉這樣的沉默。有那麼多次，她都坐在他的辦公室裡，手指放在大腿上緊張扭攪，他則一邊閱讀過她的成果，她知道他喜歡讓這樣的沉默徘徊逗留，作為一種威嚇的策略，而他也是這麼告訴她的，他對記者還有不喜歡的同事，無時無刻都在這麼做。他的一言不發曾讓她嚇壞了，但現在她卻感到一股強烈又熱燙的愉悅，知道他之所以默不作聲，完全只是因為正在倉促想個方式回應。

良久，他終於開口，「這不大可能行得通的。」

「確實行得通，」她向他保證，「我就是這樣打敗尼克．克里普基的。」

他憑什麼啊，她心想。在那裡指指點點的冒犯人，暗示她會失敗，但他根本就沒資格這麼做，他唯一的資格就是他只是個王八蛋。艾莉克脫的咒語是她這輩子最厲害的成果之一，硬打開通往地獄的傳送門、揭露艾莉克脫的足跡、理解陳舊腐爛的文獻，這所有一切。這明明就是一等一的傑出研究好嗎，當愛麗絲認真思考起來，這還真的是格萊姆斯教授對她做過最爛的事了，讓她懷疑自己到底是不是個好學者。他摧毀了她對於自身思考能力的信心，使她無法判斷自己思考得出的結果，反倒還得每個步驟都去找他確認請示。可惜啊可惜，得要等到他一命嗚呼，她才有辦法完全自食其力去構思、研究、乃至實行完整的研究計畫。

「我真不敢相信你竟然覺得這行不通，」她說，「我的意思是，你這個徹頭徹尾的小丑，你是又憑什麼**知道**了啦？」

他再也無法宰制她了，他也心知肚明，「現在，給我聽著，羅……」

她猛地雙膝跪下，並用手指撫過地面，這裡的沙感覺和地獄八殿的沙都不一樣，甚至和島嶼岸邊的都不同。更粗，也更大顆，比較像是人間的沙，而不是像下頭這邊一樣這麼細緻、如夢、滑順。

「別這樣。」格萊姆斯教授的聲音中似乎蔓延著一絲恐懼，「愛麗絲，我們就別搞得這麼嚴重吧。」

「我不會的。」愛麗絲回答，「我曾經以為這就是我想要的，也是我夢寐以求的一切。可是我現在覺得，我只想要一樁交換。」

她從口袋掏出一小根粉筆，是伊莉莎佩給的，愛麗絲的最後一根在忘川裡變成一坨沒用的粉筆糊了。這根是史羅普利標準粉筆，天啊，不過彼得也愛用史羅普利，而由於眼前要施的咒全是出自彼得的手筆，愛麗絲也認為這樣她的成功機率應該會高一點才對。魔法師之間也流傳著相關理論，最適合某咒語的粉筆呢，便是原始的施咒者所使用的牌子，八成只是迷信啦，但這依然讓她感到安全，也讓她對彼得的回憶變得更加鮮明。她在沙子上畫了條短短的線，然後屏息觀察，等待著。

線沒有消失不見，沙子沒有吞噬她的粉筆痕。

愛麗絲這時瞥向閻魔大王，覺得看見他微乎其微點了點頭。

她接著畫了個巨大的弧形，盡可能涵蓋最大的面積。

「這是什麼鬼？」格萊姆斯教授在愛麗絲肩後盤旋不去，「妳到底是在搞什麼？」

「你不可能看過這道咒語，」愛麗絲說，「他不可能給你看過。在集合論那篇文章的事情之後，絕對不可能，說真的，你到底還能多低級下幹啊？」

「快點住手。」

「可以稍微讓一讓嗎，麻煩了？我需要多一點空間。」

「愛麗絲．羅，我命令妳，**馬上**就給我停手。」

她無視他，她得專心才行，她的粉筆已經沒剩多少了，就只剩一小截，完全不夠她再重畫。她得一畫就對，假如她無法——但她沒辦法放任自己想像要是失敗的話，究竟又會發生什麼事。

真的很難記，她忘掉了好大一部份。她無法再仰賴過去的自動化照相機記憶了，她復原之後雖然有所得，卻也生疏了技巧，她先前已習慣依賴出現在她腦海中如照相般精確的影像了，直到此刻，她所有的成果都僅只是照抄臨摹。要去觸及她不確定是否存在的記憶，實在是難上加難啊，回憶和想像之間的界線現已十分模糊，她無法信任自己的大腦，不知它是否僅僅憑空捏造出她希望自己見到的事物。因此，她現在最好的選擇，便是試圖關閉她腦中想太多的那個部分，然後全心浸淫於粉筆的一筆一劃之中，讓彼得留給她的回憶指引她的手。

「這魔法陣不會有用的。」格萊姆斯教授表示。

「噓。」她說。

「那些演算法完全說不通，妳只是在異想天開瞎掰而已。」

「說得好像你看得懂似的。」

他於是打了她一巴掌，至少是嘗試要打。他的手直直穿過她的頭部，愛麗絲什麼感覺也沒有，只有最微弱的一絲空氣振動。然後她抬起頭望著他，一臉不為所動，「看樣子，身體還是有些好處的嘛。」

他再度舉手揮下，這是狂亂又毫無意義的舉動。然後他開始咆哮，怒目瞪著自己的手，可是再怎麼不爽，煙霧都無法具現化為實體。

「你得要擁有非常厲害的本體感覺才行，」愛麗絲告知他，「這樣才可以不需要看，也能得知自己身體的每一個部分位在何處。這需要多年的練習，不過練成之後，你想變成什麼樣子都行，伊莉莎佩就很厲害，她甚至可以變成蝴蝶呢。」

格萊姆斯教授這時才開始發覺他玩完了。他飄回去，本質在周身凝聚，但他的身形卻不如愛麗絲記憶中那般高大魁梧。確實，她在此之前都從未注意到他是怎麼開始駝起背來的、他的肩膀不再那麼寬闊、舉止也不再那麼嚇人，和她先前的印象不同。

「愛麗絲，拜託了，我們談談吧。」

「我才要拜託你，教授，我在忙。」

「忙妳個頭。」他飄到圓圈的邊緣，愛麗絲於是抬起銳利的目光一看，她先前沒考慮到這點，她需要他待在魔法陣內才行。不過格萊姆斯教授似乎也無法離開就是了，他衝向閻魔大王魔法陣的邊緣，但某種隱形的力量阻止他繼續往前。

「這又是什麼鬼？」格萊姆斯教授朝閻魔大王鬼吼鬼叫起來，「快放我出去。」

「你之所以受到召喚，是要擔任聽眾的。」閻魔大王回答，「愛麗絲·羅，妳和妳聽眾的事情結束了嗎？」

「還沒。」愛麗絲說。

「那麼現在就離開，也太失禮了吧。」

「你不可以這麼做，」格萊姆斯教授說，「你應該公正不阿，你不可以這麼……獨斷，這樣違反規矩了。」

「你還學不會嗎，雅各．格萊姆斯？」閻魔大王的笑容此時在皺起的雙眉下方看來十分邪惡，「地獄是沒有規矩的。」

格萊姆斯教授洩了氣。他終於無話可說了。

此情此景讓愛麗絲看得頗為入迷。她從沒見過格萊姆斯教授這麼絕望，話說回來，她甚至從未見過他**需要**任何東西，她這時於是思考起，他有沒有可能會搖尾乞憐，可是話又說回來，格萊姆斯教授也是不知道怎麼乞求的。他這輩子有這麼長時間都位高權重，早已習慣略施小惠，而非成為施捨的對象，再說也已經這麼久沒有任何人拒絕過他了。至少這點相當明顯，因為他的絕望很快變成憤慨的暴怒。

「妳可是我一手造就的，」他告訴她，「妳是我用未成形的夢想一手鑄造出來的，是我把妳捏成這副模樣的，點燃了妳的火焰，讓妳能夠思考。是我塑造了妳。」

「隨你怎麼說都行，」愛麗絲一點也不想反駁這點，「但你應該對自己的造物好一點的。」

「愛麗絲．羅……」

「閉嘴啦。」

愛麗絲把圓圈封好，然後開始念咒。

噢，他這時還咆哮了起來。他對她尖叫著所有想得出來的惡劣辱罵，什麼賤貨、婊子、笨女人、蠢小屁孩、小公主的，她並沒有辨識出特定的詞彙，只是讓這全都模糊成一大團類似的惡毒咒罵沖刷而過。她早就全都聽過了好嗎，他靠向她身上，距離如此之近，使得他的靈氣都重疊到她上頭了，彷彿他單憑純粹的意志力就能附身於她。他靠在她身邊，然後對著她的耳朵尖叫，還硬將他的幽魂頭顱壓進她體內，在她心中放聲大叫：妳就是個小屁孩，妳就是沒用，妳就是低能……

然而，愛麗絲可是非常擅長施咒。事實上，這一點她還要感謝格萊姆斯教授呢，對魔法師而言，專心致志實在至關重要，而她博一那年的大部分時間，他都在她身旁繞圈踱步，一邊大吼大叫著各種令人分心的話，她則跪在地上、瑟縮著、邊用顫抖的雙手潦草畫出魔法陣。除非妳可以在颶風之中畫出一個完美又穩定的圓圈，否則妳是永遠都無法成功的，他當時這麼告訴她，讓妳的心智堅定如鐵，讓那些俗事都消失無蹤，一切都不重要，重要的唯有圓圈。一切都會退居後方，直到妳孤身一人帶著妳的概念和想法站在某個空間之中，接著事情才會展開。

所以眼前，愛麗絲發覺這其實簡單得令人吃驚，可以就這麼閉上雙眼，假裝他並不在場，並念完她的咒語。

魔法陣內捲起一陣風。起初只是溫和的微風，但迅速變得越發猛烈，直到愛麗絲的頭髮被風吹得滿臉，而她耳畔除了狂風的怒號外也再無他物。格萊姆斯教授猛地彈起，彷彿有鉤子將他吊起一般，他整個人頭上腳下顛倒過來，四肢狂亂揮舞，而當他終於轉到正確的方向，迎上她的目光時，他竟一臉萎靡無助。他也許大吼了些什麼吧，但狂風蓋過了他的聲音。

他們曾一同經歷過此情此景。這同樣也是在重蹈覆轍，她現在見到的這場暴烈狂亂的裂解分屍，只不過是他第一次死亡的重播罷了。可是這一次，愛麗絲心知肚明她究竟幹了什麼好事，以及這一切將如何結束，這一次，她並沒有退縮，而是文風不動看著。格萊姆斯教授緩緩旋轉起來，而每轉一圈，他的本質就旋離飄走，猶如火堆的煙霧，消失到某個愛麗絲不得而知的地方。最後，他就只剩下一顆悲慘呼號著的頭顱，接著是一張臉，隨後臉也跟著剝離，直到魔法陣內空無一物。然後狂風止息，寂靜降臨。

空氣這時一分為二，遭到一道門的輪廓切穿。世界開啟了一條裂縫，門扉猛然打開，而從中跌跌撞撞走出的，是彼得·默多克。

第三十五章

愛麗絲見狀發出一種介於哭泣和叫喊之間的聲音。但彼得似乎沒聽見，他好像迷失在頭暈目眩之中，動也不動站在原地環顧四周，望著沙子、高台、在王座上露出微笑的閻魔大王。他張口欲言，看來一臉困惑，令人心碎，還一直緊張地用手掌摩娑著手臂。

接著他的目光落在她身上，臉上於是歪著嘴咧開那美妙的笑容。

「愛麗絲？」

「彼得。」

他小心翼翼越過門檻。一步，再一步，接著便奔跑起來，愛麗絲也衝上前去，他們撞在一起。彼得的手臂緊緊裹著她，她的手臂也緊緊裹著他，他溫暖到光芒四射，如此活生生，實實在在。她爆哭起來。

噢，他真的是好**瘦**哦！這是遲來的體悟，愛麗絲知道彼得就是根竹竿，但只有用眼睛看過，從來沒有在實質的層面上理解他到底有多瘦，她都可以用手臂環繞他整個腰，然後還能再多繞一圈緊抱著他側面呢。她也確實緊抱著他，很緊很緊，因為覺得假如她抱得夠緊，那就能讓自己變成他的護盾，保護他不受宇宙中一切壞事侵襲。人類真的是奇蹟的存在，她心想，占據的空間是這麼的少，在場和缺席之間的差異，就只是這甚至都不到一立方公尺的物質。話雖如此，現在這裡有了彼得，整個世界都變得更耀眼、更明亮了。

最後，她終於抽身，但他並沒有，他的手指探入她髮間蜷起，另一隻手則放在她背後，然後又再度將她拉近，動作猛烈、堅定不移。他抱著她，宛如盔甲，彷彿沒有了她，他就會融化似的。他也吻了她，而即便在兩人的嘴唇已經分開時，他的額頭仍然緊貼著她的，好像他倆之間倘若存在任何一丁點距離，那都是滔天大罪。

「我死了。」他深吸一口氣，然後眨眨眼往下望著自己的手臂，愛麗絲也看到了，她看見嚴重的弧形傷疤，「我死了，不是嗎？」

「對。」

「那是怎麼……」

「交換啊。」她忍不住笑了出來，她覺得身體好輕好輕，飄飄然的，她將他的襯衫緊抓在手中，「你的筆記，你的作品。」

「妳就只讀過那麼一次而已。」

「可是啊，彼得，」她笑到停不下來，「我記憶力非常好嘛。」

「噢，愛麗絲。」他雙手在她全身上下游移，彷彿必須說服自己她是真的一樣，他雙眼大張，裡頭充滿驚奇，「愛麗絲，**愛麗絲**……妳真的是**天才**……」

「成功了。」她又哭了出來，手指依然緊抓著他的襯衫，不為所動，他現在是她的了，她絕不願放手，永不願放手，「我真不敢相信竟然真的成功了。」

彼得同樣爆笑出聲，而這是她這輩子聽過最可愛的聲音了，遠比她記憶中還要歡快。她依偎在他懷中，在他胸口聽著他的笑聲，即便她越靠越近，他的身子還是搖搖晃晃的，他真的好溫暖喔！也真的好好聞，就像新鮮的書頁，就像鉛筆屑，就像春日時在垂柳下閱讀，陽光灑在她臉上，青草在腳趾間，她是一直以來都知道他有多好聞的嗎？也許曾經是吧，也或許她忘了，但現在既然他死而復生了，她就能一遍又一遍複習了，她現在能夠不斷發掘有關他的一切，沉浸其中，開開心心的。她感覺有股輕盈從胸口擴散到四肢，使她喘不過氣，她覺得自己隨時有可能會碎裂成一百萬片閃耀的星星，這股輕盈將淹沒她。她不知道該拿這感受如何是好，她此生從不曾感覺過如此的歡樂。

彼得這時卻抽回身子，笑容也黯淡下來，「那麼，格萊姆斯呢？」

「他就是，」她回答，「交換的另一半。」

她看見他心中湧起千頭萬緒，邊裂解成所有的後果和可能的意涵。彼得非常聰明，這是當然，所以他看見了整株因果之樹。

「可是為什麼……」他停下來，修改措辭重問一次，「可是這樣的話，妳這趟就空手而歸啦。」

「才不是空手而歸呢。」她的拇指追索下他的臉頰，真是奇蹟，她心想，他的臉龐、他的下巴、他的髮線接到太陽穴處那團刺刺的鬢角，是上帝親手雕塑出了這男孩，「才不是呢，我明明擁有全世界。」

他倆十指交纏，「噢，愛麗絲……」

「聽著，彼得。」她遲疑起來，問題並不在於究竟該說些什麼，而是到底該從何說起，這感受還真是令人神魂顛倒啊，有人這樣子盯著妳看，認真盯著妳，耐心試圖理解妳。但她實在是有太多事需要他了解了，一切卻又如此糾結、棘手、苦樂參半，而當她確實找到正確的話語時，她用盡全力能說出口的就只有，「我想告訴你，我很抱歉。」

「噢，」彼得歪了歪頭，也在心中思索著，「嗯，我也很抱歉。」

語言在此失能，遠遠無法捕捉他倆心中感受的深度，其中的愧疚、欣慰、羞恥、愛。兩人之間的深淵依然橫亙在原地，他們尚未跨越，只是在懸崖兩頭對彼此揮手而已，也許平行線在無窮遠處終會相交，也許吧，還有好多好多話要說，而奇蹟般地，他們現在有一輩子可以思考該怎麼開口了。話雖如此，她依然覺得他們對彼此提出並得到接受的道歉，還算是個不差的起點。

彼得這時往下瞥見那株小樹，「這又是什麼啊？」

她露出燦笑，「我們的回程票。」

「雙面真理！」他伸出手，她於是把樹交給他，花瓣朝他臉上開，而這時他臉上的光輝，可說是她這輩子所見過最可愛的景象了，「真是太美妙了！」

「對吧對吧？」愛麗絲轉向閻魔大王，「大人，我準備好要協商了。」

他示意兩人上前。愛麗絲和彼得於是手牽手走向王座。

「妳的請求是什麼？」閻魔大王問。

「回到上頭的世界，」愛麗絲回答，「這是第一個。」

「才第一個？」

「第二個則是，我們想要取回陽壽。」愛麗絲邊說邊緊抓著雙面真理，「我們這趟非常糟糕，也沒有達成來此的目的，所以我覺得，我們理應獲得補償才行。」

閻魔大王聞言沉默了好一陣子，她無法判讀他的表情，最終，他緩緩開口，「妳覺得，妳理應獲得來自地獄的補償啊。」

「愛麗絲。」彼得咕噥。

「畢竟看樣子，我似乎幫了您一個忙。」愛麗絲還飄飄然的，她覺得這值得一試，她此刻覺得世間一切都值得一試，「我替您除害，我的意思是這樣子。而我也懂，以萬物永恆的尺度來看，格萊姆斯和克里普基一家為惡幾年對您來說只不過是眨眼一瞬的事罷了。可是同理，把陽壽還給我們應該也是一樣的，所以說，這交易還滿划算的，您不覺得嗎？」

地獄之王一語不發坐在王座上。

愛麗絲看不見閻魔大王的嘴巴，被鬍子遮住了。她只能看見他的濃眉一皺，怒目而視，一如她童年時期對他的所有印象，話是這麼說，她其實也永遠都分不出來那樣的表情究竟是在笑還是在皺眉就是了。

她父母年輕時會向閻魔大王祈禱，就在他們去參加大學入學考試前。可是為什麼呢，她曾經問，冥界跟你們申請大學有什麼關係啊？因為閻魔大王痛恨腐敗弊端，他們這樣回答她，他是個仁慈的官僚，固然對作弊的人很嚴苛，但也會獎勵努力，所以根本不需要怕他。

閻魔大王最後終於開口，「妳也知道，你們這些魔法師啊，總是相信世上最荒唐最滑稽的事情。你們認為，你們的咒語之所以有效，是因為你們騙過了世界，你們自以為自己就是這麼聰明，才可以靠一張嘴規避規矩，搞得世界如此一頭霧水，使其別無選擇，只得遵循你們的命令。但你們卻不理解，大自然其實心知肚明你們就是在撒謊，你們畫出小圈圈，可是我們其實只是假意順服而已，就像家長對他們學步嬰兒的謊言睜一隻眼、閉一隻眼一樣。」他說到這搔搔下巴，「不過呢，我們這些神祇也是寬宏大量的，妳瞧，我們確實很享受有人娛樂我們。」

愛麗絲連想都不敢想，「那麼，我們成功娛樂您了嗎，大人？」

「你們肯定是很值得一看的。」

語畢，他又思索了好一會兒，最後才宣布，「我會歸還你們為了這趟旅程所付出的一半陽壽，另外一半就當作學到教訓的代價吧。」

愛麗絲張口欲辯，但彼得用力拉了拉她的手臂，「我認為這再公平不過了，大人。」

「好吧，」她抱怨，「假如您最多就只能做到這樣的話。」

「這樣妳滿意了嗎？」

「滿意了，閻魔大王。」

他於是伸出手。

她登上階梯，走向他的王座，一邊將雙面真理緊抱在胸前。

他伸出手，她遞上東西。閻魔大王接著拿起雙面真理，然後閉上雙眼，並把東西壓在自己身上，這時，小樹的花瓣閃爍一道銀光，是星光的顏色，之後便整株壓進他胸口。一陣明亮的閃光連漪般擴散過他黑暗的身軀，一百萬個星座閃現，閻魔大王吐了口氣，星光便黯淡了下來，其來自處，必定還有更多，愛麗絲心想，畢竟所有存在皆有矛盾。

「好了，」閻魔大王這時手握權杖，「接下來就來送你們回家吧。」

☆

一道階梯出現在他們眼前，呈螺旋狀往外而去，還伴隨一陣激流的聲響，階梯一路往上延伸再延伸，直到他們再也看不到盡頭，彷彿是根穿過世界的針。愛麗絲和彼得於是手牽手接近梯底。

「上路吧，」閻魔大王說，「但當心千萬別回頭。」

「真的假的？」愛麗絲問。

「我只是開玩笑的而已，」閻魔大王回答，「你們想怎麼回頭，就怎麼回頭。上路吧。」

他們登上階梯。每踏出一步，愛麗絲都覺得自己變得越來越輕，每一步都讓她和真實人生離得更近，也距離從上方流淌而下的新鮮空氣更近，是聞起來像**空氣**的空氣，甜美、新鮮、肥沃，而非死蔭之地的一片荒蕪陳腐，空氣聞起來一直都是這麼鮮美嗎？下層的階梯也隨著他們走過一階階消失，直到他們高懸在半空中為止，但這並不讓愛麗絲困擾，她是不會摔下去的，事實上呢，隨著階梯消失在她抬起的腳跟下，她心中反倒還湧起一股古怪的感受，覺得她其實根本就不需要階梯，這只不過是要啟發他們學步而已，因為要一步登天實在是太過困難了。她的腳步從未感覺如此踏實篤定，她完全不擔心自己會迷路，一旦爬上去之後，就得丟掉梯子，維根斯坦曾如此寫道，然後你就能以正確的方式看清世界了。

他們爬得很快。不久之後，閻魔大王和他掌管的地獄八殿便和娃娃屋一樣渺小了，愛麗絲回頭望去，而地獄之王竟然正揮手跟他們道別。幾分鐘後，他們人就已經來到地獄八殿上方極高處，高到她能在身下看見地獄的全景圖，傲慢之殿的高塔、貪婪之殿的沙漠，還有叛軍堡壘，即便散發著違逆挑釁的憤怒，其中的居民實則卻是在地獄中作繭自縛。愛麗絲對葛楚德沒有半點敵意，只有徘徊不去的憐憫，因為葛楚德以為她的避難所如此巨大，可是從上頭看來，愛麗絲卻發現堡壘只不過是個骯髒的汙點，坐落在無可度量的廣袤地景之上。只是座娃娃屋，工於細節的用心令人心碎，但葛楚德竟然還以為她重現了世界。

「妳還好嗎？」彼得問。

「噢，還好，」她回答，「只是在回憶而已。」

她又佇立了一會兒，讓目光在地獄八殿逡巡，她正盡全力試著好好記住這幅景象。接著她便再度轉身，並繼續登階。

她希望她要在很久之後才會再回到這裡。她也希望等到她回來的時候，在多年的痛苦和興奮交織之後，這裡單調的沙丘會是個慰藉。

「我在想，現在我們到底找不找得到工作，」彼得說，「畢竟我們看來是畢不了業了。」

「我們可以寫關於地獄的種種啊，」愛麗絲說，「就把這當成論文主題。」

「會有人願意相信我們嗎？我們又沒有證據。」

「我就是你的證據。」

「妳有偏見。」

「不，我才沒有。」

「有，妳就有。妳愛上我了耶。」

「**噓，**」愛麗絲臉紅起來，「你不可以就這樣到處大聲嚷嚷昭告天下啦。」

噢，但這都無所謂了。學術生涯無所謂了，也許他們可以及時更改論文主題，也改找其他口委，然後湊合著找個工作；也可能沒辦法，但這一切都無所謂了，因為未來依舊在他們眼前鋪展開來，還廣闊得令人愉快。他們想用什麼填滿，就用什麼填滿，而愛麗絲此時此刻唯一的願望，就是和彼得一起攜手共度。

短時間內不用再去實驗室了，也不用再去上課。她想像著未來和他一起的研究約會，朝彼此互扔揉爛的皺巴巴紙團、交換書看、在對方的黑板上胡亂塗鴉，塗得整面都是。不過眼前，她暫時覺得她還滿想脫離校園的，也許去度個週末吧，她已經好幾年都沒休假了，甚至都不知道該去哪裡玩才好呢，大家都說伊利很不錯，搞不好也可以去葛蘭徹斯特吧，那邊似乎是個游泳的好地方，或是來點什麼更樸實無華的活動，去看個晚場電影、在河畔的柳樹下野餐之類的。她都不知道彼得愛吃什麼呢，甚至都不知道他喜歡的休閒活動是什麼，假如他真有休閒的話，她得好好學習才行，她得發掘一百萬件有關他的事。彼得．默多克是一本沒有結局的書，而她餘生唯一想做的事，便是用她的手指跟著每一頁描摹。

他們抵達天頂，或說位處這個世界盡頭的那一部分天空。兩人上頭橫亙著一塊矩形金屬，是一扇地窖門的底部，邊緣滲出光線。十幾隻蝴蝶包圍在門邊，是群光輝燦亮的小東西。愛麗絲朝活板門伸出手時，蝴蝶紛紛飛到一旁，只剩一隻徘徊在門鎖上，翅膀款款拍動。愛麗絲的手指撫過其中一片翅膀，就如天鵝絨般柔軟，令人想起一個吻。

「謝謝妳，伊莉莎佩，」她低聲說，「我懂的。」

那隻蝴蝶於是飛進燃燒的橘色天空之中，愛麗絲拉了拉門。門鎖輕輕鬆鬆喀噠打開，掉進她手裡，她和彼得接著舉手過頭推門，活板門也毫無阻礙向上打開，然後忽然之間，他們便沐浴在月光之中了。

愛麗絲認得出這片夜空。她明白閻魔大王讓他們來到何處，這是抹大拉學院的庭院，就在聯誼園盡頭的河畔，許許多多夜晚，她都低頭駝背地穿過這片綠地。她之所以知道，是因為這裡的星辰出奇明亮，是周遭環境中的魔法干預了現代性之後所造成的某種效果，讓周圍城市的喧囂和光線都黯淡模糊了下來。人為汙染都會往後退縮，星辰脫穎而出，驚人地清澈，這樣你就不需要專為觀測星座而跋涉好幾公里，只要抬起頭便能看見，就跟圖例一樣清楚。每年夏天，你都能在這發現喜歡觀星的學生平躺在地，筆記本架高在頭上，一邊塗塗寫寫。

她有一次也曾和彼得走過這片原野。這完全不在他回家的路上，他住在聖約翰學院，方向完全相反，但時間很晚了，且最新的謠言又流傳說有隻巨蟒不慎脫逃。即便謠言實在荒謬至極，但當時他陪她走回家，似乎卻也頗為合情合理，以防巨蟒埋伏在蘆葦間，會衝出來一口將她吞下。沒錯，彼得會挺身對抗巨蟒的。那晚，星辰如此燦爛，而彼得當時問她，有沒有聽過歐伯斯悖論？沒有耶，她沒聽過，他能解釋解釋嗎？

「夜空不應該這麼黑，」彼得告訴她，「假如宇宙是無窮無盡的，那麼星光應該填滿所有空蕩的空間才對。光是不會停下來的，除非擊中某個表面，所以又為什麼會存在這些黑暗的空間呢？畢竟從我們在地球上所處的位置看來，我們一眼望去應該全是亮燦燦的才對啊。」

「那或許宇宙並不是無窮無盡的吧。」愛麗絲回答。

「或者，宇宙正在膨脹擴張，」彼得說，「而星辰太過年輕，且所有遠方的光芒依然正在往前延伸，以來到我們眼中。在那之前，夜晚就會保持黑暗。」

那時，愛麗絲望著他，腦中想起了《希臘文詩選》中的一行句子，當時格萊姆斯要她在其中搜尋語言謎團，但愛麗絲卻驚嘆於詩句之美而流連忘返。她凝視著彼得，心中想道，我多希望我即黑夜，這樣我便能以千星之眼觀看你沉睡。

眼前，一陣微風吹送過地窖門，在兩人汗涔涔的臉頰上感覺宜人又冰涼。

這時，一切猛然歸位。黑暗中甜美的青草、頭上婆娑搖晃的樹葉、蹦蹦跳跳回巢的知更鳥、船槳划過水面、腳踏車輪在鵝卵石路面上旋轉，這麼多她每晚經過時無視忽略的細節，因為她總是困在自己腦中。但現在，一切又似乎都太過鮮明，不像是真實的，是醍醐灌頂的啟發，也是一幅千變萬化的圖案，世間還真是充滿**萬物**！學院花園中的陽光、食堂晚餐供應的小馬鈴薯佐奶油和香草、雨水輕打著宿舍的屋頂、街上的積水，一滴滴飽滿的雨滴在上頭激起弧形擴散的小小漣漪、踩著水的靴子、溼答答的手套、一杯杯熱茶，漏網之魚的茶葉浮上表面。她真不敢相信她竟能重拾這一切，這樁交易實在美好得不可思議，一株小小的石榴樹，就能交換全世界綻放的無數花朵，她究竟憑什麼活著？**從古至今**又有誰是值得活著的？

但你可不能質疑這樣的禮讚，這是伊莉莎佩教她的，這個問題沒有答案，其中只充滿美妙又無可解釋的恩典，而唯一能做出的回報呢，就只有好好活著。

她深吸一口氣，「準備好了嗎？」

彼得緊緊握住她的手，「妳先請。」

愛麗絲往上爬，彼得緊跟在後。他倆一同爬出，更再度看見了群星。

彼得的地圖

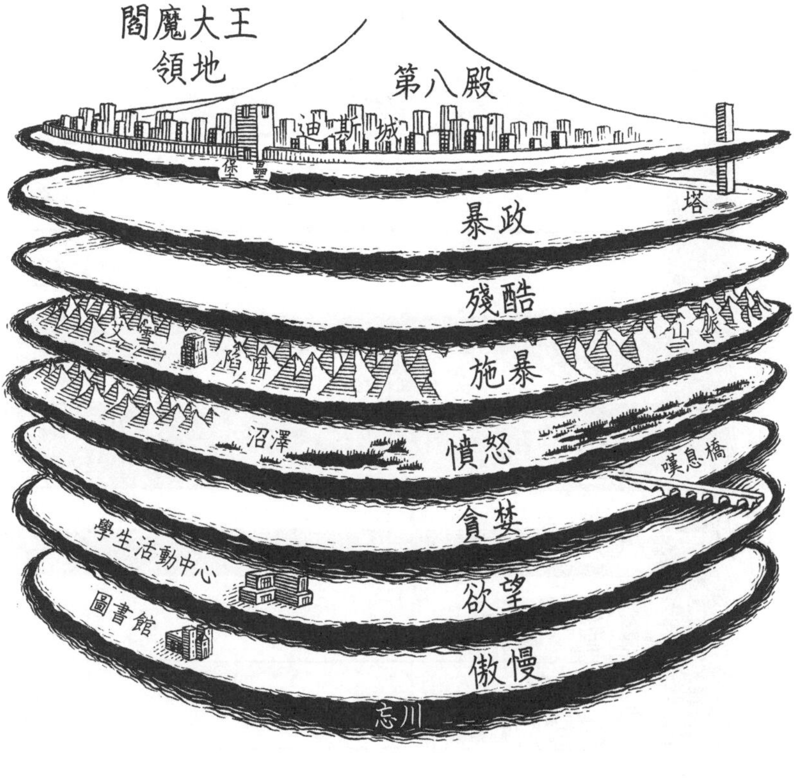
閻魔大王
領地
第八殿
迪斯城
保壘
塔
暴政
殘酷
山脈
施暴
沼澤
憤怒
嘆息橋
貪婪
學生活動中心
欲望
圖書館
傲慢
忘川

愛麗絲的地圖

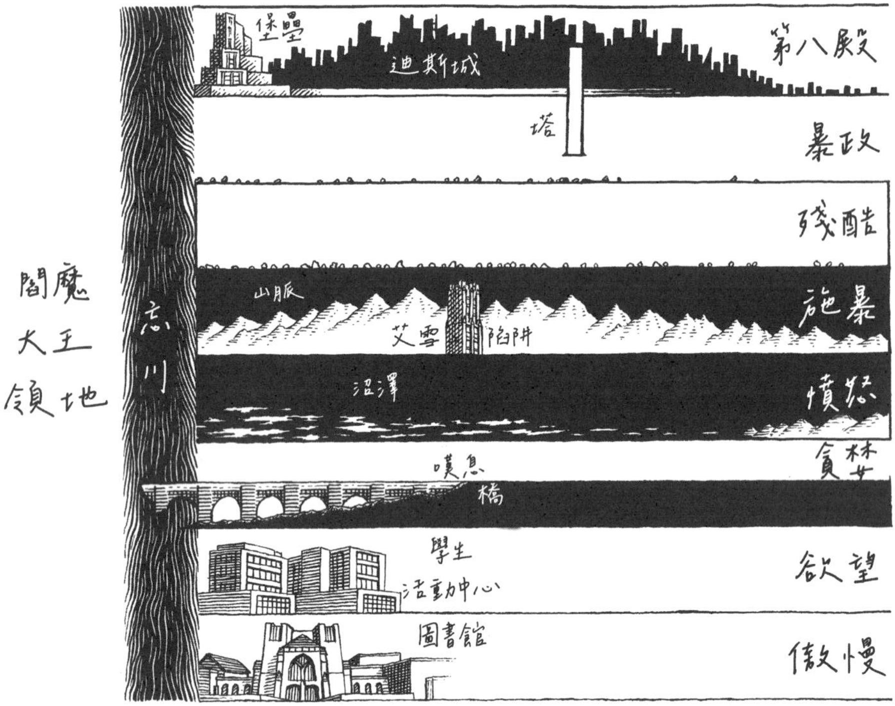
閻魔大王領地
忘川
堡壘
迪斯城
第八殿
塔
暴政
殘酷
山脈
艾雪
陷阱
施暴
沼澤
憤怒
嘆息
橋
貪婪
學生活動中心
欲望
圖書館
傲慢

伊莉莎佩的地圖

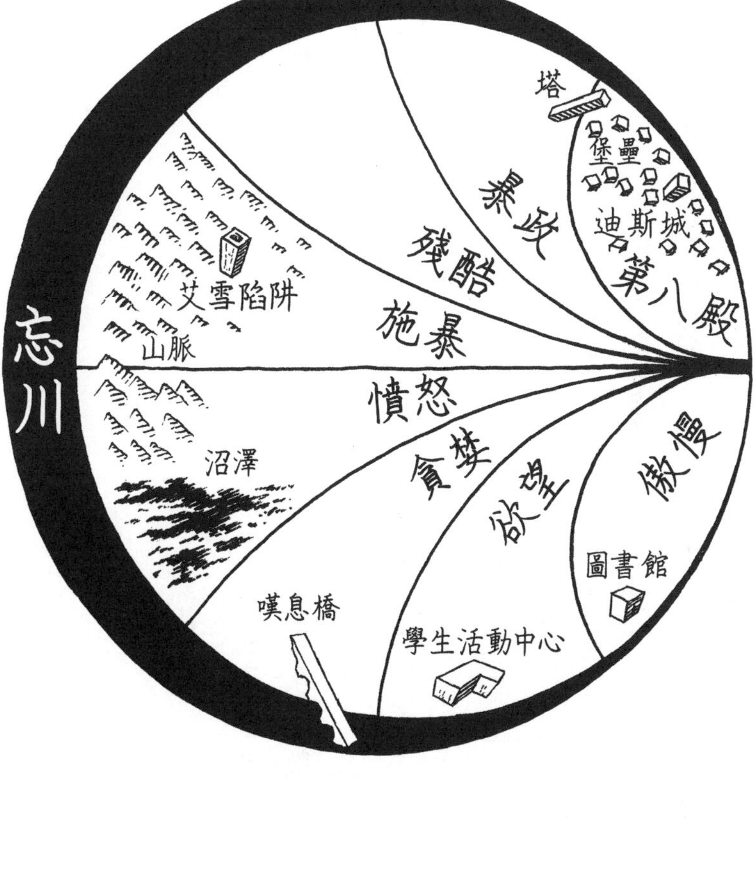

致謝

大大感謝Hannah Bowman、Havis Dawson、Liza Dawson、Lauren Banka、Nicholas Runyon，以及Liza Dawson版權經紀公司的全體團隊。也特別感謝Joshua Bowman在數學上的提點。感謝我在Harper Voyager出版社的團隊，謝謝我們攜手經歷過的許多旅程，以及之後還要一起共度的：David Pomerico、Natasha Bardon、Liate Stehlik、Jen Hart、Katlin Harri、Danielle Bartlett、DJ DeSmyter、Deanna Bailey、Lara Baez、Isabella Ogbolumani、Ronnie Kutys、Richard Aquan、Mumtaz Mustafi、Renata De Oliveira、Robin Barletta、Evangelos Vasilakis、Hope Ellis、Cari Elliott、Catherine Perks、Fleur Clarke、Frankie Gray、Kate Elton、Maddy Marshall、Sian Richefond、Susanna Peden、Fionnuala Barrett、Leah Woods、Holly Martin、Ruth Burrow、Rosie Hawkins、Terence Caven、Ellie Game、Emily Chan。感謝Aja Pollock鞭辟入裡的編輯，也謝謝Patrick Arrasmith美麗的書封插圖。書中的邏輯學相關想法，要感謝Katie O'Nell、Gareth Norman、Selina Guter、Philipp Mayr，還有麻省理工學院哲學系的

其他成員，至於咖啡因和平靜安寧，則要感謝Vaults & Garden Café、the Fort St George、Claire's Corner Copia、Yafa、還有the Lizzie的樓上座位。也要謝謝我家附近的獨立書店，Porter Square Books、Harvard Book Store、Harvard Book Store Union。謝謝媽和爸，還有那些日出時的健行，也感謝所有提醒我要記得去看看他們的朋友們。一如既往，也永遠都要謝謝Bennett，他在羅丹美術館花園的塵土中將我一把拉起，並叫我要好好把這個故事寫完。

臉譜小說選 FR6618

地獄修業旅行

Katabasis

原著作者	匡靈秀（R.F. Kuang）
譯　　者	楊睿珊、楊詠翔
書封設計	馮議徹
責任編輯	廖培穎
行銷企畫	陳彩玉、林詩玟
業　　務	李再星、李振東、林佩瑜
副總編輯	陳雨柔
編輯總監	劉麗真
事業群總經理	謝至平
發行人	何飛鵬
出　　版	臉譜出版 台北市南港區昆陽街16號4樓 電話：886-2-25007696　傳真：886-2-25001952
發　　行	英屬蓋曼群島商家庭傳媒股份有限公司城邦分公司 台北市南港區昆陽街16號8樓 客服專線：02-25007718；25007719 24小時傳真專線：02-25001990；25001991 服務時間：週一至週五上午09:30-12:00；下午13:30-17:00 劃撥帳號：19863813　戶名：書虫股份有限公司 讀者服務信箱：service@readingclub.com.tw 城邦網址：http://www.cite.com.tw
香港發行所	城邦（香港）出版集團有限公司 香港九龍土瓜灣土瓜灣道86號順聯工業大廈6樓A室 電話：852-25086231　傳真：852-25789337
馬新發行所	城邦（馬新）出版集團 Cite（M）Sdn. Bhd.（458372U） 41, Jalan Radin Anum, Bandar Baru Sri Petaling, 57000 Kuala Lumpur, Malaysia. 電話：603-90563833　傳真：603-90576622 電子信箱：services@cite.my
一版一刷	2025年9月
一版二刷	2025年9月
ISBN	978-626-315-677-7

城邦讀書花園
www.cite.com.tw

售價：630元
（本書如有缺頁、破損、倒裝，請寄回更換）

國家圖書館出版品預行編目（CIP）資料

地獄修業旅行／匡靈秀（R.F. Kuang）著；楊睿珊，楊詠翔譯. -- 一版. -- 臺北市：臉譜出版：英屬蓋曼群島商家庭傳媒股份有限公司城邦分公司發行，2025.09
面；　公分. --（臉譜小說選；FR6618）
譯自：Katabasis.
ISBN 978-626-315-677-7（平裝）
874.57　　114008672

Gabriel's Horn

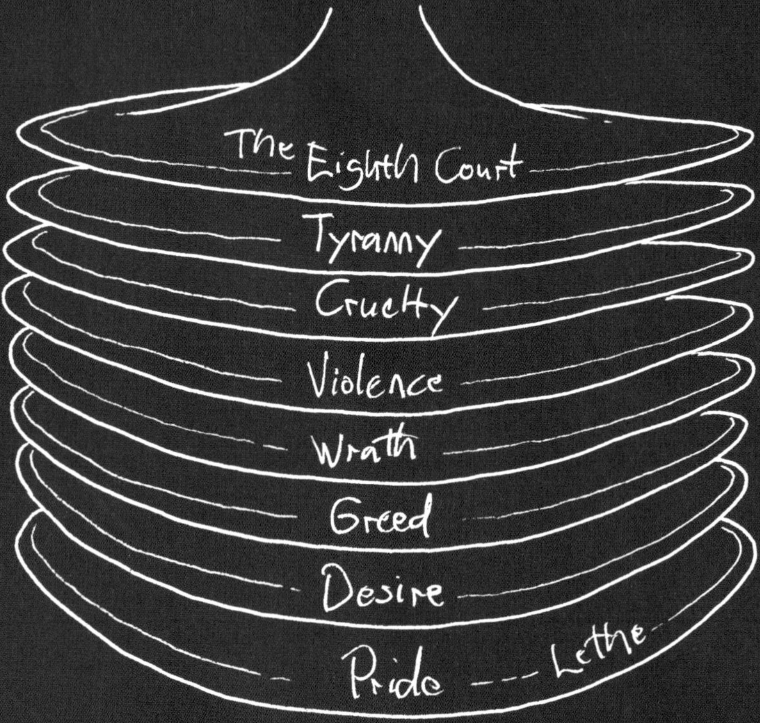

$$\pi\int_1^a \frac{dx}{x} = 2\pi \cdot [\ln x]_1^a = 2\pi \ln a.$$

If Alice—???

$$V = \pi \int_1^a \left(\frac{1}{x}\right)^2 dx = \pi\left(1 - \frac{1}{a}\right.$$

$$A = 2\pi \int_1^a \frac{1}{x}\sqrt{1+\left(-\frac{1}{x^2}\right)^2}\, dx >$$